KB093253

엿보는 자들의 밤

엿보는 자들의 밤

빅터 라발 장편소설
배지은 옮김

현대문학

이해하지 못하는 일을 믿으면
고통스러워진다.
―스티비 원더, 〈Superstition〉

목차

일러두기
이 책의 주석은 모두 옮긴이 주입니다.

I.

먼저 사랑이 옵니다

1

이 이야기는 1968년에 있었던 쓰레기 파동에서 시작된다. 그해 2월 뉴욕시 환경 미화원들은 쓰레기 수거를 8일 연속으로 거부했다. 쓰레기 10만 톤이 인도를 가득 메우고 도로까지 흘러 넘쳤다. 아침 조깅을 하는 사람들 옆으로 쥐들이 나란히 달렸다. 쓰레기를 태우는 열기가 대기를 뜨겁게 달궜다. 5개 자치구는 포기하고 손을 놓았다. 그럼에도, 공기 중에는 어떤 특별한 마법이 감돌고 있었다. 릴리언과 브라이언이 처음 만난 게 바로 그때였다. 두 사람은 먼 곳으로부터 긴 여행을 떠나 퀸스로 왔고, 그곳에서 서로를 만났다. 둘 중 누구도 이 사랑이 불러올 황폐한 결말은 상상하지 못했다.

릴리언 카그와는 우간다에서 이민을 왔고, 브라이언 웨스트는 그보다는 덜 이국적인 시러큐스에서 왔다. 동아프리카의 딸과 뉴욕 북부의 아들은 노던 대로에 있는 싸구려 모델 에이전시에서 처음 만났다. 둘 다 고객은 아니었다.

쓰레기 파동이 있던 주에 릴리언은 에이전시의 비서로 채용되어 프런트에서 손님을 맞이하는 일을 맡았다. 거리를 오가는 사람들의 유쾌한 풍경 옆으로 일주일 묵은 쓰레기 더미가 뒤엉켜 있는 것이 보였다. 가석방 감독관인 브라이언은 에이전시의 창업주인 파벨 아레네예프를 가끔씩 방문하곤 했다. 파벨 아레네예프는 그가 관리하는 가석방자 중 하나였고, 사기죄로 4년 복역을 마친 상태였다. 브라이언은 파벨이 합법적인 짓을 했다고는 믿지 않았다. 그러나 그 주에 브라이언은 아레네예프 씨보다는 입구에서 그를 맞이한 새 비서에게 조금 더 관심이 쏠렸다. 쓰레기 매립지에서 피어난 장미를 본 느낌이었다. 브라이언은 그 주에 모델 에이전시에 네 번을 들렀다.

첫눈에 끌렸음에도 브라이언은 릴리언 카그와의 성을 자꾸만 틀리게 발음했고, 릴리언은 브라이언을 다른 백인 남자들과 자꾸 혼동했다. 운명이기는 힘들었다. 그래도 키 작고 다부지고 집요한 브라이언 웨스트는 포기하지 않았다. 그리고 그가 나타나지 않았던 어느 날, 릴리언은 자신이 그를 보고 싶어 한다는 걸 깨닫고 깜짝 놀랐다.

릴리언 카그와는 우간다에서 두 번째로 큰 도시인 진자Jinja 출신이었다. 그곳에서 그녀는 영국 식민 통치로부터 조국이 해방되고 이후 밀턴 오보테가 정권을 잡는 과정을 목격했다. 오보테는 군대와 비밀경찰을 동원해 나라를 통치했다. 그들은 가는 곳마다 온갖 사악한 행위를 저질렀다.

1967년 릴리언은 사촌 세 명과 함께 수도 캄팔라로 가는 길에 비밀경찰이라고 주장하는 세 남자의 심문에 걸렸다. 네 사람은 신분증 검사를 받는 동안 조용히 앉아 있었고, 경찰은 유일한 남자였던 사촌 아서에게 내려서 트렁크를 열라고 명령했다. 아서는 릴리언과 누이들만 차 안에 남겨두기 싫어서 망설였다. 그 순간 경찰 하나가 차 안으로 몸을 들이밀더니 아무렇지도 않게 아서의 배를 쏘았다.

릴리언과 사촌들은 총성 때문에 잠시 귀가 멀고 총구의 섬광 때문에 앞이 보이지 않았다. 그러나 릴리언은 총을 쏜 요원이 여전히 몸을 차 안으로 들이민 채 차 열쇠를 뽑으려는 것을 느꼈다. 운전대를 잡고 있던 릴리언은 순간적으로 가속 페달을 밟아 정신이 나간 상태로 도로를 질주하며 주정뱅이처럼 2차선 도로를 갈팡질팡하며 달렸다. 요원들이 차를 향해 총을 쏘았지만 쫓아오지는 못했다. 그들의 차에는 연료가 없었다. 애초에 적당한 차를 훔치려고 검문소를 세운 것이었다. 이제 그들은 다른 차를 기다려야 했다.

릴리언은 엄청난 속도로 30분 만에 캄팔라에 도착했다. 아서는 한참 전에 죽어 있었다. 이런 식의 사건은 뉴스거리도 되지 않았다. 우간다는 전체적으로 미쳐가고 있었다. 릴리언 카그와는 탈출하고 싶었다. 1년 후 릴리언은 힘겹게 미국 비자를 얻어냈다.

1968년, 릴리언은 뉴욕에 왔다. 그녀는 스물다섯 살이었고 아는 사람은 아무도 없었다. 그러나 우간다가 영국의 식민지였던 탓에 그녀는 우아한 영국식 영어를 구사할 줄 알았고, 그 덕에 다소 수월하게 이민 생활에 적응할 수 있었다. 아레네예프 씨가 그녀를 모델 에이전시에 고용한 이유 중 하나도 그녀의 영어 실력이 자신보다 나았기 때문이었다. 릴리언은 에이전시 사업을 건전하고 합법적으로 보이게 했지만, 브라이언 웨스트의 의심은 옳았다. 사업 전체가 사기였다. 일자리를 제안받았을 때 릴리언은 이 사실을 전혀 알지 못했다. 그녀가 알았던 건 그곳에서 최저임금의 두 배인 시급 3달러를 준다는 것뿐이었다. 우간다에선 일자리라는 것은 아예 찾아볼 수가 없었다. 따라서 그녀는 그 자리를 소중하게 여겼다. 게다가 쓰레기 파동 정도는 나라에서 묵인하는 살인사건에 비하면 하찮은 일이지 않은가?

모델 에이전시 '글래머 타임'은 퀸스버러 플라자 근처 어느 건물 2층의 창문 없는 사무실에서 운영되고 있었다. 최첨단 패션의 중심에서는 멀찍이 떨어진 곳이었지만, 퀸스의 노동자 계급에 속한 야심만만한 어린 모델들을 끌어들이기에는 이상적인 위치였다. 에이전시에 등록하려면 스냅 사진을 찍어야 했다. 나행스럽게도 아레네예프 씨는 에이전시 안에 작은 스튜디오도 운영하고 있어서 수수료를 받고 직접 스냅 사진을 찍어주었다. 일부 젊은 여성들에게는 근무 시간 이후에 단둘이 사진을 찍자고 권했다. 뉴욕 거리는 수거하지 않은 쓰레기로 넘쳐났지만, '글래머 타임'은 그 나름의 악취를 풍기고 있었다. 이 사업에서 단 하나 정직한 요소는 프런트에서 전화를 받는 동아프리카 출신 여성뿐이었다.

　아레네예프의 사업은 희망을 품은 젊은 여성들을 끌어 모으며 한동안 잘 굴러왔을 것이다. 그 빌어먹을 가석방 감독관이 프런트 데스크를 제2의 집처럼 여기지만 않았다면 말이다. 경찰이 이틀에 한 번꼴로 드나드는데 어떻게 제대로 된 사기를 칠 수 있겠는가? 브라이언 웨스트는 사업에 좋지 않은 영향을 미쳤다. 그리고 그가 릴리언에게 홀딱 반했으므로 릴리언 카그와 역시 사업에 좋지 않은 영향을 미쳤다. 그래서 아레네예프 씨는 그녀를 해고했다. 현명한 계획은 아니었지만, 어차피 아레네예프 씨도 현명한 사람은 아니었다. 이제 브라이언은 오논다가 카운티의 자베르 형사가 되어 무자비하게 파벨을 추적했다. 돈을 받고 사진 찍는 행위는 불법이 아니었지만, 허가 없이 사진관을 운영하는 것은 가석방 조건 위반에 해당되는 행위였다. 파벨 아레네예프는 교도소로 돌아갔고, 브라이언 웨스트는 상을 받았다. 릴리언 카그와는 새 일자리를 찾아야 했다.

그녀는 미드타운 맨해튼에 있는 법률사무소의 행정 비서 자리를 구했다. 봉급은 전에 받던 것보다 적었다. 그녀는 더 좁은 아파트로 이사했다. 브라이언과의 연락도 끊었다. 그 사람 때문에 좋은 일자리를 잃었고, 미드타운으로 출퇴근하려면 편도로만 30분이 더 걸렸다. 그러니, 됐어요, 브라이언. 당신과 같이 저녁 식사를 하거나 영화를 보러 가고 싶진 않아요. 그래도 아무튼 그녀는 젊었고, 이곳은 우간다의 진자보다 더 많은 즐거움이 있는 뉴욕이었다. 그들은 1968년 처음 만났지만 진짜 첫 번째 데이트를 나간 것은 그로부터 8년이 지나서였다.

브라이언 웨스트는 릴리언에게 자기 방을 양보하고 외곽 지역으로 물러나 스테이튼섬에 새로 방을 구했다. 그는 그녀 생각을 떨칠 수 없었다. 왜지? 릴리언의 무엇 때문에 이러는 거지? 그는 제대로 설명할 수 없었다. 마치 그녀가 건 주문에 걸린 것 같았다.

브라이언 웨스트는 낭만과는 거리가 먼 주정뱅이 부부의 외동아들이었다. 그는 열두 살 때 엘름우드 극장에서 사탕 팔이를 했다. 그리고 그렇게 번 돈을 아버지 프랭크에게 자랑하는 큰 실수를 저질렀다. 그는 아버지가 어깨를 두드려주며 칭찬해줄 거라 기대했다. 칭찬 대신 소년은 자기 집 거실에서 실컷 두들겨 맞고 돈을 전부 강탈 당했다. 아버지는 그 돈으로 제네시 맥주를 한 상자 샀고, 엄마 아빠는 그날 밤 잠들기 전까지 그걸 전부 해치웠다. 이런 가정에서 자라는 아이는 대개 완전히 타락하거나 강하게 성장한다. 어쩌면 둘 다일 수도 있다. 그에게는 아들을 두들겨 패고 첫 월급을 빼앗아가는 아버지가 있었다. 그를 용서해줄 여인에게는 무엇이 기다리고 있을까?

1976년 말 드디어 사건이 일어났다. 브라이언 웨스트와 릴리언 카그와는 데이트를 하기 시작했다. 처음 만났던 쓰레기 파동 때는 스물다섯 살 동갑내기였지만, 이제 그들은 서른세 살이 되어 있었다. 릴리언은 그간 많은 남자들을 만났지만, 자꾸 브라이언과 비교하게 되었다. 그는 성실히 일했고, 술을 마시지 않았고, 저축하며 빚을 갚았다. 그녀가 지금에 와서 이런 덕목들을 얼마나 가치 있게 여기는지 생각하면 재미있다. 한 가지 '옥에 티'가 저녁 식사 때 보였다. 브라이언이 자신이 얼마나 아이들을 원하는지, 좋은 남편과 아버지가 되고 싶은지를 토로한 것이다. 그가 말을 마치자, 그녀는 지금 두 사람이 첫 번째 데이트를 하는 중이라고 부드럽게 일깨워주었다. 결혼 계획은 적어도 영화를 보고 난 다음까지는 미룰 수 있지 않을까? 브라이언은 태연한 자세로 품위를 지켰고, 여유롭게 웃었다. 그는 알지 못했지만, 바로 그 순간 릴리언은 브라이언에게 진심으로 반하게 되었다.

브라이언은 릴리언과 〈록키〉를 보러 갔다. 릴리언이 고른 영화는 아니었지만, 중반쯤에는 그녀도 영화를 즐기고 있었다. 심지어 화면에서 자신의 모습을 보는 것 같은 느낌까지 들었다. 맹렬한 몽상가. 영화는 그런 사람에 관한 이야기였다. 그녀도 그렇지 않은가? 그녀는 그런 식으로 생각하는 것이 좋았다. 어쩌면 그래서 브라이언이 그녀를 데리고 이 영화를 보려던 것인지도 모른다. 절대 말로 설명할 수 없는 자신의 무언가를 그녀에게 보여주려고. 그는 아버지에게 돈을 강탈 당한 얘기를 그녀에게 들려주었고, 그녀는 차에서 총에 맞아 죽은 아서 얘기를 해주었다. 그리고 이제 두 사람은 어두운 타임스퀘어 극장 안에 함께 있었다. 함께. 생존자로서. 이 모든 것이, 그들을 이곳까지 이끈 지금까지의 모든 삶이 신화처럼 비현실적으로 느껴졌다. 어둠 속에서 그녀는 그의 손을 잡았다. 그들의 첫 섹스는 그 후 세 시간 뒤에 있었지만, 둘의 첫아이이자 유일한 아이는 바로 그 순간 잉태되었다고 말하는 것이 정확할 것이다. 생각, 아이디어, 함께 꾸는 꿈. 두 사람이 함께 이야기하기 시작하면서 부모로서의 삶이 시작되는 것이다.

1977년 4월이 되자 릴리언은 조금씩 배가 불러왔다. 브라이언은 잭슨 하이츠에 방 두 칸짜리 아파트를 찾아냈다. 두 사람의 아들은 9월에 태어났다. 브라이언은 반은 흑인이고 반은 백인인 아이에게 '록키'라는 이름은 좀 이상할 거라고 생각했다. 그래서 아폴로라는 이름을 지어주었다. 브라이언은 갓 태어난 아들을 한 팔로 안고 "너는 신이야, 아폴로. 잘 자렴, 나의 꼬마 태양"이라고 속삭이는 걸 좋아했다. 그리고 그들은 행복하게 살았다. 적어도 몇 년 동안은.

아폴로의 네 번째 생일이 될 무렵, 브라이언 웨스트가 사라졌다.

다른 여자와 달아난 것도 아니었고 마을을 몰래 빠져나가 시러큐스로 돌아간 것도 아니었다. 그의 존재는 지워진 것처럼 사라졌다. 빵 조각도 신용카드 사용 내역도. 아무 흔적도 남기지 않았기에 발견되지도 못했다. 그는 떠났다. 사라졌다. 증발했다.

아폴로가 태어났을 때 브라이언과 릴리언은 이야기의 결말을 맞이했다고 생각했지만, 그들의 생각은 틀렸다. 황폐한 결말은 이제 막 시작되었다.

2

　　브라이언이 사라지고 난 직후, 아이는 되풀이해서 꿈을 꾸기 시작했다. 아이가 고작 네 살이었던 터라 꿈 내용을 제대로 알아들을 수는 없었다. 대개는 한밤중에 겁에 질린 아이가 다급하게 주절거리는 식이었지만, 릴리언은 아이의 이야기를 듣고 앞뒤를 끼워 맞췄다. 현관문에서 남자가 문을 두드리고 있다. 아폴로가 문을 열면 남자는 밀치고 들어온다. 남자는 아폴로 앞에 무릎을 꿇는다. 남자는 원래 얼굴이 있는데 그 얼굴을 떼어버린다. 그 아래 드러나는 얼굴은 아빠의 얼굴이다. 브라이언 웨스트가 입을 열고, 그러면 그 입에서 구름이 흘러나온다. 아폴로는 아빠의 목에서 안개가 새어 나오는 것을 바라보며 울기 시작한다. 안개가 아파트 안을 가득 메워 아이는 앞을 볼 수가 없다. 아빠가 그를 들쳐 안는다. 그러면 거세게 물 흐르는 소리가 들리는데, 폭포 소리처럼 큰 물소리가 아파트를 가득 채운다. 아빠는 아이를 데리고 안개 속으로 들어간다. 마침내 아빠는 아이에게 말한다. 바로 이때 아폴로는 비명을 지르며 잠에서 깨는 것이었다.

　　이 악몽은 몇 주 동안이나 밤마다 아이를 찾아왔다. 아폴로는 잠드는 것을 거부했고, 릴리언도 어느 순간에 아들이 겁에 질릴 것을 알기 때문에 잠들 수가 없었다.

　　넌 나랑 같이 가는 거야.

꿈에서 브라이언이 아폴로에게 한 말이었다.

아들을 애써 달래며, 릴리언은 왜 잠에서 깰 정도로 그 말이 그렇게 무서운 거냐고 물었다. 아이의 대답에 그녀는 살과 뼈가 흩어져 산산이 부서지는 기분이 들었다. 아이가 운 것은 두려움 때문이 아니었다. 그리움 때문이었다.

"왜 아빠가 날 안 데려갔어요?" 아폴로는 말했다.

결국 악몽은 지나갔다. 적어도, 아폴로는 악몽에 대해 더 말하지 않았다. 이로써 그들은 다시 평범한 일상으로 돌아왔다. 전일제로 일하는 홀어머니 릴리언은 혼자 아이를 키웠고, 토요일에는 법률사무소 비서가 되기 위해 강의를 들었다. 인생은 고달팠지만 보람 있었다. 책을 좋아하는 꼬마 아폴로는 자립심 강하고 신중한 아이로 자랐다.

그들은 이런 식으로 휘청거리며 8년 넘게 살았다. 아폴로가 열두 살이 될 무렵 두 사람은 이제 브라이언 웨스트에 대해서 말하지 않았고 앞으로도 그에 대해 얘기할 일은 없을 것이었다. 그러나 어느 오후 아폴로는 누군가에게서 메시지를 받았다. 선물이었다.

3

1989년 가을에 생긴 일이었다. 아폴로 카그와는 플러싱의 237중학교를 다니는 중학생이었다. 브라이언이 사라진 후 릴리언은 아들과 함께 처녀 때 성으로 돌아갔다. 그는 법령에 따라 카그와가 되었다. 그들은 삶에서 웨스트를 지워버렸다.

아폴로는 자립심 강하고 신중한 아이였지만 학교에서 잘 지냈다. 가장 친한 친구도 두 명 있었고 페로 씨의 미국 역사 시간에도 잘해나갔다. 릴리언은 법률 비서가 되기 위한 강의들을 무사히 수료하고 미드타운 맨해튼에 있는 더 좋은 법률사무소에 취직했다. 그러나 일이 많아지면서 퇴근은 점점 늦어졌고, 저녁 8시가 되어야 집에 오는 일도 흔했다. 소위 '열쇠 아동'이라는 말이 딱 아폴로를 두고 하는 말이었다. 어른들은 〈도나휴 쇼〉에서 이런 현실을 개탄했다. 그들은 일하는 엄마들이 먹고살기 위해 가엾은 아이들을 망친다며 맹비난했다.

아폴로는 집에 일찍 가지 않아도 되는 아이들이 으레 하는 일로 오후를 보냈다. 근처 식당에 들어가 동전 몇 개로 전자오락 갤러그를 좀 하다가, 식료품점에서 물 몇 병과 감자 칩을 사 들고 콜든 가 모퉁이 근처를 어슬렁거리는 것이다. 그곳에서는 아이들이 가끔씩 베이스 달리기 놀이를 하곤 했다. 아폴로는 두어 시간 정도 놀다가 집으로 갔다.

샤워한 지는 정확하게 말해서 하루이틀 정도 되었고, 그렇게 뛰고 달리다 보니 참을 수 없이 지독한 악취가 났다. 아폴로가 수도꼭지를 틀고 반쯤 옷을 벗었을 때 저쪽에서 묵직한 노크 소리가 들렸다. 어느 이웃이 엄마를 찾는 것이겠지. 아폴로는 무시했지만 문 두드리는 소리는 점점 더 커졌다. 샤워기에서 뿜어 나오는 온수 때문에 수증기가 피어올랐다. 욕실에서 나오는 아폴로가 마치 구름에서 나오는 것처럼 보였다.

거실을 반 정도 가로질렀을 때 목 뒤로 섬뜩한 느낌이 퍼졌다. 노크는 계속되었지만 아폴로는 뒤를 돌아보았고, 욕실 수증기가 그의 뒤를 따라오는 것처럼 거실로 흘러넘치는 것을 보았다. 바로 그 순간 머리가 떵하고 울렸다. 마치, 부지불식간에, 누군가의 꿈속으로 걸어 들어온 것 같았다. 그 자신의 꿈. 이 사실을 깨닫고 갑자기 정신이 번쩍 들었다. 이런 꿈을 꾼 적이 있었다. 매일 밤. 아주 어렸을 때. 몇 살 때였을까? 세 살 아니면 네 살? 문을 두드리는 소리가 들렸고, 수돗물 소리가 들렸고, 아파트는 짙은 안개로 자욱했고……

그는 문으로 달려갔다. 그가 달리는 순간 노크 소리가 갑자기 멈췄다.

"좀 기다려줘." 아폴로가 속삭였다. 그런 말을 하면서 스스로 바보처럼 느껴졌다. 그 말을 한 번 더 되풀이할 땐 더 바보 같았다.

아버지는 밖에 없었다. 그의 아버지는 밖에 없었다. 그의 아버지는 없었다.

그래도 아폴로는 자물쇠를 풀었다. 그는 자신이 쪼그라드는 것 같은 느낌이 들었다. 꿈에서는 어떻게 문을 열었더라? 그렇게 어린 꼬마가 어떻게 자물쇠에 손이 닿았을까? 꿈에서는 뭐든 가능하니까. 그럼 지금은? 어쩌면 그는 지금 욕실에서, 욕조에 앉아서 잠이 든 것인지도 모르겠다. 그리고 뇌 속에서 아무렇게나 전기 불꽃이 튀어 이 환상을 수면 위로 다시 떠오르게 한 것인지도 모른다. 아폴로는 신경 쓰지 않기로 했다. 지금 이게 꿈이라고 인지하는 데에는 어떤 자유 같은 것이 있었다. 적어도 문을 열고 나가면 아버지를 만날 수도, 모습을 확인할 수도 있겠지. 아버지의 모습은 기억에 없었다. 그러나 그가 문을 열었을 때 그곳에 아버지는 없었다.

대신 문턱에 상자 하나가 놓여 있었다.

아폴로는 꿈꿔왔던 아버지의 모습을 언뜻 볼 수 있을까 싶어 밖으로 나갔다. 어쩌면 아버지가 복도를 걸어가고 있을지도 몰라. 그러나 그곳엔 아무도 없었다. 그는 뒤돌아 상자를 내려다보았다. 묵직한 판지 상자의 뚜껑에는 검은색 마커로 한 단어가 쓰여 있었다.

임프로바빌리아*Improbabilia*.

아폴로는 무릎을 꿇었다. 그는 상자를 집어 들고―무겁지 않았다―안으로 들어왔다. 상자의 내용물이 안에서 탕탕 부딪치며 소리를 냈다. 그는 거실 카펫 위에 앉았다. 그리고 상자 뚜껑을 열었다.

4

"그 상자는 네 아버지 것이었는데." 릴리언이 말했다.

아폴로는 해가 진 것도 몰랐고, 엄마가 들어오는 소리도 듣지 못했다. 엄마가 그의 뒷덜미를 만졌을 때에야 다른 것들이 눈에 들어왔다.

엄마는 가방을 내려놓고 그의 뒤에 쭈그리고 앉았다. "이건 다 어디서 찾았니?"

"누가 문 앞에 놓고 갔어요."

카펫 위에는 아폴로가 상자에서 꺼내놓은 물건들이 가득 늘어놓여 있었다. 영화표 조각 두 장, 어떤 젊은 백인 여성의 사진, 잭슨 하이츠 아파트의 임대 계약서, 타임스퀘어 바로 옆 9번로路에 있는 호텔 숙박 영수증, 배달 음식 영수증 묶음, 브라이언 웨스트와 릴리언 카그와의 혼인 증명서, 그리고 동화책 한 권이었다.

"지금 그게 무슨 말이야?" 릴리언은 물건들을 훑어보며 속삭였다. "맙소사." 그녀의 목소리가 한층 더 나지막해졌다.

아폴로는 고개를 돌려 엄마를 쳐다보았다. 엄마는 뒤로 물러서서 꼿꼿이 선 채로 정신을 가다듬으려 애쓰고 있었다. "사실대로 말해봐. 이게 엄마 옷장에 있었니? 너 엄마 물건 뒤졌어?"

아폴로는 문을 가리키며 말했다. "누가 계속 문을 노크했어요. 난……." 그러고는 잠시 숨을 돌렸다. "난 밖에 누가 있는지 몰랐어요.

막 샤워하려고 했는데."

그때 아폴로는 수돗물이 아직도 흐르고 있는 것을 깨달았다. 그는 일어서서 욕실로 달려갔다. 배수구 물 빠지는 속도가 느려서 욕조는 흘러넘쳤고, 욕실 바닥은 온통 물바다였다.

"아폴로!" 난장판을 보자마자 릴리언이 소리를 질렀다. 그녀는 아들을 옆으로 밀치고 수도부터 잠갔다. 그러고는 선반에서 수건을 가져와 바닥에 펼쳤다. "아래 층 오르티스 부인에게 가서 천장에 물이 새지 않았는지 확인해야겠다."

그 말도 안 되는 상자가 거실에 떡하니 버티고 있었지만, 부모라면 결코 무시할 수 없는 걱정거리였다. 아들이 아래층 이웃에게, 이 생각 없는 아이를 돌봐주곤 했던 친절한 늙은 여인에게 심각한 피해를 끼쳤으면 어쩌지? 그리고 오르티스 부인 집 천장을 고치려면 돈은 얼마나 들까?

릴리언이 욕실을 나서자 아폴로도 엄마를 뒤따라 나왔다. 릴리언은 밖으로 나가려다 말고 카펫 위의 상자와 늘어놓은 물건들을 힐긋 보고는 잰걸음으로 다시 돌아왔다. 그녀는 잡동사니 중에서 종잇조각 하나를 낚아채 들고 밖으로 나갔다. 아폴로는 거실로 돌아왔다. 릴리언이 가져간 것은 타임스퀘어 근처에서 하룻밤을 묵었던 호텔 영수증이었다. 그녀는 잘 숨겼다고 생각했지만, 아폴로에게는 상관없었다. 그는 거실에 혼자 앉아 있는 동안 눈앞의 모든 것을 기억하려 전념했고, 자신이 엄마 아빠에 대해 알고 있는 이야기와 이 물건들을 연결시켜보고 있었다. 확실치 않았던 것 중 하나를 엄마가 방금 확인해준 셈이었다.

이런 것들을 모두 간직하는 남자가 어떻게 아내와 아이를 버릴 수 있었던 걸까? 그리고 이 물건들은 어떻게 아폴로의 집 문 앞에 온 것일까? 그는 다시 한번 상자의 뚜껑과 거기에 새겨진 단어를 읽었다. **임프로바빌리아.**

이 물건들이 지닌 의미는 엄마에게 설명을 들어야겠지만, 그중 하나는 쉽게 알 수 있었다. 모리스 샌닥이 쓴 동화책 『저 바깥에Outside Over There』*. 아폴로는 책을 펼쳤다. 그는 아버지가 아들에게 남길 법한 특별한 쪽지라던가 헌사 같은 게 있기를, 적어도 아빠의 필적만이라도 확인할 수 있기를 기대했다. 그런 것은 없었다. 페이지들은 많이 닳았고 페이지마다 오른쪽 위 귀퉁이가 얼룩져 있었다. 책등은 갈라져 금이가 있었다. 이 책은 전시용이 아니라 자주 읽었던 책이다. 아폴로는 브라이언 웨스트를 머릿속에 그려보았다. 어쩌면 바로 이 소파에 앉아서, 아들에게 큰 소리로 책을 읽어주었을 모습을. 이제 아폴로는 책의 첫 페이지를 스스로에게 큰 소리로 읽어주었다.

"아빠가 먼 바다로 떠나고."

엄마는 책을 읽지 않았다. 엄마는 여러 가지 좋은 성향을 많이 갖춘 사람이었지만, 책을 읽는 취미는 없었다. 릴리언은 짐승처럼 일했고, 밤이면 같이 앉아 텔레비전을 볼 정도의 힘만 겨우 남아 있었다. 그게 전부였다. 그녀는 대개 소파에서 그대로 잠들어버리곤 했다. 아폴로는 신경 쓰지 않았다. 그러나 일단 엄마가 곯아떨어지면, 그는 엄마의 신발과 가방을 벗기고, TV를 끄고, 자기 방으로 가 책을 읽었다. 그는 단어들을 소리 내어 말할 수 있게 된 때부터 책 읽기를 좋아했다. 지금

---

* 한국에는 『잃어버린 동생을 찾아서』라는 제목으로 출간되었지만, 이 작품에서는 원제의 의미를 살리기로 한다.

그의 손에 들린 책은 이 집에서 책 읽는 사람이 자기 혼자만이 아니었던 시절을 떠올리게 했다. 책을 좋아하는 취향을 누군가에게서 물려받았다고 생각하면 좋았다. 어쩌면 이 책은 아버지가 그와 함께 나누기로 계획했던 수많은 것들 중 첫 번째에 불과했을지도 모른다. 상자를 발견하고 나서 아폴로는 책을 읽고 싶은 욕구가 더욱 커졌다.

아폴로는 침대에서 그리고 화장실에서 책을 읽었다. 공원에도 책을 가지고 나갔다. 우익수를 설 때면 페이퍼백을 읽었다. 그는 책을 닥치는 대로 읽고, 책에 음료수를 엎지르고, 책 안쪽에 초콜릿 지문 얼룩을 남겼다. 아무리 친절한 도서관 사서라도 그에게 책 교체비를 물릴 수밖에 없었다. 그래서 릴리언은 법률사무소에 있는 책과 잡지들을 집에 가져오기 시작했다. 《리더스 다이제스트》며 《피플》, 《컨슈머리포트》, 《보나페티》 같은 잡지들이었다. 아폴로는 이것들을 전부 읽어치웠고 더 많은 책을 원했다. 급기야 릴리언은 같은 건물의 다른 사무실 비서들과 친구가 되어 자기 사무실에서 구독하는 것과 다른 종류의 잡지를 구독하면 안 되겠느냐고 설득하기에 이르렀다. 길 건너 치과에서 환자들을 위해 값싼 페이퍼백들을 들여놓았는데, 릴리언은 프런트 데스크 직원에게 낡은 책들은 버리지 말고 자기에게 달라고 부탁했다. 대개는 로맨스와 스릴러 소설이었고, 실제 사건을 다룬 책도 많았다. 릴리언 카그와는 부피는 따지지 않고 책들을 비닐봉지에 몽땅 쓸어 담아 7번 열차를 타고 집에 가져왔다. 그래서 어린 아폴로는 이해할 수도 없는 앤 룰의 『내 옆의 낯선 사람』, 블란시 체니어의 『까다로운 상속녀』, 클라이브 커슬러의 『용』 같은 책들을 읽었다. 이해하거나 말거나, 그는 책을 모두 끝까지 읽었다. 이런 유형의 아이들에게는 어른의 지도를 받지 않은 독서가 오히려 축복이었다.

릴리언은 아들이 어떤 유형의 아이인지 완전히 이해하지 못했다. 그러다가 10월 초 어느 토요일에 아래층 이웃인 오르티스 부인이 아파트에 찾아왔다. 릴리언이 아니라 그녀의 아들을 보러 온 것이었다. 릴리언은 제일 먼저 혹시 아폴로가 무슨 잘못을 저지른 건가 하는 생각이 들었지만, 오르티스 부인은 허공에 1달러 지폐를 흔들며 아폴로가 그 예쁘장하게 생긴 줄리아 로버츠란 여자가 표지에 나온 《피플》지를 갖다주겠다고 약속해놓고 아직 오지 않았다고 말했다. 이후 혼란스러운 몇 분 동안 생각을 추리고 추린 끝에, 릴리언은 집에 가져오는 책과 잡지들을 아들이 팔고 있었다는 사실을 깨닫고 크게 실망했다. 그녀는 너무 화가 나서 아폴로의 방으로 들어가 바닥에 쌓인 과월호 잡지 중 하나를 오르티스 부인에게 공짜로 주었다. 바버라 부시가 표지 모델인 최신호도 같이 주려고 했지만, 오르티스 부인은 그게 누구인지 몰랐다.

아폴로는 해가 지자마자 곧바로 집에 돌아왔다. 뉴욕은 따뜻한 날씨가 계속되고 있어 한낮 기온이 20도 중반까지 올랐다. 아폴로는 친구와 함께 플러싱 미도우 공원에서 추워질 때까지 공을 찼다. 얼굴은 더러웠지만 빛이 나 보였다. 릴리언은 부엌에서 아들을 맞이했다. 그녀는 오후 내내 잡지와 페이퍼백 들을 전부 쓰레기봉투에 담았고, 이 봉투들이 저녁 식사 대신 부엌의 작은 식탁 위에 놓여 있었다. 아폴로가 묻기도 전에, 릴리언은 오르티스 부인이 왔었다는 얘기를 꺼냈다.

"나는 이 골칫덩어리들을 가져오느라 그렇게 애를 썼어. 네가 이것들을 다 읽을 거라고 생각했기 때문이지." 릴리언은 봉투 하나를 들다가 무게 때문에 투덜거렸다. "하지만 그게 아니라면, 이것들은 전부 쓰레기 소각로로 보내야겠지."

아폴로는 봉투 하나를 열어서 안을 힐긋 보았다. "이건 다 읽은 거예요. 전부 다요. 책을 다 읽고 나면 그걸로 뭘 하나요?"

"버려야지, 아폴로. 하긴 뭘 해." 그녀는 다시 봉투를 묶었다.

"하지만 오르티스 부인은 《피플》지를 읽고 싶어 하시는데, 그래서……."

"그럼 왜 부인한테 돈을 받니?"

"부인이 저한테 25센트를 주시는 거예요. 새 잡지는 1.95달러잖아요. 이건 아주머니한테도 좋은 거래예요. 아주머닌 잡지가 몇 주 지났다고 신경 쓰지도 않으시고요. 뭐가 잘못이라는 거죠?"

릴리언은 입을 벌렸지만 대답할 말을 찾지 못했다. 그녀는 봉투를 내려다보았다. "이걸 다 팔 거라고?"

"팔지 못하는 건 버려요. 하지만 전 이웃들에게 상당히 잘 대해주고 있어요."

"넌 열두 살이야." 릴리언이 털썩 주저앉았다. "이런 건 다 어디에서 배운 거니?"

아폴로는 잠시 침묵을 지키다가 활짝 미소를 지었다. "엄마한테요. 엄마를 보면서 배운 거죠."

"무슨 뜻이야?"

"엄마는 열심히 일하시잖아요. 그걸 본 거예요. 그리고 전 엄마 아들이고요. 그게 제 핏속에 있는 거죠."

릴리언은 옆의 의자를 가리켰고 아폴로는 의자에 앉았다. 그녀는 아들을 오랫동안 바라보았다.

"사업을 하려면 제대로 된 명함이 있어야 해." 그녀가 말했다. "네 이름도 새겨야 하고, 전화번호도. 전화번호 자리에는 집 전화번호를 쓰면 되겠다. 널 위해 명함을 만들어주마. 사무실을 통하면 공짜로 만들 수 있을 거야."

릴리언은 자리에서 일어나 잠시 후 타자용 종이와 펜을 들고 돌아왔다. 그녀는 커다란 사각형을 그리고 그 안에 글씨를 썼다.

아폴로 카그와

중고책&잡지

그러다 두 번째 줄을 지우고 다시 썼다.

상태 좋은 책&잡지

그 아래에는 집 전화번호를 적었다.

그러고 나서 그녀는 펜 끝을 사각형의 위쪽에, 아폴로의 이름 바로 위에 가져다 댔다. "사업을 하려면 상호명이 있어야지." 그녀는 펜을 들고 아들의 대답을 기다렸다.

그는 엄마의 손에서 펜을 받아 직접 적었다.

임프로바빌리아

5

칼튼 레이크라는 남자만 아니었다면 아폴로 카그와는 대학에 갔을 것이다. 아폴로는 존 보운 고등학교의 졸업반이었고, 성적만 놓고 보면 완전히 평균에 속했다. 성적표에는 B와 C가 줄지어 적혀 있었다. 9학년이 될 때까지 계속 그런 식이었다. 아폴로는 머리도 좋은 데다 심지어 공부도 성실히 하는 편이라 그의 성적에 놀라는 선생님들도 있었지만, 학교는 아폴로가 진정으로 열의를 쏟은 대상이 아니었다. 아폴로 카그와의 머릿속에는 오로지 사업뿐이었다.

열일곱 살이 되자 임프로바빌리아는 번창 일로였다. 소년은 퀸스, 맨해튼, 브롱크스의 희귀서적과 중고책 딜러들 사이에서 점차 널리 알려졌다. 소년은 아무 중고책 서점에 전화해서 마침 근처에 온 딜러인데 잠깐 의례적인 방문을 해도 좋겠느냐고 물었다. 전화를 받은 서점 주인들은 격식을 갖춘 말투에 당황하며 물론 방문해도 좋다고 대답했다. 서점 주인들 대부분은 에밀리 포스트*의 에티켓에 익숙한 부류는 아니었다. 곧 열다섯 살 먹은 흑인 소년이 쿵쾅거리며 문을 열고 들어왔다. 등에 묵직한 배낭을 짊어진 소년은 자신을 아폴로라고 소개했다. 소년은 자동차 와이퍼를 달아도 충분할 만큼 커다란 안경을 끼고 있었다.

* 미국 작가. 에티켓에 관한 책과 칼럼을 다수 남겼다.

아폴로는 서점에 들어와 《코노서》와 《하이라이트》 같은 잡지 과월호를 팔려고 했다. 사업가적 기질과 순수하고 순진한 태도를 지닌 이 열다섯 살 소년에게 늙은 책방 주인들은 완전히 홀딱 반해버렸다. 그리고 그런 선배들에게서 아폴로는 원하던 것들을 배울 수 있었다. 그들은 아폴로에게 책의 가치를 산정하는 법, 유품 정리 세일을 탐사하고 다니는 법, 골동품 전시회에서 좌판을 펼 때 최고의 자리를 선점하는 법 등을 가르쳤다.

어떤 서점 주인들은 전혀 반기지 않았다. 아폴로가 자기 재고를 공개하고 책을 팔려고 하면, 그들은 훔친 책을 팔려 한다며 아폴로를 비난했다. 어쩌면 아폴로가 서점 문을 부수고 침입해 뭐든 약탈해갈지도 모른다고 생각했는지도 몰랐다. 맨해튼 고급 지역의 몇몇 서점들은 정문에 버저를 달아놓았다. 이때는 버나드 게츠가 지하철에서 흑인 소년들에게 총을 쏜 시대였고, 도시의 수많은 백인들은 공공연하게 게츠를 옹호했다. 멜라닌이 과다한 아이들은 모두 초포식자*가 되었고, 안경을 끼고 책이 가득 든 백팩을 멘 흑인 소년도 예외는 아니었다. 15분 넘게 상점 입구에 서 있어도 점원이 애써 그를 못 본 척하는 일도 흔히 있었다. 설상가상으로 아폴로는 자신이 실제로는 다른 이들을 두렵게 만드는 괴물 같은 존재라서 아버지를 쫓아낸 것은 아닐까 하는 고민에 빠졌다. 그런 확신은 특히 이런 순간, 이 세상이 그를 괴물로 단정 짓는 것 같은 순간에 가장 격렬히 불타올랐다. 그가 생각이 깊은 아이가 아니었다면 이런 생각에 매몰되었을 것이다. 아폴로는 굴욕감을 견디기

* superpredator, 1990년대에 기존 사법제도로 대처가 불가능한 청소년 범죄자를 일컫는 용어.

위해, 초신성 폭발처럼 분출하는 자기혐오의 감정을 견디기 위해, 주문을 만들어냈다. (어쩌면 어떤 예전 기억에서 불러낸 말이었을지도 모른다.) 그리고 모멸적인 시선을 받을 때면 그 자리에 서서 속으로 계속 주문을 외웠다. '나는 신이다, 아폴로. 나는 신이다, 아폴로. 나는 신이다, 아폴로.' 그는 영적 경험을 체험하게 될 때까지 이 주문을 계속 되뇌었다. 그렇다고 해서 가게 주인이 그를 안으로 들였다는 뜻은 아니었다.

고등학교 졸업반이던 1995년에 그는 퀸스컬리지의 입학 허가를 받았다. 그리고 학기가 시작되기 전 여름에, 아폴로에게 조언해주던 딜러 중 하나가 졸업 선물을 주었다. 칼튼 레이크가 쓴 『문서 고고학자의 고백』이라는 책이었다.

레이크는 이 책에서 희귀 서적과 고급 서적, 원고, 악보, 심지어 나폴레옹 시대의 편지까지 수집했던 수집가로서의 인생을 회고한다. 수집가는 그의 수집품과 함께 명성을 날리게 되지만, 책의 초반부에서는 그가 어떻게 책과 사랑에 빠지게 되었는지를 상세히 설명한다. 그는 닥치는 대로 책을 읽었고 중고책 서점은 그냥 지나치는 법 없이 샅샅이 훑고 다녔다. 몇 십 센트 이상 가격이 매겨진 책들을 본격적으로 수집하게 될 무렵, 레이크는 "하고 싶은 대로 다 하게 놔두는 할머니의 사주를 받았다"고 말한다. 다시 말해 할머니가 자금을 지원해줬다는 얘기다. 칼튼 레이크는 곧 보들레르, 베를렌, 랭보, 말라르메 같은 위대한 19세기 프랑스 시인들의 작품을 수집하게 되었다. 그러다 그가 '깨달음'이라 부르는 계시의 순간이 찾아오게 된다. 뉴욕의 한 경매에서 처음으로 큰 수확을 올렸던 것이었다. 그곳에서 구입한 보들레르의 『악의 꽃』 여백에서 보들레르가 직접 가필한 흔적을 발견했고, 이 발견을 통해 그는 문서 고고학자로 거듭나게 되었다. 레이크에게 있어 이는 진정한 소명의 시작이었다. 그는 위대한 서적상이 되었다.

이 책을 다 읽을 즈음 아폴로 카그와는 가을에 퀸스컬리지에 갈 마음이 없어졌음을 깨달았다. 책 살 데 돈을 대줄 할머니는 없었지만, 그리고 아직 보들레르와 베아트릭스 포터의 차이를 모르긴 하지만, 그래도 그는 자신 역시 서적상이라고 확신하고 있었다. 칼튼 레이크도 하는데 나라고 못 할 게 뭐야? 두 맹렬한 몽상가의 아들도 결국 그 길을 걷게 되었다.

6

'유품 정리 세일'이라고 하면 뭔가 우아하게 들리지만, 아폴로에게는 뉴로셸까지 내내 달려가서 빅토리아 식민지 시대 이래로 지하실에서 물을 잔뜩 먹은 책이 가득 담긴 쓰레기봉투를 하나하나 뒤져야 한다는 걸 뜻했다. 그러다 다시 슈거힐의 타운하우스에서 책꽂이 네 개에 꽂혀 완벽하게 보존된 초판본 책들을 발견할 수도 있다. 긴장감과 놀라움, 이런 것들은 수익만큼이나 중요한 것들이다.

아폴로는 일찌감치 자신의 소명을 찾았지만, 위대한 발견이라 할 만한 것은—이른바 레이크가 보들레르를 만났던 것 같은 순간은—서른 넷이 되어서야 찾아왔다. 그는 열아홉 살에 독립해서 잭슨하이츠의 스튜디오로 이사를 갔다. 책들을 놓고 나면 트윈베드를 두기도 버거울 만큼 좁은 집이었다. 그는 책을 찾아 온 나라를 헤집고 다녔다. 간혹 권두 삽화와 책 여백에서 고개를 들고 여자와 데이트를 할 때도 있었지만, 몇 차례 좋은 시간을 보내고 나면 언제나 다시 책으로 돌아왔다.

그의 중요한 순간은 브롱크스 아파트 건물 지하실에서 열린 유품 정리 세일에서 찾아왔다. 그곳에는 책 상자가 42개 있었다. 운동화 상자부터 슈퍼마켓에서 들고 온 오렌지색 우유 상자에 이르기까지 크기와 종류도 다양했다. 상자 안에 든 희귀한 책들 가운데 아폴로는 지금껏 한 번도 본 적 없는, 마법과 오컬트에 관한 책을 몇 권 발견했다. 사랑스러운 노부부였던 다고스티노 부부는 몇 달 간격으로 세상을 떠났고, 네 명의 자녀와 열한 명의 손자 손녀 들은 부부의 수집품에 기겁하며 달아나버렸다. 아폴로는 마법 주술서 갈피에 꽂힌 노부부의 스냅사진을 찾았다. 영화 〈업ᵤ〉에 나오는 순박한 노부부처럼 생겼지만, 현실 속 칼과 엘리 프레드릭슨은 어마어마한 양의 흑마술 책을 모으고 있었던 것이다. 마음이 푸근해지는 노부부의 사진과 그들이 모은 초자연 세계의 수집품이 이루는 부조화 때문에 아폴로는 가족들 앞에서 웃지 않으려고 무진 애를 써야 했다.

그는 그 자리에서 아주 낮은 금액을 불렀고, 사우스 브롱크스까지 기꺼이 달려온 첫 번째 딜러로서 별 탈 없이 물건을 차지했다. 그는 임대한 밴으로 그날 오후 물건들을 집으로 옮겼다. 가져온 물건을 전부 분류하고 관련 정보를 업로드하는 데 꼬박 일주일이 걸렸다. 책들을 훑어보는 동안 여백 여기저기에 끄적거린 메모들이 눈에 띄었는데, 필체가 두 종류였다.

『피의 평의회 마녀 사냥꾼을 위한 매뉴얼』이라는 제목의 가벼운 2절판 책 3판을 검사하는데, 다고스티노 부부 앞으로 온 엽서 한 장이 떨어졌다. 엽서 자체는 평범했고 1945년 소인이 찍혀 있었지만, 그렇게 오래된 엽서치고 조금도 색이 바래지 않았다. 보낸 사람의 이름은 또렷한 서명으로 알레이스터 크롤리라고 적혀 있었다. 곧바로 인터넷에서 찾아보니 크롤리는 1900년대 초 유명한 주술사로 '역사상 가장 사악한 인간'으로 알려진 인물이었다. 주로 악마 숭배로 비난받던 자였다. 유흥을 위한 약물 중독과 성적 도락이 데이트 프로필의 일부 항목이 아니라 심각한 죄악이자 추문이던 그 시절에 이미 그런 것들을 즐기기도 했다. 오지 오스본*은 1981년에 이 사람에게 헌정하는 노래를 작곡했다. 그런 사람에게 도메니코와 엘리아나 다고스티노 부부가 엽서를 받은 것이다. 아폴로는 알레이스터 크롤리가 부부에게 보낸 엽서를 읽었다.

어떤 이는 남색을 탐하는 자로 태어납니다. 어떤 이는 남색을 성취합니다. 그리고 또 어떤 이는 다른 이에게 남색을 억지로 강요합니다.

나는 당신들 두 사람을 생각하고 있습니다.

아니 도대체, 어떻게 이런 걸 좋아할 수가 있지? 다고스티노 부부는 제정신이 아니었어!

엽서를 보기 전까지도 아폴로에게는 충분히 최고의 거래였다. 이제 이 엽서가 진품임을 입증할 수 있다면 전설적인 거래가 될 수도 있었다. 칼튼 레이크는 보들레르의 가필 원고를 손에 넣었다. 아폴로 카그와는 알레이스터 크롤리의 성적 농담이 적힌 엽서를 손에 넣었다. 그는 엽서를 다시 읽고 웃음을 터뜨렸다. 이 웃기는 상황을 누군가와 공유하기 위해 엽서를 쳐들었지만, 거실에는 그 혼자였다. 지금 막 인생의 발견을 한 참인데, 이 이야기를 함께 나눌 이가 그곳에는 없었다. 그는 생소한 감정에 깜짝 놀랐고, 압도 당했다.

아폴로 카그와는 미치도록 외로웠다.

그는 다시 그 가족에게서 사온 책들의 책장을 넘겨보았다. 엽서도 다

---

* 영국 출신의 헤비메탈 가수. 밴드 블랙 사바스의 보컬로도 활동했다.

시 읽었다. 다고스티노 부부는 다소 해괴한 것에 몰두하긴 했지만, 그래도 그 둘은 함께 마법과 주술을 탐구했다. 서로 다른 두 필체로 쓰인 여백의 메모들은 남편과 아내가 함께 이 두꺼운 책을 공부하며 시간을 보내고, 서로 메모를 교환하고, 수십 년 넘게 대화를 나눴음을 고스란히 보여주었다. 그 순간 아폴로에게 이 책들은 그저 굉장한 돈을 벌게 해줄 물건 이상의 의미를 지니게 되었다. 여기 이 책들은 서로 뒤얽힌 두 인생의 흔적이었다.

새벽 3시, 방 한 칸짜리 아파트에서, 산더미처럼 쌓인 마법과 주술 관련 책 한가운데에 앉아, 34세의 아폴로 카그와는 몸 안의 생체 시계가 돌아가기 시작했음을 깨달았다.

7

도서관 재고 정리에는 유품 정리 세일이나 중고책 서점만큼 꼬박꼬박 찾아가지는 않지만, 마침 워싱턴 하이츠에 있던 참이라—어느 소득 없는 유품 정리 세일 때문에—포트워싱턴 공공도서관에 들렀다.

　일반적으로 판매되는 도서관 책은 재활용하기 애매한 낡은 책이나 지역민들이 기증한 책들이 뒤섞여 있다. 도서관에서는 다고스티노 부부의 수집품처럼 엄청난 물건은 나오지 않지만, 책 한 권을 50센트에 사서 5달러에 팔 수 있다. 작은 업체들 거의 대다수는 이 정도 이윤에 성패가 갈린다. 낭만적이지는 않지만, 어차피 현실이 낭만적인 경우는 극히 드물다. 아폴로는 가끔씩 범죄 소설의 큰글자판 같은 책을 찾으러 도서관 재고 판매에 들르곤 했다. 이런 책들은 그의 웹사이트에서 물건을 주문하는 은퇴자들에게 팔기 좋았다. 그런 책들을 팔다 보면 아파트 C23호의 오르티스 부인에게 《피플》지를 팔던 첫 사업 시절이 떠오르곤 했다.

　포트워싱턴 도서관은 3층짜리 건물이었고 책 판매는 지하 열람실 구석에서 열리고 있었다. 사서 한 명이 판매와 사서 업무를 동시에 담당하고 있었다. 지하실에 들어서니 두 아이를 데려온 엄마가 선반을 뒤지며 낡은 그림책을 고르는 것을 사서가 옆에서 돕고 있었다. 둘 중 더 어린 아이가 책꽂이에서 마구잡이로 책을 뽑아 바닥에 던지는 작업에 열중하고 있었다. 엄마는 눈치를 못 챘거나 아니면 눈치채지 않기로 결심한 것 같았고, 그래서 사서는 책 정리라는 세 번째 업무까지 떠맡아야 했다. 그러다가, 열람실 안에 남자의 목소리가 쩌렁쩌렁 울렸다. 내부가 원체 조용했던 터라 확성기를 쓰는 게 아닌가 싶을 정도였다.

"이봐! 이봐요! 아, 진짜 짜증 나네!"

사서는 책 판매를 접고 열람실로 돌아왔다. 덩치 큰 남자가 사서의 책상 앞에 서 있었다. 그는 거대하고 낡은 백팩을 메고 양손에는 뭐가 잔뜩 든 쇼핑백들을 들고 있었다. 짐 나르는 노새가 따로 없었다.

"급해요! 지금 당장 화장실에 가야 한다고!"

사서는 남자와 그의 가방을 빙 돌아서 책상 앞 자기 자리로 돌아왔다. 그녀는 어깨가 좁았고 엉덩이는 불룩했다. 남자는 여자보다 족히 60센티미터는 커 보였다. 멀리서 보면 거인과 요정이 한판 붙을 기세를 취하고 있는 것 같았다.

대부분 나이가 지긋한 사람들은 신문과 잡지를 보다가 고개를 들었지만, 그 이상 행동을 취하기엔 조심스러워하는 것 같았다. 아폴로는 만일의 사태에 대비해 몇 걸음 정도 다가갔다.

"제 말 좀 들어보세요. 제 말 들리시죠?" 사서가 거인에게 말했다. 그녀는 미소를 짓고 있었지만, 목소리의 크기나 몸짓으로 보아 명령조에 가까웠다.

"여기 귀 달려 있잖아. 안 보여?" 남자는 책상 너머로 곧장 달려들 것처럼 앞으로 몸을 숙였다.

"보시다시피 저한테도 귀가 있습니다." 그녀는 뒤로 물러서지 않고 말했다. "그런데 왜 그렇게 소리를 지르세요?"

남자는 몸을 떨었다. 손에 든 쇼핑백이 점점 무거워지는 것처럼. 아니면 혼란을 느낀 것인지도 모르겠다. 그 정도 덩치의 남자들은 다른 사람에게 공격 당하는 데에 익숙하지 않다. 적어도 150센티미터를 좀 넘을까 말까 하는 여자에게 공격 당하는 데에는.

사서는 책상 서랍에서 60센티미터짜리 나무 자를 꺼냈다. 자의 한쪽 끝에 맨 줄에 열쇠가 달려 있었다.

"열쇠를 드리기 전에 신분증을 주셔야 하는데요." 사서가 말했다.

여자는 한 번도 미소를 흐트러뜨리지 않았지만, 이제는 사람들 모두—심지어 그 거인도—이 여자가 지금 농담하는 게 아님을 알 수 있었다. 그녀는 쇠 지렛대처럼 가늘고 단단했다. 어쩌면 몸집 작은 여자는 압도 당하거나 무시 당하지 않도록 어려서부터 생존 기술의 일환으로 자기주장을 펴는 법을 배우는 것인지도 모르겠다. 그리고 그게 먹혔다. 지하실의 사람들 모두 그녀의 주문에 걸리고 말았다.

"신분증 없는데요." 순한 양처럼, 그가 대답했다.

사서는 나무 자를 지시봉처럼 휘둘렀다. "가방을 전부 여기 두고 가세요. 그럼 제가 선생님이 돌아올 거라고 믿을 수 있죠."

남자는 내려놓는 대신 큼직한 가방들을 더 꼭 잡았다. "여기엔 비밀 물건들이 담겨 있어요."

그녀는 고개를 끄덕이고, 다시 서랍을 열고, 자를 안에 넣고, 서랍을 닫고, 팔짱을 끼고, 고개를 뒤로 젖히고, 남자의 눈을 똑바로 바라보았다.

아폴로가 열을 세기도 전에 남자는 가방을 내려놓았다. 마치 최면에 걸린 것 같았다. "백팩도요?"

"가방 전부 다요." 사서가 말했다.

만일 그 순간 그녀가 아폴로에게 손짓을 했다면 그도 자기 가방을 벗어주었을 것이다. 거인은 다른 가방들 옆에 커다란 백팩을 내려놓았다. 사서는 서랍을 열고 그에게 열쇠를 건네주었다.

"고맙습니다." 남자가 부드럽게 말했다.

"별 말씀을요." 그녀는 이번에는 따뜻하게 미소 지으며 말했다.

열람실 전체가 침묵 속에 기다렸다. 열쇠가 더듬거리며 자물쇠 안에 꽂히는 소리가 들리고, 뒤이어 화장실의 나무문이 삐걱거리며 열리는 소리가 났다. 화장실 문이 닫히자, 열람실 안 사람들은 마치 꿈에서 깬 듯 몸서리를 쳤다. 사서만 예외였다. 그녀는 책상을 나와 아폴로 앞을 지나쳐 벌써 두 아이의 엄마에게로 돌아와 있었다. 아이 엄마는 1달러에 책 네 권을 샀다.

사서는 그러고 나서 아폴로를 돌아보았다. 그는 놀라 입도 떼지 못한 채로 그 자리에 그대로 서 있었다.

"도와드릴까요?" 그녀가 물었다.

아폴로는 책상 옆에 쌓아둔 남자의 짐들을 가리켰다. "저 남자가 무슨 짓을 하면 도와드리려고 했었어요."

사서는 가방을 보고, 다시 아폴로를 보았다.

"하지만 직접 처리하셨네요." 아폴로가 말했다.

"제 일인 걸요."

그는 그녀에게 저녁 식사를 같이 하자고 청했고, 그녀는 그가 골라온 책 세 권을 계산하면서 정중히 거절했다. 지하실 구석에서 열리는 도서관 책 판매는 매주 금요일에 열렸다. 그래서 아폴로는 그다음 주에도, 또 그다음 주에도 도서관에 들렀다. 그리고 결국 그녀는 그에게 자기 이름을 알려주었다. 에마 밸런타인.

둘이 처음 만나고 5개월이 지난 후, 마침내 그녀는 데이트 신청을 수락했다.

8

좋은 인상을 남기기 위해, 아폴로는 에마를 톰슨 가에 있는 작은 스시 가게로 데려갔고, 밖에서 긴 줄을 서서 기다려야 했다. 늦가을이라 거리는 냉장고 안처럼 냉랭했고, 자리를 안내받을 때까지 내내 벌벌 떨었다. 그들은 음식이 나오기 전에 따뜻한 사케부터 한 병 마셨다.

에마는 버지니아의 작은 마을인 분스밀에서 자랐다고 했다. 그녀에게는 열한 살 많은 언니 킴이 있었다. 부모님은 그녀가 다섯 살 때 사망했는데, 그녀는 그 이상은 말하지 않았다.

킴은 열여덟 살이 되자 에마의 법적 후견인이 되었다. 로어노크의 제퍼슨컬리지 보건의학과에서 입학 허가를 받았지만, 진학하지 않고 마을에서 일을 하며 여동생을 키웠다. 에마가 고등학교를 졸업하고 공식적으로 버지니아대학교의 신입생이 되고 난 후에야 킴은 제퍼슨컬리지에 입학해 간호사가 되었다. 에마는 부모님이 돌아가신 후 집, 학교, 그리고 로어노크에서 20분 정도 떨어진 사우스카운티 도서관에서만 시간을 보냈다고 회상했다.

"내가 제일 좋아하던 사서는 룩 씨라는 여자분이셨어요." 에마가 말했다. "그분은 거의 킴만큼이나 저를 키워주신 분이에요."

식사는 반쯤 진행되고, 따뜻한 사케는 두 병째였다. 둘은 작은 나무 식탁 위로 서로를 향해 몸을 기울이고 있었다. 주위는 손님들로 가득했고, 움직일 공간이 좁아서 웨이터들이 지나다니며 계속 부딪쳤지만, 아폴로는 거의 알아차리지 못했다. 그는 그녀의 이야기에 오롯이 집중했다.

"킴이 늦게 데리러 오는 날이면 룩 씨는 저를 자리에 앉히고 영화를 틀어주셨어요. 그렇게 해놓고 도서관 문을 닫는 거죠. 저는 도서관의 아동용 영화는 전부 다 봤어요. 그러다 어느 날, 열두 살 때였는데, 그날은 그냥 무작위로 아무 영화나 골랐어요. 포스터가 마음에 들어서요. 반쯤 벌거벗은 흑인 둘이 창을 들고 있는 사진이었어요."

"그 사진을 보고 영화가 보고 싶어졌다고요?" 아폴로가 물었다.

"도서관 전체를 통틀어 포스터에 흑인이 나오는 유일한 영화였거든요. 당연히 보고 싶었죠! 제목이 〈킬롬보〉라고, 브라질 영화였어요. 제가 잘 있는지 룩 씨가 확인하러 오실 정도였어요. 와서 화면에서 영화가 나오고, 제가 완전히 몰입해서 보는 걸 확인하고, 다시 볼일을 보러 가셨죠."

에마는 그때쯤에는 약간 취해서, 큰 소리로 웃었다.

"그 영화가 브라질 노예 반란에 관한 영화라는 걸 룩 씨는 알 방법이 없었어요. 수많은 포르투갈 사람들이 노예들의 손에 죽어가는 영화라는 것도요! 룩 씨는 아주 좋은 분이었거든요. 그래서 그게 무슨 영화였는지는 그분께 절대 말하지 않았어요. 말했다간 그분은 몹시 당황했을 것이고, 그런 영화에 관한 얘기를 하기엔 내가 너무 예의 바른 아이였던 거죠. 하지만 그 영화는 정말 좋았어요. 그 영화 말고는 다른 건 보고 싶지가 않았어요."

에마는 고개를 한쪽으로 기울이고 미소를 지으며 천장을 바라보았다.

"그 영화는 포르투갈 영화였고 영어 자막이 달려 있었어요. 저는 포르투갈어의 소리가 너무 좋았어요. 시간이 좀 걸리긴 했지만, 저는 룩 씨에게 브라질 영화를 몇 편 더 주문해달라고 부탁했어요. 〈바이 바이 브라질〉, 〈별로 가는 지하철〉, 〈축구의 범인과 왕〉 같은 영화들이었죠. 그러다 결국 룩 씨는 브라질 영화 구매를 중단해야 했어요. 브라질에 대한 소녀의 사랑만으로는 영화 구매에 드는 도서관 예산 지출을 정당화하기에 부족했거든요. 그래도 그분은 저에게 할 만큼 해주셨어요. 저는 세상이 얼마나 넓은지 알게 되었고요. 세상은 분스밀보다 훨씬 넓어요. 그리고 난 그 세상을 보고 싶었죠."

"당신 눈 하나가 다른 눈보다 더 크네요." 아폴로가 말했다. 지금 막 발견한 것이었다. 거의 알아채기 어려운 차이였지만, 그 크기 차이 때문에 그녀가 다른 대부분의 사람들보다 세상을 훨씬 더 깊이 있게 엿보는 것처럼 보였다. 아니면 그냥 아폴로가 그녀에게 홀딱 반해 있는 것이었는지도 몰랐다.

에마는 고개를 숙이고 더 큰 눈을 가렸다. 아마도 그의 관찰을 모욕처럼 받아들인 것 같았다. 그는 이 어색한 상황을 해소해줄 말을 과연 할 수 있을지 의심이 들었다. 그래서 대신 마음속에 있던 첫 번째 생각을 말했다.

"난 아들이든 딸이든 상관없어요. 알아요? 난 아들 딸 상관없이 좋은 아빠가 되고 싶어요."

이 말을 하면서도 이 말이 얼마나 어처구니없게 들릴까 싶어 식은땀이 났다. 첫 데이트에서 하기 딱 좋은 말이구나, 아폴로! 왜, 아예 30년 상환 대출 서류에 함께 서명하자고 부탁도 해보시지?

에마는 손을 내리고 자기 술잔에 사케를 조금 더 따랐다. 그녀는 술을 천천히 마시고, 잔을 내려놓고, 말했다. "당신이 처음에 데이트 신청했을 때 왜 거절했는지 설명하고 싶었어요."

"그리고 그다음 다섯 번의 신청도." 아폴로가 덧붙였다.

"그리고 그다음 다섯 번의 신청도." 에마도 말했다.

이제 에마는 의자에 등을 기댄 채 앉아 있었고 아폴로는 앞으로 몸을 숙이고 있었다.

"브라질에 갈 거라서 안 된다고 했던 거예요. 이미 비행기 표도 샀고요. 브라질 북쪽 사우바도르 두 바이아로 갈 거예요."

"얼마 동안요?"

"나도 몰라요."

아폴로는 도자기 사케 병을 들고 단숨에 마셨다.

"그럼 지금은 왜 수락한 거죠?" 그가 물었다.

그녀는 식탁을 바라보고 미소를 지었다. "나도 모르게 금요일 책 판매 날을 기다리고 있다는 걸 깨달았거든요. 당신이 오기를 바라면서." 그녀는 고개를 들어 그와 눈을 맞췄다. "당신이 보고 싶었어요."

그는 그녀를 다시 거리로 데리고 나왔고, 그녀의 손을 잡았다. 그녀는 그의 손을 맞잡았다.

"자, 이제 그 브라질 여행 말인데요." 아폴로가 말했다.

나는 신이다, 아폴로. 그는 스스로에게 되뇌었다. 나는 신이다, 아폴로.

"여기 남아달라고 내가 당신을 설득할 방법이 정말로 없다고 확신해요?"

에마 밸런타인은 고개를 갸웃하며 그를 향해 미소를 짓고, 진지하게 키스에 열중했다.

4주 후 그녀는 브라질로 떠났다.

9

다른 여자들과 데이트하려고도 해봤다. 물론이다. 그러나 그의 마음이 받아들이지를 않았다. 에마 밸런타인 아니면 꽝이었다. 그건 그렇고 도대체 에마는 브라질에 언제까지 있겠다는 거지? 그들은 서로 메일을 썼지만 에마 쪽 인터넷 연결이 영 신통치 않았다. 그녀는 몇 달 후 사우바도르를 떠나 마나우스로 향했고, 그다음엔 포르탈레자였다. 마지막엔 리우와 상파울루에 가기로 되어 있었지만, 아직이었다. 아폴로는 언제부터인가 인터넷으로 브라질 뉴스를 열심히 읽고 있었다. 〈킬롬보〉DVD도 샀다. 심각한 내용의 영화였지만—아프리카 노예들이 포악한 포르투갈인들과 싸우는 얘기였다—로어노크 공공도서관에서 열두 살배기 소녀 에마가 이 영화를 보고 또 보고 했을 걸 상상하며 웃었다. 에마의 부재 안에서 그는 그녀에 대한 사랑을 더욱 절실히 느낄 뿐이었다.

아폴로는 다고스티노 컬렉션을 조금씩 나눠서 팔아치웠다. 크롤리의 엽서를 웹사이트에 올리자 14시간 만에 경매 입찰자가 다섯 명 나타났고, 결국 3천 달러에 팔았다. 2003년 말에 릴리언이 퀸스 스프링필드가든스에 있는 깔끔한 독신자 아파트의 계약금을 낼 때 그가 도와주었다. 그녀는 잔금의 일부를 보태겠다는 아폴로의 제안을 처음엔 거부했지만, 함께 마주 앉아 잔금의 20퍼센트가 아닌 30퍼센트를 치르면 얼마를 더 저축할 수 있는지를 계산하고 나서야 아들의 도움을 받아들였다. 아폴로에게 이런 일거리들은 생각을 다른 데 집중시키고 시간을 쓰는 데 도움이 되었다. 1년 후 에마에게서 미국으로 돌아오는 중이라는 편지가 도착했다. 그녀가 탄 비행기는 늦은 밤에 도착할 예정이고, 어쩌면 그가 그녀에게 흥미를 잃었을지도 모르겠지만, 그래도 혹시 아직도 보고 싶은 마음이 있다면, 도착해서 제일 먼저 그의 얼굴을 볼 수 있게 되면 좋겠다는 내용이었다.

비행기는 10시 도착 예정이었는데 두 번이나 지연되었다. 아폴로는 결국 케네디 국제공항에서 밤을 꼬박 새웠다. 도착장에 나온 가족들과 친구들은 아무 데나 주저앉고, 이리저리 서성이고, 체념한 듯 어깨를 으쓱했다. 싸우는 사람들도 있었다. 도착이 늦어질수록 사람들은 점점 적응했고, 아폴로도 그랬다. 자정이 지나자 그는 잠이 들었다.

지연된 항공기가 한 대 도착하고 다음 비행기가 도착하기 전에, 느릿느릿 움직이는 승객들이 나타났고, 그와 비슷하게 느릿느릿 움직이는 친지들의 환대를 받았다. 국제선 도착장의 거대한 창문으로 새벽 햇살이 새어들 무렵 드디어 에마의 비행기가 도착했다.

그녀의 머리카락은 더 곱슬거리고 길게 자라 있었다. 갈색머리였던 머리칼은 이제는 희미한 붉은 기운이 감돌고 있었다. 피부는 더 가무잡잡해졌고, 밝은색의 얇은 천으로 된 옷들은 쌀쌀한 봄에 어울리지 않는 것들이었다. 여행 가방은 없이 한쪽 팔에 백팩만 걸려 있었다. 더 많이 가져갔다가 더 적게 들고 돌아온 것이다. 그녀는 느릿느릿 움직였고, 피곤해 보였지만 서두르지 않았다. 그녀가 아폴로보다 먼저 그를 보았다.

"기다렸네요?" 아폴로가 가방을 받아들자 에마가 말했다.

피곤해서였을 수도 있겠지만, 그녀의 눈이 촉촉이 젖어 떨렸다.

"기다렸네요." 그녀는 다시 조용히 말했다.

두 사람은 푸드코트에 앉아 던킨도너츠에서 그나마 제일 나은 메뉴를 즐기기로 했다.

"미국에 온 걸 환영해요." 에그 앤드 치즈 샌드위치의 포장을 풀며 아폴로가 말했다. "나중에 좀 더 괜찮은 곳으로 데려가줄게요."

그녀는 셔츠 소매를 가볍게 걷어 올렸다. "피케 트랑쿠일루(괜찮아요)." 그녀는 이렇게 말하고는 미소를 지었다. "계속 이러지는 않을 거예요."

샌드위치가 잘려 있지 않아 아폴로는 나이프를 가지러 카운터로 갔다. 그는 카운터 옆에서 에마가 샌드위치를 먹는 것을 지켜보았다. 그녀가 돌아온 것이 경이로웠다. 그녀의 손목에 가느다란 빨간 실이 감겨 있는 게 보였다. 그걸 보는데 왜 온몸이 뻣뻣하게 굳는 걸까? 아마도 낭만적인 풍경이었을 것이다. 어떤 아름다운 브라질 청년이 미국 여자의 손목에 매듭을 묶어주는 모습. 가난한 청년은 여자에게 그 이상을 선물해줄 여유가 없었을 것이다. 그녀는 일 년 이상 떠나 있었다. 왜 그녀가 다른 사람과 사랑에 빠질 수 없단 말인가? 어쩌면 이번에 돌아온 것은 다시 그곳으로 돌아가기 위해 소소한 물건들을 가지러 온 것인지도 몰랐다.

이런 생각에 잠겨, 그는 플라스틱 나이프와 뱃속 가득 근심을 안고 자리로 돌아왔다. 에그 앤드 치즈 샌드위치를 꾹꾹 눌러봤지만 입맛이 없었다. 에마도 마찬가지로 말없이 식사를 마쳤다. 그러다가 그녀는 팔을 들어 올렸다. 빨간 실 팔찌가 걸린 팔이었다. 그래서 아폴로는 그것을 또렷이 볼 수 있었다. 실 팔찌는 약간 뻣뻣해 보였다. 그리고 더러웠다. 손목에 오랫동안 감겨 있었던 것 같았다.

"사우바도르에 갔을 때, 이타푸앙이라고 하는 동네에서 어느 가족의 집에 머물렀어요. 거기엔 라고아 두 아바에테라고 하는 작은 호수가 있어요. 우리 그때 같이 저녁 먹으면서 나한테 늙은 사탄주의자 부부에 대해 얘기해줬던 거 기억나요? 그 호수를 보는데 당신 생각이 났어요. 호수에 악령이 깃든 것 같았거든요. 동네에는 세탁부가 있었어요. 나중에 포르투갈어가 능숙해진 다음에야 세탁부라는 걸 알게 된 거죠. 집주인 가족은 그 여자한테 가까이 다가가지 말라고 계속 나한테 주의를 줬어요. 그 여자가 마녀라는 거예요. 하지만 난 그 여자가 좋았어요. 무섭지도 않았고요. 그 여자를 보면 엄마 생각이 났는데, 만일 엄마가 살아 있었다면 꼭 그 여자 같았을 거란 생각이 들었어요. 거칠지만 재미있는 사람이었죠. 그 여자는 다른 사람들이 자기를 어떻게 생각하는지 따위에는 신경도 쓰지 않았어요. 나는 집을 몰래 나와서 호숫가에서 빨래하는 그 여자 옆에 앉아 있곤 했죠. 마나우스로 떠나기 전에, 그녀는 나에게 인생의 세 가지 소원을 생각하라고 했어요. 그래서 소원을 빌었더니, 이 실을 내 손목에 묶어주었어요."

에마는 손목을 이리저리 돌리면서 빨간 실을 바라보았다.

"그 여자 말로는, 이게 닳아야 된대요. 그러다 끊어지면 그 소원들이 이루어지는 거라고요. 낭 코르타 라. 자르면 안 돼요. 난 한동안 이게 재미있다고 생각했어요. 약간 신비스럽기도 하고. 하지만 6개월 넘게 하고 다녔더니 이젠 몸의 일부처럼 되어버렸어요! 좀 지저분하죠. 하지만 난 내 소원들이 이루어지길 원해요. 그런 식으로 쳐다보지 말아요! 아마 난 마법을 믿나 봐요."

아폴로는 그녀의 손을 잡아 자기 쪽으로 끌어당겼다.

나는 신이다, 아폴로. 그는 생각했다. **나는 신이다, 아폴로.**

그는 테이블에서 플라스틱 나이프를 집어, 그녀의 손목에 걸린 빨간 실을 단칼에 끊었다. 빨간 실 조각이 플라스틱 식탁 위로 떨어졌다. 에마는 몸을 떨었다. 그는 그녀의 손을 계속 잡고 있었다.

"약속할게요." 그가 말했다. "나랑 함께 있으면, 당신의 세 가지 소원은 이뤄질 거예요."

이 순간 에마 밸런타인은 선택에 직면했다. 지금 이 순간 아폴로 카그와가 건방진 놈이라고 생각할 수도, 아니면 대담하고 가치 있는 인간이라고 결정할 수도 있었다. 그는 자신의 수를 감행했고, 이제 그녀가 결정해야 할 때였다.

II.
그리고 두 사람은
결혼했습니다

10

 퀸스 리지우드에 있는 2층짜리 연립주택에 도착했을 때는 초저녁이었다. 신발을 끌며 계단을 오르니, 예전에 플러싱에서 릴리언과 침실 두 개짜리 아파트에 살면서 이런 집들—아파트가 아니라 진짜 집—이 얼마나 고상해 보였는지가 생각나 웃음이 났다. 그는 어머니에게 왜 우리는 그런 집에서 살지 않느냐고 물었다. 릴리언은 '그런 집은 임대가 아니라 소유해야지'라고 답했다. 맨해튼섬 한가운데에 있는 아파트를 소유한 지금도 그는 연립주택에 대한 동경을 버릴 수가 없었다. 그는 이층 창문과 지붕 위를 가로지르는 빗물받이 관을 넋 놓고 쳐다보았다. 이제 서른일곱 살이 되었지만, 아폴로 카그와는 자신이 아직도 꼬마 소년인 것 같은 기분이 들었다.

 초인종을 누르니 안에서 여자 목소리가 들렸고, 자물쇠가 짤깍 소리를 내며 풀리고 1층 창문의 커튼이 빼꼼 열렸다. 그러더니 묵직한 남자 목소리가 들렸고, 자물쇠가 열리다 말았다. 아폴로는 신경질적인 주인이 있는 서점 문 앞에서 기다리던 시절로 돌아간 기분을 느꼈다. 어쩌면 그동안 내내 이 집주인이 그를 안으로 들이는 걸 거부했던 건 아닐까. **나는 신이야, 아폴로. 나는 신이야, 아폴로.** 요즘은 이 주문이 일상적으로 숨 쉬는 것만큼 자동으로 나왔다. 기다리는 동안 그는 휴대전화를 꺼내 에마에게 문자를 보냈다. 그녀가 이미 식당에 도착했을지 궁금했다.

좀 늦을 거 같아. 하지만 꼭 갈게.

"잠깐만요!" 문 안쪽에서 여자가 외쳤다. "지금 나가요!"

문이 조금 움직이고, 자물쇠가 짤깍짤까 소리를 내다가 다시 또 짤깍거렸다.

"와서 좀 도와줘라. 안 보여?" 여자가 투덜거렸다.

현관문 창문에 달린 커튼이 펄럭거리고, 다른 발소리가 들렸다. 더 무겁고 더 빠르다. 짤깍 소리가 두 번 더 나더니, 문손잡이가 돌아가고 문이 열렸다. 30대 초반의 남자가 문 앞에 서 있었고, 남자 뒤로 그보다 훨씬 늙은 왜소한 여자가 서 있다. 둘 다 백인이었다. 야위고 주름진 얼굴과 뻣뻣한 자세가 옛날 중부 유럽의 목판화에서 튀어나온 사람들처럼 보였다.

"이렇게 쉬운 걸!" 남자가 어깨 너머로 여자에게 외쳤다. 아이처럼 말하기에는 나이가 너무 많았다.

여자가 남자의 팔을 잡아당기자 그가 뒤로 물러났다.

"그라보우스키 부인?" 아폴로가 물었다.

"당신이 그 책장사인가요?" 여자가 물었다.

"제가 그 책장사입니다."

아폴로는 여자에게 명함을 내밀었지만 남자가 잽싸게 낚아채 집 안으로 들어갔다. 아폴로는 나중에 남자의 본명을 알게 되더라도 일단 그를 이고르라고 부르기로 했다. 나이 많은 여자, 그라보우스키 부인은 뻣뻣하게 미소를 지으며 아폴로에게 들어오라고 손짓을 했다.

식당에는 종이 상자 여섯 개가 식탁 위에 놓여 있었다. 바로 옆방에는 분리형 소파가 있고, 대형 평면 TV가 스탠드에 고정되어 있었다. 그

밖에는 별것 없었다.

"남편분께서 세상을 떴다고 하셨죠." 아폴로가 입을 열었다.

"전남편요." 그라보우스키 부인이 말했다. 그녀는 식당을 둘러보았다. 식탁은 있지만 의자는 없었다. 황백색 벽은 때가 많이 타서 회색으로 보였다. 검정색 쓰레기봉투들이 식당 한구석에 산더미처럼 높이 쌓여 있었다. 그중 입구가 벌어진 봉투는 우중충한 운동용 상의, 낡은 바지 같은 것들이 비어져 나와 있었다. 그라보우스키는 홀로 생을 마감했다.

"아들이랑 나는 모퉁이 돌아 저쪽에서 살고 있어요."

"적어도 가까운 곳에서는 지내셨군요." 아폴로가 말했다.

그로보우스키 부인은 어깨를 으쓱했다. "여긴 리틀 우크라이나잖아요. 달리 어디로 가요? 이제 이 집은 주말까지 비워줘야 해요. 집주인이 다른 사람한테 집을 세놓는다고 해서."

미국에서 20년가량은 살았을 것 같지만 그녀에겐 독특한 억양이 있었다. 릴리언도 40여 년 전에 '글래머 타임'에 취직할 수 있게 해주었던 희미한 영국 억양을 한 번도 잃어버린 적이 없었다. 아폴로는 어머니가 영국인처럼 '알루미늄'을 '알루미니움'이라고 발음하던 것이 우스웠다. 알-루-미-니-움.

이고르는 술집 앞에서 신분증을 검사하는 사람처럼 명함을 흔들어댔다.

"이런 일 하려고 학교에 다녔나요?" 이고르가 물었다.

"저게 책인가요?" 아폴로가 식탁 위의 상자들을 가리키며 말했다. 그는 여자의 대답을 기다리지 않았다. 다만 이고르와 좀 떨어져 있고 싶었을 뿐이었다. 계속 움직이라고, 이고르.

"그이가 독서를 좋아했다오." 아폴로가 첫 번째 상자를 열자 그라보우스키 부인이 말했다. "그렇지만 나이가 들면서 눈이 안 좋아져 가지고."

무시 당하는 걸 좋아하지 않았던 이고르는 목소리를 높였다. "바우만이라고 알아요, 바우만?"

부인이 그를 쳐다보았다. "바보짓 하지 마."

아폴로는 상자를 들여다보기도 전에 값어치 없는 물건이란 걸 알았다. 물 먹은 책들이 뿜어내는 곰팡이 냄새가 망령처럼 방 안으로 피어올랐다. 다음 상자로 넘어갔지만 거기서도 같은 냄새가 그를 반겼다.

"바우만의 희귀 도서 서점." 이고르가 말했다. "거기 사람들이 벌써 좋은 제안을 하고 갔다고요."

늙은 부인은 대놓고 돌아서서 아들의 팔을 때리며 모국어로 거칠게 말했다. 아폴로는 세 번째 상자를 열며 스스로 움츠러드는 기분을 느꼈다. 그는 이 얼룩지고, 휘고, 찢어진 책으로 가득 찬 종이 상자 여섯 개 때문에 이곳까지 한참을 달려온 것이었다.

이곳에 오기 위해 에마와의 저녁 식사에 늦을 것을 감수해야 했다. 그녀의 오랜 친구 중 하나인 니셸이 근처에 들렀다며 불리 식당에 예약을 해두었다. 그 이름을 정확한 프랑스 억양으로 발음하는 것만으로도 그곳 음식이 얼마나 비쌀지 상상이 갔다. 그리고 그는 지금 여기, 리지우드에서 우크라이나 가족이 우크라이나 말로 싸우는 걸 들으며 서 있었다. 아니면 러시아어인가? 이 먼 길을 달려와 바우만의 희귀서적에서 그라보우스키 씨의 곰팡내 나는 페이퍼백 컬렉션을 사겠다고 했다는 멍청이 이고르의 얘기나 듣고 있다니. 이 먼 길을 달려와 태어날 때부터 자신이 그보다 더 우월하다고 믿는 남자에게 책장사로서의 권위와 경험을 의심받고 있는 것이다. 그러나 좋은 책장사는 좋은 물건을 찾을 기회를 절대 놓치지 않는 법이다.

특히 곧 아이가 태어나는 책장사는 더더욱.

이고르는 휴대전화를 꺼내 들고 화면을 두드리며 다시 영어로 말하고 있었다. "바우만 서점 직통 전화번호를 저장해놨는데."

아폴로는 여섯 번째 상자를 열고 있었다. 이번에는 하드커버였고, 재빨리 냄새를 맡아보니 이 책들은 곰팡이의 습격을 피한 것 같았다. 그는 상자의 책을 하나하나 꺼내 확인하기 시작했다.

"어떤 바우만요? 데이비드인가요, 아니면 나탈리인가요?" 아폴로가 물었다.

베트남 관련 논픽션이 몇 권 있었다. 일부는 케이스도 있었다. 저녁식사를 하러 가던 길이 아니었다면, 집에 가져가서 꼼꼼히 살펴보기 위해 이 상자에 20달러를 제안했을 것이다.

그라보우스키 부인이 다시 아들을 향해 손을 휘두르며 외쳤다. "거짓말하지 말라고 했지!"

부인이 아들의 휴대전화를 강타하는 바람에 휴대전화가 높이 솟아올랐다가 바닥으로 내동댕이쳐졌다. 자잘한 부품들이 바닥 위에 흩어졌고 어떤 것은 소파 밑으로 들어갔다.

"엄마!" 그는 휴대전화를 향해 달려들었다. 아폴로의 명함은 팔락거리며 바닥에 떨어졌다.

부인은 아폴로를 향해 돌아섰다. "어떻게, 이 책들 살 생각이 있어요?"

"글쎄요." 아폴로는 다시 여섯 번째 상자를 들여다보며 말했다. 어떻게 하는 게 제일 좋은 태도일까? "남편분께서 이 책들을 많이 즐기셨던 건 분명해 보입니다."

그녀는 자포자기한 듯 고개를 떨구었다. 그 순간 그는 뭔가를 발견하고 몸이 굳었다. 제임스 웹의 『불타는 전선』이라는 소설이었다. 케이스는 변색되지도 않았고, 책 자체도 가장자리의 변색이나 벗어진 흔적도 없었다. 저작권 페이지를 넘겨보니 진짜 초판본이었다. 물론 크롤리의 엽서 수준은 아니었지만, 버지니아에 사는 역사적인 아이템을 주로 수집하는 단골 고객이라면 250달러 정도는 너끈히 지불할 것이다.

아폴로는 집 안을 다시 훑어보았다. 쓰레기봉투의 낡은 옷들, 무너져가는 분리형 소파. 식당에서 보이는 부엌 내부는 냄비와 가전제품의 무덤 같았다. 그라보우스키 씨가 허섭스레기보다 더 값나가는 것을 부인에게 남겨주었을 것 같지는 않았다. 부인 말로는 심지어 이 집도 세를 얻은 것이라고 했다. 부인에게 남은 건 서둘러 처분해야 하는 난장판 집 한 채뿐이었고, 도와주는 이라곤 무능력한 이고르뿐이었다.

그럼에도 부인은 품위를 지켰다. 그렇지 않은가? 그녀는 아들의 바보 같은 계획에 동조하지 않았다. 분명 돈이 절실히 필요했을 텐데도, 그 돈을 얻자고 거짓말하지는 않았다. 아폴로는 낮에 일을 하고 나서 매일 밤 일찍 세상을 뜬, 그리고 분명히 아들만큼이나 무능했을 전남편의 집을 치우기 위해 이곳까지 왔을 부인의 모습을 상상했다. 그녀는 우크라이나인이었지만 어딘가 릴리안을 연상시키는 면이 있었다.

죽도록 일하면서도 당연히 가져야 할 좋은 운을 얻지 못하는 사람. 이 책이 갖는 진짜 가치만큼 돈을 지불한다면 큰 호의를 베푸는 일일 것이다. 그 돈의 절반이라도, 단돈 백 달러라도, 그녀에게는 엄청난 액수일 것이다. 그 돈이면 일주일 치 식료품비였고, 한 달 치 전기와 가스 사용료였다.

다른 방에서 이고르가 외쳤다. "화면은 깨지 말았어야지, 엄마!"

부인은 어깨 너머로 아들을 보았다. 그는 무릎을 꿇고 소파 밑으로 손을 뻗어 휴대전화 파편들을 쓸어 모으고 있었다. 장난감을 가지고 기어 다니는 아이 같았다. 그라보우스키 부인은 눈에 띄게 기가 죽었다. 아폴로는 동정심이 발진처럼 얼굴 전체로 번지는 것을 느꼈다.

그러나 곧, 자신이 왜 오늘 밤 이곳 리지우드까지 왔는지를 생각해냈다. 다고스티노의 보물을 발견한 지 6년이 지났고, 그 이후로 지금 이 제임스 웹의 소설만 한 물건을 만난 적은 한 번도 없었다. 에마는 전일제에서 파트타임으로 근무 시간을 단축했다. 그리고 아폴로 카그와와 에마 밸런타인은 2주 안에 첫 아이가 태어나기를 기다리고 있었다.

그라보우스키 부인이 다시 돌아보자, 아폴로는 하드커버 책 두 권을 그녀 앞에 내밀었다. "아까 훑어볼 때 이 책들을 놓쳤었습니다."

그녀는 표지를 힐금 보고는 제목을 입속으로 되뇌었다. "이게 가치가 있는 건가요?" 그녀는 아폴로의 얼굴을 뚫어져라 바라보았다.

"조금요." 그가 마침내 말했다.

만일 한 권만 사겠다고 했으면 그라보우스키 부인은 그 책이 틀림없이 가치 있는 것이라고 생각했을 것이었다. 그러나 특별할 것 없는 지저분한 스릴러를 끼워 넣으면서 『불타는 전선』의 진짜 가치를 감추는 효과가 생겼다. 아폴로는 오래전 어느 늙은 딜러에게서 이 트릭을 배웠다. 그는 이런 짓을 싫어했기 때문에 마음속 깊은 곳에서 지금 이건 태어나지 않은 아이를 위해 하는 거라고 스스로를 달랬다. 이건 아이를 위해서야. 그는 입속으로 혼잣말을 했다. 이 말은 가벼운 화상에 바르는 알로에처럼 그의 양심을 진정시켜 주었다.

"50달러 드리겠습니다." 아폴로는 부드럽게 말했다.

"각각요?" 그라보우스키 부인이 들뜬 목소리로 물었다.

아폴로는 지갑을 꺼냈다. "두 권에요."

그는 부인이 고개를 끄덕이고 현금을 받을 때까지 기다렸다.

이고르가 한 손에 휴대전화를 꼭 쥐고 돌아왔다. "이런 늙은 과부를 등쳐먹고 스스로 자랑스러우신가?"

그라보우스키 부인은 지폐를 꼭 쥐고는 그 주먹으로 이고르를 때렸다. "그딴 식으로 말하지 마! 이 정도면 네 아버지가 지난 몇 년 동안 나한테 가져다준 돈보다 더 많아."

이고르는 어머니를 무시했다. "어때, 내 말이 맞지? 나도 내 말이 맞는 거 알아." 그는 아폴로에게 싸늘한 미소를 보였다.

아폴로는 책 두 권을 겨드랑이에 끼웠다. 그라보우스키 부인이 그를 현관문까지 배웅했고, 이고르가 두 사람의 뒤를 따랐다.

거리로 내려간 아폴로는 뒤를 돌아보았다. 문 앞에 이고르가 서 있었고, 그의 뒤로 그라보우스키 부인이 손에 쥔 지폐를 세고 있었다. 부인이 만족스러운지 의심스러워하는지는 알 수 없었다.

"이건 일이야. 난 그냥 여기서 일을 한 거야." 아폴로는 혼잣말을 중얼거렸다.

"악마는 십자가 뒤에 숨어 있는 걸 좋아하지." 이고르는 이렇게 말하고 현관문을 닫았다.

11

　　불리 레스토랑에 발을 들여놓으니 꼭 진저브레드 하우스에 들어가는 것 같은 기분이 들었다. 레스토랑 바깥은 두에인 가였다. 맨해튼에서는 고급스런 동네이긴 하지만 그래도 번잡한 뉴욕시의 다운타운이었다. 건물 외벽은 차분한 살구색이었고, 단순한 모양의 나무 문과 유리 창문은 니셸이 쾌적하고 아늑한 장소를 골랐음을 암시하고 있었다. 그러나 문을 열고 안으로 들어서는 순간, 그는 사과에 둘러싸여 있었다. 벽에 붙박이로 고정된 선반이 천장 높이에 나란히 붙어 있었는데, 그 위에 놓인 신선한 빨간 사과들에게서 풍기는 향기가 그를 에워쌌다. 두에인 가 쪽 문이 등 뒤에서 닫히고, 아폴로는 어두운 숲 한가운데 수풀이 우거진 오솔길을 헤치고 작은 오두막에 들어온 것 같은 기분을 느꼈다. 그는 사과 방의 한가운데에 서서 달콤한 향을 들이마셨다. 그라보우스키 부인과의 거래로 더럽혀진 채 이곳 다운타운까지 온 그를 이 방이 깨끗이 정화시켜주는 것 같았다.

　　전실의 문을 지나면 대기실이 나오는데, 길고 좁은 통로에 푹신한 의자와 작은 테이블이 놓여 있었다. 작은 샹들리에 여섯 개가 나무 서까래에 걸려 있었지만 실내는 어두웠다. 창문을 가린 커튼은 신부의 드레스처럼 근사해 보였다. 우아한 어둠에 잠긴 대기실은 고층 맨션의 작은 응접실처럼 은밀히 가려져 있었다.

아폴로는 본능적으로 지금 신고 있는 신발이 구두인지 스니커즈인지 확인했다. 메신저백은 뒤로 돌아가게 고쳐 멨다. 몇몇 사람들이 안내를 기다리고 있었지만, 에마와 니셸은 그들 가운데 없었다. 안쪽에는 짙은색 목재로 만든 스테이션이 있었고, 그 뒤에 말쑥한 푸른색 정장을 입은 키 큰 지배인이 화면을 내려다보며 서 있었다. 매서운 인상의 얼굴에 화면의 빛이 기묘하게 비쳤다. 그가 아폴로를 맞이하기 위해 고개를 들었다. 남자의 눈은 그림자에 가려 보이지 않았다. 입도 어둠 속에 파묻혀 볼 수가 없었다. 정중하기보다는 어딘가 귀신처럼 음산한 모습이었다.

"레귤러 40 사이즈 괜찮으십니까?"

아폴로가 기대했던 말이 아니었다. 그는 가방을 아래로 내리고 빈손을 보여주었다. 만일 식당에서 그를 내보낸다면, 이것은 지금껏 들어본 중에 가장 이상한 거절의 말이 될 것이었다.

"니셸 머레이로 예약했는데요?" 아폴로가 대답했다.

지배인은 재빨리 고개를 끄덕이고 스테이션에서 한 발 물러나더니, 뒤에 있는 문으로 들어갔다. 아폴로는 대기실 가죽 소파에 앉은 손님들의 실루엣을 바라보았다. 잠시 후 지배인은 스포츠 재킷을 들고 다시 나타났다. 그는 아폴로가 재킷 입는 것을 도와주었다.

그는 한쪽 팔 아래에 메뉴판을 끼고 아폴로에게 손짓을 해서 대기실을 지나 손님들 사이로 이끌었다. 식당의 아치형 천장은 18K 금으로 만들고 12K 백금 광택제를 바른 나뭇잎으로 덮여 있어 스웨이드처럼 유연해 보였다. 바닥에는 버건디색 돌 위로 페르시아 양탄자가 깔려 있었다. 전실이 숲속의 오두막, 대기실이 혼령에 홀린 응접실 같았다면, 식당은 고대 성채의 대연회장 같았다. 이런 내부 장식은 레스토랑 전체에 환상적인 분위기를 가미했다. 아폴로는 레스토랑의 방이 아니라 여러 왕국들을 지나며 트래킹하는 것 같은 기분이 들었다. 갑옷으로 무장한 남자들이 보조를 서고 있다고 해도 놀라지 않았을 것이다. 그리고 정말로, 지배인이 안내한 테이블에는 여왕이 기다리고 있었다. 만삭의 몸으로 당당하게 앉아 있는, 에마 밸런타인. 아폴로는 몸을 숙이고 그녀에게 키스했다.

니셸이 자리에서 일어나 아폴로를 포옹했다. "드디어 오셨네. 신부 아버지가 오셨어."

에마는 활짝 웃으며 몸을 앞으로 숙였다. "하여튼 넌 미쳤어, 니셸."

니셸은 여전히 아폴로를 놓아주지 않고 그의 왼팔에 매달려 있었다. 그는 니셸이 취했음을 직감했다. 완전히 맛이 간 상태였다. 식탁 위에는 뚜껑이 열린 화이트와인 병이 반쯤 비워진 채로 놓여 있었다. 에마의 접시 앞에는 3분의 2 정도를 비운 페리에 탄산수 병이 있었다. 작은 애피타이저 접시가 세 개 있었다. 굴, 버섯, 세 번째 것은 뭔지 모르겠다. 식탁보는 자고 일어난 침대의 침대보처럼 흐트러져 있었다.

"내가 그렇게 늦었나?"

"우리가 일찍 왔어." 에마가 말했다.

니셸은 에마를 가리켰다. 자리 안내를 빨리 받을 수 있는 최고의 방법은 임신 9개월의 임신부를 데려오는 거랍니다."

"38주야!" 에마가 말했다.

니셸은 오만하게 한 손을 휘저었다. "그런 수학 따위 일반인에겐 아무 의미도 없어. 넌 임신 9개월이야."

아폴로는 니셸의 맞은편, 에마의 옆에 앉았다. 그가 자리에 앉기도 전에 웨이터가 테이블로 다가와 그의 잔에 와인을 따라주었고, 니셸의 잔도 채우고, 에마의 탄산수 잔까지 채워주었다. 그러고는 와인이 더 필요하냐고 묻는 대신 빈 병을 가볍게 들었고, 니셸이 한 병 더 가져오라는 신호를 보냈다.

아폴로는 메신저백을 자신과 에마 사이 바닥에 내려놓았다. 그녀는 배가 식탁에 닿지 않도록 뒤로 몸을 젖히고 다리를 뻗고 앉아 있었다. 그녀는 가방을 힐긋 내려다보고 다시 아폴로를 보았다.

"리지우드에 갔다 왔어." 아폴로가 말했다. "대단한 건 없었고."

에마가 그의 다리를 토닥였다. "그래도 괜찮은 시도였어."

임신 38주의 에마는 에뮤의 알을 삼킨 벌새처럼 보였다. 그럼에도 그녀는 그런 몸 안에서도 일종의 나른한 권위를 보여주고 있었다. 그녀는 일시적으로 몸이 이렇게 커지는 것을 기쁘게 여기는 것 같았다. 웨이터가 새 화이트와인 병을 들고 도착했는데도 그녀는 다리를 쭉 뻗어 발을 내밀고 발목을 교차시켰다. 그녀의 인생에서, 심지어 임신 초기 때도, 이렇게 발을 뻗은 채로 웨이터를 맞이한 적은 없었다. 그러나 지금은 상황이 다르다. 조금쯤은 세상이 그녀에게 맞춰 돌아가도록 하자. 그녀의 발은 그대로 뻗어 있었고, 웨이터는 그녀의 발을 돌아서 다가왔다.

웨이터는 니셸에게 와인을 한 잔 더 따라주었고, 겨우 두 모금 마신 아폴로의 잔도 채워주었다. 다른 식탁에서는 그들과는 뚜렷이 다른 분위기를 풍기며 식사가 진행되고 있었다. 여기 모인 중년의 손님들은 다들 갑부였다. 심지어 그릇을 치우는 직원들도 백인이었다.

"로스앤젤레스는 어때요?" 아폴로가 말했다. "거긴 좀 많이 변했나요?"

"행복할 때는 시간이 느리게 가죠." 니셸이 말했다. "그리고 난 그곳에서 행복해요."

에마가 식탁 위의 빈 굴 껍데기를 칼로 찌르고는, 먹을 것을 찾아 접시에 마지막으로 남은 버섯으로 옮겨 갔다. "니셸은 〈위칭 아워〉의 극본을 쓰고 있어." 에마가 말했다. 그녀의 목소리에 깃든 자부심이 음악 소리처럼 울렸다.

"와, 우리도 그거 봐요." 아폴로가 말했다. 그는 와인 잔을 가까이 당겼다. 편안한 좌석과 대화 속에서 점점 긴장이 풀리는 것을 느꼈다.

"애초에 우리가 왜 모였는데?" 에마가 그의 팔에 기대며 말했다. "내 친구를 지지해주기 위해서라고!"

"분스밀에서 멀리도 왔지." 아폴로가 잔을 들어 올리며 말했다.

니셸은 에마를 바라보며 잔을 들어 올렸다. "우리 둘을 위해."

한 모금을 마시고 니셸은 에마의 배를 향해 입술을 내밀었다. "그런데 당신들 둘이 곧 '가정 분만'이라는 행성을 향해 떠난다고 들었는데요. 미안해요. 하지만 그건 내가 감당하기엔 좀 과하네요."

같은 공간, 같은 테이블에 앉아 있었지만 이 가정 분만에 대한 대화는 아폴로에게는 아무 의미가 없었다. 두 사람이 릴리언에게 가정 분만을 할 생각이라고 말했을 때, 릴리언은 그야말로 분노로 폭발했다. 그녀는 이 분노를 "염려"라고 불렀다. 에마가 아는 대부분의 여성들도 모두 그랬다. 그녀의 언니 킴만큼은 둘의 계획을 지지해주었지만, 그녀에겐 그럴 이유가 있었다. 킴 밸런타인이 바로 산파이기 때문이었다.

니셸이 에마에게 가정 분만에 관한 염려를 쏟아내는 동안, 아폴로는 메뉴를 들여다보는 실수를 저질렀다. 식탁 위에는 거의 다 비운 애피타이저 접시가 세 개 있었다. 굴의 가격은 32달러, 버섯은 42달러였다. 조그마한 접시에 담긴 망할 버섯이 42달러라니. 마지막 접시에는 도대체 뭐가 올라와 있었는지 상상도 가지 않았다. 하얀색 도자기 수프 접시에는 국물만 조금 남아 있어 얼마짜리인지 가늠할 수가 없었다. 조금 적게 잡고 22달러쯤이라고 해보면 어떨까? 수프 한 접시에 22달러면 이런 곳에서는 웃음거리도 되지 않을 수준이었다. 어쨌든 그렇다면 이 식사의 가격이 벌써 100달러 가까이 된다는 뜻이었다. 그러면 그와 에마의 몫이 50달러다. 그는 아직 아무것도 먹지 않았는데.

아폴로는 마음을 가라앉히기 위해 와인 잔을 비웠다. 매우 섬세한 샤블리였다. 이건 또 얼마나 나가려나? 와인 리스트는 테이블 위에 없었다. 설령 이 샤블리 그랑 플뢰가 한 병에 375달러짜리라는 걸 안다고 해도, 그가 할 수 있는 일이 뭐가 있겠는가? 비명을 지르며 뛰쳐나가는 것? 임신 38주 된 아내를 어깨에 짊어지고.

텔레비전 드라마 작가는 프리랜서 중고 책장사와 파트타임 사서보다는 확실히 돈을 더 많이 벌 것이다. 그래도 에마는, 그의 아름답고 사려 깊은 아내는, 와인 대신 물만 마시고 있다.

아니. 그냥 물이 아니다. 페리에다. 이 빌어먹을 불리 레스토랑에서는 탄산 미네랄워터는 몇 달러나 받아 처먹는 걸까? 이 인간들은 물을 다이아몬드를 증류해서 만드나? 아폴로가 자리에 앉아 웅얼거리자 여자들이 고개를 돌려 그를 보았다.

에마가 그에게 기대어 그의 등을 부드럽게 어루만졌다. "당신 배고프겠다. 웨이터를 부르자."

니셸은 유기농 롱아일랜드 오리 요리를 주문했다(45달러). 에마는 유기농 콜로라도 양고기를 주문했다(53달러). 웨이터는 아폴로를 보았다.

아폴로는 메뉴를 웨이터에게 건네주고 테이블 가운데에 있는 자그마한 빈 바구니를 가리켰다. "전 그냥 빵이나 좀 더 갖다주세요."

12

두 번째 샤블리 병이 비어갈 즈음, 니셸은 사실상 의자에서 공중 부양을 하고 있었다. 그녀는 약간 취한 정도에서 갑자기 토네이도로 돌변했다. 목소리가 어찌나 큰지 퀸스에 있는 그라보우스키 부인과 이고르도 들을 수 있을 것 같았다. 그녀가 진짜로 취했다는 가장 확실한 신호는 말이 불분명해지거나 몸을 통제하지 못하는 것이 아니라—조금씩은 그런 경향이 보였지만—다른 사람들의 말을 더 이상 듣지 않는다는 것이었다. 약간 취한 사람은 주절거리고, 만취 상태의 인간은 장광설을 늘어놓는다.

그래도 딱히 나쁘지 않았다. 어차피 10시가 되자 에마와 아폴로도 대화를 이어나갈 여력이 없었기 때문이었다. 요즘 거의 낮잠을 자지 못했던 에마는 반쯤 잠에 취해 있었다. 집에서도 침대에서 베개를 세우고 앉은 듯한 자세로 잤기 때문에 불리의 좌석에 앉은 자세도 크게 다를 바가 없었다. 한편 아폴로는 수돗물과 식전 빵 말고는 먹은 게 없었다. 빵 맛은 무척 좋았지만, 그걸로는 충분하지 않았다. 디저트가 나올 때쯤 아폴로와 에마는 방전 상태였지만, 니셸은 발전기에 연결되어 있는 것 같았다.

"림보? 쿨림보? 그게 제목이 뭐였는지 기억이 안 나네." 니셸이 말했다. 그녀는 뜨거운 캐러멜을 끼얹은 양주 피어와 함께 마실 포트와인을 주문했다. 에마는 한 입도 먹기 싫다면서 아마레토 플랑을 주문했다. 아폴로는 이미 시야가 흐릿해져서 아무리 애를 써도 메뉴를 읽을 수가 없었기 때문에 이것들이 과연 얼마인지 확인할 수가 없었다. 그는 그저 '두 번째 디저트'라던가 '식후에 음미할 메뉴' 같은 고급 나부랭이 따위 때문에 저금통장을 깰 일이 없기만을 바랐다.

"여기 앉은 이 소녀가 나한테 무슨 노예가 반란을 일으키고 하는 영화를 보여주려고 그렇게 애를 쓰더란 말이죠. 나는 '뉴에디션*' 멤버랑 결혼하려면 어떻게 해야 하나 고민하느라 바빠 죽겠는데." 아폴로가 채 입을 열기도 전에 니셸은 절망적으로 손을 휘저었다. "아뇨, 랠프나 보비가 아니고요. 나는 마이클 비번스를 좋아했어요. 걔는 제대로 놀줄 아는 애거든요."

잠깐의 정적 동안, 아폴로와 에마 모두 눈도 깜빡이지 않았고 숨도 쉬지 않았다.

"〈킬롬보〉!" 니셸이 외치며 테이블을 세게 내리치는 바람에 앞에 둔 포트와인 잔이 넘어졌다. "이런 망할." 그녀는 중얼거리며 웨이터를 쳐다보고 한 잔 더 따르라고 신호를 보냈지만, 술병에는 술이 5센트 동전의 반만큼도 남아 있지 않았다.

"한번은 걔랑 그 영화를 보다가 10분쯤 지나서 내가 그랬죠. '이거 뭔 영어가 이따위야?' 그랬더니 에마가 그게 포르투갈어라는 거예요. 나는 헤드폰을 벗고 VCR 앞에 걔만 남겨두고 일어났어요."

에마가 드디어 포크를 디저트에 가져다 댔다. "넌 〈바이 바이 브라질〉

---

* 미국 보스턴 출신의 리듬 앤드 블루스 음악 그룹.

을 좋아했지.”

“베티 파리아가 좋았어.” 니셸은 입술을 오므리며 눈을 감았다.

새로 따른 포트와인 잔이 도착했다. 에마는 플랑을 한 입 먹었다. 피곤함 그리고 내야 할 돈이 계속 늘어가는 공포에도, 아폴로는 은은한 행복감을 느꼈다. 버지니아 분스밀의 두 소녀가 서로를 만나 좋은 친구가 될 수 있었던 행운을 생각하면 흐뭇했다.

아주 오랜 친구는 아니지만, 그에게도 친구가 있다. 동료 책장사였다. 패트리스 그린이라고, 해외 파병을 나갔다가 미국으로 돌아와서 사업을 시작한 친구였다. 지역 내 유품 정리 세일에 나오는 책장사들 중에 그들 두 사람만 흑인이었다. 속한 분야에서 그들은 유니콘이나 마찬가지였다. 당연히 둘은 가까워졌다. 신이시여, 우정을 허락해주셔서 감사합니다. 아폴로는 그 자리에 앉아서 그런 생각을 했다. 니셸과 에마, 아폴로와 패트리스. 말이 입 밖으로 나오기 전에, 그는 손을 들어 웨이터에게 버번 한 잔을 주문했다.

술이 도착할 무렵, 에마는 그의 옆에서 조용히 색색거렸다. 아폴로는 걱정이 되었지만, 그녀는 배가 아니라 목을 만지고 있었다.

“플랑 먹은 게 넘어올 것 같아.” 에마가 조용히 말했다. 니셸은 물을 권했지만 마셨다간 상황이 더 악화될 것 같았다. “화장실에 가야겠어.” 에마가 말했다.

아폴로는 에마를 도와 일으켜 세웠고 그녀가 웨이터 쪽으로 휘청거리며 걸어가는 뒷모습을 지켜보았다. 웨이터는 재빠르게 고개를 끄덕이고는 그녀를 데리고 나갔다. 에마가 나가자, 아폴로는 다시 니셸 쪽으로 고개를 돌렸다. 니셸은 불안하리만치 진지하게 그를 바라보고 있

었다. 지금까지 취했던 건 전부 연기였고 이제부터 진짜 모습을 보여
주려는 것처럼.

"암스테르담 미술관에 당신 부인 누드 사진이 걸려 있어요." 니셸이
말했다.

여기에 대고 이렇게 말하는 게 적절한 반응일까? "컬러 사진요, 아니
면 흑백사진요?" 그로서는 이 질문이 최선의 대응이었다.

"에마가 브라질에 갔던 건 알아요. 공항에서 당신이 기다리고 있었다
고 나한테 말해줬어요. 당신 진짜 근사해요. 큰 점수를 땄어요. 에마가
브라질에서 모험을 몇 가지 했어요. 그중 몇 개는 당신한테도 말해줬
겠죠."

"빨간 실 팔찌. 그건 얘기해줬어요."

"세 가지 소원!" 니셸은 누군가 생일 케이크라도 가져온 것처럼 외
쳤다. "그래요, 그거. 아주 대담한 수를 뒀어요, 아폴로. 마음에 쏙 들었
어."

"그 실은 가지고 있어요. 내가 한 약속을 잊지 않으려고요." 그때 그
실은 지갑 속 운전면허증 뒤에 넣어 가지고 있었다.

니셸은 고개를 끄덕였지만, 그의 말을 들은 건지는 확실치 않았다.
많이 취해 있었지만 여전히 장난기 어린 미소를 머금고 있었다. "그건
그렇고, 자랑스러우시겠어요. 에마의 소원 중 두 개를 벌써 이뤄줬으니
까요. 에마는 당신한테는 그 소원이 뭔지 말 안 해줬죠. 딱하기도 하지.
하지만 뭐 이젠 상관없을 거예요."

니셸은 오른손으로 주먹을 쥐고 검지를 폈다. "좋은 남편."

그러고는 중지도 폈다. "건강한 아이. 아, 이 말 하니까 생각나네요.

아기 성별은 알아요? 에마 말로는 두 사람 다 아기 성별은 알고 싶어 하지 않는다던데. 괜찮으니까 말해봐요."

"정말로 몰라요." 아폴로가 말했다. "그냥 같이 알고 싶었어요. 그 순간이 왔을 때."

니셸은 고개를 저었다. "지금까지 흑인 히피는 한 번도 만나본 적 없었는데. 흑인 히피가 존재하는지조차 몰랐어요. 하지만 적어도 이 세상에 둘은 있다는 걸 알겠네요."

니셸은 여전히 손을 내리지 않았다. 아폴로는 그녀의 약지를 바라보았다. 니셸의 약지. 그 손가락은 세 번째 소원과 함께 들어 올려질 것처럼 살짝 떨렸지만, 니셸은 다섯 손가락을 활짝 펼쳐버렸다.

"미국으로 돌아오기 한 달쯤 전에, 에마는 그 네덜란드 사진작가를 브라질에서 만났죠. 사우바도르에 있을 때였어요."

버번위스키가 갑작스럽게 바뀐 그의 기분과 잘 어울렸다. 세 번째 소원 같은 것은 즉시 잊어버렸다.

네덜란드 사진작가?

어떤 빌어먹을 네덜란드 사진작가?

"에마는 이 사진작가랑 꽤 잘 지냈어요. 그러다가 두 사람은 사우바도르를 함께 돌면서 주위의 것들을 전부 사진 찍기 시작했죠. 사진작가는 에마를 찍고 싶어 했지만 에마는 원치 않았어요. 에마는 사진을 찍는 방법을 배우고 싶었지, 사진 속에 들어가는 걸 원한 게 아니었거든요.

어느 날 여행을 갔다가 버려진 공장에 들렀대요. 금방이라도 무너질 것 같은, 로맨틱한 공장이었어요. 그들은 그날 하루를 그곳에서 보냈어요. 그러다 사진작가가 화장실에 가게 되어서 에마는 장비들과 함께 기다렸어요. 그 순간 에마는 사진 속으로 들어가야겠다는 결심이 들었 대요. 그러나 그 사진은 자신이 직접 찍어야 했던 거죠. 혼자서. 이건 최고 수준의 촬영 작업이에요. 그러니까 휴대전화로 찍는 스냅 사진 따위가 아니란 말이죠. 하지만 에마는 영리한 아이니까, 그 무렵엔 타 이머를 쓰는 방법쯤은 터득하고 있었죠.

에마는 반쯤 무너진 벽 앞을 골랐어요. 사람이 만들었고 이제는 걔들 의 소유가 된 건물 안에 서 있는 자신의 모습이 보이도록. 하지만 오른 쪽 어깨 너머로는 공장을 둘러싼 숲이 보여요. 그렇게 두 세계가 한 번 에 보이는 거예요. 무너져버린 문명과 흐드러지도록 만개한 대자연이.

에마는 프레임 안으로 걸어 들어갔고, 셔터가 눌리기 직전에 옷을 전 부 벗고 누드 사진을 찍었어요!"

아폴로는 고개를 끄덕거리고 있었지만, 왜 그러는지는 몰랐다. 니셸 의 얘기에서 동의가 필요한 부분은 하나도 없었는데. 오히려 그 행위 는 자기 머리가 목 위에 제대로 붙어 있는지 확인하는 것에 가까웠다. 분명히 머리는 제자리에 있었다. 그러나 아폴로는 여전히 믿을 수 없 었다. 그냥 이 버번이나 비워버리는 게 낫겠어.

"에마는 자기가 한 일을 사진작가한테도 말하지 않았어요. 그 사진은 나중에 현상됐겠죠. 암실에서. 그리고 이제 그 사진의 운명은 에마와는 상관없게 되었어요. 중요한 건 에마 밸런타인이 그런 일을 했다는 거 예요. 알겠어요? 에마는 늘 그런 식이었어요. 아이일 때부터요. 에마가 무슨 일에 자신의 의지를 맞추면, 그 일은 꼭 일어나고 마는 거예요. 내 말 믿어요. 당신은 에마가 탄 비행기가 연착됐을 때 당신이 원해서 공항에서 기다린 거라고 생각하고 싶겠지만, 지금 난 그런 게 아니라고 말하려는 거예요. 에마는 비행기 안에서, 그러니까 이를테면, 당신이 떠나지 못하게 의지를 맞추고 있었던 거라고요. 그때 당신이 집에 가고 싶었다고 해도 갈 수 없었을 거예요. 나도 내 얘기가 어떻게 들리는지 알아요. 하지만 난 그렇게 믿어요."

니셸은 불필요하게 오랫동안 고개를 끄덕였다. 끄덕이는 동작 자체를 즐기는 것 같았다. 그러다가 다시 에마와 사진 얘기로 돌아왔다.

"음, 네덜란드 사진작가는 암스테르담으로 돌아올 때까지 그 사진을 현상조차 안 했어요. 하지만 그 사진이 간직할 만한 가치가 있는 건 분명했죠. 그래서 액자를 씌워 자기 전시회에 포함시켰고, 갤러리 주인은 그 사진을 사서 절대 내리지 않았어요. 나는 암스테르담에 가본 적은 없지만, 에마가 JPEG 파일로 사진을 보여주었어요. 아마 갤러리 주인이 그 사진을 갤러리 카탈로그에도 포함시켰을 거예요."

"그래서요?" 아폴로가 물었다. 무슨 말을 더 하기엔 목이 너무 말랐다.

그는 화장실에 간 아내가 사라진 구석 쪽을 바라보았다. 니셸이 털어놓은 이 이야기 때문에 그녀가 얼마나 다르게 보일까? 그리고 니셸은 왜 이 이야기를 털어놓은 걸까? 단지 술에 취해서?

"에마는 한 번도 어른이었던 적이 없어요. 근데 그거 알아요? 브라질에서 에마는 호리호리하긴 했어도 약하진 않았죠. 근육과 단단한 뼈대와 그 큰 눈, 그게 에마예요. 강단 있고 맹렬하고. 옷을 벗어도 부끄러워하지 않는. 사진 속 에마는 당신을 바라보는 것처럼 카메라 렌즈를 들여다보고 있어요. 당신이 누구든, 당신이 어디에 있든. 에마는 꼭 빌어먹을 여자 마법사처럼 보여요. 아폴로, 그 사진은 내가 지금껏 본 가장 아름다운 것들 중 하나였어요."

니셸은 말을 멈추고 손에 들린 포트와인 잔을 놀란 눈으로 보았다. 그녀는 포트와인을 꿀꺽꿀꺽 마시고 탕 소리를 내며 잔을 식탁 위에 뒤집어놓았다.

"그래서 그 네덜란드 놈은요?" 아폴로가 물었다. "그 남자 이름이 뭡니까?"

니셸은 잠시 동안 그를 물끄러미 보았고, 못마땅한 듯 눈을 가늘게 떴다. "난 지금 중요한 얘기를 해주려는데, 당신은 엉뚱한 데 초점을 맞추는군요."

"이게 엉뚱한 얘기라면, 당신이 나한테 그 남자에 대해 제대로 말해줘봐요." 아폴로가 말했다.

니셸은 테이블을 가로질러 손을 뻗고 손톱을 그의 두 손등에 박아넣었다. "난 지금 에마의 세 번째 소원에 대해 말하려는 거예요. 에마와의 신뢰를 깨지 않는 한에서. 아직 이루어지지 않은 소원은 그것뿐이니까요."

이 말에 아폴로는 얻어맞는 것 같은 충격을 받았고, 상처를 입었다. 그는 니셸이 발로 걸어차기라도 한 것처럼 의자에 등을 기대고 물러나 앉았다. "좋아요. 말해봐요."

그러나 무슨 말이 나오기도 전에, 웨이터가 나타났다. 그는 전력질주로 달려와 테이블에 도착해서 다짜고짜 고함을 질렀다.

"손님 부인요! 부인한테 가보세요!"

13

그래도 일찌감치 시도는 해봤지만, 니셸이 에마와 아폴로에게 끝내 묻지 못했던 질문은 '왜?'였다. 도대체 왜, 아폴로와 에마처럼 멀쩡한 사람들이 집에서 아이를 낳겠다고 결심한 것인가? 제3세계 난민들도 아니었다. 부유한 백인들도 아니고 의료 산업에 반기를 든 괴짜들도 아니었다. 그런데 그 둘은 도대체 무슨 정신으로 그런 생각을 한 건가?

이 문제는 니셸이 웨이터에게 돈을 치를 때 진짜 압박으로 다가왔다. 아폴로가 에마를 한쪽 팔로 부축하며 나왔을 때 니셸은 신용카드 영수증에 사인을 하고 있었다. 에마는 얼굴이 불그레해지고 완전히 지쳐 있었다. 웨이터가 전표를 가지고 사라지자 니셸은 911을 부르려고 휴대전화를 꺼냈다. 에마는 니셸에게 전화하지 말라고 했고, 아폴로는 두 사람의 몫을 계산하려고 지갑을 꺼냈다. 니셸은 예약할 때부터 자기가 계산할 생각이었고 에마에게도 처음에 좌석에 앉자마자 그렇게 얘기했다고 했다. 아폴로가 도착했을 때는 그 얘기를 하는 걸 잊은 것뿐이라고. 음식을 먹을 수도 있었는데! 그러나 지금 아폴로의 배 속에는 빵 쪼가리와 버번뿐이었다. 그는 첫아이가 태어날 때 술에 취해 있으리라고는 상상도 하지 못했다.

니셸이 더욱 감당할 수 없었던 건 에마가 구급차도 부르지 못하게 하

는 것이었다. 불리 레스토랑을 나서면서도―임신 9개월의 임신부가 낼
수 있는 최대 속도로 달려 나오며―에마는 니셸에게 집에서 아기를 낳
겠다고 끝까지 고집을 부렸다. 구급차는 개인용 차량 서비스가 아니니,
일단 타면 아파트가 아닌 병원으로 데려갈 것이었다. 니셸은 레스토랑
의 사과 방에서 그럼 적어도 택시라도 부르자고, 리프트*를 부르자고
했지만, 이 역시 거부되었다. 그들은 금요일 밤 다운타운의 두에인 가
에 있었다. 차로 집에 가는 가장 빠른 도로는 웨스트사이드 고속도로였
다. 그 길로 가면 베이징이나 뭄바이에서나 볼 법한 교통 체증을 경험
하게 될 것이었다. 여기서 워싱턴 하이츠까지는 차로 한 시간은 걸릴
것이고, 어쩌면 그보다 더 오래 걸릴 수도 있었다.

하지만 체임버 가의 지하철역은 여기에서 네 블록 밖에 떨어져 있지
않았다. 거기에서 A 트레인을 타면 집까지 35분이면 갈 수 있다.

그들은 함께 처치 가 모퉁이까지 걸었다. 니셸은 속에서 치미는 화를
담아둘 수 없었다. "도대체 왜 이러는 건데?" 길거리에서 그녀는 고함
을 질렀다. 지금껏 마신 술이 목소리의 볼륨을 최대로 끌어올렸다. "너
도대체 왜 이러는 거야!"

리드 가를 건너자 에마가 말했다. "킴한테 전화 좀."

아폴로는 이미 휴대전화를 꺼내 들고 있었다. 언니. 훈련 받은 전문
산파. 킴 밸런타인의 번호는 단축 다이얼로 저장되어 있었다. "킴!" 전
화가 연결된 순간 아폴로가 외쳤다. "에마가 진통이 와요."

전화 저편의 킴의 목소리가 너무 작아서 거리의 소음 때문에 잘 들

---

* 콜택시의 일종.

리지가 않았다. 왜 속삭이는 거지? 에마는 느리지만 씩씩하게 앞으로 걷고 있었다. 니셸은 두 사람 뒤로 반 블록쯤 떨어져 걸으면서 고함을 지르고 있었다. 발음도 점점 불분명해져서 이제는 새로 창조된 언어처럼 들렸다. 임신은 여자들에게도, 그들의 친구들에게도 고된 일인 것이다.

"소리 좀 그만 질러요." 킴이 전화기에 대고 속삭였다. "지금 극장 안이라. 잠깐만요."

지하철역에 도착했다. 아폴로는 뜬금없이 킴이 무슨 영화를 보고 있는지 궁금했다. "좀 이른 것 같은데요." 아폴로가 말했다.

그들은 지하철역 계단 꼭대기에 있었다. 니셸이 따라와 에마를 느슨하게 끌어안았다. "지금 겨우 38주잖아요!" 이 말이 마치 킴에게 진통을 연기시켜달라고 애원하는 것처럼 들렸다.

"소리 그만 지르라니까." 킴이 말했다. "아마 가진통일 거예요. 브랙스턴 힉스 수축일 수 있어요."

아폴로는 에마를 쳐다보았다. 그녀는 니셸의 품 안에서 주저앉아 오랜 친구의 목덜미에 무거운 숨을 내뿜고 있었다. 고등학교 졸업 무도회에 온 친구들 같았다. 아폴로로서는 이것이 가짜 진통으로 판명된다 해도, 그냥 시운전이었다 해도 상관없었다. 그는 킴이 지금 당장 영화관을 나와 차에 올라타기를 바랐다. 그녀는 출산 도구들을 항상 차 트렁크에 넣어 가지고 다녔다. 그리고 교통 상황 따위 신경 쓰지 않고 집으로 달려오기를 원했다. 그들이 킴보다 먼저 도착하겠지만, 킴도 곧 도착할 것이다. 킴은 이런 가진통 때문에 여기까지 달려오게 하느냐며 그들을 놀리겠지. 그래도 킴이 와주기만 한다면 그런 조롱은 견딜 수 있다. 아파트에서 단둘이 아기를 낳을 걸 상상하면. 킴은 이런 상황에 대비하는 법도 알려주었지만, 그렇다고 해서 그런 일이 실제로 일어나길 기대했다는 뜻은 아니다. 생각만으로도 너무 터무니없어서, 그는 그 자리에 서서 비명을 지를 뻔했다.

"집에서 만나요." 아폴로는 겁에 질린 티가 안 나게, 단호하게 들리기를 바라며 말했다. "지금 바로 차에 타세요."

"사랑해." 니셸은 에마를 붙들고 말했다. "널 사랑해."

에마는 니셸의 머리를 만지고 머리카락을 쓰다듬었다. "우린 괜찮을 거야, 니셸. 약속할게. 우린 괜찮아."

"날 위로하지 말라고!" 니셸은 울다가 갑자기 웃음 같은 걸 터뜨렸다.

"너 지내는 호텔, 여기서 가깝지." 에마는 속삭이고 있었지만 단어들이 꼬집히듯 겨우 새어 나왔다. "갈 수 있겠어?"

브래들리 호흡법 강좌에서, 산모가 대화를 이어갈 수 있다면 진짜 진통이 아직 안 온 것이라고 배웠다. 아폴로는 약간 마음이 놓였다. 니셸과 포옹하며 작별 인사를 하고 에마를 지하철역 계단으로 데리고 내려가는 동안에도, 아폴로는 집에 가면 해야 할 절차들을 머릿속에 그리고 있었다. 제일 먼저 전기식 공기 펌프로 비닐 수조를 잽싸게 부풀리고, 그 안에 비닐을 깔고, 호스를 연결한다. 아폴로는 모든 단계들을 배웠고, 지난달에 대여섯 번 연습도 했다. 그는 해야 할 일들을 잘 알고 있었다. 그 생각에 마음이 조금 가라앉았다.

아폴로는 아직 전화를 끊지 않았다. 킴의 고함소리가 휴대전화에서 흘러나왔다. 그는 스피커폰 버튼을 건드렸다. 에마는 계단 난간에 매달려 내려가고 있었다.

"우리 지금 지하철역으로 내려가요." 아폴로가 말했다.

킴은 아폴로가 하는 말의 의미를 새기기 위해 잠시 고함을 멈췄다.

"지금 이거 스피커폰이에요?" 그녀는 대답을 기다리지도 않고 외쳤다. "에마! 지금 가는 중이야. 힘내! 넌 할 수 있어!"

그리고 전화가 끊겼다.

아폴로와 에마가 집에서 아기를 낳기로 한 이유가 바로 이것이었다. 중년에 접어든 킴은 어떤 인생의 큰 전환으로 소아과 간호사에서 조산사로 업종을 변경했다. 그리고 대부분의 업종 변경이 그렇듯 그녀도 힘든 시간을 보냈다. 킴은 친구들과 옛 동료들, 사촌들, 엘리베이터에서 만난 모르는 여자들에게도 가정 분만을 권했다. 심지어 텔레마케터들의 전화를 받았을 때에도 가정 분만에 대해 장황한 설명을 늘어놓았다. 그런 그녀의 여동생이 임신을 했으니, 더 따지고 말고 할 것 없이 당연히 킴이 조산사로서 가정 분만을 해야 했다. 킴은 아이를 낳아본 적은 없지만 에마를 다섯 살 때부터 키웠다. 그건 인정해줘야 한다. 이모가 된다는 것은 그녀의 인생에서 굉장히 중요한 사건이 될 것이었다. 에마를 위한 가정 분만, 그리고 산파는 킴. 그렇게 된 것이었고, 명쾌한 결정이었다. 에마와 킴은 포트워싱턴 로의 한 식당에서 브런치를 먹으며 아폴로에게 그 사실을 통보했다. 그는 미심쩍은 기분이 들었지만, 단순한 호기심 때문이었지 반대하는 것은 아니었다. 그날 저녁 그는 공기 주입형 출산 수조를 컴퓨터로 검색했다. 킴은 할인을 받아주겠다고 약속했다.

아폴로와 에마는 지하층에 도착해 회전식 개찰구를 밀고 들어갔다.

시간이 별로 없었다. A 트레인은 정확한 시각에 도착했다. 그들은 축복 받은 기분으로 체임버 가 역에서 열차에 올랐다.

14

열차에 너무 허둥거리며 올라타는 바람에 차 안에 다른 승객들을 전혀 인식하지 못했다. 다른 승객이 있었는지조차 몰랐을 것이다. 에마는 서 있고 싶어 했다. 그녀는 객차 안 손잡이 기둥을 잡았고, 아폴로는 에마의 뒤에 서서 에마가 자신에게 기댈 수 있도록 받쳐주었다. 열차 문이 닫히고 쉬익 하는 소리와 함께 움직이기 시작하자 젊은 남자가 외치는 소리가 들렸다.

"쇼 타임입니다, 신사 숙녀 여러분! 쇼 타임! 자, 지금은?"

세 사람의 목소리가 더해졌다. "쇼 타임!"

에마는 신음했다. 아폴로는 그게 진통 때문인지 아니면 기차에서 춤추는 네 소년들 때문인지 분간이 가지 않았다. 이 크루들은─대부분 열다섯에서 열아홉 살 사이의 소년들이었는데─중서부의 유랑 배우들처럼 뉴욕시 지하철에서 춤추는 아이들이었다. 라디오 담당인 친구가 레일 위 바퀴가 내는 파열음도 덮을 만큼 어마어마한 중저음을 빵빵 쏴대고 있었고, 나머지 셋이 지하철 객차 공간에 맞게 수정된 브레이크댄스를 추었다. A 트레인에서 벌이기에 괜찮은 사업이겠지만 이곳 다운타운에서는 천만의 말씀이었다. 아이들은 대개 59번가에서 125번가까지의 고속열차 안에서 일했다. 크루 멤버들이 전부 한 번씩 춤을 추고 승객들에게서 팁을 좀 챙길 만큼 긴 노선이었다. 그러나 지금 여기는 체임버 가였다. 그것도 한밤중, 아폴로와 에마가 작은 공간을 간절히 필요로 하는 바로 그 순간. 소년들은 아폴로와 에마에게 등을 돌리고 객차 저쪽 끝에 옹기종기 모여 있었다. 그들은 진짜 공연을 하는 게 아니라 루틴을 연습하는 것 같았다.

"여기 못 서 있겠어." 열차가 덜그럭거리며 커낼 가를 향해 달리는 동안 에마가 말했다.

"쟤네한테 가서 음악 좀 끄라고 해야겠다." 아폴로가 말했다. 그러나 그가 에마를 놓고 한 걸음 떼자마자, 에마가 손을 뻗어 그를 잡아당겼다.

"계속 서 있으면 토할 것 같아." 에마가 말했다. 열차는 터널을 나와 커낼 가 역으로 진입하고 있었다. 그제야 처음으로, 아폴로는 차 안을 둘러보았다. 차 안에는 댄서 네 명을 포함해 열 사람 좀 안 되는 승객이 있었다.

"댁의 아저씨가 이걸 못 한다면……." 댄서 중 한 명이 대사를 외우는 배우처럼 냉정하게 외쳤다.

"집에 놔두고 다녀요!" 다른 셋이 대답했다.

이 객차에서 내려서 문이 다시 닫히기 전에 옆 칸으로 옮겨 가기엔 시간이 부족했다. 그리고 진통을 겪는 아내를 데리고 객차와 객차 사이를 통과할 마음도 없었다. 그저 댄서들의 춤이 끝날 때까지 견디는 수밖에 없었다.

"흑인들이 스트립쇼를 한다고?" 소년들의 리더가 물었다.

"그냥 플립쇼야!" 다른 소년들이 대답했다.

에마는 서서 계속 흔들렸다. 뺨이 불룩해졌고, 한 손을 입술 위에 대고 있었다. 아폴로는 에마가 최대한 안정적인 자세를 취할 수 있도록 자신의 몸으로 에마를 지탱해주었다. 에마가 구토하면 어떻게 해야 할까. 그러면 차 안에 남은 몇 안 되는 승객들은 흑인 댄서들과 토사물로 뒤덮인 부부 중 누구를 더 혐오할까? 아, 뉴욕.

웨스트 4번가에서 아폴로는 구석의 회색 플라스틱 좌석에 에마를 가만히 앉혔다. 그러나 그녀는 꼬리뼈에 몸무게가 실리자마자 견디지 못하고 다시 몸을 앞으로 숙였다. 그녀의 표정이 뻣뻣하게 긴장되어 있었다. 앉는 것도 고통스럽고, 일어서면 토할 것 같고, 그들은 앞으로 열 개 역을 더 가야 했다.

에마가 그를 바라보았다. 눈이 살짝 풀려 있었다. "왜 빵 말고 아무것도 안 먹었어? 거기 음식이 얼마나 맛있었는지 알아?"

농담은 좋은 신호였다. 진짜 진통이 왔다면 농담 같은 걸 할 리가 없다. 아폴로는 코트를 벗어 둥글게 말아 에마가 깔고 앉을 수 있도록 아래에 놓아주었다. 반대쪽 플랫폼에 로컬 열차인 C 트레인이 서 있었다. 문이 열리자 C 트레인의 환승 승객들이 A 트레인으로 밀려들었다. 텅텅 비었던 열차가 갑자기 반쯤 찼다.

문이 닫히기 직전에 승객 셋이 더 탔다. 두 아이와 엄마였다. 한 아이는 아홉 살쯤 되어 보이는 어린 소녀였고, 더 어린 아이는 유모차 안에서 잠들어 있었다. 아이 엄마는 땀에 흠뻑 젖어 숨을 헐떡이는 아폴로와 에마를 힐긋 보고는 차 안을 재빨리 훑어보았다.

"쇼 타임입니다, 신사 숙녀 여러분, 쇼 타임!" 소년들이 외쳤다.

아이 엄마는 움찔하며 몸을 웅크렸다. 댄서들은 객차의 가운데로 옮겨와 있었다. 라디오의 볼륨은 더 커져 있었다. 승객들은 대부분 무시하는 분위기였다. 음악도 없고, 아크로바틱한 춤으로 놀라운 재능을 뽐내는 네 명의 소년도 안 보이는 것처럼. 몇 명은 드러내놓고 불평을 했다. 열차는 다시 움직이기 시작했다.

아이 엄마는 아폴로와 에마의 맞은편 좌석을 향해 유모차를 밀었다. 그녀는 아홉 살배기 아이에게 에스파냐어로 명령했고, 아이는 그대로 따랐다. 소녀는 좌석에 앉아 가방에서 책을 꺼냈다. 잠깐 동안 아폴로는 이 세 사람이 에마를 처음 만났을 때 그 포트워싱턴 도서관에 있던 엄마와 아이들이 아닌가 하는 생각이 들었다. 불가능하고 있을 법하지 않은 일이지만, 그는 소녀에 손에 들린 책을 낚아채 표지 안쪽 어딘가 포트워싱턴 도서관의 도장이 찍혀 있지는 않은지 확인하고 싶은 마음이 들었다.

아이는 댄서에게도, 아폴로와 에마에게도 관심을 두지 않았고 그저 책에 만족하는 것 같았다. 유모차에 탄 아이는 계속 자고 있었다. 맞은편에 있는 아이 엄마는 아폴로와 에마를 다르게 이해한 것 같았다. 땀을 흘리며 헐떡거리는 모습 때문에 그녀는 그들이 약에 취해 비틀거리는 것이라고 생각한 것 같았다. 그러나 에마의 부른 배를 못 보는 것은 불가능했다. 여자는 에마를 조용히 바라보았고, 잠시 동안 두 사람의 눈이 마주쳤다.

A 트레인이 속도를 내면서 롤러코스터처럼 덜거덕거리자 에마는 엉덩이를 좌석에서 조금 떼고 웅크렸다. 그러나 열차가 좌우로 부드럽게 흔들리면서 좌석에 엉덩방아를 찧었고, 더 고통스러워했다. 아폴로가 그녀를 안았고, 그녀의 얼굴이 아폴로의 어깨를 누르면서 셔츠가 축축하게 젖어드는 것이 느껴졌다. 내려다보니 에마가 그에게 턱을 문지르

며 입술을 꽉 깨물고 있었다.

14번가에 도착하자 NYPD 경관 두 명이 기차에 올라탔다. 소년들은 라디오를 껐다. 경관들은 소년들이 뭘 했는지 알고 있었지만, 그렇게 제지하는 걸로 충분하다고 생각했다. 그렇게 해서 14번가부터 42번가까지, 기차 안은 라디오 소리 없이 동굴 속처럼 조용했다.

에마는 힘겹게 숨을 쉬며 짧게 두 번 들이마시고 길게 한 번 숨을 내뱉는 호흡을 이어갔다. 그녀는 혼자만의 명상 상태에 빠져들었다.

"널 빨리 만나고 싶구나." 아폴로가 속삭였다.

에마는 호흡에 너무 집중하느라 그가 무슨 말을 하는지 알아듣지 못했다. 엉덩이와 허리에서 느껴지는 고통은 하얀 빛이 되어 그녀를 다음 단계로 쑥 밀어 넣었다.

"널 빨리 만나고 싶구나." 아폴로가 다시 속삭였다.

이 주문은 브래들리 호흡법 수업 시간에 배웠다. 강사인 토냐는 엄마가 진통을 시작할 때 아빠가 엄마에게 일종의 주문처럼 그런 말을 계속 들려주라고 했다. 아폴로와 에마는 아기에게 해줄 말을 신중하게 골랐다. 두 사람의 흥분과 기대를 담은 단순한 환영의 말. 고통을 잊고 집중할 수 있게 해주는 그런 말.

"널 빨리 만나고 싶구나."

아폴로와 에마 둘 중에 누가 이 말을 했던가? 에마도, 솔직히 말하자면 아폴로도 확신이 서지 않았다. 두 사람은 59번가 역으로 진입하는 A 트레인에 타고 있었지만, 그들은 그곳에 없었다. 그들은 그들의 집에 있었고, 둘 다 욕조 안에 들어가 있었고, 킴이 옆에 있었다. 그들은 이미 아기를 만나고 있었다. 앞으로 올 그 순간을 따라잡기만 하면

된다. 그러면 모든 게 다 괜찮아질 것이다.

열차가 멈추고, 사람들이 내렸다. 객차는 체임버 가에서처럼 거의 텅 텅 비었다. 차 문이 다시 닫히자 몇몇 승객만 남았다. 아폴로와 에마, 엄마와 아이들, 그리고 경찰이 타기 전 간신히 번 돈 몇 푼을 세는 댄서들. 아홉 영혼들. 한 영혼은 지금 세상에 나오는 중이다.

A 트레인이 59번가를 떠났다. 이제부터가 가장 힘든 구간이 될 것이었다. A 트레인은 여기서부터 125번가까지 멈추지 않고 달린다. 뉴욕 시 지하철 시스템 전체를 통틀어 역과 역 사이가 가장 긴 구간이었고, A 트레인은 이 구간에서 최고 속도로 달린다. 차가 덜컹거리고 아래위로 진동할 것을 예상하고, 아폴로는 살아 있는 안전벨트처럼 에마를 팔로 감싸 안고 버텼다. 그러나 열차가 79번가, 81번가, 86번가를 통과할 때는 그런 노력도 아무 소용이 없었다. 유일한 위안은 에마가 일종의 트랜스 상태에 빠진 것이었다. 호흡법이 제대로 먹혔다. 그녀는 이제 말을 하지 않았다. 진짜 진통에 접어들고 있었지만, 다행히 집에 거의 다 왔다.

A 트레인은 103번가를 통과했고, 저 앞 전철역의 희미한 불빛이 다시 터널에 들어서는 열차까지 도달하지 못하는 것 같았다.

그때 바퀴에서 심한 마찰음이 들리고 열차의 속도가 갑자기 느려졌다.

전혀 문제없어. 일반적인 현상이야. 지금까지 최고 속도로 달려왔으니 속도를 늦춰 부드럽게 나아가는 것은 당연해. 이런 식으로 열차는 125번가 역을 가볍게 통과했다. 완전히 정상이었다.

그러다 요란한 소리를 내며 브레이크가 걸렸고, 차가 완전히 멈췄다.

아폴로는 창밖을 내다보았지만 어두운 바깥에는 아무것도 보이지 않았다. 객차의 스피커가 끽끽거렸지만, 스피커의 잡음이 단발적으로 울리는 소리였다. 스피커는 다시 조용해졌다. 그리고 잠시 후, A 트레인의 모든 객차 안의 불이 꺼졌다. 아폴로와 에마와 엄마와 아이들과 네 명의 댄서들은 완전한 암흑 속에 잠겨버렸다.

15

브래들리 호흡법 강좌에서 선생님은 수많은 여성들이 현대식 병원, 산부인과 의사, 전문 의료진, 소아과 간호사, 무엇보다도 피토신* 없이도 언제나 아기를 문제없이 잘 낳았다고 가르쳤다. 다른 모든 생명들이 그렇듯 여성의 몸은 아기를 어떻게 낳는지 정확히 알고 있으며, 기본적으로 산파의 역할은 21세기 기술 문명을 뒤로 물리는 것이라고도 했다. 아폴로와 에마는 다른 수강생들처럼 가정 출산에 대해 그렇게 단호하지는 않았다. 꼭 병원에 가야 하는 상황이 발생하면 가기로 두 사람은 합의했다. 에마는 만일의 사태에 대비해 작은 여행 가방을 싸두었다. 그들은 그 가방을 침대 아래에 보관했다. 아무튼 토냐는, 이 브래들리 호흡법 강좌의 목적 중 일부는 아빠들도 필요한 경우 출산 과정을 도울 수 있도록 하는 것이라고 설명했었다. 아폴로는 이 말을 어느 정도는 오만한 태도로 받아들였고, 유품 정리 세일에서 패트리스를 만날 때마다 항상 자신의 역할을 강조하곤 했다. 하지만 이 점은 분명히 해야 한다. 아폴로 카그와는 자신이 직접 아기를 받을 수 있다는 생각을 충실히 믿었지만, 그것은 그가 절대로, 사실상 절대로 그럴 필요가 없을 것임을 완전히 확신했기 때문이었다.

* 자궁수축제, 유도분만 시 촉진제로 사용.

그러나 두 사람은 여기 있었다. 멈춰버린 A 트레인 안에. 산파도 없이.

저 아홉 살 난 소녀가, 어두워서 이제 책을 읽을 수 없게 된 아이가, 옆에서 조언을 해줄 수 있을까? 아니면 4인조 댄스 팀이 왕진 나온 산부인과 의사 팀이 되어줄 수 있을까? 적어도 유모차의 아이는 아직도 자고 있었다. 어떻게 저럴 수가 있지? 아마도 아이 엄마가 감기약이라도 먹인 모양이었다.

"오오오오오오." 에마가 소리를 냈다. 아폴로는 겁에 질려 에마의 입을 손으로 틀어막을 뻔했다. 지하철 에티켓을 걱정해서가 아니라 그 소리의 의미가 두려웠기 때문이었다. 그들은 이 신음소리를 강의 시간에 연습했었다. 산모가 더 통증을 누르지 못하고 숨을 쉴 수 없게 되면, 정확히 이런 신음을 내뱉게 되어 있었다.

"오오오오오오." 에마는 다시 소리를 뱉어냈다.

강의 시간에 어느 임신부가 정확히 언제 그런 소리를 내야 하는지, 언제 시작해야 하는지를 물었다. 그러나 두 아이의 엄마인 토냐는 친절하게 미소 지으며 이렇게 말했다. **진짜 진통이 시작되면 저절로 그렇게 하게 될 거예요.**

"오오오오오오."

진짜 진통이 시작되면.

"왜 여자를 괴롭혀요?"

고개를 드니 네 명의 댄서들이 다가와 있었다. 그중 한 아이는 휴대전화의 조명 기능을 켜서 높이 쳐들고 있었다. 필요 없는 행동이었다. 그들의 눈은 이미 터널 안의 LED 조명과 신호등의 어둑한 불빛에 적응되어 있었다. 이렇게 가까이에 서니 정말로 어린 소년들이었다. 가장 나이 많은 리더도 열다섯 살은 넘어 보이지 않았다. 소년은 아폴로 위로 주먹을 쥐다시피 하고 서 있었다.

"왜 여자를 괴롭혀요?" 그가 다시 말했다.

아폴로가 소년들을 향해 보인 웃음은 비웃음에 가까웠다. 네 소년은 여자를 도와주러 왔다고 생각했지만, 일단 아폴로가 아닌 에마를 보자 순식간에 용기를 잃어버렸다.

"와! 임신했어!"

에마는 소년의 말을 고쳐주었다. "지금 아기를 낳으려는 거야."

에마의 목소리가 차분해서 아폴로는 깜짝 놀랐고, 네 소년도 마찬가지로 충격을 받은 것 같았다. 맨 앞에 선 리더의 꽉 움켜쥔 주먹이 느슨해졌다. 입술을 축 늘어뜨리니 유모차 속 아이만큼이나 어려 보였다.

"도움이 필요해." 아폴로가 말했다. "너희 중 누가 가서 차장을 좀 데려올 수 있겠니?"

아무도 움직이지 않았다. 나머지 셋은 사실상 뒷걸음질을 쳐 가장 나이 많은 소년 뒤로 움츠러들었다. 열둘 아니면 열셋, 다른 아이들은 그보다 나이가 많을 성싶지 않았다. 그들은 제일 나이 많은 소년의 근육이 도드라진 팔을 기웃거렸다. 결국 에마가 나서야 했다.

"너희 중 하나가 가서 차장을 좀 데려와." 그녀는 아이들을 똑바로 바라보며 말했다.

"내가 갈게요." 가장 어린 소년이 말했다. 그는 문을 열고 달렸다.

"오오오오오."

아폴로는 일어섰고, 나머지 세 소년들은 물러났다. 맞은편에 앉은 여자는 에마만 바라보고 있었다. 소녀는 엄마의 어깨에 머리를 기대고, 책은 무릎에 엎어놓았다. 그 아이도 에마를 바라보았다.

"일으켜 세워야 해." 아폴로가 말했다.

"하지만 지금 애가 나오려고 하잖아요. 눕혀야 하는 거 아녜요?" 나이 많은 소년이 조용히 말했다.

"넌 이름이 뭐니?" 아폴로가 물었다.

"카우보이요." 소년이 말했다. "전 댈러스에 살았어요. 10년 전에는. 그러다가 부모님과 함께 여기로 왔는데 사람들은 나를 카우보이라고 부르죠. 하지만 내 진짜 이름은……."

"카우보이." 아폴로가 말했다. 아이는 고개를 들어 그를 바라보았다. "좋은 이름이네. 그렇게 불러도 되겠지?"

카우보이는 숨을 들이마시고 천천히 말했다. "돕고 싶어요." 그가 말했다.

"내 아내를 돕는 최선의 방법은 일으켜 세우는 거야." 아폴로가 말했다. "너희 둘은 손을 잡고 당겨. 내가 엉덩이를 들어 올릴 테니. 알았지?"

카우보이는 고개를 끄덕이고 왼쪽의 아이를 바라보았다. 소년들은 에마의 앞에 자리를 잡고 손가락을 잡았다.

"잠깐." 에마가 말했다. "손가락은 잡지 마. 손목을 잡아."

소년들은 몸이 굳은 채로 에마를 조용히 바라보았다.

에마는 부드러운 눈빛으로 소년들을 쳐다보며 미소를 지었다. "너흰 훌륭한 일을 하고 있어. 아주 용감해."

그들이 한 덩어리가 되어 일어서면서 유모차를 덮칠 뻔했다. 아이 엄마가 때맞춰 유모차를 옆으로 옮겼다.

"이제 가장 가까운 기둥까지 걸어가게 도와줘." 에마가 말했다.

겨우 세 걸음이었다. 거기까지 가는 데 4분이 걸렸다. 에마가 기둥에 도착하자, 뒤에서 그녀의 허리를 받치고 있던 아폴로는 다음으로 할 일을 알려주었다.

"에마, 이제 꽉 잡아야 해."

에마는 기둥을 잡았다.

"너희 중 마실 거 갖고 있는 사람?"

소년들은 책가방을 뒤졌다. "레드불도 돼요?" 한 소년이 말했다.

"아니." 에마가 단호하게 말했다.

아폴로는 아이 엄마를 돌아보았다. 아홉 살배기 소녀와 유모차 사이에 앉아 있는 이 여인은 주스든 뭐든 가지고 있을 것이었다.

"아구아*?" 에마가 물었다.

아이 엄마는 유모차 등받이로 손을 뻗어 파우치를 찾아 빨강과 검정 색깔 빨대컵을 꺼냈다. 아폴로는 빈손이 없어서 아직까지 아무 일도 맡지 않은 소년을 바라보았다. 아이는 그 단순한 임무를 맡은 것을 무척이나 고마워하는 것 같았다. 그는 빨대컵을 받아와 바닥에 내려놓았다.

"오오오오오!"

에마의 손이 기둥에서 미끄러졌다. 손은 땀으로 흥건했다.

"손이랑 무릎으로." 에마가 아폴로에게 말했다. "나, 네 발로 짚어야

---

* 에스파냐어로 '물'.

겠어. 내려줘."

"친구들." 아폴로가 말했다. "너희가 에마를 조금 더 오래 잡고 있어야겠다."

"어디 가세요?" 카우보이는 충격을 받은 표정으로 물었다.

"코트 가지러."

"코트는 필요 없어!" 에마가 외쳤다.

그러나 아폴로는 멈출 수가 없었다. 그는 코트를 가져와서 바닥에 펼쳤다. 이걸론 부족해. 이걸론 부족해. 레스토랑에서 빌려준 대여용 재킷도 있었으면 좋았을 텐데. 그는 다시 에마에게 가까이 기댔다. "당신 스타킹을 아래로 내려야 할 것 같아." 그는 사과하듯 말했다.

"잘해봐." 에마가 으르렁거리듯 말했다.

그때 차문이 우르릉 소리를 내며 열렸다. 네 번째 소년이 차장과 함께 돌아왔다. 차장은 댄서들만큼이나 어려 보였다.

"이런 맙소사." 차장이 말했다.

"곧 출발할 수 있습니까?" 아폴로가 물었다.

"이런 맙소사." 차장이 다시 말했다.

아이 엄마가 유모차 너머로 손을 뻗어 차장의 다리를 꼬집었다.

"세 번째 레일로 넘어갈 동력을 잃었어요." 차장은 제정신을 차리고는 허벅지를 문지르며 설명했다. "이 열차는 움직이지 않아요. 돌아가서 무전으로 이 사실을 알리겠습니다. 구급 요원들이 올 거예요. 하지만 그것도 시간이 좀 걸릴 텐데요."

"오오오오오."

아폴로는 전화를 해보라고 말했지만, 어차피 누구도 제시간에 도착하지 못한다는 것을 알고 있었다. 에마가 받을 수 있는 도움은 이미 이 객차 안에 있었다. 차장이 떠나고 옆 칸으로 이어지는 문이 다시 닫히 자, 유리창은 얼굴들로 가득 찼다. 구경꾼들. 여기에서 뭔가 굉장한 일이 일어나고 있다는 길 알게 된 사람들. 옆 차량의 반대쪽 끝에 있는 사람들까지 모여들기 시작했다. 이제 그들에겐 관객이 생겼다. 설상가상으로 벌써 이 사건을 기록하려는 휴대전화 불빛들이 눈에 띄었다.

"카우보이! 너랑 너희 팀이 이 사람들을 몰아낼 수 있겠니? 창문도 가리고?"

소년은 객차의 양쪽 끝을 쳐다보았다. "그건 간단해요."

양쪽 문에는 수많은 사람들이 모여 있었고, 그 뒤로는 더 많이 있었다. "진짜?" 아폴로가 물었다.

차장에게 달려갔던 소년이 웃으며 말했다. "사람들은 우리가 기차에 타자마자 움츠러들거든요." 그는 가슴에 손을 모으고 몸을 떨었다. "어머, 저 무서운 흑인 꼬마들 좀 봐!" 나머지 소년들은 웃었다.

"우리가 사람들을 흩어놓을게요." 카우보이가 미소를 지으며 말했다.

그 말과 함께 아이들은 둘씩 양쪽으로 흩어졌다.

"지금은 쇼 타임이 아닙니다, 신사 숙녀 여러분!" 카우보이가 외쳤다.

"지금은 쇼 타임이 아닙니다!" 다른 세 소년들도 따라 외쳤다.

아폴로는 에마의 얼굴을 보기 위해 네 발을 짚고 엎드렸다. 에마의 머리가 바닥에 닿아 있었다. 머리카락은 장막처럼 얼굴을 덮고 땀 때문에 엉겨 붙어 있었다. 그는 빨대컵을 끌어당기고 에마의 머리를 들어 올렸다. 그러고는 컵을 기울여 그녀에게 물 두 모금을 먹였다.

아폴로는 컵을 바닥에 내려놓았다. 아기를 받으려면 에마의 뒤에서 지탱해줘야 했다. 그 위치에서 계속 물을 먹이면서 마음을 가라앉히도록 어루만져주려면 자세를 어떻게 잡아야 할지 알 수가 없었다. 그는 바닥에서 에마를 올려다보았다. 아이 엄마가 그들을 바라보았다. 처음 차에 탄 순간, 그녀와 에마는 강렬한 순간을 공유하는 것처럼 보였다. 서로 눈을 맞추고, 아폴로는 절대 이해할 수 없는 무언가를 함께 나누는 것 같았다. 그는 애원하는 눈길로 아이 엄마를 바라보았다. 잠시 후, 여자는 딸을 토닥거리며 자리에서 일어섰다. 그녀는 동생을 슬쩍 들여다보는 어린 딸 옆으로 유모차를 밀어놓았다.

아이 엄마는 빨대컵을 받아들고 조용히, 에스파냐어로, 에마에게 말을 걸었다. 위로하는 말투였고, 아마도 에마에게 필요했던 것은 그것이 전부였을 것이다. 심지어 에마는 몸을 앞으로 숙여 여자의 어깨에 이마를 기댔다. 둘 사이의 진한 친밀감이 신비스러워 보일 정도였다.

아폴로는 어깨 너머로 뒤를 돌아보았다. 소년들은 현장에 등을 돌리고 서서, 팔을 들고 마구 휘저으며 사진이나 동영상을 찍으려는 시도를 전부 막아내고 있었다. 아폴로는 에마의 신발을 벗기고 스타킹을 무릎까지 내렸다. 그는 손을 에마의 엉덩이 한쪽에 대고 부드럽게 눌렀다. 출산 3기에 접어든 아내를 달래주는 동작이었다. 그는 이제 아내가 아닌 아기에게 말하고 있었다.

"널 빨리 만나고 싶구나."

16

지구 깊숙한 곳에 멈춰선 A 트레인 안에서, 에마는 피를 흘리며 기진맥진해 있었다. 아폴로는 킴이 언제 어느 때나 적절하다고 알려준 두 개의 주문을 계속 되뇌고 있었다. **천천히. 숨 쉬고. 천천히. 숨 쉬고.** 아폴로는 아내와 아기에게만 온전히 집중했다. 에마의 등이 둥글게 올라오고 끙끙 앓는 소리를 내면, 그는 엄지손가락으로 꼬리뼈 바로 위 옴폭 패인 지점을 누르고 에마의 등이 다시 반듯해질 때까지 기다렸다. 에마가 피를 흘리며 힘껏 더 밀어내면, 그는 그녀의 허벅지를 누르며 말했다. **천천히. 숨 쉬고.** 그러다 아기의 머리 꼭대기 부분이 보이자 그는 혼란에 빠졌다. 아기의 머리가 풍선껌에 싸여 있는 것처럼 보였다. 양막낭이 아직 안 터진 것이었고, 그 양막낭이 아기와 에마의 골반 사이에서 얇은 막처럼 작용하고 있었다. 그녀가 느끼고 있을 모든 고통에도, 양수가 곧바로 터지지 않은 이 작은 기적이 그나마 견딜 만한 고통으로 경감해주며 그녀를 구해주고 있었다.

아폴로는 자신의 손을 바라보고 있었다. 손은 아기를 받을 준비가 되어 있었다. 그는 마치 목격자이자 참가자인 듯한 기분이 들었다. 두 사람의 아기는 엄마와 이 세상 사이에 불안정하게 위치해 있었다. 이곳과 저곳 사이에, 자궁의 에테르 안에 살아 있었다. 아폴로는 자신도 이 문턱 위에서 균형을 잡고 있는 것 같은 기분을 느꼈다. 머리는 거의 다

나와 있었지만 몸통은 여전히 감춰져 있는 아기는 마치 신이 보낸 특사 같았다.

"아기 머리 보여?" 에마가 물었다.

아폴로는 대답하려 했지만 말이 잘 나오지 않았다.

그러다 양수가 터졌다. 그녀는 안도의 탄식을 내뱉었고, 두 사람의 아기는 곧바로 미끄러져 나왔다. 아폴로 카그와는 열차 바닥에 닿기 전에 아기를 잡았다.

"아들이야." 아폴로가 말했다.

"아들." 에마가 속삭였다.

에마는 여자에게 몸을 기댔다. 여자는 에마의 정수리에 입을 맞췄다. 에마는 태반이 빠져나올 때까지 여자의 무릎 위에 몇 분 정도 더 있어야 했다.

그래서 그 짧은 순간 동안 아폴로는 아들과 단둘이 남겨졌다. 아폴로는 셔츠의 단추를 풀어 피부에 직접 닿도록 해서 아기를 부드럽게 안았다. 아기는 울지도 않고, 아직 눈도 깜박이지 않고, 그저 작은 입만 빠끔거릴 뿐이었다. 아폴로는 숨을 들이마셨다가 첫 숨을 내쉬는 아들을 지켜보았다. 그는 한참을, 한 시간 아니면 영원의 순간 동안, 그 작은 얼굴을 지그시 바라보았다.

"브라이언이라고 부를까?" 아폴로는 목이 메었다. 지금 당장, 탄생의 순간에 이걸 물어볼 생각은 없었고, 사라져버린 아버지의 이름을 아들에게 붙여주고 싶다고 생각해본 적도 없었다. 이 질문, 이 바람은 그냥 자연스럽게 흘러나왔다. 마치 그것이 몇 년 동안이나 그의 입속에 묶여서 숨어 있었던 것처럼.

"나 그 이름 좋아." 마침내 에마가 말했다. 그녀는 돌아서서 아기를 향해 손을 뻗었다.

아폴로는 아기의 뺨에 자신의 뺨을 댔다.

"안녕, 브라이언." 그가 속삭였다. "널 만나서 정말 행복하구나."

III.
그리고 아기는
유모차를 타고 옵니다

17

아기는 금요일 밤에 태어났다. 구급 요원들은 아폴로와 에마가 아기를 만나고 22분 후에 도착했다. 에마의 예상대로 그들은 곧장 할렘 병원으로 달려갔고, 그곳에서 그녀와 아기는 요주의 대상으로 관찰 당했다. 병원에서는 아폴로에게 먼저 집에 가도 된다고 안심시켰지만, 그는 에마의 병실에서 의자에 앉은 채로 이틀 밤을 꼬박 샜다. 월요일 아침에 그들은 택시를 타고 집으로 왔다. 아폴로는 아내와 아들을 침대로 데려갔다. 아들의 첫 번째 이름은 이미 지어주었고, 이제 중간 이름을 고를 차례였다.

"중간 이름을 카우보이로 하지는 않을 거야." 에마는 침대에 누울 준비를 하며 말했다. 아폴로는 브라이언이 바카라 크리스털로 만들어지기라도 한 듯 조심조심 앉았다. 아기의 눈이 떠져 있었다. 아기는 아무것도 보지 않으면서 모든 것을 보고 있었다.

"아기 이리 줘봐." 에마가 말했다. 그녀는 베개를 푹신하게 두드려 등 뒤에 받쳤다. 아폴로는 둘의 아이를 에마에게 건네줬고, 그녀는 아기의 얼굴에 바짝 얼굴을 대고 머리에 부드럽게 숨을 불었다.

브라이언은 머리카락이 전혀 없는 상태로 태어났다. 아기는 위턱이 약간 앞으로 튀어나왔고 턱이 작아서 꼭 거북이를 닮았다. 두 사람은 환한 병실에서 그 사실을 처음 알고 웃었다.

"거북아." 아폴로가 말했다. "네 엄마에게 먹을 것을 좀 갖다줘야겠다."

에마는 아기의 얼굴에 젖가슴을 가져다 댔다. 그녀는 강좌에서 배운 대로 이기의 뺨을 쓰다듬었다. 입을 벌렸을 때 가슴을 한껏 들이밀었지만 아기는 기침을 하고 고개를 돌렸다. 에마는 몸을 앞으로 숙이며 브라이언의 뺨을 어루만지고 다시 시도해봤다. 하지만 젖 물리기는 또 실패했다. 지난 금요일부터 계속 시도하는 중이었다. 병원에서는 간호사들과 의사들마다 에마가 뭘 잘못하고 있는 건지 여러 가지 의견을 제시했다.

부엌에는 금요일 아침 출근 전에 남겨두고 간 그릇들이 그대로 있었다. 원래는 니셸과 저녁 식사를 하고 돌아와서 설거지할 생각이었다. 그때까지만 해도 그들 가족은 단둘이었다. 그는 이미 브라이언 탄생 전이라는 까마득한 고대를 기억하기가 어려워졌다.

아폴로는 접시들을 닦았다. 릴리언과 킴은 둘 다 오늘 아침에 도착하기로 되어 있었다. 두 사람이 여기 있는 동안 슈퍼마켓에 다녀올 수 있을 것이다. 릴리언과 킴은 병원에 들렀었지만 오래 있지는 않았다. 니셸도 일요일 오후에 로스앤젤레스로 돌아가는 비행기를 타야 해서 아침에만 잠깐 들렀다. 그녀는 에마가 아직도 지하철 바닥에 누워 아기를 낳고 있기라도 한 것처럼 겁에 질려 병실에 들어섰다. 니셸은 어떤 냄새가 났는지 끊임없이 물었지만, 아폴로도 에마도 기억하지 못했다. 브라이언의 탄생은 그날의 주요 뉴스거리가 되었다. 《더 포스트》, 《더 데일리뉴스》, 심지어 지역 방송인 NY1에서도 언급되었다. 누군가 출산 장면을 선명한 동영상으로 찍었다면 더 큰 이야깃거리가 되었겠지만, 카우보이는 자신의 말을 충실히 지켰다. 그날 밤의 기록으로 남은 사진과 영상은 네 명의 흑인 소년들이 미소를 지으며 잔뜩 신이 나서 손을 흔드는 모습을 담은 것들뿐이었다. 그리고 대부분의 언론 매체들은 그런 자료는 대중과 공유할 가치가 없다고 판단했다.

아폴로는 안쪽 방을 둘러보았다. 방에는 소파와 텔레비전, 책이 가득 꽂힌 책꽂이 네 개가 있었다. 앞으로 몇 주 동안 부부 침실에서 브라이언을 재울 때 사용할 아기 바구니도 있었다. 브라이언이 태어나기 전 이곳은 두 사람의 라운지였다. 이제 브라이언이 태어났으니 아기 방이 될 것이다. 아폴로는 방 내부를 훑어보고 무엇이 필요한지 생각했다. 아기 침대, 봉제 장난감, 담요와 옷을 넣을 서랍장, 기저귀를 버릴 휴지통, 기저귀 몇 상자, 그리고 지금 생각나는 것보다 훨씬 더 많은 것들. 이런 것들은 한참 전에 샀어야 했다. 사실 에마가 목록을 만들기는 했다. 하지만 그 시기 파트타임으로 전환한 그녀는 아예 일자리를 잃을 가능성도 없지 않았다. 쇼핑은 잠시 보류해두고 가장 먼저 필요한 것이 무엇일지 철저하게 계획을 세워야 했다. 아기 바구니, 신생아용 기저귀, 보디슈트 잠옷, 베이비 워시와 아기용 수건, 이런 것들이 제일 먼저 필요한 것들이었다. 그러나 이제 아폴로는 아들에게 훨씬 더 많은 것을 주고 싶은 마음을 누를 수 없었다. 그는 눈을 감고 문설주에 입을 맞췄다.

초인종이 울릴 때까지 그곳에 얼마나 오래 서 있었을까? 그 자리에 선 채로 잠이 들었다 해도 전혀 이상하지 않았다. 문 앞에는 킴과 릴리언이 함께 와 있었다. 두 사람 모두 커다란 가방을 들고 있었다. 킴은 두 사람을 위해 슈퍼마켓에 들러 기본 식재료를 사 왔고, 릴리언은 집에서 만든 음식을 가져왔다. 붉은 콩 수프 네 통, 미트로프와 매시드 포테이토, 라자냐와 사모사, 키슈 두 개, 소꼬리 수프였다. 그는 물건들을 모두 부엌에 내려놓고 두 여인을 침실로 안내했다. 에마는 여태까지 브라이언에게 젖을 먹이려고 애쓰다가 혼자 화가 치밀어 흘린 눈물을 애써 감추고 있었다.

킴은 브라이언을 에마의 손에서 받아들었다. 산파로서 아기를 확인할 기회이자 이모로서 조카를 안아볼 기회였다. 킴이 아기 옷을 벗기는 동안, 릴리언은 에마에게 다가가 에마의 머리에 입을 맞췄다.

"나도 아폴로 때 똑같이 그렇게 힘들었어." 릴리언이 부드럽게 말했다. "어째야 좋을지 몰랐지. 친정 엄마도 옆에 없었고."

에마는 고개를 끄덕였다. 그녀는 문제를 이해하고 있었다.

"내가 해낼 수 있으리라고는 생각 못 했단다. 하지만 그냥 시간이 걸렸을 뿐이야." 릴리언이 말했다.

에마는 릴리언에게 기대어 깊은 한숨을 쉬었다. 릴리언이 그녀를 꼭 잡아주었다.

킴은 발가벗은 브라이언을 엎어놓고 있었다. "이 푸르스름한 엉덩이 정말 마음에 드네!" 그녀가 외쳤다.

"어떻게 했는지 나한테 한번 보여줘봐. 아마 내가 도와줄 수 있을 거야." 릴리언이 에마에게 말했다.

킴은 브라이언을 아기 엄마에게 돌려주었다. 에마는 아기를 가까이 안고 뺨을 어루만졌다. 아기의 눈이 이리저리 움직였고, 입가에 주름이 잡히면서 입술이 열렸다.

"기다려." 릴리언이 말했다. 그녀는 보석 감별사처럼 에마의 가슴을 관찰하고 있었다. 그러다 부드럽게 고개를 끄덕이고는 한숨을 쉬었다. "네 가슴 모양이 안 좋구나. 딱한 노릇이다." 마침내 릴리언이 말했다.

"엄마!" 아폴로가 외쳤다. 그는 어머니를 붙잡고 침실에서 나왔다. 킴은 에마와 릴리언 사이에 끼어들어 릴리언에게 등을 돌렸다. 에마는 릴리언의 말에 울거나 흐느끼지도 않고, 오로지 젖꼭지를 아기의 입에 맞추는 일에만 몰두했다.

아폴로는 릴리언에게 음식과 물건들을 정리해달라고 부탁했고, 그 일이 끝나자 커피를 사다달라며 릴리언을 내보냈다. 릴리언은 자기가 무슨 말을 잘못했는지 이해하지 못했다. 아폴로는 세 번이나 설명하려 했지만 결국 포기했다. 결국 그는 음식을 가져다줘서 진심으로 고맙다는 인사와 함께 A 트레인 역까지 걸어서 어머니를 배웅했다.

아파트로 돌아오는 길에 메시지가 도착했다는 알림과 함께 휴대전화가 진동했다. 패트리스였다. '오늘 유품 정리 세일. 같이 가자. 먹여야 할 입이 늘었잖아!'

그는 답장을 했다. '너무 일러.'

패트리스도 다시 문자를 보냈다. '너희 가족이 쫓겨나더라도 우리 집에 올 생각은 마.'

아폴로는 웃으며 휴대전화를 주머니에 넣었다. 패트리스가 보고 싶었다. 그리고 동시에 일주일 이상은 쉴 수 없다는 사실도 잘 알고 있었다.

집에 돌아왔을 때 킴은 이미 신발을 신고 재킷을 걸치고 있었다. 아폴로는 처형을 보내주고 침실로 돌아왔다. 커튼을 닫자 방 안은 어둑해졌다. 그는 두 사람 옆에 누웠다.

"나에게는 수탉이 있었어. 수탉은 날 기쁘게 해주었지." 에마가 노래했다. "난 수탉을 오래된 버드나무에 묶어두었네."

아폴로는 아내와 아들에게 더 가까이 다가갔다.

"내 꼬마 수탉은 꼬끼오 꼬끼오 노래를 불렀다네."

그녀는 노래를 불렀고, 그들은 순서대로 잠이 들었다. 처음엔 아폴로, 그다음은 에마. 아기는 가장 오랫동안 눈을 뜨고 있었지만, 곧 엄마 아빠와 함께 잠이 들었다.

자정이 훨씬 지난 어느 때에, 잠이 깬 아폴로는 침실에서 나왔다. 그는 가방을 찾았다. 브라이언이 태어나던 밤 메고 있던 가방이었다. 그는 가방을 열고 그 안에서 『불타는 전선』을 꺼냈다. 부엌에서 그는 랩톱을 켜고 버지니아의 수집가에게 표지 사진을 첨부한 메일을 보냈다. 화면의 불빛이 그의 얼굴을 밝혔다.

"나는 신이야, 아폴로." 신은 일을 하며 속삭였다.

30분도 되지 않아 그는 식탁에 엎드려 잠이 들었다.

18

패트리스가 말한 유품 정리 세일은 브롱크스에서 열리는 것이었다. 워싱턴 하이츠에서 워낙 가까운 곳이라 어떠한 변명이나 구실도 대지 못하고 곧바로 출발해야 했다. 그리고 브라이언도 데리고 가야 했다. 모아놓은 월급이 사라지기 전까지 에마가 쉴 수 있는 기한은 6주였다. 미국에서 그 정도면 관대한 편에 속했다.

그날 아침 나가면서 에마는 진통을 겪을 때보다 더 심하게 울었다. 아폴로는 아기를 잘 돌보겠다고 약속했지만, 에마가 무너진 건 그 때문이 아니었다. 물론 그녀는 아폴로를 믿었다. 하지만 그렇게 어린 아기를 떼어놓고 나가는 게 꼭 낙하산도 산소 탱크도 없이 에어로크 밖으로 나가는 것처럼 막막했다. 어떻게 숨을 쉴 수 있을까? 그래도 나가야만 했다. 그들 가족은 그녀의 실직을 감당할 수 없었다.

아폴로는 렌터카 회사인 집카Zipcar에서 차를 빌렸다. 견고한 혼다 오디세이였다. 그 회사는 특이하게도 차에게 이름을 붙이는데, 이 차의 이름은 스와브*였다. 그런 식의 자기기만에 존경심이 들었다. 그는 뒤를 보도록 장착한 카시트에 아기를 앉힌 후 벨트를 매고 가져 온 베개들을 차 바닥과 카시트 주위에 촘촘히 깔았다. 아기는 쿠션에 둘러싸

---

* 정중한, 상냥한의 의미가 있다.

여 누워 있었지만, 그래도 아폴로는 헨리 허드슨 파크웨이까지 시속 25킬로미터 이상으로 속도를 올리지 않았다. 도로의 운전자들은 그의 차를 피해 돌아가며 경적을 울려대고 욕설을 퍼부었다. 그래도 상관없었다. 아폴로는 그렇게 브롱크스의 리버데일까지 내내 기어가다시피 갔다. 20분이면 갈 거리가 거의 한 시간이 걸렸다. 다지우드 길에서는 거리를 청소하던 청소차가 추월해 앞질러 가기도 했다.

지도상에서 주머니처럼 보이는 이 브롱크스 구역은 이제는 교외로 바뀌어 불규칙적인 편도와 넓은 풀밭 위 이층집들이 있는 시골처럼 되어버렸다. 유품 정리 세일은 다지우드 길에 있는 집에서 열리고 있었다. 진입로와 차량 두 대를 주차할 수 있는 차고가 딸린 거대한 단독주택이었다. 커브 길에는 낯익은 2001년형 빨간색 토요타 에코가 서 있었다. 범퍼에 '알렉산드리아 도서관 사서'라고 쓰인 스티커가 붙어 있었다.

사우스이스턴퀸스에 사는 패트리스 그린이 먼저 도착해 있었다.

아폴로는 시동을 끄고 아들을 보기 위해 고개를 돌렸다. 브라이언 카그와는 차창 밖 환한 하늘을 쳐다보면서 마치 햇빛을 먹는 것처럼 입을 빠끔거리고 있었다.

"자, 책 사냥을 하러 가보자." 아폴로가 말했다.

아폴로는 차에서 내려 아들의 안전벨트를 풀었다. 바람이 불고, 브라이언은 흔들리는 나뭇가지를 골똘히 쳐다보았다. 아폴로는 베이비뵨 아기띠를 허리에 두르고 아들을 안은 후 띠를 고정시켰다. 아빠의 심장소리가 아기에게는 무드음악이 되어줄 것이다.

아폴로는 이륙하려는 비행기의 기장처럼 기저귀 가방을 재차 확인했다. 젖병, 기저귀 세 개, 물티슈, 여벌옷, 플라스틱 열쇠가 달린 딸랑이, 그리고 마지막으로 작고 폭신폭신한 담요.

"승객 여러분, 안전띠를 매주십시오. 우리 비행기는 곧 이륙합니다." 아폴로가 속삭였다.

미니밴 문을 밀어 닫는데, 차고 쪽에서 남자 목소리가 들렸다.

"내가 팔루자에서 전투할 때 착용했던 장비도 그 정도는 아니었다."

패트리스가 햇빛으로 걸어 나왔다. 키가 커서 위로 올려 연 차고 문에 머리가 거의 스쳤다. 윗입술이 늘어지고 구레나룻이 웃자라 어딘가 메기를 연상시키는 얼굴이었다. 눈은 머리 크기에 비해 약간 작았다.

"팔루자 근처에도 안 가봤으면서." 아폴로가 말했다.

패트리스는 어깨를 으쓱했다. "너보다는 가까이 가봤어."

아폴로는 기저귀 가방을 들어 올렸다. "지금 난 나만의 더러운 전쟁에 참전한 거라고."

패트리스 그린은 팔루자에서 전투를 해본 적은 없었지만 2003년부터 2004년까지 이라크 해방작전 때 방공포병 62연대에서 군복무를 했다. 복무 기간의 대부분은 이라크 이스칸다리야의 보급 루트를 따라 대對사제폭발물 작전을 수행하며 보냈다. 이스칸다리야는 바그다드에서 남쪽으로 40킬로미터쯤 떨어진 곳으로 유프라테스강에서 멀지 않은 곳이었다. 그는 복무를 마치고 미국으로 돌아와 34번가 AMC 극장의 매니저로 일했다. 그러다 퀸스칼리지 대학원에서 5개월 동안 도서관학을 공부했다. 그리고 결국 중고 책과 희귀 서적을 취급하는 책장사가 되었다.

패트리스 뒤로 보이는 차고는 아폴로와 에마의 아파트보다도 더 넓을 것 같았다. 차고 안은 책이 든 더러운 판지 상자로 가득 차 있었다. 상자마다 윗면이 다 열려 있었다. 보물 창고는 약탈 당하는 중이었다.

"할머니야." 패트리스가 말했다. "넉 달 전에 죽었어. 가속들은 질질 끌다가 마침내 노부인의 책들을 상자에 몽땅 쓸어 넣고 광고를 올린 거고. 사위가 차고 문을 열어줬어. 그것 말고는 내 근처엔 얼씬도 안 해."

"쌀쌀맞은 사람인가?" 아폴로는 브라이언을 살짝살짝 흔들어주면서 걸었다.

"화장실을 좀 쓰게 해달라고 부탁했더니, 집 안으로는 들여보내주질 않아. 그 빌어먹을 개자식 말이 집에 화장실이 없다는 거야." 패트리스는 2층 건물을 가리켰다. "침실 네 개짜리 집에 화장실이 없다니. 상상을 좀 해봐."

"그런 건 집을 사기 전에 미리 확인을 했어야지."

아폴로는 패트리스와 함께 눈물을 참으며 웃었다. 아폴로는 차고 안을 둘러보고 열린 상자들을 훑어보았다. 그러는 동안 브라이언은 그의 품 안에서 꼼지락대고 있었다. 패트리스가 이미 다 훑어보았다면 돈이 될 만한 것들은 전부 찾았을 것이다.

"할머니가 책을 좋아했네." 아폴로가 말했다. "취향은 괜찮아?"

"몇 개 쓸 만한 건 건졌어." 패트리스가 말했다.

그런 책들은 당연히 한옆에 치워놓았을 것이다. 하지만 책으로 가득 찬 상자들이 아직 차고에 많이 남아 있었다. 그 말은 결국 대부분의 책들이 거의 가치가 없으며 기껏해야 배송비 정도의 수익만 남을 물건들이라는 뜻이었다. 아폴로가 미니밴을 빌린 건 아들을 안전하게 지키기 위해서였는데, 넉넉한 저장 공간도 활용할 수 있었다.

"지하실에 좀 더 있어." 패트리스가 집 뒤쪽에 살짝 열려 있는 문을 가리켰다.

"저긴 아직 안 내려가봤겠군." 아폴로가 말했다.

차고에서 나온 후 처음으로 패트리스 그린은 몸을 움츠렸다. "응. 거긴 널 위해 남겨놨지."

패트리스 그린, 거인이자 전문 책장사, 반-IED 전문가이며 록스버리의 거친 동네에서 어린 시절을 보낸 남자. 그는 지하실을 싫어했다. 이스칸다리야에서 부상 없이 돌아왔지만 그렇다고 다치지 않은 것은 아니었다. 그는 자신의 공포를 절대 설명한 적이 없었지만 아폴로는 그것을 직감했고, 무엇보다 중요하게도, 절대 대놓고 묻지 않았다. 뉴욕시의 유품 정리 세일은 대부분 아파트 건물 지하실에서 열렸다. 패트리스 그린은 그런 곳에도 절대 발을 들이지 않았다.

"들었니, 브라이언?" 아폴로는 베이비본 아기띠의 윗덮개를 풀고 아들을 꺼내 주위를 돌아보도록 천천히 회전시켰다. "패트리스 삼촌이 우리가 점수를 따게 해주시고 있단다."

"하지만 뭘 찾든 나랑 나누는 거야." 패트리스가 아기의 머리 너머로 바라보며 말했다. "60대 40. 그게 거래 조건이야."

아폴로는 아기를 더 높이 들어 올렸다. 그는 패트리스가 아기를 만난 순간부터 아기에 대해 뭐든 말해주기를 기대했지만, 그러는 대신 곧바로 책 얘기부터 시작했다. 그의 가장 친한 친구가 아들을 본 게 지금이 처음이었는데—적어도 한마디쯤은 할 만하지 않나? 아폴로는 이 순간에 마음이 편치 않다는 사실에 놀랐다.

"얘 눈 좀 봐봐." 아폴로는 농담처럼 들리도록 말했다.

"내가 얘한테 무슨 말을 해야 하나?" 패트리스가 물었다.

아폴로는 가늘게 아기 목소리를 흉내 내며 말했다. "이스칸다리야에서 무슨 일이 있었는지 말해주세요, 패트리스 삼촌."

패트리스는 아기에게 바싹 다가갔다. "네 아빠한테 이렇게 말하지. 엿이나 까 잡수."

"그런 말은 아직 못 배웠어요."

패트리스는 웃었다. "그럼 동작을 가르쳐줄까."

아폴로는 미소를 지어야 했다. "저한테 나쁜 영향을 미치시려고요."

"네 아빠가 할 짓보다야 양호하지."

아폴로는 브라이언을 들어 올려 패트리스의 얼굴에 가까이 들이댔다. "PTSD*가 무엇의 약자인지 알아요?"

그렇게 말하고 아기와 함께 지하실 문으로 향했다.

패트리스가 그의 뒤에서 외쳤다. "네 아버지가 왜 널 버렸는지 알겠다!"

* Post Traumatic Stress Disorder, 외상 후 스트레스 장애.

19

지하실은 차고보다 따뜻했다. 카그와 부자는 아래로 내려갔다. 지하실은 넓은 하나의 공간으로 되어 있었다. 저 멀리 한구석에 보일러가 보였다. 큰 보일러로 흰 연통에 파란색 제어판이 달려 있고, 천장으로 구리 파이프가 연결되고 은색 관이 벽 바깥으로 이어진 것이었다. 제임스 웨일 감독의 영화 〈프랑켄슈타인〉에 나오는 세트 같았다. 보일러는 되살아난 것처럼 우르릉거렸다.

반대쪽 구석에는 세탁기와 건조기가 있었고, 그 너머로 세제, 삽과 갈퀴, 녹슨 페인트 깡통이 보였다. 그 옆 구석에는 아이들 장난감이 흩어져 있었는데 그 자리에 수십 년은 방치되어 있던 것 같았다. 플라스틱 인형은 거의 회색이 되어 있었고, 드레스는 올이 다 풀려 있었다. 장난감 트럭들은 뒤집어지거나 분해되어 있었다. 테디 베어는 겨울잠을 자다가 죽은 것 같았다.

지하실 계단에서 가장 가까운 구석에는 판지 상자가 일곱 개 놓여 있었다. 아마도 차고가 너무 꽉 차서 이곳에 둔 것이리라. 아폴로는 한쪽 무릎을 바닥에 대고 앉아서 아들의 머리 냄새를 맡았다. 그 냄새에 미소를 짓기 전까지는 자신이 그렇게 하고 있다는 것도 깨닫지 못했다. 잠시 후 브라이언이 꼼지락거리며 꿈틀댔다.

보드라운 담요가 기저귀 가방 밖으로 비어져 나와 있었다. 아폴로는 담요를 책 상자 바로 옆에 펼쳤다. 그는 브라이언이 배를 깔고 엎드리도록 내려놓았다. 아기는 그 자리에서 눈을 크게 뜨고, 입을 빠끔거리며, 가볍게 호흡하고 있었다. 브라이언은 발을 꼼지락거렸고, 손은 담요 위에서 헤엄을 쳤다. 그러다 잠산 농안 손바닥으로 바닥을 누르고 밀면서 고개를 들었다.

"그래, 잘한다!" 아폴로는 브라이언이 방금 비행기를 성공적으로 이륙시키기라도 한 것처럼 외쳤다.

잠시 후 브라이언의 머리가 담요 위로 떨어졌다. 아폴로는 아기가 등을 대고 눕도록 굴려주었다. 아기는 천장의 판자들을 바라보았다. 아폴로는 브라이언을 그대로 두고 서둘러 첫 번째 책 상자로 다가갔다. 그는 상자를 열면서 브라이언을 돌아봤다.

"내 아버지, 너의 할아버지는, 내가 네 살 때 사라지셨어. 난 아버지가 떠나는 악몽을 꾸곤 했지. 네 할아버지 이름이 브라이언 웨스트야. 우리는 그분의 이름을 따 네 이름을 지었단다."

브라이언은 고개를 좌우로 굴리며 팔을 활짝 펼쳤다.

"아버지에게서는 소식이 없었어. 전혀. 내가 열두 살이 될 때까지. 그러다가, 느닷없이, 현관문 앞에 상자를 하나 남겨두고 가셨지. 그 안엔 아버지랑 어머니가 첫 데이트할 때의 극장표가 들어 있었어. 그리고 여자 사진도 있었는데 네 할머니가 일했던 수상한 사무실의 사장에게 불리한 진술을 했던 사람이었단다. 그 상자는 마치 타임캡슐 같았어."

브라이언은 토실토실한 다리를 들어 올렸다가 내렸다. 몸을 살짝 흔들자 아기는 거북이 같아 보였다. 배를 뒤집고 누운 거북이가 다시 뒤집으려고 애쓰는 모양새였다.

"난 언제나 아버지가 왜 그러셨는지 궁금했어. 왜 아버지는 상자를 남겨놓고 다시 사라지신 걸까?"

아폴로는 브라이언이 배를 깔고 엎드리도록 도와주었다.

"그리고 이제 네가 내 인생에 들어왔지. 아버지는 내가 그분께 얼마나 큰 의미였는지를 알게 하고 싶으셨던 거야. 내가 아버지에게 전혀 소중한 아들이 아니었다고 생각하며 평생을 보내기를 원치 않으셨던 거야. 그때 아버지가 어떤 상황에 처했던 건지 나는 몰라. 아버지가 지금도 살아 계시긴 한지, 그것도 몰라. 하지만 아버지가 나와 완전히 다를 거라곤 생각지 않아. 그리고 난 이렇게 너와 함께 있어서 정말 행복하단다, 아가야. 만일 내가 토성에 갇혀 있다고 해도, 그래도 어떻게든 너에게 내가 널 사랑한다는 걸 알릴 방법을 찾아낼 거야."

아폴로는 동작을 멈추고, 심지어 숨 쉬는 것도 멈추고, 아기가 고개를 들어 올리려 애쓰는 모습을 바라보았다. 지금의 이 작은 움직임이, 목의 근육을 발달시키려는 움직임이, 언젠가는 앉고, 기고, 걸음마를 하고, 뛰는 동작으로 이어지겠지. 그 모든 게 여기, 이곳, 리버데일의 어느 가정집 지하실에서 시작되었다. 아폴로는 이것을 목격할 수 있어 행운이라고 느꼈다. 태어난 지 두 달밖에 안 된 이 아기 때문에 아폴로는 가슴이 미어지는 것을 느꼈다. 그는 눈물을 참으며 다시 일에 몰두했다.

첫 번째 상자에 든 책들은 값어치가 없었다. 그래서 곧바로 두 번째 상자로 넘어갔지만 두 번째 것도 첫 번째만큼이나 별것 없었다. 세 번째 상자도 마찬가지였다.

"아버지는 책을 한 권 남겨두고 갔어. 동화책인데 아버지가 나에게 읽어주셨던 거야. 제목은 『저 바깥에』야. 지금도 기억하고 있어."

네 번째 상자에도 좋은 것은 없었고 다섯 번째도 그랬다. 브라이언의 고개가 내려가고, 지쳐 하는 것이 눈에 보였다. 아폴로는 아기를 다시 바로 눕혔다. 아기는 등을 대고 누워서도 낑낑거렸다. 아폴로는 가까이 다가가 아기를 확인했다. 양말과 신발과 바지를 벗기고, 보디슈트의 똑딱 단추를 풀고, 원인을 찾았다. 그는 브라이언의 기저귀를 갈아주면서 다시 이야기를 들려주었다.

"아빠가 먼 바다로 떠나고." 아폴로가 읊었다. "그 책은 그렇게 시작해. 그게 첫 번째 장이야. 아빠가 떠나고 엄마는 정자 아래 앉아 있어. 처음엔 '정자'가 뭔지 몰랐지. 정자는 나무로 만든 구조물인데 사람들이 정원에 그늘 막처럼 세워놓는 거야. 엄마는 그 정자 안 벤치에 앉아 있어. 그러니까 아빠는 멀리 떠났고 엄마는 바깥 정원에 앉아 있는 거야."

그는 아기에게 다시 옷을 입히고, 소변으로 불룩해진 기저귀를 기저귀 가방 안주머니에 집어넣고, 물티슈와 코코넛오일 튜브를 꺼냈다.

"하지만 집 안에는 아이다라는 작은 소녀가 있어. 소녀는 아주 어리지만, 혼자 어린 동생을 돌봐야 해. 아이다는 아기를 재우려고 뿔 나팔을 불어줘. 하지만 그렇게 나팔을 불면서 창밖을 내다보고 있었던 거야. 같은 방에 동생이 있었지만 동생을 보지 않았던 거지. 그리고 그때 고블린이 몰래 숨어들었어."

브라이언은 잠이 들었다. 아폴로는 조용히 잽싸게 물러났다. 상자 두 개가 더 남았다. 여섯 번째 상자를 열자 곰팡이 먼지가 구름처럼 공기

중으로 피어올랐다. 이 상자 안의 책들은 모두 하드커버였고, 면지*에
는 검은 반점도 보였다. 값어치가 없다. 엉망이다. 이제 남은 건 겨우
한 상자.

브라이언이 잠결에 한숨을 쉬었다. 만족스럽고 편안해 보였다. 일곱
번째 상자는 좀 이따 열어봐도 된다. 아폴로는 휴대전화를 꺼냈다. 에
마가 브라이언의 이런 모습을 보고 싶어 할 테지. 금방이라도 부서질
것 같은 두 사람의 아기가 잠들어 있는 성스러운 모습. 그는 사진을 열
한 장 찍어 전부, 초점이 안 맞은 것까지 전부 에마의 폰으로 전송했다.
못 찍은 사진들도 차마 삭제할 수가 없었다. 그러고 나서 페이스북 앱
을 열고 사진 열한 장을 전부 올렸다. 릴리언은 브라이언이 태어난 날
바로 페이스북에 가입했고, 언제나 아기의 사진을 더 많이 보고 싶어
했다. 그가 사진 업로드를 정당화할 수 있는 이유였다. 심지어 그는 자
신이 두 달 전까지만 해도 대놓고 조롱하던 그런 아빠가 되었다는 것
도 알고 있었다. 온라인 친구들이 모든 걸 달갑게 받아들이는 사람들
이라고 여기는 아빠들. **봐봐, 우리 아기가 반듯이 누워 있어! 그리고 이건 우리
아기가 또 반듯이 누운 사진이야! 이건 어때? 반듯이 누워 있는 흐릿한 아기 사진
이야!** 맙소사, 그런 허영심과 서사적인 자기중심주의라니. 그는 이런 것
들을 다 알고 있었지만, 그럼에도 브라이언의 사진 열한 장을 업로드
했다. 품위 따위는 집어치우라지. 그는 사랑에 빠져 있었다. 아폴로는
'공유하기'를 눌렀다.

브라이언은 계속 자고 있었다. 아폴로는 지하실의 마지막 상자를 향

---

* 책 커버 안쪽에 붙어 있는 종이.

해 돌아섰다. 이 상자는 천천히 보기로 했다. 이 상자가 브라이언의 사진들에 '좋아요'가 달렸는지 아닌지 지금 당장 확인하지 않도록 도와줄 것이었다.

20

비명 소리가 다가오고 있었다. 이전에도 가끔씩 있는 일이었지만, 이번 것은 비교할 대상이 없었다. 에마가 지금껏 들었던 중에 가장 큰 비명이었다. 그 정체는 아폴로였고, 현관문을 열고 거실로 돌진하면서는 사실상 울부짖고 있었다. 아빠 품에 안긴 두 사람의 아들은 베이비뵨 아기띠 안에서 꼼지락거리고 있었다. 에마는 처음에는 브라이언이 다친 줄 알았다. 그러나 아폴로는 책 한 권을 방패처럼 앞으로 들고 있었다. 안 그래도 어수선한데 에마는 텔레비전을 켜놓고 유축기를 돌리고 있었다. 집 안은 제2차 세계대전의 미사일 공습 때만큼이나 시끄러웠다.

"찾았어, 찾았어, 찾았어!" 아폴로가 외쳤다. 그는, 그게, 그러니까, 뒤를 보게 한 카시트에 브라이언을 앉히고 혼다 오디세이를 몰고 집에 오는 내내 그렇게 외치고 있었다. 그는 헨리 허드슨 파크웨이를 달리는 동안에도 내내 이 말을 외쳐댔고, 그러다가 경찰한테 걸려서 '규정 속도 이하로 주행'했다는 이유로 딱지를 끊었다.

아폴로는 아내와 공유할 그야말로 중요한 소식을 가지고 왔다. 중간에 방해를 받아서는 안 되는 그런 소식이었다. 적어도 그의 생각은 그랬다. 그래서 그는 왼손에 든 책을 살짝 내리고, 오른손으로 아내의 가슴을 가리켰다.

"뭘 입고 있는 거야?"

에마 밸런타인은 자기 가슴을 내려다보았다. 그녀는 베이지색 수유 브라를 입고 흡입 컵 두 개를 유두에 붙이고 있었다. 컵들은 모유를 모으는 작은 플라스틱 병 두 개에 계속 모유를 보내주는 역할을 했다. 빨대보다도 가는 투명한 관 두 개가 컵과 바닥에 놓인 유축 펌프를 이어주었다. 펌프는 켜진 상태에서 반복적으로 소음을 만들어냈는데, 그 소리가 마치 로봇 오징어가 바다에서 돌진할 때 내는 소리 같았다. 에마는 몸을 숙여 기계를 껐다. 그러고는 다시 허리를 폈다.

"당신이 이런 걸 사용하는 걸 어떻게 내가 한 번도 못 봤을 수가 있지?"

"전에 유축기 사용하는 거 봤잖아." 그녀가 말했다.

"하지만 브라를 입은 채로는 아니었어. 이건 꼭 손 안 대고 젖을 짜는 것 같네."

"'젖을 짠다'고 말하지 마. 난 지금 '유축' 중이야."

그녀는 손짓으로 그의 얼굴을 부드럽게 때리는 시늉을 하고는 브라이언을 보기 위해 아기띠를 잡아당겼다. 아폴로가 끈을 풀 때까지 기다리지도 않고 한 손으로 곧장 아기를 꺼냈고, 다른 손으로는 브라에서 컵을 떼고 아기를 가슴 가까이에 안았다. 아기는 쿵쿵 냄새를 맡고, 동물적 본능으로 젖을 물려고 했다. 두 번 시도해야 했지만 에마는 아기가 확실히 젖을 물 때까지 인내심을 가지고 기다렸다.

"첫날 어땠어?" 아폴로가 물었다.

평소라면 대답을 했겠지만, 브라이언의 얼굴이 에마의 주의를 온통 사로잡았다. 그녀는 조용히 아기를 바라보았다. "보고 싶었어, 아가."

그녀가 속삭였다. "보고 싶었어." 에마는 아기가 젖을 먹는 동안에도 목을 길게 뽑아 아기의 머리에 입을 맞췄다.

이제 집 안에서 소리를 내는 것은 텔레비전뿐이었다. TV에서는 주택 개조 프로그램이 나오고 있었다.

"이걸 5주 안에 다 할 수 있을지 모르겠군요." 화면의 남자가 카메라를 직접 바라보며 말했다.

"그렇게 못 하면 제작비를 전부 날려버릴 거예요." 뒤에 서 있던 여자가 말했다.

에마는 리모컨을 집어 음소거 버튼을 눌렀다. 그녀는 소파에 편히 자세를 잡고 앉았고, 그러는 동안 단 한 번도 브라이언에게서 시선을 떼지 않았다.

텔레비전에서 제작비와 일정을 걱정하던 남자와 여자는 투명 고글을 쓰고 흉측한 부엌 벽을 향해 대형 해머를 휘둘렀다.

"저거 재밌겠는데." 아폴로가 말했다.

"나는 철거하는 걸 보고 싶어." 에마는 소파에 앉아 브라이언의 귀 냄새를 맡았다.

두 사람 옆에 앉으면서, 아폴로는 드디어 아파트에 비명을 지르며 가지고 들어온 물건을 공개했다.

"『앵무새 죽이기』." 에마가 큰 소리로 읽었다.

아폴로는 책을 펼치고 저작권 페이지를 펼쳤다. "『앵무새 죽이기』의 진짜 초판본이라고." 그가 말했다. "오리지널 커버. 상태는 전부 최상이야. 그것만으로도 이 책은 5천 달러의 가치가 있어. 작가가 죽으면 이 가격의 최소 두 배는 될 거고."

에마가 움찔했다.

"아기가 깨물었어?"

"아니. 방금 그 말 너무 끔찍했어."

"미안."

에마는 다시 아폴로에게 기댔고, 브라이언을 조금 움직여 가슴에 더 가까이 닿도록 바짝 안았다.

"하퍼 리가 인터뷰고 뭐고 한 번도 한 적 없는 거 알지. 책에 서명을 남긴 적도 없단 말이야." 아폴로는 표지를 펼쳤다. "자, 그런데 여기엔 사인을 했단 말이지."

에마는 고개를 들었다. "우와. 누군가에게 사인을 해줬네. 핍. 핍이 누구야?"

"아, 핍?" 아폴로는 기대감이 고조되는 것을 즐기며 말했다. "작가가 어릴 적에 제일 친했던 친구야. 그 사람도 나중에 작가가 됐는데 아마 당신도 아는 사람일걸."

박학다식한 도서관 사서 에마는 아폴로의 다리를 아프도록 꽉 잡았다. "트루먼 커포티." 에마가 속삭였다. 그녀는 이제 완전히 다른 눈으로 책을 보았다. 이 작은 물건 하나가 그들의 인생을 어떻게 바꿔놓을지 그녀는 잘 알고 있었다.

"올 여름에 하퍼 리의 두 번째 소설이 나온 거 알지? 애티커스 핀치가 완전 인종차별주의자에 괴팍한 인간으로 등장하는 거? 그건 아무도 안 좋아했던 것 같아. 사람들은 그런 식의 애티커스를 보고 싶어 하지 않았어. 너무 솔직했거든. 내 생각에 하퍼 리는 수십 년 전 이 책에 서명할 당시에도 사업이 뭔지 제대로 알았던 것 같아. 트루먼에게 뭐라고 썼는지 봐봐." 아폴로가 말을 이었다. "이건 바나나 스플릿 위의 체리 위의 체리야."

에마는 글귀를 읽을 수 있도록 아폴로에게 더 가까이 기댔고, 브라이언의 자세가 틀어졌다. 모유가 아기 입술에서 줄줄 흘렀고, 그녀의 가슴에서 뿜어 나오는 모유 줄기가 아기의 뺨을 얼룩지게 했다.

"우리가 꿈꿔왔던 아빠를 위하여."

아폴로는 책을 닫았다. 이것은 다고스티노의 보물보다 열 배, 아니 그 이상 가는 물건이었다. 이 서명과 헌사는 전국 뉴스에서 소개될 만한 것이었다. 이 책의 수익으로 아파트를 살 수도, 아니면 적어도 상당한 액수의 대출금을 갚을 수도 있었다. 대단하지는 않아도―그래도 여기는 뉴욕시이니까―이 집이 그들의 것이 될 수도 있다.

이 책을 리버데일의 지하실에서 발견했을 때, 아폴로는 자신이 어마어마한 행운을 만났다는 걸 간파했다. 문을 노크하고 노부인의 아들을 부를 때에도 애써 침착한 태도를 유지했다. 남자는 아폴로를 집 안에 들이지 않고 바깥 진입로에서 거래했다. 아폴로는 50달러를 제시했고, 터무니없이 낮은 금액에 숨이 막히는 티를 내지 않으려 노력했다. 남자가 100달러를 불렀고, 아폴로는 그가 계속 주절거리게 놔두면서 자신이 책장사를 상대로 돈을 벌고 있다는 기분이 들게 했다. 흥정하는 내내 남자는 계속 휴대전화를 들여다보고 있었다. 문자에 답하느라 말하는 중간에 끊기도 했다. 아폴로는 돈을 지급하고 사실상 공중부양 상태로 미니밴으로 돌아왔다.

아폴로는 에마와 브라이언을 소파에 두고 일어섰다. 주택 개조 프로그램은 심각하게 진행되는 중이었고, 에마는 아들과 바짝 붙어 앉아

다음 내용을 느긋하게 즐기고 있었다. 아폴로는 안쪽 방으로 들어갔다. 예전엔 창고였고 이젠 브라이언의 침실이 될 방. 그는 스툴을 찾아서 딛고 올라 옷장의 가장 높은 선반에 손을 뻗었다. 그리고 상자를 꺼내 바닥에 내려놓았다.

임프로바빌리아.

이 상자의 뚜껑을 열고 내용물을 뒤진 게 언제였더라? 한참 전 일이다. 하지만 오늘 밤 그는 이 타임캡슐에 새로운 것을 넣을 때가 되었다고 느꼈다. 그는 뚜껑을 열었다. 그리고 동화책만 꺼냈다. 아버지가 그랬던 것처럼 그도 아들에게 이 책을 읽어주겠다고 생각했다. 그는 지갑에서 에마의 빨간 실 팔찌를 꺼냈다. 실 팔찌가 단단히 뭉쳐져 있어 반듯하게 잡아 폈다. 10센티미터 조금 넘는 해진 빨간 실 도막일 뿐이지만, 그럼에도 마치 어떤 감성적인 마법으로 데워진 것처럼 그의 손 안에서 따뜻하게 느껴졌다. 그는 그것을 상자 안에 넣었다.

그는 책꽂이에서 그라보우스키 부인 집에서 샀던 두 번째 책, 『불의 전선』의 위장용으로 샀던 책을 찾아 표지를 훑어보았다. 『원스 어폰 어 다이』. 제목 자체가 말이 되지 않는다. 너덜너덜한 책장을 넘겨보았다. 몇 페이지가 그냥 떨어져나갔다. 이런 쓰레기 같은 책은 아무리 애를 써도 팔 수 없을 것이었다. 그러나 이 책은 볼 때마다 아들이 태어났던 그 밤을 떠올리게 할 것이다. 그는 이 책도 상자 안에 넣었다.

앞주머니에 쑤셔 넣은 물건 중에는 그날 밤 집에 올 때 끊었던 지하철 표가 있었다. 이것도? 안 될 게 뭐야? 브라이언이 어느 정도 나이가 들면, 그는 아들과 함께 앉아 탄생의 뒷이야기들을 들려줄 것이다. 그는 아들에게 설명해줄 모든 것을 여기 둬야겠다고 결심했다.

마지막으로 아폴로는『앵무새 죽이기』책을 안에 넣었다. 이 책을 보관하기에 이 마술 상자보다 더 좋은 장소가 있을까? 아폴로는 뚜껑을 닫고, 다시 스툴을 딛고 올라가 어둠 속에 임프로바빌리아를 숨겼다.

21

브라이언이 아침 5시까지 깨지 않고 자서 두 사람은 다음 날 아침까지 푹 잘 수 있었다. 신기록이었다. 아폴로는 3시부터 깨어 있었다. 그건 기존 기록이었다. 그의 몸은 브라이언이 잠에서 깰 때를 미리 예상해 반응했고, 각성해버린 신경계에게 다시 휴식을 취하라고 설득할 수 없었다. 어차피 그 책 때문에 잔뜩 흥분해 있는 탓이기도 했다.

완전히 쓸데없는 짓이었지만, 그는 미국 감정사 협회에서 감정사를 고용해 책의 가치에 대한 외부 인증을 받기로 결심했다. 바우만 같은 거대 서점들은 취급하는 책의 품질과 희귀 서적에 대해 명성이 높았지만, 아폴로 같은 개인 상인들은 고객들을 납득시키려면 외부의 도움이 필요했다.

5시쯤, 에마의 가슴에 젖이 차면서 아파왔다. 에마의 가슴도 새벽 3시 기상에 익숙해져 있었던 것이다. 아폴로는 브라이언을 에마에게 데려다주었다. 그녀는 옆으로 누워 아기에게 젖을 먹이면서 아직도 자고 있는 아기를 껴안았다. 수유를 끝내고, 그녀는 억지로 몸을 일으켜 기저귀를 갈아주었다.

"내가 아기를 공원에 데리고 나갈게." 아폴로가 속삭였다.

에마는 고개를 끄덕이고 고맙다는 미소를 지었다. 남편에게 키스하려 했지만 똑바로 앉을 힘이 없었다. 그래서 그녀는 다시 침대에 누워 담요를 둘둘 감았다. 그 모습이 꼭 거대한 엔칠라다 같았다. 오늘은 에마의 출근 이틀째였다. 앞으로 두 시간을 더 잘 수 있으면 완전히 진이 빠진 상태가 아닌 완전히 지친 상태로 출근할 수 있다. 아폴로는 장비를 갖추고, 따뜻하게 옷을 입고 아기에게도 옷을 입힌 후, 베이비뵨 아기띠로 브라이언을 안았다. 그들은 5시 30분에 집을 나섰다.

아폴로도 결국 그런 부류가 되어 있었다. 신세대 아빠. 과거의 구세대 아빠보다야 훨씬 나았다. 신세대 아빠는 아기를 직접 안는다. 신세대 아빠는 밤에 세 번 아기의 기저귀를 갈아준다. 신세대 아빠는 설거지와 빨래를 한다. 신세대 아빠는 육아 책을 읽고 인터넷에서 더 많은 자료를 찾아 공부한다. 신세대 아빠는 기저귀 발진을 예방하기 위해 아기 엉덩이에 코코넛오일을 발라준다. 신세대 아빠는 아기가 고형 음식을 먹을 만큼 크면 고구마를 구워 블렌더로 간다. 신세대 아빠는 기저귀 가방을—커다랗고 낡은 가방을—아무런 부끄러움 없이 들고 다닌다. 신세대 아빠는 감정적으로 열려 있다. 신세대 아빠는 가사 노동의 절반을 맡는다. (실제로는 35퍼센트 이상. 그러나 여전히 0보다는 큰 수치이다.) 신세대 아빠는 구세대 아빠들이 저지른 실수들을 모두 바로잡는다. 신세대 아빠는 미래이고 아니면 적어도 그렇게 되려 하지만, 그러면서 일을 모두 망쳐버리고 있기 때문에 죽도록 두렵다.

아침 5시 30분이었지만, 엄마 아빠들은 이미 베넷 공원에 나와 있었다. 놀이터 한쪽 끝 그네 저편에 엄마들이 모여 있었다. 아폴로는 다른 신세대 아빠들을 찾았다. 남자 넷이 푹신한 놀이매트가 깔린 곳에 모여 있었다. 아폴로가 가니 다섯이 되었다. 대부분은 30대이거나 40대

초반이었다. 한 남자는 50대로 보였는데 어쩌면 그냥 엄청난 노안인 것일 수도 있었다.

아폴로는 다른 아빠들에게 인사했고 그들도 아폴로에게 인사했다. 그는 그들의 이름을 기억하지 못했다. 그들도 아폴로의 이름을 기억하지 못했다. 그러나 아이들의 이름은 다 알았다. 그게 훨씬 더 중요했다.

"브라이언!" 아폴로가 아기띠를 풀자 남자들이 하나씩 이름을 불렀다.

아폴로는 다른 아이들에게 인사를 했다. 미건과 이모겐, 아이작과 쇼지. 아이들은 대답할 의무가 없었다. 인사는 아빠들이 들으라고 하는 것이다.

아폴로는 브라이언을 검은색 고무 매트 위에 엎드리도록 올려놓았다. 다른 아이들은 놀이기구 주위로 흩어졌다. 생후 2개월인 브라이언이 단연 가장 어린 아기였다. 미건과 이모겐은 아기의 움직임을 흥미롭게 지켜보았다. 아이작과 쇼지는 브라이언을 완전히 무시했다. 브라이언은 엎드려 있으면서 입술을 빨다가 바닥에 몇 번 입을 맞추었고, 아폴로가 놀라서 다시 바로 눕혀주었다. 브라이언이 손을 뻗자 아폴로는 커다란 플라스틱 장난감 열쇠 묶음을 아기의 손에 쥐여주었다. 브라이언은 장난감을 움켜쥐고는 홱 잡아당겼다. 그러고는 유심히 들여다보다가 힘껏 흔들었다. 아기의 얼굴은 감정 표현을 연습하고 있었다. 브라이언은 눈을 가늘게 뜨고 열쇠를 유심히 바라보면서 뭔가 의심스러운 듯 입술을 오므렸다.

다른 아빠들이 가까이 다가와 경쟁 선수를 노려보는 코치들처럼 브라이언의 발달 상황에 대해 물었다. 브라이언은 아직도 혼자서 뒤집기를 못 하나요? 한 손에 쥔 걸 다른 손으로 옮겨 잡나요? 치리오스*를 혼자서 뒤적거리나요? 아빠들이 이런 질문들을 주고받는 것은 반은 호기심, 반은 경쟁심 때문이었다. 그러나 아폴로는 신경 쓰지 않았다. 솔직히 그도 다른 아빠들만큼이나 이런 대화를 즐겼다. 하지만 어제 어마어마한 책을 발견했다던가 하는 얘기는 한마디도 하지 않았다. 왜 그래야 하는가? 여기 나온 남자들 중 자기 일이나 앞으로의 소망이나 꿈 같은 것을 말하는 사람은 아무도 없었다. 그들에겐 대화 주제가 될 아이들이 있었다. 아폴로는 휴대전화를 꺼내 고무 매트 위에 누워 있는 브라이언의 사진을 열두 장 찍었다. 어제 포스트한 사진―리버데일 지하실에 있는 브라이언의 사진은 사람들에게 큰 인기를 얻었다. 적어도 처음 몇 사람에게는 그랬다. 아폴로는 페이스북에 로그인하고 방금 찍은 사진들을 업로드했다. 열두 장 전부.

* 시리얼의 일종.

22

그 전날, 복직하는 첫날 아침에, 에마는 혼자 잠에서 깼다. 두 남자는 이미 리버데일에 책 사냥을 나가 있었다. 그녀는 소변을 본 후 샤워를 했다. 30분가량 물을 맞는 동안 아폴로가 화장실을 쓰려고 들어오지도 않았고, 브라이언이 기저귀를 갈아달라거나 젖을 달라거나 안아달라고 울지도 않았다. 그녀는 두 남자가 없는 인생은 전혀 원하지 않았다. 하지만 30분이라면?

　아, 네, 고맙습니다.

　샤워하면서 다리털을 면도하는데 몸을 굽히면 아파서 천천히 했다. 머리도 감았다. 욕실 안 김이 가시자 거울을 보고 화장을 했다. 그녀는 자신의 얼굴을 보고 깜짝 놀랐다. 어떻게 저렇게 다르게 느껴지면서도 저렇게 똑같아 보일 수 있을까?

　일터로 나가는 첫날. 그녀는 자신이 얼마나 간절히 일터로 나가고 싶어 하는지를 느끼며 스스로에게 놀랐다. 파트타임이라도 의료보험은 유지된다. 그것만으로도 이 일자리는 지켜야 할 가치가 있었다. 아폴로는 의료보험을 들어본 적이 없었다. 전일제에서 파트타임으로 전환되면서 수입은 아폴로 쪽이 더 많아졌지만, 에마의 의료보험은 확연한 차이를 만들었다. 예를 들어 킴은 여전히 산파로서의 보수를 지급받고 있었다. 안타깝게도 킴이 직접 아기를 받은 건 아니었기 때문에 출산에 대한 보수는 지불하지 않았지만.

옷을 입기 전, 에마는 냉장고에서 차갑게 재워놓은 위치하젤* 패드를 한 개 꺼내 팬티 속에 넣고 차가운 기분을 즐겼다. 집을 나서기 전 그녀는 휴대전화를 찾아 아폴로에게서 온 메시지를 보려고 화면을 탭했다. 폭 잠든 브라이언의 사진 열한 장. 에마는 사진을 보며 웃었고, 그녀의 얼굴은 사랑으로 달아올랐다. 그녀는 답 문자를 보냈다. '왜 내 아들이 지하실에서 자고 있어?'

그러고 나서 일터를 향해 출발했다.

포트워싱턴과 179번가 모퉁이에 있는 홀리루드 성공회 성당 앞을 지났다. 어쩌면 저기에서 브라이언에게 세례를 줄 수도 있겠다. 이제 겨우 2개월 되었지만, 우간다에서 성공회 신자로 자란 릴리언은 벌써부터 세례의 필요성에 대해 넌지시 압력을 주고 있었다. 에마의 가족은 분스밀에서는 드문 가톨릭 신자였다. 그러나 부모님이 죽고 난 후 에마와 킴은 성당에 나갈 일이 별로 없었다. 사람들은 친절하게 대해주었고 여기저기에서 예배나 미사에 나오라고 초대했지만, 밸런타인 자매는 둘만의 신자가 되었다.

동쪽으로 계속 걸어, 낡은 파파존스 피자집을 지나 정육점 자리에 새로 생긴 약국을 지났다. 워즈워스 로의 성 스피리돈 그리스 정교회, 그 옆에 24시간 치기공소, N&C 부동산, 그리고 뉴에이지 금융회사, 모든 것이 한 블록 안에 다닥다닥 붙어 있었다. 이맘때 거리는 출근하는 사람들과 학교에 가는 요란스러운 십대들로 북적거렸다. 에마는 모든 주

---

* 천연 방부제 및 진통제로 사용되는 식물로, 출산 후 질 통증을 완화시키는 데 사용된다.

위 사람들로부터 문제가 있다고 낙인 찍혔다. 그녀가 너무 느리게 움직이기 때문이었다. 사람들은 그녀의 옆을 빠르게 지나치며 무슨 말을 웅얼거리고 심지어는 대놓고 끙끙거리기까지 했지만, 에마는 전혀 신경도 쓰지 않았다. 더 최악인 것은 아파트에서 나올 때부터 통증이 점점 심해지는 것이었다. 기이한 덩어리 같은 것이 그녀의 가슴 속을, 목구멍을 채웠다.

아들이 보고 싶었다.

에마는 비탄에 가까운 기분에 잠겨 어느 모퉁이에서 걸음을 멈추고 우편함에 몸을 기댔다. 신호등이 초록색에서 노랑으로, 다시 빨간색으로 바뀌는 동안 그녀는 조용히 울었다. 브라이언이 그리웠고, 가슴은 부풀어 올랐다. 둘 다 찌르는 듯한 통증으로 그녀를 압도했다. 점심시간에 유축을 할 생각으로 유축기를 가방에 챙겨 왔지만, 그렇게 오래 기다릴 수가 없었다. 그녀는 부드럽게 흐느끼면서 마치 환각지*처럼 느껴지는 아기와의 물리적 거리를 느꼈다. 오가는 사람들은 그녀를 힐금거리다가 곧 무시했다. 그녀는 숨을 고르고, 허리를 똑바로 세우고, 다시 일터를 향해 걸었다.

포트워싱턴 도서관은 1914년에 지은 3층짜리 석회암 건물을 사용하고 있었다. 앤드루 카네기가 자금을 지원했고, 도서관을 이용했던 예전 지역 주민들 중에는 마리안 무어, 마리아 칼라스, 랠프 엘리슨과 루 게릭도 포함되어 있었다. 그러나 에마는 지난 백 년 동안 이곳을 거쳐간 아이들, 그녀와 같은 사서들이 돌봐주었던 이름 모를 아이들을 더

* 절단된 손이나 발이 존재하는 것처럼 느껴지는 증상.

중요하게 생각했다. 그녀는 룩 씨가 자신에게 베풀어주었던 것을 그런 아이들에게 베풀고 싶었다. 아이들의 숨은 해방자, 안전 구조요원, 구원자. 에마는 사서가 된 것을 정말로 좋아했다.

도서관에는 8시 35분에 도착했다. 건물 안에 들어서니 동료들—친구들—이 '돌아와서 반가워요'라는 금박 글자를 새긴 현수막을 걸어놓은 것이 보였다. 셰릴은 뉴욕시에서 최고의 당근 케이크를 파는 캐롯톱에서 케이크를 사왔다. 카를로타는 이미 신선한 커피를 하나 가득 우려놓았다. 현수막을 사서 걸어놓은 사람은 가장 어린 사서 유리나였다.

"보고 싶었어." 에마는 동료들을 하나하나 포옹하며 말했다.

카를로타는 어떤 감정에 휩싸여 에마의 이마에 키스했다. 에마는 대사제의 축복을 받는 것 같은 기분이 들었다. 동료들은 브라이언의 사진을 보여달라고 애원했고, 에마는 행복하게 그 요구를 수락했다. 그들은 아기의 아름다운 큰 눈과 사랑스러운 귀에 감탄사를 연발했다. 이미 아이 엄마인 카를로타와 셰릴은 청하지도 않은 충고를 해주며 에마에게 "지금 이 순간은 너무나도 빠르게 지나가버리니 모든 순간을 소중히 여기"라고 강제로 약속을 시켰다. 오, 부모 노릇의 클리셰란! 하지만 언젠가 자신도 새로 부모가 된 사람들에게 똑같이 그런 말을 하리라는 걸 잘 알고 있었다. 그러니 뭐 어때? 모든 이들, 모든 것들이 사랑스러웠고, 에마로서는 이보다 더 나은 복직은 기대할 수 없을 것이었다. 그녀는 케이크를 먹고 차를 마셨다. 나이 많은 여자들은 아폴로가 브라이언을 데리고 일하러 갔다는 얘기를 듣고 찬사를 아끼지 않았다. 그러고 나서 사서들은 새날을 맞이할 준비를 시작했다.

에마는 도서 반납함에 든 책들을 꺼내고 밖에서 신문을 가져왔다. 지하실에 내려가—성인 열람실이 있는 층이다—어제 신문을 오늘 것으로 교체했다. 카를로타는 새로 도착한 신간을 풀고 구매 목록과 대조하기 시작했다. 셰릴온 오늘 2층 아동노서 코너에서 근무를 시작할 예정이었다. 도서관이 너무 작아서 사서들은 하루에 몇 번 정도 순환 근무를 했다. 유리나는 프런트 데스크의 컴퓨터 두 대의 전원을 켰고, 에마는 대출 전용 랩톱이 완전히 충전되어 있는지 확인했다. 10시가 되자 그들은 문을 열었다.

바로 그 순간 에마의 휴대전화가 가방 안에서 울렸다. 휴대전화를 꺼내보니 아폴로에게서 물밀 듯 사진들이 밀려들었다. 커다란 주택의 진입로에 아버지와 아들이 있었다. 아폴로는 렌트한 미니밴에 기대어 있었는데 가방을 내리거나 싣는 것 같았다. 브라이언은 진입로에 깐 담요 위에 누워서 나무를 올려다보고 있다. 사진을 제대로 훑어보기도 전에 어린이집 아이들이 도서관 견학을 들어왔다. 에마는 아이들에게 완전히 집중했다.

그때부터 정오까지 어금니 사이에 뭔가 낀 것 같은 기묘하고 성가신 느낌이 들었다. 그 느낌은 업무를 마치고 집으로 돌아가는 오후 3시까지도 풀리지 않았다. 그제야 에마는 뭐가 문제인지 깨달았다. 휴대전화에 두 번째로 도착한 사진이었다. 진입로에 선 아폴로와 브라이언의 사진. 사진을 보고 제일 먼저 든 생각은, '도대체 왜 내 아들을 길바닥에 눕혀 놓은 거야?'였다. 그러나 곧이어 두 번째 생각이 떠올랐다. '그 사진은 누가 찍었지?'

에마는 가방 안에서 휴대전화를 꺼내 10분 동안 179번가에 서서 자신의 기억을 확인해줄 사진을 열심히 찾았지만, 사진은 없었다. 그 사진은 문자메시지 보관함에도, 다운로드 폴더에도, 사진 갤러리에도 없었다. 그냥 사라졌다. 그것을 보낸 사람이 다시 낚아채 간 것처럼.

23

"아이를 데려오다니, 좋구먼."

아폴로와 브라이언은 아침에 다운타운의 애비뉴 B에서 패트리스와 만났다. 패트리스는 작은 컴퓨터 가게 앞에서 기다리고 있었다. 이와 거의 같은 시각에 에마는 포트워싱턴 도서관에서 둘째 날 업무를 막 시작하고 있었다.

"이것 좀 봐." 패트리스는 휴대전화 화면을 아폴로에게 보여주었다. 화면에는 모니터 두 개와 스피커 네 개, 그 밖에 여러 가지가 달린 데스크톱 컴퓨터 사진이 있었다. "이것보다 더 좋은 걸로 하나 제작할 생각이야."

아폴로는 브라이언이 앞을 보도록 아기띠로 안고 있었다. 그래서 아기는 패트리스를 바라보고 있었다. 그는 자신의 장비를 자랑하려는 것처럼 아기를 살짝 더 높이 들어 올렸다.

"지금 너 누구처럼 보이는지 알아?" 패트리스가 말했다. "딱 마스터 블라스터*다."

"누가 바터타운을 지배하지?" 아폴로가 말했다.

패트리스가 코웃음을 쳤다. "마스터 블라스터가 지배하지."

---

* 영화 〈매드맥스: 썬더돔〉에 등장하는 악당.

아폴로와 패트리스는 사이에 생후 8주 된 아기가 끼어 있는 상태에서는 최선을 다해 서로를 포옹했다.

"하지만 마스터 블라스터는 난쟁이를 등에 짊어지고 다녔어. 나랑 브라이언은 그것보다는 쿠아토와 그의 형* 쪽에 가깝지."

패트리스는 컴퓨터 상점의 문을 열고 잡아주었다. "너 지금 네 아들을 빌어먹을 쿠아토랑 비교하는 거야?"

아폴로는 아들의 머리 위에 가볍게 손을 얹었다. "화성인들은 쿠아토를 좋아해. 걔네들은 쿠아토가 빌어먹을 조지 워싱턴쯤 되는 걸로 생각한다고."

패트리스는 그들을 상점 안으로 재촉했다. "넌 희한한 놈이야, 친구. 그건 알고 있으라고."

상점 안에는 손님이 다섯 명 있었다. 패트리스, 아폴로, 브라이언이 안으로 들어가자 상점 안은 만원이 되었다. 카운터 뒤의 여자가 얘기를 하다 말고 고개를 들어 새로 온 손님들을 맞이한 후 다시 손님에게 물건 파는 일로 돌아갔다. 브라이언이 아기띠 안에서 꼼지락거리며 작은 소리로 울기 시작했다. 이 소리로 인해 가게 전체에 알레르기 반응 같은 것이 일었다. 아폴로 주위에 있던 성인들은 어깨로 귀를 보호하려는 듯 일제히 움츠렸다. 그중 두 사람은 뒤를 돌아보며 똑바로 노려보기까지 했다. 카운터 뒤의 여자는 큰 소리로 한숨을 쉬었다.

아폴로는 이런 반응을 거의 알아채지 못했다. 그는 서둘러서 등에 멘 가방을 벗은 다음 아기띠를 풀었다. 그러고는 무릎을 꿇고 앉아 브라

---

* 영화 〈토탈 리콜〉에 등장하는 인물.

이언의 보디슈트를 벗기고 기저귀 안을 슬쩍 들여다보았다. 브라이언은 두 다리를 버둥거리며 더 크게 울었다. 기저귀가 더러웠다. 아폴로는 기저귀를 갈 때 쓰는 담요를 꺼내 바닥에 펴고 기저귀 찍찍이를 뗐다. 찍찍이 떨어지는 소리가 가게 안에 울렸다.

고개를 드니 일곱 명의 어른들이 공포에 질린 표정으로 아폴로와 반쯤 벗은 지저분한 아기를 보고 있었다.

"무슨 문제라도?" 아폴로가 물었다.

잠시 후, 손님 다섯 명 모두 상점 밖으로 우르르 몰려 나갔다. 한참 물건을 사고 있던 남자도 엑소더스 행렬에 동참했다.

패트리스는 함박웃음을 지었다. "아기를 데려오니 정말 좋구나." 그는 줄의 맨 앞에 서서 카운터 뒤의 여자에게 말했다. "가져온 목록이 좀 길어요."

아폴로는 어깨를 으쓱하고는 브라이언의 기저귀를 마저 갈았다.

패트리스는 손에 쇼핑백 여섯 개를 들고, 아폴로는 돌돌 만 더러운 기저귀 하나만 들고 가게를 나왔다.

"너랑 데이나도 이제 아기 갖는 문제를 생각해봐야지." 거리를 걸으며 아폴로가 말했다.

그 말을 하자마자 그는 곧바로 후회했다. 최악의 말이었다. 그는 알고 있었다. 거리에서 만난 사람들이 브라이언에게 이래라 저래라 하고 원하지도 않은 충고를 할 때 그도 싫어하지 않았던가? 어떤 할머니들은 아기를 따뜻하게 덮어주지 않는다고 야단을 치고, 다른 할머니들은 아기를 꽁꽁 덮지 말라고 명령했다. 할아버지들은 어떻게 트림을 시키고 어르고 먹여야 하는지 끝도 없이 수다를 떨었다. 그도 그것이 호의라는 것을 알면서도 혐오하지 않았던가? 그런데도 그와 비슷한 짓을 패트리스에게 한 것이다. 어쩌면 아이를 갖는 것은 술에 취하는 것과 비슷할지도 모른다. 매력적인 사람에서 시작해 개자식이 될 때까지 스스로 가늠할 수 없다는 점에서.

"하긴 네 말이 맞아." 패트리스가 말했다. "아이를 갖지 않으면 똥 기저귀를 한 움큼 들고 다니는 기쁨을 어떻게 알 수 있겠어?"

스트랜드 서점*이 멀지 않았고 충분히 걸어서 갈 만한 거리였다. 그들은 무의식적으로 서점으로 향했다. 서점의 모토는 '18마일의 책'이었다. 그곳에서 마지막으로 돈이 될 만한 책을 발견한 게 언제였는지 기억도 안 나지만—그곳의 책 더미는 매일 수천 명의 독자들이 둘러보는 것이었지만—그래도 다운타운까지 와서 그곳을 안 들를 수는 없었다. 그것은 사랑하는 삼촌을 모욕하는 것이나 마찬가지였다.

초겨울 맨해튼 공기는 신선한 사과처럼 아삭아삭했다. 걷는 동안 아폴로는 브라이언이 찬바람을 맞지 않도록 돌려 안았다. 아기는 아빠의 얼굴을 올려다보았다. 아니면 그냥 고개를 들어 빌딩들 사이로 보이는 파란 하늘을 보는 것인지도 모르겠다. 아폴로와 패트리스가 스트랜드 서점을 향해 조용히 걷는 동안 아기는 입술을 오므렸고, 작은 코가 평평해졌다.

그들은 의식처럼 서점 앞에 늘어선 바퀴 달린 수레들을 훑었다. 수레에는 '시그넷 클래식' 출판사의 『프랑켄슈타인』이나 『제인 에어』 같은

---

* 1927년에 창립된 뉴욕의 유명 서점. 도서 애호가들의 성지聖地. 보유 서적 250만 권, 서가의 길이를 합하면 18마일(약 29킬로미터)에 달한다.

낡은 페이퍼백, 다 닳은 교과서와 요리책 같은 것들이 담겨 있었다. 특별히 가치 있는 것을 찾는 것은 아니었다. 그것은 그냥 의식의 일부였다.

"그래서 ㄱ 리버데일의 지하실에서 네가 나오기 전에 떠나야 했어." 패트리스가 말했다.

"아래층에 내려와서 작별 인사를 하고 갔었어야지." 아폴로가 놀렸다.

패트리스는 비웃음을 무시하고 목청을 가다듬었다. "거기서 뭐 좀 건졌어?"

아폴로는 브라이언의 뒤통수를 부드럽게 잡고 페이퍼백의 책등을 읽기 위해 몸을 앞으로 숙였다. 그는 아들의 향기를 들이마시면서 그 질문을 곰곰 생각했다. 내가 뭘 건졌던가? 패트리스와 기꺼이 이익을 나눌 만한 책을? 브라이언은 아빠의 손 위에 뒤통수를 비볐다. 그가 뭔가 괜찮은 걸 건졌던가?

"아니." 아폴로가 말했다. "별것 없었어. 다 쓰레기던데."

24

아폴로와 브라이언이 집에 돌아왔을 때는 늦은 오후였지만 아파트 안은 한밤중처럼 깜깜했다. 거실은 커튼이 쳐져 있었다. 커튼을 열려고 하니 옷핀으로 고정되어 있어 열리지 않았다. 침실도 마찬가지였다. 부엌의 블라인드는 아래까지 내려져 있었다. 에마는 브라이언의 방에서, 한 손에 드릴을 들고 낮은 사다리 위에 올라가 있었다. 방바닥에는 커튼이 쌓여 작은 더미를 이루고 있었다.

에마는 일에 열중하느라 아폴로가 들어오는 소리도 못 들은 것 같았다. 아폴로는 문가에 서서 그녀를 조용히 바라보았다. 캐리어에 담긴 브라이언은 꼼지락대지도 않았다. 아기도 이 기이한 광경을 넋 놓고 바라보고 있는 것 같았다. 에마는 드릴을 창틀 위쪽에 대고 방아쇠를 당겼다. 드릴 비트가 빠르게 회전하며 나무 창틀 속으로 보이지 않을 때까지 파고들었다. 드릴을 떼자 그녀의 머리 위와 바닥 위로 먼지가 떨어졌다.

"지금 뭐 해?" 아폴로가 물었다.

에마는 잽싸게 휙 돌아보다가 사다리에서 떨어질 뻔했다. 손에 들린 드릴이 권총처럼 아폴로를 향해 겨누어졌다.

"오늘 일은 어땠어?" 그가 물었다.

"암막 커튼이야." 에마는 다시 창틀로 돌아서서 드릴로 두 번째 구멍을 냈다. 이 소리에는 브라이언도 움찔했다. 자고 있지는 않았지만 적어도 그때까지는 얌전히 있었다.

"아직 수면교육을 시작할 때는 아니라고 생각했는데." 이폴로가 말했다.

에마는 사다리에서 내려와 드릴을 바닥에 놓았다. 그러고는 쌓아놓은 커튼 아래 감춰져 있던 상자에서 뭔가를 꺼냈다. 그녀는 다시 사다리에 올라 주머니에서 드라이버를 꺼내고는 암막 커튼의 프레임을 설치하기 시작했다.

"수면교육은 아직 시작 안 해." 그녀는 작업에 열중하며 말했다.

"그런데 왜 그런 걸 달고 있어? 그리고 창문은 왜 전부 다 가린 거야?"

"엄마들이 많이 모이는 좋은 게시판을 찾았어." 그녀가 말했다. "거기서 그러는데 이게 제일 좋은 암막 커튼이래."

"얼마 주고 샀는데?"

에마는 대답하지 않았다. 그녀는 작업을 마치고 사다리에서 내려왔다.

"브라이언을 왜 길바닥에 내려놓았어?"

그는 깜짝 놀라 말 그대로 가슴을 움켜쥐었다. "차에 짐을 싣고 있었어. 애를 안고 하려고 해봤는데 몸을 너무 깊이 숙여야 했어. 애는 울고. 그래서 내려놓은 거야. 하지만 아주 잠깐이었어. 그건 그렇고, 도대체 어떻게 알았어?"

"당신이 그 빌어먹을 사진을 나한테 보냈잖아." 에마가 말했다.

아폴로가 한 발 뒤로 물러섰다. "내가?"

에마는 한 손을 내밀었다. "당신 휴대전화 좀 줘봐."

그녀는 화면을 몇 번 스크롤하다가 투덜거리며 휴대전화를 껐다. 그들은 함께 부엌으로 들어갔다. 아폴로는 이제 그녀의 휴대전화를 보여달라고 했다. 그녀는 자신의 전화기를 내밀며 사진이 없어졌다고 말했다.

"사진을 왜 지웠는데?" 그는 브라이언을 에마에게 넘겨주며 물었다.

"내가 언제 지웠다고 했어? 그걸 내가 왜 지웠겠어?" 그녀가 물었다.

그녀는 브라이언을 안고 부엌 식탁에 앉아 웃옷을 들춰 올리고 수유브라의 단추를 끌렀다. 브라이언은 실수 없이 젖꼭지를 물었다.

아폴로는 냉장고를 열고 빨리 저녁 식사를 만들기 위해 간단한 재료들을 꺼냈다. "가끔 나한테 메시지를 보낸다고 하고 임시보관함에 넣어둘 때도 있잖아." 그가 말했다. "아직 휴대전화 안에 있을지도 몰라. 나한테 보여줘봐."

에마는 의자에서 벌떡 일어서려다 꾹 참았다. 아기에게 젖을 물리고 있지만 않았다면 곧장 아폴로의 등짝을 후려갈겼을 것이다.

"나는 지금 거슬리는 사진을 받았다는 말을 하는 거잖아. 근데 당신은 내 실수라고 비난하는 거야?"

아폴로는 스토브 위에 프라이팬을 올리고 올리브유를 한 숟가락 정도 부었다. 불을 켠 후에는 재빨리 양파와 마늘을 썰었다. 입을 꾹 다물기 위해 열심히 요리 과정에 집중했다. 그의 뒤에서는 에마가 브라이언을 어르고 있었다. 달콤한 말을 아기에게 속삭이며, 그녀 역시 분위기를 바꾸기 위해 최선을 다하고 있다는 걸 보여주고 있었다.

저녁을 먹을 때쯤에는 둘 다 감정이 많이 가라앉아서 다시 사진 얘기를 할 수 있었다. 에마는 사진의 내용과 사진이 도착했을 때의 상황을 자세히 설명했고, 아폴로는 자신의 휴대전화를 탐정의 눈으로 훑었다. 브라이언은 부엌 바닥에 놓은 흔들 요람에 앉아 있었다. 아폴로가 에마의 휴대전화를 확인하는 동안, 그녀는 한 발로 브라이언의 흔들 요람을 부드럽게 위아래로 움직이고 있었다. 아기는 천장의 불빛을 바라보았지만, 눈꺼풀이 파르르 떨렸다. 곧 잠들 거란 신호였다. 아폴로와 에마는 속삭이기 시작했다. 그러다가 아폴로의 의자 바로 뒤에 있는 난방용 스팀 파이프에서 새어 나오는 소리에 둘의 목소리가 파묻혀 버렸다. 밤의 라디에이터는 생명을 되찾고 달그락거리지만, 그때쯤 브라이언은 깊은 잠에 빠져 있을 것이었다.

"아이 방 문을 고쳐야겠어." 아폴로가 말했다. 그가 앉은 자리에서는 안쪽 방이 곧장 보였다. 그 방에는 문이 없었다. 그들이 이사를 왔을 때부터 그렇게 되어 있었다. 그동안에는 굳이 문을 달 필요가 없어서 그대로 두었다. "건물 관리인한테 가서 문짝이 있나 물어봐야지. 설치해달라고 돈을 좀 줄 수도 있고."

신세대 아빠는 심각한 집수리는 할 줄 모른다. 그러나 돈을 지불할 수는 있다.

에마는 고개를 끄덕이며 조용히 웃었다. 그녀의 미소를 보니 좋았다.

그들은 조용히 음식을 먹었고, 브라이언은 잠이 들었다. 브라이언의 방문을 고치겠다는 제안은 그녀가 받은 문자와는 아무 상관이 없었지만, 기능적으로는 암막 커튼을 다는 것과 같았다. 둥지를 안전하게 강화하는 것.

저녁 식사를 마치고, 두 사람은 일어서서 조용히 접시를 싱크대에 넣었다. 바닥에 놓인 아기가 곰덫이라도 되는 양 조심스럽게 주위를 맴돌았다. 그러고는 발끝으로 걸어 부엌을 나갔다. 아폴로는 불을 껐다. 아기를 부엌 바닥 위 흔들 요람에 앉혀 재워도 잘못될 건 없겠지? 해로울 것도 없잖아? 어차피 정차한 A 트레인 바닥에서 태어난 녀석인데. 두 사람은 침실로 들어갔다. 브라이언이 깨서 울 때를 대비해 문은 열어두었다.

"태어난 이후로 우리한테서 가장 멀리 떨어져서 자는 거네." 아폴로가 말했다.

두 사람은 침대에 올랐고, 에마는 아기 쪽을 바라보도록 아폴로에게 등을 돌렸다. 아폴로는 뒤에서 에마를 애무하며 팔로 배를 감싸 안았다. 그는 그녀의 목에 키스했고, 그녀도 돌아누워 키스했다. 몇 분 안에 에마와 아폴로는 둘 다 곯아떨어졌다. 카그와 가족이 모두 잠에 빠지고, 에마의 전화기가 부엌 식탁 위에서 반짝 켜지더니 새로운 메시지가 도착했다. 어두운 아파트 안에 반짝이는 눈 하나가 떠진 것 같았다. 그 눈은 다시 감겼다.

25

릴리언은 일찍 도착했다. 원래는 오후 7시에 아파트에 오기로 되어 있었지만 도착한 시각은 6시 30분이었다. 릴리언이 건물 밖에서 벨을 눌렀고 아폴로는 문 여는 버튼을 눌렀다. 그리고 어머니가 계단을 올라오는 3분 동안 3개월 치 청소를 어떻게 해야 할지 고민에 빠졌다. 난장판 부엌, 난장판 거실, 난장판 침실에 난장판 욕실. 에마는 샤워 중이었고, 아폴로는 샤워를 막 끝낸 참이었다. 브라이언이 어디에 있는지도 거의 잊어버리고 있다가 자신이 안고 있다는 걸 기억해냈다. 적어도 그의 왼팔은 더 강해져 있었다. 그러고 나서 초인종이 울렸다. 아폴로는 문을 열었고, 거기에는 릴리언이 서 있었다.

에마가 옷을 입는 동안 릴리언은 아폴로에게 새로 산 휴대전화를 보여주었다. 할머니의 무릎 위에 앉아 있던 브라이언이 휴대전화를 움켜잡았다. 릴리언은 아기가 휴대전화를 갖도록—가지려고 애쓰도록—내버려두었지만, 때마침 에마가 침실에서 나왔다. 그녀는 사실상 달려나와서 아들의 손에서 휴대전화를 빼앗았다.

"애는 그런 거 보기엔 아직 어려요." 아폴로가 말했다.

에마는 휴대전화를 릴리언에게 돌려주었다. "저희는 아기가 벌써부터 이런 것에 익숙해지는 걸 원치 않아요."

릴리언은 휴대전화를 소파 팔걸이에 내려놓았다. "휴대전화 보기에 아기는 너무 어리고 나는 너무 늙었지. 그러니 그 대신 우리는 밤새도록 같이 놀고 서로 포옹하며 보낼 거야."

에마는 릴리언에게 몸을 기대고 그녀의 뺨에 입을 맞췄다. "고마워요, 어머니."

"나한테 고마워하지 마라. 손자와 함께 보내는 시간이 나한텐 선물이야." 릴리언은 얼굴을 마주보도록 아기를 한 바퀴 돌려 안았다. 그의 엄마가 그의 아들을 안고 있는 모습을 보는 걸 아폴로는 얼마나 좋아했던가? 형언할 수 없을 만큼 좋았다. 그래서 무슨 말을 하는 대신 휴대전화를 꺼내 재빨리 사진 열다섯 장을 찍었다.

"이제는 목을 잘 가눠요." 아폴로는 휴대전화 뒤에서 말했다.

"그러게! 점점 힘이 세지는구나. 그리고 여전히 거북이 같아." 릴리언은 브라이언을 다시 돌려 안고 아기의 작은 턱 위에 연거푸 입을 맞췄다. "잠은 잘 자니?"

"이제 곧 예닐곱 시간은 안 깨고 쭉 자기 시작할 거라는 소문이 있죠." 아폴로가 말했다. "나도 잘 수 있게 되면 그 소문을 믿어보려고요."

릴리언은 아폴로에게 미소를 지었다. "이발했구나."

"데이트하는 날이니까요."

에마가 다시 침실에서 나타났다. 노란 물방울 모양 귀걸이를 걸고, 입술에는 희미하게 붉은색이 감돌았다. 릴리언은 고개를 끄덕이며 며느리에게 탄성을 질렀다. 아폴로가 에마의 손을 잡았다.

그들은 필름 포럼에서 영화를 보려고 다운타운으로 나갔다. 테렌스 맬릭의 〈트리 오브 라이프〉가 상영 중이었다. 첫 개봉 극장에서 밀려나 이곳에 걸린 것이었다. 이 영화를 고른 이유는 단순히 상영 시간이 데이트 계획과 맞았고 영화를 본 후 다운타운에서 저녁을 먹고 싶었기 때문이었다. 극장 안 좌석에 앉자마자 놀랍게도 다시 어른이 된 것 같은 기분이 들어 마음이 놓였다. 엄마 아빠가 아니라 남편과 아내가 된 기분. 이 기분은 정확히 18분 동안 지속되었다. 예고편이 시작되자마자 두 사람은 곧 잠들어버렸기 때문이다. 잠에서 깼을 때는 영화가 한 시간 정도 지나 있었고, 브래드 피트는 갑자기 야비한 아빠가 되어 있었는데, 도대체 왜 그런 것인지 알 수가 없었다. 영화를 계속 본다고 알 것 같지도 않았다. 아폴로와 에마는 서로를 바라보았다. 화면에 비쳐 얼굴에서 빛이 났다. 그리고 둘은 이 빌어먹을 곳을 빠져나가자고 동의했다.

다음으로 향한 곳은 톰슨 가의 스시 가게였다. 그들이 첫 데이트를 한 곳이었다. 둘은 막연한 향수를 느끼고 있었고, 이미 다운타운으로 향하고 있었으니 못 갈 이유가 없었다. 그러나 날씨는 온화했고, 식당 밖으로 줄이 블록의 절반까지 길게 늘어서 있었다. 줄을 서는 대신 두 사람은 모퉁이 돌아 아르투로 화덕 피자 식당으로 가기로 했다. 식당 안의 바 바로 옆에는 피아노가 있었다. 한 남자가 피아노 의자에 앉아 있었는데 연주하는 건 아니었고, 건반에 기대어 앉아 가끔씩 한 음을 건드리는 식이었다. 에마는 자신에게 레드와인 한 잔을 허락했다. 오늘 밤을 위해 미리 유축을 해두었고 젖병으로 먹일 것이었다. 아폴로는 와인을 병째 시켜서 서너 잔을 마셨다. 그녀가 아름다워 보이는 것처럼 그도 그녀에게 멋져 보이고 싶었다.

두 사람은 식당을 나와 기차를 타기 위해 서둘렀다. 집에는 자정까지 돌아가기로 되어 있었다. 그러나 에마는 시계를 확인하고 헛웃음을 웃었다. 겨우 10시 15분이었다.

"뭔가 한 가지 더 하자." 그녀가 말했다.

휴스턴과 맥두걸 가 모퉁이에서 아폴로는 고개를 가로저었다.

"야반도주는 어때?"

"12시까지 집에 가기만 한다면야." 그녀가 말했다. "당신 어머니가 힘드실 거야."

아폴로는 아내를 거리로 밀어냈다. "택시를 잡아줘요, 내 사랑."

에마는 두 번째 시도 만에 택시를 잡았다. 택시가 멈춰 서자 아폴로는 에마의 뒤를 따라 허둥지둥 차에 탔다. "뭘 가요." 아폴로가 뒷좌석과 운전기사 사이를 막은 판에 바짝 다가서며 말했다. "11번 부두로."

그들은 마지막 수상택시 시간에 딱 맞게 도착했다. 이스트강 위로 자유의 여신상과 저버너스섬을 지나 브루클린 다리 아래를 통과하는 한 시간짜리 크루즈였다. 관광객들이나 하는 짓이지만, 뭐 어때? 뉴욕에서 초보 부모가 됨으로써 그들은 뉴욕시민에서 관광객으로 지위가 격하된 것이었다. 실은 그것보다 더 나쁘다. 관광객들은 적어도 밤에 외출은 할 수 있다.

지금은 여름으로 넘어가는 늦봄이었고, 날씨가 아주 따뜻하지는 않았다. 그래서 승객들 대부분은 선실 안에 옹기종기 모여 있었다. 아폴로와 에마는 바깥에 더 오래 서 있었고, 난간에 기대어 서로를 포근히 덮어주었다.

"나오니까 좋아." 에마는 맨해튼의 스카이라인을 바라보며 조용히 말했다. "밤의 데이트." 그녀는 새로운 언어의 관용구를 연습하는 것 같았다.

26

문 앞에 남자가 있었다. 아폴로는 거실에서 노크 소리를 들었다. 아폴로는 문으로 걸어갔고, 소리는 점점 커졌다. 허공에 손을 뻗어 잠금장치 세 개를 모두 풀었다. 남자가 복도에 서 있었다. 푸르죽 죽한 얼굴에는 코도 입도 없고 오직 눈만 있었다. 그가 안으로 밀고 들 어왔다. 남자는 아폴로 앞에 무릎을 꿇고 앉아 파란색 피부를 벗었다. 그 아래에는 아빠의 얼굴이 있었다. 아폴로는 미소 지으며 남자를 끌 어안았다. 아빠가 그를 안았고, 물이 부서지는 소리가 들렸다. 아빠가 입을 열었다. 목구멍에서 흰 안개가 피어올랐다. 안개는 입술을 통해 밖으로 흘러 넘쳤다. 아폴로는 돌아서려 했지만, 아빠가 그를 꼭 끌어 안고 자신을 보도록 얼굴을 붙잡고 있었다. 아파트 안은 안개가 구름 이 되어 가득 찼고, 거센 물 소리는 더욱 크고 거칠어졌다. 아빠가 그를 안아 올렸다. 아빠는 아폴로를 데리고 안개 속으로 걸어 들어갔다.

아빠가 말했다. **넌 나랑 같이 가는 거야.**

아폴로는 놀라 잠에서 깼다. 그는 자신이 퀸스의 아파트에 돌아와 있 는 줄 알았다. 다시 소년이 된 줄로. 그러나 아내와 아들이 그와 함께 침대 위에 누워 있었다. 아내는 눈이 반쯤 감긴 채로 아기에게 젖을 먹 이고 있었다. 아폴로는 그들에게 등을 돌렸고 다시 잠들지 못했다.

27

잠을 제대로 못 자고 보낸 6개월은 잠들지 못하고 보내는 3개월과는 확연히 다르다. 일단 정신이 질퍽질퍽해진다. 몸은 축 처지고 물렁해지면서 기어가 풀린다. 킴은 이런 상황에 익숙했지만 그래도 에마의 집에 와 동생이 그토록 지쳐 있는 모습을 볼 때마다 항상 놀라곤 했다. 고객은 고객이고 동생은 동생이다. 킴은 초인종을 계속 눌러야 했고 응답이 올 때까지 10분은 걸린 것 같았다.

"에마?" 킴이 문 앞에서 불렀다. 의료 가방과 핸드백은 바닥에 내려놓았다. 에마를 포옹하려다 알 수 없는 이유로 멈췄다.

"여기서 뭐 하는 거야?" 에마는 감정 없는 말투로 물었다. 마치 잠결에 웅얼거리는 사람 같았다.

"지난 주 내내 전화랑 문자를 했는데." 킴이 말했다. "너랑 브라이언의 6개월 차 검진을 해야 해서."

에마는 고개를 돌려 아파트 안을 둘러보았다. 이른 아침이었지만, 안은 아직도 어두웠다. "브라이언은 아폴로가 데리고 나갔어." 에마가 말했다. "난 어디 갈 데가 있고."

그걸로 끝이었다. 킴은 산파가 아닌 걱정 많은 언니로 돌아왔다. "이건 의료 지침이라고. 너도 알잖아. 난 해야 할 일이 있어."

에마는 어깨를 으쓱했다. 그게 전부였다.

킴은 화를 내고 따지고 싶었지만, 생각해보면 그럴 이유가 없었다. 수많은 엄마들이 그녀의 문자를 무시했고, 검진 날짜를 다시 잡아달라 했고, 검진을 아예 잊어버리기도 했고, 벨을 아무리 오래 누르고 있어도 잠에서 깨지 않는다. 그녀는 눈을 감고 마음을 진정시켰다. "나도 같이 가도 돼?" 킴이 물었다.

에마는 드디어 킴을 제대로 바라보았다.

킴은 동생의 머리를 빗어서 뒤로 쓸어 모아 묶어주고 싶었다. 동생의 얼굴을 씻기고 점심을 먹이고 침대에 눕히고 싶었다. 자신도 모르게 손이 조금 들렸지만 자제했다. 에마의 눈은 비대칭이라서 오른쪽이 왼쪽보다 조금 더 컸다. 그 차이가 지금은 훨씬 더 두드러져 있었다. 아니면 적어도 그렇게 보였다. 에마의 오른쪽 눈이 팽창된 것처럼 보였다. 킴은 의료 가방을 집 안에 두고, 에마가 문을 잠그기를 기다렸다.

"그래서 우리 어디 가는 건데?" 킴은 계단을 내려가면서 물었다.

"같이 가면 알게 될 거야." 에마가 말했다.

그들은 포트워싱턴 로를 따라 북쪽으로 걸었다. 오전 나절이라 출근 인파는 사라지고 없었고, 노인들과 어린 아기들의 부모들이 대거 몰려나와 있었다. 에마는 밖으로 나오니 훨씬 나아 보였다. 적어도 눈가에 붙은 머리카락을 떼어내 정리했고 몇 분 동안은 말도 했다. "휴대전화는 이제 확인 안 해." 에마가 말했다. "그래서 언니가 오는 줄 모르고 있었던 거야."

"언제부터?"

"한 달쯤 전부터."

에마는 181번가에서는 신호를 기다리지도 않았다. 그녀는 한 손을 들고 교차로에 거침없이 뛰어들었다. 차들은 급정거했다.

킴은 동생을 부지런히 따라잡았다. 운전자들은 에마에게는 경적을 울리지 않았지만, 킴에게는 요란하게 경적을 울려댔다.

포트워싱턴을 따라 계속 걷는 동안 베넷 공원을 지나쳤다. "아폴로는 이제 매일 아침 아기를 데리고 여기 와." 에마가 말했다. "요즘은 잠을 많이 안 자서."

"브라이언이 잠을 안 자?"

"아폴로가." 에마가 말했다. "악몽을 꾸기 시작했어."

"아폴로가 브라이언을 데리고 나오면 적어도 그 시간 동안에 네가 좀 쉴 수 있겠네."

에마는 킴과 나란히 걸었다. "두 사람이 나가 있을 땐 안 자." 에마가 말했다. "난 전혀 잠을 자지 않아. 우린 완전 엉망이야."

킴은 근심이 깊어가는 것을 느끼며 에마의 말을 유심히 기억했다. 그녀는 다시 전문가 모드를 켜고 자신의 전문성 뒤로 숨었다. "베나드릴을 좀 먹어봐. 아니면 트랜퀼 슬립이라는 약도 있어. 둘 다 모유 수유 중에도 안전하게 먹을 수 있는 약이야. 혹시 커피 마시니? 카페인이 생각보다 훨씬 더 오래 체내에 머물 수도 있어."

에마는 고개를 끄덕였지만, 이내 고개를 숙이고 걸었다. 두 사람 사이에 커튼이 드리워진 것 같았다.

킴은 이 커튼을 어떻게 걷을지 고민하기 시작했다.

두 사람은 190번가 모퉁이의 한 건물에 도착했다. 에마는 아무런 신호 없이 방향을 틀어 로비로 들어갔다. 킴이 안으로 따라 들어갔을 때에는 그녀는 이미 벨을 누르고 기다리고 있었고, 누군가 위층에서 손님 맞을 준비를 하는지 로비에 달그락 소리가 들렸다. 킴이 바짝 붙어 따라가지 않았다면, 에마는 킴이 들어오기 전에 문을 닫았을 거라는 확신이 들었다.

엘리베이터를 기다리는 동안, 킴은 솔직하게 접근해보기로 했다. "난 네가 걱정돼, 에마. 널 보면 걱정이 돼."

"내가 한 가지 말해줄까." 에마는 엘리베이터 안으로 걸어 들어가면서 말했다. "나도 걱정돼."

엘리베이터는 천천히 위로 올라갔다. 킴은 에마가 무슨 말을 더 하기를, 설명해주기를 기다리며 목이 조이는 기분이 들었지만, 에마는 한마디도 하지 않았다.

엘리베이터가 6층에 도착했다. 에마는 아파트 문으로 걸어가 초인종을 한 번 누르고 뒷짐을 지고 기다렸다.

"여기야?" 킴이 물었다. "여긴 뭐하는 덴데?"

"언니의 망할 일생 동안 단 한 번이라도 날 좀 믿으려고 해봐." 에마가 말했다.

킴은 이 말에 차가운 충격을 느꼈고, 뺨을 맞은 것처럼 얼얼했다. 곧 바로 문에 달린 핍홀이 어두워졌다. 안에서 누가 밖을 내다보는 것 같았다. 안쪽에서 여자 목소리가 들렸다.

"무슨 일이세요?" 억양이 강한 목소리였다.

"게시판에서 당신에 대해 들었어요." 에마가 말했다. "내가 올 거란 얘기 들으셨죠?"

"누가 보냈어요?" 여자가 물었다.

"칼이 보냈어요." 에마가 말했다.

잠시 후 문이 열렸다. 여자는 킴이나 에마보다 훨씬 어려 보였지만 그녀도 새로 엄마가 된 이가 감당해야 하는 피로의 징후를 보이고 있었다. 피부는 누렇게 떠 있었고 충혈된 눈은 번들거렸다. 그녀는 문틈으로 커다란 토트백을 건넸다. 가방 안에는 뭔가 무거운 것이 들어 있었고, 금속이 부딪치는 소리가 요란스럽게 들렸다.

"유용하게 쓰세요." 여자가 말했다. 그녀는 킴을 힐긋 보고는 재빨리 문을 닫았다.

에마는 엘리베이터로 향했고 킴이 그 옆을 바짝 따랐다.

"포트 트라이언 공원으로 가자." 킴이 제안했다. 에마의 단호한 태도에 킴은 동생이 밖으로 나가면 잽싸게 집으로 달려가 킴을 밖에 세워두고 문을 잠그지 않을까 하는 두려움을 느꼈다.

"아니." 에마가 말했다.

킴은 동생을 바라보았다. 동생은 두 손으로 가방을 꼭 쥐고 여전히 힘겹게 나르고 있었다.

"도대체 안에 뭐가 든 거야?" 킴은 손을 뻗어 에마가 든 가방을 홱 낚아챘다. 에마는 놀라서 대항도 하지 못했다.

킴은 가방 안을 들여다보았다. "쇠사슬?" 킴은 너무 놀라 숨 쉬는 것도 잊었다.

에마는 킴의 질문을 무시했다. 그녀는 토트백을 언니의 손에서 다시 빼앗아 씩씩거리며 들었다. 그리고 엘리베이터를 기다리다가 지쳐 계단으로 향했다.

"쇠사슬." 킴이 다시 중얼거렸다. 그러나 그 말을 들을 사람은 없었다.

28

킴 밸런타인은 동생의 뒤를 따라 건물을 나와 북쪽으로 걸었다. 쇠사슬이 든 토트백을 들고 간신히 걸음을 옮기는 서른세 살의 여자를 찾기는 어렵지 않았다. 놀이터에서는 훨씬 더 눈에 잘 띄었다. 킴은 에마가 제이컵 재비츠 놀이터로 들어가는 것을 지켜보며 아폴로에게 전화해야 하나 고민했다. 하지만 전화한들 무슨 말을 하나? 당신 아내가 이상하게 행동하고 있다고? 그녀는 제부를 좋아했지만, 그러는 건 동생을 배신하는 것 같았다. 부모님이 돌아가시고 자매 사이에 끼어든 사람은 아무도 없었다. 진정한 의미로 아무도. 그리고 킴은 그 전통을 지금 깰 생각은 없었다. 어쩌면 새 자전거를 사서 쇠사슬이 필요한 것일지도 몰랐다. 아무튼 그 가방 안에는 자전거에 채우는 U자 모양 자물쇠도 들어 있지 않았던가. 킴은 이 가설을 믿으려 했지만, 영 확신이 서지는 않았다.

엄마 둘이 딸들이 탄 그네를 밀어주고 있었고, 한 커플은 아들이 정글짐 사다리를 오르는 것을 도와주고 있었다. 아마도 여덟 살쯤 되어 보이는 조금 큰 소녀는, 사슬로 매달아놓은 타이어에 혼자 앉아 어지러워지도록 계속 돌고 돌고 또 돌고 있었다. 소녀의 할머니가 근처 벤치에서 소녀를 바라보고 있었지만, 아이는 거의 보지 않고 깊은 피곤에 지쳐 정신을 놓은 채 앉아 있었다.

그리고 그곳에는 놀이터 주위를 맴도는 에마가 있었다. 그녀는 무거운 가방을 들고 보초 근무를 서는 군인처럼 조용히 움직였다. 때때로 가방이 바닥에 스치면서 쇠사슬이 덜거덕거리는 소리가 났다. 마치 늙은 제이컵 말리*가 아이들을 홀리려고 온 것 같았다.

킴이 에마의 옆에 다가갔고, 두 사람은 조용히 함께 움직였다. 에마의 몸에서 발산되는 어떤 팽팽한 에너지가 킴의 몸까지 긴장시켰고, 에마와 보조를 맞추면서 두 사람의 어깨가 서로 스쳤다. 쇠사슬에 대해, 그곳에 있던 여자에 대해, 쇠사슬을 알게 된 게시판에 대해 대놓고 물어봤자 소용없을 것이었다. 킴은 에마에게 설명을 듣기를 포기하고, 그 대신 동생에게 이야기를 들려주기 시작했다.

"1988년 4월 14일. 넌 나만큼 그날을 기억 못 하겠지."

에마의 발이 꼬이면서 살짝 휘청했다. "전에 나한테 얘기해준 내용을 기억하고 있어." 에마는 이렇게 말하고 다시 계속 걸었다.

"아 그래? 나한테 얘기해봐."

"언니랑 나랑 학교에서 집에 돌아왔지. 소방차가 이미 와 있었어. 집은 불타고 있었고, 우리는 오랫동안 집이 불타는 걸 바라봤어. 엄마랑 아빠는 안에 갇혀 있었고. 보지 못하게 하려고 소방관이 우리를 멀리 데려가려고 했지만, 우리는 반항했지. 그 사람들이 우리를 병원에 데려갔어. 그래도 나는 왜 우리를 병원에 데려간 건지 전혀 이해하지 못했어."

"그게 내가 지난 몇 년 동안 너한테 해줬던 얘기야." 킴이 말했다. "하

---

* 찰스 디킨스의 소설 『크리스마스 캐럴』에 등장하는 유령.

지만 실제로 일어났던 일은 아니지. 오늘 너한테 실제로 무슨 일이 있었는지 말해주려고 해."

그네를 타던 소녀들 중 하나는 계속 밀어달라고 했고 다른 하나는 그네에서 내리려고 했다. 일어나려는 소녀의 엄마가 아이를 달래려 했지만, 소녀는 친구와 함께가 아니면 일어나지 않겠다고 버텼다. 그네에 탄 아이는 그네 줄을 꽉 잡고 움직이지 않았다. 둘 사이에 낀 엄마는 한 아이는 밀어주고 다른 아이는 안아주었다.

"우리는 집에 있었어." 킴이 말했다. "그날 난 학교에 가지 않았어."

"난 생각 안 나는데." 에마가 쇠사슬이 든 가방을 바닥에 내려놓고 말했다.

"넌 다섯 살이었으니까." 킴이 말했다. "넌 그 일을 전부 잊어버렸지. 엄마는 우리에게 그날 학교에 가지 말고 아빠가 밤샘 근무를 마치고 돌아올 때까지 집에 있으라고 하셨어. 우리는 TV를 보고 캡앤크런치*를 먹었지. 그리고 또 캡앤크런치를 먹고 TV를 봤어. 아빠가 집에 돌아오셔서 우리가 있는 걸 보시고는, 부엌으로 가서 엄마에게 고함을 지르셨어. 아빤 잠을 자야 하는데 왜 애들이 여태 집에 있느냐고, 애들이 집 안을 소란스럽게 만들 텐데 왜 학교에 안 보냈느냐는 거였지. 너도 그때 엄마의 모습은 기억날 거야. 엄마도 아빠한테 고함을 지르셨어. '난 아이들을 가까이 두고 싶었어!'라고. 한 시간 뒤에 아빠는 싸움을 포기하고 방으로 가서 곧장 침대에 누우셨어.

엄마는 밖으로 나와서 우리와 함께 앉으셨어. 엄마는 우리가 〈카드

---

* 시리얼의 일종.

샥스〉랑 〈그 가격이 옳다〉 프로그램을 보는 동안 네 머리를 빗겨주셨지. 그러고 나서 내 머리도 빗겨주려고 하셨는데, 난 열여섯 살이었잖아. 나랑 엄마는…… 그렇게 친하지 않았어. 엄마는 그것 때문에 나랑거의 싸울 뻔했지. 그거랑, 엄마가 우리를 학교에 안 보내고 집에 있게했던 거. 그것만으로도 그날 하루가 통째로 이상했다고 알 수 있었어. 하지만 그때 나는 그렇게 한참 앞서 생각할 수가 없었지. 우리는 그렇게 집에 있었어. 점심을 먹고 나서 나는 친구 셸비랑 외출을 해야겠다고 생각했어. 〈그 가격이 옳다〉가 끝나고 우리는 〈더 영 앤 더 레스트리스〉를 봤지. 엄마는 내 옆 소파에 앉으셨고, 넌 엄마 무릎 위에 앉아있었고."

"엄마 무릎 위에." 에마가 반복했다.

그들은 걸음을 멈췄다. 에마와 킴은 그네를 탄 소녀들에게서 등을 돌리고 있었다. 아이들에게 평화가 찾아왔다. 계속 그네를 타고 싶어 했던 소녀는 그네에서 내려오면 먹을 걸 사주겠다는 약속을 받아냈다. 이제 두 소녀는 손을 잡고 엄마들을 뒤로 한 채 정글짐으로 달려갔다.

"엄마는 드라마가 끝나고 나서 우리한테 점심을 만들어주셨어. 수프였어. 웃기는 일이지만 그게 무슨 수프였는지 전혀 기억이 안 나. 아무튼 끔찍한 맛이었고 그게 내가 아는 전부야. 엄마는 나한테 아무튼 그걸 다 먹어야 한다고 하셨어. 우리는 그걸 거실에서, 소파에 앉아서 먹었지. 그게 그날의 세 번째 이상한 일이었어. 평소엔 거실에서는 음료수도 절대 못 마시게 했는데 말이야. 그런데 그날은 〈용감한 자와 미녀〉를보면서 수프를 먹었단 말이지."

"우리가 텔레비전을 참 많이 봤지." 에마가 말했다.

"그래." 킴이 말했다. "우리는 그 수프를 다 먹었어. 먹을 수 있는 만큼 최대한 많이. 그다음은 잘 기억이 안 나. 다음으로 생각나는 건 아빠가 소파에 앉아 있는 너랑 내 앞에 서 있었고 집이 뜨거웠다는 거야. 집 안에 연기가 가득 차 있었지. '집에 불이 났다.' 그게 아빠가 나한테 하신 말씀이야. 아빤 너무 지쳐서 오히려 굉장히 침착하게 보였어. '일어나는 게 좋겠다.'"

"우리가 집 안에 있었어?" 에마가 말했다.

소녀들의 엄마들은 남자아이의 부모와 인사를 했고, 아이들이 사교성을 시험하는 동안 어른들은 4인조가 되었다. 소녀들은 남자아이가 같이 미끄럼틀을 타고 놀고 싶어 하는지에 관심이 있었다. 아직 말을 배우지 못한 남자아이는 손뼉을 치며 누나들에게 미소를 지었다. 타이어 그네를 타던 여덟 살배기 아이는 마침내 고무 매트 위에 털썩 주저앉았고, 기우뚱한 자세로 어린 아이들을 향해 호기심을 보이며 다가가고 있었다.

"우린 집 안에 있었어." 킴이 말했다. "수프 그릇이 무릎 위에 있었던 게 기억나. 그게 뒤집혀 있었어. 마치 내가 그걸 엎지르고 곧바로 잠에 빠진 것처럼. 그리고 다음 순간 아빠가 내 앞에 서 있었어. '집에 불이 났다. 일어나는 게 좋겠다.' 그 부분은 완벽하게 기억해. 하지만 일어날 수가 없었어. 연기가 너무 자욱해서. 아빠가 일으켜주셔야 했지. 그렇게 덩치 작은 아빠가, 성냥개비처럼 빼빼 마른 아빠가, 너랑 나를 동시에 안았어. 어깨 하나에 한 사람씩.

아빠가 일단 나를 일으켜 세우자, 나는 아빠가 한 말의 의미를 알 수 있었어. 사방이 온통 불타고 있었어. 아무것도 보이지 않았고, 연기에 목이 막혔어. 아빠는 나를 부엌으로 데려가셨어. 엄마가 거기 계셨지."

"아빠가 엄마도 데리고 나가려고 하셨어?"

"그 빌어먹을 불을 지른 건 엄마였어."

킴이 에마의 팔꿈치를 세게 꽉 쥐었다. 토트백이 에마의 손에서 떨어졌다.

정글짐 옆의 엄마 아빠들이 고개를 들었다. 벤치에 앉은 할머니도 몸을 앞으로 내밀고 두리번거렸다. 엄마 아빠들은 킴과 에마, 바닥의 가방을 잽싸게 훑어보고는 놀이터를 한 바퀴 둘러보았다. 저 두 여자의 아이들은 어디 있지? 왜 저 여자들은 애도 없이 여기 와 있는 거지? 킴은 이 의문이 세 엄마와 아빠의 머릿속에 떠오른 것을 볼 수 있었다. 어린이 놀이터에 있는 흑인 여자 두 명. 애 보는 여자들인가?

"아빠는 우리를 부엌으로 데려가셨어." 킴이 계속 이야기했다. "그리고 엄마가 거기 계셨지. 부엌 테이블에. 엄마는 반쯤 비운 수프 그릇을 앞에 두고 있었어. 아빠가 우리를 데리고 부엌문으로 나가는데 엄마가 아빠에게 소리를 지르셨어. 엄마는 너를 잡고 아빠의 어깨에서 떼어낸 다음, 억지로 자기 무릎에 앉혔어. 엄마가 널 너무 꽉 끌어안아서, 난 네가 질식할 거라고 생각했어. 하지만 넌 얌전했지. 말도 안 되는 광경이었어. 난 미친 여자처럼 울기 시작했고, 넌 그냥 꼼짝 않고 얌전히 앉아 있었어. 지금 생각해보니 그때 넌 쇼크 상태였던 것 같아. 아빠가 엄마에게 소리를 질렀어. 그날 아침과 똑같이 엄마 아빠는 싸움을 하셨는데, 다만 그때는 집이 불타고 있었고 우리는 모두 죽기 직전이었지."

"우린 어떻게 밖으로 나왔어?" 에마가 속삭였다.

"음, 아빠가 날 먼저 내보냈어. 그리고 엄마에게 널 놔주라고 소리를 질렀지. 나도 애걸하기 시작했지만, 내가 무슨 의미 있는 말을 했던 것 같진 않아. 엄마는 우셨어. 엄마는 우리를 엄마 없는 아이들로 남겨두고 싶지 않다고 했어. 엄마랑 같이 죽는 게 낫다고. 세상에 어느 엄마가 자기 딸들을 이 잔인한 세상에 홀로 남겨두겠느냐고. 엄마는 널 더 단단히 껴안았지."

"하지만 난 여기 있잖아." 에마가 말했다. "우린 여기 있잖아."

"우릴 구한 건 너였어. 적어도 도움이 됐지."

"내가? 난 다섯 살이었는데."

"나랑 아빠랑 엄마는 소리를 지르고 울고 그랬어. 집은 불에 타 무너지고 있었고. 그때 네가 엄마를 돌아보면서 그렇게 말했어. '놓아주세요.' 그냥 그렇게, 소리를 지른 것도 아닌데, 우리 모두 그 말을 들었어. 그 부분은 설명을 잘 못하겠다. 마치 우리가, 아, 잘 모르겠는데, 네 말이 머릿속에서 들리는 것 같았어. 엄마는 팔을 풀었고, 너는 엄마 무릎에서 뛰어내리고는 걸어와 아빠 손을 잡았지. 아빠가 우리를 밖으로 데리고 나왔어. 내가 본 마지막 장면은 엄마가 손을 무릎 위에 놓은 채 고개를 떨군 모습이었어. 엄마는 정말 외로워 보였어."

"하지만 아빠도 돌아가셨잖아." 에마가 말했다. "아빠도 불 속에서. 아니야?"

킴의 목소리는 속삭이는 것보다 겨우 큰 정도였다. 해묵은 공포를 처음부터 다시 목격하는 그 어린 소녀로 돌아간 것 같았다.

"아빠는 집으로 다시 들어갔어. 난 아빠가 엄마를 데리고 나오려는 건 줄 알았어. 그런데 아빠가 문 앞에서, 나를 돌아봤어. 난 아빠의 얼굴을 봤어. 난 항상 꿈에서 아빠가 그때 나에게 뭔가 말하려고 하는 모습을 봐. 아빠의 마음속에서 내 마음속으로 뭔가를 전하려는 걸. 그게 사실이길 내가 간절히 바라나 봐. 난 아빠의 얼굴을 봤어. 피곤에 절은 얼굴이었어. 아빠는 부엌문의 손잡이를 잡았지. 무척 뜨거웠을 텐데, 그걸 어떻게 그렇게 잡을 수 있었을까. 하지만 아빠는 손잡이를 잡았고, 집 안으로 들어가 엄마와 함께 있었어."

킴과 에마는 벤치에 앉아 있었다. 킴이 고개를 들자, 공원에는 그 둘말고는 아무도 없었다. 부모들이 아이들을 데리고 달아난 모양이었다. 그들 두 사람이 그렇게 괴물 같아 보였나? 그랬나 보다.

"구급요원들이 우리를 병원에 데려갔지. 거기서 연기 마신 걸 치료했어." 킴이 말했다. "우리는 병원에 닷새 동안 있었어. 그러고 나서 위탁 가정에 보내졌고, 그 집에서 내가 열여덟 살이 될 때까지 있었어. 우린 좋은 부부랑 같이 지냈어. 네이선 아저씨랑 폴린 아줌마. 그분들 기억해?"

"폴린 아줌마가 제일 맛있는 오트밀 쿠키를 만들어주셨지." 에마가 속삭였다.

"맞아. 그랬어. 내가 열여덟 살이 되면서 네 후견인이 되었어. 그렇게 해서 네가 고등학교를 마칠 때까지 살았던 거야."

"왜 이 얘기를 전에는 안 해줬어?"

킴은 벤치에 등을 기대고 팔짱을 꼈다. "앞으로도 말 안 하려고 했어. 이 말이 어떻게 들릴지 알아. 하지만 나는 오래전에 그렇게 하기로 결정했었어. 어차피 넌 기억을 못하는 것 같은데, 굳이 그걸 왜 일깨워줘야 하겠니? 그게 옳다고 말하려는 게 아니야. 하지만 그게 내가 내린 선택이었어. 난 내가 널 보호하고 있다고 생각했어."

에마는 몸을 앞으로 숙이고, 팔꿈치를 무릎에 괴었다. "그런데 왜 마음이 바뀐 거야?"

킴은 동생의 등에 손을 얹었다. "네가 날 무섭게 하니까. 네 얼굴에 그닐 아침 엄마와 같은 표정이 떠올랐으니까. 그리고 난……."

"가끔 브라이언을 보면, 그 아이가 내 아들이라고 생각되지 않아." 에마가 말허리를 잘랐다.

"무슨 말이야?" 킴이 에마의 등을 가볍게 토닥이며 물었다.

"아마 그 애의 눈 때문인가 봐." 에마가 말했다. "아니면 입술을 오물오물하는 것 때문인가? 그 아이는 내가 낳은 브라이언처럼 보이지만, 동시에 다른 아기 같기도 해. 눈을 감고 아기를 안으면 언제나 그 차이를 느낄 수 있어." 에마는 부드럽게 흐느끼고 있었다. "내 말이 어떻게 들릴지 알아. 나도 이해해."

킴은 에마에게 바짝 몸을 기댔다. "내 생각을 말해볼게, 에마. 넌 지쳤어. 너무 일찍 직장에 복귀했어. 그리고 너무 어렸을 때 엄마와 아빠가 널 떠났고. 네가 이 세상을 통틀어 가장 사랑하는 사람을 잃을까 봐 걱정하는 건 나한테는 전혀 놀라운 얘기가 아니야."

에마는 꼿꼿이 앉아서 언니의 어깨에 기댔다. 그녀는 가방을 가리켰다. "브라이언의 방에 화재 비상구가 있어. 안전문도 달았지만 그걸로는 충분하지 않은 것 같아. 이 쇠사슬로 그 문을 감아놓으려고 했어. 그러면 기분이 좀 나아질 것 같아서. 하지만 아폴로가 그렇게 하게 내버려두지 않을 것 같아. 아마 나랑 싸우려 들겠지."

킴은 에마를 꼭 안고 가방을 내려다보았다. "아폴로한테는 의사의 지시라고 말하자. 아예 내가 쇠사슬 감는 걸 도와줄게."

에마가 웃었다. "언닌 참 좋은 언니야."

두 사람은 곧 일어섰다. 킴이 가방의 한쪽 손잡이를 잡고 에마가 다른 손잡이를 잡았다. 그들은 함께 쇠사슬을 집으로 가져갔다.

29

킴 밸런타인은 동생을 사랑했고 지지했다. 에마에게 우울증 치료를 시작해야 한다고 충고하기도 했다. 우울증 약의 부작용으로는 급속한 체중 증가가 있지만, 어쩐 일인지 에마에게는 완벽하게 반대로 작용했다. 그녀는 먹는 걸 중단했고 2주 동안 2.7킬로그램이 빠졌다. 평소 아침에는 아폴로가 오트밀을 만들었다(빠르고 간단하고 든든했다). 그러나 먹는 사람은 그와 브라이언뿐이었다. 그날 아침 에마는 자신이 식사 준비를 하겠다며 나섰다. 친절에서 우러나온 제안이었다. 아폴로는 고마워했다.

하퍼 리의 책을 감정인에게 보낸 지 몇 주가 지났다. 코네티컷의 감정사였는데 희귀 서적을 취급하는 상인들 사이에서 평판이 좋은 사람이었다. 그러나 이 감정사의 높은 기준 때문에 일의 진행 속도는 한없이 느렸다. '신중해야죠.' 그는 아폴로가 진행 상황을 물을 때마다 이렇게 대답했다. 평소라면 고마워할 일이었겠지만 이미 더 참고 기다리기가 괴로울 지경이었다. 어느 날 밤에는 문득 이 남자가 자기를 속이고 보물을 몰래 팔아치우려는 게 아닌가 하는 생각마저 들었다. 별 볼 일 없는 흑인 책장사를 속여먹는 일쯤이야. 그러나 애초에 이 남자를 찾아간 이유가 그거였다. 그의 양심과 정직성에 대한 명성. 좋다. 좋아. 그러나 아폴로 카그와는 납으로 된 앞치마처럼 묵직한 긴장감을 걸치고 있었다.

브라이언은 이제 앉을 수 있었고, 누워 있다가 뒤집을 수도 있었다. 눕든 앉든 아기는 언제나 잘 웃었다. 주위의 아무거나 봐도 미소를 지었고, 진짜로 재미있는 것이나 그냥 새로운 것을 보면 까르르 웃었다. 예를 들면 신발 같은 것. 맙소사. 이 아기는 신발을 아주 흥미로워 했다. 그게 아폴로의 것인지 에마의 것인지는 상관없었다. 눈앞에 신발 한 짝을 놓으면 아기는 씨익 웃음을 지었다. 아폴로는 도대체 정확히 무엇 때문에 브라이언이 신발을 그토록 좋아하는지를 추측해보려 애썼다. 6개월 된 아기가 발 페티시를 가질 수 있나? 정확히 말하자면 신발 페티시겠지만. 더 기이한 것은, 브라이언이 웃음 띤 얼굴로 신발을 가리키며 자기가 아는 유일한 단어를 내뱉는다는 것이었다.

"버스!"

서부의 총잡이처럼, 아폴로는 휴대전화를 찾아서 카메라 앱을 열고 버튼을 꾹 눌러 연사로 사진 열 장을 찍었다. 그리고 곧바로 그 사진들을 전부 페이스북에 업로드했다. 이런 습관은 이제 아폴로의 페이스북 페이지에 연재되는 농담처럼 되어버렸다. 아직도 댓글을 다는 사람들(겨우 두세 명)은 아폴로가 다음번에는 같은 장면의 다른 버전 사진을 몇 장이나 올릴지 내기를 걸고 있었다. 대부분 12장 정도가 이겼지만, 언젠가 한 번은 릴리언이 24장에 걸었다가 내기에서 이겼다. 릴리언은 아폴로에게 사진을 더 올려달라고 꾸준히 댓글을 달았다. 패트리스는 사진 좀 그만 올리라는 댓글을 꾸준히 달았다. ("너 예전엔 바깥 생활에도 관심이 있지 않았어, 친구?")

브라이언은 이제 6개월이지만, 아폴로는 아들이 다섯 살은 된 것처럼 느꼈다. 브라이언은 늘 그렇듯 같은 의자에 앉아 있었고, 너덜너덜한 내복과 실밥이 풀린 티셔츠를 입고 스팀 파이프에 등을 기대고 앉거나 부엌 구석에 처박혀 있기도 했다. 최근에 목욕을 했겠지? 아닌가? 아마 피곤 자체도 나름의 냄새를 가지고 있는 것이겠지. 에마는 차가운 오트밀 그릇 위로 몸을 숙이고 남편이나 아들을 올려다보지 않고 있었다. 졸로프트* 때문에 행동이 굼떠진 건가, 아니면 다른 심각한 원인이 있는 걸까? 그녀는 어제 입었던 옷을 입은 채로 잤고, 청바지는 너무 헐렁해서 일어서는데 허리에 걸려 있었다.

'이 사진에 대해 이야기해주세요' 페이스북이 명령했다.

아폴로는 의무적으로 글자를 입력했다. '우리 집은 햇빛으로 가득해!'

"유아세례를 받게 해야겠어." 에마가 말했다. 이 말을 하면서도 고개를 들지 않았다. 그래서 그는 처음엔 그녀가 말을 하고 있다는 것도 깨닫지 못했다.

"브라이언?" 아폴로가 말했다. "지금 브라이언 말하는 거야?"

그제야 에마는 고개를 들었다. "당신 어머니가 아기가 태어났을 때부터 계속 부탁하셨잖아. 이제는 해야 할 것 같아."

아폴로는 의자에 등을 기대고 앉았다. 브라이언은 앞에 놓인 신발을 손으로 잡고 탕탕 두드렸다. 아폴로는 오트밀 한 숟가락을 떠 브라이언의 입에 집어넣었다. 브라이언은 그걸 삼키고, 더 달라고 입을 벌렸다.

"요즘 얘가 식욕이 아주 좋단 말이야." 아폴로가 말했다. "급성장기가

* 항우울제.

오나 봐."

"모퉁이에 있는 성당." 에마가 말했다. "홀리루드. 거기서 세례를 받을 수 있어. 거기 신부님과 약속을 잡아놨어. 하겐 신부님. 좋은 분 같던데."

"언제?" 아폴로가 물었다.

그녀는 전자레인지의 시계를 쳐다보았다. "오늘." 그녀가 말했다. "한 시간 있다가."

"일찍 알려줘서 참 고맙네."

"당신은 갈 필요 없어. 아기는 내가 혼자 데려갈 수 있으니까."

"내 아들은 나 없인 아무 데도 못 가." 아폴로가 말했다. 그는 식탁에서 일어나기 위해, 오로지 자리를 뜨기 위해 오트밀 그릇을 비웠다. 브라이언이 좀 더 먹고 싶어 할 경우에 대비해 그릇들을 카운터 위에 두고, 냄비를 집어 바닥에 붙은 오트밀을 긁어냈다. 그리고 냄비를 들고 쓰레기통으로 가져가 발로 쓰레기통 뚜껑을 열었다.

"왜 당신 휴대전화가 쓰레기통 안에 있어?" 아폴로는 뚜껑을 닫고 아내를 보았다.

그녀는 머리카락 뒤로 숨었다. "어젯밤 문자를 받았어. 당신이랑 아기가 렌터카에 타고 있는 사진. 아기는 뒷좌석에, 카시트에 앉아 있었어. 차는 빨간불에 멈춘 것 같았어. 사진은 조수석 창문을 통해 찍은 거였어. 마치 누군가 아기 바로 옆에 몰래 올라탄 것처럼."

"브라이언! 얘 이름은 브라이언이라고!" 아폴로가 외쳤다.

그는 허공으로 냄비를 들어 올렸지만 그걸로 뭘 해야 할지 몰라서, 싱크대 안에 떨어뜨렸다. 날카로운 금속성 소리가 쨍그랑 하고 부엌을 채웠다. 브라이언이 깜짝 놀랐다.

아폴로는 달려가서 아기를 안았다. "미안하다, 아가." 그는 브라이언에게 키스하고 꼭 끌어안았다. 너무 세게 안아서 아기가 버둥거렸다. "너무 시끄러웠지."

에마는 그의 목소리가 파묻히도록 큰 소리로 말했다. "**'잡았다.'** 문자 메시지에는 그렇게 쓰여 있었어. 사진 바로 밑에. '**잡았다**'라고."

아폴로는 다시 쓰레기통으로 가서 레버를 밟고 통 안으로 손을 뻗었다. "이 전화기에서 그 사진 보여줘봐. 그 문자들 중 딱 하나만이라도 보여달라고."

에마는 팔짱을 끼고 몸을 앞으로 숙였다. 토하는 것처럼. "없어졌어." 그녀가 말했다. "알잖아. 그건 항상 없어져."

"있었던 적이 없었으니까."

에마는 다시 전자레인지의 시계를 쳐다보았다. "그냥 가자. 준비해."

아폴로는 브라이언의 얼굴을 들여다보다가 다시 에마를 바라보았다. "당신이랑 같이 성당에 가지 않겠어. 분명히 이 신부에게 세례가 아니라 엑소시즘을 해달라고 했겠지."

에마는 한 손으로 바지춤을 잡고 의자에서 벌떡 일어섰다. "아냐. 난 다만 주위 사람들과 얘기를 하고 싶을 뿐이야. 우린 요즘 대화를 안 하잖아. 게시판에 물어보니 상담 치료나 교회를 추천했어. 우리한텐 상담 치료를 받을 돈이 없잖아."

"게시판? 한 무리의 미친 엄마들이 우리 가정을 고쳐준답시고 충고를 해줬다니 참 행복하네. 하지만 답은 간단해. 우리 집 문제는 당신이야, 에마. 당신이. 문제. 라고. 가서 약이나 먹어."

에마는 부엌을 나가 침실로 갔다. 아폴로는 부엌에 브라이언과 단둘이 남았다. 아기는 이미 배가 불렀지만 그는 아기에게 오트밀을 한 숟가락 더 들이밀었다. 침실로 따라가 아내와 차분히 얘기하기에는 치미는 화를 견딜 수가 없었다.

에마가 다시 나타났다. 헐렁한 옷 위로 외투를 걸치고 있었다. 그 옷 때문에 그녀는 더 쪼그라든 것처럼 보였고, 조금은 정돈되어 보였다. 아폴로는 그녀가 얼마나 살이 빠졌는지 무시할 수가 없었고, 마음이 약간 흔들렸다. 그가 브라이언을 안는 동안 에마는 현관문을 열었다.

"당신에게는 아직 안 보이지." 그녀가 말했다. "하지만 곧 보게 될 거야."

그녀가 나가면서 문을 쾅 닫았다. 벽에 열쇠를 그대로 걸어둔 채였다. 아폴로는 본능적으로 에마에게 열쇠를 가져다주려 했지만, 곧 멈춰섰다. 그 대신 문을 걸어 잠갔다. 그는 브라이언을 안고 아들의 눈을 바라보았다.

"무슨 일이 생기든 상관없어." 아폴로가 속삭였다. "넌 나랑 같이 가는 거야."

30

아파트 안에서 비명소리가 들렸다. 비명소리는 한동안 계속 들리고 있었다. 그의 비명인가? 아니다. 그는 그렇게 생각하지 않았다. 물속에서 어떻게 비명을 지를 수 있겠는가? 그는 지금 물속에 있다고 느꼈다. 가라앉는다. 물에 잠긴다. 익사한다. 앞이 보이지 않았다. 아무것도 느껴지지 않았다. 그러나 들을 수는 있었다. 저 빌어먹을 비명소리. 울부짖는 소리. 그 소리는 멈추지 않았다.

어떤 면에서는 좋았다. 이 째지는 비명소리를 들을 수 없었다면 그는 바다 깊은 곳 이 어둠 속에서 정신을 잃었을 것이다. 그러나 비명소리는 수면에서 반짝이는 빛 같았다. 그는 그것을 향해 움직여 나갈 수 있었다. 울부짖는 소리를 찾아 곧장 나아갈 수 있었다. 그러나 그는 정말로 그걸 원하는 것일까? 여기 아래에 그냥 있는 것보다야 더 낫겠지. 그는 거의 숨을 쉴 수가 없었다.

발버둥을 쳤다. 그는 수영을 잘하는 사람이었다. 팔을 움직이려 했지만 어쩐 일인지 팔은 움직이지 않았다. 팔에는 감각이 없어서 팔이 아직 자기 몸에 붙어 있긴 한 건지조차 의심스러웠다. 어깨에는 이 깊숙한 냉기만이 감돌았다. 양 어깨의 관절에서 느껴지는 얼어붙을 것 같은 찌르는 통증. 팔이 등 뒤에서 쇠사슬로 묶여 있기 때문이었다. 팔은 그런 식으로 몇 시간이고 묶여 있었다.

그는 물을 삼킬까 봐 두려워 입을 벌리지 않았다. 그는 강 속에 있지 않았다. 바닷속도 아니었다. 그러나 그는 그렇게 느꼈다. 지금 잠수 중이라고.

그는 뉴욕시 아파트에 있었다. 그의 아파트. 지난 2년 동안 가족과 함께 살던 곳. 다른 사람의 고통을 길잡이배 삼아 명료함의 세계로, 의식의 세계로 돌아간다. 어떤 면에서는 이 낯선 이의 고통에 감사해야 했다. 그 비명이 아니었다면 그는 다만 이 어둠 속을 목적 없이 부유했을 것이다. 그리고 사라졌을 것이다.

마침내 눈을 떴을 때, 눈을 깜박여 바닷물처럼 끈끈한 마비를 떨쳐냈을 때, 그는 부엌에 있었다. 그의 부엌. 에마가 6개월 전 주문한 흰색 이케아 의자 위에. 그는 부엌 구석으로 돌아왔다. 바닷물이 아니라 땀에 푹 잠겨 있었다. 가슴께와 바지 위에 토사물이 묻어 있었다. 아직 축축했다. 크렘브륄레 색깔. 냄새는 나지 않았다. 아직은. 너무 혼란스러웠기 때문이었다.

그는 다시 수영할 때처럼 발버둥을 쳤고, 그의 발이 덜거덕덜거덕 소리를 냈다. 쑤시는 어깨를 움츠리자 또 다른 덜거덕 소리가 났다. 아래를 내려다보려 했지만, 고개를 숙이니 목이 단단히 졸려서 숨을 쉬기 위해 입을 저절로 벌어졌다. 그는 부엌에 있었다. 식탁 의자 중 하나에 쇠사슬로 묶여 있었다. 자전거에 채우는 U자형 자물쇠가 목을 죄고 있었다. 자물쇠는 부엌 바닥에서 천장으로 올라가는 스팀 파이프에 그를 단단히 고정시키고 있었다. 긴 겨울이 계속되고 있어 스팀 파이프는 달구어져 있었다. 고개를 앞으로 빼고 헐떡이면 자물쇠가 완강히 그를 뒤로 잡아당겼다. 그러자마자 뜨거운 냄비에 닿은 포크 커틀렛처럼 뒷덜미가 스팀 파이프에 눌렸다. 고기 튀길 때 나는 소리처럼 저절로 힉 소리가 튀어나왔다. 몸이 다시 앞으로 휘청했지만 또다시 멍에가 목을 파고들었다. 그는 완전히 바른 자세로 꼿꼿하게 앉아야만 했다. 그래야 질식과 화상 사이에서 자신을 지킬 수 있었다.

방 전체가 열대처럼 느껴졌다. 섭씨 32도 정도의 열기가 실내를 채우고 있었다. 스팀 파이프도 당연히 한몫 보태고 있었지만, 다른 방의 는 라디에이터들도 덜그럭거리며 돌아가고 있었다. 전부 다 켜져 있었다. 아파트가 녹아내릴 것 같았다. 그의 얼굴이, 벌거벗은 팔이, 맨발이. 살갗이, 온통 열을 받아 쭈글쭈글해졌다.

비명소리가 들렸다. 아직도 그치지 않은 비명소리가.

조심스럽게만 움직이면 고개를 돌릴 수 있었다. 자연스럽게 이는 공포만 잘 다스리면 부엌을 둘러볼 수도 있었다. 그는 보안 카메라처럼 고개를 좌우로 돌리며 부엌을 훑어보았다. 카운터 위에 망치가 있었다. 창턱에는 고기 자르는 칼이 있었다. 목재 마룻바닥 위에는 작은 초록색 알갱이가 수백 개 흩어져 있었다. 쥐약이었다. 이사 왔을 때 부엌 싱크대 아래에 쥐약 상자가 있었는데 그냥 두었던 것이었다. 브라이언이 기어 다니게 되어 곧 치울 생각이었지만, 다른 수많은 일들과 함께 잊어버리고 있었다. 이제 그 쥐약 알갱이들은 산탄처럼 부엌 바닥에 흩어져 있었다.

그의 발 바로 옆에, 바닥 위에 뒤집어진 그릇이 있었다. 그의 그릇. 아침 식사. 그리고 바닥에 엎어진 오트밀.

그리고 오븐 위에서, 마침내, 비명소리의 근원을 발견했다.

사람이 아니고, 주전자였다.

불꽃은 최대치로 올라와 있고, 주전자 안의 물은 끓고 있었다. 주전자는 울부짖으며 주둥이로 연기를 뿜어냈다. 작은 용처럼. 주전자는 그 토록 오랫동안 불 위에 놓여 있었고, 그 안의 물은 미친 듯이 날뛰고 터지며 스토브 윗면에 쏟아져 내렸다. 주전자는 더 이상 버틸 수 없어 보였다.

그래도 적어도 그건 그냥 주전자였다. 고통에 찬 인간은 아니었다. 위험에 처한 것은 그 한 사람뿐이었다. 그 순간만큼은 그 사실에도 안 도감이 느껴졌다. 심호흡을 하자. 그러나 곧 그의 몸이 온통 떨리기 시 작했고, 다리와 팔을 묶은 쇠사슬이 쩔그렁거렸다. 그를 위해 이렇게까 지 했단 말인가? 그는 자신이 살아 있다는 사실이 놀라웠다. 끓는 주전 자는 눅눅한 위협을 뱉어내고 있었다. 지금의 그의 상태는 오래 가지 않을 것이었다.

그때 그의 입이 열렸다. 그는 귀에 거슬리는 소리를 질렀다. 여자의 이름 같았지만, 확실치는 않았다. 그냥 불분명한 소리였고, 그게 전부 였다.

그는 다시 시도해보았다. "엠?"

그가 아이였다면 엄마를 불렀을 것이다. 그는 어른이었으므로 아내 의 이름을 불렀다.

"에마?" 그는 다시 불러보았다. 그러나 저 주전자 소리를 뚫고 그의 목소리를 들을 수 있는 사람이 누가 있겠는가? 자기 목소리도 간신히 들릴 정도였는데. 세 번째로 소리를 지르자, 고통이 발작처럼 왼쪽 발 부터 허벅지를 타고 허리까지 찌르며 올라왔다. 그 고통이 너무 심해 서 그는 몸을 뒤틀었고, 자전거 자물쇠를 건드리고, 그것이 다시 그의 목을 졸랐다. 이번에 스팀 파이프에 스친 것은 목이 아니라 뒤통수였다. 파이프가 그의 짧은 머리칼을 타고 곧바로 열기를 전달했지만, 이번에는 몸을 잘 가눠서 앞으로 너무 심하게 휘청거리지 않았고, 목이 졸리지도 않았다. 그는 부엌에 앉아 헐떡거렸다. 숨도 고갈되고 생각도 고갈되었다.

"브라이언." 그는 입속으로 속삭였다.

에마와 브라이언. 그의 가족. 그는 쇠사슬도 잊고, 통증도 잊고, 방 전체에 흩어진 폭력적인 도구들도 잊었다. 가족은 어디 있나? 그들은 안전한가? 지난 몇 개월간 소원하게 지냈음에도, 이 순간만큼은 그의 마음이 에마를, 아들만큼이나 강렬히, 끌어당겼다. 그녀는 아침에 밖으로 나갔다. 열쇠는 두고 갔다. 그는 아내가 나간 뒤 문을 잠갔다. 그렇다면 적어도 그녀는 여기에 없는 거다. 그렇다면 집 안에 그와 브라이언만 있는 것이다. 이제 주전자의 울부짖는 소리가 새로 피어오르는 그의 공포가 내는 소리처럼 들렸다. 그가 아닌 아들에 대한 공포.

바로 그때, 위층에서 마룻널이 삐걱거리는 소리가 들렸다.

부엌 구석 그가 앉은 자리에서는 부엌 밖에 있는 안쪽 방이 보였다. 공언한 대로 그는 건물 관리인에게 돈을 주고 브라이언의 방에 문을 달았고, 지금 그는 더 이상 후회할 수 없을 만큼 후회하고 있었다. 저 빌어먹을 방문만 달지 않았다면 여기에 앉아 공포심에 메스꺼워하며 바라만 보고 있지 않아도 됐을 텐데. 저 문이 저기에 없었다면, 괴물이 나타나기를 기다릴 필요 없이 방 안에 누가 있는지 볼 수 있었을 텐데. 상상의 고통은 통증과는 달리 몸의 내부 깊숙한 곳까지 파고들었고, 아드레날린이나 쇼크로도 가라앉지 않는다. 그것은 신경계에 대한 고

문이었다. 안쪽 방의 문을 바라보는 동안, 그의 신경은 연이은 파도에 출렁이며 쇼크에 빠져들고 있었다.

문이 삐걱 소리를 내며 뒤로 열렸다. 주전자는 무시할 수 없는 자신의 존재를 계속 주장하고 있었다. 그의 얼굴 왼쪽이 째지는 비명에 덴 것 같았다. 문 앞에 어떤 형체가 서 있었다.

아폴로는 어린아이 같은 공포를 느꼈다. 압도적이고 어마어마한 공포.

안쪽 방은 암흑이었지만 부엌 창문을 통해서 방의 불이 꺼진 것임을 알 수 있었다. 밖은 화창했다. 쾌청한 하늘 아래 이런 일이 일어나고 있었다. 암막 커튼이 브라이언의 방 창문에 드리워져 있었다. 원래 커튼의 목적은 방을 동굴처럼 어둡게 하는 것이었다. 그리고 커튼은 충실히 제 기능을 수행했다. 그러나 그 어둠은 이제 밖으로 나오려는 사람의 정체와, 그가 안에서 한 짓을 감춰주고 있었다.

"그냥⋯⋯." 그가 신음했다.

그냥 뭐? 그는 무슨 말을 하려던 것이었을까? 그냥 나가? 그냥 날 풀어줘? 아니다. 그냥 내 아들은 놔줘. 그게 그가 하려던 말이었다. 그리고 그는 그 사실을 깨닫고 몹시 놀랐다. 이런 최악의 순간에 자신이 어떻게 반응할지 아는 사람은 절대 없다. 그렇지 않은가? 우리 모두는 용감해지고 싶고, 친절해지고 싶고, 영웅이 되고 싶다. 그러나 실제로 어떻게 행동할지 알 수 있는 기회가 얼마나 자주 있겠는가? 이 순간 그가 애걸하려는 것은 아들의 목숨이었다. 에마를 위해서도 그렇게 했을 것이다.

이젠 찻주전자의 바닥이 센 불꽃에 검게 그을었을 것이다. 안에 든 물은 태양 표면만큼이나 뜨거워졌을 것이다. 침입자여, 그것을 그의 머리에 부으시라. 살갗에 물집이 잡혀 터지고, 그의 눈이 녹아서 두개골 밖으로 흘러나오도록. 좋다, 좋다. 그는 비명을 지르며 죽을 것이다. 좋다. 그러나 브라이언은 먼저 복도로 내보내라. 그러면 적어도 아기는 이웃이 발견해 안전해질 수 있을 것이다. 어쩌면 에마가 지금 밖에, 지금 이 순간 복도에 앉아 있을지도 모른다. 브라이언을 그녀에게 넘겨줘. 그리고 원하는 게 뭐든 그걸 나한테 해.

안쪽 방과 부엌 사이 짧은 복도의 마룻널이 방 안의 마룻널처럼 큰 소리를 내며 울렸다. 여기는 오래된 아파트였다. 마룻널이 전부 불안정했다. 마룻널은 여기저기에서 삐걱거리며 튀어 오르고 있고, 그 형체는 쿵쿵거리며 다가와 시야에 들어왔다.

생각보다 체구가 작다. 키도 작고 비쩍 마르고.

저렇게 작은 남자가 어떻게 그를 제압했을까? 아폴로는 궁금했다. 위장이 욱신거렸다. 이 남자가 여기 어떻게 들어왔는지도 기억이 나지 않았다. 브라이언의 방 창문에는 보안 창살을 달았다. 그들의 집은 4층이었다. 건물 벽을 타고 올라와 열린 창으로 들어오기엔 너무 높았다. 6층 지붕에서 내려오기엔 너무 낮았다. 아마도 이 남자가 에마에게 사진을 보낸 그 남자일 것이다. 그녀에게 사진을 보내고 마음대로 삭제할 수 있는 자라면 잠긴 아파트에 침입하는 것도 전혀 문제가 아닐 것이다. 아, 하느님. 아폴로는 이제 에마를 믿을 마음이 생겼다. 너무 늦었지만. 너무 늦었지만.

낯선 남자는, 이 생물체는, 다른 것도 가지고 왔다. 낮은 잡음. 아폴로는 의자에 앉아서도 주전자의 울부짖는 소리 틈으로 그 소리를 알아들을 수 있었다. 투덜대는 소리. 웅얼대는 소리. 괴물은 혼잣말을 하고 있었다. 그 말은 이해할 수 없었지만, 목소리의 저음이 지진처럼 웅웅 진동했다. 그 진동이 발밑에서 느껴졌다.

괴물의 긴 머리카락이 얼굴 위로 드리워져 있었다. 지저분하고 푸석푸석한 머리카락이었다. 그자가 앞으로 움직이자 머리카락이 축축 늘어졌고, 그래서 더욱 악귀처럼 보였다. 그것이 부엌으로 걸어 들어와 그를 스치고 지나갔다. 이렇게 가까이. 불과 몇 센티미터만큼. 그는 앞으로 몸을 뻗었다. 몸 아래에 있던 의자가 들리면서 의자 다리가 바닥에서 쾅 소리를 냈다. 정강이에도 손목에도 쇠사슬이 감겨 있었지만, 그는 이 작은 남자를, 이 폭력배를 부숴버리기 위해 어마어마한 힘을 발휘했고 냉장고까지도 돌진할 수 있을 것 같았다.

그 자전거 자물쇠만 없었다면.

아폴로는 그렇게 앞으로 휘청거렸고, 정말 심하게 목이 졸려서 기절할 뻔했다. 놀라운 일도 아니다. 방금 전까지도 그는 무의식 상태에 가까웠다. 어쩌면 생각보다 훨씬 더 오랫동안 수면의 위아래로, 수심 깊은 곳과 얕은 곳을 오가고 있었는지도 모른다. 그와 이 괴물은 어쩌면 이미 이렇게 몇 차례 오락가락했을지도 모른다. 카운터 위의 망치, 창턱의 고기 자르는 칼. 어쩌면 그는 칼에 찔리고 여러 차례 두드려 맞았지만 이렇게 묶여 있어 몸을 살펴볼 수 없는 것뿐일 수도 있다. 몸 전체에 퍼진, 찌르는 듯한 냉기가 베인 상처와 갈라진 상처와 치명적인 부상을 구분할 수 없게 만들었을지도 모른다.

침입자는 그가 있다는 사실조차 모르는 것 같았다. 구석에서 목 졸린 채 앉아 있는 어른을 가볍게 지나쳐 오븐에 다가가더니, 마침내 가스

불을 껐다. 찻주전자는 몇 초 동안 더 비명을 질렀다. 안에 든 물이 보글거렸다.

그런데 왜 저 비명은 멈추지 않는 걸까?

김을 내뿜는 주전자에 계속 집중하면서도, 그는 들을 수 있었다. 뚜렷이, 안쪽 방에서······.

아니다. 아니다. 그는 스스로를 진정시키려 했다. 그러나 지금은 그러기가 훨씬 더 어려웠다. 아기가 안쪽 방에서 울고 있다. 그 아기가 달리 누구일 수 있겠는가?

아폴로의 몸이 형체를 잃는 것 같았다. 그는 자신의 몸이 더 커지는 것을 느꼈다. 별처럼, 태양처럼. 타오르는 기체로. 방 두 칸짜리 아파트의 작은 부엌에 비하면 너무나도 거대하게. 왜 벽들이 무너지지 않지? 마루와 천장은 왜 아직도 가루로 부서지지 않을까? 왜 세상은 곧장 타버려 재가 되지 않을까? 그의 공포는 태양계 중심에 있는 별보다도 더 뜨겁게 불타올랐다. 나는 신이다, 아폴로! 나는 신이다, 아폴로! 그는 의자에서 일어섰다. 자전거 자물쇠가 그의 목을 졸랐다 해도, 그는 느낄 수가 없었다.

내 아이에게 무슨 짓을 한 거야?

목소리는 나왔지만, 그 소리가 말이 되어 나오지는 못했다. 그는 부엌에 있는 키 작은 남자에게 으르렁거렸다. 뜨거운 물이 담긴 주전자를 들고 있는 놈. 지금 저 자세는 그를 위협하려는 건가? 그는 침입자에게 고함을 질렀고 그러는 동안 다른 방에서 그의 아들은 깩깩 소리를 질렀다. 부엌 안의 형체는 그 자리에 서 있었다. 놈은 찻주전자의 손잡이를 잡은 게 아니라 손바닥에 올려놓고 있었다. 살갗이 전부 데었을 텐데, 그 손은 떨리지 않았다. 마침내 침입자와 그의 시선이 마주쳤다. 그 생명체는 그곳의 그를, 구석에 쇠사슬로 묶이고 쇠사슬을 덜거덕거리며 욕을 하고 발광하는 그를 바라보았다.

그리고 이제는 쇠사슬에 묶인 남자도 자신을 공격한 사람을 또렷하게 볼 수 있었다.

"에마?"

안쪽 방에서 아들의 울음소리가 딸꾹질 섞인, 악쓰는 소리로 바뀌어 있었다. 브라이언은 생후 6개월이었지만, 그것은 신생아의 울음소리였다. 그 특별한 감각 없는 비명소리. 그 소리 위에 다른 소리가 올라탔고, 첫 번째 소리가 끝나기도 전에 다음 소리가 시작되었다. 고통만이 아니다. 혼란도 있었다. 그리고 그 벌거벗은 나약함도. 그런 아기의 울음소리는 초보 아빠에게 뼛속 깊숙이 파고드는 공포를 느끼게 했다.

방금 그 방에서 나온 것은 에마 밸런타인이었다.

"에마. 무슨 짓을 한 거야?"

어쩌면 아직은 아무 짓도 안 했을지도 모른다. 어쩌면 브라이언은 그냥 겁에 질렸을 뿐이고 심하게 다치지 않았는지도 모른다. 무기들은 여기 부엌 안에 다 있잖아, 안 그래? 이 악몽 같은 순간에도, 그는 희망의 작은 가시에 안절부절못했다.

그녀는 그를 바라보았다.

그녀는 쟁반을 테이블로 가져오는 웨이터처럼 김을 내뿜는 주전자를 손바닥 위에 올려놓고 있었다. 어떻게 고통을 못 느낄 수가 있지? 그녀의 손바닥이 붉어지는 것이 그의 눈에도 보였다. 아들의 비명소리가 울리는 가운데에서도, 손바닥 살이 타는 소리마저 들렸다. 방 안 공기는 타는 석탄 냄새 같은 것이 풍기고 있었다. 그럼에도 그의 아내는 그 어느 것도 알아채지 못했다. 그녀는 방 가운데에 서 있었지만, 그녀는 그곳에 없었다.

"당신 너무 힘들었지, 에마." 그는 입을 열었다. "내가 당신한테 너무 심하게 대했어."

눈앞이 흐려져서 조금 뒤로 물러나 앉았다. 자전거 자물쇠가 느껴지지 않더라도 그것이 여전히 그를 아프게 하고 있었다.

"당신은 많이 지쳤어. 이 세상 모든 게 당신 인생을 최악으로 망치고 있다고 여겨졌을 테고."

그녀는 그를 바라보았다. 말이 없었다. 이 사람이 어떻게 그의 아내일 수 있는가? 그녀는 진이 빠진 것 같아 보였다. 영혼 전부가 빨려 나간 것처럼. 그녀는 핼쑥해 보였다. 그의 아내와 비슷하게 점판암을 깎아 만든 닮은꼴 같았다. 그녀는 그곳에 말없이 서 있었다. 그의 마음속 깊은 곳에서는 아마도, 그녀가 무슨 계획을 세웠건 간에, 거기에 대해서 얘기하고 싶어 할 거라는 생각이 들었다.

"당신만 그런 게 아냐. 엄마들에게는 그런 일이 흔해. 에마, 당신 탓이 아니야. 당신이 병원에 가기 전에 킴이 그랬잖아. 저기 브라이언 소리가 들리는데. 아이가 여전히…… 힘이 좋네. 지금까지 일어난 일 중에 우리가 바로잡지 못할 것은 아무것도 없어."

그녀는 그에게서 고개를 돌리고 발을 질질 끌며 걸었다. 처음으로 그녀의 손과 주전자가 흔들렸다. 드디어 고통을 느낀 것처럼. 마치 그녀가 자기 자신으로 돌아오고 있는 것처럼.

"그냥 날 좀 풀어줘. 우리 같이 브라이언 보러 가자."

아들의 이름이 그녀에게 일종의 최면 후 암시처럼 작용하는 것 같았다. 트랜스 상태에 빠지는 것처럼 그녀의 고개가 뒤로 기울었다. 그녀의 눈에 전기가 흘렀다. 여기 그의 아내가 있었다. 그가 그녀를 장악했다. 저 여인에게 그의 호소가 먹혔다. 브라이언의 엄마. 킴의 여동생. 니셸의 친구. 도서관 전문 사서. 브라질에서 살았던 여자. 분스밀의 소녀. 그의 아내. 이 모든 모습의 에마는 하나뿐인 자기 아이를 고의로 해칠 리가 없는 여자였다.

그러나 아폴로는 틀렸다. 그는 그녀를 장악하지 못했다.

빈손으로, 에마는 카운터 위의 망치를 집었다. 그녀는 부드러운 연속 동작으로 아폴로에게 다가가 망치로 그의 옆머리를 쳤다. 아폴로의 광대뼈에 금이 갔다. 뼈가 부서지는 소리가 두개골 안에서 크게 울렸다. 갑자기 입 오른쪽이 잘 열리지 않았다. 시야각이 완전히 돌아가서 아래쪽 반이 암전되었는데, 마치 눈알이 안와에서 흘러나온 것 같았다. 그는 왼쪽 입으로 애원했다. 그 애절함에 에마도, 지난 5년간 그의 아내였던 여자도, 망치를 바닥으로 떨어뜨릴 정도였다.

그녀는 그를 지나쳐 걸어갔다. 그는 다시 의자에서 일어섰다. 그 어떤 고통이 브라이언이 겪을 고통과 비교될 수 있겠는가? 없다. 그런 것은 빌어먹을 하나도 없다. 그는 의자에서 일어섰고, 자전거 자물쇠가 그의 목을 뒤로 한껏 죄었다. 그의 체중이 일시에 실리면서 의자 다리 하나가 얇은 나무 마룻널을 뚫고 들어가며 부러졌다. 의자가 기우뚱하게 뒤로 기울었다. 그의 목은 여전히 다시 자전거 자물쇠에 붙잡혀 있었다. 이제는 자세를 아무리 잘 잡아도 소용없었다. 그는 좌현으로 기울어진 배 같았다. 침수하고 있었다. 자전거 자물쇠가 교수대의 올가미가 되었다. 그는 가라앉고 있었다.

"브라이언은 다치게 하지 마." 그는 애원했다.

그의 아내가 부엌을 걸어 나갔다.

복도에서, 안쪽 방 바로 앞에서, 그녀는 그를 향해 시선을 돌렸다. 그녀는 뜨거운 물이 담긴 주전자를 들어 올렸다.

"내 아들을 다치게 하지 마."

아기는 숨이 막히도록 흐느끼고 기침을 하고 울어댔다.

"제발, 내 아기를 다치게 하지 마." 그는 애걸했다.

그녀가 어두워진 방으로 다시 들어가자, 그는 그 자신의 어둠 속으로 가라앉았다.

눈앞에 반점이 떠다녔다. 그럼에도 여전히 피를 토할 만큼 힘을 주고 있었다.

그때 에마가 입을 열어 말했다. 분명하고 또렷하게.

"저건 아기가 아니야."

IV.
젠장, 빌어먹을, 씨발

31

회복.

'잃어버린 것 또는 없어진 것을 되찾음 또는 그럴 가능성'이라고 정의되는 단어. 경제 회복. 데이터 회복. 자산 회복. 요즘 흔히 쓰이는 단어. 컴퓨터에 저장된 정보나 예금 계좌에서 빨려 나간 펀드에 쓰기 적절하다. 심지어 인간의 몸에도 이 단어를 쓸 수 있다. 예를 들면 금이 간 광대뼈나 망치에 의해 산산조각 난 광대뼈도 수술로 고칠 수 있다. 광대뼈의 안와 골절(광대뼈 골절의 이차 피해)의 처치는 안구의 미세한 재배열을 요구하지만, 일단 안구를 살짝 들어 적절한 위치로 되돌려 놓으면 안와 뼈를 재건시킬 수 있고, 몇 주 안에 눈에 띄게 회복되는 것을 볼 수 있다. 손목과 팔꿈치, 심지어 목의 타박상도 오래가지 않는다. 터진 혈관도 낫는다. 비타민 K가 포함된 연고를 국소적으로 피부에 도포하는 치료법을 적용할 수 있다. 몸은 회복된다.

하지만 영혼은?

아폴로가 '잃어버린 것 또는 없어진 것'을 '되찾는' 데는 얼마나 걸릴까? 아들. 그가 알고 있다고 생각했던 아내. 결혼. 세 사람의 인생.

라이커스섬에서 석방 절차를 밟으며, 아폴로는 '불펜'이라 불리는 대기 감방에서 석방을 기다리는 149명의 죄수들과 함께 앉아 이 문제를 고민할 시간이 있었다. 너무 많은 사람들이 한 방에 빽빽이 들어 있어 이미 두 사람이 그 자리에서 실신했다. 아폴로와 죄수들은 불펜 안에서 열한 시간째 대기 중이었고 간수들은 알 수 없는 절차를 처리하는 데 반나절을 허비했다. 아무튼, 아폴로는 이곳의 다른 사람들과 비교하면 굉장히 운이 좋은 편이었다. 라이커스섬에 겨우 두 달밖에 안 있었다니. 그 전에는 테일러 교도소에도 수감되었는데, 거기서도 단기 복역수로 있었다. 그것은 사람이 바랄 수 있는 가장 평온한 복역이었다. 아폴로는 석방 절차를 밟고 옷과 소지품이 든 갈색 종이봉투를 전달받았다. 그는 석방을 원하지 않는 유일한 죄수였다.

파란색과 흰색을 칠한 버스 넉 대가 꽉 찼고, 분위기는 점점 고조되었다. 아폴로와 함께 버스에 탄 남자들은 나이대가 열일곱 살부터 58세까지 다양했지만, 그들 모두 캠핑 가는 아이들처럼 자기 자리에서 통통 튀고 있었다. 간수 중 하나가 간혹 가다 죄수들에게 조용히 하라고 으르렁거렸다. 다 큰 성인들답게 굴어! 그러나 간수가 틀렸다. 죄수들은 그냥 어린아이들이었다.

아침 일찍 일어난 아이들. 라이커스섬에서 석방된 죄수들은 해가 뜨기도 전에 교도소를 나와 퀸스버러 플라자로 이송되고 있었다. 소지품 가방 그리고 지하철 편도 요금과 커피 큰 컵 하나를 살 정도의 돈이 든 봉투를 들고 내던져지는 것이다. 아폴로는 창가에 앉아서 버스가 다리를 건너 퀸스로 향하는 것을 지켜보았다. 감옥에 있던 동안에도 그는 한순간도 두렵지 않았다. 명령을 따르고, 한 번도 외부로 전화를 걸지 않고, 언제나 명찰을 착용하고 셔츠는 바지 안에 넣어 입었다. 바지 밖으로 꺼내놓은 셔츠 자락에 어떤 간수들은 이유 모를 분노를 일으키곤 했다. 누구도 그를 눈여겨보지 않았고 그는 그것을 좋아했다. 에마 밸런타인과 아기 브라이언(그들의 아들은 그런 닉네임으로 알려지게 되었다)의 이야기는 뉴스거리가 되었다. 아기 브라이언은 엄마의 손에 살해 당했고, 엄마인 에마 밸런타인은 그 길로 도주해 사라졌다. 그의 가족은 공포 영화의 주인공이 되었다. 그가 왜 감옥 안에서 투명인간이 되고 싶어 했는지 그 이유가 궁금하신가?

아폴로가 감옥에 가게 된 이유 그 자체도 이야깃거리였다. 그는 엽총으로 인질 세 명을 잡고 인질극을 벌였다. 라이커스 안에서 그를 동정한 사람은 거의 없었다. 베테랑 죄수들 중 그가 정신을 붙들 수 있게 도와준 사람은 아무도 없었다. 누구나 자기만의 문제가 있는 법이었고, 아무튼 그곳은 라이커스 교도소였다. 아폴로는 이것을 위안으로 여겼다. 그는 무기력상태로 살았다. 몸은 이리로 또는 저리로 가라는 지시를 따르고, 시간에 맞춰 먹고, 하루에 한 번 샤워를 했다. 더 이상은 없었다. 아폴로는 눈 수술을 받을 때 자신의 심장이 멈추었거나 제거된 것이라고 믿게 되었다. 그렇게 생각하면 그가 사실상 살아 있지 않기 때문에 감옥 안의 공포를 느끼지 못한다고 설명할 수 있었다. 그는 브라이언이 죽을 때 함께 죽었다.

그러나 버스가 퀸스버러 플라자에 접근하자 그는 새로운 활기가, 활력이 차오르는 것을 느꼈다. 이것은 좋지 않았다. 가슴 속에서 심장이 뛰는 것이 어떤 외부 존재가 침입한 것처럼 느껴졌다. 그의 주위에 앉은 남자들은 얼마나 빨리 다시 잡혀 들어갈 것인지에 대해 농담을 하고 있었다. 플라자는 아직 단장을 마치기 전이었고, 트윈 도넛 앞에는 석방된 죄수들을 기다리는 매춘부들이 있었다. 이 남자들에게 그들의 서비스가 얼마나 간절한지 잘 알고 있는 여자들은, 부스 하나마다 네 명씩 들어가 옹송그리고 앉아 기다리고 있을 것이었다. 고참 죄수가 그런 정보들을 향수 어린 목소리로 공유했다.

"개네들 아직도 있을 거야." 다른 남자가 말했다. "이젠 27번가에서 기다리고 있겠지. 파니니 그릴 앞에."

"빌어먹을 파니니는 또 뭐야?" 늙은 죄수가 물었다.

가장 어린 죄수가 웃었다. "세상이 변했어요, 영감님. 세월에 맞서 싸울 순 없죠."

블록을 하나하나 지날 때마다 아폴로의 심장은 더욱 거세게 뛰었다. 라이커스에서 석방되는 죄수들에게 퀸스버러 플라자는 외진 곳이었다. 그들 대부분은 브루클린이나 브롱크스나 업타운에 살고 있었고, 여기서 집까지 가려면 몇 시간은 걸렸다. 퀸스버러 플라자에서 하차시켜 주는 것은 교정당국에서 죄수들에게 마지막으로 엿을 먹이는 행위나 다름없었다. 그러나 아폴로는 퀸스버러 플라자가 익숙했다. 그곳에서 워싱턴 하이츠까지 정확히 몇 분 걸리는지도 잘 알았다.

그는 브라이언이 죽은 그날 아침 이후 집에 간 적이 없었다. 단 한 번도. 관리인이 그를 발견해 구급차를 불렀다. 구조대원들은 그를 뉴욕 프레스비터리언 병원으로 데려갔고, 그곳에서 눈 수술을 받았다. 퇴원 후에는 릴리언의 집에서 몸을 추슬렀다. 거기 있는 동안 그는 뉴욕 경찰청 소속 형사들과 FBI 요원들을 만났다. 아폴로가 워싱턴 하이츠로 돌아왔을 때 브라이언은 죽은 지 3주가 지나 있었다.

그러나 그는 집으로 가지 않았다. 그 대신 뉴욕 공공도서관 포트워싱턴 지점에 반자동 엽총을 들고 나타났다. 그는 에마의 동료들 세 명을 인질로 잡았다. 기본적으로 그는 제정신이 아니었다. 그는 인질들에게 에마가 어디로 갔는지 말하라고 다그쳤다. 그들은 모른다고 했지만 그는 믿지 않았다. 경찰이 출동했다. 그리고 여섯 시간 반 동안 고립된 채 경찰과 대치했다. 그럼에도 에마의 동료들은 그를 고발하지 않았고, 심지어 법정에서 그에게 유리하게 진술하기도 했다. 아폴로는 라이커스 섬에서 두 달을 보냈다. 그리고 이제, 하늘에 새벽빛이 어스레하게 드리우는 지금, 아폴로 카그와는 다시 자유의 몸이 되었다. 그는 릴리언에게 석방된다고 말하지 않았고, 감옥에 간 이후로는 패트리스에게도 연락하지 않았다. 그 밖에는 아무도 없었다. 그의 인간관계가 오로지 네 명의 인간으로만 구성되어 있다는 점은 생각해보면 놀라운 일이었다.

남자들은 휴가 나온 군인처럼 버스에서 내렸다. 아마도 라이커스 교도소가 이렇게 먼 곳에, 이토록 이른 시간에 그들을 풀어주는 이유는 이차 피해를 최소화하려는 의도에서였을 것이다. 사막이나 어디 멀찍이 있는 섬에서 원자폭탄 실험을 하는 것과 비슷한 이유겠지. 그러나 그런 경우에도 언제나 사상자는 발생했다. 그렇지 않은가? 비키니 환초의 땅은 오늘날까지도 사람이 살 수 없는 곳으로 남아 있다. 아폴로는 자신이 방사능이 아닌 비탄에 피폭되었고, 그 비탄이 몸 밖으로 발현되고 있다는 생각이 들었다. 그는 집에 갈 수 없었다. 그곳에 갈 수가 없었다. 아직은. 그게 그날 아침 그가 그 버스에 타고 싶지 않았던 이유였을 것이다. 다른 사람들은 모두 집에 돌아가고 싶어 했지만, 아폴로 카그와에게는 더 이상 집이 없었다.

32

아폴로는 그곳에 어떻게 갔는지 알지도 못한 채 베넷 공원에 도착했다. 워싱턴 하이츠에 도착했을 때는 새벽 5시 30분이었다. 그의 몸은 그 시간에 브라이언을 데리고 공원에 나가는 것에 익숙했고, 그래서 몇 달의 시간이 흘렀음에도 그의 몸이 그곳으로 그를 데려간 것이었다. 11시에 시내에서 약속이 있었지만, 아직 시간이 많이 남아 있었다.

공원에 들어서니 놀이터 구조물 주위로 반원 모양으로 모여 있는 네 남자의 머리가 보였다. 그는 몽롱한 상태에서 깨어 곧바로 발걸음을 돌렸다. 원래는 아파트로 가려던 것이었잖아? 안 그래? 그러나 그때 그들이 그를 보았다. 신세대 아빠들 중 둘이 그를 힐끗 보았고, 아폴로는 어째야 좋을지 몰랐다. 그 자리에서 달아난다면 얼마나 이상해 보이겠는가? 그래서 달아나는 대신 그들에게 다가갔다. 그들은 그의 친구들이었다. 당연히 인사를 해야지.

걸음을 재촉해 놀이터 입구에 도착했을 때 거의 넘어질 뻔했다. 울타리 안으로 들어서자 남자 넷이 고개를 돌려 그를 보았다. 마지막 한 사람까지, 그들 모두는 그를 보고 당황스런 기색으로 어색하게 시선을 돌렸다. 아폴로는 못 본 척했다. 엄마들은 근처에서 아이들을 그네 태우고 있었다. 정확히 3개월 전에 그랬던 것처럼. 다만 오늘 그의 손은 비어 있었다. 그는 아무것도 들고 있지 않았다. 그에게는 아기가 없었다. 그는 다른 아빠들에게 다가갔고, 아마도 그때 처음으로, 아빠들 한 사람 한 사람과 악수를 했다. 그러고 나서 놀이기구를 향해 돌아섰다.

"안녕, 미건." 그가 말했다. "안녕, 이모겐. 좋은 아침이구나, 쇼지. 아이작도 안녕."

네 아이가 그를 무시하자 아폴로는 다른 아빠들을 보고 웃어 보였다.

"이모겐이 아주 잘 걷네요." 아폴로가 말했다.

다른 때였다면 이모겐의 아빠는 아이가 정확히 언제부터 걷게 되었는지 열변을 토했을 것이다. 일찌감치 휴대전화를 꺼내 동영상을 열 편쯤 보여주었을 것이다. 어쩌면 다른 아빠들에게는 이미 보여주었을지도 모른다. 그러나 지금 그는 아무것도 하지 않았다. 아폴로의 말에 고개를 끄덕여 대꾸했지만, 그러고 나서는 그저 딸을 향해 눈을 껌벅이며 멍하게 앉아 있을 뿐이었다.

사실상 네 아빠들 모두 몸이 굳은 것 같았다. 혼란스러워 하는 것 같았다. 그들은 아폴로를 힐긋 보고 곧바로 고개를 돌렸다. 아이들이나 포트워싱턴 로의 가로수나, 그에게서 시선을 돌릴 수만 있다면 어느 것이든 상관없었다.

아폴로는 그들의 행동을 이해했다. 그러나 그 역시 혼란스러움을 느꼈다. 그는 자신이 왜 여기 왔는지도 몰랐고, 이제 여기 왔으니 뭘 해야 할지, 무슨 말을 해야 할지도 몰랐다. 아이들의 발달에 대해 계속 얘기해야 할까, 아니면 그가 왜 여기 왔는지를 설명해야 할까? 그들이 라이커스섬의 불펜에 대해 알고 싶어 할까? 지상 근무자들의 아침 교대에 대해 관심이 있을까? 아니다. 당연히 아니다. 그럼 그 대신 무슨 얘기를 해야 하나? 그는 떠나야 했다. 이곳 놀이터의 아빠들은 오직 한 가지 주제밖에 모르고, 그는 그것에 대해 말하고 싶지 않았다. 말할 수 없었다. 그러니 그가 자리를 뜨기 전, 그 얘기가 나왔다.

"아폴로." 아이작의 아빠가 조용히 입을 열었다. "뉴스에서 그 소식을 들었을 때 우리 모두 끔찍한 기분이 들었어요."

다른 세 아빠들도 고개를 끄덕였지만 시선만큼은 여전히 아폴로를 피하고 있었다.

"우린 어떻게든 연락하고 싶었어요. 하지만 당신과 전화번호를 교환한 사람이 아무도 없어서요."

아폴로는 안도감에 거의 녹아내릴 뻔했다. 그는 전화기를 꺼냈지만 배터리가 방전되어 있었다. 라이커스섬은 죄수를 집에 보내면서 배터리를 완전 충전시켜주는 배려 따위는 보여주지 않는다. 그것은 그냥 반사적인 동작이었다. "번호 교환 좋죠."

신세대 아빠들은 말이 없었다. 그 대신 아이작의 아빠가 아폴로의 어깨에 손을 올리고 부드럽게 토닥거리며 그의 아폴로 옆에 섰다. 그런 다음 쇼지의 아빠가 아이작 아빠의 옆에 섰고, 반원을 이루어 섰던 아빠들은 아이들 앞에 장벽을 형성했다.

"당신은 여기 있으면 안 돼요." 이모겐의 아빠가 말했다. 남자는 손을 벌렸다 주먹을 쥐었고, 손가락은 집게발처럼 팽팽하게 긴장이 서렸다.

"나한테 화났어요?" 아폴로가 말했다. 라이커스에서의 첫날 밤보다 심장이 훨씬 더 빠르게 뛰었다. "나한테 화났어요?" 그는 다시 말했다.

"아무도 화 안 났어요." 아이작의 아빠가 중얼거렸다.

"난 화났어." 이모겐의 아빠가 말했다. "당신이 여기 우리 아이들 주위를 서성거리는 게 화가 나요."

아폴로는 말을 하려 했지만 말이 잘 나오지 않았다. 그는 휴대전화로 남자의 얼굴을 갈기고픈 충동을 느꼈다. "난 아이들을 해치지 않아요." 그가 속삭였다.

쇼지의 아빠가 능숙한 아빠의 눈으로 어깨 너머 무언가를 봤다. "그거 미건한테 빼앗았어? 얼른 돌려줘."

미건은 '그게' 무엇인지는 몰라도 다시 낚아챘고, 쇼지도 그것을 움켜잡았다. 두 아이는 드잡이를 하며 소리를 질렀다. 두 아이의 아빠들이 뒤로 돌아 각자의 아이에게 뛰어갔다.

이렇게 해서 나머지 두 아빠와 아폴로만 남았다. 둘은 아폴로를 신경질적으로 바라보았다.

"날 무섭게 하고 있군요." 아폴로가 말했다.

"총을 들고 도서관에 갔잖아요!" 이모겐의 아빠가 소리 질렀다. 이른 아침이었기 때문에 목소리가 훨씬 더 크게 울렸다.

"난 다만……." 아폴로가 입을 열었지만, 곧 입을 다물었다.

"우린 정말 브라이언에 대해 안타깝게 생각해요." 아이작의 아빠가 말했다. "얼마나 안타까운지 말로 할 수조차 없어요."

아들의 이름을 소리 내어 말하는 것을 듣자 아폴로의 위장이 진동을 했다. 60일 전 경찰이 수갑을 채울 때부터 그 이름을 한 번도 입 밖에 내어 말한 적이 없었지만, 마음속에서, 그의 심장에서, 한 시간에 천 번도 넘게 그 이름을 되뇌고 있었다. 다른 사람의 입에서 나온 그 이름은 이상하게 들렸다. 아폴로는 그의 혀를 갈가리 찢고 싶은 충동을 느꼈다.

"우린 좋은 아빠가 되려고 노력하는 것뿐입니다." 아이작의 아빠가 말했다.

"나도 그랬어요." 아폴로가 말했다.

그는 몸을 돌려 베넷 공원을 나왔다. 아침 6시였고 이제는 집으로 가는 것 외에 다른 선택은 남아 있지 않았다.

33

"일어나요. 여기서 자면 안 돼요."

잠들었던가? 놀랍다. 그는 그냥 건물 지하 세탁실에서 잠깐 앉아 있으려던 것뿐이었는데. 그는 이곳에서 약속 시간까지 기다릴 수 있으리라 생각했었다. 처음엔 엘리베이터를 타고 위로 올라갈 계획이었지만 4층 버튼을 누르는 대신 아래로 내려갔다.

그리고 즉시 졸음에 빠졌던 것 같다.

"일어나요." 남자가 그를 내려다보며 말했다. "내 말 들려요? 이 건물엔 어떻게 들어온 거요?"

그는 그냥 조는 수준이 아니라, 세탁실 소파 위에 편하게 잠자리를 마련하고 진드기처럼 얼굴을 파묻고 있었다. 그는 쿠션 위에 몸을 웅크리고 있었고, 남자는 그의 등을 빗자루 막대로 찌르고 있었다. 그는 몸을 둥글게 말아 일어나 앉았다.

"당신이었군."

건물 관리인, 아폴로의 집 방문을 달아주었던 남자가, 한 걸음 뒤로 물러서서 그를 얼빠진 듯 보았다. 한 손에는 빗자루를 들고 왼쪽 어깨에는 긴 초록색 정원용 호스를 둘둘 말아 감고 있었다. 그는 노련하고 진중한 셰르파 같은 분위기를 풍겼다. 이름은 파비안이었다. 푸에르토리코 출신인 남자는 50대 후반으로, 아폴로와 에마가 이사 오기 훨씬 전부터 이 건물을 관리하고 있었다. 그는 몸을 숙여 쭈그리고 앉아 고개를 기울이고 아폴로를 바라보았다.

"눈은 진짜 잘 고쳐놨네." 파비안이 말했다.

아폴로는 손을 올려 재건된 광대뼈를 두드렸다. 상처가 고스란히 내보이도록 놔두는 것이 더 나을 뻔했다. 그랬으면 적어도 그의 외면의 상처와 내면의 상처가 비슷한 수준으로 어울렸을 텐데.

"당신을 발견했을 때는 도대체가…… 안 좋았지요." 파비안은 자신의 뺨을 두드리며 말했다.

"감사 인사를 드릴 기회가 없었네요." 아폴로가 말했다. 손은 여전히 얼굴 위에 둔 채로.

"당신 어머니가 고맙다고 했소." 파비안이 말했다. 그러고는 자신의 말이 어떻게 들릴지 깨달았다. 꼭 아이들이 서로 놀리며 하는 농담 같았다. "내 말은, 당신이 수감되어 있는 동안 당신 어머니가 여기 왔을 때 봤다는 거요. 그녀가 나한테 들러 포옹을 해줬어요. 캔 맥주도 하나 사주고."

"어머니가 여기 왔었다고요?" 아폴로가 물었다. "어머니가 당신한테 맥주를 사줬다고요?"

파비안은 일어서서 아폴로의 손을 잡고 일어나는 것을 도와주었다.

"빨리 풀려났군요." 파비안이 말했다. "라이커스는 원래 사람들을 잘 안 놔주는데."

"어머니가 변호사를 선임해주었어요."

"좋은 어머니는 선물이나 다름없지." 파비안은 짧고 뻣뻣한 빗자루 털로 지하실 바닥을 두드렸다. 그러고는 고개를 들었는데, 얼굴이 붉어져 있었다. "미안해요. 나는 그런 뜻이 아니라…… 미안해요."

"지금 몇 시입니까?" 아폴로가 물었다. 그저 다른 얘기를 하고 싶어서였다.

"10시요." 파비안이 말했다. "열쇠 있어요? 내가 문 열어줄까요? 아직 거기 열쇠를 가지고 있는데."

아폴로는 소파 옆 바닥에 놓인 갈색 종이봉투를 가리켰다. "저기 내 물건들이 들어 있어요. 혼자 들어갈 수 있습니다."

그러나 집에 갈 필요는 없었다. 시내에서 11시에 가석방 감독관과 만나기로 약속이 되어 있기 때문이었다. 그게 감사할 일이라고 하면 좀 이상했지만, 그래도 그는 그렇게 느꼈다. 가석방 감독관을 처음 만나는 자리엔 정장을 입고 가야 하나? 지금 입고 잔 옷을, 체포되었을 때 입고 있던 옷을 입고 나가면 가석방에 뭔가 영향을 미칠까?

파비안은 고개를 끄덕이고 돌아섰다. 복도 끝에 그의 사무실이 있었다. 그는 세탁기와 건조기 앞을 지나갔다. 그렇게 1, 2미터쯤 걸어갔을 때 아폴로가 큰 소리로 물었다.

"어떻게 알았어요?"

"뭘 어떻게 알아요?"

"우리 집에 들어와야 한다는 걸 어떻게 알았어요?"

파비안은 돌아섰지만 가까이 다가오지 않았다. 그는 호스가 미끄러지지 않도록 어깨를 올렸다. "47호 남자가 전화를 했어요. 냄새가 난다고." 그는 설레설레 고개를 저었다. "아주 지독한 냄새였소. 그런 냄새는 한 번도 맡아본 적이 없어요."

아폴로는 한 손으로 소파를 짚고 몸의 균형을 잡았다. "냄새."

"들어가려면 열쇠가 필요할 거라 생각했는데, 문이 잠겨 있지 않았어요. 안이 정말 더웠죠. 들어가기 전에 소리를 몇 번 질렀는데. 기분 나쁜 예감이 들더라고요."

그는 아폴로와 눈을 마주치지 않기 위해 고개를 숙이고 바닥을 보았다.

"제일 먼저 당신을 발견했어요. 난 당신이 죽었는지 알았소. 진짜요. 눈알이 밖으로 튀어나와 있었으니까." 파비안은 주먹을 쥐고 뺨 옆에 댔다. "그러고 나서 뒤쪽 방으로 갔는데, 거기 아기가 있었죠."

지하실 저 멀리 구석에서 보일러가 우르릉거렸다. 아폴로와 파비안은 입을 다물었다. 아폴로는 파비안에게 그 방에서 무엇을 보았는지 묻고 싶었다. 그 자리에서 느꼈을 공포와는 상관없이, 이 남자는 그곳에 브라이언과 같이 있었다. 아폴로는 자세한 내용은 하나도 알고 싶지 않으면서, 전부 알고 싶었다. 두 기분이 동시에 들었다. 그러나 어떻게 물어볼 수 있을까? 무엇을 물어볼까? 끔찍하고 추하고 삐딱해 보이지 않는 말을, 무슨 말을 할 수 있을까? 그곳에서도 그는 놀이터 신세대 아빠들의 시선을 느꼈고, 그의 몸은 부끄러움으로 달아올랐다.

"난 그 자리에서 기도문을 외었어요." 파비안이 말했다. "그 애를 봤을 때요. 매주 교회에서 그 애를 위해 기도문을 외고 있소."

아폴로는 고개를 끄덕였다. "고맙습니다."

"당신을 위해서도 기도문을 외어요." 파비안은 사무실을 가리켰다. "가봐야겠소." 그는 목이 메어 있었다.

34

이스트 79번가에 조금 일찍 도착했다. 그 건물은 맨해튼 배경의 영화를 위해 제작된 것 같은 블록 중간에 위치해 있었다. 멋들어진 넓은 거리를 따라 서쪽으로 곧장 가면 허드슨강이 나왔다. 아파트들의 높이는 겨우 20층이나 30층 정도밖에 안 되었고, 섬의 크기에 맞게 아담하고 아늑했다. 맨해튼에 고풍스러운 분위기를 풍기게 하기 위해 꽤 많은 돈을 들인 티가 났다. 그 블록 한가운데에 우아한 타운하우스 건물이자 뉴욕시의 랜드마크인 요크빌 공공도서관이 있었다.

아폴로는 악질 관광객처럼 인도 한가운데에 서서 건물을 노려보았다. 노인들은 고의로 그를 팔꿈치로 밀쳤다. 엄마들은 유모차를 스팀롤러처럼 밀었다. 그는 자신이 여기에 와야 한다는 사실이 믿기지 않았지만, 맨해튼 지방법원은 '가석방의 중요한 요건'으로 이곳을 방문할 것을 지시했다.

요크빌 도서관 행사장은 지하에 있었고, 홍보 문구에는 72석을 수용할 수 있다고 되어 있었다. 그러나 정말로 그런지 이날 밤에는 확인할 수 없었다. 남녀 합쳐서 열두 명이 원형으로 늘어놓은 의자에 앉아 있었는데, 그들 중 한 사람만 아폴로가 들어온 것을 인식했다. 키가 큰 여자가 그에게 더 가까이 오라고 손짓했다. 그녀는 아이들의 등하교를 지도하는 교통 정리원처럼 무심하면서도 권위적이었고, 혼란에 빠진 연약한 사람들은 그 권위에 든든함을 느꼈다.

"이쪽이에요." 그녀가 불렀다. "우린 이미 시작했어요."

그는 모여 앉은 사람들에게 다가갔다. 그가 자리에 앉는 것을 다른 사람들이 지켜보았다.

"'생존자들' 모임에 온 걸 환영합니다." 키 큰 여자가 자기 자리에 앉으며 말했다. "우린 우리 자신을 생존자라고 불러요."

아폴로는 옆 사람들을 한 사람씩 순서대로 보았다. 법원이 명령한 집단 치료 프로그램. 그것이 가석방 조건이었다. '진보적인 새 시장에게 고마워하시오.' 판사는 경멸을 감추지 못하고 아폴로에게 그렇게 말했다.

다른 생존자들이 말하는 동안 아폴로는 말없이 앉아 있었다. 알코올 의존증 환자 모임과 많이 비슷하다는 생각이 들었다. 아니면 적어도 텔레비전이나 영화에서 본 알코올 의존증 환자 모임과 비슷하게 느껴졌다. 그리고 여기 사람들 중 절반 이상은 약물 때문에 괴로워하는 것 같았다. 그러나 이런저런 일 때문에 그랬다는, 과장되고 추악한 일들을 이야기하는 대신 이 사람들은 아직도 비극의 고리 안에 갇혀 있었다. '끔찍한 일이 일어났지만, 어떤 이유에서인지 난 아직도 여기에 있어요.' 이런 문구를 모든 이야기의 부제로 달아도 손색없을 것이었다. 그는 곧 이 모임을 '생존자들'이라고 부르는 것이 희한하게 여겨졌다. 여기 있는 사람들 중 누구도 살아남지 못한 것 같은데.

"난 아직도 결혼반지를 끼고 있어." 아폴로가 말했다. 그 말이 놀랍게 들렸다. 그는 고개를 들고 자리에 앉은 다른 열두 명을 올려다보았다. 그들도 그의 손을 바라보고 있었다. 그는 넷째 손가락을 들어 올렸다.

"미안합니다. 이 말을 입 밖에 낼 생각은 아니었는데."

앨리스, 그 키 큰 여자는, 앞으로 몸을 숙였다. "괜찮아요. 걱정 마세요."

"내 아내는 사서였어요." 아폴로가 말했다.

내가 왜 말을 하고 있지? 지금 무슨 말을 하고 있는 거지?

회색 수염이 난 나이 든 남자가 고개를 끄덕였다. "뉴스에서 봤어요."

아폴로가 꼿꼿이 허리를 세우고 앉았다. "이 일을 안다고요? 그럼 내가 자리에 앉을 때 왜 아무 말도 안 했습니까?"

노인은 팔짱을 꼈다. "알다시피 나한테도 내 문제가 몇 가지 있어서 말이오."

아폴로는 웃었다. 빠르고 날카로운 웃음소리가 났다.

"하지만 이제 무대는 당신 거요." 그가 부드럽게, 좀 더 친절하게 덧붙였다.

"여기 참석한 건 처음입니다." 아폴로가 말했다. "라이커스섬에서 오늘 아침 해 뜨기 전에 석방되었어요. 오늘 오후에는 가석방 감독관을 만났습니다. 그 전에는 두 시간을 기다려야 했고요. 그리고 지금 여기 와 있습니다."

그들은 조용히 그를 바라보았다. 사람들의 표정은 불상처럼 속내를 헤아리기가 어려웠다. 앨리스가 말했다. "가석방 감독관이 석방된 날 바로 여기 나가라고 했다고요?"

사실 가석방 감독관은 그에게 집에 가서 샤워를 하고 좀 쉬라고 권했다. 그러나 아폴로는 이 모임에 나오려면 어디로 가야 하느냐고 물었다. 그 아파트로 돌아가지 않을 수만 있다면 무엇이든 할 작정이었다. 그러나 그 모든 것을 어떻게 설명할 수 있을까?

"네." 아폴로가 말했다. "그 인간은 개자식이에요."

생존자들 중 일부가 혀를 끌끌 찼다. 회색 수염의 남자는 아폴로에게 희미하게 고개를 끄덕여주었는데, 아폴로는 그 의미를 '빌어먹을 경찰 새끼들'이라고 해석했다.

젊은 여자가 머뭇거리며 물었다. "그 여자는 왜 그랬대요? 그녀가 설명해주던가요?"

아폴로는 놀라서 그녀를 향해 고개를 돌렸다. 그가 들어올 때 그들 모두 그가 누구인지 알고 있었단 말인가?

저건 아기가 아니야.

"아뇨. 설명해주지 않았습니다."

"그런데 당신은 왜 그랬나요?" 앨리스가 이 질문을 던졌다. 등하교 지도원의 유쾌한 분위기는 사라지고 없었다.

"도서관 일 말인가요?" 아폴로가 물었다.

"네, 맞아요." 앨리스는 살짝 뒤로 몸을 기대고 팔짱을 끼며 말했다.

"그때는 제정신이 아니었습니다. 병원에서 수술을 마치고 나올 때까지 에마가 무슨 짓을 했는지 이해하지 못했어요. 나는 병원 침대에 누워 뉴스로 그 소식을 들었습니다. 그렇게 알게 되었던 거예요.

아파트는 그때까지도 범죄 현장으로 통제되었고, 나는 들어갈 수가 없었습니다. 퇴원한 후엔 어머니 집에서 머물고 있었어요. 충분히 힘이 생겼다는 생각이 들었을 때, 곧바로 포트워싱턴 도서관으로 향했습니다. 아내가 일했던 곳으로요. 그날은 목요일이라서 도서관은 정오에 문을 엽니다. 그곳에 11시에 도착했는데, 다른 사서들은 일찍 와서 안에서 근무를 준비하고 있다는 걸 알고 있었습니다. 이것도 뉴스에서 들었겠지만, 그때 난 엽총을 가지고 갔습니다."

그는 그날 아침의 사건을 변호사와 함께 몇 차례 진술해야 했고, 그러고 나서 판사와 검사 앞에서도 진술해야 했다. 배심원 앞에는 서본 적이 없었는데, 그럼에도 지금 배심원들을 앞에 두고 말하는 기분이 들었다.

"저는 아내의 도서관 열쇠를 가지고 있었습니다. 그걸로 안에 들어갔습니다. 1층에서 사서 세 명 중 두 명을 발견했고, 우리는 화장실에 갔던 세 번째 사서가 오기를 기다렸습니다."

"그들이 무서워하던가요?" 앨리스가 물었다.

"물론 무서워했죠." 아폴로가 말했다.

앨리스는 고개를 숙여 무릎을 바라보았다.

"그때 내 행동이 앞뒤가 맞는다고는 생각하지 않아요." 아폴로가 말했다. "명확하게 말하기까지 조금은 시간이 걸렸습니다. 내가 왜 그곳에 갔는지를 그들에게 말하기까지요. 그날 오전에 천장을 쏜 건 실수였어요. 밖에서 누가 그 소리를 들었고, 그래서 경찰을 부르게 된 겁니다. 그러고 나서 저와 사서 세 명은 지하실로 내려갔습니다. 내가 데리고 내려갔죠. 우리는 그 이후 열람실을 잠가놓고 그 안에 있었습니다."

한 여자가 일어나 자리에서 이탈했다. 그녀는 뛰어나가다시피 지하실에서 나갔다.

"퇴원했을 때는, 에마 밸런타인에게 수배령이 내려졌고 이야기는 이미 널리 퍼져 있었죠. FBI와 뉴욕 경찰청이 사건을 맡았습니다. 그 사람들이 저를 찾아와 에마를 잡는 데 도움이 될 정보를 물었습니다. 아마 그 전에 이미 도서관에 가서 이 세 사서들과도 얘기를 했을 겁니다. 그러나 그 여자들은 에마에 대해 알고 있는 걸 수사관들에게 말하지 않았어요. 내가 볼 땐 분명히 알고 있었을 텐데 말입니다. 에마가 날리 누구에게 얘기했겠어요? 그 사서들은 그녀의 가족이었습니다. 에마의 부모님은 돌아가셨고, 남편과 아이는 그녀에겐 의미가 없었으니까요. 에마의 언니와는 연락이 닿질 않았습니다. 그래서 저는 궁금한 것을 알아보려고 도서관에 갔던 겁니다. 에마가 동료들에게는 그녀를 쫓는 데 도움이 될 만한 내용을 말해줬을 거라고 확신했습니다."

"정말 그랬던가요?" 회색 수염의 남자가 의자에서 몸을 앞으로 숙이며 물었다.

"아뇨." 아폴로가 말했다. "사서들은 거듭거듭 맹세했지만, 제가 그들의 말을 믿기까지는 여섯 시간 반이 걸렸습니다. 결국 엽총을 카를로타에게 넘겨줬어요. 프라이스 부인요. 저는 경찰에 자수했습니다. 사서들 모두 저를 위해 진술해주었습니다. 어떤 혐의로도 저를 고발하지 않았고요. 그래서 이렇게 빨리 석방될 수 있었죠. 정말이지 무척이나 관대한 분들이었어요."

처음에 말했던 젊은 여자가 말했다. "당신 아내가 아직도 살아 있다고 생각하세요?"

"아닐 겁니다." 그는 그녀를 보고, 그 말이 어떻게 들렸을지 깨달았다. "내 말은, FBI와 뉴욕 경찰이 아직도 그녀를 찾지 못했으니까요. 그래서, 나도 잘 모르겠습니다."

"하지만 아무튼 뭘 어쩔 생각이었던 건가요?" 젊은 여자가 계속 물었다. "만일 사서들이 당신 아내에 대한 정보를 가지고 있었다면요. 만일 당신 아내를 찾았다면요."

"그녀는 내 아들을 죽였습니다." 아폴로가 말했다. "그녀를 찾았다면, 나는 그녀를 죽였을 겁니다. 그리고 나 자신도요."

아폴로는 달리 무슨 할 말이 있을지 생각이 나지 않았다. 그래서 아무 말도 하지 않았다. 생존자들은 말없이 앉아 있었다.

"좋아요." 마침내 앨리스가 말했다. "모두들 와주셔서 고마웠습니다. 시간 다 됐어요."

35

그는 문을 닫는 7시까지 요크빌 도서관에 있었다. 그는
남은 시간 동안 도서관 로비 층 대출대 근처 의자에 앉아 잡지 하나를
무릎에 올려놓고 시간을 보냈다. 생존자들에게 자신이 한 일을 말하는
것도 편치는 않았지만, 모임이 끝난 직후 기분은 더 좋지 않았다. 적어
도 지하실에 있을 때는 그와 비슷한 다른 사람들과 함께 있었다. 회색
수염의 남자는 문자를 보내느라 휴대전화를 들여다보며 교차로에 진
입했고, 그의 차는 달려오던 트럭에 받혔다고 했다. 차의 바퀴가 멈추
기 전에 그의 약혼자가 사망했다. 그러나 참석한 사람들 모두 다 자기
이야기를 털어놓고, 소리를 지르고 울고, 그리고 그런 다음엔? 그다음
엔 그냥 수요일 저녁일 뿐이고 다시 각자의 자리로 돌아가야 한다. 그
런 식으로 앞으로 6개월을 보내라고? 젠장, 노땡큐다. 하지만 모임에
나가지 않는다면 라이커스로 돌아가는 버스에 올라타야 하고, 조기 출
소 날짜를 받지 못하게 된다. 그래서 몇 시간 동안 그 의자에 앉아 아
량과 인내심을 가지라고, 회복되라고 스스로를 설득했다. 그리고 결국
그 문제에 직면해야 했다. 그는 그 아파트에 가야 했다.

지금도, 동네에 도착해 아파트 건물에 다가갈 때, 엘리베이터에 탈
때, 누군가 갑자기 튀어나와 그의 앞을 막아서주기를 내내 기대했다.
하지만 아무도 그러지 않았다. 그는 문 앞에 도착해서도 망설였다. 그

는 잠금장치에 열쇠를 밀어 넣었다.

아폴로는 아파트 문을 열었다.

안에서 소리가 나기를 기대했던가? 그렇지는 않다. 그렇다면 왜 그 정적이 그토록 놀라웠을까? 아마 지난번 이곳에 있을 때 무척이나 시끄러웠기 때문일 것이다. 3개월 전. 고작 3개월이다.

아파트에 들어가 등 뒤로 문을 닫았다. 그는 어둠 속에 서서 천천히 숨을 골랐다. 불이 꺼져 있어도 나무 마룻바닥이 깨끗하다는 게 보였다. 탄력 있고 촉촉해 보이기까지 했다.

그는 거실로 걸어가 말없이 서 있었다. 더 넓은 공간, 더 깊은 정적, 이곳에 생명은 없었다. 그러나 그곳에는 소파가 있었다. 언제나 있던 자리에, 거실 창문 아래에. 구석의 램프, 키 작은 책꽂이, 라디에이터. 라디에이터조차도 소리를 내지 않았다. 꺼놨을 것이다. 한때 에마와 함께 썼던 침실은 왼쪽에 있고, 부엌은 오른쪽에 있다.

그는 침실 문으로 다가가 문을 열었다. 마음 한구석에서는 그곳에 에마가, 그토록 뻔한 곳에 도망자가 되어 숨어 있지 않을까 기대했다. 그러나 물론 그곳에는 두 사람의 침대와 잘 정돈된 시트, 막 쓸고 닦은 것처럼 깨끗한 마루뿐이었다. 커튼은 열려 있었다. 그는 창밖으로 창 아래 거리를 내려다보았다. 누가 봐도 좁은 공간에 차를 주차하려고 애쓰는 한 남자를 지켜보았다. 아폴로가 창문을 떠날 때까지도 남자는 여전히 주차를 해결하지 못한 상태였다.

그는 부엌으로 들어갔다. 그는 바닥에서 쥐약 알갱이를 보았다. 카운터 위에서 망치를 보았다. 오븐 위 스토브에서는 주전자와, 주전자 밑을 달구고 주둥이에서 김이 피어오르게 하는 불꽃을 보았다. 그는 그것들을 보았지만, 들을 수는 없었다. 주전자가 스토브 위에서 달가닥거렸지만, 실제로 달가닥 소리는 나지 않았다. 손을 뜨거운 수증기 위에 가져다 대도 아무 열기도 느껴지지 않았다.

그는 유령 주전자로부터 뒤로 물러나 아직도 마루 위에 있는 것 같은 쥐약 알갱이를 피해 발을 이리저리 움직였다. 그러나 부엌 식탁으로 다가가, 그가 쇠사슬에 묶였던 의자를 내려다봤을 때는, 그때 그 장면이 되풀이되는 환영 같은 것은 보지 못했다. 쇠사슬도 없다. 피도 없다. 그는 의자를 구석에서 당겼다. 바닥에 난 구멍은 메워졌다. 그는 확인하기 위해 무릎을 꿇었다.

릴리언이 해놓은 것이다. 달리 누가 이런 귀찮은 일을 하겠는가?

그는 이 자리에서 안쪽 방을 향해 고개를 돌렸었다. (아직 무릎을 꿇은 채였다.) 문은 닫혀 있었다. 닫힌 문의 손잡이 위로 30센티미터쯤 되는 곳에, 형광색 스티커가 반은 문에 그리고 나머지 반은 문틀에 붙어 있었다. 그는 문 쪽으로 기어갔다. 다리가 너무 떨려서 일어설 수가 없었다.

"이 구역은 행정 코드 제435섹션에 의거, 뉴욕 경찰청에 의해 봉인됨. 경찰청 또는 행정 관리에 의해 승인받지 않은 자는 출입을 금함."

그의 마음속에서는 지금도, 이곳은 브라이언의 방이었다. 그는 손으로 벽을 짚고 몸을 일으켰다. 브라이언은 아빠가 기어 다니는 걸 보고 싶어 하지 않을 것이다. 결국 이 방도 열어야 하지만, 오늘은 아니다. 그는 여기, 이곳, 이 문 앞에 서 있는 것이 감정의 산사태를 일으킬 것이라 생각했지만, 오히려 그 반대였다. 그는 아무것도 느끼지 않았다. 심지어 심장이 가슴 안에서 뛰고 있는지조차 알 수 없었다.

아폴로는 느릿느릿 욕실로 향했다. 지난 60일 동안 그는 항상 누군가와 함께 샤워를 해야 했다. 수돗물을 틀고 옷을 벗었다. 물줄기 아래에서 30분을 보내고 나서야 몸을 씻기 시작했다. 샤워를 끝내고, 그는 침실로 갔다. 지난 90일 동안 편안한 매트리스 위에서 잔 적이 한 번도 없었다. (병원 매트리스는 그에게 허리 통증을 안겨주었다.) 그러나 에마와 함께 쓰던 침대에 누울 수는 없었다. 그는 이불과 시트를 벗겨 거실로 가져갔다. 그는 휴대전화를 충전기에 꽂고 소파에 누웠다. 거실 창밖으로 보이는 밤하늘을 올려다보았다. 별은 없었다.

"이젠 뭘 하지?" 그가 물었다.

그는 잠이 들었고, 한참 후 그의 휴대전화가 달그락거리며 켜졌다. 어둠 속의 휴대전화는 별보다 더 환하게 빛났다. 그러다가 잠시 후, 모든 것이 다시 어두워졌다.

36

패트리스가 사우스이스턴 퀸스에 있는 지하실 아파트의 입구에 서 있었다. 2층짜리 주택의 주인은 집 대출금을 갚는 데 도움이 될 약간의 추가 수입을 만들어보자고 결심했다. 그녀는 지하실을 살림집으로 개조하고 월세 1,300달러로 은밀히 세를 놓았다. 침실 두 개, 부엌과 욕실, 집 뒤쪽의 개인 출입구. 패트리스는 이곳에서 데이나와 함께 살았다. 데이나는 그가 이라크에서 돌아와 첫 결혼 생활을 끝낸 후에 만난 여자였다.

패트리스는 입구 밖으로 몸을 내밀고 아폴로를 향해 코를 킁킁거렸다. "앨커트래즈의 버드맨이군. 늦었네."

"기차와 버스를 갈아타고 왔어." 아폴로가 말했다. "퀸스가 뉴욕에서 이렇게 먼 곳인 줄 잊고 있었어."

패트리스가 큼직한 손을 흔들었다. "너 없이 먼저 먹기 시작했어."

"와인 가져왔는데." 아폴로는 갈색 봉투를 들어 올리며 말했다.

"와인 파는 데에서 비닐봉투도 안 주나?"

아폴로는 미소를 지을 수밖에 없었다. 이 남자를 다시 보니 좋았다.

패트리스 뒤쪽에서 데이나가 부르는 소리가 들렸다. "거기 서서 우리 일을 거리에 온통 광고하지 말고 손님을 집 안으로 모시지그래?"

패트리스가 어깨 너머로 뒤를 돌아보았다. "우리 집 출구는 건물 옆면으로 나 있어. 어차피 우리가 하는 일 대부분은 이웃들에게 보여주고 있는데 뭐."

"들어오라고!"

지하실 천장은 아폴로에게도 낮게 느껴졌다. 패트리스는 아폴로보다 15센티미터 정도 더 컸다. 나무 패널을 댄 벽이 빛을 흡수해 방 전체가 어두워 보였다. 부엌과 스토브는 둘 다 10년은 되어 보였다. 어쩌면 그보다 더 되었을지도 모르겠다. 부엌에서 가장 멋진 아이템은 식탁이었다. 크레이트앤드배럴 제품이었는데 그야말로 빛을 발하고 있었다. 동경의 대상인 큼직큼직한 가구들이 부엌 안을 가득 채우고 있었다.

데이나의 상차림은 우아했다. 빨간색 깅엄체크 식탁보와 라탄 재질의 플레이스 매트를 놓고, 파란색 깅엄체크 냅킨과 은색 테두리를 두른 흰색 도자기 접시를 고상하게 배치했다. 아폴로가 부엌에 들어섰을 때는 데이나가 그의 자리에 정확히 같은 배열로 그릇을 차리고 있었다. 패트리스가 현관문을 닫았다. 이제 거리의 행인들은 사우스이스턴 퀸스의 지하실 아파트 안에 이렇게 아름다운 상차림을 해놓았다는 사실을 절대 알 수 없었다. (또는 상상도 못 할 것이다.) 그것은 마치 지하철에 탄 추레한 승객의 내면에 깃든 반짝이는 영혼을 잽싸게 엿보는 것과 비슷했다. 아폴로는 잠시 동안 숨이 막혔다.

아폴로가 와인 병을 보여주자 데이나는 와인 잔 두 개를 꺼내 내려놓았다. 그들에게는 와인 잔이 두 개밖에 없었다. 그녀는 와인 잔으로 쓰도록 패트리스에게 커피 머그를 꺼내주었다.

"늦어서 미안해요." 아폴로가 말했다.

데이나가 와인을 따랐다. "이렇게 멀리 퀸스까지 오고 싶어 하는 사람은 아무도 없는걸요. 와주셔서 우리가 기뻐요."

데이나는 아폴로를 포옹했다. 그녀는 긴 팔과 긴 다리와 넓은 등을 가지고 있었다. 포옹하기엔 완벽한 몸이었다. 패트리스의 포옹이 조심스러운 데 반해, 데이나는 따뜻함을 안겨주었다. 아기의 장례식은 아폴로가 라이커스섬에 수감되어 있을 때 치렀다. 패트리스와 데이나 모두 장례식에 참석했다. 그녀가 지금 아폴로를 안고 있는 자세가, 길고 느리고 따뜻한 포옹이, 말로 전할 수 있는 것보다 더 깊은 위로를 전해주었다.

"다들 앉아. 내가 서빙할게." 패트리스가 두 사람에게 말했다.

데이나는 패트리스의 배를 두드리고는 자리에 앉았다. "이 사람은 자기가 정중한 사람인 척한다니까요." 그녀는 아폴로에게 말했다. "하지만 그냥 누가 음식을 만들었는지를 확실히 알려주고 싶은 것뿐이에요."

데이나는 항만관리위원회 소속으로 스태튼섬의 베이온 다리에서 고참 통행료 징수원으로 일했다. 퀸스의 집에서 직장까지는 차로 한 시간이 걸렸다. 패트리스가 뉴저지로 책을 팔러 나가는 날이면 그녀를 태워다주고 오후에 다시 태워 왔다. 두 사람은 좋은 일을 함께 나눴고, 두 사람 모두 그것을 아는 것 같았다.

패트리스는 서랍에서 국자를 꺼냈다. "크록팟 치킨이야." 그가 말했다. "닭 다리와 닭 가슴살, 씨를 바른 올리브 반 컵, 절인 올리브 세 티스푼, 얇게 저민 레몬 한 개, 허브프로방스 한 티스푼, 닭 육수 한 컵, 소금 반 티스푼, 후추 8분의 1 티스푼." 패트리스는 부엌 카운터 위에 놓여 있던 흰 도자기 냄비에 국자를 담갔고, 육수의 풍부한 향과 레몬 향이 풍기자 아폴로는 이미 눈앞에 음식이 있는 것처럼 저절로 몸이 앞으로 숙여졌다.

"그리고 월계수잎 한 장." 패트리스는 첫 번째 그릇에 음식을 담으며 덧붙였다. 부엌의 천장이 낮고 벽과 벽 사이가 가까워서, 꼭 우리 안에서 요리 쇼를 하는 갈색 곰처럼 보였다.

"네가 지하실에서 살다니 믿어지지가 않는다." 아폴로가 말했다.

데이나가 침을 꿀꺽 삼켰다. "지하실에서 사는 게 뭐 어때서요? 이곳은 내가 발견했어요."

아폴로는 그녀를 바라보며 미소를 지었다. "하지만 패트리스는 트라우마가……." 그리고 말을 멈췄다. 그는 패트리스를 돌아보았다. 패트리스도 음식을 차리다가 일순간 동작을 멈췄다. 아폴로는 집주인 노릇을 하는 척하다가 그를 바라보는 패트리스의 시선을 느낄 수 있었다. 패트리스가 지하실을 무서워한다는 사실은 데이나도 모르고 있었지만—이것도 꽤 놀라운 일이었다—패트리스는 이 비밀을 아폴로에게도 감추고 있다고 진심으로 믿고 있었다. 아폴로는 한때 그런 것을 평범한 삶의 단면으로 받아들였었다. 사람들은 그럭저럭 살아나가기 위해 작은 거짓말들을 한다. 결혼과 우정을 유지하기 위해서도 그렇게 한다. 그러나 지금 아폴로는 이런 거짓말을 해롭지 않은 사소한 것으로 무시하고 넘어갈 수 없었다. 수많은 작은 거짓말들로 이루어지는 관계는 그보다 더 큰, 거짓의 감옥이 되어버리니까.

"패트리스는 헌신적인 삶에 트라우마가 있죠." 아폴로가 말했다. 케케묵은 농담, 남자에 대한 뻔한 이야기, 잠재우는 주문처럼 지극히 평범한 말. 그들은 이제 문제의 깊은 곳을 건드리지 않는다. 그저 매끄럽고 두꺼운 얼음 위를 지치듯 미끄러질 뿐이다. 수다. 시트콤 유머.

데이나는 눈에 띄게 긴장을 풀었다. "아마도 전엔 그랬겠죠. 하지만 날 만났잖아요."

그런 식으로, 위기의 순간이 지나갔다. 패트리스는 그릇을 데이나에게 가져다주고 그녀의 이마에 키스했다. 그는 아폴로를 힐끔 보고 아폴로의 그릇을 가지러 카운터로 돌아갔다.

식사를 마치고 데이나와 패트리스는 설거지를 했다. 아폴로는 식탁을 뒤로 밀었다. "보여줄 게 있어." 그가 말했다.

가방에서 그는 작은 선물용 쇼핑백을 꺼냈다. 181번가 두에인 리드 약국에서 산 것이었다. 데이나와 패트리스는 이미 식탁을 말끔히 치워놓았다. 아폴로가 선물을 내려놓기 전에 데이나가 젖은 행주로 식탁을 닦았다.

"한번 봐봐." 아폴로가 말했다.

패트리스가 쇼핑백을 열었고 뒤에서 데이나가 까치발로 섰다.

"『앵무새 죽이기』." 패트리스가 제목을 읽었다. 그는 표지를 펼치고 전문가다운 태도로 책을 훑었다. "책 커버는 괜찮네. 판지 표지도. 제본 면지도 깨끗하고. 그리고…… 초판본이야. 젠장! 이거 라이커스섬 유품 정리 세일에서 찾은 거야?"

데이나가 책으로 손을 뻗었지만, 패트리스는 표지를 덮고 책을 꼭 쥐었다.

"속표지도 봐." 아폴로가 말했다.

두 사람은 조용히 읽었다. 데이나가 패트리스를 쿡 찔렀다. "핍이 누구야?"

패트리스는 고개를 저었다. 모르는 것을 대답해줄 수는 없었다. 그러나 페이지 아래쪽에 있는 저자의 서명을 톡톡 두드렸다. "하지만 이게 누구인지는 알지."

"이걸 가지러 오늘 코네티컷까지 차를 몰고 갔었어." 아폴로가 말했다. "감정인이 감정을 마쳤다고 나한테 문자를 보냈거든. 몇 주 전부터 계속 나한테 연락을 시도하고 있었어. 그 사람은 뉴스를 안 보나 봐. 감정서는 접어서 그 안에 꽂아넣었어."

"이 정도면 은퇴해도 되겠는데." 패트리스가 말했다. "아니면 어디 기가 막히게 좋은 데로 휴가를 가거나. 이건 어디서 찾았어?"

아폴로는 손을 식탁에 올려놓고 몸을 살짝 흔들었다.

"그런 건 상관없어. 아무튼 난 이걸 찾았고, 네가 이걸 가졌으면 해." 아폴로는 두 사람이 끼어들 틈도 주지 않고 말했다. "난 이걸 팔아서 돈을 마련해 나와 에마, 브라이언을 위해 집을 살 생각이었어. 하지만 이젠 끝났어. 다 끝났어. 이제 돈은 상관없어. 쓸 데도 없어. 나는……."

그는 말을 멈췄다. 목이 메었다. 두 사람 앞에서 이 문장을 끝맺고 싶지 않았다. 데이나가 한 손을 올리고 말했다. "이거 받을게요."

아폴로와 패트리스는 동시에 놀라 그녀를 멍하니 바라보았다. 데이나는 눈을 크게 뜨고 있었다. 그녀도 마찬가지로 놀란 것 같았다. 데이나는 책을 패트리스의 손에서 빼냈다.

"정말 관대한 분이세요." 그녀는 부드럽게 말했다. "그리고 우리는 거기에 감사해요."

그러고 나서 그녀는 부엌을 나가 두 사람의 침실인 안쪽 방으로 피신하고는, 문을 닫았다. 패트리스는 그녀가 이미 푼 방정식을 이해해보려는 듯 데이나의 뒷모습을 바라보았지만, 알아내지 못하고 한숨을 쉬었다.

"저게 작별 인사겠지?" 아폴로가 말했다.

두 사람은 현관문을 나와 집 뒤쪽 계단을 올랐다. 불쑥 패트리스가 말했다. "내가 널 왜 늘 좋아하는지 알아? 왜 우리가 친구가 됐는지?"

"내가 더 좋은 책장사니까. 최고의 책장사에게서 배우고 싶었던 거지."

패트리스는 눈썹을 치켜 올렸다. "얘기해도 못 믿을 거야. 널 처음 만난 게, 그게 웨스트엔드 바였던 것 같은데. 폐업하기 한참 전에. 리치 챌핀이 고객들을 잔뜩 데려와서 술을 마시고 있었잖아. 그때 난 너한테 막 이라크에서 돌아왔다고 했어. 그 자리에 있던 다른 사람들한테도 말했던 것처럼. 그랬는데 네가 뭐랬는지 알아?"

아폴로는 집의 알루미늄 외벽을 부드럽게 두드렸다. "'펜실베이니아에 유품 정리 세일이 있어요. 당신도 거기 가시나요?'"

패트리스는 기억을 떠올리며 고개를 가로저었다. "넌 '당신의 애국심에 감사드려요' 따위 말은 하지 않았어. 전쟁에 반대하느냐고 묻지도 않았고. 누굴 죽여봤느냐고도 묻지 않았어. 기본적으로 그냥 눈곱만치도 신경 쓰지 않는 것처럼 굴었지. 그리고 난 그게 좋았어. 바로 그 순간 너랑 같이 있으면 내가 평범한 인간이 될 수 있다는 걸 알았지. 참전용사가 아니라. 그냥 패트리스."

패트리스가 아폴로의 다리를 한 번 찰싹 때렸다. 아폴로는 그를 보았다. "그래서 나는 우리 사이의 협약을 깨고 네가 그랬던 것처럼 직설적으로 말하려고 해."

"좋아."

"네가 만일 지금 여기서 나가서 자살한다면, 네가 나한테 준 저 어마어마한 가치를 지닌 책을 변기에 담가버릴 거야. 그다음에 거기다 오줌을 갈기겠어. 그리고 그 위에 더 최악의 것도. 그게 너에 대한 내 복수가 될 거야. 그 책을 망쳐버릴 거라고."

"도대체 무슨 소리를 하는 거야?" 아폴로가 그렇게 크지 않은 목소리로 말했다.

패트리스는 아폴로의 어깨에 커다란 손을 얹고 시선을 낮춰 아폴로의 눈을 똑바로 바라보았다. "그 표정, 전에 본 적 있어."

"무슨 표정?"

"지금 이 표정. 이렇게 나를 똑바로 되쏘아보는 표정. 이 표정 본 적 있어. 그리고 난 알아." 그는 아폴로의 어깨를 꽉 잡았다. "난 알아."

아폴로는 비명을 지르고 패트리스의 손에서 풀려났다. 그는 그런 계획 같은 건 세우지 않았었다. **아닌가?** 그는 두 걸음 뒤로 물러나서 돌아섰다. **세웠던가?**

그는 집의 정문 쪽으로 걸음을 옮겼다. 뒤에서 패트리스의 목소리가 들렸다.

"넌 책장사야." 패트리스는 문 옆에 서서 말했다. "그러니까 오늘 밤 나는 그 책을 인터넷에 올릴 거야. 네가 찾아오지 않으면, 누가 이 책에 정확히 얼마를 지불했는지 절대 알아내지 못할 거야. 넌. 절대. 알아내지. 못할. 거라고."

패트리스는 울타리 안쪽에 서 있었고, 아폴로는 울타리 밖에 서 있었다. 패트리스는 가장 친한 친구와 승강이를 벌이고 자살 감시원을 붙여줘야 할지 말지를 속으로 계산중이었다.

"넌 개자식이야." 아폴로가 말했다. "하지만 난 그 책의 가격이 얼마인지 알고 싶어."

패트리스는 손가락으로 아폴로를 가리켰다. "멋진 놈. 팔리는 대로 전화할게. 그때까진 살아 있어라."

37

아폴로는 자정이 넘어서 아파트로 돌아왔다. 현관문을 열자, 부엌에 누가 있는 기척이 들렸다. 오븐 스토브에 불이 켜져 있고 쉭쉭 김이 나는 소리와 틱, 틱, 틱 소리가 났다. 그는 바닥에 쓰러지지 않기 위해 현관문 손잡이를 꼭 잡았다. 부엌 불은 켜져 있지만 나머지 실내는 어두웠다. 찬장에서 냄비를 꺼내느라 달그락 소리가 났고, 수돗물 흐르는 소리도 들렸다. 그는 그 길로 돌아서서 달아날 뻔했지만, 그러는 대신 최대한 조용히 등 뒤로 문을 닫았다. 그는 신발을 벗고 양말 신은 발로 바닥 위를 걸었다. 그녀가 돌아왔다. 어쩌면 그가 라이커스에 있던 몇 달 동안 내내 여기에서 지냈는지도 모른다. 실내를 청소한 것도 그녀였을 것이다. 증거를 없애려고. 아마도 죄책감을 느껴서, 스스로도 어쩔 수 없이 치웠을 것이다.

아폴로는 거실로 미끄러져 들어갔다. 냄비가—아니면 주전자?—버너 위에 놓이고 불꽃이 거세어지는 소리가 들렸다. 공기 중에, 희미하게, 생강 냄새가 감돌았다. 어두운 거실에서 그는 자신의 숨이 파란 전기를 띤 희미한 구름처럼 보이는 것 같았다. 부엌으로 다가가는 동안 그의 감각들이 조금씩 섬세하게 조정되어갔다. 에마는 저곳에서 자신의 범죄를 재현하고 있다. 이번에는 그가 그녀를 발견할 것이고, 그들은 서로에게 아무 말도 하지 않을 것이다. 그들은 서로를 갈가리 찢고,

원자 수준까지 찢어발길 것이다. 부엌에서는 작은 핵분열이 일고, 이전까지 두 사람이었던 형체는 벽 위에 그을린 실루엣으로 남을 뿐 어느 한 부분 남지 않을 것이다.

"아폴로? 너니?"

"엄마?" 아폴로는 손으로 허공을 저으며 부엌에 들어섰다. 혼란이 파리처럼 그의 주위를 맴돌았다.

릴리언 카그와는 1쿼트(약 946밀리리터)들이 무지방 우유를 들고 문 열린 냉장고 앞에 서 있었다. "차를 끓이던 중이었어."

오븐 위 작은 냄비에서 우유가 끓고 있었다. 찻잎은 이미 넣었고, 가느다란 생강채도 들어 있었다. 우유가 끓으면서 우유 거품이 냄비 주둥이까지 올라왔고, 아폴로는 어릴 때 배운 대로 내용물이 넘치기 전에 불을 껐다. 열이 가시자 차는 다시 빙글빙글 돌고 김을 뿜어내고 풍부한 갈색을 띠며 가라앉았다.

"잘됐다." 릴리언이 그의 옆에 서서 말했다. 그녀는 찻잔과 차 거름망을 카운터에 올려놓았다. 그녀는 차를 거르고, 냄비를 다시 오븐 위에 올려놓고, 찻잔을 들고 한 모금 길게 마셨다.

"여긴 왜 오셨어요? 한밤중에." 그는 의자를 당겨 앉았다. 혼란 때문에 균형을 잡을 수 없어서였다.

"12시 20분이야." 그녀가 선 채로 아들을 굽어보며 말했다. 릴리언은 언제나 서서 차를 마시는 걸 좋아했다. 아침에 바쁘게 출근 준비를 해야 했던 습관이 남은 것이다. "데이나와 패트리스와의 저녁 식사는 어땠니?" 릴리언이 물었다.

아폴로는 천장 조명을 올려다보았다. "데이나가 전화했군요." 그가 말했다. "침실에 들어가서 어머니한테 전화한 거였어요."

"날 만나러 오기 전에 그 친구들을 만나러 나갔다기에 놀랐어."

아폴로는 고개를 저으며 웃었다. "지금 당장은 유죄 판결을 내리지 않겠다고 말씀해주세요, 엄마."

그녀는 차를 홀짝였다. "무슨 유죄? 죄책감 같은 건 느끼니? 그건 그렇고, 왜 데리러 오라고 전화 안 했어?"

"너무 일러서요. 엄마를 깨우고 싶지 않았어요."

릴리언은 머그잔을 한 개 더 꺼내 아폴로에게도 차를 따라주었다. "새벽 4시. 하긴, 그건 범죄지. 널 위해 먹을 걸 만들어주마."

"방금 패트리스와 데이나하고 저녁 먹고 왔는데요."

그가 이 말을 하는 동안에 릴리언은 이미 냉장고를 열고 달걀 반 통, 양파, 체다 치즈 덩어리, 사워크림, 그리고 많이 달지 않은 초콜릿 칩 봉지를 꺼냈다. 농담을 한마디 하고 싶을 만큼 기이한 조합이었지만, 릴리언이 냉장고에서 연달아 재료를 더 꺼내자—탠저린 오렌지와 방울토마토—아폴로는 어머니가 지금 얼마나 불안해하고 있는지 깨달았다. 재판 때 보긴 했지만 서로 이야기하는 것은 허용되지 않았다. 라이커스에서 어머니에게 한 번 전화를 한 적이 있었고, 그 이후로 둘이 한 방에 있는 것은 지금이 처음이었다.

"엄마가 여기 와서 좋아요. 엄마를 만나서 기뻐요."

그는 일어서서 냉장고 문을 부드럽게 닫았다. 두 사람은 가까이 서서 릴리언이 꺼내놓은 것들을 바라보았다.

"내가 뭘 만들려고 했더라?"

"우리 그냥 차나 마셔요." 아폴로는 그가 앉았던 의자로 릴리언을 이끌었다.

그는 릴리언 옆에 앉았다. 두 사람은 차를 마시는 동안 아무 말도 하지 않았다. 그는 자신이 어머니보다 더 어른인 것처럼 느껴졌다. 어머니를 안심시키고, 어머니의 두려움을 달래주는 것은 중요했다. 어떤 면에서는 돌봐줄 사람이 있다는 게 기분 좋게 느껴졌다.

"좀 주무셔야겠어요. 저도 그렇고요."

그녀는 손을 가슴에 대고 부드럽게 토닥였다. "데이나의 전화를 받았을 때 난 자고 있었어. 요즘은 아주 일찍 자거든."

"스프링필드 가든스에 계셨어요? 그런데 어떻게 저보다 더 빨리 도착하셨어요?"

릴리언은 미소를 지었다. 핸드백이 식탁 위에 놓여 있었다. 그녀는 핸드백으로 손을 뻗어 지퍼를 열고 휴대전화를 꺼내 화면을 한 번 슥 문질렀다. 그러고는 아폴로에게 휴대전화를 내밀었다.

"우버를 불렀지."

"여기까지 요금이 얼마나 나오던가요?" 그는 나이 많은 부모에게 잔소리하는 어른의 말투로 말했다.

릴리언은 얼굴을 붉히고 휴대전화를 내려놓았다. "우버를 불렀고, 지금 난 여기 와 있다. 그 정도로 해두자."

그들은 차를 다 마시고 음식을 냉장고 안에 다시 넣었다. 음식 재료들 중에 상해 보이는 것은 하나도 없었다. 아폴로는 릴리언이 그의 석방에 맞춰 음식들을 전부 사와서 냉장고를 채워 넣었다는 걸 깨달았다. 좋은 어머니는 선물이나 다름없지. 그는 속으로 생각했다.

"경찰에 일주일에 한 번씩 전화를 걸었어. 그러다 마침내 여기 들어와도 된다는 허락이 떨어졌다." 릴리언이 말했다. "여기 건물 관리인, 이름이 파비안이었나, 아무튼 그 사람이 자기 열쇠를 빌려줬다. 경찰이 옷장이며 서랍장까지 전부 다 파헤쳐놨더라. 네가 돌아왔을 때 난장판이 된 집을 보게 하고 싶지 않았어. 다른 것들도 그렇고."

릴리언은 컵과 냄비를 씻었다. 아폴로는 그녀에게 자기 침대를 쓰라고 말했다. 릴리언은 완강히 거절했지만, 아무튼 그는 그 침대에서 잘 수 없다고 설명했다.

"새 침대를 사라고 돈을 줄 수도 있었을 텐데." 그녀가 말했다. "하지만 우버 택시 때문에 저금한 돈을 거의 다 썼다."

아폴로는 웃었고, 그 웃음소리에 릴리언의 내면에 잠겨 있던 밸브가 열렸다. 그래서 그녀도 함께 웃었다.

아폴로는 어머니를 데리고 침실로 가서 어머니를 위해 침대의 시트를 벗겼다. 그러나 그녀는 아들의 손을 잡고 흔들었다. "내일 아침에 함께 브라이언의 무덤을 보러 가면 좋겠다. 꽃을 가져가자."

브라이언의 무덤.

그 두 단어. 갑자기 아폴로는 침대에 눕혀져 이불을 덮어주고 토닥여줘야 할 사람이 자신인 것처럼 느껴졌다.

"나소 놀스 묘지야." 그녀가 말했다. "포트워싱턴 안에 있어. 아주 아름다운 곳이지."

"엄마." 그가 속삭였다. "전 아직 준비가 안 됐어요."

침대에 앉은 릴리언은 아들을 잡아끌어 옆에 앉혔다. 그러고는 자신의 두 손으로 그의 손을 쥐었다.

"너한테 이야기를 하나 해주마."

아폴로는 손을 잡아 뺐다. "아서가 총에 맞는 얘기는 다시 하지 마세요. 네? 우간다 독재도요. 엄마가 미친 듯이 차를 몰았지만 아서는 피를 많이 흘려서 죽었다는 얘기도요. 엄마는 미국에 왔어요. 이민자들은 정말이지 놀리워요. 엄마는 미국을 위대한 나라로 만들고 있고요. 다 알았으니까요."

릴리언은 손을 허벅지에 문질렀다. "그 얘기를 하려던 게 아니야."

"그럼 뭔데요?"

"다른 얘기!" 릴리언은 일어서서 신발을 벗고 침대 옆에 신발을 두었다. 그녀는 문을 가리켰고 아폴로는 방에서 나갔다. 그녀는 문을 닫았다. 아폴로는 문 밖에 서서 아래 틈으로 불이 꺼질 때까지 서 있었다. 어머니에게 사과해야 할까? 아니, 그렇지 않았다. 그는 더 말하고 싶었다. 더 나쁜 말들을 쏟아내고 싶었다. 더 나쁜 짓을 하고 싶었다. 어머니에게가 아니라, 자신에게. 패트리스가 옳았다. 그 친구가 그런 말을 하지 않았다면, 그가 어디로 향했을지 누가 알겠는가? 조지 워싱턴 다리는 여기에서 한 블록 정도 거리에 있다. 조지 워싱턴 다리 난간에서는 3.5일마다 한 명씩 투신 시도를 한다. 오늘 밤에는 그게 그였을 수도 있었다.

아폴로는 패트리스와 데이나에게 그 책을 준 것이 이타적인 제스처라고 생각했지만, 지금 당장은 그 자신을 이해할 만큼 스스로를 신뢰할 수 없었다. 릴리언이 여기 와 있지 않았다면 그는 무슨 짓을 했을까? 그는 알 수 없었고, 그 사실이 그를 놀라게 했다. 지금 그는 누구인가? 앞으로 어떻게 될 것인가? 그는 언제나 확신이 있었다. 책장사, 남편, 아빠. 그러나 이제 이중에 그에게 맞는 역할은 없는 것 같았다.

38

아폴로는 브라이언의 침실 문에 경찰이 붙여놓은 형광색 스티커 사이로 안을 들여다봤다. 스티커를 자를 때 보니 빵 자르는 칼의 날도 무디게 해놓은 것 같았다. 그는 잠시 복도에 서서 귀를 기울였다. 어머니가 깼을까? 그는 한 손에는 칼을 들고 다른 손으로는 문손잡이를 잡았다. 그는 지금 귀를 곤두세우고 어머니의 기척을 확인하는 것일까, 아니면 다만 안으로 들어가는 걸 조금이라도 미루고 싶은 것일까? 그는 복도의 불을 켜고 문을 밀어 열었다.

바닥에 온통. 발자국이 있었다. 큰 신발 자국들. 경찰과 구조 요원 들의 발자국이다. 짙은색 나무 바닥 위에 깔린 회색 먼지. 스퀘어댄스 스텝표를 붙여놓은 것 같은 공간. 그런 것들이 어둠 속에서도 또렷이 보였다. 릴리언도 이 방은 청소할 수가 없었다. 반쯤 내려진 암막 커튼 아래로 달빛이 흘러들어왔다. 그 옆의 커튼은 완전히 올라가 있었다.

화재 비상구로 통하는 깨진 창문을 막느라 커다란 나무판자가 대어져 있었다. 파비안이 방에 들어와서 아기를 발견하고 아직 경찰은 부르기 전에, 보안 창살이 열려 있고 창문이 깨진 것을 발견했다. 유리조각은 창틀과 화재 비상구 쪽에 있었고, 방 안에는 없었다. 에마는 이곳으로 탈출했던 것이다. 그날 아침 에마 밸런타인이 어떻게—열쇠도 없이, 현관문은 잠겨 있는데—침입했는지 아무도 설명하지 못했다.

유리조각은 경찰 법의학 팀이 모두 모아서 수거해갔다. 혈흔을 찾으려는 목적이었고, 실제로 핏자국을 찾았다. 에마 밸런타인의 핏자국. 새로울 것 없는 사실이었고 단지 확증일 뿐이었다.

아폴로는 방 안에 들어섰지만 불을 켜는 것은 주저했다. 그의 기억은, 그 많고 많은 순간 중에서, 에마가 A 트레인에서 브라이언을 낳았던 그날 밤으로 되돌아갔다. 니셸과 식사하던 그때가 아니라, 댄서들과 협상을 벌이던 때가 아니라, 아들의 머리가 양막에 감싸인 채 아폴로의 손바닥을 누르던 그 순간으로. 그의 아들이 미끄러져 나오면서 양막이 그의 손과 더러운 기차 바닥 위에서 온통 터져버렸던 그 순간으로. 그 순간에 그들의 아기는 현실과 영원이라는 두 세계에 동시에 존재했고, 그 느리게 흐르던 시간 동안 아폴로와 에마, 아기가 동시에 접촉하고 있었기 때문에, 어찌 보면 그들 모두가 두 세계 사이에 미끄러져 들어가 있었다. 가족 모두가 '이곳과 저곳에' 있었던 것이다. 모두가. 어른들을 위한 동화 같은, 옛날이야기 같은 그런 순간이었다. 아폴로는 어둑한 방에 서서 그때와 같은 기분을 느꼈다. 지금 손을 뻗으면, 공기 중에 커튼 같은 얇은 막이 만져질 것 같은 느낌이 들었다. 이곳과 저곳.

그 너머에서는 무엇을 찾게 될까? 무엇이 그를 찾을까?

그때 릴리언이 불을 켰다.

"미안하다." 아폴로가 고개를 돌려 바라보자 릴리언이 말했다. "잠에서 깼는데 끔찍한 기분이 들었어. 네가 사라진 줄 알고."

불을 켜니 방은 다시 현실이 되었고, 괴물 같은 공간이 되었다. 경찰이 유리 조각과 함께 아기 침대도 가져간 것이 얼마나 위안이 되는지.

어쩐 일인지 아기 침대 사진까지 인터넷상에 돌아다녔다. 누가 그런 짓을 했을까? 경찰이? 연구실의 누군가가? 아폴로는 병원에 있을 때 지역 뉴스를 통해 그 사진을 봤다. 그때쯤에는 그가 보고 있는 것이 무엇인지 이해할 수 있었고, 간호사는 텔레비전을 껐다.

브라이언의 방 온도는 다른 방보다 10도는 더 낮게 느껴졌다. 창문에 댄 판자로는 냉기를 막을 수가 없었다. 방 안에는 벌레가 있었다, 파리였다. 어떤 것은 게으르게 날아다니고, 또 어떤 것은 벽을 기어 다녔다. 릴리언이 나가서 노란색 파리채를 들고 돌아왔다.

아폴로는 나가서 빗자루와 쓰레받기를 가지고 왔다. 그 발자국들을 방에서 몰아내고, 방 안을 돌아다녔던 이방인들을 모두 지우고 싶었다. 브라이언이 태어나기 전에는 임프로바빌리아의 재고를 보관하는 데 사용했던 책장들을 여기 두었었다. 브라이언이 태어난 후 책들은 지하실 창고로 갔고, 책장은 물려받은 헌옷과 아기 장난감과 아기 용품 들로 채워놓았다. 기저귀 상자와 밤 기저귀 한 팩도—둘 다 2호 사이즈였다—선반에 놓아두었다.

에마는 아기가 태어나기도 전에 옷을 보관할 플라스틱 서랍장을 샀고, 옷을 모두 분류하는 데 몇 시간이나 보냈다. 이곳에 그 증거가 있었다. 상자에는 '우주복 0-6개월', '트레이닝복 바지 0-6개월', '청바지 0-6개월'이라고 쓴 라벨이 붙어 있었다. 같은 식으로 6-12개월용 시리즈도 있었다. '스웨터', '양말', '모자&스카프', '턱받이', '손수건'. 노란색과 오렌지색의 낡은 '카페드몽드' 커피 캔에는 고무젖꼭지가 여섯 개 들어 있었다. 고무젖꼭지는 한 번도 사용한 적 없었는데 브라이언은 엄지손가락을 빨면서 잠들기를 좋아했기 때문이었다. 선반 위 커피

캔 옆에는 엄지손가락 빨기를 떼려면 언제 어떻게 무엇을 하는 게 가장 좋은가를 설명하는 책이 있었다. 에마가 이 모든 것을 정돈했다. 그녀는 아기를 위해 가장 좋은 것을 채워두고, 아기를 환영힐 준비를 해나가고 있었다. 그랬던 그녀가 이 방을 범죄 현장으로 만들어놓은 여자와 같은 사람일 수 있을까?

『저 바깥에』도 책장에 꽂혀 있었다. 엄지손가락 빨기 책 바로 옆이었다. 아폴로는 그 책을 뽑았다. 이 책을 매일 밤 아기에게 읽어줄 생각이었지만, 실제로 읽어준 적은 몇 번이었을까? 제로다. 그날 아침 리버데일 지하실에서는 기억으로만 그 책 얘기를 해주었지만, 책을 읽어주는 것은 조금 다른 종류의 마법이었다. 아이에게 책을 사랑하는 법을 가르치고, 브라이언이 혼자 책장을 넘길 수 있을 때까지 옆에서 책장을 넘겨주고, 혼자 글자를 읽을 수 있을 때까지 단어들을 큰 소리로 읽어주고, 아들 옆에 나란히 앉아서, 두 사람이 함께 이야기책에 몰입하고. 그는 아기를 집에 데려오던 그날부터 그런 순간을 꿈꿨고, 6개월이 되도록 그런 일은 한 번도 일어나지 않았다. 그는 너무 피곤하고 지쳐 있었다. 그러나 그때는, 6개월 된 아기에게 책을 읽어준다는 게 말이 안된다고 생각했었다. 때가 올 거야. 때가 올 거야. 그는 언제나 그렇게 생각했다. 아폴로는 책을 펼치고 책장을 넘겼다.

그의 뒤에서 릴리언이 파리채로 벽을 갈겼다. 희미하게 찰싹 소리가 났다.

"넌 나랑 같이 가는 거야." 아폴로가 말했다.

그의 뒤에서 릴리언이 파리채를 휘두르던 손을 멈췄다.

"지금 뭐라고 했니?" 릴리언이 물었다. 그녀가 다가오자 나무 바닥이 삐걱거렸다.

옷장 앞에서 아폴로는 몸을 돌렸다. "이게 브라이언에게 마지막으로 했던 말이에요."

"왜 그런 말을 했어?"

"다시 꿈을 꾸기 시작했었거든요." 아폴로가 말했다. "그 옛날 꿈, 기억하세요? 브라이언이 태어난 직후부터였어요."

"난 몰랐는데. 왜 말하지 않았니?"

"그런 얘기를 왜 해요? 그냥 옛날 악몽이었는데요."

그의 엄마는 울기 시작했다. "너한테 할 얘기가 있을 것 같구나."

39

아폴로 카그와는 대걸레와 양동이를 찾으러 방을 나갔다. 새벽 2시가 다 되었지만, 브라이언의 방바닥을 즉시 닦아야겠다고 결심했다. 그는 릴리언이 무슨 말을 더 하기 전에 방에서 나왔다. 부엌 찬장에서 대걸레를 꺼내고 싱크대 아래에서 양동이를 찾았다. 반쯤 남은 '세븐스 제너레이션' 목재 세척제 병까지 찾았다. 그러고는 욕실로 가서 양동이를 욕조 안에 넣었다. 그는 어머니에게서 도망친 것이었다. 왜인지는 모르겠지만, 어머니가 말해야만 하는 것이 무엇이든 듣고 싶지 않으리라는 것을 직감했다. 하지만 어디로 달아날 수 있겠는가?

아폴로가 욕조 가장자리에 걸터앉아 있는데 릴리언이 따라왔다. 그녀는 복도에 서서 팔짱을 끼고 시선을 낮춘 자세로 욕실 안의 아들을 바라보았다.

"루빅 앤드 바이스에서 일한 지 11개월밖에 되지 않을 때였어." 릴리언이 입을 열었다. 그녀는 목청을 가다듬고 더 큰 목소리로 말했다. "그 회사에서는 아주 좋은 치과 치료 보험을 제공해주었지. 그때 넌 막 네 살이 되었는데, 치과 가기 시작할 나이가 지나 있었지. 그리고 안과 보장 보험도 아주 훌륭했어. 네 할머니가 겨우 마흔 살에 녹내장이 생겨서, 나도 그렇게 되는 건 아닐지 늘 걱정하고 있었거든. 그 회사에 취직해서 무척 행복했다. 사무실이 시내에 있어서 7번 버스를 타고 여섯 블록만 걸으면 갈 수 있었지."

아폴로는 온수를 틀어서 양동이에 물을 채웠다.

"하지만 변호사 중 한 명이, 찰스 블랙우드라는 남자였는데, 그 사람이 내 책상에서 보내는 시간이 점점 더 길어지기 시작했어. 나는 그게 무슨 의미인지 잘 알았지. 사무실의 다른 여직원들도 그가 끈질긴 사람이라고 경고해줬어. 난 그 사람을 집요하다고 표현하겠어. 어떤 면에선 네 아버지랑 비슷한 면도 있었지. 다정한 모습만 빼면. 그 사람이 한 번은 무슨 쇼를 보러 가라고 표를 줬었는데. 기억나니? 셰이 스타디움에서 한 건데. 폴리스랑…… 누가 나왔더라? 조안 제트와 블랙하트. 맞다."

아폴로는 아무 말도 안 하고 그저 양동이가 차오르는 것만 보았다.

"그 사람은 도대체 왜 내가 음악을 좋아할 거라고 생각했을까? 난 그 가수들이 누군지도 몰랐는데. 지금도 기억나는 건 그냥 시끄러웠다는 것뿐이야. 백인들이 참 많았고. 사람들이 모두 술을 마시고 있었지. 그 사람은 아마 나랑 같이 갈 생각이었을 거야. 하지만 난 그 사람 대신 널 데려갔지. 그날 밤엔 우리 둘 다 잠을 설쳤어."

수돗물이 흐르고, 아폴로는 목재 세척제를 집어 들고 성분표를 읽었다. 라우레스-6, 유기농 코코넛오일, 견과류 오일, 데실 글루코사이드. 그는 발음이 꼬일 때까지 계속 읽었다. 릴리언 카그와는 이 이야기를 그에게 꼭 들려주어야 한다고 생각했겠지만, 그렇다고 해서 그가 그 얘길 꼭 들어야 한다는 의미는 아니었다. 그는 어머니의 이야기를 듣고 싶지 않다고 왜 그렇게 확신하는 걸까?

"나는 찰스에게 좋은 말로 거절하려고 무던히도 애를 썼어. 하지만 좋은 말로 대할 수가 없는 남자들이 있지. 그런 남자들에게 정중하게 굴면 그들은 내가 우유부단한 사람이라고 생각하지. 말투만 듣고 그냥 무시해버려. 그런 남자들은 여자의 인생을 훨씬 더 고달프게 만들지만, 그런 건 전혀 알아채지 못해.

그래서 그에게 말했어. 분명하게. 그와 데이트하지 않겠다고. 아니, 정확히 그렇게 말한 건 아니었어. 난 그냥 남자친구가 있다고 했지. 싫다고 말하고 싶었지만, 그렇게 대놓고 말하기는 어려웠어. 그래서 남자친구가 있기 때문에 데이트를 나갈 수 없다고 말했어. 그랬더니 그 사람이 어떻게 했는지 아니? 토요일 아침에 출근하라는 거야. 막상 사무실에 나가보면 그는 나와 있지도 않았어. 날 보고 싶어서 그런 게 아니야. 그 사람은 나에게 벌을 주고 싶었던 거지. 내가 뭘 어쩔 수 있겠니? 1년도 안 돼서 퇴사를 할까? 아니, 난 그 일이 꼭 필요했단다."

물이 양동이 가장자리까지 차올랐지만, 아폴로는 물을 잠그지 않았다. 그는 릴리언 쪽으로 돌아앉아 목재 세척제 병을 내려놓았다. 그녀는 팔짱을 풀고 고개를 들어, 아폴로와 시선을 맞췄다. 그러고는 한두 걸음 욕실 안으로 들어가서 그 자리에 멈췄다.

"3주 동안은 옆집의 엄마들 중 하나에게 널 맡길 수 있었어. 대개는 엠제이와 피티 네 집이었지. 너희끼리 서로 무척 좋아하고 친해서 맡기기가 쉬웠어. 하지만 어느 주말에는 널 봐줄 사람을 전혀 구할 수가 없었어. 불운이 동시에 겹쳤던 거지. 나는 회사에 전화를 걸어 사정을 설명했지만, 곧바로 찰스 블랙우드가 코네티컷의 자기 집에서 나한테 개인적으로 전화를 했어. 만일 내가 출근을 안 하면 다른 변호사들에게 이 사실을 알리겠다는 거야. 자기는 출근도 안 하면서, 동료들이 직원들 징계하는 걸 얼마나 좋아하는지 아느냐고 겁을 주더라고. 그래서 그 사람과 싸웠지. 나 때문에는 싸우지 못했지만, 널 위해 싸우는 거라고 생각하니 무서울 게 없더라. 그리고 결국 반나절 근무로 합의를 봤어. 10시부터 1시까지만 일하겠다고. 그는 그 이상은 봐줄 수 없다고 했지. 전화를 끊고 그야말로 막막한 기분이 들더라. 내가 아는 사람들한테 전부 전화를 걸었지만 아무도 안 받았어. 다들 집에 없었는지 어쨌는지. 그걸 누가 알겠니. 그땐 자동응답기가 흔하지도 않았으니 메시지를 남길 수도 없었고. 아무튼, 도와줄 사람이 아무도 없었어. 그때 내가 뭘 어떻게 할 수 있었겠니? 계속 고민해봤자 출근 시각만 늦어지겠지. 그래서 마침내. 마침내. 난 널 집에 혼자 두고 나갔단다."

물이 양동이에서 넘쳐, 욕조의 배수구로 흘러들어갔다. 아폴로는 거의 듣지 않았다. 그는 일어서서 릴리언을 마주보았다. 두 사람은 경쟁 관계의 살인 청부업자 같았다.

"거실에, 빨대컵 하나에는 우유를 넣고 다른 빨대컵 두 개에 물을 담았지. 땅콩버터 바른 토스트랑 팝콘 한 봉지랑 포도를 그릇에 하나 가득 담아놓았던 것 같아. 넌 그때 기저귀 떼는 훈련을 하고 있었지만, 혹시 몰라서 밤에 차는 기저귀를 채웠어. 근데 넌 기저귀 차는 걸 싫어해서 계속 찢어버렸지. 그래서 결국 플라스틱 양동이 두 개를 갖다가 소파에서 멀찍이 놓아두었어. 그제야 네가 잔뜩 겁을 먹더라. 엄마가 잠시 나가 있을 거라고 말했을 땐 아무렇지도 않더니, 거실에서 쉬랑 응가를 해야 한다는 그 사실에 겁을 먹은 거지. 그러고 나서 텔레비전을 켜줬어. 그때부터 넌 나한텐 관심을 보이지 않았어. 너의 두려움은 보고 싶은 TV 프로그램을 찾자마자 사라졌어. 그게 〈스머프〉였지. 난 너에게 엄마가 돌아올 때까지 TV를 봐도 된다고 말했어. 넌 나에게 뽀뽀를 했어. 기억이 나. 넌 나에게 뽀뽀를 해줬어. 난 아마 네 머리에 50번은 넘게 뽀뽀했을 거야. 나는 현관문을 닫고 문을 잠갔지. 그리고 일하러 갔어. 넌 네 살이었어."

릴리언은 욕실 안으로 두 걸음 더 들어왔다. 그녀의 시선은 욕조 수도꼭지에 고정되었다. 그녀는 수도꼭지를 잠그지 않았고 오히려 물이 넘치는 것을 그저 바라보았다. 아폴로가 튼 온수 꼭지에서 온수가 계속 흘러나왔고, 양동이에서는 김이 올랐다. 릴리언은 피어오르는 김을 지그시 바라보았다.

"내가 집에 왔을 때 넌 잠들어 있었어. 팝콘이랑 우유병, 물병 하나는 비어 있었지. 포도도 다 먹었고, 땅콩버터 바른 토스트는 카펫 위에 버터 바른 쪽이 아래로 해서 떨어져 있었어. 양동이 하나에는 소변이 차 있었고, TV는 켜져 있었어. 〈아메리칸 밴드스탠드〉. 너는 소파 위에서 쓰러져 자고 있었어. 넌 괜찮았지. 내 인생에서 그렇게 마음이 놓인 적이 없었다.

하지만 그다음 토요일이 찾아왔고, 엠제이랑 피티는 뉴저지의 친척을 방문하러 갔지. 나는 똑같이 준비하고, 널 거실에 두고, 반나절 동안 일하러 나갔어. 내가 돌아왔을 때는 모든 것이 처음이랑 정확히 똑같았어. 넌 정말이지 얌전한 아이였어! 상황은 그럭저럭 괜찮았고, 그래서 그건 일상이 되었단다. 나는 토요일에 반나절 일하러 나가고, 찰스 블랙우드는 만족했어. 심지어 혼자서도 그렇게 잘 있는 네가 자랑스럽게 느껴지기까지 했어. 적어도 그렇게 난 스스로를 정당화시켰던 거야."

릴리언은 욕조 가장자리에 앉아, 김이 피어오르는 양동이에서 흘러넘치는 물을 바라보았다. 그녀는 손을 뻗어 수도꼭지를 잠그고, 가장자리에서 떨어지는 마지막 물방울을 바라보았다. 아폴로는 여전히 타월 선반 옆 벽에 기대서 있었다.

"하지만 그러다 상황이 바뀌었어. 네가 밤에 악몽을 꾸며 잠을 깨기 시작한 거야. 아빠가 현관문 앞에 와 있다고 비명을 질렀어. 아빠가 여기 와서 널 잡았다가 널 혼자 내버려두고 가버렸다고. 왜 아빠가 널 두고 그냥 갔느냐고 나에게 물었지. 그 질문에 난 무너져 내렸어."

아폴로는 어머니와 시선을 맞추기 위해 변기에 걸터앉았다. "지금 아빠가 정말로 아파트에 왔었다는 말씀이신 거예요?"

"그래." 그녀의 목소리가 너무 작아서 아폴로는 입술을 읽고 뜻을 이해했다.

"그건 기억이었군요. 꿈이 아니라."

"그래." 릴리언은 훨씬 더 나지막하게 말했다.

두 사람 사이에 정적이 흘렀다. 넘친 물이 욕조 배수구로 빠져나가며 꾸르륵꾸르륵 소리를 냈다.

"그래서 어떻게 됐나요?" 아폴로가 물었다. 그의 목소리도 어머니만큼 낮아져 있었다.

"어느 오후, 집에 왔다가 그를 봤어." 릴리언이 말했다. "믿을 수가 없었지. 나는 그를 멀리 보냈어."

"왜요?"

릴리언은 왼손을 펼쳐 약지를 눌렀다. "이혼 소송 중이었거든. 그를 보내는 중이었어."

아폴로는 물이 든 양동이를 향해 돌진해 욕조에서 꺼냈다. 물을 거의 절반이나 흘렸다. 그는 양동이와 스펀지 걸레를 들고 욕실을 나왔다. 그러고는 브라이언의 방으로 돌아와 양동이를 내려놓았다. 그는 자신이 몸을 빠져나와 스스로를 지켜보고 있다고 느꼈다. 그는 스펀지 걸레를 두 손으로 잡고 머리가 바닥에서 30센티미터쯤 되도록 엎드려 있었다.

릴리언이 목재 세척제를 가지고 살그머니 방으로 들어왔다. 그녀는 세척제 병을 아폴로에게 내밀었다.

"왜 이혼하려고 하셨어요?" 아폴로가 물었다.

그녀는 손을 내리고, 목재 세척제 병으로 허벅지를 두드렸다. "네 아빠는 좋은 사람이었어. 너도 아빠가 그 물건들을 어떻게 보관했는지 봤지. 영화표, 사진, 그리고 그 책. 그이는 정말 낭만적이었고, 그게 한동안은 재밌었단다. 하지만 난 널 낳고 두 달 만에 너를 어린이집에 맡기고 복직해야 했어. 긴 하루가 지나고 널 데리고 집에 오면, 네 아빠는 소파에 앉아 텔레비전을 보며 저녁 식사는 언제 준비가 되느냐고 나한테 물었지. 아침에도 똑같았어. 빌어먹을 하루하루가 똑같았어. 그러다가 그가 실직했고 상황은 더 나빠졌지. 그는 하루 종일 집에 있었지만 여전히 털끝만큼도 도움이 되지 않았어. 마치 내가 어린아이 두 명과 결혼한 것 같았어. 내가 미국에 온 이유가 이거였던가? 종노릇을 하려고?"

"그러니까 나 때문이었군요." 아폴로가 말했다. "나 때문에 두 분이 함께 지내시기가 힘들었던 거예요." 그는 걸레 손잡이를 두 손으로 잡고 희미하게 몸을 떨었다.

릴리언은 목재 세척제 병을 바닥에 내려놓고 아들에게 가까이 다가 갔다. 그녀는 손을 아폴로의 등에 올리고 가볍게 토닥였다.

"너 때문에 우리는 할 수 있을 때까지 함께 지냈던 거야. 그리고 너는 그 사랑에서 얻은 최고의 선물이었고. 그건 내가 해야 했던 선택이었어. 네 아빠를 떠난 건 내가 단지 물 위에 떠 있기 위해 내려야 했던 결정이었어."

"하지만 나는 어쩌고요? 난 두 분 다 필요했다고요."

"안다." 릴리언이 속삭였다.

"평생 동안 어떻게 하면 좋은 사람이 될지 알아내기 위해 애써왔어요. 그런데 지금 엄마는 나에게 꼭 필요했던 사람을 떠나보냈다고 말씀하시네요. 아빠가 되어야 했던 순간에, 내게는 롤모델이 없었어요. 내가 보고 배울 수 있었던 사람, 나와 비교할 수 있었던 사람이요. 그래서 나는 모든 걸 즉흥적으로 해나가야 했고, 그러는 내내 모든 걸 뒤죽박죽으로 만들고 제대로 못 해내고 있다고 느꼈어요. 내가 뭘 어떻게 망쳐놨는지 보세요. 엄마가 30년도 더 전에 한 선택 때문에요."

릴리언은 침실에서 나갔다. 아폴로가 그녀의 뒤를 쫓았다. 스펀지 걸레가 여전히 손에 꼭 쥐어져 있어 손에 녹아드는 것처럼 보였다. "난 최선을 다했다. 그게 내가 할 수 있는 전부였어." 릴리언이 말했다. 그녀는 부엌과 거실을 지나, 아폴로와 에마의 침실로 갔다. 신발을 신고, 다시 거실로 가서 소파 위의 가방을 집었다. 문 앞 옷장에서 외투를 꺼냈다. 그녀는 현관문을 열고, 집행유예 선고를 받은 것처럼 그를 돌아보았다.

"아빠가 최소한 내 인생의 일부가 되게 할 순 없었나요?" 아폴로가 물었다. "아빠가 2주에 한 번씩 날 데리러 왔다가 다시 데려다줄 수도 있었잖아요. 두 분은 서로 만나서 얘기를 나눌 필요도 없었어요. 내 친구들 중 그런 사정을 가지고 있는 애들이 얼마나 많았는데요. 그리고 난 매일 그 애들을 부러워했고요!"

"난 그럴 수 없었다." 릴리언이 말했다.

"엄마에 대한 얘기가 아니에요! 난 내가 괴물이라고 생각했어요. 나한테 뭔가 문제가 있는 거라고요."

"어떻게 그런 생각을 할 수가 있니?"

"아버지는 뒤도 안 돌아보고 날 버렸잖아요. 그게 내 생각이었어요. 내가 가치 없는 놈이 아니라면 왜 아버지가 날 두고 떠났겠어요? 그리고 지금에 와서 어머니가 단지 날 위해 좋은 선택을 했기 때문이라는 걸 알게 됐네요? 실직한 아버지가 집에는 큰 도움이 되지 않았을지도 모르죠. 그런데 아버지가 스스로 일어설 수 있을 때까지 조금의 여유도 줄 수 없었나요? 맙소사."

릴리언은 부드럽게 고개를 끄덕이고, 복도로 돌아왔다. 그녀는 가방을 열고 명함을 한 장 찾아 뒷면에 빠르게 글씨를 썼다. "나소 놀스 주소다." 그녀가 말했다. "나랑 같이 갈 필요는 없어. 하지만 브라이언의 무덤은 가봐야지."

아폴로는 움직이지 않았다. 그래서 그녀는 명함을 바닥에 놓고 나갔다. 그는 문을 닫고 잠갔다. 잠긴 문을 두 번, 세 번 확인했다. 그는 핍홀을 통해 릴리언이 휴대전화로 스프링필드 가든스로 돌아가는 차를 부르는 것을 보았다. 그녀는 복도에, 문밖에 서 있었다. 아폴로는 차가 준비되었다는 신호로 휴대전화가 삑 소리를 울릴 때까지 그녀를 지켜보았다. 그는 침실 창문으로 가서 그녀가 차를 타는 것을 지켜보았다. 새벽 2시 30분이었다.

40

홀리루드. 고딕 양식의 성공회 성당. 1914년 설립된, 첨 탑이 많고 구조가 견고한 건물. 성당은 조지 워싱턴 다리 버스 터미널의 그림자 안에 세워져 있었다. 여기는 에마가 브라이언에게 세례를 주려 했던 성당이다.

정문은 열려 있었지만, 햇빛이 밝았음에도 내부는 어두웠다. 아폴로는 천천히 안으로 들어갔다. 끝의 신도석에 세 여자가 앉아 조용히 기도하고 있었다. 키가 크고 마른 남자가 안내문 테이블 옆에 서서 성가책들을 쌓고 있었다. 그는 작은 폴더형 휴대전화를 들고 성이 나서 키보드를 두들기고 있었다.

"헤이건 신부님?" 아폴로가 물었다.

남자가 얼굴을 붉혔다. 60대는 되어 보였다. 눈은 활력이 넘쳤고, 머리숱이 많이 줄어 있었다. 그는 당황한 기색으로 아폴로를 올려다보았다. 그러고는 딸깍 소리를 내며 전화기를 덮었다.

"짐이라고 불러요." 그는 휴대전화를 흔들었다. "막 당신에게 전화하려던 참이었어요. 그런데 번호를 찾을 수가 없어서. 이런 것에는 영 익숙지가 않아요."

그는 약간 정신없는 노인 역을 연기하는 데 익숙한 척 어깨를 으쓱했다. 그의 교활한 미소가 단지 연기일 뿐임을 암시했다.

"여기 오는 게 어렵진 않았습니까?" 헤이건 신부가 물었다. 조용히 기도 중이던 신도석의 세 여자가 고개를 들었고 헤이건 신부는 사과의 의미로 손을 들었다. 그는 아폴로에게 따라오라고 손짓하고, 신도석 가운데 통로를 지나 지하실로 가는 문으로 이끌었다.

"저는 저쪽 모퉁이 너머에 삽니다. 찾아오는 게 어렵진 않았어요."

"그래요." 신부가 말했다. 마치 그것이 전혀 놀랍지 않은 것처럼. 아폴로는 노인을 주의 깊게 바라보았다. 헤이건 신부는 계단 위에서 잠시 걸음을 멈추고 그의 어깨에 손을 올렸다.

"여긴 내가 고백하는 곳입니다." 그가 말했다. "당신이 누구인지 알아요."

"뉴스 보셨군요." 아폴로가 말했다.

헤이건 신부는 손을 아래로 내렸다. "당신 아내 때문에요."

"에마?"

"부인이 여기 왔었어요." 그가 말했다. "아드님 세례식 계획을 세우려고요. 당신과 함께 오겠다고 약속했습니다. 브라이언도 데리고요."

아폴로는 계단 난간에 몸을 뒤로 기댔지만 뒤로 떨어져 바닥으로 추락할 것 같은 기분이 들었다. "기억납니다."

헤이건 신부는 아폴로를 바라보았다. 찡그린 얼굴과 눈에는 슬픈 기색이 서려 있어, 어딘가 바셋하운드를 연상시키는 모습이었다. "부인은 문제가 있는 것 같았어요." 그가 말했다. "하지만 나는 전혀 상상도……. 만일 내가 알았다면 도왔을 텐데요."

이번에는 아폴로가 헤이건 신부의 어깨를 쓰다듬었다. "신부님 잘못이 아닙니다."

헤이건 신부는 이마를 가볍게 두드리며 웃었다. "부인을 도울 수 있었으면 좋았을 텐데. 그게 답니다."

두 사람은 팔짱을 끼고 성당과 지하실 사이에 서서 서성였나. 아폴로는 치미는 분노에 숨이 막혔다. 부인을 도울 수 있었으면 좋았을 텐데? 모두들 아폴로와 브라이언에게 동정심을 느끼는데, 이 남자는 에마를 선택했다? 하지만, 좋다. 괜찮아 괜찮아 괜찮아. 이 남자와 싸워봤자 아무 의미가 없다. 그냥 내 인생을 사는 거다.

아폴로는 주머니에서 접은 종이를 꺼냈다. "여기에 신부님 서명을 받아야 합니다. 가석방 요건 때문에요."

헤이건 신부는 종이를 받아들어 훑어보았다. "기꺼이 해드리죠. 하지만 미팅 후에 하면 어떻겠습니까?"

헤이건 신부는 계단 아래쪽으로 내려갔다. "우리는 생존자 모임을 일 년에 적어도 4, 5회는 주관합니다. 그래서 앨리스와도 친분이 있지요. 다음 모임을 준비하려고 계획을 세우는데, 앨리스 말이 당신이 지난번 도서관 모임에 나왔다는 겁니다. 그래서 앨리스에게 이번 주에는 여기로 와달라고 부탁했죠. 처음엔 시내에서 미팅을 열 계획을 세웠던 것 같지만요. 당신을 직접 만나 내가 당신 가족에게 도움이 되지 못해 미안하다는 말을 꼭 하고 싶었습니다."

헤이건 신부는 무거운 문을 열고 아폴로에게 들어가라고 손짓을 했다.

그들은 거대한 회의실에 들어갔다. 홀리루드는 미사가 끝난 후 이곳에서 커피와 간식을 제공했다. 생일 파티와 친목 파티를 열기도 하고, 지방 선거나 전국 선거가 있을 때는 투표용 기계를 들여놓았다. 화요일과 목요일 아침에는 지하실에서 무료 급식소를 열었다. 급식을 받으려는 줄이 문을 넘어 어떨 때는 한 블록 아래까지 늘어섰다. 그러나 이날 오후에는 생존자 모임을 위해 예약되어 있었다. 이번에는 자리 십여 개와 열댓 명의 생존자들이 있었다. 정확히 열다섯. 아폴로가 도착했으니 이제 열여섯이다.

헤이건 신부가 방에 들어서자 약간 나이 든 여자가 그에게 다가와 속삭였다.

"그 얘긴 나중에 합시다." 그가 부드럽게 말했다. "약속하지요."

앨리스가 아폴로의 시선을 잡아 그에게 빈자리를 가리켰다. 지난번 본, 회색 수염의 나이 많은 남자도 있었다. 브롱크스에 사는 줄리언이었다. 몇몇 사람들은 알아볼 수 있었지만, 전부는 아니었다. 상관없었다. 지난주에는 그가 신입이었고, 이제는 신입이 들어온 것이다.

"새로 오신 분들 모두 환영합니다." 미팅이 시작되자 앨리스가 말했다. "오늘 여기 나와주셔서 정말 기뻐요. 장소를 꽤 급하게 변경했는데도요."

아폴로 자리에서 두 자리 떨어진 곳에 앉아 있던 신참 중년 여자가 가볍게 손을 들었다. "페이스북 페이지에서 찾았어요. 제 치료사가 이 모임에 대해 말씀해주시더라고요."

"아, 좋습니다." 앨리스가 말했다. "저희 멤버가 되셨나요? 아니면 그냥 팬이신가요? 페이스북 팬 페이지로 올릴 때는 잘못하는 것 같았어요. 누가 생존자들의 팬이 되기를 원하겠어요?"

줄리언이 한 손을 올렸다. "난 팬인데요."

앨리스가 미소를 지었다. "고마워요, 줄리언. 저도 팬이에요." 그녀는 방 안을 둘러보았다. "그건 그렇고, 저는 앨리스예요. 제 소개를 잊었네요. 그리고…… 선생님?"

배가 불룩 나온 50대 남자가, 그도 신참이었는데, 비지에서 휴대전화를 꺼내 보고 있었다. 화면을 두드리는 동안 그의 눈이 게슴츠레해졌다. 그는 고개를 들어 앨리스를 쳐다보았다.

"미팅 중에 휴대전화는 안 됩니다." 그녀가 냉랭하게 말했다.

그는 그녀에게 화면을 보여주었다. "미안합니다! 지금 당장 팬이 되어야겠다고 생각했어요." 그는 사람들을 둘러보았다. "지금 당장 하지 않으면 잊어버리거든요." 그는 화면을 한 번 더 두드리고 휴대전화를 주머니에 넣었다. "죄송합니다."

앨리스는 그를 향해 몸을 앞으로 숙였다. "그렇게 해주셔서 고맙습니다. 정말 감사해요. 한 바퀴 돌면서 서로 소개해보면 어떨까요? 굳이 말을 안 하셔도 되지만, 우리는 당신에 대해 알고 싶어요. 여기 나오셨다면 당신도 생존자인 겁니다."

중년 여자가 다시 입을 열었다. 웅얼거림 이상은 아니었다. "내 딸이 죽은 후로 힘든 시간을 보내고 있었어요."

"아버지는 내가 아기였을 때 책을 읽어주시곤 했죠." 아폴로가 말했다.

그는 지금 무슨 말을 하고 있는 건가? 이게 에마의 범죄와 무슨 상관이 있나? 그의 회복과는?

"아빠가 먼 바다로 떠나고." 아폴로는 책의 구절을 읊기 시작했다. 아이다가 아기에게 등을 돌리고, 고블린—보라색 망토를 뒤집어쓴 작고 얼굴 없는 생명체―들이 열린 창문을 통해 몰래 숨어들어오는 장면까지.

그는 그곳에서 잠시 멈췄다. 숨이 차서였다. 주머니 안에서 휴대전화가 두 번 진동했다. 확인하지 않았다. 그는 사람들을 둘러보았다. 그들은 이곳에서 50분째 이야기하고 있었다.

"모리스 샌닥 책이에요." 아폴로가 말했다.

"『괴물들이 사는 나라』? 그거 쓴 사람요?" 줄리언이 물었다.

"그 사람 맞습니다. 하지만 이건 그렇게 달콤하지 않아요. 제목이 『저 바깥에』입니다."

"왜 아버지가 그 책을 읽어주셨나요?" 앨리스가 물었다. "지금 당신이 조금 외운 내용만으로도 무시무시한데요. 아무도 아기를 보지 않다니."

그 순간 방 전체가 굳어버리는 것 같았다. 아마도 그들은 방금 앨리스의 말이 담고 있는 함축적인 의미를 생각하고 있을 것이다. 아무튼 아폴로는 그랬다.

아무도 아기를 보지 않다니.

방 안의 사람들은 각자 자신만의 슬픔을 가지고 있었다. 그들은 명상 상태에 빠져들었다. 침묵과 기도.

그러다 아폴로의 휴대전화가 주머니 안에서 또 드르륵 울렸다. 무음 모드였지만 순간 몸이 긴장했다. 그는 화들짝 놀라 주위를 둘러보았지만 아무도 눈치챈 것 같지 않았다. 휴대전화가 또 울렸다. 그런 다음 또. 음성통화가 아니라 문자메시지가 연속으로 들어오고 있었다. 아폴로는 앨리스를 보았다. 앨리스의 눈은 감겨 있었는데, 자리에 앉아서 무슨 숨쉬기 운동 같은 것을 하고 있었다.

그녀를 계속 지켜보면서, 아폴로는 주머니에서 슬며시 휴대전화를 꺼냈다. 그는 그것을 손바닥으로 잡고, 허벅지에 대고 눌렀다. 화면에 문자 네 통이 연속으로 떠 있었다.

구매자를 벌써 찾았어!

개인적으로 가격 얘기 하고 싶대.

성당에 있다고 얘기했음.

한번 팔아봐.

그가 여기 있는 걸 패트리스가 도대체 어떻게 알았는지 궁금해 할 여유도 없었다. 그는 방 안에 있는 사람들 중에 이 구매자가 있을지 둘러보았다. 그는 없기를 바랐다. 책을 팔 사람에게 이렇게나 개인적인 얘기를 많이 털어놓는다고 생각해보라. 그는 패트리스가 직접 흥정을 마쳤기를 바랐다. 그러나 데이나가 아폴로를 살리려고 릴리언에게 전화를 했듯이, 패트리스도 지금 똑같은 일을 하는 것일 수 있다. 미팅이 시작되고 55분이 지나 있었다. 5분 후에 모임이 끝나면 패트리스에게 전화할 수 있다.

"제 딸을 컴퓨터에서 봤어요."

갑자기 불쑥, 떨어지는 채찍처럼 목소리가 들렸다. 그 말에 방 안에 있던 사람들이 날카롭게 고개를 돌렸다. 아폴로는 깜짝 놀라 곧바로 휴대전화를 떨어뜨렸다. 휴대전화는 앞면이 바닥을 향하게 소리를 내며 떨어졌다. 그는 잽싸게 앨리스의 눈치를 보았다. 앨리스도 휴대전화를 보았고, 아폴로를 잠시 노려보고는, 누가 말을 했는지 찾기 위해 시선을 돌렸다. 이 모든 일이 일어나는 데 5초도 걸리지 않았다.

"노트북을 켰는데, 거기 아이가 있었어요. 우리 아기. 딸의 사진이요. 할아버지 할머니랑 공원에 나가 있는 사진."

아까 생존자의 페이스북 페이지에 대해 말했던 중년 여자였다. 두 자리 떨어진 곳에 앉아 있었지만, 아폴로는 지금까지 그녀를 제대로 보지 않았었다. 오랫동안 음식을 먹지 않았는지 굉장히 말랐다. 머리카락은 뒤로 넘겨 되는대로질끈 묶었고, 이마와 입가, 눈가에 주름이 졌지만 아폴로보다 어린 것 같았다. 나이는 어려도 고생을 많이 한 얼굴이었다. 그녀는 아폴로에게 직접 묻는 것처럼 그를 바라보며 말했다.

"그런데 누가 그 사진을 올렸을까요?"

그녀는 주머니에 손을 넣었다. 사람들은 본능적으로 그녀가 총을 꺼낼 것처럼 자리에서 몸을 움츠렸다. 그러나 그녀가 꺼낸 것은 공처럼 단단히 뭉쳐진 종이였다.

헤이건 신부는 아폴로를 한 번 힐금 보고, 다시 여자 쪽으로 고개를 돌렸다. 신부가 입을 열었다. 그의 목소리는 놀라울 만큼, 말이 안 될 정도로, 평이했다. 미친 사람들에 익숙한 것 이상의 태도였다.

"한번은 내 지메일 계정을 열었습니다." 헤이건 신부는 그녀에게 말했다. "페이지 옆에 광고가 뜨더군요. 광고는 정확히 내 이름을 지목하고 있었습니다. 광고 문구는, '짐, 당신은 코스타리카에서 휴가를 보낼 자격이 있어요'였습니다. 나는 그 사람들이 내가 짐이라고 불리기를 좋아한다는 걸 어떻게 알았을까 궁금했죠. 내 원래 이름은 프랜시스거든요. 제임스는 중간 이름이고요."

여자의 시선이 아폴로에게서 헤이건 신부로 돌아갔다. 마치 헤이건 신부가 미친 소리라도 한 것처럼 당황스런 표정이 순간적으로 그녀의 얼굴에 떠올랐다. 그녀는 종이를 폈다. 구깃구깃하고 주름 잡힌 것이 천 조각처럼 보였다.

"그 사진은 길 건너에서, 어떤 아파트 창문에서 찍은 거예요." 여자는 나지막하게 말했다. 종이는 사람들에게 보여주지 않고 혼자서 보고 있었다. "그 위에서 누가 우리 아이 사진을 찍었을까요? 우리는 그 공원 길 건너에서는 살지 않아요. 아이 외할아버지 외할머니가 아이를 거기 데려가서 놀게 해준 거였어요."

아폴로는 전율을 느꼈다. 방 안의 다른 사람들은 중간 휴식 시간인 것처럼 움직였다. 온 세상이 슬로모션으로 움직이는 것 같았다. 앨리스, 줄리언, 헤이건 신부, 다른 사람들—그들이 모두 그를 바라보고 있나, 아니면 자신만 그렇게 느끼는 걸까?

"사진이 더 있었어요." 여자가 말을 이었다. "다른 장소와 날짜, 하지만 내가 그 사진을 게리에게 보여주려고 하면, 항상 사라져버려요. 삭제돼요. 내 이메일에서 지워지는 거예요. 누가 그런 짓을 할 수 있을까요? 그래서 이 사진은 보자마자 인쇄 버튼을 눌러버렸어요. 이게 내가 가진 유일한 증거예요."

그녀는 이제 몸을 앞으로 숙여서, 사진 속으로 빨려 들어갈 것처럼 노려보았다.

"하지만 내가 이 사진을 아주 오랫동안, 자세히 보면서, 다른 걸 깨달았어요. 사진 안의 소녀. 이건 내 딸이 아니에요. 모니크가 아니에요."

헤이건 신부가 그녀 곁으로 다가갔다. 신부는 그녀 옆에 앉은 사람에게 손을 올렸다. 그러고는 남자를 일으켜 세웠지만, 여자를 만지지는 않았다. 신부는 그녀 옆에 앉아 부드러운 목소리로 뭔가 말했다. 너무 작은 소리라 아폴로에게는 들리지 않았다.

"게리에게 이런 일들을 전부 얘기했어요. 그랬더니 그이가 뭐라는지 아세요?" 여자는 사진에서 고개를 들어 다시 아폴로를 보았다. "나더러 가서 약이나 먹으래요. 그들이 내 딸을 데려갔는데, 그이는 나더러 미친 여자라는 거예요."

여기에서 나가야 했다. 구명보트를 띄워야 한다. 질식의 느낌이 그를 위협했다. 그는 휴대전화로 손을 뻗었지만 여자의 시선이 계속 그를 붙잡고 있어 집을 수가 없었다.

"난 혼자서 도움의 손길을 찾아야 했어요." 그녀가 말했다. "놀라운 일도 아니죠. 난 다른 엄마들을 찾아갔어요. 그 사람들이 도와줬어요. 현명한 사람들이요. 칼은 저에게 어떻게 하면 딸을 되찾을 수 있을지 말해주었어요. 칼이 저에게 뭘 해야 하는지 알려주었어요." 그녀는 시선을 떨구고 몸을 앞으로 숙였다. "하지만 내가 할 수 있을지 모르겠어요."

아폴로가 일어서서 여자를 가리켰다. "저 여자는 자기 아기를 죽이려고 해요."

헤이건 신부가 그를 올려다보았다.

아폴로는 이제 신부를 똑바로 가리켰다. "지금 경찰에 저 여자를 신고하지 않으면, 저 여자는 집에 가서 아기를 죽일 겁니다. 이번에는 몰랐다고 말할 수 없을 거예요."

그의 말에는 폭로의 힘이 실려 있었다. 그는 이 방 안에, 이 성당에 더 이상 머물 수 없었다. 그는 지하실 문을 향해 걸어갔다. 그의 뒤에서 여자가 흐느꼈다.

"그건 아기가 아니에요."

41

"기다려요!"

아폴로는 도시 쥐처럼 블록을 총총히 달렸다. 암스테르담 로에 도착할 때까지도 뒤돌아보지 않았다. 동쪽으로는 더 이상 달아날 수 없었다. 맨해튼섬은 거기가 끝이었다. 할렘강 너머 브롱크스가 보였다. 크고 넓은 밤하늘이 도시의 고층 건물 스카이라인을 덮어주어 매력적으로 보였다. 수영으로 강을 건널 수 있을까.

"기다려요!"

그 목소리를 두 번째로 들었을 때, 그것이 그 여자가 아니라 남자 목소리임을 깨달았다. 그는 암스테르담 로와 179번가 모퉁이에서 멈춰서서 남자가 뛰어오는 것을 기다렸다. 아는 사람이었다. 그도 홀리루드에 있었다. 배가 불룩 나온, 휴대전화를 쓰다가 걸린 남자였다.

"빠르시군요." 마침내 따라잡자 그가 말했다. "그리고 난 늙었고요. 윌리엄이라고 합니다." 남자는 오른손으로 악수를 청하지 않았다. 그 손에는 휴대전화가 들려 있었다. 악수를 위해 내민 왼손은 숨을 헐떡이며 오르락내리락하는 배와 함께 아래위로 흔들렸다. "윌리엄 휠러입니다." 그는 좀 더 큰 소리로 말했다. "패트리스가 날 보냈어요. 패트리스 그린이던가? 그 책을 사고 싶습니다."

그 책을 사고 싶다.

어젯밤 패트리스와 얘기를 나눴음에도, 지금 당장은 영어라는 언어에서 이보다 더 바보 같은 문장은 없었다.

"그럼 그 빌어먹을 책을 사면 되잖아요. 굳이 왜 날 찾아온 겁니까?"

이 남자—윌리엄 휠러—는 진주목걸이라도 걸고 있는 듯 자기 목을 움켜쥐었다. "음, 그럴 의도는 아니었어요. 그러니까 내 말은, 미안합니다. 하지만 여기 가라고 나한테 말한 사람은 패트리스예요. 만일 누군가에게 욕하고 싶다면 그 사람한테 전화해요. 난 그 욕을 먹을 사람이 아니니까." 그는 내민 손을 거두고, 휴대전화를 다시 주머니에 넣고, 바지춤을 끌어올리고는 자세를 곧게 세웠다. 그는 아폴로에게 등을 돌렸고 아폴로는 그가 가는 것을 지켜보았다. 남자는 다섯 걸음쯤 가더니 멈추고 뒤를 돌아보았다.

"그런데 난 정말로 그 책을 갖고 싶거든요." 그는 수줍은 미소를 띠며 말했다.

홀리루드에서 반 블록만큼 와 있는 이곳에서, 구급차의 불빛이 보였다. 아폴로는 걸음을 멈추고 지켜보았고, 윌리엄 휠러도 조용해졌다. 생존자들 중 몇몇이 인도에 모인 사람들 틈에 섞여 서로 이야기를 하며 성당의 지하실 문을 가리키는 것이 보였다. 마침내 헤이건 신부가 구조대원 두 명과 경찰관 두 명의 뒤를 따라 올라왔다. 제복 경찰 네명 사이에 철사처럼 꼿꼿한 여자가 있었다. 그녀는 손을 앞으로 한 채수갑을 차고 있었다. 경찰 넷이 그녀를 구급차로 데려가 부축해서 차에 태웠다.

"정말로 경찰을 부를 거라곤 생각 안 했는데요." 아폴로가 말했다.

"굉장히 안 좋은 장면이었어요." 윌리엄이 속삭이며 맞장구쳤다.

휠러는 저녁을 사겠다고 했지만, 아폴로는 대신 커피를 마시자고 했다. 그들은 길을 건너 브로드웨이까지 걸었다. (178번가에 던킨도너츠가 있었다.) 그들이 걸을 때 앨리스가 고개를 들었다. 그녀가 아폴로를 본 것일까? 그녀는 희미하게 손을 흔들었지만, 그냥 팔을 뻗은 것일 수도 있었다. 줄리언이 앨리스 옆에 서 있었다. 그들은 얘기를 나누며 주위를 둘러보았다. 어쩌면 아폴로에 대해 궁금해 하고 있을지도 모른다. 그가 어디로 갔을지. 아폴로는 나중에 페이스북 페이지에 글을 남기기로 했다. 지금 당장은 헤이건 신부나 앨리스의 서명을 위조할 생각이었다. 앨리스의 서명이 어떻게 생겼는지는 잘 알고 있었다. 왜 처음부터 그렇게 할 생각을 못 했을까? 서류에 서명만 있으면 가석방은 문제없을 것이다. 어차피 감독관이 관리해야 할 전과자들이 백 명은 될 테니까. 그래서 아폴로는 윌리엄과 함께 갔다. 다시 일에 몰두하는 게 생존하기 위한 가장 좋은 방법이었다.

던킨도너츠 안의 좌석들은 거의 다 차 있었고, 대부분은 혼자였다. 그리고 거의 다 남자였다. 밤의 던킨도너츠는 유치장 같은 분위기를 풍겼다. 라이커스의 감방보다는 훨씬 덜 붐볐지만. 그들은 마지막 빈 테이블을 찾았다. 휠러가 자리에 앉아 CCTV 카메라처럼 방 안을 훑었다. 카운터 뒤의 점원들—모두 벵골인들—은 큰 소리로 유쾌하게 수다를 떨고 있었지만, 붓고 멀건 눈이 그들의 피로를 고스란히 보여주고 있었다. 마침내 휠러는 아폴로를 돌아보았다. "맨해튼에서 업타운까지 이렇게 멀리 와본 건 처음인데요."

"175번가에 뉴욕 최고의 로스트치킨을 파는 곳이 있습니다." 아폴로가 말했다. "말레콘이라는 식당이죠."

휠러는 절대 시도해보지 않을 무언가를 알게 된 사람이 그렇듯 고개를 끄덕이며 웃었다. 그는 아폴로에게 커피를 마실 거냐고 묻고는, 아폴로가 대답하기도 전에 카운터로 가서 커피 두 잔을 주문했다. 그는 계산 점원과 잡담을 나눴고, 점원은 놀라운 집중력으로 그의 입술의 움직임을 해석하며 열심히 잔돈을 계산했다.

"그래서 오늘 아침 패트리스와 전화 통화를 한참 했죠." 휠러는 커피를 들고 돌아와서 말했다. "이라크전에 참전했다더군요."

"네." 아폴로가 말했다.

"물론 나는 조국을 위한 그의 봉사에 감사했습니다." 휠러가 말했다.

"그가 좋아했겠군요." 아폴로가 애써 웃음을 참으며 말했다.

"음, 난 진심이었어요." 휠러가 정직하게 말했고, 아폴로의 웃음은 얼어붙었다. 이 남자는 진지했고, 아폴로는 그를 놀리고 싶지 않았다.

"그건 그렇고, 정말로 하퍼 리를 좋아하시는가 봅니다." 아폴로가 말했다.

휠러는 희미하게 고개를 끄덕이고, 커피를 두 모금 마시고, 다시 고개를 끄덕였다. "지금부터 완전히 솔직하게 말하겠습니다." 그가 입을 열었다. "내가 지금껏 재미를 위해 읽은 책이 딱 두 권 있는데 그중 하나가 『앵무새 죽이기』입니다." 그는 의자에 뒤로 기댔다. "당신 같은 사업을 하는 사람에겐 상당히 바보 같은 얘기겠죠."

아폴로는 멍하니 컵의 옆면을 톡톡 두드렸다. "책장사들 중에 책 안 읽는 사람이 얼마나 많은지 알면 깜짝 놀라실 겁니다. 낭만적인 얘기는 아니지만, 그런 사람들에게 책은 그냥 팔기 위한 물건일 뿐이에요.

책의 상태에 관해서라면 완전 흥분해버리는 사람들도 몇 알고 있죠. 면지는 어떤 걸 썼는지. 장정을 했는지 아니면 그냥 케이스로 씌웠는지. 삽입 광고지가 있는지 아니면 삽화가 있는지. 하지만 그 책이 무슨 내용인지를 묻는다면? 열 중 여섯은 아무 생각이 없을 겁니다. 그리고 그런 걸 중요하게 생각하는 사람을 바보로 여기겠죠."

휠러는 커피 컵을 관자놀이에 대고 톡 두드렸다. "콰쾅." 그가 말했다. "당신 지금 막 날 흥분시켰소."

그들은 이런 식으로 한참 동안 얘기를 나눴다. 휠러는 호기심이 많은 사람이었다. 그는 책 거래에 대해 끝없는 흥미를 보였다. 그리고 아폴로는 자신의 슬픔과 관련되지 않은 얘기를, 그게 무엇이든 간에, 다른 사람과 나눌 수 있다는 게 행복했다. 심지어 그와 좋은 시간을 보내고 있다고도 말할 수 있을 것 같았다.

"우리는 지금 같이 한잔하고 있잖아요. 이건 신뢰의 징표죠." 휠러가 말했다.

아폴로는 던킨도너츠 매장 안을 둘러보았다. 휠러는 굉장히 큰 소리로 말하고 있었다. 그렇게 자의식 없는 모습이 꼭 어린아이 같았다. 아폴로는 창가에 혼자 앉은 사람들을 훔쳐보았고 그중 두 명이 휠러를 힐금 보는 것을 포착했다. 저 사람들이 휠러를 먹잇감으로 보는 것 같다고 생각한다면, 아폴로가 피해망상에 빠져 있는 것일까? 밖으로 나가자마자 곧바로 쫓아 나가 휴대전화와 지갑을 훔쳐갈 사람으로? 아마 피해망상이 맞겠지만, 아무튼 아폴로는 자신이 지켜보고 있다는 신호를 확실히 그들에게 보냈다. 한 사람 한 사람에게, 조용히 메시지를 전달했다. **이 남자는 지금 나랑 같이 있어.**

"이 책을 어디서 찾았는지 말해봐요, 네?" 휠러는 커피를 꿀꺽꿀꺽 마시며 말했다. "전부 어떻게 된 일인지."

이곳에 들어온 지 30분이 지나 있었다. 하지만 달리 할 일이 있던가? 아폴로는 리버데일의 집 얘기를 꺼냈다.

"여섯 상자만 보고 포기했다고 상상해봐요." 휠러가 말했다. 그는 의자에 몸을 기대고 경이로움에 사로잡혀 고개를 설레설레 저었다.

"난 포기하지 않았을 겁니다." 아폴로가 말했다. "먹여 살려야 하는 아기가 있으니까요."

아폴로는 말을 멈추고 자리를 박차고 일어섰다. 브라이언을 생각하지 않고 30분이 흘렀다. 신기록이다. 한편으로는 위안이었지만 다른 한편으로는 배신이었다. 왜 고통을 잊어야 한단 말인가? 도대체 무엇이 그에게 즐길 권리를 주었단 말인가?

그러나 휠러는 아폴로의 행동을 잘못 이해했다. 그는 테이블 위에 놓인 휴대전화를 집어 들었다. "나도 딸이 둘 있습니다. 내 말 믿어요. 나도 이해합니다."

그는 휴대전화를 열어 사진 갤러리 앱을 터치했다. 누가 봐도 사랑스러운―그리고 살아 있는―두 아이의 사진이 끝없이 화면에 뜨고 있었다. 지금까지의 소박하고 다정한 태도가 눈치 없는 인간의 특징으로 바뀌려 하고 있었다. 이 남자는 아폴로가 그룹 치료에서 했던 말을 못 들었나? 뉴스에 도배되다시피 나왔던 아폴로의 이야기를 못 봤단 말인가?

순간 아폴로는 지금까지 휠러가 그를 대하던 태도를 되짚어봤다. 아무 두려움도 없었고, 깊은 염려나 애도의 말투도 없었다. 짧은 한숨과 함께, 아폴로는 이 남자가 자신이 누구인지 전혀 모르고 있다는 사실을 깨달았다. 그룹 치료에서 그는 브라이언 웨스트가 읽어주던 동화책 얘기를 했었다. 아마 휠러는 아폴로가 아버지와 심각한 문제가 있는 모양이라고 생각했을 것이다. 그것도 맞긴 맞지만. 아폴로는 이 사실로 인해 휠러가 더욱 좋아졌다. 그는 아폴로가 겪은 끔찍한 비극을 모르거나 아니면 적어도 전혀 신경 쓰지 않았다. 그는 그저 희귀 서적을 사고 싶어 할 뿐이다. 어쩌면 군대 얘기에 관심을 갖지 않던 아폴로를 패트리스가 좋아하는 이유도 그래서였을 것이다. 사람은 죽 이어지는 크고 작은 이야기들이다. 누군가 새 이야기에 귀를 기울인다는 것은 좋은 일이다.

"제 딸을 컴퓨터에서 봤어요." 휠러가 전화기를 흔들었다. "아이고, 젠장." 그가 연 것은 건강한 아이들의 사진이 아니었다. 갤러리 가장 위에 있던, 최근에 찍은 동영상이 열려 있었다. 한 시간 전에 찍은 것이었다. "노트북을 켰는데, 거기 아이가 있었어요. 우리 아기. 딸의 사진이요. 할아버지 할머니랑 공원에 나가 있는 사진."

"미안합니다!" 휠러가 전화기를 흔들며 말했다.

휠러는 동영상을 멈추고 휴대전화를 끄려고 손을 움직였지만, 아폴로가 그 전에 손을 뻗어 휠러의 손을 옆으로 털어냈다. 그는 휴대전화를 끌어 당겼고 휠러는 결국 그것을 테이블 위에 내려놓아야 했다. 화면은 거의 알아볼 수 없을 만큼 흐릿했다. 휠러는 휴대전화를 다리 옆에 붙이고 이 동영상을 찍었을 것이다. 아폴로는 그 여자가 했던 말은 거의 다 잊어버렸다. 마지막 말만 빼고 거의 다. **그건 아기가 아니에요.** 아폴로는 그 여자가 그 말을 다시 하기를 기다리며 소름 끼치는 최면에 빠져드는 기분을 느꼈다.

동영상 속 휠러가 자리에서 일어나 구석으로 갔고, 카메라의 각도가 달라지자 고스란히 포착된 장면이 보였다. 헤이건 신부가 여자에게 다가가고 있었다. 다른 생존자들은 충격을 받고 바라보고 있었다. **한번은 내 지메일 계정을 열었습니다.** 신부가 말하고 있었다.

"이걸 왜 찍었는지 모르겠네요." 휠러가 말했다. "나쁜 습관이죠. 나도 압니다. 뭔가 이상한 일이 생기면 제일 먼저 하는 일이 휴대전화부터 잡는 겁니다. 미안해요. 지우겠습니다."

휠러의 말에 헤이건 신부의 지메일 이야기가 가려져 들리지 않았다.

"잠깐만요." 아폴로는 휴대전화로 바짝 다가갔다. 휠러도 덩달아 그렇게 했다.

난 혼자서 도움의 손길을 찾아야 했어요. 놀라운 일도 아니죠. 난 다른 엄마들을 찾아갔어요. 그 사람들이 도와줬어요. 현명한 사람들이요. 칼은 저에게 어떻게 하면 딸을 되찾을 수 있을지 말해주었어요. 칼이 저에게 뭘 해야 하는지 알려주었어요. 하지만 내가 할 수 있을지 모르겠어요.

갑자기 아폴로는 화면을 건드려 동영상을 멈췄다. 바로 이다음에 그는 자리에서 벌떡 일어서서 외쳤다. **저 여자는 자기 아기를 죽이려고 해요.** 그는 자신이 그 말을 하는 것을 보고 싶지 않았다. 에마에게 하는 말 같아서, 견디기 어려웠기 때문이었다.

괴로워하는 아폴로를 보고 있던 휠러는 휴대전화의 화면이 테이블 쪽으로 가도록 뒤집었다. "바보 같은 습관입니다." 그가 말했다. "미안해요. 정말 미안합니다."

아폴로는 의자에 푹 주저앉았다.

휠러는 커피를 조용히 홀짝였다. "칼이 누구죠?"

"모릅니다." 아폴로가 대답했다.

그들은 조용히 1분 이상 앉아 있었다. 아폴로는 다시 한번 여자의 말을 머릿속에서 재생했다.

"'현명한 사람들'." 아폴로가 말했다. "그런 거 들어보신 적 있습니까?"

휠러는 휴대전화를 다시 집어 집중하면서 화면을 만졌다. 몇 초 후, 그의 눈동자가 화면을 가로지르며 움직였다. "오, 이런." 그는 나지막하게 말했다. 그는 휴대전화에서 고개를 들어 아폴로와 시선을 맞추고는, 당황해서 다시 고개를 숙였다.

"뭐 찾으셨어요?" 아폴로가 물었다. "말해주세요."

"마을에서는 언제나 한두 명의 '현명한 사람들'을 발견할 수 있었다." 윌리엄은 고개를 들었다. "어느 책의 일부예요."

"그 책에서 '현명한 사람들'이 무슨 뜻인지 설명하고 있나요?"

휠러는 입을 열었다가 다시 닫았다. 그는 입술을 굳게 다물고, 휴대전화를 아폴로에게 내밀었다.

아폴로는 휴대전화를 받아 화면을 읽었다. "말도 안 돼. 이게 진짜예요?"

휠러는 마치 다른 사람의 곤경을 우연히 발견하고 그것을 입에 담기에 곤란해하는 것처럼 고개를 돌렸다.

아폴로는 화면을 노려보며 그 단어를 다시 읽었다.

"현명한 사람들."

마녀들.

V.
현명한 사람들

42

"흠, 그건 그냥 헛소리일 뿐이야. 너도 알잖아?"

패트리스와 아폴로는 롱아일랜드 철도의 자메이카역 플랫폼에 서 있었다. 그들은 나소 카운티 롱비치행 기차를 기다리고 있었다. 기차는 6분 후 도착 예정이었다.

"그 사람은 우리가 그 책을 자기에게 가져다줬으면 좋겠대." 아폴로가 설명했다. "그리고 어떤 사람이 책 한 권에 7만 달러를 내겠다고 할 때는, 기차를 타고 배달해주는 게 최선이지." 그는 패트리스에게 눈썹을 치켜 올렸다. "너도 마찬가지고."

패트리스는 고개를 흔들었다. 덩치는 패트리스가 더 컸지만, 그의 몸짓이 그를 더 작고 어려 보이게 만들었다. 멀리서 보면 두 사람이 아빠와 혼나는 아이의 팬터마임을 하는 것 같았다.

"꼭 약 팔러 나가는 두 명의 마약상 같다."

"마약상은 선물 포장 같은 거 안 해." 아폴로가 말했다.

아폴로는 책이 든 상자를 열고 책을 꺼냈다. 책은 화려한 금색 메달 패턴을 새긴 포장지로 완벽하게 싸여 있었다. 심지어 리본도 묶여 있었다.

"이건 좀 정신 나간 짓 같은데." 패트리스가 손을 휘저어 포장한 책을 거부하며 말했다. 그러나 곧 가까이 다가와 포장지를 부드럽게 만져보왔다. "이거 케이츠 페이퍼리에서 산 건가?"

"젠장, 맞아. 유젠 페이퍼라고 하던데. 골드 메달리온 패턴."

패트리스가 고개를 끄덕였다. "단단히도 쌌네." 그는 주위를 둘러보았다. "이제 치워. 더 큰 싱인 남자 둘이 선물 포장지에 대해 얘기하는 걸 누가 보기 전에."

아폴로는 포장한 책을 높이 치켜들고 플랫폼을 따라 달리며 패트리스의 이름과 주소를 외치고픈 유혹을 느꼈다. 하지만 평소의 그의 운대로라면, 그랬다간 발을 헛디뎌 책을 손에서 놓칠 것이고, 책은 허공을 날아 철로 위에 떨어져 들어오는 기차 바퀴에 치이게 되겠지. 그는 책을 다시 가방에 넣었다. 두 사람은 플랫폼 위에서 말없이 서 있었다. 아폴로는 성당의 여자나 칼, '현명한 사람들'에 대해 패트리스에게 한 마디도 하지 않았다. 무슨 말을 하겠는가? 무슨 생각을 해야 할지조차도 모르겠는데.

자메이카역은 2006년에 개조되었다. 새 플랫폼과 도로에서 곧바로 연결되는 엘리베이터, 그리고 새 에스컬레이터까지. 기차역과 새로 완성된 케네디 국제공항으로 가는 공항철도역 사이는 보행자 다리로 이어져 있다. 플랫폼 위에 철강과 유리로 만든 캐노피가 설치되어 있어 승객들은 나쁜 날씨로부터 보호받으면서도 바깥 공기를 즐길 수 있다. 개조하고 난 후에는 살짝 유럽 철도역의 분위기도 나는 것이, 아폴로가 기억하는 1980년대의 자메이카역과는 뚜렷하게 달랐다. 폭격 이후의 드레스덴과 오늘날의 드레스덴. 극적인 변화란 바로 그런 것이었다.

그러나 주위를 둘러보면 여전히 예전 플랫폼이 보였고, 거리로 내려가면 예전의 퀸스 자메이카가 보였다. 어머니가 지금 그와 함께 있었다면, 그녀는 또 다른 세 번째 자메이카, 젊은 이민자로서 미국에 와서 처음 보았던 그 자메이카를 보았을까? 자메이카는 몇 개나 있을 수 있을까? 만일 나이가 천 살이라면, 이곳은 온통 습지였고 자메이카 로는 로커웨이와 카나시 인디언 부족들이 다니던 올드 로커웨이 트레일이던 때를 기억할까? 그리고 그 이전도? 1800년대에 근처 베이즐리 연못 바닥을 준설하던 도시 노동자들은 마스토돈*의 화석을 발견했다. 그리고 섯핀 놀이터에는 마스토돈 조각상이 세워졌다. 이곳의 이야기들은 차례차례 이야기되었고, 한 이야기에서 다음 이야기로 정보가 전달되었다. 역사는 한꺼번에 이야기되는 것이 아니라 끝없는 수정과 변경으로 이루어진다.

옛날 옛적에 이곳에 마녀가 있었다고 하면 그렇게 놀라운 일일까?

기차는 거의 비어 있었다. 수요일 오후 1시에 퀸스 외곽의 롱비치에 가는 사람은 몇 없었다.

"책을 파는 것에는 대찬성이야." 패트리스가 말했다. "하지만 이 여자가 죽을 때까지 기다리면 어떨지 생각해보라고. 지금 받을 돈의 두 배는 받을 수 있을 텐데."

"지금은 2015년이야." 아폴로가 말했다. "이 여자는 앞으로 10년 안에는 안 죽을걸. 그리고 이 남자는 이 책을 지금 사고 싶어 해. 7만 달러에. 난 이 책을 100달러에 샀어. 그것만으로도 얼마를 남기는 건지

---

* 코끼리의 조상격인 멸종 동물.

생각해봐."

패트리스는 팔짱을 끼고 창밖을 내다보았다. "네가 합리적인 주장을 하고 싶은 거라면 너랑 계속 얘기하지 않겠어. 하지만 이 여자가, 뭐 이를테면 내년에 죽을 수도 있는 거잖아. 그러면 난 책을 이렇게 빨리 팔아버린 데 대해 분통이 터질 거야."

아폴로는 친구의 어깨를 토닥였다. "그런 일은 안 일어나."[*]

"넌 금방 좋아질 거다." 패트리스가 태평스럽게 말했다. "오늘 밤에 미팅이 하나 더 있지?"

패트리스 말이 맞았다. 지난주에는 윌리엄 휠러와 커피를 마시기 위해 달아났었지만, 아폴로는 오늘 밤 생존자 모임에 나갈 생각이었다. 그는 그들이 그리웠다. 게다가 가석방 감독관은 그가 대신 서명한 서류를 상당히 묘한 표정으로 훑어보았었다. 그는 위조된 앨리스의 사인을 알아챈 내색도 하지 않고 아폴로를 나무라지도 않았다. 그러나 서류를 처리하기 전에 기묘한 눈빛으로 한참 동안이나 서류를 보았다. 그것은 경고의 몸짓이었고, 아폴로는 다시는 그런 위험을 감수하지 않기로 했다. 그래서, 그는 생존자들에게 돌아가기로 했다. 심지어 페이스북에서 체크인[**]도 하고, 가석방 담당관이 인터넷에서 그의 흔적을 냄새 맡고 다닐 경우에 대비해 모임에 참석하겠다고 적어놓기도 했다.

패트리스가 휴대전화를 만지더니 화면을 읽었다. "'생존자 클럽. 플러싱 중국 커뮤니티 센터에서 미팅이 있습니다.' 주소도 불러줘?"

"너도 회원이야?" 아폴로는 너무 놀라 말문이 막혔다. 무릎에서 가방

[*] 하퍼 리는 2016년에 세상을 떠났다.
[**] 자신의 위치나 관련 장소에 대해 표시하는 기능.

이 미끄러져 바닥으로 떨어졌지만 눈치채지도 못했다.

패트리스는 몸을 굽혀 가방을 집었다. "아니. 하지만 네가 체크인을 하면, 그게 추모 페이지에 떠."

아폴로는 깊은 물속에 머리가 잠긴 것 같은 기분이었다. "지금 도대체 무슨 말을 하는 거야?"

"추모 페이지." 패트리스가 부드럽게 말했다. "브라이언의." 그는 휴대전화를 몇 번 건드리고는 그것을 아폴로에게 건넸다.

"아기 브라이언을 추모합니다." 아폴로가 화면을 읽었다.

브라이언 카그와에게 헌정된 페이스북 페이지였다.

페이지에는 일만 육천 명의 팬이 있었다.

페이스북에는 뉴스 보도에 사용된 브라이언의 사진이 고스란히 올라와 있었다. 리버데일의 집 지하실에서 아폴로가 찍었던 사진. 이 사진을 그의 개인 페이지에서 제일 처음 훔친 사람은 누굴까? 어느 언론사였을까? 이제 이 사진은 여기에도 올라와 있었다. 아폴로의 손가락 끝이 더 뜨거워졌다. 휴대전화가 그를 불태우고 있는 것처럼.

패트리스가 부드럽게 말했다. "나도 팬이야." 그러고 나서 자신의 말을 뒤늦게 깨닫고 두 손을 들었다. "아니, 그런 팬은 아니고. 내 말 무슨 뜻인지 알지. 난 이제 입 닥치고 있어야겠다."

아폴로는 화면을 아래로 내리면서 수많은 댓글들을 읽었다. '아기 브라이언을 추모합니다' 페이스북 페이지에 댓글을 단 닉네임들은 끝도 없었다.

목매단 남편.

아파트 43호의 죄수.

목 졸린 아빠.

실패한 아버지.

Mr. 내-아들이-죽었어요.

물론 친절한 사람들도 있었지만, 어떤 이들은 심했다. 꽤 많은 사람들이 그를 비난했다. 남자와 여자, 미국의 모든 인종과 종교에 속한 사람들, 다른 나라의 블로거들까지—모든 이들이 나름의 의견을 가지고 있었다. 상상할 수 있는 모든 이들이 그를 비난했다. 그리고 그보다 더 많은 이들은 에마를 혐오했다. 거의 전부가 그녀에게 지옥의 저주를 퍼붓기 위해 적어도 한 줄의 댓글을 남겼다. 이 난장판 안에서 유일하게 죄가 없는 사람은 아기뿐이었다. 그 사실이 상처가 되었지만, 아폴로는 반박할 수 없었다.

아폴로는 페이지의 맨 처음으로 화면을 올렸다. 페이지는 그가 병원에 있을 때 시작되었다. 그와 에마와 브라이언이 뉴스 속보에 등장했을 때. 아마도 십중팔구 누군가 좋은 의도로 그 페이지를 열었을 것이다. 하지만 그 후로 그 사람도 자기 살기에 바빴을 것이고, 그러면서 관리를 중단했을 것이다. 결국 기관사 없는 기차를 모든 사람이 운전하는 꼴이 되었다. 어떤 이들은 브라이언에게 직접적인 사랑의 메시지를 올리기도 했고, 아폴로도 알지 못하는 거룩한 책에서 기도문을 인용하기도 했다. 천사가 브라이언과 비슷한 아기를 안고 있는 이미지들도 있었고, 다른 천사의 몸에 브라이언의 작은 얼굴을 직접 스캔해 붙인 것도 있었다. 에마의 사진, 그리고 가끔은 아폴로의 사진을, 영화나 신화 속 괴물의 얼굴에 합성해 붙여놓았다. 주로 메데이아*의 이미지였다. 에마의 이름 아래 '저주 속에 잠들길'이라는 문구가 새겨진 묘비명

이미지도 있었다.

처음 한동안 사람들은 이 사건에 대해서 토론했다. 에마의 실종에 대해, 그녀를 추적하는 법 집행자들의 무능함에 대해. 그리고 아폴로가 그들 둘을 모두 죽이고 범죄 현장에서 빠져나온 것이라는 유의 다양한 음모론까지. 여성혐오와 남성혐오를 비난하는 포스트들이 페이지 전반에 넘쳐났다. 어떤 링크는 육아 칼럼 같은 글로 이어졌는데, 그런 글에서는 아폴로와 에마가 애초부터 나쁜 방식으로 아이를 키웠다고 주장했다. 육아 방식에 대해 그들이 제시한 증거들은 불분명했고 누가 봐도 사소한 것들이었다. 아폴로와 에마가 헬리콥터 부모였으며 그게 잘못이라는 얘기도 있었다. 맞벌이 부부라는 것이 모든 재앙의 시작이었다는 얘기도 있었다. 몇몇은 에마가 심각한 산후우울증으로 괴로워했던 거라며 동정심을 표하는 글을 쓰기도 했다. 누군가는, 어찌 보면 고소해하는 말투로, 이런 일은 흑인 가정에서는 깜짝 놀랄 만큼 흔하게 일어나는 일이라고도 했다. **그들은 지옥에서 살고 있습니다. 이 흑인들은요. 그러니 악마처럼 행동하는 것입니다.**

"믿어지지가 않아." 아폴로는 중얼거렸지만, 읽는 것을 멈출 수 없었다.

그가 병원에 있는 동안, 라이커스에 있던 동안, 그리고 심지어 일종의 회복을 위해 몸부림치고 있는 지금도, 그는 토론의 대상이 되고, 해부되고, 맹렬한 비난을 받았다. 길을 가는데 누가 다가와서 당신 지금 엉덩이를 완전히 내놓고 걸어 다니고 있다고 귀띔해준 것 같은 기분이

---

* 그리스 신화에 나오는 마녀.

었다. 이런 페이지가 존재한다는 것을 모르는 편이 더 나았을까. 아니면 그게 더 최악일까?

그 페이지를 처음 연 사람이 있었다. 관리자. 그는 '그린 헤어 해리'라는 이름으로 통했다. 그의 개인 페이지는 아무 내용도 없었고, 웃는 그린치의 이미지를 프로필 사진으로 올려놓았다. 개인 정보는 딱 하나만 올라와 있었다(거주지: 크럼핏산).

"이 사람은 왜 이런 짓을 했지?" 아폴로가 고개를 들며 물었다.

패트리스가 입을 벌린 채 그를 바라보고 있었다. "난 네가 이 페이지에 대해 아는 줄 알았어, 친구. 나는 한 번도……. 그냥 이 페이지에서 이런 활동을 하고 있다는 쪽지를 받았어. 거기 가보니까 네가 생존자 모임에 체크인한 게 보이더라고. 네가 '아기 브라이언 페이지'에 글을 올렸다면, 너도 이걸 안다는 걸로 이해했지."

"난 안 그랬어." 아폴로가 말했다. "적어도 의도적으로 한 건 아니야. 난 그저 가석방 감독관한테 알리바이 공작을 하려던 거라고."

아폴로는 입을 다물어야 했다. 포스팅이니 알림이니 하는 기술적 내용을 자세히 얘기하자니 패트리스의 휴대전화로 그의 옆머리를 후려갈기고픈 충동이 들었다. 도대체 왜 패트리스는 이런 페이지에 가입을 했단 말인가?

패트리스는 휴대전화를 아폴로의 손에서 빼앗아 화면을 아래로 두고 허벅지에 올려놓았다.

아폴로는 창문에 어깨가 닿을 때까지 패트리스에게서 몸을 피했다. 창 바깥은 퀸스에서 롱아일랜드로 넘어가 있었다. 집의 정원들이 조금 더 넓어졌고, 상업용 건물들은 2층보다 높은 건물이 없었다.

일만 육천 명이나 그 페이지에 가입해? 도대체 뭣 때문에? 아폴로는 그들 중 많은 이들이 지금 지나치고 있는 이 주거지역에 살고 있을지도 모른다는 생각이 들었다. 어쩌면 그런 헤어 해리는 저기 튜더 양식의 벽돌집에서 살고 있을지도 모른다. 아니면 그 옆집에. 아폴로는 숨이 가빠지는 것을 느꼈고, 현기증이 너무 심해 졸도할 것 같았다. 20분 전에는 뭘 걱정하고 있었더라? 빌어먹을 마녀들? 인터넷이 훨씬 더 최악의 마법을 부릴 수 있는데 왜 마녀 따위를 걱정하겠는가?

43

롱비치역 창고는 지붕을 붉은 점토 타일로 덮고 흰 벽 모퉁이에 갈색 패치를 붙여 포인트를 주어, 롱아일랜드 철도의 종착역이라기보다는 지중해의 방갈로 같은 인상을 풍겼다. 심지어 레이놀즈 운하의 북풍과 대서양의 차가운 남풍이 건물마저 움츠리게 만드는 한겨울에는 더욱 안 어울리는 모습이었다.

"저 사람인가?" 패트리스가 물었다.

주차장에, 윌리엄 휠러가 초록색 2003년형 스바루 아웃백 앞에 서 있었다. 그는 팔짱을 끼고 찻잎 점을 치는 것처럼 아스팔트를 노려보고 있었다. 잠시 동안 패트리스와 아폴로는 역 안에 서서 그를 바라보았다. 휠러는 팔짱을 풀고 스바루를 빙 돌아 운전석 문을 열고 슈퍼마켓 비닐 봉투를 꺼냈다. 봉투는 위쪽이 묶여 있었다. 윌리엄은 급하게 그것을 풀었다.

롱비치역의 대합실에 낮게 웅웅거리는 소음이 울렸다. 매표소 직원이 창구 의자에서 일어나 나가면서 마이크를 내려놓은 것이었다. 실내에는 규칙적인 소리가 고동쳤다. 휠러는 비닐 봉투 안에 손을 넣어 1.9리터짜리 소다 병을 꺼냈다.

탭.*

"지금은 2015년이라고." 패트리스가 조용히 말했다. "어느 병신이 요즘도 탭을 마신담?"

맥주 1.2리터라면 문제의 소지가 있고, 진 1리터도 문제가 많지만, 탭 1.9리터라고? 웃긴다. 병에 붙은 분홍색 상표 비닐이 지붕 절연용 유리 섬유 색으로 바래 있었다. 횔러는 다시 스바루 앞쪽으로 걸어가 후드에 걸터앉았다. 그는 병을 입에 가져다 대고 단숨에 들이켰다.

"저게 뭔지 알아?" 패트리스가 말했다. "저게 네 미래야."

아폴로는 횔러가 탭을 들이켜며 울대뼈가 오르락내리락 오르락내리락하고 배가 점점 부풀어 오르는 모습을 넋 놓고 바라보았다. 패트리스가 아폴로의 어깨를 잡아당겼다.

"저게 오랫동안 여자 없이 산 남자의 모습이야." 패트리스가 설명했다. 그는 팔을 아폴로의 어깨에 걸치고 자신의 의견을 강조하기 위해 힘을 꽉 주었다. "몇 달이 아니라 몇 년. 수십 년. 저렇게 혼자서 오래 산 남자는 문명이라는 것이 뭔지 잊어버리지. 아무것도 안 입고 너덜너덜한 속옷만 입고서 집 안을 돌아다니기 시작해. 그러다 어느 날 그 속옷을 입은 채로 마당에 우편물을 주우러 나오게 되고, 그걸 눈치채지도 못하지. 그러고는 자루 같이 늘어진 박서 팬티에 티셔츠도 안 입고 현관 앞에 나와놓고 사람들이 트롤이라도 보듯 쳐다보면 거기에 놀라는 거야."

횔러는 병을 내리고, 코로 숨을 쉬고, 다시 병을 들어 올렸다. 그는 열정적으로 음료수를 마셨다. 음료수가 조금 입가로 흘러 목을 타고 내려갔다. 목이 쥐를 삼키는 뱀처럼 부풀어 올랐다.

---

* 코카콜라 회사에서 1963년 출시한 다이어트 콜라.

"여자 없는 인생을 산다는 건 그런 거야. 잔뜩 살이 찐 인간들이 얼굴에 우스꽝스러운 수염을 기르고서는 세상 사람들이 그걸 알아봐주지 않는 게 얼마나 바보 같으냐며 분통을 터뜨리는 동영상을 올리는 기지. '여자들은 머저리들만 좋아해.' 그게 그놈들의 만트라야. 스스로를 데이트도 할 수 없는 존재로 만들어놓고 비난은 받지 않으려는 놈들. 이런 개자식들 머릿속은 섹스 생각으로 가득 차서, 그 생각이 뇌로 슬금슬금 기어들어가고 썩어서 해골 밖으로 스며나오지. 그러다가 빌어먹을 탭 같은 음료수를 롱아일랜드 주차장에 공공연히 서서 벌컥벌컥 마시는 성인으로 자라나는 거야."

아폴로는 고개를 끄덕였지만, 그 순간 윌리엄 휠러에 대해 그가 느낀 감정은 동정심이었다. 아폴로와 패트리스를 군이 여기까지 초대하고 역으로 마중 나오겠다고 한 것은 수표에 다섯 자리 숫자를 적어서 그들에게 내미는 특권을 누리기 위해서였다. 그리고 이 너그러움에 대한 대가로 패트리스는 경멸을 지불한 것이다.

두 사람이 역에서 걸어 나오자, 휠러는 음료수 병을 들지 않은 손을 그들에게 흔들었다. 탭 병은 자동차 후드 위에 올려 두었다. 그가 두 걸음 앞으로 나오자, 병이 불안하게 흔들리다가 후드 위에서 넘어져서 땅으로 굴러 떨어졌다. 자동차 후드 위로 갈색 거품이 긴 줄무늬를 그렸다. 휠러는 획 돌아보더니 곧바로 쭈그려 앉아 넘어진 아이를 일으켜 세우듯 소다 병을 세웠다. 바지가 그의 허리춤을 세게 파고들고, 재킷은 위로 말려 올라가서 허리의 맨살을 드러냈다.

"저 얼간이가 태어나서 여자를 한 번도 못 만나봤을 거라는 생각이 들기 시작했어." 패트리스가 말했다.

휠러가 두 딸에 대해 말했던 일을 알려주고 싶은 생각은 들지 않았다. 군이 뭐 하러? 게다가 주차장을 가로질러 부는 바람에 기분이 좋아지기도 했다. 아마 휠러를 다시 만난 것도 기분 좋은 일이었을 것이다. 잠시 동안이긴 해도 이 당황스러운 장면이 그날 저녁 던킨도너츠에서의 만남을 연상시켰고, 아폴로는—그때는 의식하지는 못했지만—휠러가 어떤 면에서는 자신의 인생을 조금은 구해주었다고 생각했다. 그여자의 말을 듣고 성당을 걸어 나오면서, 아마도 아폴로는 무너지기 직전이었던 것 같다. 그러다 이 중년 남자를 만나 마주 앉아서 커피를 마시며 사업 얘기를 한 것이, 기이하게도 아폴로를 온전히 유지시키는 역할을 해주었다.

"그가 하지 않은 일 하나를 더 알고 있어." 아폴로가 패트리스를 돌아보며 말했다. "넌 저 사람을 놀렸지만, 저 남자는 빌어먹을 페이스북의 아기 브라이언 추모 페이지에 가담하는 짓 따위는 하지 않았어."

패트리스는 걸음을 멈추고, 눈 깜박이는 것을 멈추고, 숨쉬기를 멈췄다. 그의 중추 신경계가 통째로 망가진 것 같았다. 반면 아폴로는 계속 움직였다. 그는 휠러에게 손을 흔들고, 그가 다가오자 악수했다.

스바루 안에서는 놀랄 만큼 달콤한 냄새가 풍겼다. 그 원인은 곧 알 수 있었다. 자동차 방향제 두 개가 룸미러에 걸려 있었다. 딸기 향. 뒷좌석에 앉은 패트리스가 몸을 앞으로 내밀어 가운뎃손가락으로 방향제를 건드렸다.

"이건 내 딸들이 준 겁니다." 휠러가 말했다. 그는 탭보다는 방향제가 더 멋쩍은 것 같았다.

"딸들." 패트리스가 되풀이했다.

"그리고 아내 하나요." 휠러는 차를 출발시키며 덧붙였다.

아폴로는 비웃음을 날리기 위해 패트리스를 돌아보지 않았다. 오히려 차가 달리는 내내 패트리스 쪽으로 눈길 한 번 보내지 않았나.

휠러기 주차장을 빠져나오며 말했다. "나는 딸아이들을 작은 딸기라고 부르곤 했죠. 화를 낼 때면 얼굴이 새빨개지거든요." 이스트파크 로에 접어들면서 그는 추억에 잠겨 미소를 지었다. 차는 계속 동쪽으로 향했다. "두 분과 물 위에서 얘기하면 좋겠다고 생각했습니다. 두 분에게도 좋은 시간이 되겠죠?"

"페리나 뭐 그런 것 말씀입니까, 휠러 씨?" 패트리스가 물었다. 그는 약간 당황한 것 같았다. 온갖 대화에 몸을 앞으로 내밀며 끼어드는 평소의 태도는 온데간데없었다. 그는 뒤로 기대어 나긋나긋 말하고 있었고, 그때까지도 아폴로의 말을 곱씹으며 반성하고 있었다.

"페리는 아닙니다." 휠러는 미스터리를 감추고 있는 것을 즐기며 말했다.

사거리에서 그는 롱비치 대로 방향으로 좌회전을 했고, 렉 리드 운하를 가로지르는 작은 다리를 건넜다. 마침내 그들은 편도 차로에 이르렀다. 휠러는 식민시대 양식의 2층짜리 건물 앞에 차를 세웠다. 건물의 정문 위에는 '아일랜드 파크 요트 클럽'이라고 쓰인 작은 간판이 매달려 있었다. 그는 나란히 이어지는 부두를 가리켰고, 그곳에는 작은 배 다섯 척이 물 위에 떠 있었다.

"조종석에 앉아본 적 있나, 조이?" * 휠러가 물었다.

---

* 영화 〈에어플레인!〉의 대사.

아폴로는 이 대사를 알고 있었지만 웃을 수도, 정중한 미소를 지을 수도 없었다. 뒷좌석에서 패트리스는 휴대전화를 꺼내 화면을 두드리고 있었다.

휠러는 딸기 향 방향제가 흔들리도록 손가락으로 튕겼다. "난 늙은이요." 그는 말하며 웃었다. "내 말은 그냥 무시해요. 하지만 두 분께 부탁하나 해도 되겠습니까? 날 그냥 윌리엄이라고 불러주겠어요?"

그는 아폴로와 패트리스를 41피트짜리 헌터 범선으로 안내했다. 물 위에 뜬 배는 희미하게 오르내렸고, 몇 센티미터쯤 부두에 다가왔다 멀어졌다를 반복했다. 윌리엄은 가볍게 보트 위에 올랐지만, 아폴로와 패트리스는 배에 타는 데 시간이 조금 더 걸렸다. 두 사람은 아기 걸음으로 배에 올랐다.

윌리엄은 문을 열고 아래로 갔다. 회색과 초록색을 띤 렉 리드 운하의 물이 철썩거리며 선체를 때렸다. 보트의 이름은 '차일즈플레이(애들 장난)'이었다.

"내려와요. 맥주를 갖다놨어요." 윌리엄이 외쳤다.

"자, 그럼 돈을 벌어볼까." 패트리스가 아폴로에게 낙관적인 척하는 목소리로 말했다.

아폴로는 대답하지 않고 앞장 서 덱 아래로 내려갔다.

44

누군가 당신을 배에 초대한다면 무엇을 기대하겠는가? 아마도 당신의 인생에서 배를 소유한다는 개념이 얼마나 일반적인가에 따라 다를 것이다. 아폴로의 경우, 그는 이렇게…… 좁은 배일 것이라고는 기대하지 않았다. 안에는 의자가 있었지만, 가운데 테이블은 체스판 정도 크기였다. 빨간색 인조 가죽이 씌워진 좌석은 렌터카 사무실에서 볼 법했다. 작게나마 조리 시설―싱크대, 전자레인지, 핫플레이트, 커피 머신―도 있었다. 그러나 공간 자체는 옷장만 했고 어둠침침했다. 화장실은? 흠, 넓고 쾌적한 비행기 화장실이 부러워질 정도였다. 윌리엄의 보트는 그다지 감동을 주지는 못했다.

그러나 아폴로 카그와는 그런 빌어먹을 보트를 몇 척이나 소유하고 있는가? 단 한 대도 없다. 그래서 그는 조그만 테이블에 패트리스와 윌리엄과 함께 옹송그리고 앉아 맥주를 들고 이렇게 말했다. "멋진 보트를 가지셨군요."

윌리엄은 맥주를 마시고 미소를 지었다. "두 분 앞에서 인정해야 할 것 같군요. 비밀을 지키는 데엔 영 소질이 없어서요."

"이거 훔친 배입니까?" 패트리스가 물었다. 그는 이미 맥주 한 캔을 두 모금 만에 다 마시고, 다음 병을 마시고 있었다. 여섯 병들이 팩 두 개가 테이블 위에 놓여 있었다. 병들은 냉기로 땀을 흘리고 있었다.

윌리엄이 웃음을 터뜨렸다. "훔치진 않았어요! 하지만 내 건 아니에요."

그는 의자에 몸이 꽉 끼도록 최대한 뒤로 기대어 앉아 휴대전화를 꺼내 테이블 위에 놓았다. 패트리스는 몸을 앞으로 숙여 화면을 바라보았다. 보트가 희미하게 위아래로 움직였다. 물방울이 튀는 물 위에 작은 소형 보트가 떠 있는 아이콘이 휴대전화 화면에서 반짝였다.

"이 앱은 에이플로트라고 합니다. 보트를 대상으로 한 에어비앤비 같은 거죠." 그가 앱을 탭하자 아이콘이 꽃처럼 활짝 피었다. '차일즈플레이'호의 사진이 화면에 나타나고 그 아래에 타이머가 떠 있었다. "이 보트는 두 시간 동안 빌린 겁니다."

왜 이런 번거로운 짓을? 아폴로는 의아한 생각이 들었다. 왜 굳이 그들을 여기까지 기차를 타고 오게 하고, 차에 태워 보트에 데려온 걸까. 윌리엄이 보여준 교외 지역의 소박한 아빠 스타일과는 대비되는 연극적인 행동이었지만, 뜻밖에 쇼를 보여주는 것을 좋아하는 사람일지도 모르지.

"우릴 어디로 데려갈 생각인 겁니까? 저는 5시까지 플러싱으로 돌아가야 하는데요." 아폴로가 물었다.

윌리엄은 휴대전화를 집어 다시 주머니에 넣었다. "나는 보트 운전하는 법도 모르는걸요."

"그럼 애초에 이걸 왜 빌린 거죠?" 패트리스가 세 병째 맥주를 마시며 물었다. 죄책감 때문에 계속 맥주를 마시는 것 같았다.

"내 앱이니까요." 윌리엄이 말했다. "내가 개발한 앱입니다. 내가 사용하지 않으면 누가 사용하겠어요? 게다가 요즘은 손님도 많지 않아요."

"보트가 몇 대나 등록되어 있는데요?" 아폴로가 물었다.

윌리엄이 테이블을 두드렸다. "한 대예요. 아직은."

"프로그래머이시군요." 패트리스가 말했다. 그러더니 그는 주머니에 손을 넣어 자신의 휴대전화를 꺼냈다. 그는 사진을 열어 윌리엄에게 내밀었다. "이 장비 좀 봐요."

윌리엄이 감탄했다. "직접 제작하신 거군요?"

"완제품을 샀으면 돈이 여덟 배는 더 들었을걸요!"

"난 내 큰딸의 첫 번째 랩톱을 조립해주었죠." 윌리엄이 말했다.

"사진 있어요?" 패트리스가 처음으로 윌리엄에게 처음으로 호의를 보이며 물었다.

아폴로는 패트리스가 보자는 사진이 아이 사진인지 아니면 랩톱 사진인지 가늠할 수가 없었다. 윌리엄은 휴대전화를 스크롤하고는 화면을 패트리스에게 내밀었다.

"아름답네요." 패트리스가 말했다.

"안에 i5 코어 프로세서를 넣었죠." 윌리엄이 맞장구를 쳤다.

아폴로는 이 두 컴퓨터광들이 사랑스럽게 느껴졌지만, 빨리 화제를 바꾸지 않으면 앞으로 최소 두 시간은 이런 식으로 흘러갈 것임을 직감했다. 아폴로는 책을 가방에서 꺼냈다. 그게 먹혔다. 윌리엄은 패트리스에게서 시선을 돌렸다.

"포장을 했어요? 멋지군요. 아무튼 그건 선물용이니까요." 윌리엄이 손을 바지에 문질러 물기를 닦고 책을 집었다. 그는 포장된 책을 얼굴에 바짝 가져다 댔다. 아폴로는 그가 책 냄새를 맡으려는 것이라고 생각했다.

"돈을 지불하기 전에 책을 볼 생각이었습니다." 윌리엄이 말했다. 그는 아폴로에게서 패트리스에게로 고개를 돌렸다. "하지만 괜찮아요. 당신들을 믿을 수 있을 것 같군요."

"이리 주세요." 아폴로가 말했다. 그는 책을 받아 테이블 위에 내려놓았다.

"아니, 아니요. 괜찮아요." 윌리엄이 말했다.

패트리스가 맥주를 다 마시고 네 병째로 손을 뻗다가 손을 멈췄다. 그가 느끼는 죄책감의 강도와는 상관없이, 그 정도 돈을 받고 팔기로 한 책 옆에 뚜껑 열린 맥주병을 두는 위험을 감수할 리가 없었다. 페이지 가장자리에 물이 몇 방울만 묻어도 윌리엄은 만 달러는 깎을 수 있었다.

"이 물건에 7만 달러를 내시겠다는 거잖습니까." 아폴로가 말했다. "그렇다면 먼저 물건을 보겠다고 말할 권리가 충분히 있습니다." 그는 책을 아래에 두고 우편함 열쇠 끝으로 테이프를 살짝 뜯었다.

"선물이라고 하셨죠." 패트리스의 발음이 뭉개졌다.

"아내에게 줄 겁니다." 윌리엄은 아폴로가 포장지를 뜯는 것을 바라보았다.

"부인 생일이나 뭐 그런 겁니까?" 패트리스가 물었다. 그는 그 네 번째 맥주병을 꽉 잡고 있었다.

윌리엄은 고개를 떨구었다. "우린 별거 중입니다." 그는 입을 다물고 한숨을 쉬었다. "아내는 친정 부모님이 있는 베이 쇼어로 갔어요. 나는 11개월째 혼자 살고 있어요."

아폴로는 책을 들었다. "여기 있습니다."

윌리엄은 책을 집어 얼굴에 가까이 가져다 댔다가 표지를 펼쳤다. 그러고는 첫 장에 적힌 저자의 글을 읽었다.

"완벽하군." 그가 속삭였다.

윌리엄의 불그레한 얼굴에 안도의 표정이 퍼졌다. 눈물 몇 방울이 눈가에 맺혔다. 그가 흘린 최소한의 정보로부터―별거 중인 아내와 딸들이 이사를 나갔다는 얘기―아폴로의 머릿속에서는 감동적인 이야기가 형성되어갔다.

"그레타의 아버지는 딸이 어렸을 때 이 책을 읽어주곤 했다죠." 윌리엄이 말했다. "내 아내 말입니다. 그레타 스트릭랜드. 그녀의 아버지는 포리스트 스트릭랜드고요. 그들은 앨라배마 출신이에요. 이 책처럼요. 오펠리카라는 도시에서 태어났죠." 그의 목소리가 너무 부드러워서 선체에 부딪치는 물소리에 묻혔다. 아폴로는 그의 말을 듣기 위해 몸을 앞으로 잔뜩 기울어야 했다.

윌리엄은 책을 덮고 표지를 바라보았다. "이건 좋은 아버지에 대한 얘기잖아요. 맞죠?" 그는 말을 이었다. "누구도 이런 기준에 맞게 살 수는 없어요. 현실 세계에서는. 하지만 난 그녀의 아빠가 딸에게 어떤 본보기를, 얻으려고 노력할 만한 무언가를 일깨워주기 위해 이 책을 읽어주었다고 생각해요. 그렇죠? 그녀는 절대 잊지 않았습니다. 그러고 나서 나와 결혼을 했죠. 하지만 나는 애티커스 핀치가 아니었거든요."

"그 사람도 마찬가지예요!" 패트리스가 큰 소리로 말했다. 윌리엄은 재빨리 그를 돌아보았다가, 다시 아폴로에게로 고개를 돌렸다. "알잖아요. 그 다른 책 말이에요." 패트리스가 중얼거렸다.

윌리엄은 아폴로를 똑바로 바라보며 말했다. "내가 당신보다 열 살쯤 많을 거 같군요. 나는 남자가 해야 할 것은 일, 일, 오로지 일뿐이고 그로써 위대한 아빠가 될 수 있다고 믿었던 마지막 세대의 남자들 중 하나요. 가족에게 물질을 제공하라. 제공하라. 제공하라.

하지만 그런 식으로 했다간 무슨 일이 일어나는지 알아요? 20년 아니면 25년 후에 고개를 들어보면, 당신 아내는 당신을 몰라요. 당신 아이들은 당신을 존경할 수도 있겠죠. 그럴 '수도' 있다고요. 그러나 다른 것, 이를테면 행복 같은 것은, 함께 나눌 만큼 아이들이 가까이에 있지 않아요. 이해하겠어요? 당신 아내는 당신을 모르고, 아이들도 마찬가지이고.

그러면 당신 나이의 남자들은 완전히 새로운 데이터를 얻게 됩니다. 돈을 버는 것으로는 충분하지 않고, 게다가 모든 것을 감당할 수 있을 만큼 충분히 벌 수도 없어요. 혼자 힘으로는. 당신 아내가 일을 하고 싶어 할 수도, 아닐 수도 있겠죠. 하지만 그건 상관없어요. 아내도 일을 해야 해요. 내가 사회에 발을 들일 무렵엔 혼자 벌어도 그럭저럭 먹고 살 수 있었고, 그걸로 충분했어요. 하지만 요즘은 외벌이 수입으로 생존하려면 가난하거나 부자여야 합니다. 물 위에 떠 있고 싶으면 부부가 함께 '나인 투 파이브'로, 오전 9시부터 오후 5시까지 죽도록 일해야 하죠."

윌리엄은 책을 아폴로에게 돌려주었고, 아폴로는 경건한 손놀림으로 책을 다시 포장했다. 이제 이 거래는 단순한 고액 판매가 아니었다. 이 책은 곧 한 가족 역사의 일부로 자리 잡을 것이다.

"신세대 아빠들." 윌리엄이 말했다. "요즘 사람들이 그렇게 즐겁게 사는 건 잘 압니다. 유모차에 탄 아기와 함께 출근하고, 아침 6시에 아이들을 공원에 데려가는 아빠들을 흔히 봐요. 그럴 때면 내가 좋은 걸 놓치고 살았다는 기분을 느낍니다. 일이 많아 힘들긴 하겠지만, 그건 좋은 일이죠. 난 내가 그걸 놓치고 있다는 사실조차 깨닫지 못했어요. 누구도 나에게 그런 걸 갈망해야 한다고 알려준 적도 없었고. 확실히 내 아버지한테 그런 건 우선순위에 절대 포함되지 않았습니다. 아무튼, 이젠 예전 방식으로 산다고 해서 부자가 되진 않아요. 나는 물 위에 떠 있기 위해서 죽도록 일해야 했어요. 그리고 그렇게 저금한 돈 대부분은 그레타를 다시 찾아오기 위해 써버렸고요. 이걸로."

윌리엄은 남은 맥주를 마저 들이켜며 책을 가리켰다. 아폴로는 포장을 마치고 오른손 검지로 책 가장자리를 가볍게 한 번 더 훑었다.

"아내를 집으로 다시 데려올 수만 있다면, 난 더 잘할 겁니다. 이제는 뭐가 중요한지 알아요. 딸들을 정말로 많이 사랑하지만, 한 번도 사랑한다고 말한 적이 없어요. 나는 그게 당연하다고, 아니면 당연해야 한다고 생각했죠. 내가 아이들에게 해준 것들 때문에요. 하지만 사람은 사랑한다는 말을 들어야 하잖아요? 난 그걸 25년 동안 깨닫지 못했던 거예요."

윌리엄은 아폴로에게 책을 받았다. 그는 책을 보호하려는 듯 품에 꼭 안았다.

"당신이 올린 책 목록을 보았을 때, 나는 이걸로 그레타에게 내가 진지하다는 걸 설득할 수 있겠다는 생각이 들었어요. 아내는 자기 아버지가 그랬던 것처럼 이 책을 딸들에게 읽어주었어요. 우리가 젊었던 시절에는 아내를 '앵무새'라고 부르기도 했죠. 마치 애칭처럼요. 그걸 언제 그만뒀는지는 기억이 안 나요. 아마 아이들이 태어나고 나서였을 텐데, 그 정도밖에 모르겠습니다. 2, 3년 전에야 나는 내가 뭘 잘못했는지 알게 됐어요. 나는 예전으로 돌아가려고 했던 거예요. 모든 게 원래 그랬던 시절로 돌아가려고. 하지만 너무 늦었는지도 몰라요. 아니면 그녀가 그 시절로 돌아가기를, 나와 함께 돌아가기를 원치 않을지도 모르죠. 우리는 완전히 남남이기 때문에 그녀는 날 떠난 겁니다. 나는 아내를 때리지도 않았고 불륜을 저지르지도 않았어요. 우리는 싸운 적도 거의 없어요.

내 말은, 내가 19년 동안 프로그래머였다는 거예요. 나인 투 파이브로 끝낼 수 없는 일은 밤과 주말에도 해치워야 했단 말이죠! 난 결혼해서 가족들보다 코딩에 더 많은 시간을 들였습니다. 분명히 그랬어요. 아내에게 난 유령이었고, 아마 아내도 나에겐 유령이었을 겁니다. 그러니 뭔들 제대로 됐겠어요? 네? 어떻게 생각해요, 친구들?"

패트리스는 빈 병 하나를 들어서 여섯 개들이 팩에 되돌려놓았다. 다른 빈 병들도 똑같이 그렇게 했다. 그는 이제 취한 것처럼 보이지 않았다. 윌리엄의 진정성, 정직함에 패트리스가 정신을 차리는 것 같았다.

"지금 우리한테 한 말을 부인한테 가서 고스란히 해봐요. 그럼 적어도 부인이 고민은 해볼 거라고 장담해요." 패트리스가 말했다.

윌리엄이 슬며시 고개를 끄덕였다. 그는 주머니에 손을 넣어 다시 휴대전화를 꺼냈다.

"두 분께 수표를 써드릴 수도 있어요. 하지만 휴대전화로 계좌이체를 하는 게 훨씬 더 빠를 겁니다. 그렇게 할까요?"

아폴로는 윌리엄에게 은행 코드와 계좌번호를 알려주었다. 돈을 받으면 패트리스와 수익을 분배할 것이다.

월리엄은 휴대전화의 브라우저를 갱신하고 계좌의 잔액 숫자들을 바라보았다. 모두 0이었다. "이제 됐군요." 그는 부드럽게 말했다. "이걸로 가족을 데려오지 못하면, 나는 빈털터리예요." 그는 휴대전화를 내려놓고 포장된 책을 집었다. "이 종이는 촉감이 좋네요."

그러고 나서, 바로 그 보트 위에서, 월리엄은 딸꾹질을 하며 울었다. 놀라움이 가시고, 아폴로와 패트리스는 실컷 눈물을 흘리도록 월리엄의 등을 다독거렸다.

45

수중에 돈이 들어오면 제일 먼저 해야 할 일은 묵은 빚을 갚는 것이다. 장부가 깨끗해지기 전까지는 새것을 사지 마라. 아폴로는 책장사를 처음 시작할 때 이것을 배웠고, 지금도 그에게는 일종의 복음처럼 지켜지고 있는 말씀이다.

그리고 그 복음 말씀에 따라 그는 킴 밸런타인을 다시 만날 계획을 세우게 되었다.

마하야나 불교 사원은 차이나타운에서 관광객들에게 가장 인기 있는 관광지 중 하나다. 두 개의 황금 사자 상이 붉은 정문을 지키고 있고, 내부에는 뉴욕시 전체를 통틀어 가장 큰 불상이 앉아 있다. 마하야나 불교 사원이 되기 전 이곳은 로즈메리 극장이었는데, 쿵푸 영화와 포르노 영화를 꾸준히 번갈아가며 보여주던 곳이다.

2011년 아폴로와 에마가 킴을 산파로 맞아들이기로 동의했을 때 킴은 이곳 사원에서 만나자고 했었다. 셋 중에 불교 신자는 아무도 없었고, 그곳에 도착해서는—그들도 당연히—빨간색과 황금색으로 디자인된 내부를 넋 놓고 바라보며 어슬렁거리는 수백만의 관광객들과 다를 바 없는 취급을 당했다. 그들은 거대한 황금 불상 아래 섰다. 연꽃 안에 앉은 불상의 높이는 5미터였고, 불상의 머리 위로는 네온관으로 만든 푸른색 후광이 걸려 있었다. 그들은 무릎을 꿇어야 하는지 머리를 숙여야 하는지, 아니면 뭘 어째야 하는지 도무지 알 수가 없었다. 아폴로는 해묵은 습관이 자신도 모르게 튀어나와 성호를 긋기도 했다.

킴은 결국 불교 사원에서의 고객과의 만남이 특별히 '신성한' 인상을 준다기보다는 고객들이 불쾌해하지 않는 정도일 뿐이라는 사실을 인정해야 했다. 에마와 아폴로는 미팅 장소에 대해 의문을 제기한 최초의 고객들이었다. 우스꽝스러운 기분을 느끼며, 그들은 근처 멀베리 가의 '테이스티 덤플링'이라는, 차이나타운에서 가장 맛있는 만두를 파는 식당으로 갔다. 함께하는 좋은 식사가 사원 방문보다 훨씬 더 성스럽게 느껴졌다.

사원 앞에서 아폴로는 예전 그 시절의 따스함을 느끼며 킴에게 인사했다. 그는 황금 사자 옆에 서서 관광객들을 이리저리 피하며 사원을 드나드는 불교 신자들의 몸짓을 연습하고 있었다. 킴은 완전히 소진된 것 같았고, 뼛속까지 피곤해 보였다.

"이틀 밤을 샜어요." 그녀는 포옹한 후 말했다. 그녀는 뒤로 물러서면서 잠시 아폴로의 얼굴을 조심스럽게 살폈다. "만나서 기뻐요. 나한테 소리 지르려고 여기로 나오라고 한 건가요?"

"그 생각도 했었죠." 아폴로는 가볍게 말하고 싶었지만 과연 해냈는지 확신이 들지는 않았다. "하지만 여길 고른 건 여기가 행복한 추억이 깃든 장소이기 때문이에요."

킴은 다시 그를 안아주었다. 이번 포옹은 좀 더 오래 지속되었다.

"안으로 들어갈까요, 아니면 걸을까요?" 아폴로가 물었다.

"저 안은 좀 어둡네요. 난 너무 지쳐서 잠들 것 같아요."

아폴로는 그녀의 어깨 뒤 맨해튼 다리 쪽을 가리켰다. "그럼 좀 걷죠.”

그들은 도로를 건너 교통섬 위에 멈춰 섰다. 5백여 대의 차들이 다리로 진입하는 차선에 길게 늘어서 있었다. 맨해튼 다리의 거대한 아치와 돌기둥이 수십 년간 묻은 검댕 아래서도 웅장해 보였다.

킴은 잠시 괴로운 기색을 보이다 입을 열었다. “세쌍둥이였어요.” 그러고는, 갑자기 말을 끊고 아폴로를 곁눈질했다. “이 얘기를 하면 기분이 안 좋을까요?”

“상관없어요.”

“세쌍둥이였어요.” 그녀는 다시 말했다. “아기를 한꺼번에 그렇게 많이 받은 건 처음이에요. 부부가 불임시술을 받았거든요. 요즘엔 그런 일들이 얼마나 흔한지 놀라워요. 난 아직도 놀라고 있어요. 항상 보면서도.”

“그게 좋지 않은 아이디어라고 생각해요? 예전 방식으로 돌아가는 게 낫다고요?”

킴은 아기를 안고 있는 것처럼 손을 벌렸다. “이 세상에 더 많은 생명이 온다는 걸 의미하니까요. 나는 생명이라면 사족을 못 쓰는 사람이에요.”

“우리가 처형한테 진 빚을 갚고 싶었어요.” 아폴로는 지갑을 꺼내 수표를 찾았다. “미안해요. 날짜를 금요일로 늦춰 적었어요. 돈이 정산되는 게 그때라서.”

그는 수표를 두 손가락으로 잡았다. 수표는 이스트강에서 불어오는 거센 바람에 팔락거렸다. 킴은 혼란에 빠졌다. 그녀는 고개를 가로저었고, 지친 눈은 더 빨개졌다.

"결국엔 내가 필요 없었잖아요. 에마가 혼자 했죠. 둘이 함께 해냈어요."

"처형한테, 또 그 강좌에서, 훈련을 잘 받았던 겁니다. 그러니 이건 마땅히 받아야 해요."

"아폴로." 킴이 말했다. 그러나 더 이상은 할 말이 떠오르지 않는 것 같았다.

"그녀의 세 번째 소원은 끝내 알아내지 못했어요." 아폴로가 말했다. 꼭 킴에게 하는 말은 아니었다.

킴은 한 걸음 다가가 그를 포옹했다. "그래도 알 거라 생각해요." 그녀가 운을 뗐다. 그녀의 얼굴은 그의 목덜미에 고정되어 있었고, 차들은 맨해튼 다리를 오르내리고 있었다. "이렇게 될 일이 아니었는데." 그녀는 이제 드러내놓고 울고 있었다.

"하지만 이렇게 됐죠."

그들은 포옹을 풀었다. 아폴로는 아직도 손가락으로 수표를 잡고 있었다. 마침내 킴은 고개를 끄덕이고 수표를 잡았다. 그녀는 그의 뺨에 한 번 키스를 했다. 그는 그녀가 가는 것을 지켜보았다.

"안녕, 밸런타인 자매." 아폴로가 속삭였다.

아폴로는 킴이 커낼 가의 인파 속으로 사라지는 것을 보고도 오랫동안 그 자리에 서 있었다. 그는 다리 쪽으로 돌아섰다. 걸어서 다리를 건너 강 건너 브루클린으로 가고 싶었다. 그는 길을 건넜고 보행자용 오솔길로 들어섰다. 그리고 얼마 되지 않아 주머니 안에서 휴대전화가 진동했다. 두 걸음을 더 걷는데 휴대전화가 다시 떨렸다. 그는 걸음을 멈추고 아래 이스트강을 내려다보았다. 순간 전화기를 강에 던져버릴까 생각했지만, 곧 훨씬 더 오래된, 인류의 두뇌에 새겨져 전해온 기술에 굴복했다. 호기심. 그는 휴대전화 화면을 손가락으로 훑고 새 문자 메시지를 확인했다.

에마 밸런타인은 살아 있습니다.

그녀를 찾는 걸 내가 도울 수 있어요.

46

아폴로는 다리 위에서 오랫동안—20분? 아니면 그보다 더 오래—서 있었다. 휴대전화가 무슨 말이라도 할 것 같아 계속 바라보았다. 그는 누구의 목소리를 듣게 될 것인가? 그는 휴대전화를 꼭 쥐고 그곳에 붙박인 듯 서 있었고, 그에게 화를 내고 씩씩대는 행인들이 그를 피해 지나가기를 기다렸다. 자전거를 탄 사람들은 비키라고 벨을 울리거나 소리를 질렀지만, 아폴로는 지금 막 불을 발견한 원시인처럼 휴대전화만 바라보고 있었다. 또 다른 문자가 떴다.

지도를 따라와요.

갑자기, 화면에 지도 하나가 열렸다. 격자 눈금이 먼저 나타나고, 잠시 후 차이나타운의 윤곽이 그려졌다. 건축 설계도를 흉내 낸 맨해튼 다리의 투시도가 뜨더니, 그 위로 작게 파란 점이 떴다. 아폴로의 전화기였다. 곧이어 빨간 점이 화면 구석에 깜박이며 나타났다.

여기로 와요.

처음에 아폴로는 빨간 점이 차이나타운의 한 지점을 표시한 것이라고 생각했지만, 파란 점이 빨간 점에 가까워지자 화면의 지도가 다시 조정되면서 빨간 점이 북쪽으로 더 옮겨갔다. 차이나타운이 아니라 리틀 이탈리아로, 리틀 이탈리아에서 북 리틀 이탈리아로. 아폴로는 그의 휴대전화를, 어부에게로 이끄는 낚싯바늘을 계속 붙들고 있었다. 네 번 정도 차도에 내려섰고 경적소리의 세례를 받았다. 인도를 걸으며 수많은 사람들과 부딪쳤지만, 그들이 그에게 저주를 퍼부었어도 알아채지도 못했다. 그는 북 리틀 이탈리아를 벗어나 이스트 빌리지에 도달했다. 거기에서부터 서쪽으로 걸어 워싱턴 스퀘어 공원에 도착했다. 파란 점과 빨간 점이 이제 거의 겹쳐지려 하고 있었다.

워싱턴 스퀘어 아치는 맨해튼 다리의 그것과 비슷했다. 그러나 맨해튼 다리의 아치가 그에게 강을 건널 탈출구처럼 느껴졌다면, 워싱턴 스퀘어 아치는 그를 더 깊숙한 내륙으로 이끌고 있었다. 아치를 통과하자마자 아폴로의 휴대전화에서 지도가 닫혔다. 어플리케이션이 종료되었지만, 아폴로가 닫은 것은 아니었다. 또 다른 문자메시지.

당신이 보여요.

아폴로는 이것이 결국 고문으로 끝나는 것인지 궁금했다. 맨해튼 전역에서 펼쳐지는 물건 찾기 게임. 그리고 그 오랜 게임의 끝에는 게임을 조종했던 조종자가 정체를 드러내는 것이겠지. 아폴로는 이런 식의 장난을 감당할 인내심이 더는 없었다.

젠장, 지금 어딨는지 말하지 않으면 가겠어요. 그는 답 문자를 보냈다.

휴대전화가 진동했다.

미안해요! 분수대 옆에 있어요.

미안해하는 조종자라니. 놀랄 만한 일이었다.

47

활주로의 비행기를 안내하는 지상 안내 요원처럼, 윌리엄 휠러가 거대하고 낡은 분수대 옆에 서서 휴대전화를 흔들고 있었다.

"윌리엄?" 대화가 가능할 만큼 가까워지자 아폴로가 말했다. 그는 솔직히 킴이나 패트리스일 거라 예상했다. 어쩌면 릴리언일 수도 있겠다고 생각했다. 그러나 최근에 책 한 권에 거액을 지불한 이방인일 거라고는 상상도 못 했다. 혹시 이게 어떤 복잡한, 기묘한 방법으로 환불을 요구하는 것이면 어쩌지? 아니면 윌리엄의 또 다른 쇼맨십인 걸까.

"카그와 씨." 윌리엄이 말했다. "아폴로. 이런 식으로 다시 보게 되어 미안합니다."

이곳은 너무 시끄러웠고, 너무 많은 사람들이 지나다녔다. 아폴로에게 부딪치는 사람들의 몸이 그의 내부에 차곡차곡 충격을 쌓았다. 수수께끼 같은 메시지를 따라 웨스트빌리지까지 온 것도 기이했고, 빌어먹을 윌리엄 휠러가 여기 서 있는 것을 보게 된 건 더 기이했다. 많은 사람들이 계속 그의 옆을 지나며 몸을 부딪쳤다. 아폴로는 뭔가 대규모의 몰지각한 행위를 해야 할 것 같다는 기분이 들었다. 만일 이곳이 사람들로 북적이는 공원이 아니었다면 아폴로는 윌리엄을 세게 한 대 쳤을 것이다. 그는 윌리엄의 팔꿈치를 잡고 인파 사이로 떠밀었다. 그러고는 쟁기를 밀듯 윌리엄을 앞으로 밀었다.

"미안해요." 윌리엄이 주변 사람들에게 중얼거렸다. "정말 미안합니다. 미안해요!"

그들은 워싱턴 스퀘어 북광장을 가로질러 아름답게 꾸며진 빨간 벽돌 연립주택들이 모여 있는 블록으로 갔다. 그곳은 워싱턴 스퀘어 공원과 거의 정반대 지점에 존재하는 동네였다. 공원이 활기와 혼돈으로 끓어오르는 곳이라면, 연립주택들은 개인 도서관의 희귀 서적들처럼 잘 정돈되어 있었다. 거리의 인파도 줄었다. 아폴로의 분노도 통제 가능한 수준으로 떨어졌다.

아폴로는 윌리엄의 팔을 놓고 휴대전화를 들어 그의 눈앞에서 흔들었다. "도대체 이게 뭡니까?"

윌리엄은 숨이 가빠 보였다. 아니면 그저 겁이 났는지도 몰랐다. 그는 팔꿈치를 조심조심 만졌다.

아폴로는 가까이 다가가며 냉랭한 목소리로 물었다. "이 문자들은 뭡니까."

"나도 이게 꽤 기이했을 거라는 건 압니다." 윌리엄이 말했다. "이렇게 첩보영화처럼 비밀스럽게 할 생각은 아니었어요."

"에마가 살아 있다는 걸 정말로 아는 겁니까?"

윌리엄은 연립주택과 인도 사이에 친 낮은 연철 울타리에 등을 기댔다. "압니다. 맹세해요."

"그럼 왜 던킨도너츠에서 얘기할 때는 말하지 않았어요? 그 보트에서는?"

윌리엄은 고개를 저었다. "그땐 몰랐어요. 방금 알아낸 겁니다. 알아내고 싶었던 거죠."

"왜요?"

"당신을 만난 후에." 그가 말했다. "당신과 대화를 나눈 후에요. 내 말은, 당신은 그 그룹 미팅에 그…… 당신이 겪은 얘기를 듣고 나가지요. 그것만으로도 충분히 어려운 일입니다. 그랬는데 어떤 여자가 벌떡 일어나서 당신에게 미친 개소리를 늘어놓더란 말이죠. 그건 옳지 않아요."

윌리엄은 팔을 벌리고 손을 쫙 폈다. 자신이 아무런 무기도, 어떠한 적의도 갖고 있지 않다는 걸 보여주려는 것 같았다. "당신을 돕기 위해 내가 할 수 있는 일을 해야겠다고 생각했죠."

"FBI도 뉴욕 경찰도 그녀를 찾지 못했어요." 아폴로가 말했다. 손에 든 휴대전화가 벽돌처럼 무겁게 느껴졌다.

윌리엄은 울타리에서 몸을 일으켰다. 그는 엿듣는 사람을 찾으려는 듯 블록을 위아래로 훑어보았다. "경찰이 유일한 정보원이던 시절이 있었습니다. 그들이 못 찾으면 아무도 못 찾는 거죠. 하지만 이젠 그렇지 않아요, 아폴로. 전국에 있는 백 대의 컴퓨터를 가진 백 명의 사람들이 훨씬 더 넓은 구역을 수색할 수 있습니다. 만일 그 백 명의 사람들이 무슨 일이 일어나는지 정말로 알고 싶어진다면? 그들은 낮이나 밤이나 일할 겁니다. 그들은 멈추지 않아요. 나는 그들에게 당신을 돕고 싶다고 말했고 그들이 나섰습니다."

"이 얘기를 다른 사람들에게 했다고요?"

"내 친구들에게만요." 윌리엄이 말했다. "내가 믿을 수 있는 사람들. 날 염려해주는 사람들."

아폴로는 살짝 어지러움증을 느꼈다. "그래서 그녀는 지금 어디 있습니까?" 이 질문이 실제로 그의 입 밖으로 나왔을까? 아폴로는 확신할 수 없었다.

"이스트강의 어느 섬에 있어요."

갑자기, 마법처럼, 아폴로는 인도에 주저앉아 있었다. 그는 윌리엄이 이렇게나 구체적으로 얘기할 거라고는 기대하지 않았다. 아니면 그녀가 이렇게나 가까이에 있다는 얘기도. 윌리엄은 손을 내밀어 아폴로를 일으켜주었다. 사람들이 몇몇 옆을 지나쳤지만 그들에게 신경 쓰지 않았다.

"거기엔 어떻게 가나요?" 아폴로가 물었다.

"보트가 있어야 해요."

"나한텐 빌어먹을 보트 같은 건 없어요."

윌리엄이 휴대전화를 꺼냈다. 그는 화면을 한 번 쓸고 한 번 더 쓸었다. 그는 작은 배가 그려진 작은 아이콘을 두드렸다. "거기에 관련된 앱이 하나 있는데요."

48

"박쥐 동굴로 가자."

박쥐 동굴은 패트리스의 지하 아파트에 있는 손님용 침실을 부르는 이름이었다. 아폴로는 윌리엄 휠러와 헤어지고 나서 패트리스에게 전화를 걸어 자신을 데리러 와달라고 부탁했다. 아파트까지 가는 데 또 거의 두 시간이 걸렸다. 데이나가 아폴로를 안으로 맞이했다. 겁을 먹었는지 그와 눈을 마주치려 하지 않았다.

"어머니에게 전화해줘서 고마워요." 아폴로가 데이나에게 말했다. "날 도우려고 했다는 거 압니다."

그의 말에 데이나는 마음을 놓고 저녁 식사를 데워주겠다고 제안했지만, 아폴로는 식욕이 없었다. 데이나는 아폴로의 얼굴을—그의 맹렬히 진동하는 눈을— 바라보았고, 희귀 서적 판매보다 뭔가 훨씬 큰 일이 있음을 파악했다. 그러다가 패트리스가 두 사람을 박쥐 동굴로 이끌었다.

손님용 침실은 정말이지 작은 방이었다. 안 그래도 좁은 방에 벽에 나무판자를 대어 더욱 좁아 보였다. 칙칙한 벽이 빛을 흡수해서 방 안을 어둠침침하게 만들었다. 북슬북슬한 갈색 카펫도 분위기를 밝게 하는 데 썩 도움이 안 되었고, 꼭 츄바카*의 겨드랑이 안에 들어와 있는 것 같은 느낌을 주었다. 그리고, 가엾은 패트리스, 천장 높이는 채 2미터도 되지 않는 것 같았다. 발끝으로 서면 머리가 천장 패널에 스칠 것이다. 패트리스, 데이나, 아폴로가 모두 이곳에 들어와 있으니, 마치 청소용구 보관함에 촘촘히 끼어 서 있는 것 같았다.

한쪽 벽에 말끔히 정렬해 있는 다른 거인은 말해 무엇 하겠는가.

"자, 이게 타이탄이야." 패트리스는 회당 안에서 율법 두루마리를 펼치는 랍비처럼 경건한 태도로 말했다.

"DDR3-1866 램 32기가바이트, 처리 속도는 4.7기가헤르츠, 인텔 코어 i7-3970x 프로세서야. 하드 용량은 2테라바이트고, 16배속 에이서스 DVD-RW 드라이브랑 27인치 모니터 세 개를 붙였지. 그리고 마우스는 수류탄 모양이야."

데이나는 방의 구석 작은 창문 아래 서 있었다. 그곳에는 난방기가 있었다. 그녀는 손잡이를 끝까지 돌렸다. 난방기가 희미한 소음을 내면서 안쪽 코일이 오렌지색으로 빛나기 시작했다.

패트리스가 컴퓨터를 켜자 시스템이 부팅되면서 세 개의—세 개!—대형 모니터들이 환한 파란색으로 밝아졌다. 마치 군용 제트기 뒤에 서 있는데 엔진 세 개가 막 불을 뿜으려는 것 같은 느낌이었다. 아폴로는 실제로 뒷걸음질을 쳤다.

데이나가 팔을 뻗어 그를 막았다. "바지에 불이 붙는 걸 원하진 않겠죠?" 그녀가 실내 난방기의 달궈진 코일을 가리키며 물었다. 그러고는 손을 내밀어 아폴로의 왼손을 잡았다. "이게 뭐예요?" 그녀는 그의 가운뎃손가락을 건드렸다. 빨간 실이 손가락에 감겨 매듭지어져 있었다.

---

* 영화 〈스타워즈〉 시리즈에 나오는, 키가 크고 털이 많은 등장인물.

"에마 것이었어요." 아폴로가 말했다. "패트리스에게 전화하고 시간이 좀 남아서요. 그래서 집에 들러 이걸 찾았어요."

"그리고 손가락에 끼고?" 데이나가 물었다.

"이걸 묶고 소원을 빌었어요." 아폴로는 데이나에게 말했다. "딱 한 가지 소원."

데이나는 아폴로의 손가락에서 눈으로 시선을 옮겼다. "당신이 뭘 바라는지 알고 싶지 않아요."

"그래요." 아폴로는 손을 놓으며 말했다. "알고 싶지 않겠죠."

패트리스는 연극을 하듯 목청을 가다듬었다. 아폴로는 패트리스와 그의 컴퓨터를 향해 돌아섰다.

"너랑 나는 〈위험한 게임〉 영화를 기억할 만큼 나이가 들었지. 안 그래? 거기 〈페리스의 해방〉에 나왔던 친구가 나오는 영화 말이야. 여기 있는 이 장치는 거기 나오는 빌어먹을 슈퍼컴퓨터를 전부 다 합친 것보다도 강력한 거야. 그 물건은 어마어마하게 커서 산에다 숨겨야 했잖아! 하지만 내 건 퀸스의 지하 아파트 손님용 침실에도 들어간다고."

중앙 화면에 작은 상자가 뜨고 암호를 물었다. 패트리스는 아폴로와 데이나에게 키보드가 보이지 않도록 가리고 몸을 숙여 타이핑을 했다.

아폴로는 데이나를 보았다. 그녀는 가까이 몸을 기울였다. "내가 암호를 알아요."

"아니, 모를걸." 패트리스가 대꾸했다. "암호는 일주일에 한 번씩 바꾸거든."

데이나는 그의 머리를 가볍게 때렸다. "하지만 그러고 나서 그걸 휴대전화에 메모해두잖아. 매주 바꾸니까 기억할 수가 없어서."

패트리스는 의자에서 몸을 똑바로 세우고 앉았다. "그러니까 지금 당신 말은 당신이 내 휴대전화를 뒤지고 있다는 거야?"

데이나는 아폴로의 팔을 토닥였다. "주제에서 벗어나지 맙시다. 아폴로가 우리 도움이 필요하다잖아."

패트리스는 한숨을 쉬고 컴퓨터로 돌아앉았다. 이 놀랄 만큼 강력한 시스템은 로우스에서 산, 78.89달러짜리 은 파우더 코팅이 된 금속제 컴퓨터 책상 위에 놓여 있었다.

데이나는 한 손으로 쟁반을 들고 일어섰다. 그녀는 패트리스에게 다가가 어깨를 부드럽게 만졌다. 그는 뒤로 몸을 기대어 입술을 내밀었다. 그녀도 몸을 숙여 그에게 키스했다.

패트리스는 목청을 가다듬었다. "자, 이 친구가 에마가 살아 있다는 실질적인 증거를 갖고 있다는 말이지?" 그는 벽에 기대어 있는 금속 접이식 의자를 가리켰다.

"나한테 동영상을 보냈어." 아폴로가 주머니에서 휴대전화를 꺼내며 말했다. "그런데 내 폰은 이걸 재생하지 못해."

패트리스는 얼굴을 찡그리며 휴대전화를 바라보았다. "플래시 형식일 거야. 그걸 해결하려면 퍼핀 브라우저를 다운로드하면 돼. 아니면 그냥 폰을 탈옥할 수도 있고."

패트리스는 방금 영어로 된 세 문장을 말했지만, 그중 하나라도 아폴로가 이해할 가능성은 거의 없었다. 그는 휴대전화를 높이 들어 패트리스의 얼굴 가까이에 가져다 댔다. "내 전화기가 재생을 못한다고." 그는 반복했다.

"그거 나한테 전송해줘."

패트리스는 아폴로가 휴대전화를 조작하는 것을 지켜보았다. 그러는 동안 데이나는 쟁반을 실내 난방기 아래 밀어 넣었다. 난방기와 싸구려 카펫 사이의 보호망 역할이었다.

"그래도 한 가지 좋은 소식은 윌리엄 휠러에게 책을 팔기 전에 내가 상당히 신중했다는 거야."

아폴로는 휴대전화에서 고개를 들었다. "신원 조사 같은 거?"

"우리는 앞으로 다시는 만날 수 없을지도 모르는 가장 값비싼 책을 그자에게 팔려고 했다고. 그러니 적어도 그자가 본명을 쓰는 건지 정도는 확인하고 싶은 게 당연하지!"

아폴로는 휴대전화의 '보내기' 버튼을 눌렀다. "그래서?"

"윌리엄 웹스터 휠러. 포리스트힐스 86번가에 자택 소유. 1980년대 초 공군에서 프로그래밍 전문가로 2년간 복무했어. 그 후에는 1996년까지 찰스턴의 사우스캐롤라이나 의과대학에서 일했고. 그러고 나서 북동부로 돌아왔어. 레비타운 출신이고. 지금은 금융 서비스 회사에서 어플리케이션 개발자로 일하고 있어."

"젠장." 아폴로가 말했다. "뒷조사를 제대로 했구나."

패트리스는 자랑스럽게 배를 두들겼다. "그 사람 예금 계좌에 얼마가 들어 있는지 알고 싶어?"

"그것도 알아?"

"그냥 헛소리하는 거야. 하지만 내가 알아내고 싶다면 알아낼 수 있지. 나랑 타이탄이." 그는 키보드가 사자의 앞발인 것처럼 토닥였다. "하지만 적어도 이 남자는 있는 그대로만 얘기했어. 요즘 같은 시절에는 의미 있는 일이지. 나한테 동영상 아직 안 보냈어?"

패트리스는 답을 기다리지 않고 브라우저를 열었다.

"그는 내일 밤 보트를 구해 올 거야." 아폴로가 말했다. "나랑 강 위를 다니다가 정확한 섬을 찾으면 날 거기에 내려준다고 약속했어. 이스트 강에는 섬이 아홉 개밖에 없고, 내가 이미 그중 한 곳에서 두 달을 보냈어. 그러니 남은 건 여덟 개지."

"하지만 이 남자가 왜 돕는 거죠?" 데이나가 패트리스의 어깨에 기대며 물었다. "이게 그 사람하고 무슨 상관이라고요?"

난방기 열선이 이제는 환하게 달아올라서 빨간색이 되었다.

"그래서 나가기 전에 패트리스를 먼저 만나보고 싶었던 겁니다. 어쩌면 동정심 때문일 수도 있겠죠. 어쩌면 제정신이 아닐 수도 있고요. 어쩌면 그가 날 쏘고 내 시체를 물에 던져버릴 계획일 수도 있어요."

"어쩌면 그 셋 다일 수도 있고." 데이나가 말했다.

"하지만 상관없어요. 에마가 살아 있다면, 난 그녀를 찾고 싶어요." 그는 엄지손가락으로 또 빨간 실을 쓰다듬었다. "그녀를 찾고 싶어요."

"그래서 경찰에 데려다주려고요?" 데이나가 물었다.

"아뇨. 그런 짓은 안 해요."

패트리스는 아폴로를 힐끗 보고는, 다시 돌아앉아 이메일을 클릭했다.

"이건 길거리를 찍은 카메라 화면 같은데." 패트리스가 말했다. "무슨 뉴욕 경찰청 감시 카메라 같은 거. CCTV 화면 같아. 이 친구의 친구들이 진짜 진지하게 파헤쳤나 본데."

패트리스는 '재생'을 클릭했다. 화면을 확대하자 스크린의 4분의 1 가량이 채워졌다. 같은 화면이 모니터 세 개에서 재생됐다. 패트리스, 데이나, 아폴로는 서로 바짝 붙어 화면을 지켜보았다.

49

아폴로는 패트리스 그린의 컴퓨터 화면에 뜬 유령을 지켜보았다. 살아 있는 그녀를 마지막으로 본 게 3개월 전이었다. 이제 여기에 그녀가 있었다.

에마 밸런타인의 유령이 자유롭게 어느 맨해튼 거리를 걷고 있었다. 정확히 어디인지는 말하기 어려웠고, 워싱턴 하이츠보다는 다운타운에 훨씬 더 가까운 곳이었다. 고층빌딩의 스카이라인 사이, 월 가에 가까운 곳이었다. 그녀는 보행자들 사이로 움직였다. 만일 사람들에게 그녀가 보였다면 그런 식으로 움직이지 않았을 것이다. 그들은 그녀가 마치 나쁜 기운의 그림자인 것처럼 피해 다녔다. 그녀가 움직일 때 사람들이 실제로 그녀 옆에서 방향을 트는 것이 보였다. 그들의 시선은 모든 곳을 향해 있지만 그녀만은 보지 않았다. 사람들은 그녀를 보기보다는 휴대전화를 꺼내 들었다. 이것은 의도적인 것이었을까, 아니면 악령이 깃든 에마의 존재에 대한 자연적인 거부 반응이었을까? 아무튼 이런 식으로 그녀는 누구의 눈에도 띄지 않고 계속 걸어갔다.

그녀는 발목까지 내려오는 긴 겨울 재킷을 입고 있었다. 그래서 마치 길바닥 위를 미끄러져 움직이는 것처럼 보였다.

그녀가 브라이언을 죽였던 그날일까?

한 카메라가 그녀를 놓치자, 다른 카메라가 치고 들어왔다. 새로운 각도로, 블록의 먼 아래쪽에서 잡힌 화면이었다. 동영상은 연속으로 촬영된 게 아니라 화면들을 이어 붙인 것이었다. 윌리엄 휠러와 그의 백 명의 친구들이 함께 모은 화면들이었다. 가끔은 에마가 화면에서 벗어났고, 가끔은 화면에 들어오지 않았다. 아폴로는 그녀를 스토킹하는 것 같은 기분이 들었다. 마치 그녀가 바로 지금, 이 순간에 이 거리를, 뉴욕시 다운타운을, 걷고 있는 것 같았다. 화면 구석에 뜬 시간 표시만이 이것이 예전에 찍힌 화면임을 상기시켜 주었다.

에마가 강으로 접근하자 스카이라인이 멀어졌다. 이제 아폴로는 그녀가 어디 있는지 알았다. 사우스 가 시포트. 그녀는 뉴욕 수상택시가 정박한 16번 부두로 걸어갔다. 두 사람이 행복한 부부로서 마지막 데이트를 했던 곳. 그곳에 그녀를 데려갔던 건 아폴로였다. 그때 그녀는 이곳에 어떻게 가는지, 수상택시가 몇 시까지 운행하는지 알아냈던 걸까? 그는 주먹으로 목을 맞은 느낌이었다. 이것이 맨해튼섬을 빠져나간 방법인 걸까? 수상택시에 돈을 내고? 사라지는 데 드는 돈 30달러.

그러나 그 돈은 어디에서 구했을까? 그의 얼굴을 망치로 내리칠 때는 지갑을 챙길 정신도 없어 보였는데.

에마는 부두에서 기다렸다. 다른 사람들, 관광객들, 스무 살쯤 되어 보이는 아이들이 줄을 서서 다음 배편을 기다리고 있었다. 그리고 사람들 무리 사이에서 갑자기 여자 하나가 나타났다. 여자는 에마에게 곧장 걸어가 끌어안았지만 에마는 뻣뻣하게 서서 아무 반응도 보이지 않았다. 수상택시가 도착하자 여자는 에마와 포옹을 풀고 긴 줄의 끝에 섰다. 둘은 끈기 있게 기다려 수상 택시를 탔다. 여자는 표 두 장을 내밀었고, 그런 다음 에마와 여자는 배에 올랐다.

아폴로는 수상택시가 부두에서 멀어지는 것을 경이로움과 굴욕감을 느끼며 지켜보았다.

물론, 그는 에마의 탈출을 도운 여자를 알았다. 그는 그녀를 차이나타운에서 만났었다. 그날 아침 그는 그녀에게 만 달러짜리 수표를 건네주었다.

패트리스와 데이나도 킴을 알아보았다. 둘 중 누구도 아폴로를 보지 못했고, 그저 고개를 숙이고 있었다.

아폴로는 휴대전화를 꺼냈다. 그는 윌리엄에게 문자를 보냈다.

그 보트가 필요해요.

당신이 도와줬으면 합니다.

50

브라이언 웨스트가 문 앞에 있었다. 거실에서 아폴로는 그의 노크 소리를 들었다. 아폴로는 문으로 걸어갔다. 노크 소리는 점점 더 커졌다. 그는 손을 허공에 내밀어 아파트 문의 잠금장치 세 개를 모두 열었다. 복도에 남자가 서 있었다. 그것은 아직 브라이언 웨스트가 아니었다. 이 남자의 얼굴은 파래 보였다. 코와 입도 없이, 오직 눈만 있었다. 그가 안으로 밀고 들어왔다. 남자는 아폴로 앞에 무릎을 꿇고 파란색 피부를 벗었다. 그 아래에는 아빠의 얼굴이 있었다. 아폴로는 미소를 지으며 브라이언 웨스트를 끌어안았다. 브라이언 웨스트는 아들을 꼭 끌어안았다. 브라이언 웨스트는 문을 닫고 잠갔다. 브라이언 웨스트는 집 안을 걸으며 릴리언 카그와의 이름을 불렀다. 브라이언 웨스트는 욕실로 가서 샤워기를 틀었다. 뜨거운 물이 욕조에 채워졌다. 아폴로는 아빠와 함께 거실 소파에 앉아 함께 TV를 보았다. 〈스머프〉.

텔레비전에서 검은색 긴 클로크를 입은 노인이 실험실 안에서 킬킬대며 웃었다. 적갈색 고양이가 테이블 위에 서서 함께 킬킬 웃었다. 저둘의 이름이 뭐였더라. 가가멜과 아즈라엘. 그들은 스머프들을 파괴하고 싶어 했다.

뜨거운 물이 오랫동안 흘러나와 김이 욕실 안을 가득 채웠다. 곧 수증기가 복도로 흘러나왔다. 안개가 거실을 메웠다.

텔레비전에서 스머프들이 함께 노래했다. 스머프들은 가가멜과 아즈라엘이 그들을 덮치기 위해 숲속에 숨어 있는 것을 몰랐다.

브라이언 웨스트가 일어서서 아폴로를 들어 올렸다. 그는 소년을 꼭 끌어안았다. 그는 말했다. "넌 나랑 같이 가는 거야."

그는 안개 속으로 걸어 들어갔다.

51

'차일즈플레이'호는 브롱크스의 로커스트 포인트 요트 클럽에 정박되어 있었다. 왜 롱아일랜드가 아니고 브롱크스인가? 왕복 대여가 편도로 바뀌고, 그러고 나서 요금 청구에 사용된 카드는 도난 카드로 신고되고, 거기에서부터 일은 더 뒤죽박죽이 되어버렸다. 윌리엄은 썩 기뻐하는 기색은 아니었지만, 그래도 여전히 아폴로를 돕겠다는 데 동의했다. 윌리엄은 밤에 움직이는 것이 낫겠다고 했다. 낮에는 해안 경비대나 뉴욕 경찰청 감시선의 눈에 너무 잘 띌 것이기 때문이었다. 윌리엄은 주소와 만날 시각을 미소 짓는 이모티콘과 함께 문자로 보냈다.

아폴로는 그날 하루 종일 집에서 보냈다. 킴 밸런타인을 찾아 브루클린으로 달려가서 그녀가 사는 집을 송두리째 불질러버리고 싶은 것을 참기 위해서 신화적인 자제력을 발휘해야 했다. 그러나 만일 킴이 불과 몇 시간 전 자기 아이를 죽인 동생을 도시에서 탈출시킬 수 있었다면, 지금도 얼마든지 에마에게 경고할 수 있지 않을까? 그가 FBI 요원들과 경찰들을 불러 함께 들이닥친다 해도, 킴이 동생에게 '달아나'라고 마지막 메시지 한 줄을 보내는 걸 어떻게 막을 것인가? 아폴로는 당장의 만족을 위해 킴을 다그치는 것이 에마를 그 섬에서 찾을 가능성에 비해 얼마나 중요한지 비교해보았지만, 그 둘은 차마 비교 대상조차 될 수 없는 것이었다. 그래서 그는 킴을 찾아가지 않았다. 유일한 복수라면 은행에 전화해서 그녀에게 써준 수표를 취소하는 것뿐이었다. 소소한 위안.

영화를 보려고 했지만 볼 수 없었다. 먹으러 했지만 전혀 맛을 느낄 수 없었다. 그는 다음번 생존자들 모임이 언제인지 확인하려고 컴퓨터를 켰다. 다음 모임은 스테이튼섬의 유대인 커뮤니티 센터에서 열릴 예정이었다. 그는 참석하겠다고 표시했다. 혹시라도 가석방 감독관이 물어보면 뭔가 착오가 있었다고 주장하겠지만, 적어도 나가겠다는 의사는 표시한 것이었다. 그러나 인터넷에 접속해 있으면서 윌리엄을 만날 때까지 몇 시간을 기다리려니 자꾸 '아기 브라이언을 추모합니다' 페이지로 이끌릴 뿐이었다. 그곳에 접속하자마자 그는 빨리 로그오프 하라고 스스로에게 말했다. 화면을 내리고 거기에 달린 댓글들을 훑으며, 그는 로그오프하라고 그 자신에게 말했다. 그는 로그오프를 하지 않았다.

그렇게 해서 어떤 포스트를 보게 됐다. 부지런히 포스팅을 하는, '킨더가튼'이라는 이름을 사용하는 사람이 어제 올린 글이었다. 다른 것들은 분명히 가짜 계정이었다. 실제로는 킨더가튼과 그린 헤어 해리만이 꾸준히 글을 올리고 있었다. 킨더가튼은 끔찍한 것들을 써놓았다. 잔인한 말들. 그중에서도 이번에 올린 최신 포스트는 가장 최악에 오르고도 남았다.

"오늘의 저녁 메뉴. 아기 브라이언에게 영감을 받은 식사. **삶은 채소 요리!**"

됐다. 이걸로 충분하다.

아폴로는 로그오프를 했다.

로커스트 포인트 요트 클럽은 듣기엔 근사하지만, 그 회원들은 이름의 수준에 부합하지 않았다. 회원들 대부분은 차량 정비공과 트럭 운전사, 건물 관리인과 간호조무사 들이었다. 클럽 앞에는 높고 녹슨 문이 서 있었고, 울타리 바로 안 회색 난간 옆면에 '로커스트 포인트 요트 클럽'이라고 빨간 글자가 칠해져 있었다. 클럽하우스의 외관은 게 요리 전문점 같았다. 먼지 구덩이 속에 버려진 보트 선체 주위로 잡초가 웃자라 있었다. 일렬로 늘어선 낡은 낚싯배들은 물에서 위아래로 깐닥거렸다. 윌리엄 휠러는 '차일즈플레이'호 데크에 서서 열심히 휴대전화를 흔들고 있었다. 어둠 속에서 휴대전화의 밝은 디스플레이가 랜턴처럼 빛났다. 윌리엄은 아폴로가 배에 오르는 것을 도와주고 나서 시동을 걸었다.

"구명조끼는 활어 수조 위에 있습니다." 윌리엄이 말했다. 아폴로가 말없이 그를 지켜보자 그는 선미를 가리켰다. "저쪽 뒤에요."

아폴로는 구명조끼를 찾아 입었고, 보트의 엔진은 물을 마구 삼키며 통통거렸다. 확실히 좋은 소리였다.

윌리엄은 계기반으로 돌아갔다. "이제 선수줄과 선미줄을 풀어서 던져요. 저거랑 저거요. 저걸 부두 쪽에서 풀어요. 그럼 조류가 배를 부두에서 밀어낼 겁니다. 우리가 할 일은 그게 다예요."

윌리엄이 말한 대로 되었다. 보트는 엔진이 공회전을 하는 동안 물에 떠 있었다. 배가 일단 부두로부터 팔 하나 길이 정도만큼 떨어지자, 윌리엄은 배를 돌려 천천히 기슭에서 벗어났다.

"정말 능숙하게 운전하시는군요." 아폴로가 말했다.

윌리엄은 뒤를 돌아보며 부드럽게 웃었다. "내가 거짓말하는 걸 얼마나 어려워하는지 기억하죠? 이쪽으로 와봐요."

아폴로는 계기반 앞으로 다가갔다. 눈금판 옆에 아이패드가 놓여 있었다. 윌리엄은 스로틀을 놓고 화면을 두드렸다. 동영상이 시작되었다. 바보 같은 신시사이저 음악이 재생되면서 검은색과 흰색 줄무늬 셔츠를 입은 여자가 등장했다.

"보트 항해의 놀라운 세계에 오신 것을 환영합니다." 그 여자가 말했다. "먼저 부두에서 출발하는 방법에 대해 설명하겠습니다. 제일 먼저 확인해야 할 것은……."

윌리엄이 화면을 두드리자 여자가 하던 말을 멈췄다. "난 여기 정오부터 와 있었어요. 그동안 보트 운전하는 법을 독학했죠."

"고맙습니다." 아폴로가 조용히 말했다. "정말로요. 감사합니다."

윌리엄은 손을 저어 말을 끊었다. 반은 수줍고 반은 자랑스러운 태도였다. 그는 배를 몰아 해먼드 크리크로 향했다. 그들은 브롱크스의 끝자락에 있는 SUNY 해양대학을 지났고, 그다음 다시 크게 곶을 돌아 트록스넥 다리 아래를 지나 이스트강으로 들어갔다. 브롱크스의 불빛이 그들의 뒤로 멀어지고, 저 멀리 롱아일랜드의 낮은 땅덩어리가 밤의 먼 그늘로 나타났다. 아폴로는 지나온 거리를 훑어보다가 순간적으로 초록색 불빛이 보였다고 생각했지만, 그냥 환영으로 치부하고 고개를 돌렸다. 대신 그는 똑바로 정면을 바라보았다. 배의 엔진 소리가 텅 빈 어두운 하늘로 흩어졌다.

"지금이라도 배를 돌릴 수 있어요." 윌리엄은 아폴로가 그러자고 하기를 기대하듯 말했다.

아폴로는 아무 말도 하지 않았다. 그게 윌리엄이 들을 수 있는 대답의 전부였다. 배가 계속 전진하는 동안, 아폴로는 왼손을 들어 올렸다. 결혼반지가 끼워진 손가락 옆에 그 빨간 실이 매여 있었다. 그는 결혼반지를 두 번 비틀어 돌려서 뺐다. 그러고는 무심히 반지를 강물에 던졌다. 이제 빨간 실만이 그의 유일한 맹세였다.

52

트록스넥 다리는 별자리처럼 빛나고, 신처럼 흐릿해 보였다. 아폴로와 윌리엄은 다리에 접근하면서 숨을 죽였다. 윌리엄은 모터 속도를 늦추었다. 아폴로는 왜 고대 사람들이 산과 빙하 앞에서 경외감에 떨었는지를 본능적으로 알 것 같았다. 고개를 한껏 젖히고 그렇게 높은 존재를 올려다보고 있노라면, 그것의 전부를 보지 못한다는 것을, 모두 볼 수 없다는 것을 깨닫게 된다. 그는 경배의 본능에 압도당했고, 다리 아래를 지날 때까지 고개를 숙였다. 일단 다리를 지나가자 윌리엄은 모터의 속도를 높였고, 그렇게 계속 앞으로 나아갔다.

"하나 물어봅시다." 윌리엄이 말했다. 바람이 머리카락을 뒤로 날려 그의 밝은색 눈을 볼 수 있었다. "우리가 여기 오는 걸 누구에게 말했습니까?"

"패트리스요. 당신이 보트를 태워줄 거라고 했습니다."

"그렇다면 이걸 좀 봐요."

한 손으로 조타기를 잡은 채로 윌리엄은 아이패드의 화면을 두드렸다. 서버가 천천히 로딩되었다. 이스트강 위에서는 신호 강도가 그렇게 세지 않아서 그런 것이라 이해했다. 한참 후에 페이스북 앱이 열렸고, 아기 브라이언의 추모 페이지가 바로 떴다.

그러니까 윌리엄도 이걸 알고 있었던 것이다. 그는 이걸 언제 알았을까?

윌리엄은 화면을 아래로 내렸다. "여기요." 그는 새로운 포스트를 가리키며 말했다.

강에서는 안전하게 항해하세요! 두 분이 무사히 집에 돌아오기를 바랍니다.

그린 헤어 해리가 올린 포스트였다.

"패트리스?" 아폴로가 중얼거렸다.

"그리고 이것도 있어요." 윌리엄이 말했다.

글은 없고, 이미지만 있었다. 거대한 배가 바다에 가라앉는 사진이었다. 타이타닉이었다. 이 포스트는 킨더가튼이 올린 것이었다.

"친구와 정보를 공유했군요." 윌리엄이 그린 헤어 해리의 포스트를 다시 가리키며 말했다. "그러자 어떤 낯선 사람이 그걸 봤고, 그가 당신을 놀린 겁니다. 이 미스터 그린이란 친구는 당신에 대한 지지를 보여줄 의도였겠지만, 다른 사람들이 그의 포스트를 본 거죠." 그는 킨더가튼의 가라앉는 배 이미지를 두드렸다. "지금 난 당신과 함께 이곳에 나와 있어요. 그러니 당신에게 이걸 보여주는 건 이기적인 이유에서입니다. 우리는 조심해야 합니다. 이제 비밀 같은 건 없어요. 흡혈귀들은 초대받지 않은 집에는 들어오지 못해요. 하지만 인터넷에 글을 포스팅한다는 건 현관문을 열어놓고 아무 매춘부나 우리 집에 들어오십사 말하는 것과 마찬가지예요."

해가 지고 난 후의 라이커스섬은 아름답다. 413에이커(약 1.67제곱킬로미터)의 뉴욕시 복합 교도소 단지, 일만 이천 명가량의 수감자들이 지내는 집은 밤에는 완전히 깜깜해진다. 늦은 밤 도착하는 입소자들을 위해 건물 하나만 열려 있고, 섬의 나머지 부분들은 모두 불을 끈다. 아폴로는 밤 9시의 소등을 기억했다. 죄수들은 잠자리에 들어야 하지만 아무도 자는 사람은 없었다. 그는 섬이 그를 봐주기를, 어떤 식으로든 그를 느끼기를, 개가 냄새로 먹이를 알아채듯 알아봐주기를 바랐다. 아폴로는 섬의 실루엣을 바라보며 지나쳐 흘러갔다. 만일 그 건물이 불을 밝히고 있지 않았다면 섬을 놓쳤을 것이다. 건물 불빛은 흐릿하고 은은한 빛을 섬 전체에 드리웠다. 불과 2주 전까지 머물던 섬을 지금 이곳에서 바라보고 있자니 기분이 무척 이상했다. 배가 섬에 다가가자 아폴로는 죄수들의 고함과 외침을 들었다. 너무 멀리 있어서 무슨 말인지 이해할 수는 없었고, 그저 유령이 울부짖는 것 같은 소리만 강물을 건너 날아왔다.

이제 강의 수면은 얼음 조각상처럼 매끄럽고 부드러워 보였다. 차가운 바람이 강 위로 매섭게 불었고, 보트 안의 그들을 바람으로부터 막아줄 것은 아무것도 없었다. 배가 출발한 지는 한참 되었지만, 아폴로는 시간 개념을 잃어버렸다. 아폴로는 모자를 낮게 눌러쓰고, 배의 선미에서 몸을 웅크리고 계기반 앞에 서 있는 윌리엄을 지켜보았다.

패트리스 그린이 그린 헤어 해리였다. 그는 그 빌어먹을 페이지의 팬이라는 사실은 인정했지만 그가 페이지를 시작한 사람이라고는 한 적이 없었다. 그가 비밀로 한 데에는 뭔가 납득할 만한 이유가 있으리라는 것은 의심하지 않았지만, 도대체 그게 무슨 상관인가? 이유는 누구나 가지고 있다. 위장은 누구나 한다.

"저기 섬이 있어요." 윌리엄이 모터 소리를 누르고 아폴로에게 들리도록 큰 소리로 외쳤다. 그는 엔진 속도를 늦췄다. "그래도 사전 조사를 좀 했는데, 이 섬에 대해 읽었는지는 잘 모르겠네요."

이것을 섬이라고 부르는 건 좀 이상했다. 기껏해야 30미터, 어쩌면 60미터 정도보다 클 것 같지 않았다. 바위 무더기에 덤불이 두어 개 자라났을 뿐, 섬이라기보다는 금속으로 지은 방송탑처럼 보였다.

윌리엄은 아이패드에 바짝 기대어 섰다. "이건 분명히 우탄트섬일 겁니다. 인공 섬이에요. 어떻게 생각할진 모르겠지만 미얀마 출신 유엔 사무총장의 이름을 딴 겁니다. 여기에 또 무슨 얘기가 있는지 봅시다."

아폴로는 윌리엄이 위키피디아 항목을 큰 소리로 읽는 것을 듣고 싶지 않았다. 단 하나 중요한 사실은 에마가 그곳에 없다는 것이었다. 깊은 밤이었지만 그것만큼은 쉽게 알 수 있었다. 섬에는 듬성듬성 자란 덤불 두 포기뿐 문자 그대로 숨을 곳이 없었다.

"계속 갑시다." 아폴로가 말했다.

"저게 뭐죠?" 윌리엄이 물었다. "아, 그렇지. 그래."

그가 엔진의 출력을 조금 높이자 엔진이 통통거렸다.

"이쪽에는 섬이 그렇게 많지 않아요." 윌리엄이 말했다. "라이커스는 방금 지나쳤죠. 우탄트도요. 루즈벨트섬은 주민이 거주하는 섬이고, 랜달과 워즈는 주립공원이에요. 사람들이 항상 이용하죠. 그 여자가 이런 섬들 중 하나에 숨었을지는 의심스럽군요. 너무 위험하니까."

"저기요." 아폴로의 목소리가 너무 작아서 윌리엄은 듣지 못했다.

"밀 록은 확인해볼 수 있어요." 윌리엄이 말을 이었다. "여긴 사람이 살지 않아요. 하지만 공원 관리과에서 이벤트 목적으로 가끔 이곳을 사용하니까, 모르겠군요. 어쩌면 생각보다 더 오래 이 강을 오르내려야 할 수도 있겠어요. 난 완전히 갈피를 못 잡겠어요, 아폴로."

"저기요!" 아폴로가 말했다. 이번에는 차가운 바람에 맞서 더 큰 목소리로 말했다.

섬 하나가, 어두운 장막에 가려져 있었다. 안개가 아니라 육지보다 더 짙게 드리운 밤하늘의 그림자였다. 바위 위에는 불빛이라고는 전혀 없었고, 정면으로 응시해도 흐릿한 나무의 윤곽 이상은 알아보기 어려웠다.

"맙소사." 엔진 속도를 늦춘 윌리엄이 말했다. "그대로 지나칠 뻔했네. 꼭 숨어 있는 것 같군요. 아니면 누가 숨겨놓았던가. 어떻게 찾은 겁니까, 아폴로?"

"나는 아이패드를 노려보고 있지 않았거든요."

"배를 대겠습니다." 윌리엄이 말했다. 상처를 받았지만 숨기려고 애쓰는 말투였다.

그는 기슭에서 3미터 정도 떨어진 곳에 배를 대고 엔진을 완전히 껐다. 뱃머리가 수면 아래 모래톱에 박히면서 배가 멈췄다. 아폴로와 윌리엄은 배 밖으로 떨어지지 않도록 몸을 웅크렸다. 보트가 고정되고 엔진이 꺼지자 강물이 선체에 닿는 소리가 들렸다.

"좀 더 바깥쪽에서 엔진을 멈추고 마지막 몇 미터 정도는 배를 당겼어야 했던 것 같은데." 윌리엄이 말했다. 그는 배 앞쪽으로 걸어가 아래로 뛰어내렸다. 강물이 허벅지까지 닿았다. 그는 뒷걸음질로 물 밖으로 걸어 나가 섬 기슭에 섰다.

아폴로는 이제 윌리엄의 뒤로 무성하게 자란 식물들을 분명하게 볼 수 있었다. 잡목과 나무들이 온통 뒤엉켜 있었다. 아폴로는 배에서 기어 내려가 차가운 물을 헤치며 걸었다.

"준비 됐어요?" 윌리엄이 물었지만, 속삭이는 목소리 이상으로 들리지는 않았다.

"당신은 같이 갈 필요 없어요." 아폴로가 말했다. "당신은 이미…… 다른 누구보다도 많은 걸 해주었습니다."

"솔직히 말하자면 여기 배에서 혼자 기다리는 쪽이 더 무서울 거 같은데요." 윌리엄은 부드럽게 웃으며 말했다.

"좋아요. 좋습니다, 그럼." 아폴로는 왼손을 내려다보았다. 달빛에 빨간 실이 보였다. 실이 손가락을 욱신욱신 짓누르는 것 같았다. 아니면 그냥 혈관에서 느껴지는 맥박이었을지도 모르겠다. "갑시다."

53

"내 어릴 적 친구 중에 형사가 된 녀석이 있어요." 윌리엄이 말했다.

한밤중이었다. 아폴로와 윌리엄은 덤불 끝에서 채 열 걸음도 들어가지 못했다. 이스트강이 선체에 부딪치는 소리는 들렸지만, 덤불이 너무 우거져서 배는 이제 보이지 않았다.

윌리엄도 아폴로처럼 천천히 움직였고, 아폴로와 함께 발을 어디에 디디고 손을 어디에 두어야 할지 몰라 헤매고 있었다. 덤불은 꽤 웃자라서 두 사람의 걸음에 따라 길이 새로 나는 것 같았고, 나무들은 너무 빽빽해서 윌리엄은 나무들 사이로 방향을 이리저리 틀고 비틀거리며 전진했다.

그러다가 마치 울타리를 통과한 것처럼 나무들이 사라졌다. 윌리엄이 땅 위로 1미터 정도 돋아난 것을 가리켰다. 별빛 아래 보면 칡에 감긴 거대한 버섯 같아 보였다. 영화 〈이상한 나라의 앨리스〉에 나오는 애벌레가 그 위에 앉아 물담배를 뻐끔거리고 있어도 크게 이상하지 않았을 것이다. 윌리엄은 휴대전화를 꺼내고, 안경을 고쳐 쓰고, 손전등 앱을 찾았다. 그는 쭈그리고 앉아 휴대전화를 버섯에 대고 두드렸다. 희미한 금속성 소리가 났다.

아폴로는 윌리엄 옆에 무릎을 꿇었다. "소화전인데요."

"여기가 어딘지 알겠어요." 윌리엄이 말했다. "여긴 노스브러더섬일 겁니다."

윌리엄은 이번에는 휴대전화를 들여다보지 않고 기억 속에 있는 이야기를 읊었다.

"노스브러더섬은 원래 사람이 살지 않는 섬이었어요. 그러다 1885년에 천연두 환자들을 치료하기 위해 리버사이드 병원이 설립되었습니다. 당시에 병원은 격리가 필요한 환자들을 치료했어요. 제2차 세계 대전이 끝나고 나서 이 섬은 참전용사들을 수용하는 시설이 되었고요. 1950년대에는 약물 중독 치료 센터가 되었지만, 결국엔 직원들의 부정부패 때문에 폐쇄되었습니다."

윌리엄은 휴대전화 불빛으로 소화전 위를 비췄다.

"당시 병원은 기존 치료 센터에 도서관, 직원용 숙소, 예배당, 정신병원, 창고와 석탄 저장소, 의사용 사택, 레크리에이션 센터, 영안실까지 추가되었죠. 도로와 인도도 깔았어요."

아폴로와 윌리엄은 알지 못했지만, 그들이 밟는 웃자란 풀 밑으로 몇 센티미터 아래에는 콘크리트 도로가 깔려 있었다. 노스브러더섬에 있던 작은 마을은 자연으로 다시 돌아갔다. 낮이었다면 버려진 건물들을 볼 수 있었겠지만, 지금은 밤과 식물들이 주위를 가리고 있었다. 그래서 그들은 소화전 옆에 서서 우주선이라도 발굴한 것처럼 경이로워하고 있었다.

윌리엄의 휴대전화가 두 번 희미하게 진동했다. 플래시 라이트 앱은 배터리를 절약하기 위해 깜박거렸다.

"제대로 조사하셨군요." 아폴로가 어둠 속에서 속삭였다.

"말했잖아요. 12시부터 보트에 있었다고." 윌리엄은 쭈그리고 앉아 있다가 조금 무리해 일어났다. "그런 걸 읽을 시간이 충분히 있었습니다."

그들은 무성한 풀에 가려진 소화전을 기준점으로 삼고 다시 걸었다. 아폴로는 저 뒤에 있는 기준점 덕에 길을 잃지 않기를 바랐다.

아폴로는 더 단호하게 발을 내디뎠다. 그는 윌리엄에게 가까이 다가 갔고, 그와 보조를 맞췄지만 시선은 정면을 향했다.

"그런데 정말로 여긴 왜 온 겁니까? '그냥 돕고 싶어서' 따위 개소리 는 하지 마시고요." 아폴로가 물었다.

그들은 몇 분 정도 더 풀밭을 헤치며 걸었다. 아폴로는 여전히 최근 에 연이어 터진 사실들에 현기증을 느끼고 있었다. 릴리언, 킴, 그리고 이제는 패트리스까지. 만일 윌리엄이 아폴로의 뒤를 따르며 그의 모험 을 동영상으로 찍어 유튜브 채널에 업로드하고, 백만 조회수를 기록해 돈을 벌기 시작한다고 해도, 이젠 누가 몇 주 안에 이메일로 링크를 보 내주지 않아도 저절로 알게 될 것이었다. 이제 그는 사람들에게 지쳐 있었고, 거기에 대해 화도 나지 않았다. 적어도 윌리엄은 여기 올 수 있 게 그를 도와준 사람이었다.

"그레타가 거절했습니다."

아폴로는 걸음을 멈췄다. "당신 부인이?"

길고 깊은 한숨이 윌리엄에게서 흘러나왔다. "아마도 5년 전, 아니 10년 전엔가, 그녀는 뭔가에 홀렸어요. 그런데 지금은? 나더러 그 책을 도로 가져가라고 하더군요. 자긴 원치 않는다고." 윌리엄의 목소리가 낮아졌다. "여기 이 섬에 당신과 함께 오지 않았다면 지금쯤 나는 우리 집 지하실에서 미쳐버렸겠죠. 적어도 이 일은 특별해요. 이것도 미친 짓이지만, 그래도 혼자는 아니잖아요."

아폴로는 윌리엄 옆에 잠시 동안 조용히 서 있었다.

"그래서, 당신과 같이 가도 됩니까?" 윌리엄이 물었다.

"나는 뭔가를 개판으로 만들려고 여기 온 겁니다. 당신은 그냥 원하는 걸 하세요."

그들은 다시 걸었다.

이제 그들에게 닥친 위험은 현대 문물이 이 섬에 도입한 작은 함정들이었다. 예를 들어 공공시설의 뻥 뚫린 수직 통로에 발을 잘못 디디면 어둠 속으로 6미터는 빠질 수 있었다. 포도나무 덩굴이 벽돌담을 감고 있어 아슬아슬하게 지탱하고 있었지만, 언제 무너져도 이상하지 않았다.

"저쪽에 불빛이 보입니까?" 아폴로가 물었다.

전깃불이 아니라 타오르는 불이 내는 빛이었다. 불빛은 남쪽을 향하며 공기 중에서 부유하고 있었다.

"도깨비불이에요." 윌리엄도 불빛을 보며 부드럽게 말했다.

어두운 풍경에 눈이 적응되면서, 아폴로는 자신이 보는 것이 2층 건물의 2층에서 타오르는 작은 불임을 깨달았다. 아폴로의 앞에 있는 벽은 오래전에 허물어져서 박물관의 입체 전시물 같았다. 불가에는 아무도 안 보였지만, 다른 누가 저 불을 피웠겠는가? 에마. 지금까지 이 섬에서 혼자 생존했겠지. 그는 실제로 그녀를 찾으리라고는 전혀 기대하지 않았다. 그의 머리 뒤쪽 신경계에 스파크가 튀는 것이 느껴졌다. 솔직하게 표현하자면, 에마와의 첫 번째 데이트를 앞두고 느꼈던 것과 같은 전류였다. 그 순간 윌리엄과 아폴로는 함께 걷고 있지 않았다. 아폴로 카그와는 갑자기 달리기 시작했다.

54

1981년이 되기 한참 전에 천연두 환자들은 노스브러더섬을 떠났다. 참전 용사들과 약물 중독자들도 더 이상 이곳에 머물지 않았다. 섬에는 해오라기만 남게 되었다. 겸손한 얼굴의 자그마한 새들은 서로를 콕콕 쪼며 시간을 보내다가, 분위기가 무르익으면 숨을 쌕쌕거리며 서로에게 달려들었다. 해오라기들은 20년 이상 섬을 지배했지만, 21세기 초에 접어들어 그 섬을 버렸다. 새들이 떠난 이유는 알려지지 않았고, 새를 관찰하는 사람들만 호기심을 조금 품었을 뿐 이렇다 할 뉴스거리는 없었다.

오늘 밤 아폴로 카그와는 해오라기가 떠난 이유를 알게 되었다. 새들은 쫓겨난 것이었다.

노스브러더섬에 여자들과 아이들이 돌아왔던 것이다.

결핵환자용 가건물은 섬에서 가장 크고 구조적으로도 가장 견고한 건물이었지만, 그들은 그곳에 머물지 않았다. 그 대신 간호사 숙소를 선택했는데, 고딕 양식을 재현한 U자 모양의 4층짜리 건물은 1904년 완공되었을 때 125명의 간호사를 수용할 만큼 큰 건물이었다. 이미 오래전에 자연의 힘이 창문들을 깨뜨렸지만, 여자들과 아이들이 수리를 해놓았다. 아폴로는 창을 막은 투명한 플라스틱판 너머로 날름거리며 깜박이는 불빛을 볼 수 있었다. 멀리서 보면 여전히 2층에서 불빛이 보였지만, 집에서 흘러나오는 불빛이라기보다는 사람들이 이곳으로 돌아올 수 있도록 불을 비추는 신호용 불빛 같았다. 마치 베이스캠프처럼.

아폴로는 빈터 가장자리에 섰다. 그 너머에는 간호사 숙소가 서 있었고, 그 옆에는 정면이 허물어진 의사 사택 건물이 서 있었다. 칠흑 같은 어둠 속에서 사람들이 보였다. 여자들은 짝을 지어서, 아니면 혼자서 두 건물 사이를 오가고 있었다. 이곳저곳에 아이들이 투명한 플라스틱 창유리를 통해 바깥의 밤을 바라보고 있었다. 마치 1607년의 어느 황무지 마을에 잘못 발을 들인 기분이었다.

뉴욕시에서 이렇게 가까운 곳에서 어떻게 이런 일이 일어날 수 있을까? 아폴로의 아파트는 이곳으로부터 정확히 6.5킬로미터도 되지 않는 곳에 있었다. 보트를 조금 타고 왔을 뿐인데 그는 동화 속 섬으로 들어와 있었다. 아폴로는 여자들과 아이들을 공포와 경탄이 뒤섞인 감정으로 바라보았다.

이제 뭘 하면 좋을지 아폴로는 윌리엄과 굳이 상의하지 않았다. 심지어 자기 자신과도 상의하지 않았다. 그는 그림자에서 걸어 나와 마당으로 발을 들였다. 이제 막 열린 공터로 나온 것이었다.

그가 두려워하지 않았다고 말하려는 것이 아니다. 사실은 숨조차 쉬기 어려웠다. 한껏 수축된 목 안에서 치밀어 오르는 딸꾹질 때문이었다. 마음을 다스리기 위해 그는 속으로 중얼거렸다. 그 주문을. 충분히 오랫동안 그 주문을 외운다면 믿을 수 있을 것이었다.

"나는 신이야, 아폴로."

목소리가 너무 작아서 그 자신에게도 잘 들리지 않았다.

"나는 아폴로 신이야." 그는 조금 더 큰 소리로 말했다.

목소리가 커지는 것을 막을 수 없었다. 그는 통제를 거부하는 야생성을, 미친 에너지를 느꼈다. 이 역시 '패닉'의 일종이었다.

그는 간호사 숙소에 도착했다. 건물에는 정문이 없었다. 그는 떨리는 다리가 허락하는 한 최대한 빠르게 정면 계단을 뛰어올랐다.

"나는 아폴로 신이야! 나는 복수를 원해!" 그는 외쳤다.

웃자란 칡넝쿨을 벗어나자마자 아폴로는 눈에 띄었다. 여자 넷이 마당에서 나타났다. 그들은 의자 다리를 개조해서 만든 곤봉을 무기 삼아 들고 있었다. 곤봉 끝부분에 달린 가죽 끈이 여자들의 손목에 이어져 있었다. 여자들은 머리와 상체를 덮는 초록색 망토를 차도르처럼 입었고, 그 덕에 노스브러더섬의 초록빛 세상 안에서 완벽하게 은폐될 수 있었다. 그래서 네 여자들이 아폴로를 향해 접근하자 마치 숲이 에워싸며 다가오는 것 같았다. 아폴로는 그들이 접근하는 소리를 듣지 못했고, 곤봉을 높이 쳐드는 것도 알아채지 못했다.

네 여인은 아폴로 카그와를 개처럼 두들겨 팼다.

55

사람을 기절하도록 때려눕히는 것은 대단히 어렵다. 아폴로는 그게 좀 더 쉬웠으면 하고 바랐다. 그러나 그는 20년처럼 느껴지는 2분 동안 얻어맞는 중이었고, 절대 기절하지 않았다. 그를 때리는 여자들은 아주 전문적이었다. 그들은 아폴로가 기절하는 걸 원치 않았기 때문에 머리는 절대 때리지 않았고, 대신에 팔과 다리를 집중적으로 때려서 순식간에 움직일 수 없게 만들었다. 그들은 아폴로가 난폭하게 몸부림치고 발길질을 해 공격의 주도권을 뺏는 걸 원치 않았다. 행여 그가 칼이나 총을 가져왔다고 해도, 양팔이 마비된다면 쓸 방법이 없었다. 여자들은 그를 심하게 때렸고, 쇼크 상태에 빠진 아폴로의 팔과 다리는 얼어붙은 것처럼 차가워졌다. 공격 당하고 있다는 사실을 깨닫기도 전에 그는 이미 공격 당하고 있었다. 그는 테이저건에 맞은 것처럼 땅에 쓰러졌다.

바닥에 등을 대고 쓰러진 그의 눈에는 아무것도 보이지 않았다. 눈은 이미 기능을 상실했다. 여자들이 그가 실명할 때까지 때리려는 게 아닐까 싶었다. 이 생각은 몸의 고통보다도 훨씬 더 그를 혼란스럽게 했다. 그는 감각을 잃을 때까지 맞았다. 꼼짝도 할 수 없었고, 여자들도 그것을 알았다. 그는 계단을 굴러 마당 위로 떨어졌다. 여자들은 말아 놓은 카펫처럼 굴러 떨어진 그를 바닥에 내버려두었다.

여자들은 곤봉을 땅 위에 내려놓았다. 그러고는 어디선가 테이블 다리를 가져와 직사각형 모양으로 맞췄다. 테이블 다리의 아래쪽에 달린 끈을 옆의 다리에 끼워 넣으니 들것처럼 되었다. 그들은 아폴로를 굴려 들것 위로 올렸고, 그는 엎드린 자세가 되었다. 여자들은 의자 다리의 끝을 잡고 끙 소리를 내며 그를 들어 올렸다. 마치 소방관식 운반법으로 환자를 나르는데 팔 대신 의자 다리를 사용하는 것 같았다.

들것은 아폴로의 상체 무게를 간신히 감당할 정도의 크기여서 팔과 머리가 대롱거렸고, 다리도 뒤쪽에서 대롱거렸다. 여자 넷으로 이루어진 팀이 그를 들고 마당으로부터 멀리 들어 날랐다. 이 모든 일이 불과 1분 50초 동안 일어났다. 그들은 잘 조직된 팀이었다. 간호사 숙소 건물의 창문들은 아이들의 얼굴로 가득 찼고, 의사 사택에서도 여자들이 내다보고 있었다. 마당을 굽어보는 세 번째 건물은 2층짜리 벽돌 건물이었는데, 단순히 '학교'라고만 불렸다. 학교 건물에서는 방 한 곳만 불을 밝히고 있었고, 그 불빛은 전기를 이용한 것이었다. 창문 앞에 선 어떤 형체가 아폴로가 실려 가는 것을 지켜보고 있었다. 그녀는 다른 누구보다도 더 오랫동안 아폴로를 지켜보았다.

젖은 먼지 냄새. 나무의 벌레 소리. 수풀을 헤치고 그를 나르는 네 여자의 발소리. 입안에 감도는 피 맛. 아폴로의 시력이 돌아오기 전까지 다른 감각들이 먼저 상황을 이해하도록 많은 정보를 주었다.

"내가 온 건." 그는 중얼거렸다.

"흠, 네가 온 걸 우리가 모를까 봐?" 여자들 중 하나가 대답했다. 그게 누구인지는 알 수 없었다.

"자기가 여기 왔대. 뭐 박수라도 받고 싶은 모양이지." 다른 여자가 말했다.

그 마당에서부터, 숲속의 작은 식민지로부터 얼마나 멀리까지 온 걸까? 야생의 생물들이 그들을 에워쌌지만, 여자들은 잘 다져진 오솔길 위로 그를 들고 능숙하게 걸어갔다. 칡과 개머루가 발아래 짓밟혔다.

"내가 여기 온 건." 아폴로가 다시 말했다. "아내 때문이야."

"사과하고 용서를 빌려고?" 세 번째 여자가 물었다. 약간 숨이 찼고 냉소적인 말투였다.

"아니면 아내를 죽일 생각인가?" 네 번째 여자가 물었다. 그 말이 나오자 아폴로는 바짝 긴장했고, 여자들은 전쟁으로 오랜 세월 단련된 동지들처럼 함께 웃었다.

"난 복수를 원해!" 첫 번째가 외쳤다.

"그 여자가 내 아이를 데려갔어!" 두 번째가 덧붙였다.

"그 여자 때문에 난 고통스러워!" 세 번째가 식식거렸다.

"내 손은 그 여자의 피를 원해!" 네 번째가 외쳤다.

이제 그들은 웃음을 거두고 끌끌 혀를 찼다. 그들은 놀라지 않은 것 같았다. 아폴로는 지금까지 이 네 여자가 이 섬에 오른 남자들을 데리고 이것과 똑같은 과정을 몇 번이나 반복했을지 궁금했다. 아마도 그래서 이 길이 이렇게 잘 다져진 것이겠지. 남자들의 시체를 들고 계속 왕복했을 테니. 이 길의 끝은 어디일까?

그는 몸을 들것 밖으로 던지려고 몸부림쳤다. 나무 막대가 가슴과 배를 파고들었다. 새로운 종류의 소리가 들렸다. 여자들이 물에 들어가면서 철벅거리는 소리였다. 차가운 물이 그의 얼굴과 목에 튀었다.

"날 어디로 데려가는 거야!" 그가 외쳤다.

"우리도 여기 있는데." 그들 중 하나가 무미건조하게 말했다.

"마지막이 누구였더라? 잊어버렸네." 다른 여자가 말했다.

"카우프만?" 또 다른 여자가 말했지만 완전히 확신하는 말투는 아니었다.

"맞다. 아마 지금쯤 제너럴슬로컴호의 황금과 함께 이스트강 바닥에 누워 있겠지."

그들은 함께 웃었다. 마치 옛 친구와 대화를 나누는 것처럼.

황무지에서 물가까지 어떻게 왔는지 제대로 이해하기도 전에, 아폴로는 자신의 몸이 낮아지더니, 물속에 잠기는 것을 느꼈다. 뒤통수를 잡은 손 두 개가 그의 얼굴을 물속으로 밀어 넣었다. 차가움은 또 다른 종류의 공격이었다. 심지어 강물은 밤하늘보다도 훨씬 더 어두웠다. 나무 곤봉이 몸 아래에서 빠져나가는 것을 느끼자마자 몸 전체가 아래로 가라앉았다. 그들은 그를 익사시키려 하고 있었다. 그는 자신도 모르게 입을 벌리고 물을 삼켰다. 그리고 놀랍게도 그것이 그의 목숨을 구했다.

물을 삼키는 반응이 너무 격렬해서 그의 몸 전체에 새로운 활력을 일깨운 것이었다. 그는 자신이 뭘 하는지는 전혀 알지 못했지만, 남자 열 명 몫의 힘이 솟았다. 사람을 익사시키는 것은 기절시키는 것보다도 훨씬 더 힘들다. 그는 몸부림치며 몸을 마구 뒤틀었고, 여자들은 최선을 다했지만 그럼에도 그는 자유의 몸이 되었다. 그는 뒤통수를 잡고 있던 손아귀에서 벗어났다. 그는 숨을 헐떡이고 또 헐떡였다. 무언가를 외쳤지만 뜻이 통하는 말은 아니었다. 그가 숨을 두 번 들이마셨을 때 여자들이 다시 그를 덮쳤다. 그들은 아폴로를 뒤로 넘어뜨리려 했지만, 이제는 아폴로가 여자들을 마주보고 있었다. 그는 여자 두 명을 잡아 강물로 끌어당겼다. 여자들은 간신히 수면으로 올라왔지만, 그는 절대 놓지 않았다. 그들이 살기 위해 친 몸부림이 결과적으로는 아폴로를 구해주는 꼴이 되었다. 사실상 몸싸움은 아니었고, 아폴로가 여자들에게 사납게 매달린 것이었다. 아폴로는 그들을 짓밟고 일어선 후 차가운 바람을 머리에 맞으며 육지 쪽으로 내달렸다.

아폴로가 채 1미터도 달아나기 전에 여자들이 그를 잡았지만, 상관없었다. 이미 그는 흙 위로 드러난 울퉁불퉁한 뿌리들을 꽉 붙잡고 버티고 있었다. 여자들의 옷은 숲속에서는 훌륭한 위장 수단이었지만, 지금은 물에 젖어 무거워져서 거추장스럽기만 했다. 결국 여자들은 아폴로의 위로 차곡차곡 쌓였다. 그렇게 다섯 명이 모래 위에서 씩씩거리며 엎치락뒤치락했다.

"어떻게 그 여자를 감싸줄 수가 있어?" 잠시 틈이 생기자 아폴로가 말했다. "에마는 내 아기를 죽였어! 그런데도 그 여자를 보호해준단 말이야?"

한 사람씩, 여자들이 일어서면서 아폴로의 다리와 등을 누르던 무게가 조금씩, 조금씩 가벼워졌다. 여자들은 그를 돌아 눕혔다. 아폴로는 그들이 다시 물속으로 처박을 경우에 대비해 한 손으로 뿌리를 꽉 붙잡고 있었다. 그는 그들을 올려다보았다. 그들은 조용히 그를 내려다보았다. 뒤에서 비치는 달빛 때문에 그들의 얼굴은 알아볼 수 없었다. 얼굴 없는 네 개의 형체가 어둠 속에서 그를 굽어보고 있었다.

"에마의 남자로군." 그들 중 하나가 말했다.

두 번째가 고개를 들어 하늘을 보며 신음했다. "당연히 그렇겠지. 그 여자는 골칫거리였어. 그 여자 남편이 아닐 이유가 없잖아?"

"조용히 해." 첫 번째 여자가 매섭게 말했다.

여자들 중 하나가 가까이 다가와 아폴로의 주머니를 뒤졌다. 그녀는 열쇠 뭉치를 꺼내고는 돌아서서 물속으로 걸어 들어갔다. 희미하게 찰랑거리는 소리가 들리더니, 다시 그녀가 돌아왔다.

"지갑은 강물에 빠졌어. 카드랑 뭐 그런 것들이 물 위에 떠다니고 있네."

"묻어버려." 첫 번째 여자가 말했다. "휴대전화는 어떻게 됐어?"

"물속에선 못 봤어."

"다시 뒤져봐."

여자 둘이 그를 들어 올리고 세 번째 여자가 주머니를 전부 뒤지고 난 후 손으로 아폴로의 다리와 허리띠 안쪽을 샅샅이 훑었다. 휴대전화는 없었다. 이제 여자들은 손목에 대롱대롱 매달린 의자 다리의 손잡이를 잡고, 뒤로 네 걸음 물러났다. 그는 넘어질 위험을 무릅쓰고 일어섰지만, 그들은 그를 도와주지 않았다.

"칼이 널 보고 싶어 할 거야." 여자 하나가 말했다. 그녀는 그들이 막 내려온 길을 가리켰다. "길은 알지?"

아폴로는 몸을 떨며 걸었지만, 그들 중 누구도 그를 돕겠다고 나서지 않았다. 길을 걸으며 그는 침착함과 냉정을 되찾았고, 주위를 돌아보며 그와 이 여자들 말고는 아무도 없다는 걸 깨닫게 되었다. 여자들은 그를 잡았지만 윌리엄은 잡지 못했다. 그는 마치 테이블 위에 엎어놓은 카드 한 장을 갖고 있는 것 같았다. 게임을 계속할 마지막 한 장의 카드. 과연 윌리엄 휠러는 어떻게 할 것인가?

56

여자들은 다시 아폴로를 마을로 이끌었지만 시간이 좀 걸렸다. 그 정도로 심하게 맞고 난 후에 바로 회복되기를 기대할 수는 없다. 그는 태형을 당한 사람처럼 보였고, 실제로 당한 것이나 마찬가지였다. 마당에 도착한 그들을 맞이한 것은 깊은 정적이었다. 타오르던 불은 모두 꺼지고 학교의 전깃불만 켜져 있었다. 아폴로는 간호사 숙소 전체가 빈 것 같다는 느낌을 받았다. 의사 사택도 그랬다. 여자들이 강에서 그를 죽이려고 안간힘을 쓰는 동안 여기 사람들은 모두 페리를 타고 섬에서 나간 건가 하는 생각이 들었다. 아마 방공호나 토네이도 대피용 지하실처럼, 거대한 파괴력과 맞닥뜨렸을 때 가는 대피소가 있는 것 같았다. 그는 이곳의 여자와 아이들이 전부 캄캄하고 답답한 벙커에 틀어박힌 모습을 상상하고, 고작 자기 때문에 그렇게 도망을 간다는 게 말이 안 된다고 여겨졌다. 그렇다고 그가 강하다는 기분이 느껴지지도 않았다. 그 대신 그는 방금 전 사건을 다른 관점에서 바라보게 되었다. 한밤중에 낯선 남자가 나타나서 자기가 신이라며 고함을 지르고 아내에 대한 복수를 부르짖었다면. 여자들과 아이들이 겁에 질리는 건 당연하지 않겠는가?

두 여자가 그의 팔을 잡고 학교로 이끌었다. 2층의 불 켜진 방은 지금은 더 밝아 보였고, 다른 사람이 있는 기미는 보이지 않았다. 두 여자는 앞장서서 정문으로 걸어 들어갔고 나머지 둘이 뒤따랐다. 그들은 긴 복도를 따라 걸었다. 복도의 벽은 한눈에 봐도 왼쪽으로 주저앉아 있었다. 벽들과 천장은 무너지고 있는 게 분명해 보였고, 갈라진 흰 페인트 아래로 회색 석고판이 보였다. 바닥은 먼지로 뒤덮여 있어 그들의 발자국이 고스란히 남았다. 이 층에는 방이 여섯 개 정도 있었다. 방들은 대부분 작고 오랫동안 쓰지 않은 사무실 같아 보였다. 먼지를 헤치는 그들의 발소리가 천장에서 반사되어 복도에 울렸다. 계단을 오르자 발을 끄는 소리도 함께 울렸다.

칼이 저에게 뭘 해야 하는지 말해줬어요. 하지만 내가 할 수 있을지 모르겠어요.

아폴로는 성당 지하실의 여자 목소리를 들었다. 그때와 마찬가지로 또렷하게. 아마도 그의 몸이 그 기억에 어떤 식으로든 반응했던 것 같고, 그래서 계단 위에서 자신도 모르게 공격적인 동작을 했던 것 같다. 그의 뒤에 있던 여자들 중 하나가 곤봉으로 오른쪽 어깨를 가볍게 때렸기 때문이었다. 그는 멈춰서 숨을 죽여야 했다. 고통이 그를 현재로 되돌려놓았고 그의 뒤에 감시자들이 있음을 일깨워주었다.

계단을 다 오르자 빈 방들이 늘어선 복도가 또 나왔다. 어느 방에선가 흘러나오는 빛이 복도를 밝히고 있었다. 여자들은 그 방으로 그를 데려갔다. 이 방에는 문이 있었다. 방문에는 글자가 새겨져 있었다.

교장실

한 여자가 안에 혼자 서 있었다. 아폴로가 방에 들어설 때 그녀는 등을 보이고 있었다. 방 안의 긴 테이블 위에는 그가 이해할 수 없는 여러 가지 블록들과 도형들이 뒤덮여 있었고, 여자는 그 위로 몸을 숙이고 있었다. 방 안에는 한눈에 봐도 폐품임이 분명한 책상이 하나 더 있었다. 그 위에는 종이와 아주 오래된, 데스크톱의 3분의 1 정도 되는 회색 벽돌 모양의 워드 프로세서가 놓여 있었다. 워드 프로세서의 전원 코드는 3,000와트짜리 빨간색 혼다 슈퍼 콰이어트 발전기에 연결되어 있었다. 발전기는 한쪽 벽에 나 있는 커다란 구멍 안에 정확하게 고정되어 있었고, 밤공기 속으로 배기가스를 내뿜고 있었다. 복도에 있을 때에도 발전기 소리를 듣지 못했는데. 방 안의 발전기는 마치 멀리 정원에서 누가 잔디 깎는 기계를 돌리고 있는 것처럼 소음을 내고 있었다.

여자가 서 있는 테이블 옆에는 스탠딩 램프 두 개가 서 있었다. 여자는 여전히 그에게 등을 돌리고 있었다. 방구석 두 곳은 여전히 어두웠지만, 그래도 섬의 다른 부분과 비교하면 밤의 에펠탑만큼이나 밝았다.

아폴로는 방 안으로 들어갔다.

그를 데려온 여자들 중 하나가 조심스럽고 잽싸게 안으로 들어와서 그의 열쇠를 워드 프로세서가 있는 책상 위에 떨어뜨렸다. 그의 휴대전화는 테이블 위에 놓여 있었다. 다른 누군가가 찾은 모양이었다.

"어떻게 된 거죠?"

테이블의 여자는 돌아서지 않고 말했다. "저자를 잡을 때 마당에 떨어져 있었어. 아이들 중 하나가 찾아서 나에게 가져왔지. 너희를 훈련시킬 때 신중을 기하도록 가르쳤다고 생각했는데."

"그러셨어요. 죄송합니다."

"엉성해." 여자가 말했다.

감시자는 고개를 끄덕이고 복도의 동료들에게 돌아갔다. 망토에서 뚝뚝 떨어지는 물이 바닥에 희미한 흔적을 남겼다. 그를 익사시키려 했던 네 여자들은 돌아서서 떠났다.

이제 아폴로와 여자 단둘이 남았다. 여자는 오른쪽으로 두 걸음 움직이더니 테이블에서 무언가를 집었다. 헤어스타일은 평범한 중년 여성들의 짧고 단정한 숏커트 스타일이었고, 색은 백발처럼 보이는 회색이었다. 여자는 약간 헐렁한 검은색 레깅스와 우아하게 허벅지까지 내려오는 넉넉한 회색 스웨터를 입고 있었다. 꼭 에일린 피셔*의 피팅 모델 같았다. 여자가 돌아서자 그녀의 인상은 더욱 기묘해졌다. 여자의 양손에는 양말 인형이 씌워져 있었다.

"어느 쪽이 더 무서워?"

그녀는 꼬마 도깨비처럼 미소 지었다. 그녀는 자신이 가진 자연스러운 분위기를 정확히 알고 있었고, 그런 인상으로 인해 장난스러워 보이면서도 동시에 강력한 힘을 가진 것처럼 보였다. 이곳에는 아폴로와 여자 둘밖에 없었지만, 그녀는 조금도 걱정하지 않는 것 같았다. 아폴로는 무슨 해악을 끼칠 만한 상태가 아니었다. 자기 팔도 제대로 들어 올릴 수 없었고, 허벅지에서 꾸준히 욱신거려서 다리가 제자리에 붙어 있다는 걸 간신히 알 정도였다.

"이봐요?" 그녀는 두 손을 더 높이 들어 올리며 말했다. "저 친구들이 혀를 자르진 않았잖아? 안 그래?" 그녀는 그를 향해 눈을 가늘게 뜨고 노려보았다. "혀를 잘랐으면 나한테 가져왔겠지."

---

* 여성복 브랜드.

오른손에 씌운 인형은 짙은 초록색 양말에 희번덕거리는 눈 한 쌍을 붙인 것이었고, 무지개 색깔의 뿔을 코로 달고 있었다. 뿔만 아니었다면 '개구리 커밋'과 비슷해 보였을 것이었다. 다른 인형은 오렌지색 양말에 눈 세 개를 멀찍이 떨어뜨려 붙여놓아서 사팔눈처럼 보였다. 코가 있을 자리에는 해바라기 그림을 판박이해놓았다.

"둘 다 안 무서운데요." 결국 아폴로가 말했다.

여자는 인형들을 마주보도록 손을 돌렸다. "그걸 걱정했는데."

"당신이 칼이군요."

여자는 고개를 끄덕이고 인형을 조금 더 오래 바라보며 한숨을 쉬었다. "그게 나야. 칼리스토의 애칭이지. 이쪽으로 더 가까이 와."

아폴로는 절뚝거리며 방 가운데까지 왔지만 그의 상태에 비해 너무 빨리 걸은 것 같았다. 옆에서 희미하게 뭔가 움직이는 것이 보였다. 어두운 방구석이 진동하며 전율하는 것처럼 보이더니, 어둠으로부터 낯익은, 짙은 초록색 망토를 걸친 여자 둘이 나타났다. 그때까지는 그림자 속에 숨어 있었지만, 이제는 공공연히 모습을 드러냈다. 그 여자들도 마당의 여자들처럼 곤봉으로 무장하고 있었는데, 다만 이 곤봉의 끝에는 못이 튀어나와 있었다. 임시변통으로 철퇴처럼 만든 것이었다. 놀라기도 하고, 또 맞을까 봐 겁이 난 아폴로는 뒷걸음질했다. 칼이 잡아주지 않았다면 넘어졌을 것이다.

"괜찮아." 칼이 말했다. 그 말이 감시자들에게 한 것인지 아폴로에게 한 것인지 알 수 없었다. 양말 인형들은 이미 벗어놓아서 그녀의 손톱이 그의 재킷을 긁었다. "저들은 날 보호해주지. 하지만 넌 나쁜 짓을 하진 않을 거잖아? 안 그래?"

"네." 아폴로가 말했다.

칼은 그의 팔을 차렷 자세로 단단히 잡고 있었다. 만일 지금 그녀와 맞서 싸운다면, 황실 경비대원들이 다가와 못으로 머리를 내리치기 전에 달아날 수도 있었다.

"내일 밤 아이들을 위해 인형극을 할 거거든." 칼이 말했다. "날 도와서 같이 좋은 인형을 만들어보면 어떨까?"

칼은 테이블로 다시 걸어갔다. 아폴로는 그 자리에 서서 테이블 위에 늘어놓은 물건들을 훑어보았다. 갖가지 색깔의 양말이 든 가방들, 풀과 글루건, 다양한 색깔의 펠트 조각들, 검정, 파랑, 빨강, 노랑, 초록색의 긴 끈들, 여러 가지 색깔의 끈 모양 브러시, 어른용 가위 두 자루와 그보다 작은 어린이용 가위 열두 개, 작은 머리 리본과 클립식 나비넥타이, 미니어처 나비넥타이 들이었다. 작은 '세트' 두 개도 테이블 위에 있었다. 오두막은 판지 상자로 만들었고, 똑바로 서 있는 다른 세트는 꼭대기에 창문이 하나 도려내어져 있었다.

"무슨 이야기인지 상상할 수 있겠어?" 칼이 구두상자들을 가리키며 물었다.

아폴로는 경호병들을 바라보았다. 그들은 아직도 그림자 안에서 부동자세로 서 있었다. 왼손에는 철퇴가 들려 있었다. 얼굴이 길고 눈은 높이 치켜뜨고 있어서 우아하지만 사나운 파라오의 사냥개 한 쌍 같아 보였다. 호리호리한 데다가 키도 상당히 커서 패트리스와 비슷하지 않을까 싶었다. 그런 것은 망토를 걸치고 있어도 한눈에 알아볼 수 있었다. 둘은 자세도 똑같았다. 그들은 쌍둥이였다. 칼은 그들에게 물러나라고 손짓했다. 그들이 세 걸음을 움직이자 칼은 더 멀리 가라고 손짓을 했다. 마침내 그들은 그림자 속으로 돌아갔지만, 아폴로는 그들의 존재를 절대 무시할 수가 없었다.

"지금은 어때?" 칼이 판지 세트를 다시 가리키며 물었다. "추측할 수 있겠어?"

여자는 똑바로 선 상자 뒤로 가서, 새로 만든 인형을 한 손에 씌우고 탑의 창문을 통해 인형을 내밀었다. 누더기가 되어 거칠거칠한 오렌지색 장식용 수술이 인형의 머리에서 흘러 내렸다. 수술은 테이블에 닿을 만큼 길었다.

"라푼젤." 아폴로가 말했다.

"그래, 그거야." 칼이 말했다. "아마 그 이야기를 잘 알고 있다고 생각하겠지만, 전부 다 기억하지는 못할걸. 아이들에게 보여주기 전에 네 앞에서 연습해봐도 되겠지?"

57

"나이 많은 부부는 오랫동안 아기를 갖고 싶어 했지만 아기는 생기지 않았어요. 그래서 부부는 매일 밤 아기를 달라고 기도하고 또 기도했어요. 어느 날 아내가 창밖으로 옆집 정원을 내다보았어요. 그곳에는 라푼젤 밭이 있었는데, 아내는 그게 너무너무 먹고 싶었답니다. 그래서 남편에게 라푼젤을 가져다달라고 말했어요. 남편은 아내가 행복해하는 걸 보고 싶었죠. 그래서 옆집 라푼젤을 좀 훔치기로 결심했어요. 그 정원은 여자 마법사의 소유였는데, 굉장히 무서운 마법사로 온 마을에 소문이 자자했어요.

그래도 남편은 담을 타고 정원에 몰래 들어가 라푼젤을 훔쳐 와서 아내에게 요리를 해주었어요. 아내는 무척 맛있게 먹었어요. 아내는 아기를 갖게 되었고, 라푼젤을 먹고 싶은 마음은 사그라지지 않았어요. 그래서 남편은 다시 한번 정원에 몰래 숨어 들어갔어요. 그런데 이번에는 라푼젤을 뽑으려는데 여자 마법사가 나타났어요.

'어떻게 감히 이런 짓을!' 마법사가 소리쳤어요. '도둑놈 같으니! 톡톡히 대가를 치르게 할 테다!'

나이 많은 남편은 살려달라고 애걸했어요. 남편은 오로지 사랑하는 아내에게 먹이고 싶어서 라푼젤을 훔친 것이라고 애원했고, 그 말에 여자 마법사는 감동했답니다. 그래서 마법사는 저주를 걸지 않기로 하고 원하는 만큼 라푼젤을 뜯어가도 좋다고 허락했어요. 하지만 아기가 태어나면 그 아기를 자신에게 바치라고 명령했죠. 나이 많은 남편은 두려움에 떨며 목숨을 구하기 위해서라면 무엇이든 히겠다고 농의했어요. 그리고 아기가 태어난 날, 여자 마법사가 나타나서 아이를 데려갔어요. 마법사는 아이의 이름을 라푼젤이라고 지었답니다.

라푼젤은 튼튼하고 강한 아이로 자라났어요. 하지만 아이가 열두 살이 되자, 여자 마법사는 아이를 문이 없고 창문만 하나 있는 탑에 가둬버렸죠. 여자 마법사는 아침마다 찾아와 이렇게 외쳤어요. '라푼젤, 라푼젤, 머리카락을 내려줘.' 그러면 소녀는 길게 땋은 머리를 창문 밖으로 드리웠고, 여자 마법사는 그걸 타고 탑을 올라갔어요.

그러던 어느 날, 왕자가 말을 타고 탑 근처를 지나가고 있었어요. 왕자는 라푼젤이 탑에서 노래하는 소리를 들었죠. 그녀의 목소리는 그가 지금껏 들었던 것 중 가장 아름다운 목소리였어요. 왕자는 결국 탑을 찾아냈지만 어떻게 들어가는지는 알아낼 수 없었어요. 그는 몇 번이나 돌아갔다가 다시 찾아왔죠. 그러다 우연히 마법사가 라푼젤을 부르는 것을 보았어요. 땋은 머리채가 내려오고, 노파는 올라갔지요.

왕자는 밤이 되어 여자 마법사가 돌아갈 때까지 기다렸답니다. 그리고 그는 가서 외쳤어요. '라푼젤, 라푼젤, 머리카락을 내려줘.' 머리카락이 내려오자 그는 탑으로 올라갔어요. 라푼젤은 굉장히 놀랐답니다. 왕자는 그녀의 목소리를 듣고 그녀를 사랑하게 되었다고 설명하고, 차분하게 라푼젤의 두려움을 달래주었어요. 왕자는 매일 밤 여자 마법사가 가고 난 후 밤마다 라푼젤을 찾아왔어요. 왕자가 라푼젤에게 청혼하자, 라푼젤은 계획을 하나 세웠어요. 왕자에게 매일 밤 올 때마다 손수건을 하나씩 가지고 오라고 한 거예요. 손수건을 충분히 모으면 그걸로 밧줄을 만들어 왕자와 함께 내려가겠다고, 그래서 멀리 달아나자고요.

그러나 여자 마법사와 함께 있는 동안, 어리고 순진한 라푼젤은 마법사에게 젊은 왕자님은 그렇게 간단히 잘 올라오는데 왜 당신은 탑을 올라오는 게 그렇게 힘드냐고 물었어요. '아하!' 여자 마법사는 소리쳤어요. '이런 깜찍한 계집애 같으니!' 마법사는 라푼젤의 땋은 머리채를 한 손에 감고 가위로 싹둑 잘라버렸어요! 그리고 나서 라푼젤을 탑에서 데리고 나와 아예 찾을 수 없도록 멀리 사막으로 추방시켜버렸답니다.

그날 밤 왕자가 도착해서 머리카락을 내려달라고 했을 때, 여자 마법사는 자른 머리채를 내려주었어요. 하지만 왕자가 탑에 올라오자 그곳에는 여자 마법사만 있었죠. '네가 찾는 보물은 없다! 이제 네가 왔으니 널 죽일 수 있겠구나!' 겁에 질린 왕자는 목숨을 구하기 위해 탑에서 뛰어내렸어요. 그는 바닥의 가시밭 위에 떨어졌는데, 그만 가시가 왕자의 눈에 박혔어요. 눈이 먼 왕자는 그 길로 달아나 몇 년 동안이나 황야를 헤매고 다녔지요.

어느 날 왕자는 멀리서 들리는 어떤 소리를 들었어요. 평생 동안 들어본 적 없던 노래였어요. 노랫소리를 따라간 왕자는 라푼젤이 두 아이와 함께 살고 있는 사막에 도착했어요. 라푼젤은 왕자를 보고 너무 놀라서 그를 꼭 끌어안고 울었어요. 그녀의 눈물이 그의 눈으로 흘러 들어가자 왕자의 눈이 나았죠. 이제 그는 앞을 볼 수 있게 되었어요! 왕자는 라푼젤과 아들과 딸을 데리고 왕국으로 돌아갔고, 그곳에서 오래오래 행복하게 살았답니다."

58

"그 얘기를 꼬마들에게 해줄 생각이에요?"

그들은 여전히 교장실에 있었다. 아폴로는 계속 서 있었고 칼은 테이블 뒤에, 라푼젤 인형을 손에 씌운 채로 서 있었다. 그녀는 인형을 별로 사용하지 않았다. 그 대신 그녀는 자신의 이야기에 푹 빠졌고, 아폴로도 그랬다. 경호병들도 구석에서 한 걸음 앞으로 나와 손을 옆으로 가만히 내리고 머리를 옆으로 기울인 채 이야기를 듣고 있었다.

칼은 아폴로를 가리켰다. "빙고! 동화는 아이들을 위한 것이 아니야. 아무튼 예전엔 그랬어. 이건 농노들이 긴 하루를 마치고 모닥불에 둘러앉아 서로에게, 아이들이 아니라 서로에게 해주던 이야기였어. 이건 성인들이 서로에게 해주던 이야기야. 동화가 아이들을 위한 이야기가 된 건 18세기부터였지. 그 무렵 유럽 각지에서는 새로운 계급이 등장하기 시작했어. 상인 계급 말이야.

상인들은 돈을 벌었고, 하층 계급보다 더 잘살고 싶어 했어. 이 말은 행동거지에 대한 새로운 규범이 생겼단 뜻이야. 어른에게도 아이에게도. 그에 따라 동화는 변화해갔지. 동화는 도덕적인 내용을 담아야 했고, 아이들에게 새로운 규율을 훈련시킬 의미를 담고 있어야 했던 거야. 그래서 동화는 개떡같이 변하기 시작했어. 나쁜 동화는 빌어먹을 단순한 도덕성을 담고 있어. 위대한 동화는 진실을 말해주는 거고."

칼은 양말 가방을 집어 아폴로에게 내밀었다. 그러고는 아폴로가 왔을 때 손에 끼고 있었던 양말 인형들을 가리켰다. "저것들 중 하나가 여자 마법사가 될 거야. 하지만 아직도 무섭게 보이게 할 수가 없네. 네가 한번 해봐."

그는 회색 양말을 꺼냈다. "내 아내에 대해 알려주실 수 있나요? 에마가 여기 있습니까?"

이 말에는 대답이 없었다. 그가 아예 말을 하지 않은 것처럼.

"당신 경호병들이 날 죽이려고 했어요." 그는 양말을 테이블 위에 평평하게 펼치며 말했다.

칼은 아폴로를 따라 자신의 회색 양말을 꺼내며 말했다. "몇 년 전 한 남자가 우리를 발견했지. 이 섬으로 옮겨 오기 한참 전의 얘기야. 그는 총을 두 자루 들고 있었고 굉장히 화가 나 있었어. 나는 그 사람과 얘기를 해보고 눈을 뜨게 해주려는 실수를 저질렀어. 전혀 먹히지 않았지. 그는 우리에게 굉장히 많은 손해를 끼쳤어. 여자 셋과 아이 일곱을 죽였거든. 나한테도 두 발 쐈지만, 나는 회복됐고. 그 이후로 난 우리가 우리 스스로를 보호해야 한다고 마음먹은 거야. 우리는 세상을 떠나 이 섬으로 왔어. 할 수 있는 최대한 무장을 했고. 남자가 나타나면 우리는…… 더 방어적이 되지."

아폴로는 양말을 오른손에 씌우고 주먹을 쥐어 얼굴 모양이 되도록 하고, 관절들은 해골 윗부분의 이랑처럼 보이게 만들었다.

"정확히 몇 명의 남자들을 죽인 겁니까?" 아폴로가 물었다.

"그런 면에선 우리도 경찰이나 마찬가지야. 그런 건 세지 않아." 칼이 말했다.

칼은 아폴로를 빙 돌아 발전기에서부터 이어지는 멀티탭 코드에 글루건을 연결했다. 아폴로는 이미 희미하게 칙칙거리는 발전기 소리에 익숙해져 있었다. 칼이 글루건의 플러그를 꽂자 칙칙거리는 소리가 조금 커졌다. 칼은 글루건을 아폴로에게 건넸다.

"저쪽의 솜뭉치를 좀 써도 될까요?" 아폴로가 물었다. 그는 칼에게 말하고 있었지만 경호병들이 서 있는 어두운 구석 쪽을 보았다.

칼은 글루 스틱을 집어 그의 코를 가볍게 건드렸다. "잘하고 있어."

이곳에 서면 책상을 바라볼 수 있었다. 그곳에는 커다란 워드 프로세서가 있었고 그 옆에 종이들이 뒤죽박죽 놓여 있었다. 아이들이 그린 그림이었다. 맨 위에 있는 그림은 높고 험준한 바위투성이의 산을 그린 것이었는데, 산 아랫자락에는 깊고 검은 동굴이 있고 동굴 안에 두 개의 노란 눈이 떠다녔다. 그는 눈 아래로 보일 듯 말 듯 그려진 열린 입을 보았다고 생각했다. 그는 그 그림에 매료된 것을 느꼈다.

"솜뭉치." 칼이 그를 트랜스 상태에서 깨우며 솜뭉치 한 줌을 그의 손바닥에 떨어뜨렸다. "너의 여자 마법사는 회색 머리카락을 갖게 되는 건가?"

칼은 글루건을 잡고 글루 방울이 나올 때까지 방아쇠를 부드럽게 당겼다. 아폴로는 솜뭉치를 내려다보았다. 잠깐 동안, 한 손에 구름을 쥐고 있는 것 같았다.

"우리 아이들을 어떻게 보호할까?" 칼이 조용히 말했다.

아폴로는 손바닥의 작고 부드러운 형체를 바라보았다. "나야 당연히 모르죠."

"아니." 칼이 말했다. "라푼젤 말이야. 이 이야기가 묻는 건 바로 그거야.”

그녀는 글루건을 손에 씌운 양말에 가져다 대고 글루를 두 번 바르고 번득이는 눈 두 개를 붙였다. 그녀는 양말 안에서 손을 쫙 펴고 글루를 몇 바퀴 짜냈다. 그러고는 타원형의 빨간 펠트천을 바른 글루 위에 눌렀다. 그녀가 손을 다시 오므리자 빨간 펠트천은 입속이 되었다.

“나이 많은 남편과 아내는 아이를 얻었지.” 칼이 말했다. “그러나 그들은 아이를 보호하기 위해 아무것도 하지 않았어. 그들은 완전히 손을 놓았고, 아이는 납치된 거야.”

능숙하고 잽싼 손길로 칼은 초록색 끈을 꺼내 글루로 양말 꼭대기에 붙였고, 그것은 이끼처럼 생긴 머리카락이 되었다. 그리고 미리 잘라둔 작은 검은색 펠트 조각을 찾아서 번득이는 눈 위에 붙였다. 눈썹이었다. 작은 갈색 펠트 조각 두 개는 눈이 되었다.

“여자 마법사는 탑에 여자 아이를 숨겨놨어. 마법사는 자기 없이는 이 세상에서 아이 혼자 아무 일도 하지 못하도록 만들어놨지. 마법사는 헬리콥터 부모야.”

조금 더 길이가 긴 갈색 펠트 두 조각이 팔 한 쌍이 되었다.

“하지만 그럼에도 왕자는 안으로 들어가는 길을 찾았단 말이야. 안 그래? 우리가 어쩌든 상관없이, 세상은 들어가는 길을 찾게 되어 있어. 그렇다면 우리는 아이들을 어떻게 보호해야 할까? 수백 년 전 독일의 농노들은 이 질문을 서로에게 던졌지. 그러나 이 문제는 질문으로 틀을 잡지 않고 그들의 염려를 구체화시킨 이야기로 변모했어. 우리는 아이들을 어떻게 보호해야 할까. 2015년인 지금까지 우리는 여전히 답을 찾으려 노력하고 있어. 새로운 공포는 옛 공포이고, 옛 공포는 고대로부터 이어져온 것이지."

그녀는 완성된 인형을 들어 올렸다.

"나도 알아. 이게 안 무섭다는 거." 칼은 웃으며 말했다. "그러나 내일 밤 인형극에선, 아이들은 이 인형이 나만큼이나 진짜 같다고 말할걸. 사실 아이들은 이 인형이 나보다 더 진짜 같다고 생각할 거야."

그녀는 인형을 아폴로의 얼굴에 가까이 가져다 댔다. 칼을 바라보던 아폴로의 초점이 흐려졌다. 칼은 인형이 말하는 것처럼 보이게 하려고 손을 움직이지 않고 평소의 말투로 말했다. 그녀는 인형이 아폴로의 눈앞에 떠다니도록 했을 뿐이지만, 오래 바라보고 있으려니 인형은 점점 생명을 지닌 존재가 되었다.

"스코틀랜드 사람들은 그걸 '글래머'라고 불러." 칼이 말했다. "글래머. 일종의 오래된 마법이지. 무언가를 그것이 아닌 다른 것으로 보이게 하는 환상이야. 괴물은 아름다운 처녀처럼 보이고, 황폐한 성은 황금 궁전으로 보이게 되고, 아기는……." 그녀의 목소리가 가라앉았다.

아폴로는 칼이 말한 어린아이들처럼 인형에게 말을 하고 있었다. "아기가 아닌 거야." 그가 속삭였다.

"참 영리한 아이구나." 인형이 말했다.

"하지만 이건 동화가 아니야."

"진짜?"

"공기를 맑게 하는 가장 좋은 방법은 공기를 죄다 밖으로 끄집어내는 거지!" 남자의 목소리였다. 바깥. 마당에서.

칼의 손가락이 감겨 주먹이 되었고, 인형은 활기를 잃었다. 입이 닫히고, 눈이 접혔다. 마치 영혼이 몸에서 빠져나오는 걸 바라보는 것 같았다. 칼은 손을 내렸고, 경호병들이 두 개의 창문으로 재빨리 다가가 밖을 내려다보았다.

그들 중 하나가 말했다. "다른 남자입니다."

칼은 분노를 띤 기색으로 아폴로를 돌아보았다. 그는 칼이 경호병들에게 이 자리에서 당장 그의 두개골을 부숴버리라고 명령할 거라 생각했다.

"혼자 온 게 아니었구나." 그녀는 씩씩댔다. "왜 말 안 했지?"

아폴로는 설명하고 싶었다. 그는 이 방에 들어온 그 순간부터 윌리엄에 대해서는 완전히 잊고 있었다.

"그 사람의 관점에서 사물을 바라보지 않고는 절대 그 사람을 이해할 수 없어." 윌리엄 휠러가 마당에서 외쳤다. 그는 천박해 보였다. 아니면 제정신이 아니거나. "그 사람의 가죽 안으로 기어들어가서 어슬렁거려보지 않으면 말이야!"

"격리실로 보내." 칼이 명령했다. "둘 다."

59

격리실은 결핵 병동에 있었다. 결핵 병동은 병동에서 가장 크고 시설이 잘 갖춰진 건물이었다. 4층짜리 빨간 벽돌 건물로 침상 공간도 충분했고 전성기에는 300명의 환자를 수용할 수 있었다. 이곳은 칼이 자신의 커뮤니티 회원들을 소개疏開시킨 건물이었다. 여자들은 어린아이들이 밖으로 기어나가지 못하도록 낡은 가구와 돌무더기를 쌓아 임시 장벽까지 만들어두었다. 지금 이 건물에서 사용되는 유일한 공간은 격리실, 임시로 만든 감옥뿐이었다.

칼과 경호병들은 아폴로와 윌리엄을 이곳 가건물로 데려왔다. 쌍둥이 중 하나가 입구를 막은 판자들 사이로 엿보고, 다른 여자는 죄수들 뒤에서 철퇴를 들고 서 있었다. 이 사람은 윌리엄의 휴대전화도 들고 있었다.

"이자를 발견했을 때 뭘 하고 있었지?" 칼이 물었다.

나무판자 튀는 소리가 총소리처럼 울렸다.

"강변에서 휴대전화 라이트를 켜고 있었습니다. 거기 그냥 서서 휴대전화를 머리 위 좌우로 흔들고 있었어요."

"신호가 있었나?" 칼이 휴대전화를 받아들며 물었다. "전화를 걸 수 있었을까?"

"아뇨. 그냥 흔들고만 있었습니다." 경호병이 대답했다.

아폴로는 윌리엄과 눈을 맞추려고 애썼지만 잘 되지 않았다. 윌리엄은 산책이라도 나온 것처럼 밤하늘만 보고 있었다. 그의 얼굴에는 희미한 미소가 떠올라 있었다. 그런 상황이 아니었다면 그냥 뒷마당에서 별을 보는 중년 남자인 줄로 생각했을 것이다.

칼은 위협적인 목소리로 물었다. "빌어먹을, 왜 여태 이걸 안 부순 거야?"

"이자의 휴대전화에 다른 게 뭐가 있는지 보고 싶어 하실 거라 생각했습니다."

마지막 판자가 입구에서 떼어졌고, 다른 경호병이 문을 열었다. 그 뒤로 열린 복도의 깊이나 폭, 천장의 높이는 도저히 가늠할 수 없었다. 그만큼 안은 어두웠다. 문지방을 넘으면 바닥도 없이 끝 모를 구덩이가 있을 것 같았다.

"맙소사." 칼은 휴대전화를 살펴보며 조용히 말했다. "그레타의 남편이잖아!"

아폴로 뒤에 있던 경호병이 그를 그림자가 드리운 복도 쪽으로 밀었다. 그가 한 걸음 내딛기도 전에, 칼이 휴대전화로 윌리엄의 뒤통수를 가격했다. 윌리엄은 앞으로 휘청했지만 넘어지진 않았고, 그래서 그녀는 다시 그를 때렸다. 윌리엄은 진짜 짐승 소리로 울부짖었지만, 여전히 쓰러지지는 않았다. 쌍둥이 중 하나가 윌리엄의 다리 뒤쪽을 걸어 찼다. 그는 비명을 지르며 손과 무릎을 짚으며 쓰러졌다. 안경이 날아갔고, 그는 즉시 반사적으로 안경을 찾아 종종걸음 쳤다. 칼은 휴대전화로 윌리엄의 등을 다섯 번 정도 더 내리쳤다. 윌리엄은 먼지 안에서 숨을 헐떡이며 쓰러졌다. 칼은 휴대전화를 윌리엄의 머리 근처에 떨어뜨렸고, 그를 걷어찼던 경호병이 철퇴로 네 번 내리쳤다. 휴대전화는 빠직 소리를 내며 금이 갔다. 폰은 죽었다.

"이자가 왔다고 그레타에게 알려야 해." 칼이 말했다. "이자를 죽이는 걸 그레타가 보고 싶어 할 거야."

"그레타의 전화번호 갖고 있어?" 윌리엄이 물었다. "나한테도 좀 알려주지?"

경호병은 먼지 위에 납작해질 때까지 그를 걷어찼다.

아폴로는 앞으로 떠밀렸다. 그는 어두운 복도에 조심스럽게 들어섰다. 윌리엄의 신음소리가 들렸다. 일어서려고 애쓰는 모양이었다. 그는 침을 뱉고 기침을 했다. 결국 쌍둥이가 그를 끌고 들어왔다.

격리실은 기본적으로 그물을 친 짐승 우리였다. 방문에는 환자들을 감금하기 위한 잠금 고리가 달려 있었다. 이런 것들은 이곳이 감염 병동이었을 때 설치된 것이었고, 청소년 약물중독자들을 수용하던 때에도 내내 이 상태로 유지되었다. 이제 아폴로와 윌리엄이 그 안에 있었다. 나란히 놓인 두 개의 우리. 그들은 서로 마주 볼 수 있고 대화를 나눌 수 있었지만, 그물이 너무 촘촘해서 서로 접촉할 수는 없었다.

"적어도 안경은 돌려받았네." 윌리엄은 우리의 문에 등을 기대고 앉으며 말했다.

방에는 창틀이 있었다. 유리창은 오래전에 깨지고 없었다. 그물 철망이 창틀에 끼워져 있어 탈출할 수는 없었지만, 달빛이 흘러들어와 우리 안을 푸른색으로 물들였다.

"그들은 당신이 누구인지 알던데요." 아폴로가 말했다. "칼이 당신 아내의 이름을 말했어요. 나에게 숨기는 거 있죠?" 그는 창문 옆에 서서 밖을 내다보았다.

"그야 당연하죠." 윌리엄이 말했다. 그는 안경 렌즈에 자신의 모습을 비춰보려는 것처럼 안경을 앞뒤로 돌렸다. 그러고는 이에 뭐가 끼었는지 확인하는 것처럼 미소를 지었다. 그러더니 안경을 쓰고 아폴로를 보았다.

"그들이 나를 개처럼 두들겨 팼다고요!" 아폴로가 외쳤다. 허벅지와 허리가 아직도 아팠다.

"그건 미안합니다." 윌리엄이 말했다. "정말로요. 솔직히 말하자면, 우리가 이렇게까지 해낼 거라곤 생각 못 했어요. 나는 지난 몇 달간 이스트강을 계속 오르락내리락했습니다. 칼을 찾아서 섬이란 섬은 모두 올라가봤고요. 하지만 어찌된 일인지 이 섬은 계속 놓치고 있었어요. 그러다 당신이 처음으로 이곳을 발견한 겁니다."

당신에게는 아직 안 보이지. 하지만 곧 보게 될 거야.

아폴로는 에마의 목소리가―그녀가 그에게 했던 마지막 말이 들렸고, 몸이 살짝 떨렸다. 그는 가운뎃손가락에 맨 빨간 실을 잡아당겼다. 매듭이 죄어왔다. 아폴로는 약간의 혼란과 감정에 휩싸여, 고개를 들고 지금까지 벌어진 일들을 이해해보려 애썼다.

"이 강을 몇 달 동안 오르락내리락했다면, 보트 운전법을 오늘 배운 게 아니겠군요." 아폴로가 말했다.

"아버지는 내가 아기일 때부터 날 데리고 보트를 탔어요. 우리는 노르웨이 출신입니다. 항해술은 우리 핏속에 흐르고 있어요."

"하지만 왜 이렇게까지 하는 겁니까? 왜 그걸 나한테 숨겼어요?"

"신뢰가 쌓이려면 시간이 필요합니다. 아무튼 내가 당신 이름을 모자에서 우연히 꺼낸 건 아니에요. 고백하죠. 난 당신이 누구인지 처음부터 알았습니다."

"뉴스에서요." 아폴로는 그가 자신을 모를 거라 믿었던 게 대책 없이 순진했다고 느끼며 말했다.

"에마가 저지른 짓에 관한 뉴스는 아니고요. 당신이 누구인지 그보다 훨씬 전에 알았어요. 당신 아내가 A 트레인에서 출산했다는 기사를 읽었죠."

"그 얘기는 언론에 한 번도 한 적이 없었는데요."

"그래요." 윌리엄이 수긍했다. "하지만 언론은 그 소식을 다뤘어요. 에마는 할렘 병원으로 이송되었고, 출생증명서도 발급됐죠. 에마의 CCTV 동영상을 주면서 내가 했던 얘기 기억해요? 컴퓨터 네트워크에 연결될 수 있다고, 그러고자 하는 마음만 있으면 거의 모든 걸 다 파헤칠 수 있다는 얘기."

아폴로는 두 우리 사이의 철조망을 발로 찼다. "하지만 왜? 왜 이런 짓을 하는 겁니까? 난 그저 내 인생을 살 뿐인데, 당신은 집에 앉아서 낯선 사람의 사생활을 들여다본다고요?"

윌리엄은 아폴로에게 다가와 철조망 벽을 부드럽게 툭툭 쳤다. "그레타가 나를 떠났습니다. 그러고 나서 내 집은 텅 비었어요. 나는 자유낙하 중이었어요. 똑바로 생각할 수가 없었죠. 그러던 중에 A 트레인에 관한 기사를 읽은 겁니다. 그때 난 갑자기 시간이 아주 많아졌어요. 정보 검색에 그렇게 능한 내가, 그레타에 관해서는 망할 정보 쪼가리 하나도 찾을 수가 없었단 말이죠. 그레타가 그냥 사라져버린 것 같았어요. 실제로도 그랬고요. 그녀는 칼과 함께 있기 위해 이곳에 왔습니다. 그때는 그걸 몰랐지만요. 그러니까 나는 시간이 엄청나게 많았고, 당신의 그 A 트레인 이야기를 읽었고, 지루함과 호기심이 반쯤 섞인 마음으로, 그리고 분명히 미쳐가고 있다고 생각하며 이 모든 걸 시작한 겁니다.

먼저 에마의 이름을 찾고, 당신 이름도 함께 찾아봤습니다. 당신 사업에 대해서도 알게 되었고요. 당신에 관해서는 페이스북에서 찾았습니다. 그리고 거기에는 당신 아들 사진이 전부 다 있었습니다. 포스트 하나에 사진 열 장! 열두 장씩! 그중 태반은 초점이 안 맞아 제대로 보이지도 않았지만, 상관없었어요. 당신은 행복했습니다. 자랑스러웠고요. 그리고 난 이해했습니다…… 이 사람은 좋은 게 얼마나 좋을 수 있는지를 아는 사람이구나! 누군가를 지독하게 사랑하는 사람. 나와 이 남자, 우리는 같은 부류다. 그는 왜 가족이 중요한지 이해하는 사람이다. 난 그렇게 생각했어요. 그러나 사실 이 모든 건 그레타가 내 딸을 데리고 달아나 내 가족을 망쳤기 때문에 일어난 겁니다. 그런 일이 없었다면 우리는 절대 만나지 않았겠죠."

"딸들." 아폴로가 말했다. "당신은 딸이 둘 있다고 말했죠. 그것도 거짓말이었습니까?"

"아뇨." 윌리엄이 말했다. 처음으로, 그의 목소리가 부드러워졌다. "둘 있었죠."

아폴로는 달빛에 비친 그의 얼굴을 볼 수 있었다. 그는 울고 있었다.

아폴로는 그 자리에 서 있었다. 마치 그의 뇌가 합선된 회로 같다는 느낌이 들었다. 이 남자를 위로해주고픈 본능이 고개를 들었지만, 그러기엔 이 남자는 거짓말을 너무 많이 했다. 그래도 여전히 한 가지만은 분명한 진실 같았다. 이 남자는 가족을 잃었고, 그로 인해 약간 돌았다. 아폴로는 그것만큼은 확실히 알 수 있었다.

윌리엄이 철조망 벽을 세게 때리자 아폴로는 놀라 뒤로 펄쩍 뛰었다.

"내가 기사단을 불렀어요." 윌리엄이 말했다. "아까 당신을 도와주지 못해서 미안해요. 하지만 당신이 잡혀 있을 때 난 기사단을 불렀습니다."

"무슨 말입니까? 경찰? FBI를 불렀어요?" 아폴로가 물었다.

윌리엄은 질문을 무시하고, 그 대신 좀 더 중요한 사실을 알려주었다. "이제 나는 진짜로 마지막 베일을 벗으려 하고 있어요, 아폴로. 테이블 위에 놓인 카드를 전부 까려는 겁니다. 에마는 살아 있어요. 이건 알고 있죠. 당신은 그녀를 찾고 싶어 해요. 칼과 그들은—여기 있는 여자들 전부는 당신이 에마를 찾도록 도와주지 않을 겁니다. 그들이 뭐라 지껄이든 그들은 그들 스스로를 보호할 뿐이에요. 하지만 나는 당신이 에마를 찾는 걸 도울 수 있어요. 나는 당신과 함께 세상 끝까지도 갈 겁니다."

"하지만……."

"하지만 당신은 먼저 내가 그레타와 그레이스를 찾는 걸 도와야 합니다. 당신이 날 돕고, 그다음 내가 당신을 돕는 거예요. 그리고 나는 자원이 굉장히 많은 사람이에요. 이미 알겠지만."

아폴로는 창문으로 다가가 밤하늘을 내다보았다. 하늘 높이 보름달이 소원을 들기 위해 준비된 것처럼 떠 있었다. "내가 뭘 하기를 원하는 겁니까?"

"내 대신 그레타에게 얘기해주세요." 윌리엄이 말했다. "저들은 내가 그레타를 만나는 걸 허락하지 않을 겁니다. 내가 아직 말을 할 수 있는 동안에는요. 하지만 그레타는 당신을 모릅니다. 당신은 내가 얼마나 먼 길을 왔는지 설명해줄 수 있어요. 그레타에게 그게 그녀의 잘못이 아니라고, 내가 잘 알고 있다고 말해줘요. 애그니스가 죽고 난 후 그레타와 난 둘 다 제정신이 아니었다고. 그 아인 우리 아이였어요. 난 거의 일 년 동안이나 그 아이 이름을 입 밖에 내지 않았어요. 애그니스. 내 사랑스러운 아기.

그럼에도 이제는 그레타의 잘못이 아니었다는 걸 이해합니다. 나는 아내에게 성질을 부리고 비난을 퍼부었던 그 모든 짓들에 대해 그녀의 용서를 구하고 싶습니다. 그녀가 원한다면 나도 그녀를 용서하고 싶어요. 나는 그레타와 그레이스가 집으로 돌아오기를 원합니다. 내 가족이, 남은 내 가족이, 다시 전체가 되기를 원합니다. 나는 당신에게 이 얘기들을 전부 그레타에게 해주길 부탁하는 겁니다."

"내가 그레타를 만날 거라고 어떻게 압니까? 저들이 들어와서 우리 둘 다 총으로 쏴버릴지도 모르잖아요."

"칼이 얘기하는 걸 들었잖아요. 그녀는 그레타를 부를 겁니다. 내가 여기 있는 걸 그레타가 알면 올 겁니다. 어쩌면 내가 죽는 걸 정말로 보고 싶어서겠죠. 하지만 그게 그렇게 간단하다고는 생각하지 않아요. 사람과 사람 사이의 일은 그렇게 간단하지 않습니다. 저들이 당신을 다른 곳에 데려가고 거기에서 그레타를 만난다면, 내가 한 말을 전해주는 겁니다. 그레타가 날 용서한다면, 어쩌면 저들이 날 보내줄지도 몰라요. 모르겠어요. 하지만 그게 나에게 남은 유일한 기회예요. 당신은 나에게 남은 유일한 기회고요. 나는 시도도 못 하고 죽고 싶지는 않습니다."

아폴로는 달에서 시선을 돌려 옆 우리의 윌리엄을 바라보았다. "내가 거절하면?"

윌리엄은 목이 쫄릴 때까지 기침을 했다. 결국 그는 회복됐다. "남자 대 남자로 말하자면, 만일 당신이 날 돕지 않는다면, 이 섬에 있는 사람들은 전부 죽는 겁니다. 나도 포함해서."

"누가 여기 오고 있습니까?"

"난 철수시키지 않을 거예요. 시도조차 안 할 겁니다." 윌리엄이 말했다.

그 말과 함께 윌리엄은 달빛이 비치지 않는 먼 구석으로 걸어갔다. 그는 어둠 속 바닥 위에 드러누워 코트를 둘둘 말아 베고 잠이 들었다.

아폴로는 잠들지 못했다.

60

새벽이 지나고 칼이 쌍둥이 경호병과 함께 도착했다. 쌍둥이들은 아폴로만큼이나 지친 것 같았지만―그들의 눈은 시나몬 하트 사탕처럼 새빨갰다―그들의 자세는 사냥용 소총처럼 여전히 꼿꼿했다. 칼이 아폴로가 있는 격리실 문을 열자 윌리엄이 일어나 앉았다. 그러면서 안경을 걸쳤는데, 마치 안경을 안 쓴 것이 옷을 안 입은 것처럼 느끼는 것 같았다.

칼은 아폴로의 우리에 들어왔다. 그녀는 어젯밤과 똑같은 옷을 입고 있었다. 간밤에 입고 잤는지 회색 스웨터 자락에 먼지와 나뭇잎이 붙어 있었다.

"좋은 아침이에요, 펄." 윌리엄이 말했다.

아폴로가 본 이후 처음으로, 칼은 화들짝 놀란 것 같았다.

"펄 워커." 윌리엄이 계속 말했다. "메인주 해안에서 성장했고. 상습적인 도벽으로 인해 법적 문제가 있었고. 술고래. 한 아이의 엄마. 다녔던 고등학교 이름은 기억나요? 내가 말해줄 수 있는데."

칼은 회색 스웨터를 바짝 당기고 바닥을 내려다보며 깊은 한숨을 쉬었다. 다시 고개를 들었을 때는 특유의 냉정함이 돌아와 있었다.

"어젯밤엔 널 휘발유에 담갔다가 불을 붙이고 싶었어." 칼은 윌리엄을 향해 다가갔다. "하지만 그레타가 직접 그렇게 하고 싶어 할 거란 생각이 들었지. 그래서 어젯밤 그녀를 데리러 배로 사람을 보냈어. 널 여기 집어넣은 직후에."

윌리엄이 철조망 벽을 부드럽게 두드렸다. 마치 자신이 아니라 칼이 맞은편에 갇혀 있는 것처럼. "내 딸은?"

"네가 죽인 딸 말인가?" 칼이 물었다. "넌 저승에서도 그 애를 못 볼 거야."

윌리엄의 얼굴에 순수한 증오가 떠올랐다. "마녀. 마법사. 네 입에서 나오는 말은 전부 다 거짓말이야."

칼은 아폴로에게 밖으로 나가라는 몸짓을 했지만, 아폴로는 윌리엄을 뚫어지게 바라보는 것 말고는 아무것도 할 수 없었다.

"지금 저 사람이 자기 딸을 죽였다는 건가요?"

"저 여자는 거짓말을 하는 거야, 이 얼간아. 주문을 거는 거라고. 그게 마녀들이 하는 일이야."

"너에게 기회를 한 번 더 주기로 결심했어." 칼은 윌리엄을 무시하고 아폴로에게 말했다.

칼은 한쪽 팔 아래, 스웨터의 접힌 부분 안에 뭔가를 감추고 있었지만, 아폴로는 팔을 옆구리에 단단히 붙이고 있는 것을 눈치챘다. 어쩌면 총일 수도 있다. 어쩌면 윌리엄의 말이 진실이고 칼의 제안은 단지 그를 밖으로 내보낸 후 두개골에 총알을 몇 개 박아 넣기 위한 계략일지도 모른다. 만일 그렇다면, 그는 무엇을 할 수 있을까?

"왜요? 왜 나에게 기회를 한 번 더 주는 겁니까?" 아폴로가 물었다.

"에마가 너에 대해 얘기해줬어. 여기서 우리와 함께 지내는 동안 에마와 상당히 많은 얘기를 나눴지. 그녀는 네가 여기 올 거라고 말했지만, 난 믿지 않았어. 우리가 꽤 잘 숨어 있다고 생각했거든. 나는 에마에게 어떤 남자도 이 섬을 찾을 수 없다고 말했지만, 지금 넌 여기 와 있잖아. 에마 말대로. 이자가 너와 함께 올 거라는 말은 안 했지만. 아무튼 그래서 간밤에 생각을 좀 했어. 그게 너에게 두 번째 기회를 주는 이유야. 또 우리를 배신하면 세 번째 기회는 없어. 이제 가봐."

칼은 아폴로에게 나가라고 손짓하고, 옆구리에 붙인 팔을 슬쩍 조정했다. 그 안에 뭘 감추었는지는 몰라도, 그것은 그녀의 몸짓에 아슬아슬하게 미끄러져 내려왔다. 아폴로는 감방 문을 향해 걸어갔다. 그는 윌리엄을 보지 않았다.

칼과 경호병들이 아폴로를 멀리 데려갈 때 윌리엄은 고함을 질렀지만, 그 말은―그게 말이었다면―알아들을 수 없었다. 오히려 그의 고함소리는 마지막이 가깝다는 걸 아는 짐승의 소리 같았고, 그 사실을 죽음 그 자체만큼이나 거부하는 것 같았다.

이제 다시는 윌리엄 휠러를 못 만나겠지.

61

결핵 병동을 나서기 전까지 칼은 아폴로에게 아무 말도 하지 않았다. 쌍둥이 경호병들도 여전히 말이 없었다. 아폴로는 경호병들 중 하나가 철퇴로 그의 머리를 내리찍거나 아니면 칼이 피스톨을 꺼내 쏠 거라고 예상하고 있었다. 그는 자신의 처형을 기다리고 있었으므로 할 말이 없었다. 그들이 다시 밖으로 나오자마자, 칼은 스웨터 주머니에 손을 넣었다.

"이건 널 위한 거지." 칼은 아폴로를 붙잡아 세우고 마주 볼 수 있도록 돌려 세웠다.

"안 돼요." 아폴로가 말했다. "안 돼요."

칼은 동화책을 한 권 꺼냈다. 『저 바깥에』.

"이걸 어떻게 구했어요?" 그가 물었다. "이 책은 우리 집에 뒀는데요. 내 책꽂이에."

그녀는 웃었다. "이 세상에 이 책이 한 권 이상 존재한다는 건 너도 잘 알 텐데."

아폴로는 책을 조심스럽게 받았다. 책이 손 안에서 폭발할지 모른다는 생각도 들었다.

"에마와 얘기를 나눴다는 얘긴 했지. 우리는 함께 수많은 밤을 지새웠어. 에마가 당신 아버지 얘기를 해주더군. 이 책이 얼마나 큰 의미를 갖고 있는지."

"아버지가 지금 무슨 상관이죠?"

아폴로는 속지에 답이 적혀 있기라도 한 듯 책 표지를 펼쳤다.

"당신 아버지 얘기를 하는 게 아냐. 이 책에 대해 얘기하는 거지. 이 책의 이야기. 난 네가 너 자신을 발견한 곳이 어딘지 이해했으면 좋겠어."

"이 섬요?"

"출발점은 그렇지." 칼이 말했다.

칼은 아폴로의 팔을 잡고 다시 그를 마당으로 이끌었다. 울퉁불퉁한 땅 위에서 넘어지지 않도록 단단히 잡아주었고, 나무에 부딪치려 할 때는 잡아끌었다. 그래도 그는 책에서 시선을 뗄 수가 없었다. 홍수에 불어나는 물처럼 혼란이 그를 익사시킬 것 같다는 두려움이 들었다.

"너는 뉴욕에서 휠러의 보트에 올라탔고 한동안 이스트강에 있었지. 아마 라이커스섬을 지났을 거야. 휘트스톤 다리나 트록스넥 다리 아래를 지났을 거고. 하지만 네가 우리에게 다가왔을 때, 우리 섬에 접근했을 때, 너는 새로운 물을 건넜어. 그 배를 이 섬 기슭에 댔을 때, 너는 다른 세상에 온 거야. 아마존 부족은 데미스키라섬에서 살았다고 알려져 있고, 호주의 욜구 원주민들은 브랄구, 즉 죽음의 섬에 살았다고 하지. 마법의 장소, 이 세상과는 다른 규칙이 있는 곳. 너는 그런 곳으로 건너온 거야, 아폴로."

"여긴 노스브러더섬이잖아요." 아폴로가 말했다. 앞쪽에서 이제 아이들의 웃음소리와 고함소리가 들렸다.

"그랬지." 칼이 말했다. "하지만 우리가 여기 와서 이곳을 다시 만들었어."

잡목을 헤치고 마당에 들어서자, 여자와 아이들이 나와 있는 것이 보였다. 그들은 이리저리 흩어져 움직이고 있었다. 어린아이들이 어른들의 손에 이끌리거나 품에 안겨서 이동하고 있었다. 어젯밤 아폴로가 보지 못했던 길이었다. 아이들은 한 건물로 향하고 있었다. 마당을 내려다보는 창문들이 난 작은 건물이었다. 아폴로는 아이들이 건물로 들어가는 것을 지켜보았다. 안에 있던 한 여자가 앉으라는 몸짓을 하자 아이들의 작은 머리가 사라졌다. 여자가 선 뒤쪽 벽에는 칠판이 걸려 있었다.

"학교인가요?" 아폴로가 물었다. 교실이 하나인 학교.

"도서관이야." 칼이 대답했다. "하지만 학교로도 쓰고 있지. 배고파?"

"네." 아폴로는 창문에서 시선을 뗄 수가 없었다. 아이들은 보이지 않았지만, 바닥에 책상다리를 하고 앉아 선생님에게 집중하는 아이들의 모습 머릿속에 그려졌다. 브라이언이 태어났을 때 앞으로 겪게 되리라 예상했던 수많은 평범한 일들. 아이의 교실을 들여다보는 것. 학부모와 교사 회의. 저녁에 숙제 도와주기. 그는 그런 일들을 할 수 없게 된 지금에서야 그 단조로운 일들이 얼마나 사치스러운 것인지를 깨달았다.

"우린 저기서 식사할 거야." 칼이 금방이라도 무너질 것 같은 건물을 가리키며 말했다.

쌍둥이 중 하나가 아폴로의 어깨에 손을 얹고 앞으로 밀었다. 그는 넘어지지 않도록 발을 내디뎠다. 책은 배 위로 꼭 끌어안았다.

건물 입구에 도착했다. 칼이 먼저 들어갔다. 안에는 여자들이 작게 무리지어 바닥에 앉아 있었고, 무릎 위에는 접시나 그릇을 올려놓고 있었다. 여자들은 한 사람도 빠짐없이 그를 올려다보았다. 대대수는 긴장했고 그에게 달려들 것처럼 몸을 일으키기도 했지만, 그가 칼과 경호병의 에스코트를 받고 있는 것을 보고 관심을 다시 서로에게로 돌렸다. 아폴로는 여자들의 얼굴을 훑으며 그중에 윌리엄의 아내가 있을지 찾고 있었고, 그런 자신에게 놀랐다. 그레타가 어떻게 생겼는지도 모르면서, 아무튼 그는 그녀를 찾고 있었다. 윌리엄을 도울 생각이었던 건가? 그로서는 알 수 없었다.

"나와 당신은 자매예요." 칼은 방 안으로 들어서며 부드럽게 말했다. 일종의 인사말인 것 같았다. "우리는 동족이에요."

여자들이 함께 대답했다. "나와 당신은 같은 곳에서 왔어요."

"에마는 여기에 얼마나 있었습니까?" 아폴로가 물었다. 칼은 그를 식탁으로 안내했다. 식탁에는 접시들이 놓여 있었다.

"3개월 정도. 들락날락하면서."

"들락날락?"

"적어도 일주일에 한 번은 뉴욕으로 돌아갔어. 우리 도서관을 채워준 사람이 에마야. 여기에 책이 얼마나 적은지를 보고 충격을 받았거든. 그녀에게 책 없는 삶이란 삶이 아니었으니까. 이곳에서도 에마는 아이들에게 책을 읽어주고 싶어 했어. 그녀는 천생 사서였던 거지. 아이들은 에마가 책 읽어주는 걸 좋아했어. 어떤 여자들은 그걸 자기들에 대한 비난이라고 느꼈고."

아폴로는 허기를 격렬히 느꼈지만 식욕은 없었다.

칼은 그릇에 오트밀을 채웠다. "추운 날 아침엔 이게 좋지."

"에마가 어떻게 들락날락할 수 있었죠? 수상택시는 당신의 마법의 섬에 정차하지 않을 텐데요."

"우리에겐 우리만의 해군이 있어." 칼이 말했다. 그녀는 오트밀 위에 갈색 설탕을 한 숟갈 뿌렸다. "해군은 좀 과장된 표현이고. 우리에겐 트롤선과 작은 수상 모터바이크, 작은 배 한 척이 있지. 배는 일인용이야. 노를 저어야 해. 에마는 그 작은 쪽배에 책을 싣고 돌아왔지."

"에마가 그 작은 쪽배로 이스트강을 건넜다고요?"

"몇 번 물에 빠지기도 했지." 칼이 말했다. 그녀는 단둘이 얘기할 수 있는 구석으로 아폴로를 이끌었다. "하지만 당신 아내는 절대 포기하지 않아. 그녀가 어떤 사람인지 잘 모르나? 에마는 의지가 굳어."

"네." 아폴로가 말했다. "그건 나도 압니다."

칼은 바닥에 쭈그리고 앉았고, 옆자리를 두드리며 그에게 같이 앉도록 권했다. 그녀는 오트밀 그릇을 무릎 위에 올려놓았다.

그는 책을 바닥에 내려놓았다. 음식을 먹는 대신, 그는 책을 훑어보았다.

"아빠가 먼 바다로 떠나고." 칼이 큰 소리로 읽었다.

아폴로는 페이지를 넘겼다. 엄마는 정원 벤치에 앉아 있다. 집 안에서 아이다는 아기와 함께 있고, 나팔을 불고 있다. 창가에 보라색 망토를 뒤집어쓴 작은 형체들이 있는데, 얼굴은 그림자에 가려져 있다. 고블린이 몰래 침입한 것이다. 아폴로는 여기에서 읽는 것을 멈추고, 손을 책에서 뗐다. 칼은 손을 뻗어 그를 위해 페이지를 넘겨주었다.

이제 아이다는 나팔을 불며 창밖을 내다보고 있다. 아이다의 뒤로 고블린이 아기 동생을 데리고 달아나고 있다. 아기는 소리를 지르려고 입을 벌리고 있고, 공포에 휩싸여 애원하는 눈빛은 거칠어져 있다. 그러나 아이다는 나팔 소리 때문에 동생의 소리를 듣지 못했다. 괴물들은 아기 침대 안에 대체물을 남겨놓았다. 아기, 아이다의 여동생과 똑같은 아기가, 똑같은 아기 옷을 입고 있다. 그러나 그 대체물은 얼음을 깎아 만든 것이었다.

다음 장에서 아이다는 얼음 아기를 들어 올려 꼭 끌어안고 달랜다. 아이다는 그것에게 이렇게 속삭인다. "사랑해." 그러나 그 물건은 아이다의 포옹에 반응하지 않는다. 살아 있는 것이 아니기 때문이다.

칼은 다시 책을 덮었다.

"당신 아버지가 왜 애한테 이런 책을 읽어줬는지 모르겠네." 그녀가 말했다. "하지만 이 책을 지금 너에게 보여주는 이유는 이것이 진실을 말하고 있기 때문이야. 너와 에마의 이야기는 한 편의 추한 동화로 막을 내렸어. 이 섬에 있는 여자들 모두는 지금 당신이 있는 이곳에 계속 있었어. 눈을 감거나 모른 척해도 당신에게 좋을 건 없어. 당신은 저 물을 건넜고, 돌아갈 수 없어. 어떤 의미에선 적어도 윌리엄이 한 가지는 옳았어. 우리는 마녀야. 하지만 다른 진실도 말해주지. 우리에 갇힌 그 남자는 괴물들과 어울리고 있어."

아폴로는 다시금 기사단에 관한 윌리엄의 위협이 무슨 뜻인지 궁금해졌다.

난 철수시키지 않을 거예요. 시도조차 안 할 겁니다.

62

아폴로는 오트밀을 먹었다. 그도 칼도 잠시 동안 말이 없었고, 그 대신 다른 여자들의 말소리가 방 안을 채웠다. 누군가는 서로 농담을 주고받았고, 다른 여자들은 하루 일과와 섬에서 손봐야 할 곳에 관해 토론했다. 이곳저곳에서 여자들은 짝을 지어 앉아 서로 친밀하게 속삭이고 있었다.

"이 여자들이……." 아폴로는 말을 끝맺을 수가 없었다.

"에마가 했던 것 같은 짓을 저질렀느냐고?" 칼은 숟가락을 그릇 안에 내려놓았다. "그래. 우리 모두 다."

아폴로는 그릇을 내려놓았다. "그럼 밖에서 본 아이들은 뭡니까?"

"여기 여자들은 하나 이상의 아이를 뒀어. 나에게 피신올 때 그 다른 아이들을 데려온 거지."

"이 아이들은 무슨 일이 있었는지 알고 있나요?"

"도서관에서 우리는 읽기, 쓰기, 셈하기를 가르쳐."

"하지만 역사는 안 가르치고요."

"그런 역사는 안 가르치지."

"저 사람들은 왜 여기 머무는 겁니까? 이곳의 삶은 꽤나 험난해 보이는데요."

칼은 턱을 세웠고 아폴로에게 향했던 확고한 시선을 거두지 않았다.

"전부가 다 그런 건 아니야. 난 저 사람들에게 여기 머물라고 명령하지 않아. 여기 여자들은 상실감과 혼란에 빠져 나에게 왔어. 나는 그들에게 공간을 마련해줬지. 그들이 신뢰를 얻을 수 있는 곳. 함부로 추측 당하지 않고, 무시 당하지도 않는 그런 곳을. 이곳 사람들은 자신들의 현실을 굳이 남에게 설명하지 않아. 얼마나 많은 여자들이 이 단순한 선물을 받지 못하고 사는지 알아? 그건 기적을 일으키지. 이 사람들이 전부 여기 머물고 싶어 하는 건 아니지만, 이곳을 떠나는 여자들은 여기 왔을 때보다 더 강해져서 돌아가지."

아폴로는 한 손으로 그릇을 잡고 한쪽 팔 아래 책을 끼고 몸을 일으켰고, 그러면서 잠깐 동안 칼 쪽을 향해 몸을 숙였다. 제대로 일어서지도 못했는데, 이미 황실 경호병 중 하나가 철퇴를 들고 잽싸게 다가왔다.

"그냥 일어서는 거라고!" 아폴로는 사람들에게 두려움을 느끼며 외쳤다. 그의 몸은 어젯밤의 구타 때문에 여전히 지독하게 아팠다. 어떻게 저 사람들은 아직도 그를 위협적인 존재로 볼 수가 있을까. 그냥 일어서는 것도 이렇게 힘든데.

칼이 무릎을 세우고 천천히 바닥을 짚고 일어섰다. 햇빛에 비친 모습을 보니 원래 나이보다 더 들어보였다. "이 남잔 괜찮아." 칼이 경호병들을 툭툭 치며 말했다.

아폴로는 아직도 바닥에서 음식을 먹고 있는 여자들 사이를 걸어갔다. 높은 테이블 위에 대야가 두 개 있었고 각각에는 물이 가득 채워져 있었다. 그는 여자들이 하는 대로 그릇에 남은 오트밀을 거의 꽉 차 있는 양동이에 쏟고―퇴비를 위해 모으는 것이었다―그릇을 대야에 담가 씻었다.

그가 설거지하는 동안, 칼은 바닥에 앉은 여자들에게 다가가 이 사람 저 사람에게 몇 마디 말을 건넸다. 그러고는 다시 아폴로에게 돌아와 젖은 그릇을 말리는 곳을 보여주었다. 그는 그릇을 치우면서 윌리엄의 협상 내용과 위협에 대해 칼에게 알리는 것이 자신에게 얼마나 유리할지를 재보았다. 그러나 칼이 다가왔을 때, 그는 특별한 말은 하지 않았다.

"아이들을 만나볼 수 있습니까?" 아폴로가 물었다.

칼은 다시 한번 아폴로를 찬찬히 훑어보았다. "정말로 원해?"

"아이들 웃음소리를 듣는 게 좋아요."

칼은 오트밀 찌꺼기를 그릇에서 긁어내고, 그릇을 헹궈 건조대에 올려놓았다. "놀라움의 연속이네." 그녀는 누구에게랄 것 없는 혼잣말을 중얼거렸다.

칼은 아폴로를 다시 마당으로 데리고 나갔다. 휴식 시간이었다. 좀 큰 아이들은 잡기 놀이를 하고 있었고 다른 아이들은 커다란 플라스틱 공을 발로 차거나 던지며 놀았다. 그 자리에 어울리지 않는 한 소녀가 있었다. 세 살쯤 되어 보이는 소녀는 울퉁불퉁한 벽돌 바닥 위에서 어린이용 킥보드를 타고 있었다. 아이는 낮은 핸들을 잡고, 한 발은 보드 위에 올리고 다른 발은 바닥을 딛고 있었다. 아직 균형을 잡기엔 어려웠다. 아이는 넘어졌다 일어섰고, 다시 넘어졌다 일어섰다. 여자 하나가 다가가 킥보드를 잡아주려 했지만, 어린 소녀는 여자를 찰싹 때려 뒤로 물러나게 했다. 아이는 혼자서 해낼 생각이었다.

아폴로는 아이들 소리에 귀를 기울였다. 킥보드를 탄 소녀가 화를 내며 지르는 소리. 소년 둘이서 노란 공을 놓고 씨름하며 원숭이처럼 질러대는 소리. 놀리는 소리와 칭얼대는 소리, 달래는 소리와 키득거리는 소리. 아이들. 눈부시게 아름다운, 반쯤은 야생인 아이들. 그는 아이들의 아름다움에 거의 기절할 뻔했다.

칼이 아폴로의 등에 팔을 대어 지탱해주었다. "내가 엄마가 되었을 때." 그녀가 말했다. "남편은 아이들에게 이렇게 가까이 다가가면 두드러기가 나곤 했지."

"더 가까이 가보죠." 아폴로가 말했다.

여자들 몇 명이 의사 사택에서 나왔다. 그들은 작업용 도구와 정원용 도구들을 들고 있었다. 어깨에는 커다란 삼베 자루를 걸치고 있었다.

"이 섬에 정착해서 가장 좋은 건 우리가 먹을 것을 직접 키울 수 있다는 거야. 이스트강 한복판의 키부츠*인 셈이지." 칼이 말했다.

아폴로는 마당의 저쪽 끝에 있는 소녀를 가리켰다. 소녀의 킥보드가 다시 넘어져 있었다. 세 살배기 여자아이는 넘어진 킥보드가 말 안 듣는 강아지인 것처럼 식식거리고 있었다. 아이는 화가 나 울면서 혼자 킥보드를 일으키려 했지만, 아이에겐 너무 무거웠다.

칼과 아폴로는 주위의 노는 아이들을 헤치고 소녀를 향해 걸어갔다. 가까이 다가가자, 아이는 눈을 가늘게 뜨고 두 사람을 올려다보았다. 그러더니 손으로 뿌리치며 두 어른들과 킥보드 사이를 가로막으려고 마구 서성거렸다.

"아니야!" 아이가 말했다.

---

* 이스라엘의 농업 및 생활 공동체. 개인 소유를 부정하고 생산, 소비, 육아, 교육 등을 공동으로 행한다.

아이는 킥보드의 핸들을 잡고 조금 일으켜보았지만, 킥보드는 다시 옆으로 쓰러졌다.

칼이 소녀 옆에 쪼그리고 앉았다. "넌 도움이 필요해."

어린 소녀는 칼에게서 물러나다가 아폴로에게 정면으로 부딪쳤다. 그녀는 돌아보고, 그를 올려다보고, 얼굴을 찡그렸다. "아니야!" 소녀는 아폴로에게 소리 질렀다.

칼은 아폴로에게 손짓했다. 그는 눈높이를 맞추기 위해 소녀 앞에 쪼그리고 앉았다. 소녀의 머리카락은 집어땋기로 단단하게 땋아놓았고, 땋은 머리채 끝마다 작고 투명한 구슬이 달려 있었다.

"내 이름은 아폴로야."

소녀는 호기심 어린 눈으로 아폴로를 쳐다보다가, 다시 칼을 돌아보았다. 칼은 희미하게 고개를 끄덕였다. 소녀는 다시 아폴로를 쳐다보았다. 여전히 의심 많은 눈초리였다.

"내가 킥보드 세우는 거 도와줄까?" 아폴로가 물었다.

소녀는 거추장스러운 킥보드를 보다가, 다시 그를 보았다. 그는 두 빈손을 들어 올렸다. 그러고는 한 손으로 킥보드의 핸들을 잡고 일으켜 세웠다. 그 즉시 소녀는 그와 칼에게서 돌아서서 한 발을 킥보드에 올리고 걷어차면서 출발했다. 두 사람은 소녀가 가는 모습을 지켜보았다. 소녀는 불안정하게 1.5미터 정도를 전진했다.

결국 세 살배기 소녀는 발을 헛디뎠다. 킥보드는 옆으로 뒤집어졌고 아이는 바닥에 누워 있었다. 심각하게 넘어진 건 아닌 것 같고, 아이는 그저 등을 대고 반듯이 누워 아침 하늘을 바라보고 있었다. 마치 킥보드를 다 타고 쉬는 것처럼 보였다.

"아이에게 가보자." 칼이 말했다.

그들이 도착하자, 작은 손이 아폴로의 손가락 두 개를 잡아당겼다. 그는 아이가 일어나도록 도와주었다.

"얘는 게일이야." 칼이 말했다.

어린 소녀는 킥보드에 질렸는지 도서관 쪽으로 걸음을 옮겼다. 아폴로의 손가락을 꼭 잡은 아이의 손아귀 힘이 아폴로에게 같이 가자고 명령하는 것 같았다.

"둘이 친구가 된 것 같은데."

"그레타와 얘기할 수 있습니까?" 아폴로가 물었다.

칼은 눈을 가늘게 뜨고 팔짱을 끼었다. "뭣 때문에?"

"윌리엄이 자기 딸을 죽였다고 하셨죠."

"그랬지."

게일은 두 걸음을 더 내디뎠다. 아폴로는 막 끌려가기 직전이었다.

"여기 있는 여자들이 다 비슷한 짓을 저질렀다면서요." 아폴로가 말했다. "그런데 왜 그 사람은 다른 기준으로 다루는 겁니까?"

"아니. 비슷하지 않아. 휠러가 한 짓은 사악해."

"그 얘길 그레타에게서 직접 들어야겠어요."

"아, 그래? 하여간 남자들이란, 아침밥을 먹여놓으니 갑자기 명령을 내리는군."

"이건 부탁이에요." 게일이 한 번 더 그를 잡아당겼다. 그는 세 걸음을 끌려갔다. "제발요, 칼."

"우린 낮에는 강 위로 다니지 않아." 칼이 말했다. "그레타가 오늘 밤여기 올 거야. 저녁 식사 후에 인형극을 할 거니까. 만일 그레타가 너와 얘기하겠다고 하면, 그때 만나게 될 거야. 지금은 게일을 돌봐줘."

아폴로와 게일은 자리를 떴다. 칼은 조용히 그들을 바라보았다. 그때 한 여자가 시급한 사안을 들고 칼에게 다가왔다.

아폴로는 섬의 리듬에 합류했다. 그는 이 일에서 저 일로 옮겨 다녔고—아이들을 돌보거나 씻기는 일—게일은 언제나 그와 함께 있었다. 그가 게일을 돕는 걸까, 게일이 그를 돕는 걸까? 많은 여자들이 장난조로 질문을 던졌고, 아폴로는 신경 쓰지 않았다. 게일의 엄마도 만났다. 그녀에겐 다섯 살 난 아들도 있어서 아폴로의 도움을 받게 되어 마음을 놓는 것 같았다. 그는 게일에게 점심을 먹이고, 『저 바깥에』를 읽어주고, 용변을 볼 때는 엄마에게 데려다주었다. 아폴로는 예전의 분주했던 생활로 돌아간 것 같은 기분이 들었다. 당연하면서도 꼭 필요한 일들을 하고 있다는 굳은 믿음, 그리고 그런 일들을 망치고 있으며 그로 인해 무너지기 쉬운 인생을 위기로 몰아넣고 있다는 두려움. 그런 근심은 그를 죽일 수도 있는 여자들과 함께 섬에 머물고 있다는 사실로 인해 더욱 심해졌다. 아폴로와 게일은 함께 빨래를 갰다. 그러나 실상은 아폴로가 빨래를 개면 게일이 열심히 원래대로 풀어헤쳐놓고는 자기를 봐달라고 아폴로를 곁눈질하는 것이었다. 그가 화를 내는 척하면, 소녀는 깔깔대고 웃으며 소리를 질렀다. 그럴 때면 누군가 함께 웃는 소리가 들렸다. 그 자신의 웃음소리였다.

6시에 저녁이 차려졌다. 빨대컵에 물을 채우고, 얼룩은 닦았다. 아이들은 의사 사택에서 함께 밥을 먹었다. 여자 둘이 기타와 작은 드럼을 연주했고 아이들은 노래를 따라 불렀다. 아이들은 〈다이아몬드 앤드 러스트Diamonds and Rust〉와 〈우미 세즈Umi Says〉 같은 노래들을 배웠다. 더 어린 아이들은 인형극 전에 재웠지만, 게일은 잘 시간이 되어도 깨어 있겠다고 버텼다. 아이는 아폴로와 함께 있고 싶어 했다. 그는 게일과 조금만 더 같이 있게 해달라고 간곡히 부탁했다. 게일의 엄마는 웃었지만, 아폴로는 아이 엄마의 눈에서 뭔가 다른 것을 읽었다. 자기 딸과 같이 있고 싶어 하는 낯선 남자에 대한 반사적인 의심. 그녀가 그런 걱정을 한다고 해서 탓할 일은 아니었다. 조심스럽다는 건 게일의 엄마가 좋은 엄마라는 신호였다.

그러나 칼이 아폴로는 신뢰할 만한 사람이라고 공표했고, 그녀의 보증은 무게를 지녔다. 게다가 다섯 살 난 아들이 마당에서 완전히 녹초가 되어버리는 바람에, 아폴로가 게일과 함께 있어준다면 큰 도움이 될 것이었다.

"이 아이를 돌봐주세요." 게일의 엄마가 아들을 잡아끌고 간호사 숙소로 들어가기 전 한 말이었다. 칼은 인형극을 위해 아이들을 도서실로 불렀다. 아폴로는 책을 바지 뒤춤에 꽂고 게일을 목마 태웠다. 게일은 나이 많은 아이들을 내려다보며 외쳤다. "나 키 크다!"

아이들이 도서실을 종횡무진 돌아다니며 춤을 추고, 서가에서 마구 잡이로 책을 뽑고, 서로 밀고 팔꿈치로 찌르고, 자리를 잡기 전까지 소동을 일으키는 동안 칼과 아폴로는 도서실 뒤쪽에 서 있었다. 아폴로는 게일을 아이들 틈에 앉히려 했지만, 아이는 그의 품에 안겨 가냘프게 징징댔다. 그래서 그는 아이를 계속 안고 있었다.

"게일이 저녁을 많이 안 먹었는데. 배가 고플 거야." 칼이 말했다.

그때 경호병의 에스코트를 받으며 그레타 휠러가 들어왔다.

방 안의 여자들은 몸이 굳었고, 그녀를 향해 돌아보았다. 마치 자석의 N극을 향해 정렬하는 바늘 같았다. 아폴로는 여자들이 조용해졌다는 것을 깨달은 후에야 그레타 휠러를 돌아보았다. 아이들은 계속 떠들며 놀고 있었다. 그레타가 칼에게 다가왔다. 그녀는 아폴로를 못 본 척했다. 그녀는 불안한 듯 소리를 냈는데, 혹시 칼이 그녀를 쳐다보는 시선 때문이었을까?

그레타 휠러는 머리카락을 세게 뒤로 빗어 넘겼고, 영양실조를 의심할 만큼 말랐다. 생각해보면 홀리루드 성당 지하실에서 만났던 여자도 똑같이 저런 모습이었고, 에마도 저렇게 비쩍 말랐었다. 그 여자들은 생명의 정수가 빠져나간 것 같은, 뱀파이어의 희생자 같은 몸으로 변해 있었다.

"불러내서 미안해." 칼이 말했다. 둘은 서로를 가볍게 터치했고, 칼이 잽싸게 팔을 다시 내렸다. 칼도 그레타를 무서워하는 것 같았다. 아니면 그레타를 염려하는 것인지도 몰랐다. "그레이스는?"

"우리 부모님이랑 같이 있어. 윌리엄이 여기 왔다고? 그가 왔어? 이렇게?"

전에 창문 너머로 보았던 젊은 여자—선생님일까?—가 손뼉을 쳐서 아이들을 집중시켰다. 그녀는 아이들에게 원형으로 둘러앉도록 몸짓으로 지시했다.

"윌리엄은 나랑 같이 왔습니다." 아폴로가 말했다.

그레타 휠러가 돌아보자마자 그는 그런 말을 한 것을 후회했다. 그녀는 손가락에 잔뜩 힘을 주고 그의 눈을 할퀴기라도 할 것처럼 손을 들어 올렸다.

"그 인간 애인이야?"

게일을 안고 있지 않았다면 곧바로 달려들었을 것이라고, 아폴로는 생각했다.

"물론 아니지." 칼이 조용히 말했다. "그랬으면 이 사람을 밖으로 데리고 나오지 않았을 거야."

"난 에마의 남편입니다. 에마 밸런타인의 남편." 그는 자신이 한 말에 스스로 놀라 몸을 떨었다. 지난 4개월 동안 어떤 식으로든 자신을 에마와 엮은 것은 처음이었다.

난 에마의 남편이에요.

그레타는 멍한 눈빛으로 아폴로를 바라보았다. 방금 그 말이 고대 페니키아어라도 되는 것처럼. 그녀는 에마가 누구인지 그가 누구인지 전혀 알지 못했다. 남의 문제를 신경 쓰기엔 그녀 자신의 끔찍한 문제에 파묻혀 살기가 너무 버거웠던 탓이다.

그레타의 손이 조용히 내려갔다. 그러고는 아폴로에게 부드럽게 손을 흔들었다. 일종의 사과 표시였다. 칼이 그레타를 끌어안았지만 너무 세지는 않았다. 그레타는 터치는 허용해도 포옹은 받아들이지 않았다.

"그 사람과 끝낼 거라고 계속 생각하고 있어." 그레타가 말했다. "하지만 그는 언제나 내 인생에 끼어드는 자신만의 방법을 찾아내지."

"나도 알아." 칼이 말했다.

"그는 포기하지 않을 거야. 우리는 그 사람 거야. 그는 그렇게 생각해. 나와 그레이스. 그리고 애그니스도."

그녀는 마지막 소녀의 이름을 속삭였다.

"윌리엄이 정말로……." 질문이 아폴로의 입술 사이로 새어 나왔지만, 그는 말을 끝맺기 전에 입을 꾹 다물었다. 상관없었다. 그레타는 그가 뭘 묻는지 알고 있었다.

그녀는 아폴로를 향해 고개를 들었다. "정말로 내 딸을 죽였느냐고요?"

아이들은 조용해져서 그레타를 바라보았다. 주위 환경과는 상관없이 아이들은 언제나 소리를 듣는다. 어른들은 이 사실을 쉽게 잊는다. 아이들은 엄마가 왜 여기로 자기를 데려왔는지 모른다고 했던 칼의 말은 과연 옳았을까. 아이들은 국가안보국보다도 비밀의 냄새를 더 잘 맡는다. 선생님이 다시 아이들을 집중시키기 위해 부드럽게 박수를 치며 입으로 쉿, 소리를 냈다.

"하지만 그 사람 말로는……." 아폴로가 입을 열었다.

그레타가 갑자기 발끈했다. "아, 그래요. 그 사람이 뭐랬는지 제발 나한테 얘기 좀 해봐요! 내가 여기 이렇게 온 건 내가 어떻게 사는지 당신이 그 사람한테 가서 설명해줬으면 해서예요!"

게일이 품 안에서 꼼지락거리자 아폴로는 한 걸음 뒤로 물러섰다. 아이는 그레타를 의심의 눈빛으로 쳐다보았다. 자제력을 잃은 어른만큼 아이를 무섭게 하는 건 없다.

"게일이 배고픈 것 같네." 칼이 아폴로와 그레타 사이를 오가며 말했다. "데려가서 뭘 좀 먹이면 어떨까?"

여자 둘이 인형극 세트를 들고 도서실로 들어왔다. 아이를 갖고 싶어 하는 부부의 집. 여자 마법사의 정원. 라푼젤의 탑과 왕자의 눈을 멀게 하는 가시덤불까지 있었다. 세 번째 여자가 무대로 쓸, 금방이라도 부서질 것 같은 카드놀이 테이블을 가지고 들어왔다. 아이들은 이미 세트와 경호병의 손목에서 대롱거리는 인형을 담은 가방을 보았고, 앞으로 펼쳐질 화려한 인형극을 기대하며 입을 다물었다.

그레타는 아폴로에게 향했던 시선을 칼에게로 돌렸다. "그 인간이 내 새 주소를 손에 넣었어. 나한테 책을 한 권 보냈더라고."

"책요?" 아폴로가 중얼거렸지만, 여자들은 그의 말소리를 듣지 못했다.

"조심하고 있는 줄 알았는데." 칼이 말했다.

"네트워크에서 항상 벗어나 있을 수는 없어, 필. 이 섬에서는 그럴 수 있겠지만, 저 밖은 현실이야. 아파트를 얻고 싶으면 내가 누군지 입증할 근거가 있어야 해. 주에서 발급한 신분증명서 말이야. 은행 계좌를 열려고 해도 그 신분증이 필요하고."

"은행 계좌가 도대체 왜 필요한데?" 칼이 식식거렸다.

"난 십대인 딸과 살고 있다고!" 그레타가 외쳤다. 아이들이 다시 뒤를 돌아보았다. "돈을 침대 밑에 넣어놓을 순 없어. 그랬다간 그레이스가 얼마나 빨리 찾아내는지 알아? 그레이스는 착한 아이지만, 그래도 아무튼 열여섯 살이란 말이야!"

칼은 힘없이 고개를 끄덕였다. 현실 세계의 문제는 일상적인 걱정거리로 끊임없이 간섭한다는 것이었다.

"책을 보냈다고요?" 아폴로는 다시 한번, 더 크게 말했다.

그레타는 고개를 떨구었다. "그 인간이 책을 완전히 망쳐놓았어요. 페이지마다 낙서를 해서."

게일이 부드럽게 칭얼대면서 계속 입을 가리켰다. 아이는 아폴로의 품 안에서 꼼지락거렸다.

"아이에게 먹을 걸 주라고 말한 것 같은데." 칼이 쏘아붙였다. "지금 당장 빌어먹을 의사 사택으로 애를 데려가라고. 어디인지는 게일이 알 거야. 그렇지, 게일?"

아이는 칼에게 진지하게 고개를 끄덕였다. 무척이나 진지해서 머리와 함께 어깨까지 들썩거렸다.

"음식은 냉장고 안에 있을 거야." 칼이 말했다.

그레타는 칼의 목소리를 누르고 말했다. "그 자식이 날 완전히 빈털터리로 만들었어. 내 계좌에서 마지막 한 닢까지 다 꺼내갔다고. 이젠 은행을 털기 위해 총을 들고 갈 필요도 없어. 그냥 인터넷 연결망만 있으면 돼. 그 개자식이 나한테서 7만 달러를 훔쳐갔어."

아폴로는 슬며시 구역질이 이는 것을 느꼈다.

"그가 그 책에, 뭐라고 썼습니까?"

"아이의 이름요." 그레타가 조용히 말했다. "애그니스. 모든 페이지에다."

65

아폴로는 게일과 함께 의사 사택으로 걸어갔다. '휘청거렸다'가 더 정확한 표현일 것이다. 그는 아이를 그곳에 데려가고 있다는 사실도 깨닫지 못했다. 7만 달러. 빌린 보트에 앉아 인생 최고 액수의 책 판매를 축하하면서, 그는 그레타 휠러에 대한 범죄의 공모자가 되었다. 그러고 나서 그자는 자신의 딸 이름을 페이지 전부에 써서 책을 망쳐놓았다. 애그니스. 그가 정말로 그 아이를 죽였는가? 그는 너무 혼란스러워서 그 자리에서 죽을 것 같았다.

아폴로는 게일을 의사 사택 식당 안에 내려놓았다. 소녀는 벽에 일렬로 늘어선 냉장고들을 향해 당당하게 걸어갔다. 아이의 신발이 바닥을 덮은 먼지와 쓰레기 조각들 위로 흔적을 남겼다. 그는 냉장고를 하나씩 열어 남은 마카로니 앤드 치즈가 담긴 밀폐용기를 찾아냈다. 그러고는 냉장고 문을 닫고 공동 식기류 서랍으로 사용되는 판지 상자를 뒤졌다. 플라스틱 포크, 스푼, 칼, 종이 접시와 컵. 그는 식탁으로 가 의자를 당겨 빼고, 마카로니 앤드 치즈, 포크와 스푼을 내려놓고, 게일을 안았다. 그는 아이를 무릎에 앉히고 밀폐용기 뚜껑을 열었다. 여전히 반쯤은 멍한 상태였지만, 이 단순한 작업만큼은 제대로 할 수 있었다. 아이에게 밥을 먹이는 것. 게일은 음식을 보고는, 다시 고개를 돌려 그를 보았다. 아이는 고개를 흔들었다. 아폴로는 숟가락에 마카로니 앤드 치즈를 한 숟갈 떠서 아이의 입으로 가져갔다.

"아니야!" 아이는 소리를 지르며 그의 손을 찰싹 때렸다. 마카로니 앤드 치즈는 바닥에 떨어져 얼룩이 되었다.

게일은 숟가락을 잡아당겼다. 그는 그냥 놔두었다. 아이는 두 손으로 숟가락을 돌려서 왼손으로 손잡이를 잡았다. 이제 아이는 밀폐용기를 정조준하는 것처럼 노려보고, 숟가락을 들어 음식을 향해 들이밀었다. 숟가락이 그릇 가장자리에 부딪치자, 아이는 다시 시도했다. 두 번째 시도에 마카로니가 볼록 쌓인 곳에 숟가락을 정확히 착륙시켰다. 아이는 삽을 꽂듯 숟가락 끝을 파묻었다. 그러나 숟가락을 들어 올리자, 마카로니는 공중을 날아 또다시 바닥의 얼룩이 되었다.

"아니야!" 아이가 소리를 질렀다. 분노가 또렷하게 아이의 얼굴에 비쳤다.

"널 보니 내 아내가 생각나는구나." 아폴로가 아이에게 말했다. 아이는 그를 바라보았지만 에마 얘기에 흥미를 느끼는 것 같지는 않았다. "내 아내." 그는 그 말을 시험하듯 다시 중얼거렸다. 에마가 그들의 아들을 죽였을까? 아니면 그들의 아들은 아직 살아 있나? 칼은 그가 물을 건너 마녀와 괴물의 땅으로 들어왔다고 했다. 이곳에도 희망이 있을 수 있을까? 그런 일은 마법보다도 비현실적인 것 같았다. 칼은 그의 마음속에 혼란을 하나 심어놓았지만, 하루 종일 어떤 목소리가 불쑥불쑥 들려와 그에게 임무를 일깨워줬다. **에마를 찾아내.**

섬에 도착했을 때는 분명한 계획이 있었다. **에마를 죽이는 것.** 그러나 이제는? 그가 여기 온 건 그녀를 죽이기 위해서인가 아니면 돕기 위해서인가? 모르겠다. 그럼 그녀는 어디 있는가? 왜 그녀는 나타나지 않는 걸까? 패닉이 밀려오려는 순간에 그는 아무것도 없는 왼손 넷째 손가락을 얼빠진 듯 보았다. 그는 정말로 반지를 강물에 던져버렸다. 이제 그에게는 가운뎃손가락에 걸린 빨간 실만 남아 있었다.

게일은 플라스틱 숟가락을 내려놓고 아폴로의 빨간 실을 잡아당겼다. 아무리 당겨도 실이 헐거워지지 않자, 아이는 실을 빼내려고 아폴로의 손가락 위쪽으로 당겼다. 아폴로는 오른손으로 플라스틱 숟가락을 집어 마카로니를 조금 떠서 게일의 입술에 갖다 댔다. 아이는 멍하니 한 입을 받아먹었다. 아폴로는 아이를 속여 음식을 먹인 스스로를 자랑스러워하며 웃었다. 그러자 아이도 자랑스럽게 손을 들어 올렸다. 아이는 그가 모르는 새 빨간 실을 손가락에서 빼냈던 것이다.

"아가?" 여자 목소리가 의사 사택 입구에서 들렸다.

아폴로가 채 고개를 돌리기도 전에, 게일이 그의 무릎에서 뛰어내려 달음질쳤다. "엄마!" 게일은 사실상 공중부양을 하며 엄마 품에 뛰어들었다.

"밥은 먹었습니다." 아폴로가 일어서며 말했다. "음, 적어도 한 입은 먹었어요."

"꽤나 의미 있는 일이네요." 게일의 엄마가 장난기 어린 말투로 말했다. "아이가 말썽을 안 부렸어야 할 텐데요."

"게일은 대단한 아이예요." 아폴로가 말했다.

"네, 그렇죠." 그녀는 딸의 눈을 바라보며 말했다. "게다가 잘 시간도 한참 지났고요."

"싫어!" 게일이 외쳤지만, 곧 입속의 이를 전부 셀 수 있을 만큼 입을 크게 벌려 하품했다.

게일의 엄마는 돌아서서 아폴로를 정면으로 바라보았다. "에마가 여기 있었을 때 그렇게 잘 알지는 못했어요. 아이들 때문에 정신이 없어서요. 이해하시죠. 하지만 에마는 내 아들 프레디를 무척이나 좋아했어요. 그 앤 수줍음이 많아요. 말을 많이 하진 않지만, 책 읽는 걸 좋아하거든요. 에마는 자신만의 문제를 가지고 있었지만, 그래도 잠자리에 들기 전 프레디에게 책을 읽어줬어요. 여기 있는 동안엔 매일요. 그래서 에마에 대해 알아야 할 것들은 다 알게 됐죠."

엄마와 아이는 의사 사택을 걸어 나갔다가 잠시 후 돌아왔다. 게일의 엄마가 아폴로에게 손을 내밀었다. 손바닥에는 빨간 실이 놓여 있었다.

아폴로는 고개를 끄덕이고 실을 받아 들었다. 그는 그 고리를 한참 들여다보다가, 그것을 넷째 손가락에 끼웠다.

66

그는 의사 사택을 나왔다. 신문을 들고 산책 나온 사람처럼 책을 한쪽 팔 아래 끼고서. 도서관은 10미터도 떨어져 있지 않았다. 창문 너머로 칼이 보였다. 인형극은 이미 시작되었다. 인형을 무시무시하게 만들 수는 없었지만, 상관없었다. 조금 큰 아이들의 머리가 보였는데, 아이들은 모두 인형을 향해 잔뜩 집중하고 있었다. 칼이 아니라, 인형극에.

"글래머." 아폴로가 중얼거렸다.

바깥에 있는 사람은 그뿐인 것 같았다. 칼, 경호병, 아이들은 도서실 안에 있었고, 다른 여자들과 어린아이들은 간호사 숙소에서 자고 있었다. 그는 몸을 흔들며 그 자리에 서 있었다. 마당은 지난 300년간 뉴욕 시가 경험해보지 못했던 정적에 싸여 있었다. 강가는 아니었지만, 노스브러더섬 기슭에서 철썩거리는 강물 소리를 들을 수 있었다.

갑자기, 강한 바람처럼, 공기의 흐름이 바뀐 것이 느껴졌다. 처음에는 그것을 소리로, 갑자기 마당을 채운 수다 소리 같은 것으로 착각했다. 그러나 잠시 후, 그것은 그의 몸에 물리적으로 부딪치는 압력이 되었다. 전기의 파동이 턱을 통과해 흐르는 것처럼. 이가 꽉 다물리고, 목이 탔다. 파동의 진동수는 더 높아졌다. 그는 그 전파의 방향을 감지할 수 있었다. 도서실도, 간호사 숙소도 아니다. 결핵 병동이었다.

윌리엄.

결핵 병동을 향해 두 걸음을 내디뎠지만, 곧 팽이처럼 방향을 돌려 도서실로 향했다. 건물 입구에서 그는 문에 기대어 섰다. 칼은 아이들에게 시선을 맞추며 계속해서 라푼젤 이야기를 들려주고 있었다.

경호병들이 그를 눈치챘지만, 아폴로에게 다가온 사람은 뒤쪽에 긴장한 채로 단호하게 서 있던 그레타였다. 그녀는 그의 팔을 꼭 잡고 도서실에서 데리고 나갔다. "칼은 당신을 신뢰하기로 마음먹은 것 같지만." 그녀는 속삭였다. "그렇다고 해서 나도 그런 건 아니야."

"잠깐만요." 아폴로가 말했다. "제발요. 칼에게 할 말이 있습니다."

"할 말 있으면 나한테 해. 저 아이들이 10분 동안만이라도 행복을 느끼게 놔두고."

"윌리엄이. 그자가 위협을 했습니다."

"그 인간이 늘 하는 게 위협이야."

"기사단을 불렀다고 했어요." 아폴로가 말했다. "그게 뭔지는 모르겠습니다. 하지만 누군가 오고 있어요."

그레타는 아폴로의 팔을 놓았다. 충격을 받은 그녀의 표정은 한 대 얻어맞은 것처럼 일그러졌다. "누가 온다고." 그레타는 중얼거렸고, 손을 허공에 뻗어 어둠을 향해 희미하게 휘저었다. 그녀는 곧 마음을 가라앉히고, 아폴로에게서 등을 돌리고 급히 안으로 들어갔다.

아폴로는 그레타가 아이들을 돌아 앞으로 나가는 것을 지켜보았다. 아이들은 모두들 귀를 기울여 이야기를 듣고 있었다. 그레타는 칼에게 다가가 인형극을 중단시키고, 칼의 귀에 뭐라고 속삭였다. 칼은 인형을 조금 내렸다. 그녀의 얼굴에서 미소가 잠시 사라졌고, 잠시 이야기를 멈추었다가, 다시 인형을 들어 올리고 이야기를 이어나갔다. 그러나 칼의 시선은 방 안을 훑다가 경호병에게로 향했다. 그것을 보고 아폴로는 도서실에서 나왔다.

격리실은 야트막한 언덕 아래 잡목림을 굽어보고 있었다. 달빛이 언덕 위쪽을 비추고 나무들은 어둠 속에 잠겨 있었지만, 길은 여전히 또렷하게 보였다. 밖에는 아폴로 말고는 아무도 없었다.

그는 윌리엄이 갇혀 있는 방 창문을 찾아 가건물을 한 바퀴 돌았다. 그러다 그 방을 찾아냈고, 그는 쭈그리고 앉아 먼지 속에서 소프트볼 정도 크기의 돌멩이를 주웠다. 그는 다섯 걸음 뒤로 물러나서 돌을 던졌다. 창문이 산산조각이 났다. 이제 그곳에는 아폴로와 윌리엄의 감방을 가로막은 철망만 남았다.

우리 안에서는 아무런 소리도 반응도 없었다. 아폴로는 귀를 기울여 우리 안의 소리를 들었다. 어쩌면 게일에게 밥을 먹이는 동안 경호병들이 이미 그를 데려갔을지도 모른다. 어쩌면 지금 바로 이 순간 어딘가에 불에 그슬린 채 누워 있을지도 모른다.

아폴로는 살금살금 창문에 다가갔다. 안을 들여다보려고 했지만, 방 안은 너무 어두웠다. "윌리엄." 그는 식식거렸다. "윌리엄! 거기 있으면 대답해요."

그는 안을 들여다보려고 까치발로 섰다. 코가 우리에 닿았다.

"윌리엄 휠러!"

마침내, 우리 안에서 신음소리가 새어 나왔다. 먼지 속에서 발을 질질 끄는 소리도 들렸다. "그건 내 이름이 아냐. 그러니까 그만 불러."

형체 하나가 어기적거리며 창문으로 다가왔다. 사람이 아니라 어떤 모양, 그림자, 악의를 가지고 툴툴거리는 형체였다.

"당신 아내를 만났어요." 아폴로가 말했다. "그레타 말로는 당신이 『앵무새 죽이기』의 페이지를 전부 훼손해서 보냈다던데요."

"네가 무슨 상관이야? 돈을 냈잖아, 안 그래?"

"그 돈은 그레타한테서 훔친 거잖아요, 윌리엄!"

감방 안에서 형체가 툴툴거렸다.

"그 이름으로 그만 부르라고 말했을 텐데. 그건 내 진짜 이름이 아니야. 나도 내 진짜 이름을 몰랐어. 내가 정말로 누구인지도 몰랐어. 그러다가 내가 속한 곳을 찾았지. 날 이해해주는 사람들을 찾았어. 나는 그들에게 다른 누구에게도 할 수 없었던 이야기를 할 수 있었지. 거기 있으면서, 나는 윌리엄 휠러의 얼굴을 벗고 그 아래 있던 내 진짜 얼굴을 찾았어. 내 친구들은 내 진짜 얼굴을 보게 되었을 때 나에게 진짜 이름을 주었어. 사실은, 아폴로, 너도 이미 그 이름을 알고 있지."

"그걸 내가 어떻게 압니까?"

우리 안의 남자는 원고를 읽는 것처럼 목소리를 높여 말했다. "오늘의 저녁 메뉴. 아기 브라이언에게 영감을 받은 식사."

아폴로는 뒷걸음질 쳤다. 남자는 철조망 벽에 얼굴을 가까이 들이밀었다.

"삶은 채소 요리!" 그가 외쳤다.

"당신이 킨더가튼이군요." 아폴로가 말했다.

"우리가!" 그는 식식거렸다. "우리가 킨더가튼이야. 하나의 이름으로 묶인 수많은 사람들."

우리 안의 남자는 손가락 끝을 철망 사이에 끼워 넣었다. 달빛 아래 보이는 손톱은 짐승의 발톱처럼 너덜너덜했다. 아폴로는 혼란의 파도에 얻어맞은 느낌이었다. 그는 전복된 배 같은 기분이 들었다.

"당신이 당신 딸을 죽였죠. 그레타가 그랬어요."

"난 선택을 한 거야!" 킨더가튼이 맞받아쳤다. "내 가족을 위해, 나는 가장 어려운 선택을 했어."

아폴로의 턱이 굳어졌다. 전류가 다시 공기를 채웠다. 그러나 윌리엄에게서 나온 것이 아니었다. 공기의 변화는 아폴로의 뒤쪽 어디에선가부터 시작된 것이었다. 뒤통수가 점점 뜨거워졌다. 그는 돌아섰다.

언덕 아래에는 잡목림밖에 없었다. 밤의 어둠이 나무들을 덮고 있었다. 오직 우듬지만이 선명하고 또렷하게 보였다. 이스트강 위로 부는 바람이 나무들을 휘저어 휘청거리게 만들었다. 족히 15미터는 되는 나무들이었다. 휘청거리는 나무들을 똑바로 바라보고 나서야 그는 나무들이 바람에 맞춰서가 아니라 바람에 저항해서 흔들린다는 사실을 깨달았다. 아폴로는 몸을 떨었고, 몸속 깊은 곳에서부터 욕지기가 치밀었다. 갑자기 누군가, 무언가, 그 나무들 사이에 숨어 그를 지켜보고 있다는 확신이 들었다.

"내가 부탁한 거 했어?" 킨더가튼이 말했다. "나의 그레타를 데려왔나? 나의 그레이스를? 내 가족은 어디 있어? 내 가족을 데려오기로 되어 있었잖아."

아폴로는 우리 안의 남자로부터 뒷걸음질 쳤고, 결핵 병동의 길을 따라 도서실로 돌아갔다. 사실상 그는 뛰고 있었다. 뛰면서, 그는 계속 뒤쪽의 나무들을 돌아보았다.

"난 공정한 제안을 했는데, 아폴로!" 킨더가튼이 외쳤다. "이건 네 머리에 걸린 문제야, 내 머리가 아니라!"

폭발이 시작되었다.

67

의사 사택이 갈가리 찢겼다. 잠시 후 폭발이 두 번 더 잇따르면서 간호사 숙소를 파괴했다. 건물이 무너지는 소리는 저 멀리 라이커스섬까지 들렸고, 교도소 북쪽 끝 감방에서 잠든 죄수들도 깨웠다. 아침이 되면 그들은—동료 죄수들과 간수들에게—밤에 이스트강에서 폭탄이 터지는 소리를 들었다고 맹세할 것이다. 아무도 그 말을 안 믿겠지만.

아폴로는 믿기지가 않았다. 그는 마당으로 가는 오솔길을 따라 달리고 있었다. 윌리엄 휠러는 어떻게—아, 아니지. 아폴로는 생각을 끊었다—그건 그의 이름이 아니지. 킨더가튼은 어떻게 군대를 호출한 걸까? 그건 불가능했다. 그러나 방금 전 불쏘시개가 되어버린 건물들과 아폴로의 발밑에서 진동하던 땅에게 불가능은 아무 의미 없는 말이었다.

또다시 천둥 같은 폭발이 일어났다. 대포를 쏜 것처럼 우르릉 울리는 소리였지만, 이번에는 폭발음이라기보다는 포효에 가까웠다. 그는 딱한 번 뒤를 돌아 어깨 너머로 잡목림 쪽을 잽싸게 쳐다보았다. 무언가가 밤하늘 위로 날아갔다. 크기나 모양은 거의 파악할 수 없었다. 미사일? 폭탄? 군사용 드론? 그러고 나서 또 한 번의 폭발이 일었다. 도서실이다.

지붕이 무너져 내렸다.

비명소리도 없다. 고함도, 울부짖음도 없다.

아폴로 카그와는 의사 사택 옆길로 달렸다. 폭탄은 20분 전 그와 게일이 마카로니 앤드 치즈를 먹었던 식탁을 흔적도 없이 날려버렸다. 그는 도서실로 향했다. 아이들과 여자들의 비명소리가 들리지 않게 될 때까지 그는 자신이 그 소리를 들으려 귀를 기울이고 있었다는 사실을 깨닫지 못했다. 적어도 비명소리를 들었다면, 그들 중 일부는 아직 살아 있다는 뜻이었다.

그는 도서실에 도착했다. 폭발로 인해 지붕이 무너지고 반쯤 금이 갔지만, 그 덕에 근처 벽에 큰 구멍이 뚫려 몸을 굽혀 들어갈 만한 충분한 공간이 생겼다. 그는 들어가고 싶지 않았다. 그는, 그 순간만이라도, 근처에 어른이 있었으면 하고 바랐다. 그러나 아무도 없으니 그가 들어가야만 했다. 아폴로는 몸을 숙이고 도서실 안으로 들어갔다. 깨진 유리가 바닥에 흩어져 다이아몬드처럼 반짝거렸고, 벽돌 먼지가 공기 중에 붉은 안개처럼 떠다녔다.

미사일이 도서실을 강타했지만, 절반 이상의 책들이 책꽂이에 말끔히 남아 있었다. 책등에는 먼지와 유리가 날아와 박혔지만, 그것만 아니면 꽤 괜찮아 보였다. 다른 책들은 바닥에 쏟아져 있었다. 그 틈에서 아폴로는 첫 번째 사망자를 발견했다.

다리 두 개가 무너져 내린 천장 아래 삐죽 튀어나와 있었다. 다리는 가늘었지만 길었고, 확실히 아이가 아닌 어른의 것이었다.

"누가 내 언니를 죽였지?" 목소리가 들렸다. 속삭임에 가까운 소리였다.

아폴로는 하늘이 무너져 내릴 것처럼 그 자리에 쭈그려 앉았다. 또다시. 그러고는 고개를 들어 위를 쳐다보았고, 충격을 받아 흐트러진 모습의 칼을 보았다. 스웨터는 한쪽 어깨로 반쯤 흘러내려가 있었고, 머리카락은 섬뜩하게 허리까지 드리워 있었다.

"언니를 죽인 건 나야." 칼이 중얼거렸다. 그녀는 몸을 떨며 서 있었다. 어쩌면 겉으로 보이는 것보다 더 심하게 부상을 입었는지도 몰랐다.

"내가 여기로 다시 부르지 않았으면 안 죽었을 텐데."

"그레타 말인가요?" 아폴로가 물었다.

마당 저쪽에서, 새로운 소리가 들렸다. 킨더가튼이었다. 째지는 비명을 지르고 있다. 뭔가 말을 하고 있었을 텐데, 이 정도 거리에서는 알아듣기 어려웠다. 문제는 거리였다. 킨더가튼의 목소리가 결핵 병동에서 들려오는 것처럼 멀지 않았다. 그의 목소리는 훨씬 가까이에서 들렸다. 감옥에서 풀려난 것처럼.

칼은 아폴로에게 손가락 세 개를 입술에 가져다 대며 주의를 주었다. 조용히, 침착하게 굴라고. 어쩌면 칼은 그가 현기증의 가장자리에서 패닉으로 빠지려는 것을 볼 수 있었던 것인지도 몰랐다.

아폴로는 그레타 옆에 다른 시체가 없다는 것을 깨달았다. 다른 희생자는 보이지 않았다. 죽은 아이들도 보이지 않았다. 다른 죽은 여자들도 없었다. 칼은 그의 팔꿈치를 매섭게 때리고는 벽에 난 구멍을 가리켰다. 칼과 아폴로는 구멍으로 빠져나가 마당으로 나왔다. 마당은 사람들로 꽉 차 있었다.

간호사 숙소 바깥쪽에, 여자와 아이들이 등에는 배낭을 메고, 손에는 가방을 들고, 아주 어린아이들 말고는 다들 뭔가를 들고 차곡차곡 앉아 있었다. 아기들은 어른들 품에 안겨 있었다. 놀라웠던 건 아기들조차도 조용했다는 것이다. 전부 다 생존한 건가? 그럴 수는 없었으리라. 사람 수는 약간 줄어든 것 같았지만, 얼마나 줄었는지는 알 수 없었다. 그들은 두 줄로 서서 움직였다. 전반적으로 탈진과 공포에 시달리고 있음이 확연히 보였지만, 그럼에도 거대한 질서가 그들을 통제하고 있었다. 그들은 열을 지어 대피했다. 이 정도 수준의 훈련이면 특수부대 팀도 존경심을 품었을 것이다.

"난 나쁜 놈이 아니야!" 킨더가튼이 외쳤다.

아폴로는 뒤를 돌아보았다. 맞서 소리를 지르고 대들고 싶은 욕망이 자연스럽게 일었지만, 칼이 그의 뺨을 세차게 후려쳤다. 그는 칼을 돌아보았다. 그녀의 얼굴에는 감정에 좌우되지 않는 절제의 가면이 씌워져 있었다. 한 손은 스웨터의 주머니 안에 찔러 넣은 채였다. 저 안에 칼이 든 건가? 아니면 총? 아폴로는 만일 그때 그가 무슨 말이든 입 밖에 내면, 그들의 위치를 누설하면, 칼이 그 무기를 주머니에서 꺼내 그를 죽일 것이라 믿었다. 아니, 알았다. 그 편이 그들 모두의 목숨을 희생하는 것보다 낫다. 그는 킨더가튼에게서 고개를 돌리고 다시 다른 사람들을 뒤따라갔다.

"그냥 나에 대해 해명할 기회를 달라고!"

현명한 사람들은 숲길을 따라갔다. 석탄 저장 창고를 지나, 주조 공장과 예배당 사이를 지났다. 아폴로에게는 빽빽한 덤불과 30미터 높이의 나무들만 보일 뿐이었는데, 현명한 사람들은 그에게 그늘 사이로 난 길을 보여주었다. 그들은 아폴로를 이끌었고, 그는 뒤따랐다. 영안

실을 지나 낡은 갠트리 기중기가 있는 페리 선착장이 나왔다. 이 섬이 원래 용도로 사용되던 시절에는 환자와 직원들이 페리를 타고 내리던 곳이었을 것이다.

"수영하려는 건 아니죠?" 아폴로가 속삭였다. 아무도 대답하지 않았다.

여자와 아이들이 전부 모였다. 커뮤니티 전체를 본 것은 처음이었다. 이렇게 환하게 노출된 곳에서 보니 다들 너무나도 연약해 보였다. 이제는 인원수를 분명하게 셀 수 있었다. 여자 열아홉 명과 아이 열한 명. 그게 전부였다.

아폴로는 게일을 찾았고 곧 발견했다. 아이는 엄마 품에서 반쯤 잠든 상태로 엄마의 목에 얼굴을 비비고 있었다. 아이의 오빠는 엄마 허리에 바짝 붙어 선 채로 잠들어 있었다.

마당에 새로운 폭격이 시작됐다. 이번에는 폭발이 더 잦았고, 뒤쪽 낡은 건물들 여러 채가 돌무더기가 되었다. 지금 들려오는 소리는 전투 소리였고 전쟁의 굉음이었다. 어떤 의미에서는 좋았다. 킨더가튼이 저쪽에 집착하고 있다는 것은 현명한 사람들이 여기, 페리 선착장에 와 있다는 것을 깨닫지 못했다는 뜻이었다.

차분하고 절제된 분위기 속에서 희미하게 소음이 일었다. 짐을 확인하고 평정심을 잃은 아이들을 달래느라 바빴던 것이다. 이해할 수 있는 일이었다. 아이들은 지구가 멸망하는 순간에도 간식을 달라고 징징 댄다. 하지만 달리 어쩌겠는가? 그들은 갈 곳이 없었다. 이곳 부두에서 기다리는 수밖에 없다.

"이 상황을 바로잡을 수 있는 건 나뿐이야!"

휠러의 고함소리에 사람들은 다시 침묵했다. 꼼지락대던 아기들도 동작을 멈췄다. 대부분은. 이제 사람들은 모두 숲을 바라보았다. 갑자기 이해가 되었다. 건물들은 모두 파괴되었고, 임무는 완수되었다. 이렇게 금방 끝날 일이었나?

이제는?

그러고 나서, 그들 뒤로, 강물 건너에서 속삭이는 소리가 들렸다.

필그림 40 파일럿하우스 트롤선이 어둠 속에서 나타났다. 현명한 사람들 중 하나가, 망토를 입은 경호병이, 조타기 앞에 서 있었다. 배는 부두에 천천히 접안했다.

68

아이들이 먼저 배에 올랐다. 줄의 선두에는 나이가 좀 많은 일고여덟 살배기 아이들이 섰고, 경호병 세 명이 손을 잡고 당겨 배에 태웠다. 아기들이 그 다음이었다. 엄마들은 부두에 서서 아기들을 일고여덟 살배기 아이들에게 건넸고, 아이들은 곧바로 배 전방의 마스터 선실로 아기들을 데려갔다. 그곳이 배에서 가장 안전한 곳이었다. 아이들이 모두 아래로 내려간 후, 나란히 늘어선 여자들이 가방과 갖가지 물건들을 옆 사람에게 전달해 배에 실었다. 마지막으로 여자들이 배에 올랐다. 경호병 두 명이 여자들을 배에 끌어올렸고, 아무리 길어야 8분 정도 만에 현명한 사람들은 출발할 준비를 마쳤다.

거의 다.

아폴로, 칼, 그리고 칼의 쌍둥이 경호병은 부두에 남았다.

강물 위를 가로질러 바람이 불었고, 물가 근처 나무들이 바람에 나부꼈다. 아폴로는 숲을 향해 돌아서서 눈을 가늘게 뜨고 바라보았다. 잠깐이지만 남자의 실루엣이 보였다고 생각했다……. 그러나 그건 사람이라고 생각할 수 없는 크기였다. 아마도 그냥 기이한 모양의 언덕이 달빛에 비친 그림자가, 공포에 사로잡힌 아폴로의 눈에 움직이는 것처럼 보인 것이겠지. 그런 것이겠지.

"사람들은 우리를 마녀라고 불러." 불쑥, 칼이 말했다. 그녀는 아폴로의 손을 잡았다. "하지만 그 사람들 말은 우리가 불가능해 보이는 일을 해냈다는 뜻일 거야. 그런 얘기 들어본 적 있지? 아이가 자동차 밑에 깔리자 엄마가 차를 들어 올렸다는 얘기. 난 그게 그런 거라고 생각해. 사랑하는 사람을 구해야 하는 순간에는 다른 사람, 다른 무언가가 되는 거야. 변신을 하는 거지. 사랑하는 사람을 위해 하는 일이 이 세상에 존재하는 유일한 진짜 마법이야.

어느 날 밤 에마가 강으로 나가는 걸 봤어. 작은 쪽배를 타고 노를 저으며 아들을 찾아 다시 밖으로 나가는 거였어. 그리고, 내 말 잘 들어, 아폴로. 강물 위의 에마에게서 빛이 났어."

칼은 아폴로를 트롤선이 있는 뒤쪽으로 당겼다. 쌍둥이가 그 뒤를 따랐다. 철퇴를 너무 꽉 잡고 있어서 손등까지 불그스름했다. 아폴로는 손을 들어 도움을 받으려 했지만, 경호병들은 그를 잡아주지 않았다.

"미안해, 아폴로." 칼이 말했다. "당신은 가지 않아. 내 사람들은 동쪽으로 갈 거야. 당신은 그들과 같이 가지 않아." 그녀는 부두 너머 50미터쯤 떨어진 바위투성이 해안선을 가리켰다. 그곳에 뭔가 작은 것이 묶여 있었다.

"저게 우리 쪽배야." 칼이 말했다. "저기까지 가는 방법을 알려줄게." 그녀는 손짓으로 흙이 무너져 내려 선반처럼 튀어나온 작은 절벽을 가리켰다. 그곳에서부터 강을 향해 비스듬히 뻗은 바위를 따라 걸어갈 수 있었다.

칼은 황실 경호병들에게로 돌아섰다. "너희 둘은 이제 배에 타."

경호병들은 움직이지 않고 그저 칼을 바라보았다. 전문가다운 냉정한 표정을 유지하고 있었지만, 그들의 눈에는 공포가 역력했다. "우리는 당신에게 헌신할 겁니다, 칼. 마지막까지요."

칼은 두 여인의 얼굴을 부드럽게 만지다가 갑자기 턱을 세게 움켜잡았다. 경호병들은 모두 움찔했다.

"여긴 스파르타도 아니고 나는 영예 따위는 하사하지 않아. 살아 있는 매일 매일이 우리에겐 전쟁이지." 그녀는 턱을 놓아주었다. "너희보다 더 강하고 영리한 여자들은 만나본 적 없어. 너희의 강인함이 누구에게 더 필요할까? 나랑 저기 저 사람들 중에?" 칼은 트롤선을 가리켰다. 배 위의 경호병들은 출항할 준비를 하고 있었다.

쌍둥이는 고개를 떨구었다.

그러자 칼은 발끝으로 서서 두 여자의 뺨에 키스했다.

쌍둥이가 배에 오르고 나자, 칼은 부두 끝으로 걸어갔다. 어른들과 좀 큰 아이들 몇 명이 선실 창문에 보였다. 달빛이 칼의 눈물과 배 위의 모든 현명한 사람들의 눈물을 비췄다. 그녀는 자제심을 발휘하기 위해 한 손으로 입을 막았다.

트롤선의 엔진이 돌았다. 엔진 소리가 너무 희미해서 강 위를 부는 바람 소리에 묻혀 들리지 않을 정도였다. 배가 살짝 뒤쪽으로 움직이고 방현재가 위아래로 출렁거리더니, 잠시 후 트롤선이 떠올랐다. 곧 엔진소리가 더 크게 울렸고, 트롤선이 출발했다. 아폴로는 선체에 칠해진 배의 이름을 읽었다.

메리캣.

그들이 드디어 섬을 떠났다는 사실에 감사한 마음과 안도감이 뼛속까지 스며들어 절로 몸이 떨렸다. 사람들이 없다면 킨더가튼의 위협은 적어도 반 정도는 공허해질 테니까.

칼은 멍하니 서 있던 아폴로에게 크게 손뼉을 쳤다. "아직도 거기 있어? 저쪽 아래로 내려가라고 말했던 것 같은데."

"당신은 왜 안 갔어요?" 아폴로가 물었다. "나 때문에 여기 남은 게 아니길 바랍니다."

"아이구, 제발. 꿈 좀 깨시지." 이 말을 할 때 칼은 무척이나 쾌활해 보였다.

"그럼 왜죠?"

"누군가는 여기 남아서 저들을 바쁘게 만들어줘야지. 친구들이 어느 정도 멀리 갈 수 있을 때까지는." 그녀는 아폴로의 어깨에 손을 얹고 움직이도록 재촉했다.

그는 아직도 혼란스러웠다. "하지만 이미 배가 떠났는데, 그게 무슨 상관이죠?"

칼은 다시 한번 숲을 돌아보았다.

"거인은 수영을 할 수 있거든."

69

그들은 재빨리 그러나 조심스럽게 흙 절벽을 따라 움직였다. 바위에 도착해서는 아래쪽으로 잽싸게 미끄러져 내려갔다. 아래로 내려가자 점점 멀어지는 메리캣의 모습이 보였다. 트롤선이 멀어질수록 칼은 더 활기차게 움직였다. 지금 위치는 쪽배가 그렇게 멀리 있지는 않지만, 아직 숲이 보일 만큼은 되는 곳이었다. 그리고 그때, 몹시도 태평한 모습으로 킨더가튼이 숲의 그림자에서 걸어 나왔다. 머리부터 발끝까지 벽돌 먼지에 뒤덮인 모습이었다. 머리카락과 옷도 온통 먼지투성이였다. 살갗에는 작은 반점이 뒤덮여 있고 붉은색을 띠었다. 악마 같은 형상이었다. 그는 선착장으로 걸어 나와 강물을 바라보았다.

칼이 쭈그려 앉았다. 아폴로도 함께 앉았지만, 지형에 익숙지 않아서 뒤로 넘어지면서 비스듬한 바위 아래로 굴러 떨어졌고, 물가에서 간신히 멈췄다. 칼이 그를 따라 내려왔다.

"아폴로?" 킨더가튼이 외쳤다. "너냐? 그년들이 널 남겨놓고 갔다고 말하지는 마!"

더 이상은 말이 없었다. 칼은 쪽배 쪽으로 아폴로를 밀었다. 배는 올리브그린색이라 어두운 강 위에서는 거의 보이지 않았다. 칼은 배를 향해 손짓하며 검은색 알루미늄 노를 집어 들었다. 아폴로는 노로 손을 뻗었지만, 칼이 그의 손을 찰싹 쳤다. 그녀는 몸을 낮게 굽히고 노를 반은 바위 가장자리에, 그리고 반은 쪽배 위에 균형을 잡도록 걸쳤다. 그러고는 아폴로의 엉덩이를 때려 그에게 일단 노 위에 앉으라고 몸짓했다. 그가 앉자, 쪽배에 올라타라고 지시했다.

"가엾은 아폴로! 넌 항상 누군가에게 버림을 받는구나!" 킨더가튼이 외쳤다.

목소리의 방향으로 보아, 킨더가튼은 아폴로가 넘어지는 소리를 듣고 그를 찾기 위해 반대 방향으로 몰래 접근해온 것 같았다.

아폴로는 쪽배 안에 털썩 주저앉았다. 작은 배는 수면에서 10센티미터 정도 튀어 올랐지만, 아폴로에게는 배가 뒤집힌 것 같은 공포였다.

칼이 흔들리는 배의 가장자리를 잡아주었다. 그러고는 앞으로 바싹 몸을 기울이며 속삭였다. "고백해야겠어. 당신이 가기 전에 말해야겠어."

"나랑 같이 가요." 아폴로가 간신히 스스로를 진정시키며 쪽배의 옆을 잡고 말했다. "배는 작지만 어떻게든 같이 탈 수 있을 거예요."

킨더가튼이 언덕 꼭대기에 나타났다. 그는 바위 해안과 강물을 훑어보았다. 그러다 손가락으로 가리키며 외쳤다. "저기! 저기야!"

사냥개에게 먹잇감을 공격하라고 명령하는 주인의 말투였다. 칼과 아폴로는 동시에 바위 위에 선 남자를 올려다보았다. 그의 뒤쪽 멀리에서 천둥 같은 소리가, 엄청난 파열음이 들렸다.

"안 돼." 칼이 속삭였다.

무언가가 하늘을 뒤덮었다. 그것은 저공비행하는 비행기만큼이나 컸다. 인간이 만든 미사일이라기엔 너무 컸다. 그것은 나무였다. 공중에서 빙글빙글 회전하는 나무가, 강 위로 날고 있었다.

빌어먹을 나무.

"안 돼." 칼이 애원했다.

어둠 때문에 보이지 않았지만, 어마어마한 첨벙 소리가 났다. 트롤선을 맞힌 것일까? 트롤선의 엔진 소리가 희미하게 들렸다.

킨더가튼이 부드럽게 손뼉을 치며 가리켰다. "다시! 저기!"

칼은 돌아서서 스웨터 주머니에 손을 넣었다. 주머니에서 나온 손에는 권총이 들려 있었다. 루거 LCR-22. 그녀는 그 총을 킨더가튼에게 겨누고, 쏘았다. 실외였고 작은 권총이었지만, 아폴로의 눈은 끔찍한 섬광에 초점을 잃었다. 칼이 보이긴 했지만 슬로모션으로 움직이는 것 같았다. 쪽배는 물 위에서 출렁거렸고, 아폴로의 위장은 토할 것처럼 잔뜩 수축했다. 칼은 연달아 네 번 발포했고, 세 번째 총격에서 그에게 찰과상을 입혔다. 킨더가튼은 비명을 지르지 않았다. 그는 꾸르륵거리며 뒤로 쓰러졌고 시야에서 사라졌다. 아폴로의 귀는 잠시 동안 웅웅거리고 욱신거렸다. 그는 또 한 번 나무가 머리 위로 날아올 거라 생각했지만, 그런 일은 일어나지 않았다. 칼의 발포로 인해 계획이 바뀐 것이었다. 그녀는 다시 한번 자기 사람들을 지켰다.

"칼리스토의 신화 알아?" 칼이 말했다. "칼리스토는 요정이야. 제우스의 아이를 가졌고, 그로 인해 그의 아내 헤라에게서 벌을 받아 곰이 되었지. 물론 제우스는 아무 벌도 받지 않았어. 칼리스토의 아기는 자라서 위대한 사냥꾼 아르카스가 되었어. 어느 날 칼리스토는 숲에서 아르카스를 만났어. 그녀는 자기 아이를 알아보았고 그를 품에 안고 얘기를 나누고 싶었어. 하지만 아르카스의 눈에는 거대한 곰이 자신을 공격하려는 것으로 보였지. 그는 화살로 칼리스토를 쏠 뻔했는데, 그

직전에 제우스가 그들 둘을 구해주고 별자리로 만들었어. 큰곰자리와 작은곰자리. 난 이 얘기가 해피엔딩이라고, 그리스 신화가 들려줄 수 있는 가장 행복한 이야기라고 언제나 생각했어. 칼리스토는 하늘에서 자기 아이와 영원토록 함께 있을 수 있으니까. 언제나 아이를 볼 수 있고. 언제나 아이가 안전하다는 걸 알 수 있으니까."

칼은 강을 바라보다가 아폴로와 시선을 마주쳤다.

"난 지쳤어. 내 꼬마 아들을 다시 보고 싶어."

그녀는 아폴로에게 노를 건네고, 선착장 바닥에 앉아서 두 발로 배를 강물 쪽으로 멀리 밀어냈다.

"당신 아들 무덤에 가봐." 칼이 말했다. "의심을 없애려면 당신 눈으로 직접 봐야 해. 의심이 있으면 당신은 에마에게 아무짝에도 쓸모가 없어. 그런 다음 아내를 찾아." 칼의 목소리가 차츰 잦아들었다. 그녀는 스웨터의 다른 주머니에 손을 넣었다. 탄피가 달빛에 희미하게 빛났다.

"에마를 어떻게 찾을 수 있습니까?" 아폴로가 물었다.

"에마는 브라이언이 살아 있다고 맹세했어. 그녀는 아는 거야. 느끼는 거지. 마지막으로 에마를 만났을 때, 에마는 마침내 범위를 좁혔다고 했어."

"무슨 범위요?" 아폴로가 속삭였다.

칼은 권총을 다시 장전했다. "에마는 브라이언이 숲에 있다고 했어. 난 그게 무슨 말인지 생각해봤지. 뉴욕시 전체에 숲은 하나뿐이야."

아폴로는 노를 이용해 배를 밀어냈다. 배가 뒤쪽으로 몇 미터 정도 흘러갔을 때 노를 이용해 배의 방향을 바꾸었다. 뒤를 돌아보니 칼이 바위 위로 기어오르는 것이 보였다.

"어쩌려고요, 칼?" 그가 물었다.

칼은 그를 바라보았다. 침착해 보이는 얼굴이었다. "그들에게 내 발톱을 보여줄 거야." 곧 그녀는 절벽 위로 사라졌다.

"총!" 킨더가튼이 외쳤다. "저 여자 총을 뺏어!"

아폴로는 곧 섬에서 멀어졌다. 쪽배에 부딪치는 이스트강의 물결이 점점 더 높아졌다.

브롱크스 기슭까지 가려면 얼마나 오랫동안 노를 저어야 하는지—한밤중에, 그 추위에—서서히 실감이 나기 시작했다. 그는 섬을 뒤돌아보지 않았다. 노를 저으면서 그는 최대한 소리를 내지 않으려고 노력했다. 칼의 말이 계속 맴돌았기 때문이었다.

거인은 수영을 할 수 있어.

"나는 신이야, 아폴로." 그는 이 광기의 토네이도 안에서 집중하려 애쓰며 속삭였다.

그는 계속 노를 저었다. 노스브러더섬이 뒤쪽에서 사라지자, 이제는 저 앞의 먼 기슭에만 집중해야 했다. 그는 점점이 모여 있는 아파트 건물들의 불빛을 등대 불빛으로 삼았다. 주택단지들이 그에게는 육지로 돌아갈 수단이 되었다.

"나는 신이야, 아폴로."

15분 뒤, 지칠 대로 지친 그는 아무런 생각을 할 수가 없었고, 그저 기계적으로 노를 올리고 내리기를 반복할 뿐이었다. 아무 도움 없이 끝까지 해낼 수 있을지 회의감이 들었지만, 강 한복판에서 도대체 무슨 도움을 기대할 수 있단 말인가?

또다시 20분이 흐르고, 그는 절망했다. 브롱크스는 전혀 가까워진 것 같지 않았다. 그는 여전히 노를 저었다. "나는……."

그 말은 끝맺지 못했다.

마침내 기슭이 보였다. 바레토 포인트 공원이었다. **당신 아들 무덤에 가 봐. 의심을 없애려면 당신 눈으로 직접 봐야 해.** 아폴로는 드디어 뉴욕시 포트워싱턴 나소 놀스 공동묘지에 누가 묻혀 있는지 알아낼 준비가 되었음을 느꼈다.

VI.
커다란 웅덩이

연철 창살로 된 공동묘지 문을 뚫고 들어가려면 혼다 오디세이가 얼마나 빠른 속도로 달려야 할까?

아폴로 카그와는 수학문제를 풀어보려고 했다. 그는 쪽배를 바레토 포인트 공원 기슭에 버려두고 가장 가까운 지하철역인 6호선 이스트 149번가 역으로 느긋하게 걸어갔다. 젖은 청바지에 부츠 차림으로, 죽도록 지친 데다 딴 세상의 현실에 몰두해 멍한 상태로 계단을 내려갔다. 지하철역을 무단 점유한 노숙자들마저도 불신과 걱정의 시선으로 그를 바라보았다. 회전식 개찰구에 도착하자 그는 메트로 카드를 꺼내려고 지갑을 뒤졌다. (몸에 깊숙이 밴 버릇이라 이런 상황에서도 스스로를 멈출 수 없었다.) 그리고 그때 그는 노스브러더섬에서 익사할 뻔했을 때 지갑을 잃어버렸다는 사실을 기억했다. 결국 그는 살아남았으니 그것은 세례 이상의 은혜였는지도 모른다. 이제 그는 무엇으로 다시 태어난 걸까? 아폴로는 개찰구를 뛰어넘고, 6호선 지하철을 기다리며 나소 놀스 공동묘지의 문을 차로 뚫고 들어가는 데 필요한 힘을 계산했다. 그는 밤에 들어가야겠다고 결심했다. 해가 떠 있는 동안에는 그가 무덤을 파헤치도록 내버려둘 리가 없었다.

그러나 집에 도착할 무렵에는 이미 이른 아침이었다. 수요일. 수천 명의 사람들이 일하러 가는 시간. 뉴요커들이 으레 그렇듯, 승객들은 아폴로에게 온통 신경을 쓰면서도 조심스럽게, 의도적으로 그를 외면했다. 만일 그가 미친 짓을 하고 위험한 행동을 했다면 그들은 다른 차를 탔겠지만, 그냥 좀 미친 것 같고 위험해 보일 뿐이라면 그들은 너그럽게 받아들였다. 아폴로는 내내 서서 갔다. 어디든 앉으면 곧장 기절해버릴 것 같아서였다. 아파트에 도착해 집 안으로 들어가서 옷을 벗는 것이 마치 외골격이나 거푸집을 벗는 것 같았다. 옷 없는 그의 몸은 녹아내렸지만, 쓰러지기 전에 간신히 침실까지 갔다. 다시 눈을 떴을 때는 밤이었다.

쉰 것 같지도 않았지만, 이젠 앉을 수 있고 일어설 수 있고 거의 무의식적으로 억지로 음식까지 먹었다. 그는 옷을 주워 입고 컴퓨터를 켜 집카를 예약했다. 혼다 오디세이를 빌릴 수 있다는 것을 발견하자―스와브, 그와 브라이언이 리버데일에서 초판본을 찾았을 때 몰았던 것과 같은 차였다―마치 운명처럼 느껴졌다.

아폴로는 맨해튼에서 퀸스로, 퀸스에서 롱아일랜드 플레인뷰 외곽으로 차를 몰았다. 나소 놀스 공동묘지. 거기에만 집중했다. 수학은 썩 잘하지 못했지만, 시속 180킬로미터로 달리는 2톤짜리 자동차면 철문 두 짝쯤은 부술 수 있을 거라 생각했다.

71

나소 놀스 공동묘지 정문은 포트워싱턴 대로를 향해 나 있었다. 면적은 어마어마하게 넓었지만, 묘지 주위는 주택가가 에워싸고 있었다. 더 중요한 건 포트워싱턴 경찰서가 말 그대로 묘지 바로 옆에 있고, 길 건너에는 포트워싱턴 소방서가 있다는 것이다. 그럼에도 아폴로 카그와는 포트워싱턴 대로를 미친 듯이 달려 엄청난 속도로 접근하면서도 이런 것들을 하나도 눈치채지 못했다.

포트워싱턴 대로에서 정문으로 곧장 돌진할 수 없다는 계산이 끝나고 나서야 그는 속도를 늦췄다. 약간. 그는 리비어 길에서 우회전을 하고, 그런 다음 오디세이를 약국 주차장 근처에서 한 바퀴 크게 돌렸다. 이제 리비어 길에서 서쪽 방향으로 달리면서, 그는 가속 페달을 사정없이 밟았다. 목요일 밤 11시였고, 교외의 한적한 도로가 그렇듯 길은 텅 비어 있었다. 그는 거의 명상 상태와 같은 침묵에 빠진 채 리비어 길을 질주했다. 그는 포트워싱턴 대로를 시속 126킬로미터로 건넜다.

그러자 패트리스 그린이 사이즈 15(약 330밀리미터)인 발을 뻗어 브레이크를 밟았다. 오디세이는 반원을 그렸다. 타이어의 굉음은 산 자와 죽은 자들을 전부 깨울 만큼 컸다. 아폴로는 그 자리에서 공중부양을 했지만 안전벨트가 그를 다시 아래로 붙들어 앉혔다. 그의 머리는 차보다도 조금 더 오래 돌았다. 그는 혀를 깨물며 운전대를 놓쳤다.

"이게 네 계획이었어?" 패트리스는 조수석에서 아폴로에게 물었다. "바로 옆에 경찰서가 있는데 정문을 부수고 들어간다는 게?"

아폴로의 발은 가속 페달에서 떨어져 있었다. 그는 마치 발이 자신을 배반한 듯 발을 내려다보았다. 낡은 신발을 신은 패트리스의 커다란 발은 여전히 브레이크를 단단히 밟고 있었다. 아폴로는 긴장성 분열증 환자 같은 눈빛으로 패트리스를 돌아보았다. 그가 이 거인을 데려온 것은 도움이 필요했기 때문이었다. (무덤을 파는 것은 진 빠지는 작업일 것이다.) 그러나 그 추모 페이지에 대해 새로 알게 된 사실에 대해서는 한마디도 꺼내지 않았다. 패트리스는 여전히 아폴로가 그 빌어먹을 것을 시작한 사람이 누구인지 모른다고 믿고 있었다. 아폴로는 자신의 '친구였던' 이 남자에게 달려들어 후려갈기고 싶은 기분을 감추느라 힘들어하고 있었다. 패트리스가 말했다.

"내 제안은 이거야. 일단 주차장으로 돌아가서 시동을 끄자고."

아폴로는 패트리스를 한참 동안 쳐다보았다.

"내 말 들려?" 패트리스가 아폴로를 한 대 툭 쳤다. 가벼운 주먹은 아니었다. "내가 도와주겠다고 했잖아." 그는 최대한 차분하게 말했다. "네가 우리 집에 왔고, 나와 데이나에게 무슨 말인지 한마디도 못 알아들을 얘기들만 지껄였지. 하지만 상관없어. 우린 친구야. 죽기 아니면 까무러치기야."

"친구." 아폴로가 되뇌었다.

"게다가 데이나는 그 인간이 돈을 가지고 우리를 기만한 데 완전히 열 받았거든." 패트리스가 말했다. "우리는 돈으로 주택 대출을 갚을 수 있다고 생각했다고! 하지만 이 망할 개자식이 죽은 아내에게서 훔쳐낸 돈을 쓰진 않을 거야." 패트리스는 정수리를 부드럽게 문질렀다. "그래도 그자가 해낸 일들이 굉장히 인상적이란 건 인정해. 고도의 전문 기술이었어. 분명히 존경할 만한 적이야."

패트리스는 기어를 P에 놓고, 발을 브레이크에서 떼고, 무릎 위에 놓인 아이패드를 케이스를 열어 켰다. "하지만 지금 이 순간 너랑 나는 롱아일랜드 백인 마을 한복판 도로에 미니밴을 주차해놓은 흑인 남자 둘이잖아. 그것만으로도 충분히 주의를 끌게 되어 있어. 내가 도와준다고 했으니까 내가 돕게 해줘. 알겠어?"

"그래." 아폴로가 말했다. "아무튼 넌 내 친구니까."

패트리스는 잠깐 동안 아폴로를 신중하게 쳐다보았다. "그래. 제일 먼저 할 일은 백업이야. 차를 후진 주차로 세워놓자."

아폴로는 고개를 끄덕였다. 음성 명령어에 작동하는 로봇이나 마찬가지였다. 이제 차는 뒤쪽으로 천천히 움직였다.

"핸들 잘 잡아." 패트리스가 뒤를 내다보며 말했다. "차가 인도로 올라갈 것 같아."

아폴로는 룸미러를 들여다보고 조수석 쪽 사이드미러를 본 후, 마침내 운전대를 돌렸다. 그는 모퉁이 약국 뒤에 주차했다. 패트리스가 차 열쇠를 내놓으라고 명령하자 아폴로는 열쇠를 넘겨주었다.

"그건 그렇고. 네가 일전에 제안했던 것처럼 나와 데이나에게 아이가 있었다면 지금 이렇게 널 도우러 나와 있지 못했을 거야." 그는 씩 웃었다. "그러니 애 없는 친구에게 감사하라고."

"고마워." 아폴로가 뻣뻣하게 말했다.

"천만에."

72

그들은 어둠 속 혼다 오디세이 안에 앉아 절대 오지 않는 경찰차의 사이렌 소리에 귀를 기울였다. 차 한 대가 포트워싱턴 대로를 달리는 소리가 들렸지만 무시했다. 누가 집에 가는 길이겠지. 그게 다였다. 그러나 그때, 1분 정도 침묵이 흐른 후, 같은 차가, 적어도 소리만큼은 같은 차가 다른 방향으로 지나갔다. 그 차의 엔진은 우울하고 투덜거리는 특성을 지니고 있었고, 강력했고 통제되지 않았다. 약국이 시야를 가려서 차가 보이지는 않았다. 그냥 어떤 희귀한 차일까 아니면 경찰차일까? 그래도 둘 중 누구도 도로로 걸어 나가 확인하려 하지 않았다. 그들은 마치 광활한 바다의 상어를 피해 안락한 작은 만에 피신해 있는 물고기 두 마리 같았다.

아이패드가 그새 꺼져서 패트리스가 다시 켰다. 잠금 화면에는 결혼식 날의 패트리스와 데이나가 떠 있었다. 신랑과 신부, 턱시도와 웨딩드레스를 입은 두 사람이 실내 농구 골대 아래 서 있었다.

"너희 둘 농구장에서 결혼했어?"

"우리가 해냈지." 패트리스가 사진을 내려다보며 말했다. 그의 얼굴은 LED 화면의 불빛과 추억으로 빛을 발했다. 잠시 후 그는 손가락으로 화면을 오른쪽으로 훑었다. 질서정연하게 늘어선 앱들이 익숙한 홈 화면 위에 나타났다. 그는 화면을 훑어 한 화면에서 다른 화면으로 넘겄다.

　포트워싱턴 대로를 지나가는 똑같은 차 소리가 세 번째 들렸다. 아폴로는 창문을 내려 몸을 밖으로 내밀었다. 이번에는 맞은편 모퉁이 상점 앞을 희미하게 비추는 차의 헤드라이트 불빛이 보였다. 불빛은 거기에 잠시 멈춰 있었다. 운전자가 도로에서 공회전을 하고 있는 것 같았다. 차는 약국 맞은편에 서 있었고, 엔진은 으르렁거리고 전조등은 어둠 속에서 빛나고 있었다. 아폴로의 귀에 그것은―거의 분명하게―그날 밤 섬에서 들었던 소리와 비슷하게 들렸다. 잡목 숲 안에 숨어 있는 어떤 것의 소리.

　아폴로는 창밖으로 머리를 내밀고 마치 지금 당장 두 사람의 차 위로 거대한 물체가 떨어질 것처럼 하늘을 올려다보았다. 무언가 불가능할 정도로 강한 것이 던진 물체. 그러나 하늘에 보이는 것은 달과 흩뿌려진 별뿐이었다. 잠시 후 그 차는―누가 운전하는 걸까?―다시 굴러갔다. 아마도 빨간불에 걸려서 기다리던 것뿐인지도 모른다. 아폴로는 엔진 소리가 지나갈 때까지 창문을 올리지 않았다.

　아폴로가 내민 고개를 다시 차 안으로 넣었을 때, 패트리스는 구글 지도 앱을 실행하고 있었다.

　"나소 놀스 공동묘지는 거의 400에이커(약 1.6제곱킬로미터)야." 패트리스가 말했다. "여기 3백만 명이 묻혀 있어. 이 정도면 몰래 숨어갈 만한 울타리가 분명 어딘가 있을 거야."

　패트리스는 구글 지도에 열중해서 아폴로가 차의 시동을 걸어 엔진을 켤 때까지 그가 차 열쇠를 다시 손에 넣었다는 것을 깨닫지도 못했다. 오디세이는 주차장에서 으르렁거렸다.

"묘지 주위를 한 바퀴 돌아보자." 아폴로가 말했다. "모든 것을 컴퓨터에 의존할 필요는 없어."

패트리스가 손을 뻗어 시동을 껐다. 그는 아폴로에게 초인적인 인내심을 발휘하며 짜증 섞인 말투로 말했다. "한밤중에 교외 주택가를 느린 속도로 어슬렁거리며 운전해봐. 누가 경찰에 신고할 거라고. 그리고 난 '죽을까 봐 겁이 난' 서픽주 경찰 총에 맞아 죽으려고 이라크에서 살아 돌아온 게 아니야. 내 말 알겠어?"

패트리스는 아폴로를 똑바로 바라보았다.

"그럼 나가서 걷자." 아폴로가 말했다.

패트리스가 고개를 끄덕였다. "그래, 흑인 남자 둘이서 백인들 거주지역을 한밤중에 걸어 다니자는 거지. 그래서 안 좋은 일이 생겼다는 얘기는 한 번도 못 들어봤어."

아폴로는 격분해서 웃음을 터뜨렸다.

"우린 영웅이 될 수 있어." 패트리스가 말했다. "그러나 우리 같은 영웅은 실수를 하지 않아."

패트리스는 '나소 놀스 공동묘지'라고 글자를 입력했다.

"거리 뷰." 패트리스는 짠맛을 본 것처럼 입술을 핥았다.

"이게 내가 하려던 말이야." 한참 후에 패트리스가 말했다.

그는 화면을 들어 아폴로에게 보여주었다. 화창한 오후에 찍힌 사진이었다. 공동묘지 울타리의 일부가 찢어놓은 것처럼 열려 있었는데, 그 틈이 넓어서 트럭도 들어갈 수 있을 것 같았다.

"뭔가 큰 놈이 저래놨네." 아폴로가 부드럽게 말했다.

"트럭이나 자동차?" 패트리스가 아이패드를 닫으며 말했다. "대형 사고였나?"

"아마도."

아폴로는 경찰차 소리를 들으려 창밖으로 몸을 내밀었다. 얼마나 오래 기다렸을까? 확실히는 알 수 없었다. 어쩌면 너무 오래. 그리고 그때 그는 자신이 혼다를 쏜살같이 몰아 출발시키지 않는 데에는 다른 이유가 있을지도 모른다는 사실을 깨달았다.

사람들이 보지 않아야 할 몇 가지가 있다. 섬에서 그렇게 수많은 일을 겪었음에도, 아폴로는 무덤 안에 있는 것이, 그게 무엇이든, 이곳과는 다른 세상의 새 지도에서 가장 먼 이정표로서 존재한다는 사실을 이해했다. 슬픔의 극한. 그 관을 열면 그는 미쳐버릴까? 불길에 휩싸여 타오를까? 돌로 변할까? 그럼에도, 그는 마침내 시동을 걸었다. 그는 혼다를 출발시켜 리비어 길로 운전해 갔다. 너무 빠르지도 느리지도 않게, 주민들에게 걱정거리가 되지 않도록.

오래된 이야기들 속에서, 칼이 들려준 신화와 동화 속에서, 영웅들은 자기 할 일을 했지만 그 이유는 아무도 모른다. 적어도 이야기 속 영웅들에게 내면의 고민은 없었다. 그들이 하는 일은 그저 행동하는 것이었다. 신들과 고르곤들은 영웅들에 대항해 동맹을 맺었고, 영웅들은 여전히 창과 방패를 들었다. 그들은 깊고 어두운 숲으로 뚜벅뚜벅 걸어 들어갔다. 그러나 그 영웅들이 지금 아폴로가 느끼는 기분을 한 번이라도 느껴본 적이 있을까? 캐릭터가 아니라 진짜 사람으로서. 영웅들도 결국은 인간이었다. 그들도 세상의 거대한 공포의 그림자 안에서 몸을 떨었을 것이다. 자신들의 탐험의 끝을 과연 볼 수 있을지 궁금했을 것이다. 그리고 그들은 어떤 식으로든 견뎌냈다. 아마도 그런 이야기들이 거듭거듭 이야기되고, 한 세대에서 다음 세대로 전달되는 것은 그래서인지도 모른다.

그들이 용감했다면, 우리도 그럴 수 있다고.

73

현대식 무덤은 6피트(약 1.8미터)가 아니라 4피트(약 1.2미터)만 판다. 과거에는 시신을 6피트 깊이로 묻었는데, 그렇게 깊이 묻었던 이유는 시신이 부패한 후 어느 정도 시간이 지나 관이 붕괴해 싱크홀이 생기기 때문이다. 그러나 현대식 관은 훨씬 더 두껍고 견고하며, 대부분 철제 보강재를 갖추고 있어 싱크홀을 만들지 않는다. 게다가 부가적인 예방 조치로서 관을 콘크리트 틀 안에 매장한다. 일종의 '관의 관' 같은 것이다. 이 콘크리트 틀은 오늘날의 무덤 깊이로 4피트가 적절한 또 다른 이유다. 패트리스는 공동묘지로 걸어 들어가면서 이 내용을 설명했다. 잽싸게 간단히 조사를 진행한 후, 두 남자는 어둠 속에서 흙을 밟으며 걸어갔다.

패트리스는 브라이언 카그와가 묻힌 장소를 검색했다. 나소 놀스는 어마어마하게 넓어서 반나절 넘게 찾아 헤맬 수도 있었다. 그러나 공동묘지의 웹사이트에서 쓸모 있는 PDF 파일을 찾아냈다.

그들은 추모관—연회장 같이 생긴 흰 건물—을 북극성처럼 사용했다. 브라이언의 무덤은 그 건물 아래쪽에 있었다. 그 반대쪽으로 따라갈 수 있는 길이 있을 것이었다.

묘지 안으로 30미터 정도 들어갔나 싶을 때, 우르릉거리는 경찰차 엔진 소리가 다시 들렸다. 둘 다 걸음을 멈추고 울타리를 향해 돌아섰다. 그들을 가려줄 나무는 없었지만 달빛이 희미했다. 엔진 소리는 계속 들렸다. 차가 스르르 움직이고, 곧 자동차 불빛이 자전거 타이어 빗살 사이로 날아가는 카드처럼 울타리 기둥 사이로 비집고 들어왔다. 불빛이 무덤들 위를 훑었다. 아폴로와 패트리스는 감히 주저앉을 수도 없었다. 자동차는 울타리 경계 앞에서 크게 브레이크를 밟았고, 그곳에서 멈추었다. 아폴로는 차의 실루엣을 보았지만 차 지붕에 경찰 경고등이 달려 있는지는 확실치 않았다. 차는 그곳에 서 있었고, 곧이어 창문이 내려가는 기계적인 끼익 소리를 들었다. 운전석에 킨더가튼이 있을 수 있나? 그들이 거기 있는 것을 그는 어떻게 알았을까?

다음 순간.

다음 순간.

아프도록 느리게, 차가 움직였다.

붉은 후미등이 블록 저편으로 사라지자, 패트리스는 아이패드를 열고 지도를 잽싸게 훑어보았다. "관리 건물이 저쪽 끝에 있어." 그는 추모관 쪽을 가리켰다.

관리동은 베이지색 금속으로 지은 조립식 건물로, 폭 15미터에 2층짜리 건물이었다. 추모관만큼 컸지만, 일렬로 늘어선 나무 뒤에 숨어 있어 밤에는 보이지 않았다. 아폴로는 밝은 노란색 캐터필러 백호 로더가 나무 옆에 주차해 있는 것을 보고 그 자리에 건물이 있음을 알았다.

"나 저 굴착기 운전할 수 있는데." 패트리스가 말했다.

아폴로는 거대한 타이어를 발로 찼다. "그래. 밤 12시 30분에 그렇게 큰 소리는 나지 않겠지."

패트리스는 아폴로를 바라보며 그저 눈만 깜박였다.

"우리한텐 고전적인 도구가 필요해." 아폴로가 말했다.

그들은 건물을 빙 둘러 걸었다. 건물은 직사각형 모양이었고, 긴 벽면 하나에 차고 문 세 개가 달려 있었다. 아폴로는 문들을 하나씩 들어 올려 보았지만 전부 다 잠겨 있었다. 마지막 차고 문을 열 때는 10초가량 침착성을 잃고 문손잡이를 난폭하게 흔들었다. 그렇게 흔들면 열 수 있을 것처럼.

"경보 시스템이 있을 거야." 패트리스가 경고했다.

아폴로는 문손잡이를 놓고 친구를 돌아보았다. 패트리스는 그를 나무란 것이 아니고 생각이 입 밖으로 튀어나온 것이었다. 패트리스는 건물 벽을 따라 움직였지만 문은 건드리지 않았다. 그 대신 건물 위 모서리들을 훑어보았다. 그러다가 한쪽 구석에 고정된 라우터 크기의 회색 상자를 가리켰다.

"지난 몇 년 간 이곳 묘지를 현대화시키는 과정에서 누군가 경보 시스템을 유선에서 무선으로 바꿔야 한다고 설득했다고 가정해보자."

그는 아이패드를 열고 어플리케이션들을 계속 훑어 넘겼다. 그러다 앱 하나를 탭해서 열고 두 번 더 탭하더니, 화면 아래쪽 상자 안에 숫자들이 일렬로 뜨는 것을 지켜보았다.

"이건 1990년대 후반에 사용하던 기술이야. 여기 사람들이 좀 안됐단 생각이 들어. 이 사람들은 어느 개자식에게 이미 15년 전에 효율성을 잃은 개똥같은 것을 제값보다 더 많은 돈을 주고 샀을 거야. '무선 경보 시스템'이란 말을 듣고 그냥 고개를 끄덕이고 수표에 서명했겠지. 지폐에는 '우리는 신을 믿는다'라고 쓰여 있지만, 기술이 계속 신을 따라잡고 있단 말씀이지."

과학 기술이라는 신흥 종교의 자랑스러운 일원인 패트리스는 자기가 한 말에 조용히 웃었다.

"이제 우리가 할 일은 아주 간단해. 내가 이 앱으로 중앙 통제 시스템에 전파 잡음을 쏠 거야. 경보 시스템의 신호보다 내 신호를 더 크게 틀어주는 거지. 그런 다음 이 문을 밀어서 열면 경보 신호가 끊어지지만, 대신 내 신호가 아주 큰 소리를 내는 거야. 그럼 시스템은 자기 신호가 죽었다는 걸 알 수 없게 되는 거지."

패트리스가 화면을 한 번 탭하자 화면 오른쪽 위 구석의 작은 파란 원이 점멸했다. 그는 아이패드의 화면을 바닥으로 향하게 내려놓았다. 그러고 나서 엉덩이로 문을 밀어 열었다. 가련한 삐걱 소리가 한 번 나고, 공간이 열렸다. 밤의 정적은 깨어지지 않은 채 그대로 유지되었다.

거기에 실제로 작동하는 경보 시스템이 있기는 했던 걸까? 아폴로로서는 알 수 없었다. 그러나 아무튼 아폴로는 마법을 깨지 않기 위해 바닥에 놓인 작은 태블릿을 빙 돌아 들어갔다. 그는 패트리스의 뒤를 따라 안으로 들어갔다. 아이패드는 밖에서 보초를 서고 있었다.

74

패트리스는 날이 평평한 삽, 쇠 지렛대, 도끼를 날랐다. 아폴로가 관리 건물에서 집어온 도구는 하나뿐이었다. 곡괭이. 삽만큼 무겁고 도끼날도 결합된 것이었다. 1.2미터 길이의 나무 자루 끝에 양 날의 금속 덩어리가 달려 있는 것인데, 한쪽 날은 송곳처럼 날카로웠고, 다른 끝에는 까뀌가 달려 있었다. 까뀌는 도끼날처럼 생겼지만 수직이 아니라 수평으로 달려 있어 중세 시대 갑옷을 내리찍을 때 사용하는 무기를 닮았다. 이거면 겨울에 단단히 굳은 흙을 파기에 적절했다. 아폴로는 아이패드를 겨드랑이에 끼웠다.

아폴로는 걸음을 옮기며 일렬로 늘어선 묘지들을 훑어보았다. 브라이언 카그와의 묘지에는 묘비 대신 표석만 세워져 있었다. 열두 번째 줄. 거기에는 표석이 아홉 개 있다. 저기다. 그 이름이 눈에 들어오자 무거운 것이 짓누르는 것 같았고, 몸에서 숨이 모두 빠져나간 것 같았다. 브라이언.

브라이언.

"우리 정말로 하는 거야?"

패트리스의 대답을 듣기 전까지 아폴로는 자기가 이 질문을 했다는 사실조차 깨닫지 못했다. "꼭 그럴 필요 없어, 친구. 지금이라도 바람처럼 돌아갈 수 있어."

아폴로는 멍하니 고개를 끄덕였다. 그러나 그게 그들이 해야 할 일이었다. 그렇지. 맞다. 그는 작은 땅 조각을 바라보며 자신의 신경이 밤의 첼로 현처럼 울리는 것을 들었다. "날 좀 도와줘." 그는 속삭였다. 자신이 뭘 부탁하는지도 몰랐다.

패트리스는 장비들을 내려놓고 아이패드를 꺼냈다. 몇 번 탭한 후에, 그는 화면을 읽었다. "매뉴얼을 찾았어. 좋아. 날이 평평한 삽을 이용해 잔디를 제거한다." 그는 아폴로를 보았다. "이거 뭐 어떻게 하라는 건지 모르겠네. 동영상을 찾아봐야 하나."

"넌 군인이잖아." 아폴로가 말했다.

"사제 폭탄 같은 거면 내가 해체할 수 있지."

아폴로는 곡괭이를 놓고 패트리스가 내려놓은 삽을 끌어당겼다. 그는 삽의 얇은 날을 땅 위에 박고, 오른발로 삽이 흙 안에 파묻히도록 밟았다. 삽의 머리가 3분의 2 정도 깊이로 들어가자 그는 삽자루를 뒤로 당겼다. 종이봉투가 구겨지는 것 같은 바사삭 소리가 났다. 그는 삽을 빼내고, 오른쪽으로 한 걸음 옮겨서 같은 작업을 반복했다. 그렇게 20분 만에 무덤 위의 잔디 층을 벗겨냈다. 흙무더기를 떠서 옆으로 던지는 것은 쉬웠다. (어둠 속에서 보면 다 쓴 티백처럼 보였다.) 일을 마칠 때쯤 그의 팔은 불이 붙은 듯 쑤셨다. 땀을 흘리기엔 추운 날씨였지만 그의 얼굴은 축축했다. 거칠어진 숨소리는 개가 헐떡이는 소리 같았다. 일을 다 끝내고 나니 패트리스가 얼빠진 듯 그를 바라보고 있었다.

"이런 건 다 어디서 배운 거야, 도시 꼬마가?" 패트리스가 물었다.

"에마랑 같이 집 개조 프로그램을 자주 봤어." 헐떡이는 숨 사이사이로 아폴로가 대답했다.

패트리스가 고개를 끄덕였다. "나랑 데이나도 그거 보는데."

아폴로는 삽을 멀리 던졌다. "이제 그거 좀 줘봐."

패트리스는 아폴로에게 곡괭이를 건넸다. 둘 다 그것의 이름은 몰랐다. 집 개조 프로그램에서는 사용된 적 없는 도구였지만, 아폴로는 직관적으로 쓰는 방법을 알았다. 그는 까뀌를 끝으로 돌려 그가 방금 벗겨낸 직사각형의 흙 위로 마주보게 했다. 흙 색깔은 짙고 검었다. 마치 검은 물이 고인 웅덩이 같았다. 아폴로가 한 발 다가섰을 때 패트리스는 그 안으로 빠지겠다는 생각이 들었다.

아폴로는 곡괭이를 쳐들고 흙 위로 세게 내리꽂았다.

"교대로 하자." 패트리스가 제안했다.

아폴로가 고개를 끄덕였다. "팔을 더 들어 올릴 수 없을 때, 그때 교대하자."

"혹시 조명 필요해?" 패트리스가 물었다. "앱이 있거든. 내 거야. 내가 직접 만든 거라고. 이름은 '햇빛'이라고 해."

"그건 더 깊이 들어갈 때까지 아껴두는 게 좋겠어." 아폴로가 말했다. 그는 패트리스의 목소리에 깃든 자부심을 눈치채지 못했다. 그에게는 할 일이 있었다. 패트리스는 부드럽게 고개를 끄덕이고, 칭찬을 갈망했던 스스로에게 당황했다.

아폴로는 곡괭이를 내리쳤다. 까뀌가 흙 속으로 만족스럽게 깊숙이 파고들었지만, 아폴로의 팔을 통해 어깨까지 짜릿한 충격이 전해졌다. 흙이 꽤 단단했다. 그는 생각보다 더 빨리 지쳤다. 그는 패트리스를 쳐다보고 친구에게 고마움을 느꼈다. 그러나 고마운 마음은 금세 가시고,

곧바로 왜 그런 페이스북 페이지를 열었느냐고 따져 묻고 싶은 충동을, 필요성을 느꼈다. 그리고 왜 아폴로에게 털어놓지 않았는지도.

잠시 동안 최악의 생각이 들었다. 만일 패트리스가 킨더가튼과 한편이라면? 만일 그가 킨더가튼의 만 명의 친구들 중 하나라면? 그건 불가능해 보였다. 그는 패트리스를 잘 알았다. 그렇지 않은가? 하지만 지금으로서는 자신의 판단을 신뢰할 수 없다는 것도 잘 알았다. 어쩌면 그 차를 운전했던 남자는 패트리스와 모의한 것이고, 지금 아폴로는 자신의 무덤을 파고 있는 것인지도 몰랐다. 패트리스가, 아니면 다른 누군가가, 그냥 그의 머리를 총으로 쏘고 지금 파고 있는 구덩이에 그의 시체를 던져 넣을 수도 있었다. 그러나 달리 도리가 없었다. 만일 패트리스가 그를 배신할 거라면 그때 가서 처리할 수밖에 없었다. 지금으로서는 그저 곡괭이를 들어 올렸다가 다시 내리찍을 뿐이었다. 흙이 뒤쪽으로 튀어 그의 얼굴과 드러난 살갗을 덮었고, 목 주위를 간질간질하게 했다.

"새벽 1시야." 패트리스가 말했다. "5시까지는 끝내는 게 좋겠어."

아폴로는 얼굴을 훔치고, 목을 긁고, 두 손으로 곡괭이 자루를 잡고, 다시 들어 올렸다.

75

4피트라고 하면 그렇게 깊을 것 같지 않지만, 두 사람이 반 정도 깊이까지 파는 데 한 시간 반이 걸렸다. 패트리스와 아폴로는 이미 두 번이나 교대했다. 한 명이 곡괭이로 흙을 부수면, 다른 한 명은 구덩이 바깥쪽에 서 있다가 삽으로 흙을 치웠다. 두 사람 모두 탄광 갱도에서 마라톤을 뛴 사람들처럼 보였다. 옷에, 흙에, 머리카락에, 귀에 온통 흙투성이였다. 재킷을 입고 땅을 파다가, 땀이 너무 나서 셔츠가 살갗에 달라붙으면 재킷을 벗어 땀을 말리고, 몇 분 만에 추위에 몸이 떨리면 다시 재킷을 입기를 반복했다.

새벽 3시까지 그들은 3.5피트(1미터)를 파 내려갔다. 패트리스는 무덤 가장자리에 앉아 있었다. 아폴로는 구덩이 안에 남아 있었다. 더는 곡괭이를 들 수 없어 바닥에 내려놓았다. 허기 때문에 위장이 쪼그라들었고, 갈비뼈는 가쁜 숨 때문에 타들어갔다.

"나 그거 알아." 불쑥, 아폴로가 말했다. "너랑 아기 브라이언 페이지에 대해서 말이야."

패트리스는 앉은 자리에서 몸을 움직였다. 흙이 그의 엉덩이 아래에서 구덩이로 떨어졌다. "롱아일랜드로 가는 기차에서 내가 그 페이지에 가입했다는 얘긴 했었지. 거기에 대해서는 너한테 숨긴 거 없어. 의도적으로는."

"하지만 나머지 얘기는 안 해줬잖아." 아폴로가 쓰러질 것 같은 두려움에 흙벽 뒤로 기대며 말했다. "네가 그 페이지를 처음 열었다는 얘기는 안 했잖아. 왜 그런 거야? 네가 내 친구라면, 도대체 왜 그런 거야?"

"처음 열어? 지금 내가 그 페이지의 관리자라는 말이야? 난 그런 짓은 안 했어. 안 했다고."

"내가 섬으로 나가던 날, 너는 그 페이지에 메시지를 남겼어. 그린 헤어 해리. 그게 너잖아."

패트리스는 고개를 설레설레 저으며 아이패드를 열어 페이스북 앱을 찾았다. 아폴로는 그가 화면을 탭하면서 추모 페이지를 여는 것을 지켜보았다.

"왜 아닌 척해?" 아폴로가 말했다. "그냥 말하라고, 새꺄. 그냥 말해."

패트리스의 눈이 왼쪽에서 오른쪽으로 움직였다. 아폴로는 그가 화면을 읽는 것을 지켜보았고, 1초 후 패트리스의 눈은 점점 커지더니 모든 것을 이해한다는 눈빛으로 바뀌었다.

"그건 내가 아냐." 패트리스가 말했다. "나 아냐. 네가 우리 집에서 나가고 나서, 나랑 데이나는 충격을 받고 그냥 그 자리에 앉아서 30분 정도 그대로 있었어. 킴이 그런 짓을 했다는 게 믿어지지가 않았어. 친구. 말해줄게. 그러고 나서 우리는 곧장 침실로 갔어. 동굴이나 그런 데 숨는 것처럼. 몇 시간 동안 잠들지도 못했어. 그리고 분명히 말하는데 너한테 메시지를 보내려고 컴퓨터 앞에 앉지도 않았다고."

패트리스는 화가 난 동시에 공황에 빠진 것처럼 보였다. 그는 다시 화면을 보았다.

"이 포스트가 올라온 시각을 확인해봐. 네가 떠나고 10분 정도 되었을 때야. 내가 맹세하는데, 엄마를 걸고 맹세하는데, 그날 밤 나는 컴퓨터 앞에 앉지 않았어."

아폴로는 몸을 굽혀 곡괭이를 집었다. 다시 일어설 기운도 없었지만, 어떻게든 그 무게를 감당할 힘을 긁어모았다. "내가 거기 가는 걸 다른 누가 알 수 있겠어?"

"그자는 알았지." 패트리스가 말했다. 시선은 곡괭이 날에 향해 있었다. "윌리엄은 알았잖아."

"그 지하 아파트엔 너랑 나랑 데이나뿐이었어. 그자는 내가 거기 가는지도 몰랐어. 확실히는. 내가 브롱크스에 나타나기 전까지는."

30년 같은 30초 동안, 아폴로와 패트리스 사이에는 냉랭한 기류가 흘렀다.

그러다가 패트리스가 칼에 찔린 것처럼 꼿꼿이 허리를 펴고, 아이패드를 끄고, 덮개를 덮었다. "만일 그자도 거기에 있었다면?" 패트리스가 조용히 말했다.

"어떻게?"

"타이탄." 패트리스가 속삭였다. "만일 그자가 타이탄을 해킹했다면, 내 카메라, 마이크, 전부 다 켤 수 있고, 원한다면 전부 컨트롤할 수도 있어. 그동안 내내 우리를 지켜볼 수 있었다고." 그는 아이패드를 흙바닥에 내려놓고 신중한 눈으로 지켜보았다.

"하지만 어떻게 그런 걸 할 수 있어? 이 세상 그 많은 컴퓨터들 중에서 도대체 어떻게 네 컴퓨터를 찾을 수가 있느냐고?"

패트리스는 아폴로의 주머니를 가리켰다. "그자가 너한테 에마의 동영상을 보냈지. 넌 그걸 나한테 보냈고. 나는 내 컴퓨터에서 그걸 재생했어. 네 폰에서 내 컴퓨터로 건너뛰는 건 그자에겐 그렇게 쉬운 일이었던 거야. 데이나에게 경고해야겠다." 패트리스는 휴대전화를 꺼냈다. 그러나 번호를 누르다 말고 얼어붙은 듯 동작을 멈췄고, 휴대전화를 껐다. 그러고는 휴대전화 뒷면을 열어 SIM 카드를 빼냈다. 그것으로도 모자라 카드를 내려놓고 도끼날로 으깼다.

"내 폰과 컴퓨터는 연동되어 있어." 패트리스가 말했다. "그자는 지금 우리가 어디에 있는지 정확히 알고 있어."

"그자가 국가안보국 요원도 아니잖아." 아폴로가 말했다.

"날 속였을 수도 있지." 패트리스는 곡괭이를 가리키며 구덩이 안으로 내려갔다. "데이나한테 빨리 가고 싶어. 서두르자."

아폴로는 밖으로 기어 나왔다. 그 정도 거리를 움직일 힘밖에 없었다. 그는 곡괭이를 가지고 올라왔다. 패트리스는 삽을 잡았다. 열린 무덤에는 빛이 거의 들지 않아 바닥은 보이지 않았다. 그들은 그렇게 지하세계까지도 파 내려갈 것 같았다.

　　4시 30분쯤에는 아폴로가 다시 일을 맡았다. 패트리스는 열린 무덤가에 누웠다. 너무 지쳐서 자고 있는 것처럼 보였다. 바닥은 몇 센티미터 더 내려가 있었다. 패트리스가 교대를 제안해도 아폴로는 응답하지 않았다. 그의 몸은 지독히 아팠고, 추위에 얼어갔다. 팔과 어깨의 통증, 허리와 무릎의 통증. 나중에 그 모든 대가를 치르게 되겠지만, 아무튼 지금은 죽지 않을 만큼까지만 지쳐가고 있었다. 지금 땅을 파는 데 그가 사용할 수 있는 힘은 의지력이 전부였다.

　그러다 놀랍게도, 그의 뒤로 갑자기 해가 떠 있었다. 그러나 해가 뜨기엔 너무 이른 시각에, 엉뚱한 방향이었다. 서쪽에서 눈을 멀게 할 것 같은 빛이 나타났다. 빛이 너무 밝아서 아폴로는 삽을 떨어뜨리고 눈을 가렸다.

　패트리스가 말했다. "네가 앞을 보도록 도와줘야겠다고 생각했어."

　밝은 빛은 패트리스의 아이패드에서 나오는 것이었다. 아이패드 화면이 마치 녹은 황금처럼 빛났다. 심지어 아이패드 뒤의 패트리스도 보이지 않았다. 그래서 그의 목소리가 비현실적인 신의 목소리처럼 들렸다.

　"너한테 '햇빛'을 가져왔다." 패트리스가 말했다.

　아폴로는 다시 무덤 바닥을 돌아보았다. 이제 모든 것이 보였다. 삽이 바닥에 떨어져 있었다. 신발과 바지는 질척한 흙으로 뒤덮여 있었다. 그리고 그의 발 아래로, 어떤 형체가, 그 외곽선이 선명하게 보였다. 관인가? 그가 정말로 관을 파낼 수 있었단 말인가? 끝없이 땅을 파야 할 것 같은 두려움이 들기 시작하던 차였다. 아폴로는 한쪽 무릎을 꿇고 흙을 두드렸다.

그러자 패트리스의 아이패드가 경고음을 세 번 내뱉었고, 곧바로 빛이 사라졌다.

"이게 배터리 전력을 엄청 잡아먹어." 패트리스가 설명했다. "완전히 충전해도 4분밖에 못 가. 태블릿과 폰에서 사용할 수 있지."

"도움이 됐어." 아폴로가 말했다. 그는 삽의 머리로 흙을 두드렸다. 거의 다 왔다.

삽은 흙을 팠고, 둔탁한 소리가 무덤 안에 울렸다. 아폴로는 삽을 다시 내렸다. 다시 한번 견고한 소리가 났다.

아폴로는 몸을 앞으로 굽혀 흙을 쓸었다. 바닥에 평평한 회색 표면이 나타났다.

그의 옆에 패트리스가 내려와 섰다. 아폴로는 무릎으로 기며 손으로 거칠게 흙을 쓸었다. 곧 구덩이 안에서 질식하는 것 같은 끔찍한 소리가 울렸다. 혼란에 빠진 흐느낌 소리였다. 아폴로는 바닥을 내리쳤다.

"이건 관이 아니야." 아폴로가 말했다. 그는 완전 실패한 사람처럼, 거의 제정신이 아닌 것처럼 들렸다.

"뭐가 보이는지 말해봐." 패트리스가 말했다.

"콘크리트야!" 아폴로는 무릎을 세게 꿇고 흙을 더 걷어냈다. 보도블록으로 쓰는 것 같은 평평한 콘크리트 블록이었다.

"그게 관에 씌우는 콘크리트 틀이야." 패트리스가 말했다. "두 종류가 있어. 견고한 거랑 얇은 거. 얇은 쪽이 가격도 더 싸고 깨기도 쉬워. 너희 어머니가 어느 쪽에 돈을 지불하셨을 것 같냐?"

나소 놀즈의 관리인들은 몇 시에 도착할까? 이것이 문제였다. 해가 뜨고, 이웃들이 2층 침실 커튼을 열고, 하루를 시작하기 위해 밖을 내다보고, 파헤쳐진 무덤과 흑인 남자 둘을 발견할 때까지는 또 얼마나 남았을까?

아폴로는 삽을 짚고 몸을 일으켰다. 이걸 쪼개는 데에는 또 얼마나 걸릴까? 그리고 또 소음은 얼마나 어마어마할까?

"그거 좀 던져줘. 내가 쓰던 거." 아폴로가 패트리스에게 말했다.

거대한 실루엣이 움직이고, 잠시 후 곡괭이가 송곳처럼 생긴 쪽을 아래로 해서 무덤 안으로 떨어졌다. 곡괭이는 바닥에 부딪치면서 커다란 소리를 냈고 코르크 게시판에 꽂히는 압정처럼 콘크리트 위로 곧장 박혔다. 아폴로는 곡괭이를 당겼지만 단단히 박혀 빠지지 않았다. 그는 쭈그리고 앉아 뒤로 몸을 뻗대가며 곡괭이를 억지로 빼냈다. 마침내 곡괭이가 빠지면서 얼음 트레이에서 얼음 조각이 빠져나올 때 나는 소리가 구덩이 안에 울렸다.

아폴로는 관 틀을 한 발로 꾹꾹 누르며 그다지 견고하지 않다는 것을 느꼈다. 곡괭이를 한 번 크게 내리찍으니 콘크리트 깨지는 끔찍한 소리가 났다.

곡괭이질 네 번 만에 얇은 콘크리트 틀은 먼지로 바뀌었다. 그리고 그곳에 아이의 관이 놓여 있었다. 새하얀 관. 손잡이 고정 브래킷, 뚜껑, 금속 모서리 장식 같은 장식용품들은 모두 앤티크 니켈이었다.

아폴로는 쭈그리고 앉아 손으로 관의 양옆을 어루만지면서 관 뚜껑과 관 사이의 틈을 찾았다. 뚜껑을 쪼갤 생각은 감히 하지 못했다. 그냥할 수가 없었다. 그러다 틈을 찾았고, 곡괭이의 송곳날을 그 사이로 밀어 넣었다. 뚜껑을 비틀어 열자, 잠금장치가 신음하더니 마침내 축축한딱깍, 소리를 내뱉고는 턱에서 이가 빠지는 것처럼 뚜껑이 열렸다.

그는 작은 관 뚜껑을 당겼다. 반쯤 올리다가, 곡괭이를 내려놓고 두손을 이용해 나머지를 마저 열었다. 그는 관 뚜껑을 들어 올리고 탄원하는 사람의 자세로 몸을 낮게 굽혔다. 구덩이 안은 아직 어두웠지만새벽 햇살이 서서히 무덤 안으로 드리워지고 있었다. 그리고 마침내, 4개월 만에 처음으로, 아폴로는 아들을 보았다.

장의사는 최선을 다했지만, 브라이언 카그와의 얼굴에는 여전히 화상의 흔적이 남아 있었다. 위쪽으로 두개골이 드러났고 비통하리만치회색빛을 띠고 있었다. 아기의 작은 몸은 하늘색 담요에 싸여 있었다. 관 뚜껑을 여는 와중에 먼지와 돌멩이들이 베개 위로 떨어지고 담요와몸 위에도 온통 뿌려져 있었다. 아폴로는 아들을 내려다보았다. 한때는깨끗하게 묻혔지만 지금은 흙투성이가 된 아들을.

"내가 우리 아들한테 무슨 짓을 한 거지." 아폴로가 속삭였다.

그는 칼과 에마가 미쳤다고 생각하는 게 잘못이라고 믿었었다. 그 둘은 그에게 상식을 따르지 말라고 설득했다. 아마 그는 사리에 맞는 생각을 하고 싶지 않았는지도 모른다. 아이가 죽었다고 믿는 것보다 괴물을 믿는 편이 나았으니까. 그는 관 뚜껑을 닫았고, 다시 열었다. 그의아기가 얼굴에 흙이 묻은 채, 머리카락에 자갈이 낀 채로 누워 있어야한다는 생각에 견딜 수가 없었다. 그가 해줄 수 있는 최소한, 정말로 최소한의 일은 아들의 얼굴을 깨끗이 닦아주는 것이었다.

그는 아기의 이마를 만졌고, 그것으로, 주문이 깨졌다.

77

가시.

손가락에 가시가 걸렸다.

그런 느낌이었다. 살갗을 찢을 만큼 날카로웠다. 깜짝 놀라서 그는 뒤로 물러섰고, 충격이 가시고 채 몇 초도 지나지 않아 넷째 손가락에 피가 흐르는 것을 깨달았다. 죽은 아이를 어루만질 때 손끝이 베인 것이다.

아폴로는 몸을 가누었다. 다시 시신을 붙잡을 때는 같이 묻었던 파란 담요만 조심스럽게 만졌다. 무덤 속 세상은 여전히 빛이 없는 상태였지만, 위로 떠오르는 해의 빛을 느낄 수 있었다. 그는 시신을 관에서 들어 올렸다. 기억했던 것보다 더 가볍고 더 작았다. 담요 아래로 울퉁불퉁한 덩어리 같은 것이 느껴졌다. 아기가 아니라 말벌의 벌집을 들고 있는 것 같았다. 지난 몇 시간 동안 구덩이를 파느라 흙냄새에 너무 익숙해져 있어서 다른 냄새는 맡아지지 않았다.

머리 위로, 땅 위에서 패트리스가 기침을 하며 말했다. "냄새가 심하네."

그는 어깨 너머로 쳐다보았다. 패트리스는 그보다 더 겁에 질린 것 같았다. 아폴로는 지금 이 광경이 어떻게 보일지 궁금했다. 그의 피부는 온통 더러워져 있었다. 얼굴과 목, 등과 배, 손까지 모두 흙으로 뒤덮여서 완전히 흙투성이였다. 그리고 그의 손에는…… 그의 손에 들린 이건 도대체 뭘까? 무릎을 꿇고 있던 그는 일어서서 아기를 더 높이 쳐들었다. 그리고 새벽빛 아래에서, 그는 자신이 뭘 들고 있는지를 보았다.

엉킨 머리카락 같았다. 버려진 집의 욕조 배수구에서 건진 덩어리 같은, 각종 찌꺼기가 들러붙은, 끈적하게 뭉친 덩어리. 더욱 괴기스러운 것은 그 크기였다. 6개월 된 아기 정도의 크기. 머리카락이―아니, 짐승 털인가?―한 덩어리 한 덩어리씩 고리를 이루고 단단히 휘감겨서, 미늘 돋친 철사에 더 가까워 보였다.

어떻게 이걸 아이라고 착각했을까?

그의 아이라고?

그는 들고 있던 것을 흙 위에 다시 던져버리고 성수聖水로 손을 씻고 싶었다. 비참한 기분이 들었다. 그는 몸을 앞으로 구부정하게 숙이다가 그것을 떨어뜨릴 뻔했다. 그는 꾸러미를 다시 내려다보았고 다시 비참해졌다. 담요에 싸여 있었음에도, 혐오감이 일어 온 살갗이 간지러웠다.

"이런 씨발."

패트리스가 무덤에서 뒤로 주춤 물러났다. 너무 어마어마한 광경이었다. 그는 뒷걸음질하다가 실수로 캐서린 린튼이라는 여자의 무덤을 밟았다.

스코틀랜드 사람들은 그걸 '글래머'라고 불러.

글래머.

일종의 오래된 마법이지. 무언가를 그것이 아닌 다른 것으로 보이게 하는 환상

이야.

이게 그가 먹이고 기저귀를 갈고 안아주고 데리고 다녔던 그것인가? 에마가 손을 놓고 더 이상 아무것도 하지 않았을 때 그가 밤마다 노래를 불러주며 재우던 그것인가? 그 이른 새벽에 다른 아빠들과 함께 공원에 데리고 나갔던 것이 이것인가? 그는 아이다를 생각했다. 아이다의 가짜 동생, 얼음으로 만든 동생을 안아주고 살아 있는 것인 양 사랑해주었던 소녀.

그는 그것을 떨어뜨리지 못했다. 그러나 동시에 그것이 최대한 멀리 있기를 바랐다. 그래야만 했다. 그는 팔을 멀리 뻗었다. 담요가 시체에서 벗겨져 손 뒤쪽으로 뒤집혔다. 이제 완전히 노출된 그것은, 머리부터 발끝까지, 정말로 말벌의 벌집과 똑같아 보였다. 회색의 벌집, 머리카락은 단단히 뭉쳐져 있어 엮어놓은 것 같았다. 머리카락 층 안에 뭔가 좀 더 섞여 있었다. 그는 가시에 손가락을 베였다고 생각했지만, 틀린 생각이었다. 이제는 그것이 보였다. 머리카락 틈새로 여기저기에 삐죽삐죽 튀어나온 것은, 치아의 파편과 뼛조각과 손톱 조각들이었다.

"에마." 아폴로는 중얼거렸다. "믿었어야 했는데."

그러다 그는 담요 아래에서 새로운 것을 느꼈다. 미세한 떨림.

움직임.

빛 안에서 아폴로는, 그 작은 형체의 깊은 안쪽에서, 무언가 움직이는 것을 보았다. 그는 그것의 얼굴을, 아니, 얼굴이 있어야 할 자리를 보았다. 그곳에는 우묵한 홈이 두 개 패여 있었다. 마치 부드러운 찰흙 위에 매끄럽게 눈구멍을 파놓은 것 같았다. 그 아래에는 가느다란 줄이 그어져 있었다. 입처럼.

입.

그리고 그 밑으로, 가슴이 있어야 할 자리에, 더 깊이에, 작은 물체가, 덩어리가 보였다. 심장인가? 희미하게, 그것이 뛰고 있었다.

그는 조용한 공포 속에서 그것을 지켜보았다. 그것을 보고 싶지 않았다. 몸이 떨렸고 다리에서는 힘이 빠졌다. 그러고 나서, 더 끔찍한 것은, 그것이 심장 박동 이상의 행동을 한다는 것이었다. 그것이 움직였다. 그 덩어리가 조금 더 높이 움직였다. 그러고 나서 또다시. 마치 구더기처럼 꿈틀거리며, 기어오르고 있었다. 가느다란 선 모양의 입까지 다다르자 입이 벌어졌다. 어떻게 달리 설명할 길이 없었다. 그것은 한 번 껑충 뛰더니, 크게 숨을 내쉬었다. 마치 땅에서 파냄으로써 그것에게 숨 쉬는 것을 허락한 것 같았다.

그러나 그 작은 시체 안에서 그가 본 것은 심장이 아니었다. 사람의 입이 아닌 그 입에서는 한 무리의 벌레가 뿜어져 나왔다. 적어도 열두 마리, 동전 정도 크기의 벌레들이 담요 위에서 꿈틀거리고, 아폴로의 팔에까지 닿았다. 그것들은 팔을 기어올라 목과 얼굴을 향해 재빨리 움직였다.

아폴로는 비명을 질렀다. 사람이 아닌 짐승의 소리였다. 그는 시체를 떨어뜨렸다. 파란 담요가 펄럭이며 무덤 바닥까지 떨어지다가, 관을 덮었다. 그는 팔 위를 기어 다니는 벌레들을 때려잡았다. 한 마리는 목까지 올라와 있었다. 벌레가 뺨에 닿을 때 벌레의 짧고 뻣뻣한 다리가 느껴졌다. 그는 벌레를 떼어내기 위해 살갗을 찢을 뻔했다.

한편 시체는, 그 아기는 구부정한 자세로 바닥에 떨어져 있었다. 마치 똑바로 앉아서 그를 쳐다보는 것 같았다. 아폴로는 여전히 살갗 위의 벌레를 느꼈다. 압도적인 구역질이 파괴 본능과 함께 그의 안을 채웠다. 아폴로는 곡괭이를 찾아 그것으로 관을 내리쩍었다. 장작을 팰 때 나는 소리가 났다.

몇 분 만에 그는 관을 부쉈고 나머지 관 틀까지 먼지로 만들었다. 새벽 4시 45분, 이른 태양이 그날따라 특히 투명한 아침 하늘 위로 떠올랐다. 새들이 지저귀었다. 밤은 멀리 사라지고, 무덤 아래에서는 아폴로가 마지막으로 곡괭이를 들어 올려 그것을 겨누고 있었다.

그러나 시체의 자세 때문에, 그는 몹시 불안한 마음이 들었다. 아니, 좀 더 정확히 말하자면, 그에게 무척 익숙한 모습이었다. 그 각도로 놓인 그것은 카시트에 앉혀서 부엌 식탁에 올려놓은 아기와 무척이나 비슷했다. 사실, 그것은 그 아기였다. 그리고 아폴로는 그 아기에게─그것에게─사과 소스나 요구르트나 구워서 으깬 고구마 같은 것을 한 숟가락씩 떠 먹였었다.

그는 곡괭이를 다시 내려놓았다. 혐오감을 느꼈음에도, 그는 그것을 다시 들어 올렸다. 담요 없이. 시체의 거친 표면이 그를 다시 벨 것처럼 위협해서 조심스럽게 들어야 했다.

그는 그것의 얼굴을 똑바로 바라보았다. 눈처럼 생긴 움푹 팬 구멍, 다시 완전히 닫히지 않은 가느다란 선 같은 입. 그것은 마치 잠든 아기 같았고, 아폴로는 반사적으로 그것을 얼러주고 싶은 마음이 들었다. 의식적이 아닌 원초적인 반응이었다. 그는 그것을 한쪽 팔로 부드럽게 안고 오른손으로 뒤통수를 부드럽게 잡았다. 왼손으로는 눈썹이 있어야 할 자리를 어루만졌다.

그는 손가락으로 아기를 계속 훑어 내려갔다. 일단 그렇게 보고 나니 아들의 얼굴이 있었다. 그는 코를, 코가 있었던 자리를 건드렸다. 그가 사랑했던 코. 거기에 몇 번이나 키스를 했을까? 아마 일주일에 천 번도 넘었을 것이다. 그는 손가락으로 브라이언의 입술을 톡톡 두드려 어느 자리에서 이가 돋아날지를 예견하곤 했었다. 그는 그 자리를 다시 손가락으로 건드렸다.

그리고 시체는 다시 움직였다. 입. 구멍. 그것이 열렸다 닫히고, 또 한 번 뻣뻣하게 열렸다 닫혔다. 인형 턱처럼. 불쾌한 마찰음이 들렸다. 빈 스티로폼 컵을 꽉 쥐었다가 놓으면 나는 소리, 뻑뻑한 경첩이 삐걱대며 비틀리는 것 같은 소리였다. 아폴로는 벌레들이 더 많이 쏟아져 나올까 봐 두려웠지만, 그런 일은 일어나지 않았다. 그래서 그는 시체를 안았다. 입이 늘어났다가 닫혔다. 그것이 뭘 하는 건지 어렵지 않게 알 수 있었다. 그것은 먹으려 하고 있었다.

떨어진 그의 핏방울이 사람의 입술이 아닌 입술 위에서 흔들렸다. 베인 손가락에서 흐른 피.

시체가 생명을 지녔다고 생각할 만한 것은 달리 없었다. 오직 그 입만이 움직이고 있었다. 진짜로 살아 있지는 않지만, 그렇다고 그것이 죽었다고 생각하기도 불가능했다. 그것은 자동 기계장치였다. 피와 믿음을 연료로 공급 받는.

그것이 아폴로의 손가락에서 떨어진 피를 빨아먹자, 끽끽거리는 소리는 리듬을 타기 시작했다. 조였다 풀어지고, 조였다 풀어지고. 아폴로는 손가락을 입에서 떼었다. 그러자 턱은 곧 움직임을 멈추고 방금 전처럼 가만히 있었다.

"뭔가가 널 만들었고, 그런 다음 버렸구나." 그는 속삭였다.

패트리스의 목소리가 무덤 밖에서 들려왔다. "너무 늦은 것 같아, 아폴로. 가야 돼."

아폴로는 쭈그려 앉아 파란 담요를 찾았다. 그는 시체를 다시 담요로 잘 쌌다. 관은 이미 다 부숴놓았지만—최선을 다해—시체를 영원한 안식을 취하던 원래 장소로 되돌려놓았다. 그것이 관의 잔해 속에 놓이자, 무덤의 그림자 안으로 돌아가자, 환영이 되돌아왔다. 그것은 다시 아이로 보였다. 다시 그의 아이로. 어둠 속에서 그것은 브라이언 카그와가 되었다.

그는 가시에 빨간 실이 끊어지지 않았나 확인했지만, 매듭은 단단했다.

"넌 이것보다 더 나은 걸 받을 자격이 있어." 아폴로가 조용히 말했다. "괴로웠다면 미안하다."

아폴로는 최선을 다해 관 뚜껑을 원래대로 닫았다. 그는 곡괭이를 무덤 밖으로 던지고, 평평한 날의 삽을 던졌다. 패트리스가 손을 뻗었고, 아폴로는 손을 잡았다. 아폴로는 무덤에서 기어 나왔다. 그는 주머니에서 집카 카드를 꺼내 패트리스에게 주었다. 그는 패트리스에게 가서 미니밴을 가져오라고, 곧 따라 나가겠다고 말했다.

아폴로는 삽으로 관 위에 흙을 덮었다. 무덤을 원래대로 채울 수는 없었다. 그럴 시간도 없었고, 몸에 힘도 남아 있지 않았다. 그러나 그렇게 시체가 노출된 채로 무덤을 놔둘 수는 없었다.

그러고 난 후 아폴로는 곡괭이를 들고 황동 표석으로 향했다. 까뀌를 내리치자 표석 옆에 깊이 박혔다. 그는 곡괭이 자루를 지렛대처럼 사용해 표석이 찌그러지도록 잡아당겼다. 그러고는 20센티미터쯤 옆으로 옮겨 같은 작업을 반복했다. 뒤로 비틀어 잡아당기자, 이번에는 표석의 위쪽 절반이 흙에서 떨어져 나왔다.

표석은 화강암 블록에 붙어 있었다. 일반적인 관행이었다. 표석을 제거하려면 블록도 함께 떼어내야 했다. 아기의 무덤이라서 블록의 크기는 작았다. 아폴로는 3분 만에 그것을 완전히 떼어냈다. 뿌리가 빠지고 흙이 부서지는 소리가 그의 힘겨운 신음소리와 함께 울려 퍼졌다. 그는 곡괭이를 떨어뜨렸다. 쓰러지기 직전이라 숨 쉬는 것 외에 뭘 더 하는 것은 불가능해 보였다. 그럼에도 그는 몸을 구부려 표석을 화강암 블록에서 들어 올렸다. 무게가 14킬로그램은 나갈 듯했다. 그의 몸은 그 무게를 감당할 방법을 알지 못했지만, 이것은 논의할 여지가 없는 일이었다. 이것은 브라이언 카그와의 무덤이 아니다. 그의 아버지로서 아들의 이름이 새겨진 표석을 그곳에 남겨둘 수는 없었다.

아폴로는 울타리 쪽으로 향했다. 그는 표석을 한쪽 팔 아래 끼고 다른 손으로 잡은 곡괭이를 바닥에 질질 끌면서 걸었다. 오디세이가 도로에 서 있었고, 패트리스가 운전석에 앉아 있었다. 아폴로가 울타리에 나타나자, 패트리스는 밝은 대낮에 죽음을 만난 것처럼 놀랐다. 아폴로가 차의 옆문을 열고 표석을 비료 자루처럼 차에 툭 던져 넣었다. 곡괭이도 차 바닥에 떨어뜨렸다. 그러고 나서 차에 올라탔다. 패트리스는 고개를 돌려 표석과 곡괭이를 바라보았다.

"경찰한테 잡히면 저건 설명 못 할 거야. 알지?"

"그럼 잡히지 마." 아폴로가 말했다.

패트리스는 차를 출발시켰다.

포트워싱턴에서 먼시 공원으로, 그다음 맨해셋으로, 그다음으로 그레이트 넥과 롱아일랜드를 거쳐 뉴욕시로 돌아가는 길이 계속 이어졌다. 아폴로는 마음이 가라앉는 것을 느꼈다. 어쩌면 확신이라고 할 수도 있었다. 세상의 마법이 밝혀졌다. 모든 속임수가 사라졌다. 실질적이고, 이성적이고, 현실적인 것만을 믿는 것은 일종의 환영이나 마찬가지였다. 그러나 그는 더 이상 그런 환영을 즐길 수 없었다. 직접 만나기 전까지 괴물은 현실이 아니다.

아폴로는 괴물을 만났었다. 그와 에마와 브라이언, 그들 모두 그것을 만났다. 무덤 안의 그것을 말하는 것이 아니다. 그것을 낳은 무언가도 아니다. 친구인 척했던 남자, 이전에 윌리엄 휠러였던 사람을 말하는 것이었다. 아폴로는 자신의 적을 만났었다. 그리고 이제는 그의 진짜 이름을 안다.

·

VII.
킨더가튼

78

브라이언 웨스트가 문 앞에 있었다.

아폴로는 허공에 손을 뻗어 잠금장치 세 개를 전부 열었다.

그것은 아직 브라이언 웨스트가 아니었다.

남자는 무릎을 꿇고 파란 피부를 잡아 벗었다.

브라이언 웨스트는 릴리언 카그와의 이름을 불렀다.

가가멜과 아즈라엘은 스머프를 파괴하고 싶어 했다.

뜨거운 물이 욕실에서 넘쳐흘렀고, 아파트는 김으로 가득 찼다.

가가멜과 아즈라엘은 숲속에 숨어 있다.

스머프는 아무것도 의심하지 않았다.

브라이언 웨스트는 아들을 들어 올렸다.

브라이언 웨스트는 아폴로를 욕실로 데려갔다.

"넌 나랑 같이 가는 거야." 그가 말했다.

그는 아폴로의 옷을 벗겼다.

79

아폴로는 자다 깨다를 반복하며 이틀 낮과 밤을 잤다. 그것을 '잠'이라고 부르는 것은 과장일 것이다. 오히려 약간의 혼수상 태에 가까웠다. 그는 놀라서 잠이 깼지만, 몸을 뒤척이다 다시 잠드는 것 말고는 다른 뭘 할 만큼 마음을 추스를 수가 없었다. 마치 약에 취한 것처럼 정신이 혼미했다. 그에겐 지난 이틀이 정제되지 않은 약물이었고, 있을 법하지 않은 일들의 과다 투여였다.

패트리스가 그를 집까지 태워다주고 계단을 올라가도록 도와주었고, 그는 그 자리에서 휘청거리며 매트리스 위로 털썩 쓰러졌다. 아폴로는 이런 것들 중 어느 것도 기억하지 못했다. 그는 아들의 이름이 새겨진 표석을 안고 미니밴 뒷자리에 앉아 있다가 침대 위에서 잠이 깼다. 창밖에 아침 햇살이 비추는 것이 보였다. 그는 그냥 10분 정도만 눈을 감고 있었다고 생각했다. 침대에서 몸을 일으키자 여기저기가 여전히 욱신거렸고, 피부색이 보라색으로 변한 것처럼 온몸이 멍투성이였다. 그는 비틀거리며 부엌으로 갔다. 싱크대 앞에 서서 부엌 선반의 유리문을 바라보았지만 시야가 뿌예서 구분할 수가 없었다. 그와 에마는 기차를 타고 이케아에 가서 선반들을 사왔었다. 한 번 갈 때마다 두 박스씩 사왔는데, 그 이상은 들고 올 수가 없었기 때문이었다. 아쿠룸 벽 수납장과 리디 화이트. 전부 해서 부가세 포함 115달러. 이런 게 생각나다니 우스웠다. 이걸 고르면서 세상에 이것보다 중요한 일은 없다는 듯 싸우다니, 제정신이 아니었다.

그는 물이 필요했다. 음식이 필요했다. 그는 유리컵에 수돗물을 채워서 마셨고, 그런 다음 세 컵을 더 마셨다. 뒤를 돌아 부엌 식탁 위에 식탁 매트처럼 놓여 있는 표석이 눈에 들어왔다. 곡괭이는 현관문에 기대어 세워놓았다. 책은? 순간 그는 등이 뒤로 꺾일 만큼 팽팽하게 긴장했다. 그는 부엌 안을 훑어보고, 거실을 살피고, 현관문으로 가서 문을 열었다. 그는 다시 침대로 돌아왔다. 책이 없다. 책이 없다. 팔 아래 끼고 있지 않았던가? 게일을 안았을 때 바지 뒤춤에 꽂아 넣었었나.

책. 그는 여기에 집중했다. 칼이 그에게 준 책은 잃어버렸지만, 여기에 또 한 권이 있다. 아버지의 책. 그는 브라이언의 방으로 가서 책꽂이에서 책을 뽑았다.

『저 바깥에』.

그는 부엌으로 돌아와 표석을 옆으로 치우고 책을 놓을 자리를 마련했다. 그러고 나서, 자리에 앉기 전에, 팬트리를 뒤져 크래커 한 상자를 찾았다. 오래된 것이었지만 상관없었다. 억지로라도 뭐든 먹어야 했다.

"아빠가 먼 바다로 떠나고." 아폴로는 읽었다.

다음 장에서 아폴로는 읽기를 멈추고 그림 속 엄마를 자세히 보았다. 긴 갈색 머리의 젊은 백인 여자. 주름 잡힌 흰색 칼라가 달린 빛바랜 빨간색 드레스를 입고 있다. 그녀는 가운데 부분을 바라보고 있다.

무엇을?

아무것도. 그녀의 눈빛은 상실한 여성의 눈빛이다. 뭔가를 잃어버린. 낙심한 눈빛. 이 이야기에서 아빠는 배를 타고 떠난 것 같지만, 엄마는 현실을 받아들이지 못한다. 이제 아폴로는 그림을 찬찬히 손가락으로 짚었다. 그녀의 텅 빈 눈. 축 처진 입. 그는 엄마의 처진 어깨를 따라 손가락으로 어루만졌다. 부엌 식탁에서 마주보고 앉아 있던 에마가 이런 모습이 아니었던가?

다음 페이지는 아이다가 동생에게 나팔을 불어주는 장면이다. 고블린이 창문으로 몰래 침입하고 있다. 그러다가 고블린은 인간 아기를 데리고 달아나고, 그 대체품을 뒤에 남겨놓는다. 다음 장에서 아이다는 아기를 들어 올려 꼭 안아준다. 그다음 페이지에서는 얼음 아기가 반쯤 녹아 바닥에 떨어져 있는 장면이 나온다. 마침내 아이다는 가짜를 알아차렸던 것이다.

그의 손가락이 두 단어에서 멈췄다. "바뀐 아기The changeling." 아기 침대에, 아이다의 품 안에, 그것이 있었고, 녹아서 바닥에 떨어져 있다.

바뀐 아기.

페이지의 단어들이 흐릿해져서 계속 읽을 수가 없었다. 책을 잡은 손이 떨렸기 때문이었다. 그는 책을 펼친 채 내려놓았다. 밤에 구덩이 아래에서 삽과 곡괭이로 흙을 치우는 소리가 귓가에 들렸다.

"아무도 아기를 보는 사람이 없었어." 텅 빈 아파트 안에서 그는 말했다.

그러나 그 순간 그는 오른쪽에 있던 의자를 돌아보았다. 에마가 자주 앉던 의자. 그녀의 모습이, 그 유령 같던 실루엣이, 의자 위에 그려졌다. 그는 넷째 손가락에 감긴 너덜너덜해진 빨간 실을 엄지손가락으로 돌렸다.

"한 사람은 지켜보고 있었어." 아폴로가 말했다.

에마는 브라이언이 숲에 있다고 말했어.

뉴욕시 전체에 숲은 하나밖에 없어.

80

그는 여행 가방을 쌌다. 언제 돌아올지 몰랐기 때문이었다. 돌아올 수 있을지조차 확신할 수 없었다. 그는 침대 아래 보관해두었던 작은 여행 가방을 꺼냈다. 출산을 하게 된 에마가 혹시 가정 출산이 제대로 되지 않으면 사용하려던 가방이었다. 그들의 병원 가방. 에마는 당연히 한참 전에 가방 안에 든 것들을 대부분 꺼냈다. 나이트가운과 여분의 세면도구, 슬리퍼와 양말, 간식과 음료수, 그런 것들은 모두 서랍 속으로 들어가거나 먹어치워버렸다. 가방 안에 남은 것은 출산 중 음료를 마실 때 쓸 구부러지는 빨대 한 팩과 마사지 오일 한 병뿐이었다. 공간을 절약하기 위해, 에마는 이 둘을 가방 구석에 달린 파우치에 넣어두었었다. 아폴로는 가방을 꺼낼 때에도 그게 거기 들어 있는지도 몰랐다. 이제 빨대와 오일은 그와 함께 여행을 떠나게 된 셈이었다.

뉴욕시의 유일한 숲은 퀸스에, 포리스트힐스 옆에 있었다.

그는 브라이언의 방으로 가서 옷장을 열고 가방과 상자들을 파헤쳐 에마가 갈아입을 옷을 찾아냈다. 옷가지의 종류는 신경 쓰지 않았다. 그냥 바지, 블라우스, 스웨터, 팬티, 양말이었다. 브라이언을 위해서는 파자마 한 세트, 발 달린 보디슈트, 걸치면 요정이 되는 크리스마스 테마의 빨간색과 초록색 물건들을 챙겼다. 그러나 브라이언이 살아 있다면 그 옷들이 맞지 않을 것임을 깨달았다. 살아 있다면 아기는 이제 생후 10개월이 되었을 것이다. 그런 생각이 들자 차가운 슬픔이 그를 덮쳤다. 그 슬픔이 너무 차가워서 그는 1호짜리 파자마를 움켜잡아 가방 바닥에 쑤셔 넣고 곧바로 방을 나왔다.

거실에서 곡괭이를 챙겨 넣고 에마와 브라이언의 옷을 그 위에 덮었다. 그는 가방 뚜껑을 닫고 들어올렸다. 곡괭이 때문에 가방이 많이 무거웠다.

본능적으로 외투를 뒤져 지갑을 찾았지만, 지갑은 잃어버리고 없었다. 현금 출금 카드도, 신용카드도, 운전면허증도 없었다. 현대적인 관점에서 그는 이 세상에 존재하지 않는 것이다. 좀 더 정확히 말하자면, 현대 사회 안에서의 그의 존재에 접근할 방법을 잃은 것이었다. 그에게 유일하게 남은 존재의 상징은 휴대전화였다.

부엌에는 황동 표석 위에 크래커 부스러기가 떨어져 있었다. 표석 옆에는 아버지의 책이 있었다. 그는 한 번 더 여행 가방을 열었다. 그러고는 책과 표석을 그 안에 넣었다. 잠시 그는 가방 안의 내용물을 살펴보았다. 곡괭이, 옷가지 몇 벌, 동화책, 그리고 무덤의 표석. 옆 동네도 아닌 다른 세계로 떠나는 데 챙겨가는 물건들.

그는 떠났다.

81

퀸스에 눈이 내렸다. 71번로 포리스트힐스 기차역 계단을 올라 거리로 나오니 눈송이가 얼굴에 닿는 게 느껴졌다. 러시아워의 절정이라 계단은 무척 붐볐다. 혼잡한 인파에 휩쓸린 것만으로도 가방 손잡이를 두 번이나 놓칠 뻔했다. 그는 계단 꼭대기에서 걸음을 멈췄다. 가방을 끄는 팔이 떨어져 나갈 것 같았지만 한숨 돌릴 시간조차 없었다. 그의 뒤로 500명도 넘는 사람들이 서 있었기 때문이었다. 그 사람들도 다 각자의 볼일이 있지 않은가? 그런 상황에서는 가만히 서 있는 것이 마치 사이클론 위에서 돌아서려고 하는 것과 마찬가지였다. 사람들이 그를 툭툭 치고 지나가는 바람에 뒤집힐 뻔했다. 그는 잰걸음으로 가장 가까이에 있는 체이스 은행 앞 공간으로 향했다. 밤하늘이 얇은 판처럼 어둡게 쌓여 갔고, 눈이 내렸다. 큼직한 눈송이가 우산과 모자, 차와 버스의 지붕에 차곡차곡 내려앉았다.

눈은 그칠 줄을 몰랐고 71번로는 사람들로 가득 찼다. 백인 가족이 부른 콜택시가 도로가에 서 있었다. 엄마는 시끌벅적한 아이들을 카시트에 앉히고, 아빠는 능숙하게 유모차를 접어 택시 뒤로 가 트렁크를 두드렸다. 엄마 아빠 모두 초췌하고 화가 잔뜩 난 것처럼 보였다. 아폴로는 부러움에 목이 조여드는 것을 느꼈다.

크래커와 물 네 컵으로는 허기를 달래지 못했다. 거리를 걷다가 스타벅스 간판이 눈에 띄었다. 지갑과 함께 돈을 전부 잃어버렸지만, 뭘 사먹을 방법은 있었다. 그의 휴대전화에는 스타벅스 앱이 깔려 있었고, 계정에는 숲으로 가져갈 음식을 사기에 충분한 돈이 충전되어 있었다. 스타벅스에서 샌드위치를 판다면 그와 에마와 브라이언이 되돌아 나올 길을 찾을 수 있도록 빵 부스러기를 흘릴 수도 있을 것이다.

스타벅스 매장은 비좁고 아담했고, 전체적으로 길고 좁은 모양이었다. 조금은 반지하 거실 같은 분위기도 풍겼다. 문을 열면 곧바로 계단 세 개를 내려가야 했다. 안에는 작은 테이블이 두 개 있었고 테이블마다 의자가 두 개씩 놓여 있었다. 테이블은 서로 붙여놓았는데, 경이롭게도 십대 아이들 아홉 명이 의자 네 개에 전부 꾸역꾸역 끼어 앉아 있었다. 7시였고, 사람들이 직장에서 집으로 돌아가는 시간이었지만 줄은 여전히 길었다.

"스타벅스에 잘 오셨습니다. 주문하시겠어요?"

아폴로는 아직 바리스타를 보지 못했다. 그 정도로 줄이 길었다. 그는 샌드위치와 샐러드, 주스와 우유와 물을 넣어놓는 작은 냉장고를 보았다. 냉장고를 통째로 비워야겠다고, 아니면 적어도 들고 갈 수 있을 만큼만이라도 들고 가야겠다고 생각했다. 그냥 음식을 꺼내 들고 달아날 생각도 있었다. 아무튼 그 정도로 엄청나게 급했다. 그러나 범죄를 저지르겠다고 생각하자—아주 사소한 것이었지만—한 가지 기억이 떠올랐다. 가석방 상태. 그는 휴대전화를 열고 최근 통화 목록을 확인했다. 부재중 전화가 몇 통 와 있었다. 릴리언의 번호가 있었다. 212 국번의 전화가 여섯 통 와 있었는데 아마 가석방 감독관 같았다.

음성메시지는 한 건도 없었다. 샌드위치를 꺼내 달아나다가 잡힌다면? 여행용 가방을 끌고 도망가기는 어렵겠지. 게다가 그 안엔 뭐가 들었더라? 빌어먹을. 가게 물건을 털어 달아나나가 땅 파는 삽비와 무덤 표석을 소지한 가석방 죄수라는 게 밝혀지면? 도대체 그런 건 왜 가져온 걸까? 그의 이성적인 영혼이 마술적 사고방식을 꾸짖었다. 결국 그는 포기하고 끈질기게 기다렸다. 몸을 사리느라 바리스타에게 선생님이라고 부르기도 했다.

아폴로보다 다섯 사람 앞에 서 있던 거칠어 보이는 백인 노인이, 냉장고 속으로 몸을 숙여 남은 음식을 전부 다, 모조리 다 꺼냈다. 그는 미리 만들어놓은 끔찍한 샌드위치들을 한 팔에 가득 안고, 미리 포장해놓은, 조금은 덜 끔찍한 샐러드들을 다른 팔에 가득 안았다. 빌어먹을 냉장고가 텅 비었다. 노인은 계산대 위에 쓸어 담은 음식들을 전부 떨어뜨렸다.

"봉투를 좀 드리는 게 좋겠네요." 바리스타가 말했다.

"오호?" 노인이 말했다. "그렇게 생각하쇼, 루이즈? 난 또 전부 머리에 이고 가야겠다고 생각했지."

바리스타는 그의 말을 무시했다. 지친 듯 눈 밑이 파르르 떨리는 게 보였다. 바리스타가 계산대 아래에서 종이봉투 두 개를 꺼내자 노인이 몸을 숙여 봉투를 낚아챘다. 놀란 바리스타는 제대로 대응도 못 하고 그저 물건들의 바코드만 하나씩 찍고 건네주었다.

노인은 돌아서서 눈을 가늘게 뜨고 다른 손님들을 노려보았다. 마치 초원에 간 늙은 바이킹 같은 모습이었지만, 그에게는 아직 용맹한 전사의 기운이 남아 있었다. 키가 훌쩍 큰 노인은 많은 나이에도 보는 이를 두근거리게 만드는 활력을 지니고 있었고, 뺨도 팽팽했다. 엷게 수염을 기르고 있었고, 울 모자 아래로 보이는 머리카락은 흰 전선줄처럼 뻣뻣해 보였다.

"전부 얼마요?" 노인이 물었다. "얼마냐고?"

"저기 쓰여 있잖아요!" 뒤에 서 있던 남자가 계산기 디스플레이를 가리키며 쏘아붙였다.

노인은 남자를 바라보며 계산대를 철썩 내리쳤다. "사람이 가격을 친절하게 알려주던 시절이 있었다는 건 알아? 화면에 뜬 숫자를 읽는 대신에?"

"그땐 공룡도 살아 있지 않았나요?" 남자가 비아냥거렸다.

늙은 바이킹은 극도로 흥분해서 총이나 전투용 도끼라도 찾는 것처럼 허리춤을 두드리고는, 무기가 없다는 걸 깨닫고 어리둥절한 것 같았다. 공룡 얘기를 꺼낸 남자는 지친 듯 노인에게 뿌리치는 손짓을 했다.

노인은 스타벅스 음식이 든 봉투를 들었다. 피곤해 보였지만 비굴해 보이지는 않았다. 그는 고개를 숙이고 혼잣말을 중얼거리면서 빽빽이 끼어 앉은 십대들을 툭 건드리며 걸어갔다. 아폴로는 아이들이 아무 반응도 보이지 않는 것에 놀랐다. 아이들은 휴대전화에 온 정신을 쏟고 있었다.

"아빠가 먼 바다로 떠나고." 노인은 매장 안을 힘겹게 헤치고 나가며 중얼거렸다.

아폴로는 계산대를 훑어보고 있었다. 먹을 걸 어떻게 구해야 하나? 계산대 위에는 작은 봉지에 든 견과류나 쿠키 같은 것이 있었다. 아쉬운 대로 이걸로라도 배를 채울 수 있겠지. 아래턱 쪽에서 뭔가 웡웡거리는 것이 느껴졌다. 파리가 귀 가까이에 있는 것처럼. 그는 턱을 긁었지만 그런다고 나아지지 않았디.

그는 휙 뒤로 돌아섰다.

그 노인.

늙은 바이킹이 문 앞에 서 있었다. 계단 너머 폭풍우 속으로 뛰어들기 전에 마지막 기운을 끌어 모으는 것처럼. 노인이 그르렁거리는 목소리로 동화책의 문장들을 읊는 동안, 아폴로는 아이처럼 귀 기울여 들었다.

노인은 문 밖으로, 밤의 세상으로 걸어 나갔다. 그 무거운 수트케이스만 아니었다면 당장 달려가 노인을 잡았을 것이었다. 아폴로가 밖으로 나갔을 때, 노인은 이미 두 블록이나 멀리 가고 있었다.

아폴로는 그의 뒤를 따랐다.

82

끽끽거리는 수트케이스를 끌고 사람을 뒤쫓는 것은 어려운 일이다. 아폴로는 가방을 끌지 않고 들어보려고 했지만, 곡괭이와 무덤 표석의 무게 때문에 오래는 들 수 없었다. 노인은 71번로를 따라 남서쪽으로 가고 있었고, 아폴로는 한 블록 정도 거리를 유지하며 뒤따라 걸었다. 포리스트힐스 가든 지역에는 인도에 돌이 깔려 있어서 소리가 나지는 않을까 노심초사하면서.

71번로는 콘티넨탈 로로 이어졌고, 인도에는 가로수가 무성했다. 그 길엔 튜더 스타일의 벽돌집들이 나란히 늘어서 있어 보행자는 거의 없었다. 그런 식으로 세 블록을 걸었다. 이제 아폴로는 뉴욕시에서 부자 동네로 손꼽히는 마을에 들어섰다. 가로등 불빛이 희미해 잘 보이지는 않았지만, 두 블록 앞에는 늙은 바이킹이 성큼성큼 걸어가고 있었다. 그 길 위에는 노인과 아폴로뿐이었고, 거대한 튜더 저택들은 신중하고 근엄한 자태로 둘을 지켜보고 있었다.

슬로컴 크레센트와 올리브 플레이스를 거쳐, 그로턴 가와 해로우 가를 지났다. 해는 완전히 졌고, 아폴로는 밤이 깊어지도록 노인을 뒤쫓았다. 잉그램 가, 주노 가, 루벳 가, 맨스 가까지. 노인은 한 번도 뒤를 돌아보지 않았고, 길을 건널 때도 한 번도 고개를 돌리지 않았다. 아폴로보다 서른 살은 많을 텐데 지친 것 같지도 않았다.

마침내 메트로폴리탄 로를 건넜다. 굿바이, 튜더 벽돌 저택들. 헬로, 식민지 시대의 단독주택들. 벽돌 주택의 화려한 외관을 뒤로하자 알루미늄 외장재 벽들이 보이기 시작했다. 이런 식으로 유니온 턴파이크까지 계속 걸었다. 노인은 퀸스의 계급 구조를 위에서 아래로 훑는 관광을 이끄는 가이드처럼 꿋꿋이 걸었다.

아폴로에게는 정말로 다른 지역, 다른 세계를 여행하는 것처럼 여겨졌다. 단독주택들의 벽돌담을 지나, 낡은 자동차와 녹슨 SUV가 늘어선 인도를 걸어, 주유소와 모퉁이 상점들을 거쳐, 그들은 포리스트파크의 북동쪽 언저리인 북쪽 숲에 도착했다. 포리스트파크는 퀸스 지역에서 500에이커(약 2제곱킬로미터) 이상을 차지하는 야생의 땅이었다. 금과 은으로 지은 탑이 우뚝 솟은 도시에 들어섰대도 이상하게 느껴질 것 같지 않았다. 노인은 길을 건너 공원 둘레를 따라 걸었다. 아폴로는 노인이 마침내 미행을 눈치채고 숲으로 달아나 아폴로를 길을 잃게 만들겠다고 계획을 세운 모양이라고 생각했지만, 노인이 눈치채고 말고는 중요하지 않을지도 몰랐다. 아무튼 노인은 아폴로가 원하는 곳으로 향하고 있었다.

늙은 바이킹이 모퉁이를 돌았다. 아폴로는 여행 가방을 뒤에 매달고 삐걱대는 바퀴에 욕을 퍼부으며 뛰었다.

아폴로는 노인과 맞닥뜨릴 것을 예상하며 모퉁이를 돌았지만, 노인은 저만치 앞서 있었다. 공원 광장에서 숲으로 올라가는 계단 쪽이었다. 계단 아래에 가로등이 두 개 있어서 계단을 오르는 노인의 모습이 상당히 또렷했다. 그러나 나무와 덤불숲 사이로 들어가지 않고, 노인은 무릎을 꿇고 머리를 숙였다. 그러고는 스타벅스 봉투를 계단 꼭대기에 내려놓았다. 노인은 일어서서 나무들을 올려다보았다. 가로등 불빛에 노인의 옆얼굴이 보였다. 입술이 움직였지만, 누군가에게 말하는 것인지 그냥 혼잣말하는 건지는 알 수 없었다.

마침내 노인은 돌아서서 다시 계단을 내려왔다. 난간을 잡은 모습이 지치거나 술에 취한 것처럼 보였다. 아폴로는 노인이 왔던 길로 되돌아갈 거라고 생각해 여행 가방을 들고 길을 건너 그림자 안에 숨었다. 그는 벽돌 창고의 뒷벽에 여행 가방을 기대어 세운 후 간이 의자 삼아 걸터앉았다. 노인은 계단 꼭대기를 바라보고, 나무들을 보고, 스타벅스 로고가 그려진 갈색 봉투를 보았다. 마침내 노인은 돌아서서 걸어갔다. 아폴로는 계속 쫓아가고 싶었지만, 그럴 수 없었다.

경찰차가 모퉁이에서 나타났다.

경찰차는 퓨마처럼 파크레인 남쪽을 향해 무심히 다가왔다. 아폴로 앞에 접근하자 차 지붕의 빨간색과 파란색 경고등이 켜졌지만 사이렌은 울리지 않았다. 아폴로는 계단 위에 놓인 봉투에 온 신경을 쏟다가 갑자기 눈앞에서 경고등이 켜지자 여행 가방에서 미끄러져 인도 위에 엎어졌다.

조수석에 탄 경찰관이 창문을 내리고 밖으로 몸을 내밀어 아폴로를 보았다. 그렇게 한 20초 정도 살펴보더니 입을 열었다.

"낮잠 자기엔 고약한 장소인 것 같네요."

아폴로는 무릎을 세워 일어섰다. 운전석의 경찰이 그를 조심스럽게 지켜보았다.

"차가 빠르네요." 아폴로가 말했다.

경찰은 아폴로 뒤의 집들을 가리켰다. "여기 포리스트힐스의 이쪽 지역은 여전히 리틀 노르웨이라고 부릅니다. 당신은 이 동네에는 절대 어울리지 않아요."

"밤에도요?"

"밤에는 특히 더 그렇죠." 운전석 경찰이 말했다.

패트리스가 옳았다. 그와 같은 영웅들은 실수를 저지르지 않는다.

아폴로는 일어서려고 손을 바닥에 짚었지만, 조수석의 경찰이 말했다. "거기 조금만 더 그대로 있는 게 어때요."

"추워서요." 아폴로가 말했다.

"겨울이잖아요." 경찰이 말했다.

운전하던 경찰이 문을 열고 밖으로 나왔다. 조수석 경찰도 차에서 내렸다. 그는 한 손을 꺼낸 채로 아폴로에게 가까이 다가와 일어서라고 손짓했다.

"어디 살아요?" 경찰이 물었다.

운전자는 그들의 뒤쪽, 공원 쪽을 보다가 다시 아폴로에게로 시선을 돌렸다. 계단 꼭대기의 음식 봉투는 눈치채지 못한 것 같았다. 그에게는 그저 여느 쓰레기봉지나 다를 바 없을 것이다. 무전기에서 삑 소리가 나면서 뭐라고 말소리가 흘러 나왔지만 경찰은 무시했다. 빨간색과 파란색 등이 끊임없이 번쩍거려 어지러웠다.

"맨해튼요." 아폴로가 말했다. 손을 옆으로 내리고 서 있었지만 주머니에서는 충분히 멀리 떨어져 있어서 경찰이 놀랄 이유는 없었다. 만일 경찰들이 겁을 먹는다면 아폴로에게는 최악의 상황일 것이다. 그뿐만 아니라, 행여 그의 신원을 조회하기라도 한다면, 그가 가석방 규칙을 어겼다는 것도 알게 될 것이었다. 그는 치료 모임에도 나가지 않았고 가석방 감독관도 한참 동안이나 만나지 않았다. 필요하다면 말다툼을 벌이겠다는 충동은 깊숙이 숨어버렸다. 가장 중요한 건 다시 감옥으로 끌려가지 않는 것이다. 그리고 총에 맞아 죽지 않는 것도. 이 두 가지가 지금으로서는 최고로 중요했다.

"그럼 맨해튼에서부터 포리스트힐스까지 왔다는 거군요. 여행 가방을 끌고. 여기 리틀 노르웨이의 길거리에 누워 있으려고?"

"꽤 먼 여행이었겠는데." 운전자가 말했다. 그러고는 조용히, 못 믿겠다는 듯 웃음을 터뜨렸다.

그러자 그들 두 사람 뒤로, 계단 위쪽에, 숲에서, 무언가가, 누군가가 나타났다.

에마 밸런타인.

그의 아내가 계단 위에 서 있었다.

그러나 정확히 에마는 아니었다. 마녀. 그것이 그가 본 것이었다.

그는 그 유령 같은 물체가 한때 그와 결혼했던 여자라고는 생각조차 하지 않았다. 그가 알아본 것은 코트였다. 무릎까지 오는 고동색의 부푼 코트. 그녀가 달아나던 날 밤 동영상에서 입고 있던 그 코트. 코트는 닳고 더러웠고, 에마도 코트처럼 닳고 더러웠다. 그녀는 나뭇가지처럼 앙상하고 거칠었다. 그러나—정말로, 진짜로—그녀에게서 빛이 나고 있었다.

숲에서 걸어 나오는 그녀는 구름 위를 걷는 것 같았고, 실제로도 푸른 에너지의 구름이었다. 그녀는 순찰차 지붕에서 빛나는 파란색 경고등만큼이나 환한 빛을 발하고 있었다. 마치 전기 스파크를 입고 있는 것 같았다.

에마 밸런타인은 숲에서 걸어 나와 스타벅스 봉투를 주워들었다. 그러더니 돌아서서 더 깊은 어둠 속으로 걸어 들어갔고, 사라졌다.

그걸로 끝이있다.

"진지하게 말할게요, 선생." 아폴로 옆에 서 있던 경찰이 말했다. "어디 보호소가 필요하면 곧바로 알려드릴 수 있어요. 하지만 이렇게 동네를 어슬렁거리면 안 됩니다."

"사람들이 기겁한다고요." 다른 경찰이 말했다.

"아뇨, 경관님." 아폴로가 중얼거렸다. "제 말은, 네, 경관님. 그녀가 빛이 나고 있었어요. 그녀가⋯⋯."

경찰관이 아폴로가 제정신이 들도록 어깨를 툭툭 쳤다. 그것은 에마였다. 에마가 저 공원에 살고 있나? 그 노인은 왜 에마에게 음식을 가져다주었을까?

아폴로는 또렷한 시선으로 경관들을 바라보았다. "보호소나 그런 것은 필요 없습니다. 그냥 좀 혼란스러웠어요. 이제 집으로 돌아갈 겁니다. 버스를 타고요."

"돈 있어요?" 경찰이 물었다. 여전히 아폴로의 어깨 위에 손을 걸친 채였다. 그 손에 힘을 줘서 아폴로를 제압하고 경찰차 뒷좌석에 태우는 것쯤이야 쉬운 일이었다.

"저는⋯⋯."

그러나 그가 거짓말 같은 것을 끝맺기도 전에, 경찰은 경찰차로 돌아가 파트너에게 물었다. "우리 메트로카드 가지고 있는 것 있나?"

"저기 팩 안에 봐." 운전하던 경찰이 말했다. 경찰이 차 안으로 몸을 넣은 동안, 운전하던 경찰은 한 발 앞으로 나와, 아폴로에게 가까이 접근했다. 손은 허리에 찬 총집 근처에 있었다.

"찾았어." 경찰이 아폴로에게 돌아왔다. "여기 20달러가 들어 있어요. NYPD가 주는 선물입니다."

투명한 비닐 안에 메트로카드가 들어 있었다. 경찰은 비닐을 찢어 열고 카드를 아폴로에게 건네주었다.

"저쪽 우드헤이븐 대로에서 Q11이나 Q21번 버스를 탈 수 있어요."

"고맙습니다." 아폴로가 말했다. 메트로카드를 받았지만, 그러고 나서도 그냥 그 자리에 서 있었다. 경찰이 차를 몰고 떠나면 당장 계단을 뛰어 올라가봐야지. 어쩌면 그녀를 찾을 수 있을지도 모른다.

"이러면 어떨까요." 운전자가 말했다. "지금 바로 버스 정류장까지 태워다줄게요."

다른 경관이 경찰차로 돌아와 뒷문을 열었다. "우리에게 감사할 필요는 없어요. 하지만 수락해야 합니다."

아폴로는 경찰차에 올라탔고, 경고등은 꺼졌다. 경찰차가 우드헤이븐 대로 버스정류장에 접근하자, 조수석에 앉은 경관이 고개를 돌리지 않고 말했다.

"우리는 파크레인 남쪽을 순찰하는 걸 좋아해요. 우리가 좋아하는 거리 중 하나죠. 밤에는 대부분 이렇게 계속 순찰을 돕니다. 여기에서 당신을 다시 만나지 않기를 바랍니다."

경찰차가 버스정류장에 도착했고, 경관 하나가 아폴로를 내려주었다. 아폴로는 인도 위로 여행 가방을 굴렸다.

운전자가 창문을 내렸다. "버스가 도착할 때까지는 시간이 좀 걸릴 거예요. 그래도 기다려요. 여기서 다시 만나지 맙시다. 다시 만날 때는 썩 좋지 않은 밤이 될 겁니다."

아폴로는 대답하지 않았다. 대답이 필요 없었기 때문이었다. 경찰들은 떠났고, 그는 차가 시야에서 멀어질 때까지 버스정류장에 그대로 있었다. 워싱턴 하이츠로 돌아가지는 않겠지만, 경찰들의 말이 진실이라는 것은 의심하지 않았다. 그들은 밤새 공원 주변을 순찰할 것이다. 아침까지 숨을 곳이 필요했다.

83

포리스트파크 관광 안내소는 공원 안쪽에, 그의 뒤로 겨우 30미터 정도 되는 곳에 있었다. 그리고 그 옆에는 더 작은 벽돌 건물인 공중화장실이 있었다. 아폴로는 버스정류장에서 15분 동안 기다렸다. 버스도, 경찰도, 아무도 없었다. 그 말고는. 마침내 그는 서둘러 공원 정문으로 들어갔다. 도로에서 화장실까지 이어지는 콘크리트 길을 눈을 질끈 감고 달리며, 경찰이 그를 덮치지 않을까 예상했지만, 그런 일은 없었다.

화장실에 도착했다. 작은 벽돌 오두막 양쪽에 각각 남자화장실과 여자화장실 문이 붙어 있었다. 묵직한 검은 문의 페인트가 갈라지고 겉면에 희미한 이름이나 기호 같은 것이 잔뜩 새겨져 있었다. 대부분은 남자와 여자 성기 그림이었다. 문 두 개에 다 커다란 자물쇠가 채워져 잠겨 있었지만, 아폴로에게는 적당한 도구가 있었다. 그는 여행 가방을 평평하게 눕히고 지퍼를 열어 곡괭이를 꺼냈다. 평평한 곡괭이 날을 문과 문틀 사이에 밀어 넣으면 잽싸게 강제로 문을 열 수 있었다. 이제 유일한 문제는 어느 화장실에 숨을 것인가였다. 여자 아니면 남자? 더 깨끗한 쪽을 원한다면 물어볼 것도 없는 문제였다.

그는 여자화장실 문의 자물쇠를 예리하게 두 번 비틀어 열었다. 비틀 때마다 금속 문이 크게 비명을 질렀다. 그 소리가 너무 커서 경찰이 오거나 리틀 노르웨이 주민이 신고를 하지 않을까 겁이 났다. '걱정하는 시민의' 익명의 신고 전화가 이미 수많은 흑인들을 죽이지 않았던가. 그러나 화장실은 공원 깊숙한 곳에, 나무들 사이에 있었다.

아폴로는 화장실 문을 밀어 열었다. 창문이 없어서 내부가 어둠침침했다. 그는 안으로 들어가 어둠에 눈을 적응시켰다. 변기 칸이 두 개, 세면대 하나. 바닥에는 여행 가방을 펼칠 충분한 공간이 있었다. 너무 추워서 화장실 특유의 냄새조차 나지 않았다. 어쩌면 그의 코가 마비된 건지도 모르겠다. 그는 다시 밖으로 나왔다. 지금 당장 올라가서 에마를 찾아볼까? 그는 숲 쪽으로 네 걸음을 걸었지만, 어둠의 장막에 가려진 숲을 보고 걸음을 멈췄다. 에마가 그를 반길까? 그가 저지른 실수를 스스로 인정할 기회만이라도 허락해줄까? 그 숲에서 걸어 나왔던 여자는 사람 같아 보이지 않았고, 그는 그녀를 믿지 않던 남자였다. 깊은 밤 자정 넘은 시각에 숲에서 그녀를 만난다면, 그녀는 그에게 무슨 짓을 하겠는가?

환한 대낮에 그녀를 찾는 게 더 안전할 것이다. 그는 두려웠고, 그 사실을 인정하는 게 부끄럽지 않았다. 게다가 공원은 광활했다. 그렇게 넓은 땅을 한겨울 늦은 밤에 헤매고 다니다간 숲의 미로 안에서 얼어 죽는다는 결말로 끝날 것이 확실했다. 고맙지만 그건 사양하겠어요. 그는 화장실로 돌아왔다. 문을 닫자마자 여자화장실 안은 완전한 암흑이 되었다. 그는 자신의 아이디어에 흡족했다. 마치 고치 안에서 잠드는 것 같겠지.

아폴로는 여전히 그가 본 것을 믿을 수가 없었다. 이렇게 몇 개월 만에. 그리고 그곳엔 에마가 있었다. 마지막으로 둘이 같이 있었을 때 그들은 아기를 키우는 지친 엄마 아빠였고, 서먹해진 남편과 아내였다. 지금 그들은 어떠한가?

아폴로는 누군가에게 얘기를 하고 싶었다. 노인이 무슨 짓을 했는지 설명하고 싶었다. 음식을 계단 꼭대기에 제물처럼 올려놓은 얘기를. 그리고 에마가 나타났을 때 그토록 잽싸게, 기다렸다는 듯이 가방을 낚아채 간 얘기도.

그는 휴대전화를 꺼내 번호를 눌렀다.

"옛날 휴대전화는 쓰면 안 돼." 패트리스는 전화를 받자마자 말했다. 그는 전화기에서 입을 멀리 떼고 데이나에게 알렸다. "아폴로야."

"달리 방법이 없었어." 아폴로가 말했다. "매 순간 이 남자를 신경 쓸 순 없어."

패트리스는 전화기에 대고 씩씩거렸다. "그래. 네가 한 가지 계획을 세우면 그자가 다른 걸로 바꾸겠지. 뭔가 대단한 얘기 듣고 싶어? 그날 집에 돌아와서 컴퓨터를 완벽하게 청소했어. 그러면서 그자의 지문이 내 파일에 묻어 있는 걸 발견했지. 그자가 우리한테 지불한 돈도 전부 다시 가져간 거 알아? 우린 심지어 돈조차도 어쩌질 못해. 계좌에서 깨끗이 긁어가버렸다고. 이 개자식은 러시아인처럼 유능해."

"그러니까 그가 모든 걸 알고 있단 거야?" 아폴로가 물었다.

"모든 걸 아는 사람은 없지." 패트리스가 말했다. "하지만 우리가 알고 싶어 하는 것보다는 더 많이 알고 있어."

아폴로는 포리스트힐스 공원 여자화장실의 차가운 벽에 등을 꼿꼿이 기댔다.

"지금 너 어디야?" 패트리스가 물었다.

본능적으로, 말할 뻔했다. 포리스트파크라고. 그러나 곧 스스로를 억제했다. 에마를 봤다는 얘기를 하려고 전화를 건 것이었지만, 지금은 너무 경솔하게 여겨졌다. 현대 사회에서 비밀을 지킬 단 하나의 방법은 무엇일까? 절대 키보드로 기록하지 말 것. 절대 전화로 말하지 말 것.

아폴로가 대답을 않자 패트리스는 그냥 넘어갔다.

"너랑 데이나는 괜찮아?"

패트리스의 목소리가 낮아졌다. 숨이 찬 것처럼, 아니면 어디 다친 것처럼 들렸다. "데이나의 직장에서는 교대 근무를 시작할 때 이름을 기록해야 해." 그가 말했다. "그냥 일반적인 절차야. 그런데 어제 출근했는데, 데이나의 근무 기록이 아예 통째로 사라졌다는 거야. 물론 회사 사람들은 데이나가 거기에서 일하는 걸 알지. 하지만 지금 이 순간, 공식적으로, 회사 기록에 따르면, 데이나 그린은 거기서 전혀 일한 적이 없는 거야. 그러니까 내 말은 이 개자식이 데이나를 완전히 지워버렸단 거지. 도대체 뭣 때문에? 데이나가 나와 결혼해서? 내가 널 도와줘서? 회사에선 그냥 컴퓨터 오류라고 생각하지만, 도대체 이 작자는 얼마나 더 피해를 입힐 생각인 거야? 컴퓨터를 가진 화난 인간 하나— 그거 하나면 안 될 게 없어."

패트리스는 고통스러워하는 것 같았다.

"86번가 124번지."

"그게 뭐야?" 아폴로가 물었다.

"내가 너한테 줄 수 있는 마지막 도움이야. 86번가 124번지. 포리스트힐스에 있어. 오늘 밤 거기 갈 수 있어?"

아폴로는 몸을 앞으로 숙이고 쭈그려 앉았다. 마치 패트리스가—아니면 다른 누군가가—갑자기 그를 보고 있는 것처럼. 그는 위장을 하기로 했다. "거길 왜 가? 포리스트힐스에 뭐가 있는데?"

"그 개새끼가 태워줬던 보트 기억나지? 그자는 자기가 만든 바보 같은 앱에 보트가 딱 한 척만 등록되어 있다고 했어. 그래서 뒷조사를 좀 해서 그 보트가 누구 이름으로 등록되었는지를 찾아봤어. 요르겐 크누트센. 그 사람 주소가 86번가 124번지야. 휠러는 아마 자기 아내 돈을 훔친 것처럼 그 배도 훔쳤을 거야. 하지만 크누트센하고 얘기를 해보면, 그 사람이 적어도 윌리엄을 찾을 어떤 단서 같은 걸 갖고 있을지도 몰라."

"나 사실은……." 아폴로가 입을 열었으나, 망설였다.

"1, 2, 4. 그게 집 번지수야." 패트리스의 목소리가 공기 중에 힘없고 작게 울렸지만, 곧 원래대로 돌아왔다. "86번가. 포리스트힐스. 요르겐 크누트센. 가서 그 사람을 찾아. 다른 건 생각하지 말고. 이제 끊는다. 혹시 모르니까. 널 사랑해. 행운을 빌어."

84

흐린 아침. 아직 눈을 치우기 전이라 공원 안 모든 곳이 축 늘어져 있었다. 젖은 담요를 땅 위에 덮어놓은 것 같았다. 헐벗은 나뭇가지들은 낮게 늘어지고, 아직 잎이 달린 가지는 더 낮게 늘어졌다. 거대한 낫이 베어내고 지나간 것처럼 풀밭에 풀들이 뭉쳐 누웠다. 포리스트파크 한가운데를 꿈틀거리며 뻗어 나가는 외줄기 콘크리트길은 짙은 색깔로 젖어서 새로 깐 길 같았다. 아폴로는 여행 가방을 들고 화장실을 나와 에마를 찾으러 떠났다.

그는 회전목마와 조지 슈퍼트 경 야외음악당을 살펴보았다. 눈과 추위를 피해 몸을 숨길 만한 장소들이었다. 그런데 에마가 그렇게 몸을 숨길 필요가 있을까? 어젯밤 봤던 그 여자는 스스로 날씨도 바꿀 수 있을 것 같아 보였는데. 한낮이 되도록 걸었지만 에마의 모습은 보이지 않았다. 모르긴 몰라도 지금 두 사람은 나무 몇 그루만큼의 거리보다는 더 멀리 떨어져 있을 것이다. 북쪽 숲에서 가장 우거진 곳까지 들어가면 지금 이곳이 21세기 지구상에서 인구밀도가 가장 높은 도시 중 하나에 있다는 사실을 잊게 된다. 그곳은 100년, 천 년 아니면 그보다 더 오래된 과거일 수도 있다. 아폴로는 그런 야생의 땅을 헤맸고, 그곳에 다른 무엇이 있는지를 아는 누군가도 그랬다.

결국 아폴로는 포기했다. 정오 무렵 그는 숲을 떠나 공원 둘레의 거리로 나왔다. 이제 그와 그의 여행 가방은 86번가로 향했다.

리틀 노르웨이. 이 동네는 밤에만 보았고 동네 이름은 그를 불러 세운 경찰에게서 들었다. 그는 여기에서 뭘 보리라 기대했을까? 그가 본 것은 다른 동네에서도 익숙한 그런 것들이었다. 알루미늄 외벽의 단독 주택, 도로와 진입로에 주차된 비싸지 않은 세단과 미니밴, 체인을 쳐 놓은 울타리 뒤 작은 앞마당과 창문마다 드리운 새틴 커튼. 리틀 노르웨이는 리틀 에콰도르, 리틀 코리아, 리틀 가나일 수도 있었다. 깃발은 다르겠지만 무대는 똑같았다.

아폴로는 패트리스가 준 주소 앞에서 멈췄다. 삼층집이었고, 그 블록에서 가장 크고 오래된 건물 중 하나였다. 진입로에 차는 없었다. 창문은 모두 노란색 블라인드로 막혀 있었다. 아폴로는 여행 가방을 계단의 작은 단 위, 현관문 오른쪽에 올려놓았다. 초인종이 없어 노크를 했다. 응답이 없어서 계속 노크했지만, 결국 포기했다. 거리 쪽을 돌아보니 길 건너 이웃집에서 누가 그를 지켜보고 있었다. 남자 아니면 여자, 아이 아니면 노인, 그로서는 알 수 없었다. 창문의 커튼이 가리고 있어 희미하게 보여서다. 경찰에 신고가 접수될 때까지 얼마나 남았을까? 아폴로는 계단을 내려와 여행 가방을 끌고 길을 따라 걸었다. 공원에서는 에마를 찾느라 반나절을 보냈다. 이제는 이 집에 사는 사람을 똑같이 찾아야 했다. 어차피 계단에 앉아서 기다릴 수는 없으니, 그 블록을 한 바퀴 크게 돌기로 했다. 요르겐 크누트센이 돌아올 때까지 얼마나 오랫동안 이래야 할까?

몇 시간이 걸렸다. 늙은 바이킹은 해질 무렵에야 나타났다. 아폴로는 무릎이 아팠다. 어제부터 아무것도 먹지도 마시지도 못했다. 그래서 너무 굶주린 나머지 그 백발의 노인이 나타났을 때는 환영을 보는 줄 알았다. 노인은 커다란 흰색 비닐봉투를 두 개 들고 있었는데, 둘 다 묵직해 보였다. 그는 천천히 움직였다. 가로등 아래를 지날 때는 걸으면서 중얼거리는 것을 볼 수 있었다.

아폴로는 86번가 먼 모퉁이에, 거리 한복판에 멈춰 섰다. 여성 운전자가 길에서 비키라고 경적을 세 번 울렸다. 노인은 자동차 경적 소리를 듣고 고개를 들었다. 그곳에 아폴로 카그와가 서 있었지만 눈치채지 못한 것 같았다. 그는 절뚝대며 계속 걸어 삼층집에 도착해서 계단을 올라 현관문을 열고 집 안으로 들어갔다.

아폴로는 천천히 백까지 세고 움직였다. 집에 다다라서 그는 놀라 숨을 들이마셨다. 노인은 현관문을 활짝 열어두고 현관의 불도 켜놓았다.

아폴로는 거의 계단을 올라갈 뻔했다. 거의. 첫 번째 계단에 발을 올려놓았지만 두 번째 계단에 오르기 전에 멈췄다. 그는 열린 현관문을 보았다. 집 앞의 길도 쳐다보았다. 같은 블록 안에 있는 다른 집들은 대부분 1층에 불을 켜놓았고, 2층에 불이 켜진 집은 얼마 없었다. 사람들이 집에 있었지만, 이 순간 그를 보는 사람은 없는 것 같았다. 그럼에도 안으로 들어가는 것이 망설여졌다. 뒤를 돌아보았지만 커튼 뒤에서 엿보는 사람은 보이지 않았다.

아폴로는 집 옆으로 돌아가 텅 빈 이면도로를 따라 걸었다. 이런 집들은 항상 다른 입구가 또 있었다. 그는 집 옆에 난 두 번째 문을 찾았다. 아마 지하실로 통하는 문일 텐데, 문에 손잡이도 없고 잠금장치도 없었다. 그 앞에 서자마자, 머리 위에서 불이 켜졌다. 그는 뒤로 껑충 뛰었다. 여행 가방이 넘어졌다. 그는 사방을 둘러보았다. 그 자리에 가만히 서 있으니 잠시 후 불이 꺼졌다. 아폴로는 다시 문으로 다가섰고, 동작 감지 센서와 연결된 조명등이 다시 켜졌다. 문을 한번 밀어보았지만, 안에서 잠겨 있었다. 그는 뒤로 물러섰다. 이면도로는 다시 어둠에 잠겼다.

그는 여행 가방 손잡이를 잡고 집의 외벽을 따라 더 멀리 걸어갔다. 뒤쪽으로 계속 걷다가 뒷벽에 난 세 번째 문을 찾았다. 문손잡이를 돌리니 문이 열렸다. 아폴로는 여행 가방을 밖에 남겨두었다. 행여 일이 잘못되었을 때 그걸 들고 도망칠 걱정을 하고 싶지는 않았다. 집 안으로 들어온 그는 부엌으로 이어지는 짧은 계단을 발견했다.

비닐봉투 두 개가 부엌 카운터 위에 놓여 있었다. 버너 위에는 커다란 냄비가 올려져 있었다. 불꽃은 최대 세기로 해놓았지만 냄비 안에든 물은 아직 차가운 것 같았다. 아폴로는 구식의 넓은 부엌 안에 가만히 서 있었다. 부엌문이 두 개 열려 있었는데, 1층 다른 공간으로 이어지는 출구였다. 문 하나는 식당으로, 다른 하나는 복도로 통했다. 그는 복도 쪽으로 가서 바깥쪽을 살펴보았다. 여기서부터 현관문까지는 직선 통로였다. 현관문은 아직도 열려 있었다. 그는 그곳에 잠시 서서 노인의 기척에 귀를 기울였지만 아무 소리도 들리지 않았다.

그는 다른 문을 통해 식당으로 들어갔다. 커다란 테이블 위에는 우편물과 신문, 아직도 고무줄에 묶여 있는 광고 전단지들, 잡동사니 한 무더기가 쌓여 있었다. 일부는 바닥에 떨어져 있었다. 아폴로는 발소리를 죽이며 테이블을 멀리 돌아 가만히 걸었다.

테이블을 따라 걷다가, 노인을 발견했다. 그는 아폴로 쪽으로 등을 돌리고 서 있었다. 노인은 현관문의 문턱에서, 문 뒤에 숨어 기다리고 있었다. 왼손에는 고기의 뼈를 바를 때 쓰는 커다란 칼이 들려 있었다.

아폴로는 테이블 위에서 무기가 될 만한 것을, 아니면 적어도 방어에 쓸 수 있는 것을 찾았다. 가장 가까이에 있는 돌돌 말린 신문을 막 집는데, 노인이 몸을 돌렸다.

아폴로는 신문을 곤봉처럼 들어 올렸다.

노인은 아폴로를 향해 칼을 겨누었다. "어린 소년에 대한 얘기를 해줄까 하는데."

85

식당에서 노인은 아폴로와 마주보았다. 한 남자는 칼을 겨누고, 다른 하나는 돌돌 만 신문지를 들고 있었다. 털이 북슬한 파란 카펫 위에서 세상과 고립된 채로.

"옛날에 아들 셋을 둔 농부가 있었어." 노인이 이야기를 시작했다. "농장 사정이 영 좋지 않아서 먹을 게 충분히 없었지. 농장 바로 옆에는 넓고 비옥한 숲이 있었어. 하루는 맏이가 숲으로 나무를 하러 갔다네. 나무를 넉넉히 해서 아버지의 빚도 갚고 자기들 돈도 좀 마련할 요량이었지. 그러나 한 시간도 되지 않아 집으로 돌아왔고, 무슨 일이 있었는지는 말하지 않았네. 나무도 해오지 않았고.

다음으로 둘째 아들이 나갔지. 그는 가족이 쓰는 도끼를 형에게서 낚아채 당당하게 숲으로 들어갔어. 그러나 그는 형보다도 더 일찍 돌아왔어. 게다가 나무는커녕 도끼까지 잃어버리고 온 거야! 농부는 화가 나서 제정신이 아니었네. 이젠 막내아들만 남았는데, 그 아인 아직 어렸어.

하지만 막내 아스켈라덴은 해가 뜨는 것도 기다리지 않고 곧장 숲으로 떠났어. 하늘에는 달이 빛나고 있었지. 소년은 아버지나 형들에게 숲으로 간다고 말하지도 않고 집을 나섰네. 소년은 최대한 조용히 숲에 들어섰고, 곧바로 도끼를 찾았네. 도끼는 털이 북슬북슬한 전나무에 그대로 박혀 있었어. 둘째 형이 남겨두고 간 바로 그 자리였지. 그리고 바로 그 아래에는 큰형이 찍은 도끼 자국이 남아 있었어. 소년은 호기심이 동했어.

그때 나무들 사이로 뭔가 움직이는 소리가 들렸네. 뭔가 어마어마한 것이 다가오는지 땅이 흔들리고 나무 꼭대기가 떨렸다네. 소년은 숨어야 했지만, 숲의 땅에는 그럴 만한 장소가 없었어. 아스켈라덴은 이 전나무 꼭대기까지 올라갈 수만 있다면 나뭇잎 사이에 숨을 수 있을 거라고 생각했지. 하지만 가지들이 너무 높이 있었네. 그때 그 도끼가 기억났어. 소년은 몸집이 작아서 나무에 박힌 도끼 자루를 밟고 너끈히 올라설 수 있었어. 도끼는 흔들리거나 헐거워지지 않고 발판처럼 단단히 지지해주었어. 소년은 도끼 자루를 디디고 점프해서 제일 낮은 나뭇가지를 잡을 수 있었네.

소년은 전나무 꼭대기까지 거의 다 올라가서 숨었어. 형들이 찍은 도끼자국에서 수액이 흘러나왔지만, 아스켈라덴은 다 기어오를 때까지 그걸 깨닫지 못했네. 손과 발이 수액으로 젖어 끈끈했고, 생나무와 수지의 강한 냄새를 풍겼지. 소년은 그것을 닦아내려 했지만, 곧 동작을 멈추어야 했어.

숲 밖에서 거대한 트롤이 다가왔거든. 키는 한 6층 건물 높이에, 어깨는 황소만큼 넓은 놈이었어. 놈은 흉측했고 썩은 늪 냄새를 풍겼네. 그것이 으르렁거리며 기침을 했어. 그것이 전나무에 부딪치자, 가엾은 아스켈라덴은 거의 떨어져 죽을 뻔했다네. 트롤은 냄새를 맡았지. 소년의 손과 발에 수액이 묻어 있지 않았다면, 트롤은 소년의 냄새를 즉시 알아챘을 거야. 놈들은 상어가 피를 쫓듯이 인간의 살 냄새를 쫓을 수 있거든. 하지만 여전히 놈은 뭔가 잘못됐다는 걸 알았어. 바로 얼마 전에 다른 두 소년들이 그 숲에 들어오지 않았나? 놈은 잔뜩 화가 났어.

'감히 누가 내 숲에 들어왔어?' 트롤은 외쳤지. '뼈까지 다 먹어치워버릴 테다!'

그때 아스켈라덴은 아이디어가 떠올랐어. 그래서 외쳤지. '내 머리가 바로 땅 위에 있다! 한번 내 해골을 부숴보지그래?'

트롤은 낮게 몸을 굽히고 땅 위의 돌을 찾았어. 아이 머리만 한 돌이었지. '잡았다!' 트롤은 그렇게 외치고 돌을 세게 깨물었어. '악, 내 이빨! 이 두꺼운 해골로 내 이빨을 부러뜨리다니! 네놈의 다른 뼈를 찾아 좀 더 잘해보겠어.' 트롤은 매우 화가 나서, 똑바로 생각을 할 수 없었네.

그때 소년이 외쳤어. '난 뼈가 없어! 나는 나무로 만들어졌거든, 이 바보 트롤아!'

'내가 바보라고?' 트롤이 외쳤네. '그렇다면 널 나뭇조각으로 부숴주마!'

'하지만 도끼를 어디서 찾을 건데, 이 얼간아?' 아스켈라덴이 놀렸지.

'여기 하나 있어!' 트롤이 고함을 질렀어. '널 찾기 위해 이 숲 전체를 베어버릴 거야!'

트롤은 잔뜩 화가 나 있었어. 썩 영리하진 못했던 트롤은 근처의 나무들을 전부 베기 시작했네. 마침내 숲의 나무들을 전부 장작으로 패버리고 전나무만 남게 되었지.

'이제 잡았다!' 트롤이 외쳤네. 그는 도끼를 들고 마지막 나무를 찍었지만, 도끼질은 밤새 계속되었고 아침이 다가오고 있었어. 그러다 결국 해가 떠올랐고, 트롤은 햇빛을 보고 돌이 되어버렸다네.

아스켈라덴은 나무에서 내려왔어. 그는 도끼를 찾으려고 돌이 된 트롤을 밀어내려 했지. 그러나 결국엔 포기했어. 돌이 너무 크고 무거워서 꼼짝도 하지 않았거든. 하지만 무슨 상관인가? 트롤이 패놓은 장작이면 아버지는 부자가 될 수 있고, 새 도끼 하나쯤 살 돈은 충분할 텐데. 그렇게 농부와 아들들은 오래오래 행복하게 살았다네."

노인은 목청을 가다듬었다. 그는 칼날의 끝이 냄새를 킁킁 맡는 것처럼 보이도록 칼을 흔들었다.

"내가 왜 이 얘기를 자네에게 했을까? 자네에게 뭘 들려주고 싶어서?" 노인은 잠시 멈추고 아폴로를 바라보았다.

"모르겠는데요." 한참 후 아폴로가 말했다.

"아버지가 나에게 이 얘기를 해주셨지. 그리고 아버지의 아버지도. 그런 식으로 계속. 우린 원래 노르웨이에서 왔는데, 이 이야기도 함께 가지고 왔어. 이 소년, 아스켈라덴에 관한 이야기는 아주 많아. 그는 언제나 괴물을 물리치고 보물을 가지고 돌아오는 거야. 애들이 듣기엔 좋은 이야기지."

노인은 황량한 거실로 들어가라고 손짓했다. 닳아빠진 카펫, 끝이 너덜너덜한 커튼, 그리고 테이블 위에는 잡동사니가 흩어져 있어 한 사람이 앉을 자리밖에 없었다.

"하지만 이제 난 그 동화들을 싫어하는 것 같아." 그는 마치 논쟁을 하고 있었던 것처럼 평화의 몸짓으로 손을 들어 올렸다. "그 이야기 자체가 문제가 아니라, 결말 때문이야. 마지막 세 단어가 모든 걸 다 망치지. '오래오래 행복하게 살았습니다.'" 그는 담즙처럼 쓴것을 맛보는 것처럼 혀를 내밀었다.

"오래오래 행복하게 살았습니다.'" 그는 다시 말했다. "이야기에서 꼭 이 말이 안 나오더라도, 그 세 단어는 항상 거기에 있어. 내가 한 이 야기를 예로 들어볼까. 아스켈라덴의 아버지는 정말로 부자가 되어 세 아들을 다 대학에 보낼 만큼 충분한 돈을 갖게 될까, 아니면 아들 한둘 만 보낼 정도의 돈만 얻었을까? 그럼 대학에 보낼 아들은 어떻게 결정 할까? 막내가 트롤을 물리쳤지만, 그래도 장남이 전리품을 차지할 권 리가 있지 않을까? 아버지가 죽으면 어떨까? 그는 유언장을 남길까? 재산은 공평하게 분배될까? 아니면, 아들들이 전부 변호사를 고용하고 향후 20년간 법정에서 재산 싸움을 벌이진 않을까?" 노인은 씁쓸하게 웃었다. "'오래오래 행복하게 살았습니다'는 그런 문제에 대해서는 아 무 대비도 하지 않는단 말이지!"

그는 이야기를 이어갔다. "개인적으로 난 그 말이 애들을 입 다물게 하려고 있는 거라고 생각했어. 잘 시간에 베개맡에서 아이에게 이 놀 라운 이야기를 방금 막 해줬다고 해보지. 그리고 아이는, 애들이 늘 그 렇지만, 더 많이 알고 싶어 해. 아스켈라덴이 집에 돌아왔을 때 그들이 파티를 열어줬나요? 형들과 아버지는 나무를 가지러 갔다가 트롤이 돌 로 변한 것도 봤나요? 아스켈라덴은 결혼했나요? 결혼했으면, 신부는 어떻게 생겼어요? 아이도 낳았나요? 그럼 아이들 이름은 뭐라고 지어 줬나요?

그런 이야기를 듣고 나면 아이들은 그런 걸 묻게 돼 있거든. 당연한 일이야. 그러나 그때쯤엔 시간이 많이 늦었고 자네는 다음 날 나가서 하루 종일 일해야 해. 이젠 가서 자고 싶단 말이야, 아이는 끝없는 질문으로 자네의 신경을 거스르고 있지. 언제나 더 많은 질문으로! 그래서 자네는 몸을 숙이고 이렇게 말하는 거야. '그 다음에 어떻게 됐냐고? 그들은 행복하게 살았단다.' '언제까지요?' 자네의 아름다운 아가들은 그렇게 묻겠지. 자넨 이렇게 대답하는 거야. '오래오래. 그러니까 이제 자라!'"

노인은 한숨을 쉬었다.

"그럼 자네의 사랑스러운, 바보 같은 아이들은 자네 말을 믿는 걸세. 그러고 나서 아이가 성장하면 똑같은 거짓말을 자기 딸들에게 해주는 거야. 그러면 그 아이는 커서 또 자기 아들들에게 이야기해주고. 그러면, 결국, 그게 진실이 될 수밖에 없네. 그렇지 않고서야 왜 나의 좋은 가족이, 나를 보살펴준 가족이 이 이야기를 그토록 오랫동안 전하고 또 전해왔겠나? '오래오래 행복하게 살았습니다'가 인류에게 얼마나 큰 해악을 끼쳤는지 아나? 나는 이런 이야기의 결말에서 대신 다른 이야기를 했으면 좋겠어. '그들은 행복하려고 노력했습니다' 아니면 '영원한 행복을 추구해봤자 결실은 없습니다' 같은. 자넨 어떻게 생각하나?"

"당신은 확실히 노르웨이인이군요." 아폴로가 말했다.

노인은 칼을 내렸다. "부엌으로 가는 게 어떻겠나? 물이 끓었을 거야. 그 여자를 위해 음식을 만들고 있지."

"스타벅스에서 사지 않고요?" 아폴로가 물었다.

노인은 고개를 떨궜다. "대개는 직접 요리해줘. 하지만 어제 아침에는 그 여자가 언제, 어디로 가라고 정확히 말해줬어. 재미있지 않나? 전에는 한 번도 그런 적이 없었는데, 하지만 그렇게 갑자기, 그냥 그렇게, 그 여자가 날 그리로 보낸 거야."

"압니다." 아폴로가 말했다. "당신을 봤어요."

"그거 재미있지 않은가. 만일……." 그가 입을 열었다. "내 말은, 만일 자네가 거기 있을 거라는 걸 그 여자가 알았다면."

노인은, 요르겐 크누트센은, 빈손으로 거친 백발을 훑었다.

"용서하게. 술을 마시고 있었어."

"오늘요?"

"매일." 노인의 눈이 힘없이 떨렸다.

아폴로의 시선이 부엌을 향했다. 물이 미친 듯이 끓는 소리가 들렸다. "뭘 만드시는데요?"

"스말라호베." 그가 말했다. "노르웨이 음식이야. 내 이야기처럼 노르웨이에서 왔지. 보여줄게." 그는 칼날로 부엌을 가리켰다.

아폴로가 신문지를 흔들었다. "먼저 가세요."

86

물은 정말로 끓고 있었다. 노인은 칼을 카운터 위에 두고 작은 부엌 테이블 위에 둔 비닐봉투로 돌아섰다. 그는 봉투에 손을 넣었지만 시선은 아폴로에게 향해 있었다. 봉투에서 뭔가 커다란 것이 나왔다. 파라핀 종이에 포장된 것이었다. 그는 그것을 카운터 위에 내려놓았다. 크기는 볼링공만 했지만 타원형이었다. 노인은 빈 비닐봉투를 깔끔하게 접고 싱크대 아래 선반을 열었다. 그 안에는 정확히 똑같은 모양으로 접힌 비닐봉투들이 차곡차곡 쌓여 있었다. 그는 새 봉투를 넣고 서랍을 닫은 후 부엌 테이블로 돌아왔다. 그는 파라핀 포장지를 펼쳤다. 종이가 펼쳐지면서 딱딱 소리가 났다.

그 안에서 양 머리가 나왔다.

아폴로는 소리가 나도록 구역질을 했다.

노인은 조용히 웃고는 아폴로에게 손가락질을 했다. "역겨워하면 안 돼. 나의 고국에서는 이게 전통이야, 다른 이들의 전통은 절대 평가해선 안 돼! 정치적으로 올바르게 굴라고. 아니면 내가 이의를 제기할 테니. 평가는 안 돼. 그냥 받아들여. 자, 이걸 봐. 받아들이라고."

노인은 양 머리의 옆쪽을 손으로 찰싹 때렸다. 그러자 축축한 철썩 소리가 났고, 머리가 조금 회전하면서 양의 이빨이 곧바로 아폴로 쪽을 향했다. 가볍게 열린 입술 사이로 툭 튀어나온 아래 이빨은 작고 변색된 못을 일렬로 나란히 박아놓은 것 같았다. 가죽과 털은 제거된 상태라 부엌 불빛 아래 놓인 머리는 붉은빛이 감도는 분홍색으로 빛이 났다. 눈알도 여전히 달려 있었다. 눈알은 꼭 검은색 구슬 모양 젤리를 붉은 살 안에 접착제를 발라 박아 넣은 것 같았다.

노인은 그것의 주둥이 부분을 잡고 한 번에 들어 올려서 물이 끓는 냄비 안에 담갔다. 펄펄 끓는 물이 냄비에서 약간 넘치고 노인의 팔에도 몇 방울 떨어졌다. 아팠더라도 노인은 아파하는 내색을 보이지 않았다. 노인은 그저 아폴로를 향해 돌아서서 자랑스러운 셰프처럼 박수를 쳤다. 그러고는 카운터 위에 놓인 진기한 부엌용 타이머를 잡았다. 털이 복슬복슬한 흰 양처럼 생긴 타이머였다.

"타이머를 사용하지 않으면 머리가 끓고 있는 걸 잊어버릴걸." 노인이 말했다. 그는 양의 배 한가운데에 있는 디스플레이 화면을 잡았다. "세 시간 반으로 설정할 거야. 그래야 고기가 질기지도 물러지지도 않지."

아폴로는 그저 고개를 끄덕였다. 이 상황을 따라잡을 수가 없어서였다. 열린 현관문, 칼을 들고 숨어서 기다리던 노인, 아스켈라덴과 트롤의 이야기, 그리고 냄비 안에서 삶기는 양 머리. 그 섬이 여기 상황만큼 야생이었을까?

"내 아내요." 아폴로가 말했다. 그 말이 마치 생명줄 같았다. 그는 손을 들어 손가락에 감은 빨간 실을 보여주었다. "나는 이런 것들은 상관없어요. 나는 에마를 찾아야 합니다."

"그 여자한텐 조심스럽게 접근해야 해." 노인은 타이머를 카운터 위에 놓으며 말했다. "따라야 할 방식이 있어." 그는 냄비를 가리켰다. "공물도 준비해야 하고."

노인은 냉장고로 걸어가 감자 봉지를 꺼내고, 카운터로 돌아와 탕 소리가 나게 봉지를 내려놓았다. 그러고는 다시 냉장고로 돌아가 라벨이 붙지 않은 초록색 병을 꺼냈다.

"결혼반지치고는 참 기이하군." 노인이 아폴로의 왼손을 가리키며 말했다. "아내 반지는 가시철조망으로 만들었나?"

그는 커피 머그잔을 싱크대에서 꺼내고, 초록색 병을 열어 투명한 액체를 따르고는 병을 내려놓았다.

"자네가 올 때까지 몇 달이 걸렸어. 좀 더 일찍 올 줄 알았는데."

이 말이 아폴로를 세게 때렸다. 그는 돌돌 만 신문지를 테이블 위에 떨어뜨렸다. "내 아내와 아들에 대해 아시는군요. 그렇죠?"

"알지."

노인은 싱크대 옆 캐비닛에서 8온스짜리 엔슈어* 병을 꺼내서, 투명한 액체가 담긴 머그잔에 걸쭉한 흰색 액체를 따랐다. 그러고는 컵을 두 번 휘휘 흔들어 섞고 한 모금을 마셨다. 윗입술에 희미하게 크림 수염이 생겼다.

"그럼 날 도와줄 수 있을 텐데요."

그는 머그잔에 담긴 음료를 한 모금 더 마시고 아폴로에게 등을 돌렸다. 그는 감자를 집어 부엌 싱크대 위에서 껍질을 벗겼다. "내가 당신을 돕고 싶을까?"

"내 아내는 돕고 있잖아요." 아폴로가 말했다.

* 식사 대용 조제 음료.

노인은 첫 번째 감자를 끝내고 두 번째 감자 껍질을 벗겼다. 그러면서 싱크대 창문 밖 집 뒤쪽으로 수수하게 꾸며진 뒷마당을 바라보았다. 언덕 위쪽으로 포리스트파크의 나무들이 보였다.

"당신 아내가 나타난 이후로, 밤에 잘 못 쉬고 있어." 노인이 말했다. "난 평생 동안 잠을 아주 잘 잤어. 어머니가 그러셨는데, 아기 때도 잘 잤대. 하지만 지금은 밤에 제대로 못 잔 게 백 일하고도 스무 날째야." 그는 두 번째로 껍질 벗긴 감자를 탕 소리가 나게 카운터 위에 떨어뜨렸다. "그리고 그건 다 자네 마누라 때문이야."

그는 어깨 너머로 아폴로를 바라보았다. "양배추 좀 다듬어주겠나?"

아폴로는 얼이 빠져 노인을 쳐다보았다.

"먼저 심을 파내야 해." 그는 할아버지가 손자를 가르치는 것처럼 조급한 손놀림으로 두 번째 슈퍼마켓 비닐봉투를 가리켰다.

그래도 아폴로가 움직이지 않자, 노인은 양배추를 꺼내 테이블 위 도마에 갖다놓았다. 아폴로는 더 따질 수도 있었지만, 노인은 도마 위에 커다란 톱니 날이 달린 식칼도 함께 꺼내놓았다. 무기로서는 돌돌 만 신문보다 훨씬 나았다. 노인은 아폴로를 차분하게 지켜보았다. 아폴로는 도마를 앞으로 끌어당기고 칼을 집었다. 그러자 노인은 아폴로에게 돌아서서 카운터 아래에서 감자를 삶을 작은 냄비를 꺼냈다. 양 머리가 담긴 큰 냄비는 계속 거품을 내며 부글부글 끓고 있었다.

"요르겐 크누트센." 아폴로가 칼을 들고 말했다.

처음으로, 노인은 몸이 굳었다. 그는 고개를 돌려 아폴로를 응시했다. 그러나 잠시 후 가벼운 변덕을 회복했다. 술의 효과가 나타난 것인지도 몰랐다.

"조. 여기 미국에서는 다들 나를 조라고 불러. 미국에서는 이름이 간단해야 해. 아니면 개명을 하든가."

요르겐은 천천히 일어나서 냄비에 물을 채웠다.

"윌리엄 휠러를 알 거라고 생각하는데요." 아폴로가 말했다.

요르겐은 또 한 번 머그잔에 담긴 것을 마셨고, 다시 술과 엔슈어를 채워 넣었다. "녀석이 자기를 그렇게 부르나?" 그는 더 이상 아무 말도 하지 않고 음료를 마셨다.

아폴로는 칼로 양배추를 4등분하고, 양배추 심을 쐐기 모양으로 잘라냈다. 요르겐은 작은 냄비를 다른 버너 위에 올리고, 틱, 틱, 틱 소리를 내며 불을 붙였다. 파란 불꽃이 나타났다. 다시 아폴로를 돌아보았을 때는 만족스러운 듯 보였다.

"이제 양배추를 아주 곱게 썰어." 노인은 손을 내밀었고, 아폴로는 양배추 심 조각을 그에게 건네주었다. 노인은 쓰레기통에 버리는 대신 싱크대 아래에서 작은 양동이를 꺼내 양배추 심을 그 안에 떨어뜨렸다. 그는 아폴로의 시선을 눈치챘다. "자네도 퇴비 만들지?"

아폴로는 칼로 양배추를 곱게 채를 썰었다. 브라이언이 태어났을 때, 당연히 에마는 요리를 할 수 없었고, 만들 수 있는 메뉴는 몇 가지 안 되었지만 식사 준비는 아폴로의 몫이 되었다. 이제 그는 다시 준비하고 책임지는 자세를 갖춘 예전 모습으로 돌아간 것을 느꼈다. 그는 지금 에마를 위한 음식을 만들고 있는 것이다.

일에 몰두하느라 요르겐이 나지막하게 혼잣말을 시작했다는 것을 한참 후에야 깨달았다. 그는 세 번째 냄비를 찬장에서 꺼냈다. 그러고는 부엌 테이블로 와서 아폴로가 채 썬 양배추를 냄비에 쏟아 넣고 다시 카운터로 돌아왔다. 밀가루 봉지를 꺼내 늘 해왔던 것처럼 적당한 양을 가늠하면서 냄비에 밀가루를 약간 넣었다. 그는 머그 안의 음료를 한 모금 더 마시고 잔을 비웠다.

그는 소금과 캐러웨이 씨를 양배추 위에 뿌리며 『저 바깥에』의 구절을 중얼거렸다.

아폴로도 그를 따라 읊었다. 단어 하나하나를.

이 소리에 요르겐은 낭독을 멈췄다. "왜 따라해?" 그가 쏘아붙였다.

"함께 낭송하는 줄 알았는데요."

"그게 뭔지 알고 있어? 그게 뭔데? 노래인가?"

"책이에요. 동화책."

그는 코웃음을 쳤다. "그렇겠지."

"내가 아기였을 때 아버지가 그 책을 나에게 읽어주셨어요."

"정확히 그 책 맞아? 아버지가 왜 그랬는지 궁금해한 적이 있나?"

아폴로는 칼날 끝으로 테이블 위를 톡톡 두드렸다. "네. 하지만 모르겠습니다."

요르겐은 오븐에서 등을 돌렸다. 그는 머그잔에 든 음료 나머지를 전부 마시고, 컵의 가장자리를 이마에 대고 부딪쳤다. "그 여자가 여기에 있는 소리가 들려. 낮이나 밤이나. 심지어 바로 지금도. 우리가 이렇게 말하고 있는 동안에도. 자네 마누라 말이야. 그 여자가 그 책에 있는 말들을 계속 읊고 또 읊지. 그리고 나는 아무리 노력해도 거기에서 빠져나올 수가 없어. 그것 때문에 잠도 못 자. 그 여자가 날 고문하고 있어." 그는 머그잔을 얼굴에서 멀리 치우고 컵 안을 들여다보았다. "그 여자가 어떻게 그렇게 하는지 모르겠어. 자넨 아나?"

"에마는 마녀예요." 아폴로가 말했다. 거의 자랑스럽다는 투로 말할 뻔했다. 그는 채썰기를 마쳤다.

요르겐은 테이블을 건너 도마로 손을 뻗었지만, 아폴로는 칼을 계속 잡고 있었다. "당신은 에마를 두려워하는군요."

"그래. 두려워."

그는 손에 든 도마를 바라보며 약간 놀랐다. 그러고는 할 일이 더 있는 것처럼 도마를 다시 아폴로 앞에 놓았다. 그는 타이머를 돌아보았다. 세 시간 후면 양 머리가 완성된다.

"그 여자 목소리가 들려." 요르겐이 말했다. "그리고 밤에, 내 침실에서, 저 밖에 그 여자가 보여. 숲을 걸어다니고 있지. 그 여자의 푸른빛이 보여. 마녀라고. 그래. 결혼할 때 당신이 누구랑 결혼하는 건지는 알고 있었나?"

요르겐은 대답할 시간을 주지 않았다. 그는 한 손으로 셔츠 칼라 위쪽 단추를 두 개 풀고 옷을 뒤로 잡아당겼다. 목 아래쪽에 거의 낫지 않은 선명한 붉은색 상처가 수평 방향으로 길게 그어져 있었다.

"두 달 전에 이랬어. 정맥은 잘랐는데, 동맥은 못 잘랐어. 피는 많이 흘렸지만 그냥 목만 굉장히 쓰라리고 끝났지. 고형 음식은 먹을 수가 없어서 의사들이 엔슈어를 처방해줬어. 잘 씻겨 내려가라고 내가 술을 첨가했지. 이건 가족 처방이야. 브레니빈*. 중환자실에도 갔었는데, 나흘 만에 집으로 돌아왔어. 자메이카 병원에 있을 때에도 잠은 잘 수가 없었어. 진정제를 먹어도. 그 여자 목소리가 항상 들려. 거기서도. 그

---

* 아이슬란드의 증류주.

여자가 날 절대 용서하지 않으리라는 걸 알아."

　요르겐은 아폴로 맞은편 자리에 앉았다.

　"당신이 우리 아들을 훔쳐갔어요." 목소리가 너무 작아서, 그 자신도 거의 알아들을 수 없었다.

　"아니." 요르겐이 말했다. "난 아냐. 난 너무 늙었어." 그는 천장을 바라보았다. "하지만 더 젊었을 땐, 그래. 난 내 할 일을 했지."

　"할 일." 아폴로가 되뇌었다. 그 말에 그의 혀가 그슬렸다.

　요르겐은 두 손을 테이블 위에 평평하게 펼쳤다. 식사 준비를 할 땐 그토록 권위적이던 그가, 이제는 이렇게, 리놀륨 바닥과 싸구려 합판으로 만든 선반이 달린 부엌 안 테이블을 가운데 두고 마주 앉아서, 자신의 나이와 취기와 괴로운 감정에 잠겨 무기력하게 앉아 있었다. 그는 아폴로의 눈앞에서 무너지기로 결심한 것 같았다.

　"자네가 거실을 봤으면 하는데. 이젠 피하려고 해봤자 의미가 없어." 그는 오븐 위의 냄비를 보고 희미하게 고개를 끄덕였다. "공물이 없으면 그 여자는 나타나지 않을 테니 서두를 이유도 없고."

　그는 손으로 테이블을 짚고 몸을 일으켜 세웠다.

　아폴로는 자리에서 일어나 끓는 냄비 안을 힐긋 들여다보았다. 양 머리가 그를 똑바로 바라보며 씩 웃고 있었다. 그는 요르겐을 따라 부엌을 나섰다. 손에는 식칼을 들고 있었다.

87

요르겐은 아폴로를 부엌에서 데리고 나와 복도를 걸었
다. 은신처로 통하는 문을 열고 안으로 들어가서, 아폴로에게 들어오라
고 손짓했다. 요르겐의 은신처는 직사각형 모양이었는데, 부엌과 식당
을 합친 것만큼 길었다. 이곳 바닥에도 파란색 털이 북슬북슬한 그 흉
측한 카펫이 깔려 있고, 벽은 아주 옅은 노란색으로 칠해져 있었다. 메
스꺼운 색 조합이었다. 게다가 덥기는 또 얼마나 더웠는지. 식당은 서
늘했고 부엌은 오븐 때문에 훈훈한 정도였지만, 이 방은 말 그대로 절
절 끓고 있었다. 아폴로는 재킷과 니트 모자를 벗어야 했다. 그는 냄비
에 들어간 양의 두개골 같은 기분이 들었다.

바닥에는 난방기가 세 대 있었다. 난방기들은 한쪽 벽에 나란히 줄지
어 있었고 세 대 모두 최고 온도로 맞춰져 있었다. 패트리스와 데이나
가 지하 아파트에서 쓰는 것과 같은 종류였고, 아폴로가 어릴 적 썼을
법한 것이었다. 외관은 거대한 토스트오븐처럼 생겼다. 난방기 앞면에
는 격자 형태의 창살이 있고 그 뒤로 밝은 오렌지색의 석탄이 타고 있
었다. 그런 제품들은 몇 시간 동안 그대로 두면 달가닥거리면서 지속
적인 잡음을 낸다. 은신처 안의 실내 난방기 세 대가 지금 정확히 그런
상태였다. 달그락거리면서 징징거리는 상태. 요르겐은 그것들을 굉장
히 오랫동안 틀어놓았던 모양이다.

높은 검은색 일본 병풍 두 개가 방 한가운데에 놓여 있어 방을 반으로—세로로—나누고 있었다. 병풍은 검은색 래커를 칠한 조잡한 것으로, 음침한 동네에서만 파는 것 같은 그런 종류였다. 병풍은 전부 여덟 쪽이고 벚꽃 무늬가 쭉 이어져 있었다. 병풍은 둘 다 완전히 펼쳐져 있어 방 저쪽에 뭐가 숨어 있는지 볼 수가 없었다. 방 이쪽에는, 바닥에 놓인 실내 난방기 세 대와 요르겐이 있고, 난방기 위로 액자에 담긴 사진이 몇 장 벽에 걸려 있었다. 입구에 서 있는 아폴로에게는 무슨 사진인지 잘 보이지 않았다.

요르겐은 액자에 든 사진에 더 가까이 다가갔지만, 아폴로는 그 자리에 그대로 서 있었다. 갑자기 차가운 공기가 훅 끼치는 것을 느끼고 오른쪽으로 고개를 돌렸다. 긴 복도 끝에 현관문이 보였다. 여전히 활짝 열린 채였다. 겨울바람이 자유롭게 안으로 흘러들고 있었다. 아폴로는 가서 닫고 싶은 충동을 느꼈지만, 그때 요르겐이 이야기를 시작했다.

"퀸스에 영향을 준 첫 번째 이민자는 2만 년 전의 로렌타이드 빙상氷床이었어. 북반구는 빙하시대였고, 래브라도의—지금은 캐나다라고 부르지만— 빙하는 그때는 존재하지도 않은 국경을 넘어 넓게 펼쳐져 있었지."

요르겐은 아폴로에게 손짓했지만, 아폴로는 여전히 붙박인 듯 그 자리에 그대로 서 있었다. 그는 다시 방 안을, 그 일본식 병풍을 훑어보면서, 혹시 누군가, 무언가가 그 뒤쪽에 숨어 있지 않을까 생각했다. 한편 이 노인은 빙하 얘기를 계속하고 싶어 했다.

"빙상은 위스콘신에 도착했고, 그다음 미시건까지 왔어." 요르겐은 이야기를 계속했다. "일리노이주 중앙 인디애나까지 왔지. 아무것도 막을 수 없었지. 빙상은 바위를 옮기고 땅을 갈랐어. 뉴욕에 도착했을 때는 두께가 거의 3킬로미터였어. 엠파이어스테이트 빌딩 높이만 한 거지. 그것은 마침내 멈춰 서서 여기에 자리를 잡았지. 우리가 뉴욕시라고 부르게 된 이곳에, 이후 2천 5백 년 동안 있었어. 그러다 이 세상은 다시 따뜻해졌고, 빙상은 녹아서 사라졌지.

하지만 그 빙상은 뭔가 기적적인 일을 해냈어. 돌과 흙을 움직여서 땅과 바다 사이에 거대한 경계를 만든 거야. 그것은 대서양을 뒤로 밀어냈지. 만일 그 빙상이 아니었다면, 퀸스 전체와 브루클린은 지금도 바닷물 속에 가라앉아 있었을 거야. 우리는 지금 수중 세계에 있었겠지. 지금 이건 다 캐나다 태생의 빙상 덕분이라네."

요르겐은 아폴로를 향해 웃으며 다시 한번 그에게 손짓했다. 그는 벽에 걸린 사진들을 가리켰다.

마침내 아폴로가 다가왔다. 그러나 그는 바보가 아니었으므로, 일본 병풍 뒤를 엿보았다. 그곳엔 아무도 없었다. 바닥에는 똑같은 북슬북슬한 파란색 카펫만 깔려 있었다. 그쪽에는 난방기도 없었다. 긴 벽에는 더 많은 액자 속 사진이 걸려 있었다. 백여 장, 어쩌면 그보다 더 많이. 아폴로에게는 가족 앨범을 연상시켰다. 책 형태의 앨범에 모으는 것이 아니라, 사진을 전부 벽에 걸어 펼쳐놓은 것이다. 그 사진들이 전부 인물 사진이라는 것은 알 수 있었지만, 초점을 맞춰 제대로 보기 전에, 요르겐이 그에게 다가왔다.

"제발, 아폴로." 요르겐은 그의 팔을 건드렸다.

아폴로는 돌아섰다. 이 노인이 어떻게 이렇게 빨리 가까이 다가올 수 있었지? 그 빌어먹을 북슬북슬한 카펫, 그것이 발소리를 먹어버린 모양이다.

아폴로는 일본 병풍을 돌아 이쪽으로 돌아왔다. 그것만으로도 이 은신처의 특이한 점이 눈에 띄었다. 그 방엔 창문이 하나도 없었다. 독채로 지어진 주택에서 어떻게 이런 게 가능할 수 있을까? 식당에는 거리쪽으로 난 창문이 있었다. 부엌은 작은 뒷마당으로 창이 나 있었다. 그러나 이 은신처는 오로지 집의 안쪽만을 향하고 있었다.

요르겐은 아폴로를 이쪽 벽에 걸린 사진들 앞으로 데려왔다. 세 대의 실내 난방기 바로 위에 걸린 사진들이었다. 난방기는 아폴로의 다리를 향해 열을 내뿜었다.

"첫 번째 이민자에 대해서는 말해줬지. 이제 좀 더 최근 이민자들에 대해 말하겠네." 그는 가장 큰 사진을 손으로 두드렸다. 바다에 떠 있는 배를 찍은 사진이었다.

"1825년 7월 5일, 노르웨이 사람들 52명이 '레스터레이션'이라는 이름의 범선을 타고 스타방에르라는 도시에서 출항했지. 승선한 사람들 중 대다수가 미국의 종교의 자유를 원하는 퀘이커 교도들이었네. 레스터레이션호 승객들은 바이킹 시대 이래로 미 대륙 해안에 온 최초의 노르웨이 이민자들이었어. 노르웨이 판 메이플라워호라고 할까.

그들의 배, 이 범선은 대서양을 건너기엔 아주 작은 배였어. 길이가 겨우 16.5미터에 폭이 5미터밖에 안 되었으니까. 바다를 가로지르는 데는 14주가 걸렸네. 그들은 1825년 10월 9일 뉴욕항에 도착했어. 승객 중 한 명도 죽지 않았고. 신문 보도에 따르면 출생도 한 건 있었다고 하네. 여자아이였는데, 배 위에서 태어난 거야. 병원이나 진통제나 그런 것도 없이 말이지. 옛날 식으로."

난방기는 이제 징징 소리를 내고 있었다. 세 대가 한꺼번에. 그래서 마치 어떤 거대한 금속 곤충이 창문 없는 은신처 안에 차륙한 깃 같았다. 아폴로는 목과 뺨에 땀이 방울져 흐르는 것을 느낄 수 있었다.

"그들의 항해는 뉴스거리가 되었어. 범선을 타고 왔기 때문에, 신문들은 그 노르웨이인들을 '슬루퍼'라고 불렀지. 대중들을 가장 매혹시킨 의문은 그거였어. 도대체 이 사람들은 어떻게 이렇게 작은 배를 타고 대서양을 건넜을까. 도무지 있을 수 없는 일 같았거든. 불가능한 일이라고. 심지어 배에 타고 있던 사람들 대부분은 그린 사실을 알지도 못했는데 말이야.

그들의 지도자인 라르스 라르센은 종교의 자유에 대한 열망만 말했어. 그는 유일 선*으로서의 미국과 미국의 자유에 대해 말했지. 옳은 얘기만 했어. 슬루퍼들은 입국이 허용되었지. 그들은 미국인이 되었어. 그리고 그들에 관한 가장 중요한 의문은 곧 잊었네. 그들은 어떻게 이 불가능한 여행을 해냈는가? 그들은 어떻게 대서양을 건넜는가? 난 그 답을 자네에게 말해줄 수 있어. 그들은 도움을 받았던 거야."

순간적으로, 아폴로는 노스브러더섬으로 돌아온 줄 알았다. 칼이 거기에 그와 함께 서서, 통통거리며 강물로 나가는 트롤선을 바라보는 것 같았다.

"거인은 수영을 할 수 있죠." 아폴로가 중얼거렸다.

"그럼, 할 수 있지." 요르겐은 놀란 표정으로 아폴로를 바라보았다.

요르겐은 다른 스케치를 가리켰다. 이번에는 사람들이었다. 53명보다 훨씬 적은 수. 세 명뿐이었다. 여자 둘과 남자 하나.

"슬루퍼들은 이곳에도 정착했네. 하지만 오래가진 않았어. 대부분은 라르스 라르센과 그의 가족을 따라갔지. 그들은 북쪽으로, 올리언즈 카운티로 옮겨 갔네. 그곳은 레이브 에릭슨이 1000년경 이곳 해안에 도착한 이래 미국 내 최초의 노르웨이 식민지가 되었어."

"레이프 에릭손요?" 아폴로가 바로잡았다. 초등학교 때 배운 것 중 기억에 남은 내용이었다.

"그럴걸." 요르겐이 말했다.

요르겐은 스케치를 돌아보았다. "이 셋은 따라가지 않았어." 그가 말했다. "여기 퀸스에 남았지. 그때는 퀸스 지역 대부분이 농경지였어. 리틀 노르웨이, 이 근방 지역은 그렇게 불리게 되었지. 이 세 사람이 시작한 거야. 이 스케치는 이 사람들이 미국에 도착하고 약 8개월 후에 그린 것이라네."

요르겐은 액자의 유리를 두드렸다. 수염 없는 남자의 얼굴은 여위었다. 잉크 그림은 썩 잘 그린 스케치는 아니었으나, 커다란 눈의 눈빛은 여전히 생생했다. 마치 그 남자가 시간을 초월해, 심지어 지금 이 순간에도, 아폴로와 요르겐을 지켜보고 있는 것 같았다.

"내 조상이야. 닐스. 내 오대조 할아버지."

그는 두 여자 중 첫 번째 여자를 톡톡 두드렸다. 마찬가지로 여위었고, 닐스보다 키가 컸다. 그녀의 손은 앞으로 차분하게 포개어 있었다. 머리카락은 스카프 아래 감춰져 있었다.

"이분은 내 오대조 할머니, 페트라."

마지막으로 그는 세 번째 여자를 두드렸다. 체구가 작고, 드레스 위로 숄을 두르고 있었다. 입을 너무 희미하게 그려서 입이 없는 것처럼 보였다. 눈은 작아서 간신히 보일 정도였다. 어깨는 부드럽게 처져 있었다. 금방이라도 유령으로 변해서 사라지려 하는 것 같았다.

"그리고 이쪽은 안나 소피. 닐스의 첫 번째 아내."

"그가 두 사람 모두와 결혼했나요?"

"글쎄." 요르겐은 미소를 지었다. "동시에 한 건 아니고."

"이 세 사람이 모두 범선을 탔습니까?" 아폴로가 물었다.

"아, 그래." 요르겐이 말했다. "닐스와 안나 소피가 레스터레이션호에 올랐을 때는 결혼한 지 4년이 되었을 때였어. 두 사람은 퀘이커 교도는 아니었지만, 새로운 땅에서 그들의 운을 시험해보기로 했던 거지. 닐스가 노르웨이에서 달아난 것일 수도 있지만, 확실친 않아. 선원이 되겠다고 동의한 남자 승객들에게는 선장이 일자리를 줬지. 닐스는 안나 소피의 여행을 조건으로 선원이 되기로 했어. 그녀는 임신 중이었고. 배에서 출산했다는 여자가 바로 안나 소피였어."

"여자아이라고 하셨죠. 그 아이 이름은 뭐였나요?"

요르겐의 손이 액자에서 내려갔다. "애그니스 크누스다터."

"애그니스?" 아폴로는 속삭였다. 그는 곧 평정을 회복했다. "그 아이가 배에서 태어났다면, 어째서 이 사진에는 안 나온 건가요?"

요르겐은 입술을 오므렸다. "그 무렵엔 애그니스는 죽었어. 안나 소피는 딸의 죽음에서 결코 회복되지 못했지. 할아버지는 결국 페트라와 재혼했고."

아폴로는 안나 소피의 빛바랜 얼굴을 다시 한번 바라보았다. 그녀는 비통함 때문에 희미해진 것일까. "안나 소피는 어떻게 됐나요? 이혼하고 나서도 여기서 계속 살았습니까?" 방은 견딜 수 없을 만큼 더웠다. 아폴로는 난방기 앞에서 땀을 흘렸다.

"그녀는 숲으로 들어갔어."

"숲? 뭣 때문에요?"

"딸을 찾고 싶어서. 그녀는 애그니스가 저 바깥 어딘가에 있는 걸 알았지."

"그럼 닐스는요?" 아폴로는 그림에서 시선을 돌려, 요르겐을 마주보며 물었다. "닐스가 찾는 걸 도와줬나요? 시도는 해봤나요?"

요르겐은 두 손을 들어 올렸다. "아니, 물론 아니지."

"하지만 아빠잖아요."

"애초에 애그니스를 숲에 가져다놓은 게 닐스였으니까." 요르겐이 말했다. "아이를 저 바깥에, 동굴 안에 남겨둔 게 그 사람이야."

88

요르겐은 뭔가를 더 얘기하며 일본 병풍을 향해 몸짓했지만, 아폴로는 더 이상 그의 말을 들을 수 없었다. 귀가 막혀버렸다. 요르겐의 말들은 아폴로의 두개골을 울리는 진동일 뿐이었다. 그 대신 아폴로는 왼손에 들린 식칼을 바라보고 있었다. 아무렇지도 않은 말투였다. **아이를 저 바깥에, 동굴 안에 남겨둔 게 그 사람이야.** 칼이 올라오기 시작했다. 헬륨 풍선처럼 천천히.

요르겐은 아폴로의 손 위에 손을 얹고 있었다. 칼을 잡고 있는 손 위에. 요르겐은 그의 손을 지그시 눌렀다. 손은 이제 아폴로의 옆구리에 놓이게 되었다.

"혹시 미국 최초의 식민지 주민들에 대한 이야기마다 빠지지 않고 나오는 얘기가 있다는 거 눈치챘나? 그들이 숲속에 악마가 살고 있고 믿었다는 얘기."

요르겐은 재빨리 칼을 힐금 훔쳐보았다. 칼이 다시 올라오지 않자, 그는 아폴로의 손을 놓았다.

"청교도들에 대해 말하고 있는 거야. 그들은 북아메리카로 왔고, 그들 말로는 이 야만의 땅에서 괴물들이 그들을 잡아먹으려고 기다리고 있었다는 거야. 자기들 말이 사실이라고 맹세까지 했네. 하지만 아마도 그 반대였을 거야. 아마도 그 청교도들이 괴물을 같이 데려왔을 거야.

화물 옆에 나란히 싣고 와서 여기에 풀어준 거지. 그게 우리 선조들이 한 짓이야. 내 오대조 할아버지가. 그는 괴물을 데려왔어. 괴물도 할아버지처럼 미국에 이민을 왔지."

"배에 탄 다른 사람들도 알았습니까? 다른 슬루퍼들도요?"

요르겐은 배를 두드렸다. "아니. 그렇게는 생각하지 않아. 그들은 선원들과 신을 믿었어. 하지만 닐스는 그보다 더 오래된 것을 믿었네. 슬루퍼들은 안전하게 미국으로 건너올 수 있게 해준 데 대해 모두 닐스에게 감사해야 해. 아무도 고마워한 사람은 없었지만. 사람들은 모르고 사는 쪽을 선택하기도 해. 안 그런가? 눈가리개를 하면 인생은 더 쉬워지는 법이야. 그렇지만 나처럼 늙으면 그런 것들을 궁금해할 시간이 생기게 되거든. 아무리 진실을 무시하기로 선택한다고 해도, 진실은 여전히 사람을 바꿔놓지."

요르겐은 다시 일본 병풍을 가리키고는 병풍 뒤로 돌아가 반대편으로 사라졌다. 아폴로는 칼을 보고, 그런 다음 세 사람의 그림을 보았다. 닐스, 페트라, 안나 소피. 난방기에서 딱딱거리는 소음이 났다. 열기는 이제는 너무 강력해서 그를 쫓아내려는 것처럼 느껴졌다.

그러다가, 병풍 반대쪽에서 요르겐이 아폴로에게 손짓했다. 공항 대합실에서나 볼 법한, 오랜만에 친척을 만날 때처럼 크고 바보 같은 손짓이었다. 아폴로는 일본 병풍을 돌아 요르겐에게 갔다.

늙은 바이킹은 긴 벽 앞에 서 있었다. 벽에는 백 장이 넘는 사진이 액자에 담겨 걸려 있었다. 은신처 이쪽은 확실히 더 시원하게 느껴졌다. 바닥에 난방기는 없었다. 아폴로가 다가오자 요르겐은 액자를 두드렸다. 액자 속 그림은 윤곽 이상은 아니었다. 아이였다. 눈은 감겨 있고 입은 꼭 다물려 있었다. 휘파람을 부는 것처럼. 머리카락은 귀 위에서 갈라 양 어깨로 드리웠다.

"애그니스야." 요르겐이 말했다. "할아버지가 나중에 비슷하게 그렸어. 기억에 의지해서."

요르겐은 스케치에서 손을 떼고, 액자 가장자리의 먼지를 털었다.

아기가 아버지 손에 의해 숲에―동굴 안에―버려졌다? 생각만으로도 괴로웠다. 아폴로는 스케치에서 벽 쪽으로, 창문 없는 은신처의 미스터리로 시선을 돌렸다. 지금 보니 벽에는 원래 창문이 있었지만 벽을 고친 것임을 알 수 있었다. 그냥 덮어놓은 것이 아니다. 창문을 제거해버린 것이었다. 벽을 새로 고쳤지만 작업의 흔적은 아직도 보였다. 창틀이 있던 곳이 다른 부분보다 약간 들떠 보였고, 그래서 약간의 단차가 보이는 효과가 생겼다. 피아노의 검은 건반과 흰 건반처럼. 이 때문에 액자에 걸린 사진들이 어떤 것은 앞으로 도드라지고 어떤 것은 뒤로 물러나 마치 물결을 이루는 것처럼 보였다. 이제 아폴로는 조금 편안한 마음으로 그림 속 대상들을 찬찬히 훑어보았다. 아이들. 모두 아이들의 초상화였다. 작은 얼굴들의 바다.

"닐스는 왜 괴물을 데려왔습니까?"

"그는 노르웨이를 떠나야 했고, 아내를 데려와야 했어. 닐스는 아내를 사랑했지. 아무튼 난 그렇게 생각하네. 그는 아내 없이 새로운 인생을 시작하고 싶지 않았던 거야. 하지만 그 순진한 퀘이커 교도들이 타고 가기로 한 배를 보자마자 의구심이 들었던 거지. 범선이 너무 작았으니 말이야. 그는 가족들을 생각해서 보험을 든 거야. 하지만 거기엔 비용이 따랐지. 슬루퍼들은 뉴욕까지 왔고 서둘러 북부로 넘어갔네. 그러나 닐스와 안나 소피와 페트라 미켈스다터는 이곳 퀸스에 남았어. 그땐 공원은 없었고 그냥 농경지였네. 수천 에이커의 숲과 목초지. 우리 고향에서 이런 것들은 대자연의 피조물이라네. 숲과 산은 그놈들이 거처로 삼는 곳이고. 퀸스는 그것이 정착하기에 완벽한 장소였어. 1898년에 나라에서 공원 부지를 사서 지금 자네가 보는 식으로 설계하기 시작했지. 골프장, 하이킹 길, 그런 식으로 계속. 그러나 여기엔 언덕이 많고, 고립된 곳도 여전히 많아. 동굴도 많고. 그 큰 덩치로도 숨을 만한 장소도 많지. **요툰. 트롤데.** 노르웨이에서는 그것을 그렇게 부른다네."

아폴로의 시선이 요르겐과 마주쳤다.

"닐스는 그것을 돌보는 사람이었던 거야. 그게 그가 노르웨이에서 맺었던 거래였지. 그것의 요구를 확실히 들어주는 것. 그것이 요구하는 건 단 하나뿐이었어. 아이. 그게 협상 조건이었네. 그래서 어느 날 밤, 더 이상은 미룰 수 없게 되었을 때, 닐스 크누트센은 딸 애그니스를 데리고 숲으로 들어가 그 괴물이 사는 동굴로 가져다준 거야."

89

　　사진은 벽 왼쪽에서 오른쪽으로 연대표처럼 이어져 있었다. 왼쪽 위 끝에서 시작된 사진은 그 긴 벽의 오른쪽 끝까지 죽 이어졌고, 벽의 끝에서는 한 줄 아래로 내려가 다시 시작되었다. 스케치와 목탄화, 그리고 스케치에 비해 충격적일 만큼 또렷하게 보이는 은판 사진이 나타났고, 그다음 흑백사진에서 초창기 거친 컬러 사진으로 넘어갔다. 이 모든 게 다 아기 사진이었다. 전부 다 채 한 살이 안 되었을 아기들. 이렇게 모아놓은 사진들이 주는 으스스한 공포에 얼굴에서 살갗이 벗겨져 나가는 것 같은 기분이 들었다.

　　"이 아기들 전부." 아폴로가 마침내 말했다. "이 아기들을 모두 먹이로 주었나요?"

　　"아니." 요르겐은 단호하게 말했다. "그건 정확한 표현이 아니야. 그것은 아기들을 잘 키우고 싶어 해. 알겠어? 좋은……."

　　"아빠가 되려고." 아폴로가 말했다. 그러나 그 말이 입안에서 썩어버린 것처럼 들렸다.

　　요르겐은 팔을 들어 올리고 희미하게 어깨를 으쓱했다. "노력하지만, 실패하지. 실패하면 먹는 거야. 그럼 우리는 처음부터 다시 해야 하고. 그게 우리의 약속이었어."

　　"우리." 아폴로가 되뇌었다.

"크누트센 가문의 남자들."

"그것의 아기는 어쩌고요? 그것이 자기 아기를 키울 수는 없었습니까?"

"그것의 아기?" 요르겐은 침을 뱉을 것처럼 목청을 가다듬었다. "그건 너무 흉측해서 사랑하기엔 좀 그래."

아폴로는 요르겐이 설명하는 장면에, 이 공포의 역사에 마비가 되어 뒤로 넘어질 뻔했다. 이게 과연 다 무엇인가? 일종의 교육이다. 요르겐 크누트센은 아폴로를 학교로 데려온 것이다.

"닐스는 아이 엄마에게 아이를 넘기라고 부탁하는 게 꽤 어렵다는 것을 알게 되었지. 자네도 잘 알겠지만. 안나 소피는 완전히 정신이 나가버렸어. 그녀는 딸을 찾으러 숲으로 들어갔고 다시는 나타나지 않았네."

"그렇다면 아마도 애그니스를 찾았겠군요." 아폴로가 말했다. "애그니스를 찾아내서 죽어라 도망친 거죠. 더 이상 남편은 믿을 수 없었으니까요."

요르겐은 아폴로에게 희미하게 미소를 지었다. "그렇게 생각하면 마음이 좀 편한가?"

아폴로는 그 말에 낙담했다.

"닐스는 곧바로 페트라와 결혼했고 아이를 일곱 명 더 낳았어. 그러나 그 아이들은 숲으로 데려가지 않았네. 그는 교훈을 얻은 거야. 또다시 그런 희생을 치르기가 괴로웠을 거야. 난 그렇게 생각하고 싶어. 닐스는 악마가 아니야. 자네가 어떻게 생각하든 간에. 그의 아이 일곱은 그가 선한 사람임을 대변해주고 있는 거라네."

아폴로는 식칼을 왼손에서 오른손으로 바꿔 쥐면서 요르겐을 향해 움직였다. 그의 손은 다시 그 칼을 사용하기를 원하고 있었다. 그러나 아폴로는 멈춰 서서 희생자들의 사진을 한 번 더 바라보았다. 검은색, 갈색, 노란색, 흰색, 붉은색 피부의 아기들—유엔 총회 의원들만큼이나 다양한 인종이었다.

"만일 그가 자기 아이들을 희생시키지 않았다면." 아폴로가 말했다. "누구의 아이를 이용했던 건가요?"

"퀸스에는 이민자들이 많지." 요르겐이 말했다. "이민자들은 아이가 많고. 그때는 지금과는 다른 시절이야. 오늘날의 기준으로 닐스를 판단할 수는 없네. 닐스 같은 남자들, 거친 선택을 하고 그 선택을 끝까지 밀어붙이는 기질의 남자들, 그런 남자들이 이 나라를 번창하게 만든 거야."

"정말로 그렇게 믿어요?"

"누구도 자신의 역사를 알고 싶어 하지 않아." 요르겐은 단호하게 말했다. "역사 전부 다는. 우리는 부모들이 우릴 보살펴주기를 원하지만 그러기 위해서 부모가 뭘 희생해야 했는지는 알려 하지 않지. 그런 선량함이 없이 세워진 나라는 단 하나도 없어."

일본 병풍 건너편에서 난방기 세 대가 끽끽대며 덜거덕거렸다. 그 소리가 금속성의 웃음소리처럼 들렸다.

"아이들을 어떻게 찾나요? 어떻게 고르는 겁니까?"

요르겐은 손으로 코를 훑고는 턱을 어루만졌다.

"내가 그 일을 담당했을 때는 몇 시간이고, 며칠이고 돌아다니는 식이었지. 1980년대에는 흰색 밴을 타고 어디든 돌아다녔어. 사실 좀 힘에 부치긴 했지. 그렇지만 결국엔 후보자를 찾아내지. 보호받지 않는 남자아이나 여자아이. 아무도 지켜보지 않는 아기. 버림받은 아이들. 그런 애들을 주시하는 거야. 나는 그런 애들을 알아보는 법을 곧장 터득했지.”

요르겐은 아폴로가 동정심을 표하기라도 한 것처럼 그를 향해 고개를 저었다.

“그러나 이제는 굳이 집에서 나가지 않아도 돼.”요르겐이 말했다. “이 시대에 필요한 것은 인터넷뿐이야.”

“지금 도대체 무슨 얘기를 하는 겁니까?”

“전설 속 흡혈귀는 초대 받지 않은 집에는 못 들어가. 집주인의 동의가 없으면 괴물은 문지방을 절대 넘지 못하는 거야. 흠, 자네는 컴퓨터가 뭐라고 생각하나? 휴대전화는? 자네는 그런 기기들 안에서 살고 있어. 그러니 그런 기기들이 자네 집인 거야. 하지만 적어도 집은, 땅 위에 세운 건축물은, 닫아 걸 문이 있고 빗장을 걸 창문이 있지. 그런데 기술엔 그런 문이 없어.”

요르겐은 놀랍도록 차분하게 말했다. “사람들은 이제 모든 걸 공유하지. 아이들을 데리고 나간 놀이터를 공유하고 몇 시에 나갔는지도 공유해. 베이비시터를 언제 고용했는지도 공유하지. 아이들이 다니는 학교 사진을 공유해. 자기 아이들이 아주 자랑스럽거든. 그들도 어쩔 수 없어. 그들은 모든 걸 공유하고 싶어 해. 하지만 그걸 누구와 공유하는 걸까? 그들은 자기가 집 안으로 뭘 초대해 들였는지 알고 있을까? 아마 모를 거야.”

그는 손가락을 펴서 아폴로 앞에서 흔들어 보였다.

"그리고 자네도. 난 자네를 알아. 이런 특별한 초보 아빠들 중 하나지. 자네는 모든 순간을, 자네 아이의 삶의 모든 숨결을 기록하려고 해. 아이가 잠들면 동영상을 찍고 아이가 깨기 전에 그걸 컴퓨터에 올리지. 그러면서 자네는 사랑을 하고 있다고 생각하는 거야. 날 키워준 사람보다, 아니면 내 옆에 아예 있어주지도 않았던 사람보다도 더 나은 아빠가 될 거라고! 하지만 그 대신 내가 본 걸 얘기해주겠네. 그런 행위는 궁핍해. 박수를 애걸하는 모습. 수천 명의 이방인이 보내는 찬사가 어린 시절 자네가 받지 못한 애정을 보상해줄 것처럼. 오오, 가엾어라. 자네는 사람들이 자네에게 열심히 관심을 가져주기를 애걸하고 있었던 거야. 아마 자네 아이는 아빠가 자기를 보호해주길 바랐을 걸세. 자네는 늑대가 쫓아올 수 있는 빵 부스러기를 흔적으로 남겼고, 그러고는 문 밖에 늑대가 나타나자 충격을 받았지. 완벽한 아빠가 되려고 그토록 신경을 썼으면서 자기 아이가 납치된 걸 알아채지도 못했어! 어느 날 밤 자네 아이는 트롤의 아이와 바꿔치기되었고, 바뀐 아기가 보여준 아름다움은 단지 자네 자신의 허영심이 투사된 것에 불과했는데 말이야."

요르겐은 손뼉을 쳤다.

"양 머리를 확인하러 가볼까?"

90

아폴로는 요르겐의 뒤를 따라 달렸다. 은신처에서 복도까지 짧은 질주였다. 노인은 부엌으로 갔고, 아폴로가 뒤따라 들어갔다.

"왜 안 된다고 말하지 않았죠?" 아폴로가 물었다. "닐스 자신의 딸이었잖아요. 왜 거절 안 했느냐고요!"

양 머리를 확인하기 전에, 요르겐은 마실 것을 더 따랐다. 브레니빈 병이 다 비었지만, 걱정할 것 없었다. 술은 더 있었다. 그는 찬장에서 새 술병과 엔슈어를 한 병 더 꺼냈다. 혼합물을 만들어 벌컥벌컥 마신후, 타이머를 확인했다. 거의 다 되었다.

"시도는 했었지." 요르겐이 싱크대에 등을 기대며 말했다. "제일 먼저한 게 거부였는데."

아폴로는 칼날을 요르겐에게 겨눴다. "그래서요?"

요르겐은 머그잔을 들어 올려 옆으로 흔들었다. "그 괴물은 모든 걸파괴했어. 슬루퍼들이 여기 잠깐 정착했다가 떠났다고 말했지? 흠, 그게 그 사람들이 짐을 싸서 올리언즈 카운티로 간 이유야."

"그렇다면 그들도 알았겠군요. 그것이 그들의 집을 파괴했다면."

"그 사람들이 뭐라고 했는지 아나?" 요르겐이 물었다. "모두 떠나기 전까지, 여기 리틀 노르웨이의 집과 자산을 다 잃을 때까지, 그 사람들이 뭐라고 말했는지 아나?" 그는 눈을 감고 머그잔을 높이 들어 올리며 씁쓸하게 웃었다. "그건 다 신의 뜻이었다는 거야."

요르겐은 천천히 음료를 마셨지만, 아폴로는 그의 눈이 아폴로의 어깨 위, 복도 저쪽, 열려 있는 현관문 쪽으로 춤을 추는 것을 포착했다. 아폴로는 공격 당할 것을 예상하며 휙 돌아섰다. 그러나 그곳에는 아무도 없었다. 그는 다시 요르겐을 향해 돌아섰다. 그는 음료를 다 마시고 머그를 두 손으로 꼭 쥐고 있었다. 노인은 한바탕 두들겨 맞은 것처럼 지쳐 있었다. 입술은 꾹 다물렸지만 너무 지쳐서 떨리고 있었다.

"이 얘기를 나에게 왜 해준 겁니까?" 아폴로가 마침내 물었다. "도대체 요점이 뭐예요? 고해성사를 한 겁니까?"

뚜껑이 냄비 위에서 춤을 추었다. 요르겐은 감자와 양배추 냄비의 불을 껐다. 양 머리가 담긴 냄비만 달그락거렸다.

"내가 왜 그랬을 거라 생각하나?" 요르겐이 물었다. 그는 냉장고 위 선반을 열어 은쟁반을 꺼냈다.

"죄책감을 느껴서겠죠." 아폴로가 말했다. "당신이 한 일 때문에. 당신 가문의 남자들이 한 일 때문에. 그리고 당연히 죄책감을 느껴야만 해요."

요르겐은 다시 선반에서 쟁반에 맞는 둥근 뚜껑을 꺼냈다.

"죄책감에 대해서라면 자네 말이 맞아. 그건 부인할 수 없어." 그는 뚜껑을 내려놓고 상처 입은 목을 두드렸다. 이전 자살 시도의 증거. "그렇지 않았으면 이런 짓은 하지 않았겠지. 하지만 내가 묻겠네. 그리고 자네가 할 답에 대해서 생각해봐. 자네라면 자기 아이를 위해 어떻게 했겠나?"

"뭐든 하죠. 아이를 위해 해줄 수 있는 일에는 끝이 없어요."

요르겐은 손가락을 휘둘렀다. "정확해. 정확해. 좋은 아빠라면 그렇게 말해야지. 좋은 아빠라면 그렇게 해야 하고말고. 자네와 마찬가지로 나도 그랬다네."

요르겐은 브레니빈 병을 다시 보았지만 손을 들어 올릴 수조차 없었다. 겉보기보다 더 취한 것인지도 몰랐다. 병으로 손을 뻗는 대신, 그는 그냥 병이 있는 방향으로 몸을 흔들었고, 결국엔 포기했다.

"내 아들은 크누트센 가문에 뭐가 남았는지를 생각해봤지. 나하고, 이 집, 그리고 어마어마한 빚더미. 그러나 아들에겐 아내와 두 딸이 있었지. 컴퓨터로 일하는 좋은 직업도 있고. 하지만 그걸로는 충분하지 않았어. 이 나라에도 한때는 자기 아이가 자기보다 더 잘살 거라고 확신할 수 있었던 그런 시절이 있었다네. 그때는 그게 미국 모든 백인 남자들의 생득권이었어. 하지만 더 이상은 아니야. 내 아들 같은 남자들은 어느 날 갑자기 '공정함'이나 '균형' 같은 것들에게 무시 당하게 된 거야. 도대체 여기 어디에 정의가 있단 말인가?"

아폴로는 요르겐 크누트센에게 한 발 다가갔다. "그자가 당신 아들이군요." 아폴로가 속삭였다.

"아들은 트롤이 짐이 아니라 축복이라고 믿었어. 전통을 저버리지 말고 옛날 방식으로 돌아가야 한다고 믿었지. 우리가 위대한 존재였던 그 시절로. 아들은 닐스가 페트라와 낳은 아이들 중 하나를 희생하기를 거부한 그 순간부터 일이 계속 꼬인 거라고 생각했어. 트롤이 우리를 이 해안까지 데려다주었으니 다시 우리를 구원해줄 수도 있을 거라고 말이야. 아들은 그렇게 믿었어. 괴물의 힘을 우리의 구원으로 삼아야 한다고. 그게 우리 권리고, 우리의 유산이야. 그래서 우리는 미국에 온 거라고! 그래서 우리는 그렇게 열심히 일했던 거야. 하지만 그러기 위해서는 온 마음을 다해 우리의 근본으로 돌아가야 했어. 그래서 아들은 스스로 그 약속의 영예를 지키는 책무를 짊어졌다네. 원래부터 그렇게 되어 있던 것처럼. 그 아이는 닐스가 정확히 190년 전에 했던 일을 그대로 했어. 나는 그 아이의 불굴의 용기를 경외하네."

"그자는 애그니스를 숲에 두고 나왔어요. 동굴 안에."

요르겐은 카운터를 내리쳤다. "하지만 그의 아내는 남편의 큰 뜻을 이해할 수 없었어. 그 여잔 아들의 용기를 인정하지 않았고 멸시했지. 그래서 아들을 떠났네. 그레이스도 데리고 말이야. 아들은 가족을 굉장히 사랑했어. 자기 아이를 희생할 만큼. 하지만 그레타가 그 아이를 버린 거야! 그게 그 아이를 무너뜨렸네. 내가 봤어. 내 아들은 미쳐버렸어. 그때 이후로 내가 아들을 돌봐오고 있었지."

요르겐은 싱크대에 기대서 있다가 바닥으로 미끄러졌다. 엉덩방아를 찧으며. 다시 일어서는 대신, 그는 바닥에 주저앉은 채로 축 늘어졌다.

"자넨 정말로 내가 자네 때문에 현관문을 열어뒀다고 생각했나?"요르겐이 물었다. 그의 시선은 아폴로가 아닌 칼에 향해 있었다. "내가 이 모든 옛날이야기를 자네에게 해준 게 단순히 나의 마음의 짐을 덜기 위한 것이었다고 믿었나?

내 아들은 현관문이 열려 있고 집 앞 불이 켜져 있으면 도망가야 한다고 알고 있네." 요르겐이 말했다. "자네가 고해성사로 들은 얘기들은 아들에게 달아날 시간을 주기 위한 나의 방책이었지." 그는 아폴로를 올려다보았다. "좋은 아빠라면 그래야 해. 난 내가 할 수 있는 걸 다 했어. 이제 그 칼은 내게 주게."

아폴로는 무릎을 꿇었다. "칼은 드릴게요."

아폴로는 칼을 요르겐의 목에 대고 푹 찔렀다. 본능적으로, 아폴로의 눈이 떨리며 감겼다. 그는 노인의 숨이 막히는 소리, 놀란 기침 소리를 들었다. 다시 눈을 떴을 때, 노인의 목에서 핏덩어리가 쏟아져 나오고 있었다. 아폴로는 맹렬히 눈을 깜박였지만 앞이 보이지 않았다. 얼굴은 덴 것 같은 느낌이 들었다. 요르겐의 피가 아폴로의 코를 막고 왼쪽 귀에 엉겼다. 피가 그의 눈을 덮었다. 아폴로는 진흙을 뒤집어쓴 것처럼 살갗 전체에 순수한 역겨움이 퍼지는 것을 느꼈다. 그 역겨움이 그를 질식시키려 했다.

카운터 위에 둔 타이머가 삑삑거렸다. 토네이도 경보처럼 큰 소리였다. 주저앉은 노인의 다리가 아폴로를 발길질했고 거의 넘어뜨릴 뻔했다. 버티고 서 있을 유일한 방법은 칼 위로 몸을 깊숙이 숙여 요르겐 크누트센의 목을 더 깊이 찌르는 것뿐이었다. 아폴로는 칼이 무언가 단단한 것에 박히는 것을 느꼈다. 나무 서랍의 앞면이거나 노인의 척추였을 것이다. 양 머리가 담긴 냄비가 펄쩍 뛰면서 진동했다. 마치 집 전체가 노인의 죽음에 놀라 덜거덕거리는 것 같았다.

아폴로는 시체에서 일어섰다. 눈에 묻은 피를 닦기 위해 셔츠 소매로 얼굴을 문질렀다. 여기에 요르겐 크누트센이 있다. 부엌 찬장에 등을 기대고 주저앉아, 눈은 머리 뒤로 굴러 넘어간 상태로. 불이 켜지지 않은 집. 요르겐의 시체가 딱 그렇게 보였다.

타이머가 계속 울렸다. 그 비명소리에 아폴로는 정신이 들었다. 그는 타이머를 보고, 아직도 최고로 센 불꽃 위에 놓여 있는 거대한 냄비를 보았다. 그는 불을 껐다.

"양이 준비됐군." 아폴로가 말했다.

91

아폴로 카그와는 86번가 124번지를 나와 밤의 장막 아래로 들어갔다. 두 손에는 둥근 뚜껑을 덮은 커다란 쟁반을 들고 있었다. 감자와 양배추는 양 머리와 함께 세 시간이나 삶아서 완전히 흐물흐물해져버렸다. 냄비 두 개에 넣었던 물은 오래 끓여 증발했고, 얼마 남지 않은 국물은 누레졌다. 양 머리만 온전했다. 누르스름한 붉은색이던 살코기는 통째로 짙은 회색으로 바뀌었고, 눈알은 단단해져 구슬처럼 보였다. 아폴로는 맨손으로 양 머리를 끓는 물에서 건져 쟁반 위에 놓았다. 손이 밝은 빨간색을 거쳐 거의 보라색에 가깝게 변했지만, 행여 통증이 있었다 해도 그의 마음은 그것을 제대로 느끼지 못했다. 그의 몸은 방금 전 저지른 살인의 후폭풍으로 아직도 욱신거렸다. 큰 냄비의 물은 손가락에 묻었던 피 때문에 탁한 고동색을 띠었다.

그는 양 머리를 쟁반 위에 놓고 뚜껑을 덮었다. 요르겐은 에마에게 공물의 일환으로 식사를 가져다주었다고 했다. 스타벅스 음식이나 집에서 한 요리를. 아폴로도 똑같이 해야 할까? 이 양 머리로 충분할까? 아폴로는 여전히 모르는 것이 너무나 많았다. 제대로 전부 다 배우기 전에 노인을 죽이면 안 되는 거였는데. 그러나 일단 요르겐이 아폴로를 어떻게 농락했고 왜 그랬는지를 설명하자 스스로 어쩔 수가 없었다. 좋은 아빠라면 그래야 해. 킨더가튼은 이 집에 살고 있었다. 아마 그는 집에 돌아왔다가 아빠의 신호를 보고 달아났을 것이다. 그러는 동안 아폴로는 창문도 없는 방에서 현재를 비용으로 지불하며 과거에 관한 얘기를 듣고 있었다.

아폴로는 싱크대에서 얼굴과 목을 씻었다. 깨끗이 씻어지지가 않았다. 2층으로 올라가서 네 발이 달린 큰 욕조가 있는 화장실을 발견했다. 그는 깨끗이 샤워하고 위층 요르겐의 침실로 갔다. 아니면 킨더가 튼의 방일까? 서랍장에서 그는 바지와 셔츠, 양말과 티셔츠를 찾았다. 옷을 입고 부엌으로 다시 내려왔다. 요르겐 크누트센을 죽일 때 외투와 모자를 벗어두어서 그것들은 여전히 깨끗했다.

그는 양 머리를 뚜껑으로 덮고, 브레니빈 병을 들고 벌컥벌컥 마셨다. 세 모금, 정신이 더 맑아지는 게 느껴졌다. 술병을 외투 주머니에 삐죽 튀어나오게 꽂고, 두 손으로는 쟁반을 들었다. 밖으로 나와 집 뒤편에 두었던 여행 가방을 발견했다. 그게 거기 있다는 것조차 잊어버리고 있었다. 그는 쟁반을 여행 가방 위에 놓고 손잡이를 잡고 가방을 끌었다.

아폴로는 공원 계단으로 돌아왔다. 전날 밤 요르겐이 음식 봉지를 놓아두었던 곳이었다. 그는 계단 꼭대기로 올라가 쟁반을 내려놓고 뚜껑을 열었다. 이제 길을 건너 숲의 그림자 안에 숨어서 기다리는 게 낫겠다는 생각이 들었다. 경찰에 신고한 사람이 누구였는지는 몰라도, 그를 보면 똑같이 그럴 수 있었다. 이번에는 공원 안으로 깊숙이 들어가는 편이 더 낫다고 판단했다.

그는 여행 가방을 끌고 가다가 잡목 숲 안으로 디밀었다. 우거진 숲 속으로 1미터 정도만 들어갔는데도 퀸스의 거리들이 씻겨나간 듯 사라졌다. 갑작스런 고요가 흉포한 파도처럼 그를 덮쳤다. 정적이 아니라, 고요였다. 세찬 바람에 휘는 나무가 내는 유연한 삐걱삐걱 소리, 발아래 마른 나뭇잎이 내는 크래커 씹을 때 나는 소리. 광활한 겨울바람의 냄새가 콧속을 파고들었다. 그는 천주교 신자가 묵주를 어루만지듯 빨간 실을 만졌다. 그는 빨간 실을 넷째 손가락 위에서 돌리고 또 돌렸다.

그러다가 들려온 마지막 소리. 다른 여러 소리들 가운데 울리는 그 소리. 너무나도 규칙적인 소리라서 아폴로는 졸졸 흐르는 개울 물소리인 줄로 착각했다. 그러나 그것은 언어였다. 속삭임 같은 말소리였다. 그를 향한 것이 아니라, 그를 위한 것이 아니라, 그의 주위 모든 것을 향한 말이었다. 그는 마녀의 숲에 들어가 공물을 바쳤던 것이다.

그리고 이제, 마녀가 나타났다.

92

뇌우의 한가운데에 서 있는 것 같았다. 그는 눈을 가렸다. 겨울나무들이 늘어서 있는 가운데 푸른 우주의 광경에 압도되어 비틀거렸다. 그는 아내를 보았다. 그녀는 잔물결 치는 빛의 중심에서, 코발트색 연기구름 가운데에서 나타났다. 그러나 그와 그녀 사이의 거리는 극복할 수 없어 보였다. 얼어붙은 바람이 외투를 잡아당겼다. 귀는 칼이 총을 쏘았을 때보다도 더 크게 왱왱 울렸다. 대기에서 타는 냄새가 났고, 번개의 그을음이 그의 눈을 부시게 했다. 에마 밸런타인은 이 끔찍한 날씨를 망토처럼 두르고 왔다.

그러고 나서 그녀는 계단 쪽으로 향했고, 나무들이 그녀 앞에서 갈라졌다. 그녀는 팔을 들어 올리지도 않고 가지들을 움직였다. 나뭇가지들이 그녀를 위해 스스로 벌어진 것이다. 아폴로는 그것을 보았다. 그녀는 계단 위에 발을 딛고 거의 몸을 굽히지도 않았지만, 쟁반이, 뚜껑이 여전히 덮인 채로, 공기 중으로 떠올라 그녀가 뻗은 손 위에 내려앉았다.

동화책의 구절들이 들렸다. 그 구절들은 그녀의 입술 위에서부터 들려왔지만 그녀에게서 나오는 소리 같지는 않았다. 그는 그것을 메아리로 들었다. 그 소리는 땅 위로 퍼지고 나뭇가지 위로 울리고 콘크리트 계단에 반사되어 밤하늘로 울려 퍼졌다.

그녀는 나무들 사이로 물러섰고 그에게 등을 돌리며 왔던 방향을 향해 돌아섰다. 그녀가 움직이면서 금속 뚜껑이 살짝 떨리며 희미하게 긁히는 소리를 냈다. 그녀는 그에게서 멀어졌다. 그녀가 떠나고 있었다. 그녀는 그를 알아채지도 못했다.

"엠." 그가 말했다.

목이 아팠고, 건조했다. 입안의 공기가 뜨거웠다.

"에마." 그는 다시 시도했다. "나야."

그녀는 멀리 걸어갔다. 조금도 주저하지 않고. 그녀는 북쪽 숲 깊은 곳으로 이어진 길 위를 미끄러지듯 걸어갔다. 그는 그녀를 뒤쫓았다. 달리 무슨 말을 할 수 있을지 생각해내려 애쓰면서. 그의 뒤로 질질 끌려오는 여행 가방을 붙잡고 있던 유일한 이유는 오른손이 지독하게 뻣뻣해져서 놓을 수가 없기 때문이었다.

길은 튤립나무와 붉은 오크, 검은 호두나무 몇 그루가 자라는 낮은 사면을 감으면서 올라갔다. 올라갈수록 경사는 더 가팔라지고, 언덕은 높아졌다. 언덕 위쪽에는 키 큰 검은 오크, 검은 자작나무, 히커리가 있었다. 검은 자작나무에서 노루발풀 향기가 났다. 마녀는 그를 마녀의 숲 더 깊숙한 곳으로 이끌었다. 그는 그녀의 푸른빛을 따라갔다.

길은 점점 더 좁아졌다. 풀과 이끼와 버섯이 다져진 흙을 뚫고 솟아 올라 있었다. 숲의 바닥에는 지렁이, 노래기, 쥐며느리가 살고 있었다. 아폴로는 그런 것들을 감지할 수 있었다. 회색 다람쥐와 솜꼬리토끼, 얼룩다람쥐와 너구리. 두더지와 뾰족뒤쥐는 공원 전체에 퍼진 땅 밑 굴에서 겨울을 보내고 살아남는다. 세상 위의 세상 위의 세상이 이곳에 숨어 있다.

에마가 가파른 등성이 꼭대기에 도착하자 아폴로가 다시 불렀다.

"당신이 옳았어, 에마."

무반응. 인지한 기척도 없다.

"그건 아기가 아니었어."

갑자기, 그녀가 처음으로 그를 돌아보고, 경사진 언덕을 내려다보았다. 눈이 너무 검어서 앞을 못 보는 것처럼 보였다. 그녀는 입을 열지 않았지만, 그들 주위로 북쪽 숲 전체가 비명을 지르며 일어섰다.

"고블린은 진짜였어!" 아폴로가 외쳤다. "난 볼 수가 없었어."

그 순간 에너지의 구름이, 전기 구름이, 그녀를 에워싸고 있던 구름이 갈라지고, 그녀는 쟁반을 들고 낡은 고동색 털 코트를 입은 깡마른 여인이 되었다. 달빛 아래에서 그녀의 갈라진 입술과, 누렇게 부어오른 눈이 보였다. 그녀는 분노의 초상이 되어 있었다.

숲은 진정한 고요에 빠져들었다.

"에마."

그녀는 아래를 내려다보고 손에 든 쟁반을 놀란 듯이 바라보았다. 그게 거기 있는 것을 처음 봤다는 듯이. 그녀는 쭈그려 앉아 얇게 눈이 깔린 땅 위에 쟁반을 내려놓았다. 그녀는 손으로 땅을 파면서 나뭇잎 더미를 뒤졌다.

"나 아폴로야."

에마 밸런타인이 일어섰다. 오른손에 뭔가를 들고 있었다. 그녀는 팔을 한껏 뒤로 젖히고, 신음소리를 한 번 내고는, 소프트볼 크기만 한 돌을 던졌다. 그 돌이 아폴로의 무릎 위를 정확히 맞췄다. 날카롭게 찌르는 차가운 통증이 허벅지를 타고 올라왔다. 아폴로는 도끼로 찍은 나무처럼 쓰러졌다.

그녀는 쟁반을 들었다.

그녀는 돌아섰다.

그녀는 언덕을 마저 올라갔다.

아폴로는 나무가 드리워주는 그늘을 올려다보며 흙속에 누워 있었다. 다리가 한껏 부풀어 올라 바지를 찢고 튀어나올 것처럼 심하게 욱신거렸다. 그는 헐떡이며 그 자리에 누워 있다가, 배로 바닥을 밀며 몸을 일으켜 세웠다. 아직 일어설 수 없었지만, 길 수는 있었다. 그는 잡목과 눈을 헤치고 바닥을 기었다. 옆에 넘어져 있던 여행 가방은 그 자리에 두고 그도 언덕을 올랐다.

언덕은 가파른 경사를 보이며 내려갔고, 그 아래 숲은 훨씬 더 빽빽했다. 아폴로는 걸을 수 있게 될 때까지 기다리다가, 걸을 만해지자 다시 일어섰다. 북쪽 숲에는 나무 층이 두 겹 있었는데, 키가 크고 오래된 나무들 아래로 새로 자라난 어린 나무들이 두 번째 차양을 이루고 있었다. 헐벗은 가지들은 함께 뭉쳐 달빛을 가려주고 있었다. 그는 길 위에 있었지만, 워낙 희미해서 정말 길 위에 서 있는지 확신이 서지 않았다. 그러나 그 답은 외투 주머니 안에 있었다. 완전히 충전되어 있는 휴대전화. 작은 화면이 빛났다. 신호는 잡히지 않았지만, 무슨 상관인가? 만나야 할 오직 한 사람이 이미 여기에 있는데. 그는 휴대전화를 꺼내 손전등처럼 앞을 비추었다. 눈 위에 에마의 발자국이 보였다.

아폴로는 발자국을 따라갔다.

93

땅이 다시 평평해졌고, 나무들은 살짝 성겨졌다. 덤불은 점점 더 조밀해졌다. 그는 공터에 도착했다. 땅바닥은 심하게 짓밟혀 부드러워져 있었다. 공터를 에워싼 나무들은 트럭이나 탱크 같은 커다란 물체에 옆을 들이받힌 것처럼 각도를 이루며 기울어져 있었다.

"요툰." 아폴로는 요르겐의 목소리를 기억했다. "트롤데. 노르웨이에서는 그것을 그렇게 부르지."

아폴로는 달빛을 받으며 공터에 섰다. 주위가 분명하게 보여서 휴대 전화를 껐다. 에마의 발자국은 숲속으로 계속 이어져 있었다. 그래서 그도 그 길을 따라갔다.

그런 식으로 계속 나아갔다. 추위와 무릎 통증 때문이 15분이 두 시간처럼 느껴졌다. 그녀는 조금도 주저하지 않고 그를 공격했다. 하긴, 그녀에게 뭘 기대했던가. 포옹과 마음이 녹아내리는 키스? 어쩌면 그럴지도. 어쩌면 그럴지도. 그러나 화해는 그렇게 쉽게 이루어지지 않는다. 중요한 일이 걸린 문제에서는 특히 더 그렇다.

하늘을 성기게 덮은 나뭇가지 틈으로 달빛이 새어 들어와 땅 위의 눈을 반짝반짝 빛나게 했다. 길은 점점 넓어지다가 두 갈래로 나뉘었다. 두 갈래 길은 거대한 숫양 머리에 돋은 뿔처럼 양 방향으로 휘어져 갈라졌다. 에마가 어느 쪽으로 갔는지는 쉽게 알 수 있었다. 왼쪽 길 중간

쯤에, 백랍 뚜껑이 길가에 놓여 있었다. 어둠 속에서, 달빛 아래서, 광을 내 반짝이는 은 뚜껑처럼 보였다. 아폴로는 뚜껑을 향해 다가가 그것을 집었다. 본능적으로 그는 그것을 방패처럼 몸 앞으로 오게 들고, 아쉬운 대로 방어 도구로 사용했다. 그리고 그는 굽은 길을 따라 계속 걸었다.

공터는 훨씬 더 넓게 펼쳐져 있었다. 우묵한 그릇 안으로 걸어 들어가는 것 같았다. 공간이 그렇게 넓거나 깊지 않았음에도, 그 순간 떠오른 단어는 '채석장'이었다. 그래도 나무로 조밀하게 채워진 북쪽 숲의 다른 곳과 비교할 때 이 돌 구덩이는 그랜드 캐니언만큼 넓어 보였다. 회색 돌과 돌무더기들이 고리를 이루며 끝도 없이 이어져 구덩이 바닥으로 향했다. 그 맨 밑바닥에, 입을 크게 벌린 검은 동굴의 입구가 보였다. 에마 밸런타인이 구덩이의 가장자리에 앉아서, 그에게 등을 돌리고, 동굴 아래를 들여다보고 있었다.

아폴로는 동작을 멈추고 함께 동굴을 바라보았다. 지금까지도 추웠지만 새로운 종류의 냉기가 중심에서부터 얼어붙게 만들었다. 요르겐의 장광설을 듣는 것과 동굴을 직접 보는 것은 사뭇 다른 느낌이었다. 이야기가 현실이 되는 것이니까.

"애그니스." 아폴로가 속삭였다.

"눈은 마지막까지 아껴둬야 해." 에마가 말했다.

그를 돌아보지는 않았지만, 그녀의 말이 아폴로의 주의를 다시 끌었다. 아폴로는 기다렸다. 쟁반 뚜껑은 아직도 그의 앞에 있었다. 에마가 주위의 수천 개의 돌멩이 중 하나를 집어 그를 맹공격한다면 뭘로 막을 것인가? 그녀의 겨냥은 훌륭했다. 아마 이번엔 머리를 겨눌 것이다. 그는 조심스럽게 다가갔다. 이제는 그녀 주위로 푸른 마법의 폭풍이 소용돌이치지는 않았지만. 그는 조금 더 가까이 다가갔다.

에마는 동굴을 계속 바라보고 있었다. 그녀는 돌 위에 웅크리고 앉아 있었다. 몸이 희미하게 앞뒤로 흔들거렸다. 아폴로는 그녀가 먹는 중이라는 걸 깨달았다. 양 머리를 담은 쟁반이 그녀의 무릎 위에서 균형을 잡고 있었다. 그는 에마의 옆으로 다가갔다. 그는 서 있고, 그녀는 바닥위에 책상다리를 하고 앉아 있었다.

"그 노인이 전에 그랬어. 눈은 디저트 같은 거라고." 에마가 속삭였다. "아니면 그냥 그 노인이 머릿속으로 생각하는 걸 내가 들은 건가. 아무튼, 그자는 눈은 가장 마지막까지 남겨두라고 나한테 말했어. 하지만 난 그자의 지시는 따르지 않아."

에마는 엄지와 검지를 단단히 고정시키고 능숙한 손놀림으로 양의 눈구멍을 팠다. 눈알이 소리도 없이 빠져나왔다. 아폴로는 에마의 손을 잡으려고 손을 뻗었지만, 움직이면서 쟁반 뚜껑을 떨어뜨렸다. 뚜껑은 거세게 땅에 부딪치고는 빙글빙글 돌며 경사진 구덩이의 사면을 따라 굴러 떨어졌다. 챙그랑 소리가 어둠 속에 울렸다. 그는 뚜껑을 잡으려고 언덕으로 두 걸음 내려갔지만, 헐겁게 쌓인 돌멩이들에 미끄러져 옆으로 넘어졌다. 코트 주머니에 든 브레니빈 병에서 둔탁한 툭 소리가 났고, 병 모양이 납작해졌다. 그는 술병이 깨졌음을 알았다. 술 냄새가 피어올라 그를 압도했고, 그는 향기 나는 휘발유 증기 속에서 헤엄을 쳤다. 그는 그 향기에서 벗어나려고 일어섰지만, 술이 코트와 바지에 흠뻑 적셔서 몸에 냄새가 배어버렸다.

한편, 에마는 무심히 양의 첫 번째 눈알을 입안으로 던져 넣었다. 꼭 거대한 사탕을 빠는 것처럼, 그녀는 입을 다물고 입술을 오므렸다. 아폴로가 뒤에서 그렇게 난장판을 벌였는데도 그녀는 계속 동굴 입구만 보고 있었다. 아폴로는 에마가 눈알을 먹는 것을 보고 헛구역질을 했다. 한참 후에 그녀는 입술을 오므리고 작은 돌 조각 같은, 올리브 씨 같은 것을 뱉었다. 그것은 그녀가 앉은 바위에 부딪치며 톡 소리를 냈다. 아폴로는 재빨리 뒷걸음질 쳤고 눈알의 나머지 부분은 언덕 아래로 굴러 내려갔다.

에마는 텅 빈 눈구멍 안으로 두 손가락을 밀어 넣어 살코기 한 덩어리를 끄집어내고는 입으로 밀어 넣었다. 그녀는 그것을 거의 씹지도 않고 삼켰다. 그러는 동안에도 감시의 시선은 계속 동굴 쪽을 향해 있었다.

아폴로는 구덩이 아래를 내려다보았다. 쟁반 뚜껑은 동굴 입구에서 6미터쯤 떨어진 곳에 멈춰 있었다. 그는 에마 옆에 앉을 수 있을 때까지 위로 기어 올라갔다. 그녀는 브레니빈 냄새는 신경 쓰지 않는 것 같았다. 아마도 그런 것쯤은 초월해 있는 것이겠지.

"당신을 찾아다녔어." 아폴로가 말했다.

그녀는 고기 조각을 더 집어서 표정 없이 삼켰다. "뭐, 난 계속 여기 있었어."

"당신이 있는 곳만 찾아다닌 게 아니야." 아폴로가 말했다. "나 그 섬에 갔었어. 칼도 만났고."

아폴로는 아내의 옆얼굴을 바라보았다. 눈은 피곤에 지쳐 멀겠고, 머리카락은 길게 자라 엉켜 있었다.

"마지막으로 쉰 게 언제야? 잠은 어디서 자?"

그녀는 양의 눈구멍 옆에 남은 마지막 고기 조각으로 손을 뻗었지

만, 아폴로가 그녀의 손등을 건드리자 고기를 떨어뜨리고 손으로 다시
무릎을 눌렀다. 그녀는 고개를 들어 남편을 보았다.

"잠은 안 자. 잠은 죽음의 사촌이야." 에마는 동굴 입구를 가리켰다.
"난 밤새 저기를 지켜봐. 그래서 브라이언이 안전하게 있을 수 있지."

그는 손을 뻗어 그녀의 손을 잡고 싶었다. 그보다, 무릎 위에 그녀를
앉히고 부드럽게 안아주고 싶었다. 그녀의 무거운 머리를 쉬게 해주고
싶었다.

"내가 임신 8개월이었을 때." 에마가 말했다. "어떤 여자가 거리에서
나한테 다가왔어. 그 여잔 나를 보자마자 환하게 미소를 지었지만 난
모르는 여자였어. 그 여자는 나를 멈춰 세우고 나한테 일단 아기가 태
어나면 더 이상 스트레스 없는 삶은 없을 거라고 말했어. 그 여자는 일
단 엄마가 되면 더 이상 밤에 푹 잘 수 없게 될 거라고 말했어. 그 여자
는 나한테 그런 말을 하는 게 너무 행복해 보였어. 마치 그런 근심이
영예로운 훈장이라고 생각하는 것 같았어. 나는 그 여자 눈알을 할퀴
어 파내고 싶었지."

아폴로는 허벅지 위에 손을 펼쳤다. 빠르지 않게, 목소리는 차분하
게. "당신을 숲속에서 처음 봤을 때 당신은 빛나고 있었어." 그가 말했
다. "당신 주위에 온통 푸른빛이 감돌았어. 하지만 내가 당신에게 말을
걸자, 그게 사라졌어."

"그게 아직도 있어?"

"아니. 더는 안 보여."

"우리 집안의 문제는 당신이야, 에마." 에마가 말했다. "'당신이. 문제.
라고. 가서 약이나 먹어.' 당신이 나한테 마지막으로 했던 말이었지."

아폴로는 고개를 떨구었다. "난······."

에마는 그의 말을 가로막았다. "그때가 당신이 나의 빛을 나에게서 빼앗아 간 첫 번째 순간이었어."

"당신 오늘 밤엔 쉬어. 내가 깨어 있을게." 아폴로가 말했다.

그녀는 동굴을 보다가, 남편을 보았다. 손가락 두 개를 양 머리로 가져갔지만 고기를 집지는 않았다. 그는 눈치챘다. 그녀의 손가락이 떨리고 있었다. "정말?"

"응."

"아래로 가서 돌을 지켜봐." 에마가 말했다. "준비가 되면, 저기로 내려가서 제대로 봐봐."

그 말과 함께 에마의 털 코트가 푹 가라앉았다. 에마가 코트에서 빠져나온 것 같았다. 그렇게 그녀는 코트 안에서 쪼그라들었다. 에마는 코트의 소매를 배 위로 교차시키고 고개를 푹 숙여 후드로 얼굴을 덮었다. 마치 동그랗게 웅크리는 쥐며느리를 본 것 같았다.

"아폴로." 에마의 목소리가 옷감에 막혀 둔하게 들렸다.

"응."

"만일 이게 속임수라는 것이 밝혀지면. 만일 당신이 그 남자들과 한패가 돼서 날 배신하려는 거라면······."

"아냐. 그런 거 아냐."

에마는 재차 확인하지는 않았다. 그녀는 아랑곳하지 않고 말했다.

"만일 이게 속임수라는 것이 밝혀지면, 난 당신을 데리고 지옥에 갈 거야."

94

마침내 에마의 쌔근거리는 숨소리가 규칙적으로 깊어지자, 아폴로는 에마가 잠들었다고 믿게 되었다. 잠든 그녀의 숨소리는 오래된 천식 환자가 발작하는 소리 같았다. 만일 그녀가 지친 것처럼 보였다면, 그 숨소리는 그녀가 정말로 건강하지 않다는 뜻이리라. 어쩌면 살아 있다는 것 자체가 인간의 이해를 뛰어넘는 의지의 행동일지도 몰랐다.

에마의 코 고는 소리가 아폴로에게는 수면제 같았다. 에마 옆에서 계속 그 소리를 듣다 보면 그 역시도 깊은 잠에 빠질 것 같았다. 그래서 그는 일어서서 헐겁게 쌓인 돌무더기의 경사면을 내려갔다. 3미터쯤 내려가서 에마를 돌아보았다. 얼굴은 보이지 않고 실루엣만 보였지만, 에마가 거기에 있는 것을 아는 것만으로도 더 안전하게 여겨졌다. 이미 혼자가 아니라는 이유만으로 조금 더 행복한 기분을 느끼고 있었다.

구덩이 바닥을 향해 다시 돌아섰을 때는 바위보다 둥근 쟁반 뚜껑에 초점을 맞추었다. 뚜껑은 동굴 입구에서 6미터 정도 아래에 놓여 있다. 여기가 정말로 요르겐의 이야기 속 그 동굴일까? 애그니스라는 아기가 아빠 손에 의해 버려졌다는 그곳? 두 명의 애그니스가? 벽에 걸린 사진 속 아이들도? 그 생각에 그는 현기증을 느꼈다. 영혼 깊은 곳에서 욕지기가 치밀었다. 퀸스 한복판에서 그런 곳을 찾다니. 지구상 어딘가에서 그런 곳을 찾다니.

동굴과 바위들을 외면하기 위해, 아폴로는 쟁반 뚜껑에 다가갔다. 바닥에 거의 주저앉다시피 해서 다른 돌을 무너뜨리지 않고 앞으로 살살 기어갈 수 있었다. 마침내 뚜껑에 다다르자 뭔가 업적을 이룬 것 같았다. 그 성취감이 너무 강해서 아폴로는 돌아서서 에마를 향해 뚜껑을 들어 올렸다. 인정받고 싶은 아이처럼. 그러나 그것은 동굴에서 시선을 돌린다는 의미였고, 갑작스럽게 덮친 공포심이 뒤통수에 내리쬐는 햇볕처럼 뜨겁게 느껴졌다. 그는 동굴 입구를 향해 고개를 돌렸고, 잠시 후 그 뜨거운 느낌이 단순히 공포 때문이 아니라 진짜 뜨거운 공기가 분출되기 때문임을 깨닫게 되었다. 동굴이 그에게 뜨거운 숨을 내뿜고 있는 것 같았다. 아니면 저 안 깊은 곳에 있는 무언가가 내뿜는 숨일까.

움직일 수가 없었다. 달아날 수가 없었다. 뜨거운 바람의 열기가 주위의 눈을 너덜너덜한 반원 모양으로 녹였다. 작은 계곡의 위쪽은 여전히 겨울이었지만, 여기는 따뜻한 계절이 시작되고 있었다. 눈의 장막 아래 사라졌던 돌들이 이제 다시 드러나고 있었다.

아폴로는 쟁반 뚜껑을 방패처럼 들어 올렸다. 그리고 바닥에서 꼿꼿한 막대기도 찾았다. 이것에 걸려 쟁반 뚜껑이 구르다 멈춘 것이었다. 아마도 나뭇가지나 그런 것이리라. 손 닿는 곳에 무기로 쓸 만한 것은 그것뿐이었다. 그는 돌무더기 틈에서 그것을 잡아 뽑아서 간이 방패와 같은 높이로 쳐들었다.

"아폴로."

에마의 목소리였다. 그의 뒤에서 들리고 있었다. 적어도 그는 그렇게 생각했다. 얼굴을 볼 수 없었기 때문에, 입술이 움직이는 것을 볼 수 없었기 때문에, 그 소리는 마치 그녀가 그의 머릿속에서 말하고 있는 것처럼 느껴졌다.

"손에 든 게 뭔지 봐."

아폴로는 막대기를 들어 올려 달빛에 비춰보았다. 딱딱하고 희끄무레한, 회색에 가까운 막대. 위쪽 끝에는 두 개의 옹이가 불거져 나왔고, 아래쪽은 좀 더 도드라진 옹이가 하나 있다. 그냥 막대기나 부러진 나뭇가지의 일부가 아니다.

뼈였다.

그는 뼈를 손에 들고 있었다. 그러나 작았다. 아이의 다리뼈. 아이의 대퇴골. 그 사실을 깨닫자 아폴로는 놀라서 떨어뜨렸고, 그것은 돌에 부딪쳐 달가닥 소리를 내며 떨어졌다.

돌.

아폴로는 한쪽 무릎을 꿇었다. 귀는 쉭쉭거리는 소리로 채워져 있었다. 라디에이터에서 김을 내뿜는 것 같은 소리. 그러나 이것은 그저 그가 느끼는 혼란과 역겨움의 소리였다. 쟁반 뚜껑을 떨어뜨렸지만 그것이 땅에 닿을 때 났을 소리조차도 듣지 못했다. 그는 둥글고 커다란 돌을 오른손으로 잡고, 들췄다.

그것은 아이의 해골이었다.

동전만 한 구멍이, 왼쪽 귀 바로 위에 나 있었다. 아폴로의 손은 고통스러운 경련으로 욱신거렸지만 해골을 떨어뜨릴 수도, 그 구멍에서 시선을 돌릴 수도 없었다. 그는 분노를 느꼈다. 목 안에서 분노가 휘감기는 것이 느껴졌다. 그는 돌아서서 동굴 쪽으로 한 발 내디뎠다.

"지금 들어가면 살아나오지 못해." 에마가 말했다.

그녀는 웅크린 자세를 풀고 고치에서 나와 일어서 있었다. 그녀는 뼈계곡 꼭대기에 서서 예언자처럼 자신 있게 말하고 있었다.

아폴로는 뒤로 물러섰다. 부츠 아래에서 뼈들이 버석버석 소리를 내며 달그락거렸다. 손에는 여전히 해골이 들려 있었다. 그걸 다시 땅에 버리는 게 어쩐지 잔인하게 느껴졌다. 그는 그것이 애그니스의 해골이라고 마음속에서 정했다. 첫 번째 애그니스. 애그니스 크누스다터, 퀸스에 처음으로 버려진 아이.

아폴로는 추위를 느끼며 에마 옆에 앉았다. 쟁반 뚜껑은 다시 쟁반 위에 올려놓아 양 머리를 가렸다. 애그니스의 해골은 무릎 위에 놓여 있었지만, 다시 그것을 내려다보니 그저 커다란, 회색의 돌멩이를 닮아 있었다. 아폴로는 웃었다. 그는 스스로의 약함을 느꼈다. 세상은 환영으로 가득했다. 약한 이들의 고통을 이해하지 못할 때는 특히 더 그랬다.

"그래서, 아침까지 여기 있는 거야?" 아폴로가 물었다.

"그건 해가 뜨면 잠들어."

"당신은 브라이언이 아직도 저기에 있다고 확신해?" 아폴로가 물었다. 차마 다음 질문은 하지 못했다. **아직 살아 있는 것도?**

그러나 에마는 그를 이해했다. 그녀는 손을 배에 가져다 대며 속삭였다. "엄마는 알아."

"그럼 낮에는 뭘 해? 저놈이 잠들어 있을 땐?"

"걸어."

처음으로, 아폴로는 에마에게 손을 가까이 가져다 대는 모험을 감수했다. 그는 에마의 허리를 손으로 가볍게 잡았다.

"아침에 나랑 다시 같이 오자. 근처에 쉴 수 있는 집을 알고 있어. 이젠 그 집의 누구도 우리를 방해할 수 없지."

에마는 대답하지 않았다. 그의 손길에 기대지도, 안도하는 기색을 내비치지도 않았고, 그의 손을 뿌리치지도 않았다. 아폴로는 그대로 에마를 잡고 있었고, 두 사람은 새벽까지 함께 앉아 있었다.

95

에마와 아폴로는 요르겐 크누트센의 시체를 굽어보고 있었다.

집으로 돌아와서 늙은 바이킹이 아직도 식칼이 목에 꽂힌 채로 부엌 바닥에 주저앉아 죽어 있는 것을 보고 아폴로는 놀랐다. 무의식적으로 막연하게, 집에 돌아오면 요르겐이 일어나서 엔슈어 칵테일을 한 잔 따라줄 거라 기대하고 있었던 것이다. 노인이 아무리 죽어도 싼 인간 이었다 해도, 이런 일은 여전히 대가가 있다. 시체를 보는 것, 옷과 바닥, 심지어 천장과 양배추를 자르던 식탁에까지 사정없이 튀어 말라붙은 피를 보고 있으려니 저절로 미친 듯이 눈을 깜박이게 된다. 얼굴에 묻은 요르겐의 피를 씻어낸 적이 없었던 것처럼. 아마도 아폴로는 그 얼룩을 언제까지나, 마지막 날까지도 느끼게 될 것이었다.

그럼에도 이 어마어마한 현실감은 여전히 유효했다. 죽음은 죽음이 다. 요르겐 크누트센은 이제 살아 있지 않다.

이 자리에서 유일하게 놀라운 건 에마였다. 그녀는 시체를 바라보며 자신의 목을 톡톡 두드렸다. "내가 저렇게 시켰어."

아마 아폴로는 에마가 충격을 받으리라 기대하진 않았을 것이다. 그 녀가 지금까지 경험한 일들을 생각해보라. 그렇다고는 해도 에마는 요 르겐의 죽음과 목의 상처에 대해 지나치게 무심히 말했다. 집 고치는 얘기를 하는 것처럼. 부엌 카운터의 가스레인지 뒷벽 패턴을 취향에 따라 고르는 것처럼.

"난 저자를 재우지 않았어." 에마는 아무 감정 없이 말했다. "저자에게 조금의 평화도 주지 않았지. 매일 밤 저자의 머릿속에 흘러들어가서 내 말을 듣게 만들었어."

요르겐의 집으로 돌아오는 길에 여행 가방을 다시 찾았었다. 전날 밤과 같은 길을, 방향은 반대로 걸으며 에마는 그를 이끌었다. 여행 가방은 수하물 컨베이어 벨트에 마지막 남은 가방처럼 잡목 아래 누워 있었다. 아폴로는 그것을 찾아서 다시 끌었지만, 이제는 너무 무겁게 느껴졌다. 에마가 보는 앞에서 그러고 싶지 않았지만, 아폴로는 가방을 열고 무덤 표석을 꺼냈다. 에마는 그를 바라보았지만 특별한 말은 하지 않았다. 그는 표석을 숲속 그 자리에 내려놓았다. 그 자리가 적절하다고 여겨졌다. 바뀐 아기는 이 근처에서 태어났을 것이다. 그것의 죽음을 추모하기에 여기보다 더 좋은 곳이 있을까? 오늘날까지도 포리스트파크의 그곳에는 "브라이언 카그와"라는 이름의 무덤 표석이 숨어 있다.

한편 에마와 아폴로는 요르겐의 부엌으로 돌아왔다.

"그는 매일 밤 음식을 들고 나타났어." 에마가 말했다. "날 달랠 수 있을 거라고 생각했던 거지. 내가 양 머리를 얼마나 많이 먹었는지 알아? 마지막 날엔 정말 진절머리가 나더라고. 그래서 그자를 스타벅스로 보냈던 거야."

"그게 이유였어? 그냥 딴 게 먹고 싶어서?"

에마는 잠시 아폴로를 물끄러미 바라보다가 장난스럽게 입술을 오므렸다. "그거 말고 무슨 이유가 있었겠어?" 에마는 축 늘어진 요르겐의 다리를 걸어찼다. "이자가 살면서 무슨 짓을 했는지 당신은 모르지."

"조금은 들었어."

에마는 관자놀이를 두드렸다. "난 봤어. 전부 다."

"위층으로 가자."

에마는 천장을 보다가 다시 아폴로에게 시선을 돌렸다. 조심스럽고 단호한 눈빛이었다. "거기 뭐가 있는데?"

"욕실. 욕조."

아폴로는 물을 틀었다. 에마의 코트 지퍼를 내리려 했지만, 지퍼는 목 언저리에서 오래전에 얼어붙었거나 녹이 슬어 굳어 꼼짝도 안 했다. 그는 에마를 욕실에 남겨두고 부엌으로 내려가 서랍에서 가위를 찾았다. 피를 밟고 미끄러지지 않도록 요르겐의 시체 위를 조심스럽게 넘어 다녔다. 위층으로 올라온 그는 낡은 코트를 잘라 그녀에게서 벗겨냈다. 북슬북슬한 섬유가 딱정벌레 껍질처럼 뻣뻣하게 그녀에게서 떨어졌다.

안 그래도 덩치가 작은데, 외투마저 없으니 솔잎 두께로 깎아놓은 것 같았다. 그런데도 이상하게 그녀는 가냘파 보이지 않았다. 코트를 벗기니 그 아래에서 플루토늄 봉이 나왔다고 생각하면 맞을 것이다.

반면에 옷들은 살갗에 거의 달라붙어 있었다. 그는 에마의 울 스웨터 소매를 잡아당기려 했지만, 천이 손가락 사이에서 바스러졌다. 청바지는 세게 잡아당기자 파란 리본처럼 술술 풀려 나오는 빛바랜 데님 끈 모양이 되었다. 옷들은 너무 썩어서 그대로 입고 욕조에 들어가면 물 안에서 녹아 벗겨질 것 같았다.

그는 수도꼭지를 잠갔다. 그가 몸을 숙이고 에마 바로 위쪽으로 기댄 순간 그녀의 냄새가 그를 뒤덮었던 브레비닌 냄새를 압도해버렸다. 오랫동안 비누 없이 지내온 탓에 그간 밀라붙은 땀이 풍기는 시큼털털한 냄새가 코를 찔렀고, 냄새가 너무 심해서 아폴로가 그녀를 안아 올렸을 때는 눈이 아파왔다.

"물에 들어갈 준비 됐어?" 아폴로가 물었지만 에마는 대답이 없었다. 아마도 넉 달 만에 처음으로, 그녀는 욕실의 거울에 비친 자신의 모습을 보고 있었다. 에마는 거울에서 시선을 떼지 못했다.

"저게 누구야?" 그녀가 속삭였다.

그는 몸을 굽혀 욕조 안에 에마를 내려놓았다. 몸을 담그고 몇 초 만에 물은 초록색을 띤 걸쭉한 액체가 되었다. 몇 달 동안의 때와 먼지가 몸에서 떨어져 물 위에 떠다녔다. 아폴로는 마개를 뽑아 물을 버리고, 다시 욕조를 채웠다. 물이 더러워지지 않을 때까지 그렇게 세 번을 채워야 했다. 그러고 나서 샤워 타월과 비누로 에마의 몸을 씻어주었다.

그들은 욕실에서 두 시간을 있었다.

목욕을 마치자, 에마는 제대로 일어설 수조차 없었다. 목욕이 그녀가 지금껏 지어온 외골격 같은 갑옷까지 긁어낸 것 같았다. 아폴로는 그녀를 가장 큰 침실로 옮겼다. 여긴 아마 요르겐의 침실일 것이다. 침대에 잠을 잔 흔적은 없었다. 시트도 말끔하고 베개에도 움푹 들어간 자국이 없었다. 에마는 오랫동안 노인을 잠들지 못하게 했던 것이다. 어쩌면 요르겐은 아예 이 방에 오지 않았을지도 모른다. 아폴로가 옷을 꺼내 입었던 방은 여기가 아니었다. 그렇다면 지금 그가 입고 있는 옷은 킨더가튼의 옷일 것이다.

그는 담요를 젖히고 에마를 침대 위에 뉘었다. 방에는 실내 난방기가 두 대 있었는데 모두 꺼져 있었다. 방은 냉랭했다. 그는 난방기 두 대를 다 켜고 검은색 다이얼을 돌렸다. 늦은 아침의 햇빛이 침대 머리맡에 난 두 개의 창문을 통해 흘러들어와, 회색빛을 띤 핏기 없는 에마의 피부를 분명하게 보여주었다. 꼭 얼음 속에서 파낸 시체 같았다. 깨끗이 씻어준 것이 오히려 그녀의 외관을 더 초라하게 만들었다. 마녀 에마는 당당했다. 푸른 전기 구름이 그녀를 에워쌌고, 그녀를 위해 나무들이 길을 내어주고 숲은 속삭였다. 지금 이 매트리스 위의 여자는 침대 시트에 파묻혀 보이지 않았다. 침상에서 정맥 주사를 맞으며 6주는 누워 있어야 할 것 같았다. 그녀는 아폴로가 목욕을 시켜준 이래로 한마디도 하지 않았다. 숲에 있을 때보다도 더 길을 잃은 것처럼 보였다. 에마를 데리고 나온 것이 그녀에게 도움이 되기보다는 더 큰 해를 끼친 건 아닐까?

아폴로는 에마에게 담요를 덮어주고 1층으로 돌아왔다. 여행 가방 안에는 옷가지가 들어 있었다. 에마와 브라이언을 위해 챙겨온 옷이었다. 그는 에마가 그 옷을 보면 정신을 차릴 것이라고 생각했다. 그것 말고는 달리 뭘 해야 할지 몰랐다. 부엌에서 다시 요르겐의 시체와 마주했다. 그것과 다시 단둘이 되자, 몸이 떨리지 않도록 카운터에 몸을 기대고 서야 했다. 그때 그는 집 전체의 강한 냉기를 느꼈다. 그는 복도로 나갔다. 그 빌어먹을 현관문이 밤새도록 열려 있었다. 그는 천천히 복도를 걸었다. 1층 전체가 얼어붙은 것 같았고, 무덤처럼 조용했다. 그는 현관문을 닫고 포치의 불을 껐다.

여행 가방을 위층으로 끌고 올라가서 안에 든 것을 거의 전부, 곡괭이까지 다 풀어 헤쳤다. 에마를 위해 가져온 옷도 보여주었지만, 에마의 초점 없는 눈은 멍하니 천장을 향해 있었다.

아폴로는 여행 가방 안 지퍼 달린 작은 사이드포켓이 약간 불룩 튀어나온 것을 보고, 그가 놓친 게 있음을 깨달았다. 포켓 안에는 휘어지는 빨대 묶음과 마사지 오일 병이 있었다. 출산 용품의 마지막 물건들. 아폴로는 희미한 노란색 액체를 꺼내 흔들고, 뚜껑을 비틀어 열고, 냄새를 맡았다. 순수한 아몬드 오일. 일 년쯤 전에 에마는 이 여행 가방을 손수 챙겼다. 그러니 이 작은 선물은 에마가 그녀 자신을 위해 준비한 셈이었다.

그는 에마를 덮은 담요를 걷고 아몬드 오일을 한 손에 조금 덜었다. 침대 발치로 가서 두 손으로 에마의 오른발을 잡고 아몬드 오일이 피부에 스며들 때까지 문질렀다. 피부는 팽팽하지도 부드럽지도 않았지만, 이젠 회색빛을 띠지는 않았다. 그는 손에 기름을 조금 더 따라 같은 발 발바닥에 문지르고, 엄지손가락으로 발꿈치를 누르면서 발가락까지 쓸어 올렸다. 오른발 마사지를 마치고 왼발로 옮겨갔고, 다리와 옆구리까지 위쪽으로 계속 올라갔다.

마사지를 마쳤을 때, 에마는 옆으로 돌아누워 그를 바라보고 있었다. 아직도 말은 한마디도 하지 않았다. 아폴로는 담요를 그녀의 콧날까지 끌어올렸다. 머리카락에 물기가 마르면서 곱슬머리가 더욱 단단히 말렸다. 두 사람은 10분 동안, 아니면 10년 동안 서글픈 침묵 속에 잠겨 있었다.

"당신을 믿었어야 했는데." 마침내 아폴로가 말했다.

시트 위로 손가락 두 개가 나오더니 시트를 턱 아래로 당겨 내렸다.

"나라도 안 믿었을 거야. 내가 당신이었어도." 에마가 말했다.

아폴로는 에마의 손가락을 부드럽게 건드렸다. "이제 우린 함께야."

그녀는 조용히 고개를 끄덕이고, 그와 시선을 맞췄다. 그러면서 그가 그녀를 볼 수 있도록 침대 시트를 뒤로 젖혔다. 그녀의 몸이 광을 낸 놋쇠처럼 빛나고 있었다. 그녀는 그를 위해 시트를 젖혀 잡고 있었다.

열다섯 살 이래로 이렇게 초조한 기분을 느껴본 적이 없었다. 그가 옷을 벗자 브레니빈 냄새가 방 안을 가득 채웠다. 그 냄새가 옷을 뚫고 살갗에까지 배어 있었던 것처럼. 그러나 그것은 곧 중요하지 않게 되었다. 그는 에마 옆으로 미끄러져 들어갔고 그녀는 시트로 두 사람을 감쌌다.

서로 키스한 것도 오래전 일이었다. 그는 그녀의 입술이 얼마나 좋은지 잊고 있었다. 그녀의 길고 가는 목이 그리는 부드러운 곡선. 그는 그녀의 위로 올라갔고, 그녀는 자리를 잡으려 그와 씨름했다. 행복하고도 놀라운 반응이었다. 이마가 그의 턱과 부딪치자 그녀는 그와 함께 웃었다. 그녀는 그의 허벅지에 대고 문질렀고 그와 함께 더 높은 곳에 올랐다. 그들은 애무를 하다 섹스를 했다. 둘은 지칠 때까지 섹스를 했다.

섹스를 끝내고, 두 사람은 얼굴 가득 햇빛을 받을 수 있도록 창문 가까이 머리를 두고 쉬었다. 편안한 침묵, 그들은 그 안에 가라앉았다. 이토록 짧은 유예 기간.

에마는 아폴로의 가슴을 두 번 가볍게 두드렸다. 팔꿈치를 괴고 일어나 그의 어깨에 키스했다. 그는 왼팔을 들어 그녀의 갈비뼈로 가져갔지만, 손을 대기 전에 그녀가 먼저 그의 손목을 잡았다. 그녀는 아폴로의 손을 돌려 넷째 손가락을 바라보았다.

"이걸로 소원을 빌었어?" 그녀가 물었다.

"빌었어. 하지만 지금은 부끄러워."

"이건 진짜 반지를 다시 낄 때까지만 끼고 있는 게 어때?"

아폴로는 손을 내렸다. "결혼반지를 이스트강에 던져버렸어."

그녀는 그의 턱을 찰싹 때리고 조금 세게 꽉 잡았다. "거기서 반지 찾으려면 고생 깨나 하겠는데."

아폴로는 웃었다. "당신이 날 그렇게 하도록 만든 거 아냐?"

그녀는 연극을 하는 것처럼 아폴로의 갈비뼈에 코를 대고 냄새를 맡았다. "거기 이미 갔던 것 같은 냄새가 나."

"이건 요르겐이 좋아하는 향수 냄새야."

"가서 목욕해. 난 밤이 되기 전에 조금 자야 해."

아폴로는 침대에서 빠져나와 그녀에게 담요를 덮어주었다. 목욕이 간절했지만, 그에겐 훨씬 더 중요한 할 일이 있었다. 그는 옷더미를 들춰 코트 주머니에서 휴대전화를 찾았다. 에마는 이미 잠들어 있었다.

그는 휴대전화를 가지고 아래층으로 내려갔다. 에마가 잠에서 깨면 그들은 숲으로 돌아갈 것이다. 그리고 이번에는 동굴 안으로 들어갈 것이다. 에마에겐 요르겐을 죽였던 칼을 주고, 그는 곡괭이를 들고 가면 되겠지. 그러나 다시는 돌아오지 못한다면? 안나 소피도, 그 무수히 많은 아이들도 돌아오지 못했다. 얼마나 많은 사람들이 그곳에서 길을 잃고 죽었을지 누가 알겠는가? 어머니에게 작별 인사도 하지 않고 사라지긴 싫었다. 그는 휴대전화를 켜고 릴리언에게 전화를 걸었다.

96

"엄마." 릴리언이 전화를 받자 그가 말했다.

"아폴로? 아폴로." 속삭임에 가까운 소리였다. 속삭인 것이거나 목이 메여서였을 것이다. 그러고는 아무 말도 없었다.

"잘 지내세요?"

"네 목소리를 들으니 정말 좋구나." 릴리언이 말했다.

위층에서는 에마가 자고 있다. 아폴로는 현관문으로 걸어가 무심코 문을 열었다. 여기가 그들의 집이고, 어머니에게 일주일에 한 번 드리는 안부 전화를 하고 있는 것처럼.

"일이 상당히 터무니없이 되었어요." 아폴로가 말했다. 올해 최고의 과소평가로 꼽힐 만한 말이었다.

"내가 널 혼자 남겨둬서." 릴리언이 재빨리 말했다. "내가 널 혼자 남겨둬서. 그래서 일이 그렇게 잘못되었던 거란다."

아폴로는 문에 기대어 섰다. 그냥 작별 인사만 할 생각이었는데, 이제는 자기 전 엄마가 침대 맡에서 들려주는 이야기를 들으려는 것처럼 눈을 감았다.

"마지막으로 얘기했을 때, 넌 나한테 많이 화가 났었지. 그건 이해해. 하지만 난 네가 했던 말을, 내가 했던 말을 처음부터 전부 다 생각하고 또 생각해봤다. 내가 설명해주지 않았던 게 정말 많아. 난 그걸 영영 설명하지 않아도 되기를 바랐던 것 같아."

"무슨 뜻이에요?"

"넌 너무 어렸어." 릴리언은 조용히 말했다. "난 네가 그걸 그냥 잊게 해달라고 기도했었지."

"그러다 내가 악몽을 꾸기 시작했죠."

이 말에 그녀는 한숨을 쉬었다. "그래. 그리고 그때도 난 그냥 그게 전부일 거라고, 그렇게 애써 믿었어."

"하지만 왜요? 어머니를 비난하려는 게 아니에요. 그냥 묻는 거예요. 아빠가 나에게 돌아오지 않던 것처럼 꾸며야 했던 이유가 도대체 뭐예요?"

더 긴 침묵이 흘렀다. 침묵이 너무 길어서 아폴로는 릴리언이 전화를 끊은 줄 알았다. 그는 휴대전화를 귀에서 떼고 확인했지만, 배터리 잔량은 충분했고 전화 연결도 끊어지지 않았다.

"난 그 블랙우드 씨라는 변호사하고 몇 년 동안 알고 지냈어. 친구가 되지는 않았지만, 그래도 오랫동안 같이 일을 하다 보면 몇 마디 대화 쯤은 나누게 되잖니. 언젠가 그 사람이 나에게 왜 처음에 그렇게 심하게 굴었는지, 토요일에도 일하러 나오도록 강요했는지 말해주더라.

그 사람 말이, 그게 다 날 도와주고 싶어서 그랬다는 거야. 회사는 인원 감축을 하려고 했는데, 내가 가장 신입이라서 첫 번째 해고 대상자였다고. 하지만 회사가 어떻게 돌아가는지를 충분히 익히고, 주말에도 출근할 정도로 열심히 일하고 있다는 걸 보여주면, 회사에서 나를 계속 데리고 있을 만한 직원이라고 여겼을 거라는 거야. 그게 그 사람이 한 말이었어. 아마 그건 사실이었을 거야. 하지만 그 남자가 나를 토요일에도 출근하라고 강요한 게 꼭 그래서만은 아니었어. 난 확실히 알아. 그리고 그 사람도 그걸 알 거라고 생각해.

하지만 세 번인가 네 번 정도 나한테 이 얘기를 하는 걸 보면서, 난 그 남자가 자기 생각을 굳게 믿고 있다는 걸 깨달았지. 만일 그 사람한테 나에게 데이트를 강요한 적이 있었느냐고 물으면 그는 절대 그런 적 없었다고 맹세했을 거야. 그 사실은 그의 마음속에서 지워졌던 거지. 그는 나에게 선의를 베푼 거야. 그리고 봐. 5년 후에 난 여전히 그 회사에서 일하고 있었고 승진도 두 번이나 했거든. 그 사람은 내가 고마워해야 한다고 말하고 싶었던 거야! 그가 거짓말을 했다고 하려는 게 아니다. 정확히 그런 건 아니야. 하지만 그 이야기가 그의 구미에 더 맞았고, 어느 정도 시간도 흘렀지. 그 얘긴 그가 믿기로 선택한 그런 얘기였던 거야. 갑자기 너한테 네 아버지에 대해 입을 다무는 게, 나도 그 사람과 같은 짓을 하는 건지도 모르겠다는 생각이 들더라. 나뿐만 아니라 네 아버지를 위해서도."

"무슨 일이 있었는지 그냥 말해주세요." 아폴로가 말했다. 그는 이제 꼿꼿이 서서 서성이기 시작했다. 그러나 부엌이 바로 눈앞에 있었고, 그 부엌 안에는 그가 죽인 남자가 누워 있었다. 죽은 남자를 바라보며 이 이야기를 듣고 싶지 않았다. 그는 서성이는 것을 멈추고 은신처 문에 기대섰다.

"그날 1시에 퇴근해서 집에 왔어." 릴리언이 입을 열었다. "너랑 같이 먹으려고 맥도날드를 좀 사왔지. 난 죄책감을 느꼈고, 넌 프렌치프라이를 좋아했거든. 하지만 집에 도착했는데 현관문이 잠겨 있지 않았어. 그것만으로도 충분히 이상했는데, 욕실에서 물소리가 들리는 거야. 나는 더럭 겁이 났지. 들고 있던 걸 전부 떨어뜨렸어. 네가 혼자 거기 들어간 줄로 생각했거든. 혹시라도 네가 물에 빠지거나 그랬다면? 나는 달려가서 욕실 문을 열었고 내가 지금껏 본 중에서 가장 추악한 걸 봤어."

그녀는 말을 멈췄다. 숨 쉬기조차 멈춘 것 같았다.

"브라이언이 너를…… 말 못 하겠다, 아폴로."

"전 듣고 싶어요." 아폴로가 말했다. 그러나 정말 더 듣고 싶은 건지 자신이 없었다.

"그가 네 옷을 전부 벗기고, 널 욕조에 넣었어."

"물이 뜨거웠다고 말씀하셨던 것 같은데요. 김이 피어올랐다고."

"그랬지." 릴리언이 말했다. "그는 네 가슴에 손을 올리고, 너를 물속에 담갔어. 넌 발길질을 하고 울부짖었지. 물이 델 정도로 뜨거워서."

아폴로의 손이 미끄러졌다. 그는 바닥에 주저앉았다. "뭐라고요?"

"네 아버지가 널 죽이려 하고 있었어." 릴리언이 말했다. "그리고 내가 집에 오면 나도 죽일 생각이었어. 그런 다음 그 자신도."

"왜요?" 아폴로는 속삭였다.

"말했잖니. 난 이혼을 원했어. 나는 그 사람을 떠났고 널 데리고 나왔지. 네 아버지는 끔찍한 어린 시절을 보냈단다. 그의 어머니와 아버지는 둘 다 한심한 인간들이었어. 그래서 그는 가족을 무척이나 원했지. 자기가 잃었던 걸 모두 다시 찾고 싶었던 거야. 열두 살 때 이후로 그는 그게 얼마나 근사할지 머릿속에 그리며 살았단다. 하지만 열두 살짜리는 어른들의 세계를 이해 못 하지. 심지어 성인이 되었는데도, 그는 여전히 아이처럼 생각했어. 변할 수가 없었지. 적응할 수가 없었어.

나는 그 사람에게 이혼 서류를 보냈지만, 그는 다른 계획을 세웠던 거야."

아폴로는 문에 등을 기대고 앉았다. "하지만 난 항상……." 그가 중얼거렸다. "그 상자에 있던 물건들은. 그 책은."

"네 아버지는 너를 잃을 거란 공포에 휩싸여 살았지. 그게 그 책이 가진 의미의 전부야. 어렸을 때 그에겐 자기를 구하러 와줄 아이다가 없었어. 그이는 언제나 고블린이 자기를 훔쳐가서 키웠고 아무도 그를 찾으러 오지 않았다고 믿었지. 그게 그 사람이 그 책을 갖고 있던 이유고, 그걸 너에게 읽어주고 싶어 했던 이유야. 언제나 널 찾으러 갈 거라고 다짐하면서. 그는 온 마음을 다해 널 사랑했고 네 목숨을 빼앗으려고 했어. 미안하다, 아폴로. 하지만 그 두 가지 모두 다 진실이야."

릴리언은 목청을 가다듬었다. 지금까지 중에 가장 차분한 목소리로 다시 말했다.

"너는 네 아버지에 대해 네가 원하는 대로 생각할 권리가 있어. 그리고 나에 대해서도. 하지만 적어도 넌 모든 걸 알게 된 거야. 그것만이 뭔가를 이해할 수 있는 유일한 방법이지."

아폴로는 손을 들어 눈을 가렸다. "어린 시절을 살아남은 사람들이 전부 경이롭게 느껴져요."

"아폴로. 내 말 듣고 있니? 네 아버지가 어떤 사람이든 상관없이, 넌 그 사람이 아니라는 걸 네가 깨닫길 바란다. 난 지금의 너를 자랑스럽게 생각하고 있어."

그는 머리를 은신처 문에 기대고 천장을 올려다보았다. "난 평생을 아버지의 뒤를 쫓으며 보냈어요. 하지만 거기엔 언제나 엄마가 있었어요."

"난 내가 있고 싶은 곳에 있었던 거야." 릴리언이 속삭였다.

"아버지는 어떻게 됐어요?" 아폴로가 물었다. "엄마가 그렇게 발견한 다음에 말이에요. 아버지가 그냥 사과하고 걸어 나갔을 거라고는 생각지 않아요."

"내 아이를 해치려던 사람이 문으로 걸어 나가는 걸 내가 그냥 지켜봤을 거라 생각하니?"

"경찰에 신고하셨나요?"

"아니." 릴리언이 말했다. "경찰은 필요 없었어. 욕실로 들어가서, 내 아들이 위험에 빠진 걸 보고, 나는…… 다른 무언가로 돌변했단다." 그녀는 갑자기 입을 다물었다.

"그래서 아버지는 지금 어디 있어요? 뭐 아시는 것 있어요?"

"브라이언 웨스트가 어디 있는지는 정확히 알지." 릴리언이 말했다. "그는 내가 놔둔 데 있단다."

아폴로는 전화기를 귀에 바짝 대고, 릴리언이 더 얘기하기를 기다렸다. 그러나 그 대신 릴리언은 말했다. "목소리가 지친 것 같구나. 뭘 좀 먹었니? 내가 가서 먹을 것 좀 해줄까?"

그는 거칠게 웃었다. "곧 뭐든 먹을 거예요." 그가 말했다. "하지만 엄마가 와주셨으면 좋겠어요. 곧."

아폴로는 다음 할 말을 생각했다. **에마가 지금 나랑 같이 있어요.** 그러나 그 말을 꺼내기 전에, 은신처 문 옆에 서 있는데도 무척이나 춥다는 것을 깨달았다. 그는 어머니에게 가야 한다고 말하고, 전화를 끊고, 문을 열었다. 방 안은 어제와 정확히 같은 모습이었지만, 바뀐 게 아무것도 없다는 뜻은 아니었다. 그는 몸을 떨며 안으로 들어갔다.

실내 난방기가 돌아가지 않았다.

온기가 없었다. 스파크도, 털털거리는 소리도, 달그락 소리도 없다.

그는 난방기 앞에서 몸을 굽혔다. 세 대 모두 만져보니 차가웠다. 퓨즈가 나간 걸까. 그러나 다이얼을 돌리자 난방기는 전부 불이 들어오면서 부드럽게 콧노래를 불렀다. 퓨즈는 괜찮았다. 그렇다면 어젯밤 누가 이 집에 들어와 난방기를 껐다는 뜻이었다.

97

아폴로는 실내 난방기 앞에 무릎을 꿇었다. 에마가 그의 뒤에 와 서 있었다. 그녀는 침대의 덮개를 벗겨 한쪽 어깨 위에 두르고 밑으로 늘어뜨리고 있었다. 마치 희끄무레한 사리*를 입은 것처럼 보였다.

"이걸 꼈다면 요르겐을 봤을 텐데. 그렇지?"

일흔 살 먹은 노인이 목에 칼을 꽂고 누워 있는 것을 못 보고 지나친다는 건 불가능했다.

"그는 부엌에 있잖아." 에마가 말했다. "그리고 바닥에 누워 있고. 그러니 어쩌면 못 봤을 수도 있어."

"하지만 피는." 아폴로가 말했다.

에마가 아폴로의 목덜미에 손을 댔다. 그 손길이 그를 부드럽게 달랬다. "뒤쪽을 통해 들어온 게 아니라면 그자가 거기 있다는 것조차 몰랐을 거야."

"하지만 그렇다면 킨더가튼이 난방기를 끄자고 여기 왔다는 얘긴데. 왜 그런 짓을?"

"누구?"

---

* 인도의 여성들이 입는 민속 의상.

아폴로가 팔을 저었다. "윌리엄 휠러 말이야."

"그러니까 그 윌리엄 휠러가 누군데?"

에마가 물었을 때 아폴로는 진심으로 웃었다. 그냥 그녀가 그를 놀리는 것 같았다. 하지만 당연하다. 그녀가 어떻게 알겠는가? 아, 맙소사. 그들의 모든 고통의 중심에 있는 자가 에마에게는 유령이나 마찬가지라니. 그는 그저 화면 위 아바타일 뿐이다.

"그자가 당신 전화기에 그런 사진을 보냈던 사람이야. 그런 다음 그 사라지게 했고."

"오." 에마가 말했다. "그건 상상도 못 했네."

아폴로는 그 은신처 안에서 최대한 많이, 최대한 빨리 설명했다. 킨더가튼이 어떻게 패트리스의 기계들에 침투했고, 하드 드라이브 안에 숨어들어 잠복해 있었는지를.

"그도 트롤이야." 에마가 말했다.

에마의 얼굴이 분노로 팽팽해졌다. 그녀는 한 팔을 쭉 뻗었다. 뭔가 칠 만한 것을 찾는데 제일 먼저 눈에 띈 것이 방 한가운데에 서 있는 일본식 병풍이었다. 그녀는 그것을 때렸고, 병풍 하나가 넘어지면서 옆의 병풍들도 함께 넘어졌다. 병풍은 벽을 긁으며 묵직한 쿵 소리를 내고 두꺼운 카펫 위에 쓰러졌다. 그 탓에 벽에 걸린 아이들의 초상 스무 개 정도가 바닥에 떨어졌다.

에마가 물었다. "이건 다 뭐야?" 요르겐의 머릿속에 그렇게 자주 출몰했어도 이 집에는 한 번도 와본 적이 없었던 것이다.

아폴로는 어디서부터 시작해야 할지 몰랐다. 그래서 그는 방의 제일 먼 구석으로 걸어가 작은 잉크 그림을 가리켰다. "이건 애그니스 크누스다터야." 그는 이렇게 시작했다. "이 아이가 첫 번째였어. 다른 아이들 이름은 잘 모르겠어. 하지만 킨더가튼의 딸도 여기 있을 거야. 그 애 이름도 에그니스였지."

그녀는 벽에 다가갔다. 그녀는 손으로 입을 가리고 그림 속 얼굴을 하나하나 훑어보았다. 그러고 나서 고개를 숙여 바닥에 떨어진 액자들을 보고, 두 개를 집어 다시 벽에 걸고 손을 내렸다.

"그 많은 엄마들이." 그녀가 속삭였다. "여긴 악마의 집이야."

에마는 실내 난방기로 다가가 세 대를 전부 틀었다. 난방기 코일이 오렌지색으로 빛나자, 그녀는 난방기를 하나씩 앞면이 아래로 가도록 카페트 위에 쓰러뜨렸다.

"그러면 불이 날 텐데." 아폴로가 말했다.

"그러길 바라." 그녀가 말했다.

요르겐의 집은 이웃집들과 떨어져 있었고 그 사이에는 진입로가 있었다. 소방관들이 도착하기 전까지 화염이 번지는 것을 막아줄 공간이 충분하기를, 그는 속으로 바랐다. 그들은 재빨리 1층을 돌아다니며 창문을 모두 닫았다. 식당 테이블 위에 있던 몇 달치—아니면 몇 년치—신문지와 잡지들을 불쏘시개 삼아 난방기 주위에 가득 채워놓고, 그런 다음 다른 방 주위에도 넉넉히 두어서 불이 확산하도록 했다. 그런 다음 은신처로 돌아왔다.

에마가 여행 가방을 가리켰다. "당신이 가져온 옷 좀 보여줘."

아폴로는 옷가지를 카펫 위에 펼쳤고 에마는 걸쳤던 시트를 풀었다. 옷을 다 입고 복도의 서랍을 뒤져 털 달린 묵직한 후드 파카를 꺼냈다. 걸쳐보니 양쪽 소매 끝을 두 번 접어야 했고, 아랫단은 무릎 아래까지 내려왔다. 그녀는 요르겐의 옷을, 아폴로는 윌리엄의 옷을 입고 있었다. 두 사람은 크누트센이 되어 조상 대대로 내려오는 집을 불태우고 있었다.

발아래 카펫이 그슬리면서 냄새를 풍기고 있었다. 첫 번째로 피어오른 연기의 흔적은 은신처 안에서 보였다. 이제 여행 가방이 거의 비었다. 남은 것은 곡괭이와 브라이언의 옷뿐이었다. 아폴로는 곡괭이를, 에마는 아기옷을 들었다. 둘은 은신처를 나와 부엌으로 향했다. 요르겐의 시체는 전시해놓은 나비처럼 찬장에 붙박인 채 앉아 있었다.

"이 집이 화염에 휩싸이면 요르겐은 바이킹식 장례를 치르게 되겠는데." 아폴로가 말했다.

"그자에겐 과분하지." 에마가 말했다.

아폴로는 곡괭이를 내려놓고 마지막으로 시체에 다가갔지만, 감상적인 작별 인사 따위를 할 생각은 아니었다. 그의 지문이 칼자루에 묻어 있었다. 집은 불에 타겠지만, 그 와중에 뭐가 남을지 누가 알겠는가? 적어도 살인 흉기는 가져가야 했다. 그는 칼을 잡아당겼지만, 칼끝이 깊이 박혀 있었다. 아폴로는 죽은 남자의 가슴을 발로 딛고 힘껏 당겨서야 칼을 뽑을 수 있었다. 요르겐의 시체는 옆으로 드러누우며 둔탁한 털썩 소리를 냈다. 에마는 이미 뒷문으로 나가고 없었다.

아폴로와 에마는 집 옆을 따라 걸었다. 거리에서 보면 집 안의 화재를 상상할 수 없을 것이었다. 아직은. 한편 요르겐 크누트센의 집 내부는 이미 연기로 가득 차 있었다. 창문을 닫고 현관문 아래에 전단지 몇 장을 끼워 넣은 것이 집 안을 흡연실처럼 만드는 데 일조했다. 은신처에 창문이 없으니 불길이 한참 번지기 전까지는 참견 좋아하는 이웃도 불을 볼 수 없을 것이었다. 그리고 불이 발견되면 이 집을 구하기엔 이미 늦겠지.

길을 반쯤 내려왔을 때 빛의 세례를 받았다. 눈부신 아이디어만큼이나 눈부신 빛이었다. 동작 센서가 다시금 제 역할을 충실히 해 두 사람을 빛으로 포획한 것이다. 아폴로는 달아나지도 그 자리에 얼어붙지도 않았다. 한낮의 조명등 불빛은 거리를 걷는 사람들이나 골목길 건너편에 있는 사람들의 눈에 띄지 않을 것이었다. 그와 에마는 그 희한한 문 앞에서 멈췄다. 손잡이도 없고 잠금장치도 없는 문.

"저것 좀 봐." 에마가 말했다.

허리 높이에, 희미한 지문이 찍혀 있다.

"핏자국이야." 아폴로가 말했다.

에마는 문을 밀었지만 움직이지 않았다. "저 아랜 뭐가 있어?" 에마가 물었다.

"나도 들어가보지 않았어."

"그 노인이 은신처에 사진들을 보관했다면, 지하실엔 뭘 감춰놨을 것 같아?"

그녀는 다른 말없이 아폴로의 왼손에 들린 곡괭이를 가리켰다. 그는 곡괭이를 들고 까뀌의 끝을 문과 문틀 사이에 밀어 넣었다. 그러고 나서 길 건너와 뒤쪽을 살펴보았다. 보고 있는 이웃은 없었다. 그는 까뀌를 뒤로 젖혔고, 나무는 큰 소리로 삐걱거렸다. 그는 주저 없이 까뀌를 더 아래쪽에 밀어 넣고 다시 잡아당겼다. 세 번째로 더 낮은 곳에 박아넣고 당기자 문짝이 경첩에서 들리며 뒤로 넘어갔다. 아폴로는 안으로 들어갈 수 있도록 문을 더 뒤로 밀었다. 긴 계단이 지하실로 이어져 있었다. 두 사람은 잠시 말없이 문턱에 서 있었다. 희미하게 뭔가 딸깍거리는 소리가 들렸다. 잠시 후 그 소리가 다시 들렸다.

"내가 12번을 활성화시키려고 하는데 말이야. 너희도 이거 좋아할걸."

남자의 목소리.

아폴로는 그 목소리를 알아들었다.

그는 곡괭이로 아래를 가리켰다. 아래로 내려가자 머리 위 마룻널의 열기가 느껴졌다.

98

보일러, 세탁기, 건조기. 너무 오래돼서 뚜껑이 다 녹이 슨 페인트 깡통 여섯 개. 잡동사니 무덤의 꼭대기에는 두툼한 이불이 딸린 에어 매트리스가 올라가 있었다. 거기에 얇은 베개가 하나, 체격이 다부진 중년 남자에게 맞을 옷가지들이 담긴 쓰레기봉지 두 개, 검은색 사무실용 인체공학 의자, 컴퓨터 책상과 패트리스가 지하 아파트에 갖고 있는 것과 정확히, 완벽하게 똑같은 컴퓨터 시스템. 모니터 하나에 기대어 있는 아이패드. 아이패드 화면에는 남자의 품에 포근히 안긴 아기 사진이 떠 있었다.

그리고 킨더가튼이 있었다.

그는 귀에 거대한 헤드폰을 쓰고 사무실 의자에 앉아 장치들 한가운데 스크린을 바라보고 있었다. 그가 앉은 자리 아래 바닥에 핏방울이 묻어 있었다.

"여긴 찰스턴에 있는 집이야." 윌리엄이 누군가의 질문에 대답하는 것처럼 말했다. 그는 부드럽게 웃었다. "아니, 주소는 알려주지 않겠어. 유료 회원들만 플래티넘급 접근을 허용 받을 수 있지."

아폴로와 에마는 숨 막히는 침묵 속에서 남자를 바라보았다.

킨더가튼은 사우스 캘리포니아 찰스턴에 있는 한 가정집 안에 카메라를 침투시킨 것이었다. 다섯 사람이―아빠, 할아버지, 할머니, 그리고 십대 소녀 둘—넓은 부엌 안을 이리저리 돌아다니며 아침 식사를 준비하고 있었다. 그리고 킨더가튼은 이곳 퀸스에서 그들을 지켜보고 있었다.

킨더가튼이 집 안으로 들어갈 방법을 찾은 것도 찾은 것이지만, 그 카메라는 잘 숨겨져 있는 것 같지도 않았다. 시점으로 보면 카운터 높이의 오른쪽에 있는 뭔가에 달아놓은 것 같았다. 부엌에 있는 사람들 중 한 명쯤은 발견할 법도 한데, 다섯 명 모두 의식하지 못하는 것 같았다. 그러다 갑자기, 어처구니없게도 할아버지가 카메라를 향해 똑바로 다가와서, 바짝 몸을 숙이고, 아무 근심 없이 렌즈를 들여다보았다. 그는 천천히 타이핑하면서 간간히 카메라를 올려다보았다.

그제야 아폴로는 무슨 일이 일어나고 있는지 깨달았다. "저건 랩톱 컴퓨터야. 저자가 저 집의 랩톱을 자기 카메라로 삼았어."

아폴로와 에마는 바짝 긴장했다. 킨더가튼이 그들의 기척을 듣기를 기다렸지만, 헤드폰 때문에 그는 두 사람이 거기 있는 걸 전혀 몰랐다. 컴퓨터 스테이션이 감각을 차단하는 일종의 고립 장치처럼 작용하고 있었다.

가시에 찔린 것처럼, 아폴로는 킨더가튼이 이와 똑같은 짓을 패트리스의 컴퓨터에도 해놓았다는 것을 깨달았다. 아폴로, 데이나, 패트리스가 지하 아파트에서 에마의 탈출 장면이 찍힌 동영상을 재생했을 때 킨더가튼은, 지금처럼 조용히 앉아 그들을 지켜보고 있었겠지. 아폴로는 피로가 눈꺼풀을 무겁게 짓누르는 것을 느꼈다. 정말이지 이들을 능가할 수가 없다.

이제 아폴로는 다른 화면들을 보았다. 중산층 가정의 부엌을 엿보지 않는 화면들. 모니터 각각에는 네 개의 작은 상자들이 떠 있었고, 그 상자 안에는 책상에 앉은 남자의 모습이 보였다. 각각이 얼굴에는 초록빛 컴퓨터 화면의 반사광이 비치고 있었다. 남자들은 킨더가튼과 비슷한 헤드폰을 쓰고 있고, 오른쪽 이어컵에서는 작은 마이크로폰이 뻗어나와 있었다. 함께 비디오 게임을 하는 온라인 친구들의 모습 같았지만, 지하 감옥을 약탈하거나 가상의 전쟁에서 전투를 벌이는 대신, 그들은 한 가정집을 함께 공략하고 있었다. 일종의 해롭지 않은 장난처럼.

"나 이렇게 오랫동안 깨어 있을 줄은 생각 못 했는데." 킨더가튼이 말했다. "자, 어서. 이거 한 여덟 시간은 이러고 있는 거 같군! 난 지금도 거의 자고 있다고!"

아폴로와 에마는 꼼짝 못 하고 그대로 서 있었다.

"아냐." 킨더가튼이 말했다. "엄마는 시카고에 있어. 지금 르네상스 블랙스톤 호텔에 묵고 있지. 이틀 더 남았어."

바로 그 순간, 남자들 중 하나가 말을 하자 킨더가튼이 몸을 앞으로 기울였다. 남자의 입술이 움직이는 게 보였다.

"맞아." 킨더가튼이 말했다. "저 아빠는 마누라가 바람피우는 것도 모르는 등신이야. 엄마는 엄청 못생겼는데, 딸들은 아직까지는 괜찮아. 하지만 엄마가 저 따위로 생기면 딸들도 자라면서 그렇게 뚱뚱해질걸."

에마가 아폴로에게서 곡괭이를 낚아챘다. "이 정도면 됐어."

그녀는 야구방망이를 휘두르듯 킨더가튼 옆으로 곡괭이를 휘둘렀다. 곡괭이 날이 겨냥한 대로 정확히 그의 몸에 맞은 것은 아니었다. 스윙도 거칠었고 곡괭이는 에마의 예상보다 더 무거웠다. 그래도 곡괭이 날은 어깨에 박혔다. 킨더가튼은 의자에서 날아갔다. 그는 옆으로 쓰러졌고, 의자는 그와 함께 넘어졌다.

그가 넘어지면서 지하실에 고인 물이 사방으로 퍼졌다. 의자에는 그의 몸에서 쏟아진 피가 고였다. 라즈베리 잼 병이 박살 난 것 같았다. 헤드폰이 날아갔다. 남자는 강아지처럼 낑낑거렸다. 그는 고개를 들어 에마와 그 옆에 선 아폴로를 보았다.

"씨발." 그러나 그는 움직이지 않았다. 움직일 수가 없었다. 그가 입은 스웨트셔츠 오른쪽이 피 때문에 색이 짙어졌다.

에마는 첫 번째 스윙의 실수를 깨닫고 곡괭이의 뾰족한 끝이 킨더가튼을 마주보도록 돌려 잡았다. 그러고는 곡괭이를 들어 올리고 몸을 한껏 뒤로 젖혔다.

"아니, 아니, 아니." 그가 다급하게 외쳤다. "내가 도와줄 수 있어."

에마는 곡괭이를 내리찍었다. 날 끝이 킨더가튼의 칼라를 뚫었고, 남자는 귀에 거슬리는 끼익 소리를 질렀다. 박쥐처럼 작고 날카로운 비명이었다. 날은 쇄골 바로 위에 박혔다. 다리가 허우적거렸다. 아폴로는 움찔했다. 위층 부엌에서 본 요르겐의 마지막 순간이 떠올랐다. 에마는 발로 킨더가튼의 가슴을 밟고 곡괭이를 뽑아냈다.

킨더가튼의 눈이 머리 안에서 헤엄을 치며 아폴로를 찾았다. "제발." 그가 애원했다. "당신 마누라 좀 어떻게 해봐."

에마는 다시 곡괭이를 들어 올렸다가 날을 아래로 내리쳤다. 이번에는 날카로운 날이 대흉근을 3센티미터 정도 파고들었다. "저 사람한테 애원할 게 아니지. 빌리려면 나한테 빌라고."

킨더가튼은 고개를 끄덕였다. 그는 팔을 들어 올려 손을 모아 애원하려고 했지만, 손이 너무 심하게 떨렸다. 게다가 아직 그에게는 가슴에 박힌 곡괭이 문제도 있었다.

"제발." 킨더가튼이 말했다. "내가 당신한테 잘못한 거 알아요. 하지만 제발 죽이지는 말아요." 그는 한참을 헐떡거리다가 간신히 다시 말했다. "나도 딸이 있습니다. 그리고 그 아이는 엄마가 없어요."

에마는 발로 쇄골을 밟고 세게 눌렀다. 그는 침을 뱉고 숨이 막혀 캑캑거리며 울부짖었다. 그러는 사이 그녀는 곡괭이를 다시 뽑았다. 상처 주위로 피가 점점 번져나갔다.

아폴로가 에마의 팔을 만졌다. "당신이 이렇게 할 줄은 몰랐어."

"나도 몰랐어."

아폴로는 곡괭이로 손을 내밀었지만, 그녀는 놓지 않았다. 그는 다시 손을 거두고 킨더가튼에게 다가가 몸을 굽혔다. "당신 아버지는 죽었어." 그는 킨더가튼에게 상처를 주고 싶었다.

"알아요. 봤어요."

"그런데 그냥 거기 내버려뒀어?" 아폴로가 물었다.

킨더가튼은 한 손을 스웨트셔츠로 가져가 두 번째로 난 더 큰 상처에 대고 눌렀다.

"아버지는 몇 달 동안 자살할 생각이었어요. 먹을 걸 가지러 위층으로 올라갔는데, 거기 부엌 바닥에 아버지가 있더군요. 난 아버지가 드디어 성공했다고 생각했죠." 그는 가쁜 숨을 몰아쉬었다. "솔직히 말하자면 안도감 같은 걸 느꼈어요."

아폴로는 거의 쓰러질 뻔했다.

에마도 충격을 받은 것 같았다. "빌어먹을."

"아니, 그러니까 내 말은, 어쨌든 경찰은 부르려고 했어요. 하지만 여기에서 뭘 하던 중이라서요. 그래서 돌아온 겁니다. 아버지가 어디 다른 데로 가버리거나 할 건 아니잖아요. 안 그래요?"

"하지만 왜 현관문은 열어둔 채로 둔 거야?" 에마가 물었다.

그제야 킨더가튼은 몸을 움직였다. 일어서려고 애쓰는 것이었다. "나는 뒷문으로 들어왔어요. 현관문이 열려 있었나? 하지만 아버지가 현관문을 열어뒀다는 건…… 당신들이 여기 있다고 나한테 경고한 거로군." 킨더가튼은 조용히 물었다. "당신들이 내 아버지를 죽인 건가?"

아폴로는 에마를 올려다보고 다시 킨더가튼을 보았다. "그랬지."

킨더가튼은 고개를 끄덕였다. "음…… 고마워요."

아폴로는 킨더가튼의 가슴에 난 구멍에 손가락을 곧바로 쑤셔 넣었고, 그런 자신에게 스스로 놀랐다. 남자는 펄쩍 위로 뛰었다. 만일 에마가 발목을 밟고 있지 않았다면 그 고통이 그를 벌떡 일으켜 세웠을 것이다.

"네 아버지는 널 보호하려 했어." 아폴로가 말했다.

킨더가튼은 한숨을 쉬었다. "버려지는 것보다 더 나쁜 게 뭔지 알아요? 그런 사람의 손에서 키워지는 거야."

"그는 좋은 아버지라면 마땅히 해야 할 것들을 했어."

"꼭 그 사람처럼 얘기하네!" 킨더가튼이 외쳤다. "좋은 아버지는 아이들을 보호하지. 그 머저리가 돈을 좀 모아놨더라면, 자기 재산을 당연히 여기는 대신 어떤 식으로든 미래에 대한 계획을 세워놨더라면, 그럼 나는 그런 일을 할 필요가 없었을 거요." 그는 잠시 호흡을 놓쳤다. "그런 큰 희생을 치르지 않아도 됐을 거라고요."

그들 옆에, 컴퓨터 책상 위에 놓인 아이패드가 계속 사진들을 보여주고 있었다. 전부 한 어린아이를 찍은 사진이었는데, 첫 6개월부터 생애의 다양한 순간들을 담고 있었다.

"왜 너희 중 아무도 그걸 죽이지 않았어? 내가 가장 이해가 안 가는 게 그거야." 에마가 물었다.

"그건 못 죽여요. 알잖아요."

"왜?" 에마가 쏘아붙였다.

킨더가튼은 고개를 저었다. "이해를 못 하는군요. 하긴, 당신 탓은 아니지. 당신은…… 우리처럼 키워지지 않았으니까. 역사는 못 바꿔요. 할 수 있는 거라곤 물려받은 것 안에서 최선을 다하는 거요. 그게 내가 한 일이고."

"내 아들을 데려간 거?" 에마가 물었다. 그녀는 몸무게를 실어 그의 발목을 힘껏 밟았다.

킨더가튼은 애원하며 손을 들어 올렸다. "아긴 살아 있어요. 살아 있는 건 당신도 알죠?"

"그걸 어떻게 알아?" 아폴로가 물었다.

그는 턱짓을 했다. "컴퓨터까지 데려다줘요. 그럼 보여줄 테니."

에마는 킨더가튼의 발목을 밟고 있던 발을 뗐고, 아폴로는 팔을 잡아 일으켜 세웠다. 너무 빨리 일으켜 세워 아팠겠지만, 아폴로와 에마 모두 그런 건 염려하지 않았다.

"왜 이렇게 덥지?" 킨더가튼이 위를 올려다보며 물었다. 머리 위로 뻗은 기둥 사이로 연기가 뿜어 나오고 있었다.

"우리가 너네 집에 불을 질렀거든." 에마가 말했다.

킨더가튼은 의자를 조정하려 했지만 쉽지 않았다. 오른팔이 제 기능을 잃은 것 같았다. 오른팔 전체가 어깨부터 헐렁하게 매달려 있었다. 가슴의 상처가 피를 더 많이 뿜어냈다. 그는 갈비뼈를 만졌다. 더 오래된 상처가 있었고, 말라붙은 피딱지가 크게 앉아 있었다.

킨더가튼이 컴퓨터로 돌아오자, 가운데 스크린의 가족은 찰스턴의 집 부엌 식탁에 앉아 아침을 먹으며 아침에 해야 하는 이런저런 일들을 하고 있었다. 그들은 집 안에 스며든 악당에 대해서는 까맣게 모르고 있었다.

킨더가튼은 사우스캐롤라이나의 가족들을 보여주던 원격 카메라를 껐다. 한편 다른 스크린의 남자들, 그들 각자의 위치에서 원격 화면을 보고 있던 남자들은, 이제 공공연하게 요르겐 크누트센 집 지하실에서 벌어진 장면을 얼빠진 듯 바라보고 있었다. 킨더가튼에게 손님이 찾아왔다는 것도, 그가 부상을 당한 것도 볼 수 있었다. 그들은 친구를 걱정했을까, 아니면 이 장면이 더 볼만하다고 생각했을까?

"0번을 활성화시킬 거야." 킨더가튼이 말했다. 지하실의 커플이 아니라 화면의 남자들에게 말하는 것처럼. 아이를 이름이 아닌 호칭으로 부르는 게 일이 더 쉬워질 거라 생각하는 걸까.

"브라이언이야." 아폴로가 말했다.

킨더가튼은 희미하게 고개를 끄덕였다. 가운데 스크린이 암흑이 되고, 작은 숫자 카운터가 화면 오른쪽 아래에 나타났다.

"아무것도 없는데." 에마가 말했다.

"카메라를 움직여볼게요." 킨더가튼이 말했다.

키보드의 키 두 개를 두드리자 화면의 이미지가 옆으로 회전했다. 이제 아폴로는 모니터의 화면이 흙과 돌로 가득 찬 지하를 비추고 있음을 깨달았다.

"동굴이야." 아폴로가 말했다. "동굴에 카메라를 달았어."

"말했잖아요. 할 수 있는 거라곤 물려받은 것에서 최선을 다하는 것뿐이라니까." 킨더가튼이 말했다.

"그래서 뭘 했는데?" 에마가 몸을 앞으로 숙이고 눈을 가늘게 뜨고 흐릿한 화면을 보며 물었다.

"돈벌이 수단을 만들었죠." 킨더가튼이 말했다. 자랑스러운 기색이 역력했다. "내 아버지는 공짜로 일했지만, 그런 식으로는 제대로 되지 않아요. 약속의 요점은 우리가, 크누트센의 남자들이, 궁극의 희생을 하는 것이었죠. 그에 대한 보상으로 번창해나가는 거고. 내 아버지는 적절한 희생을 치르지 못했고 아무 축복도 받지 못했어요. 아버진 트롤이 난동을 부리지 못하게 막았지만, 그렇다고 해서 그게 빌어먹을 주택 자금 대출을 갚아주진 않았다고.

그래서 나는 어떤 전문가 위원회에 얘기를 퍼뜨렸죠. 매달 등록하면 원하는 아무 때나 카메라에 로그온하고 그 과정을 지켜볼 수 있다고. 이 사람들은 언제나 당신들 모두를 지켜보고 있어요. 어떤 행동도 그들의 눈을 피하지 못하죠. 랩톱 카메라 위에 작은 전기 테이프 하나만 붙이면 우리는 절대 볼 수 없어요. 그렇게 작은 거 하나면 다 되는 건데. 하지만 사람들은 대부분 그렇게 앞서 생각하지 않죠. 우리는 애플을 믿으니까. 이런 사람들을 위해서는 특별한 걸 제안해야 해요. 미스터리 같은 거, 그들이 절대 보지 못하는 그런 것. 그건 그만 한 가치가 있어요. 유일하게 가치 있는 거요. 나한텐 아직 충분한 자원이 없지만, 얘기는 더 퍼져 나갈 수 있을 겁니다. 이 0번이 우리 베타 테스트예요. 셋업을 전부 마치면 비트코인으로 대금을 받을 거예요. 추적하기 더 어렵게."

킨더가튼은 의자에서 뒤로 웅크렸다.

"솔직히 말하자면 더 잘될 수도 있어요. 그 아래에는 카메라를 딱 한 대만 달았어요. 하나 이상 달 만큼 오래 머무는 건 위험해서. 내가 원하는 건 35밀리미터 풀프레임 CMOS 센서 카메라를 달아서 HD 화질 비디오 화면을 찍는 거예요. 그럼 전부 볼 수 있게 되죠. 물론, 그들이 진짜로 기다리는 건 피날레예요. 아무튼 그게 내가 광고했던 것이기도 하고."

그는 아폴로를 올려다보고, 그런 다음 에마를 보며 씩 웃었다. 새로운 창업 전망이 주는 흥분이 진통제 역할을 한 것이다.

"트롤이 우리 아이를 먹는 장면을 볼 수 있게 해주겠다고 광고한 거군." 아폴로가 말했다.

그러자 그가 고개를 숙였다. "미안해요." 킨더가튼이 말했다. "하지만 전엔 이렇게까지 오래 걸리지 않았어. 그건 아이를 키워보려고 노력하지만 영 형편없거든요. 아이들을 잘 먹이고 싶어 하는데, 애들은 항상 먹지를 못해. 아니면 그게 자기 능력을 잊어버린 것인지도 모르겠어요. 하지만 브라이언은 좀 달라요. 나도 왜인지는 모르겠어요. 정확하게는."

"브라이언이 누군가의 보호를 받는 것 같아." 아폴로가 에마를 바라보며 말했다. 그녀는 화면에서 시선을 떼지 않았다.

킨더가튼은 천장을 힐긋 엿보았다. 이제는 마룻널 사이로 새어드는 연기를 무시할 수 없었다. 머리 위에 검은 구름이 맺히고 있었다.

갑자기 킨더가튼이 멀쩡한 팔을 들어 올렸다. "하지만 이걸 보여줄게요!" 그가 말했다. "아기가 괜찮다는 증거가 있어요. 그 애 사진이 있어요." 그는 아이패드로 손을 뻗어 암호를 입력했다.

"금방 보여줄게요." 그가 중얼거렸다.

그는 사진 갤러리를 열고 한 파일에서 다른 파일로 훑어나갔다.

"금방 보여줄게요."

그러나 그가 사진을 찾기 전에 에마가 뒤로 물러나서 곡괭이를 치켜들고 크게 스윙했다. 이번에는 정확했다. 날은 킨더가튼의 옆머리에, 왼쪽 귀 바로 위에 꽂혔다.

물리적 힘이 방금 전처럼 킨더가튼을 옆으로 넘겼지만, 이번에는 넘어지는 힘이 머리에서 곡괭이를 분리시켰다. 곡괭이가 빠져나오면서 두개골 일부를 떼어냈다. 킨더가튼은 바닥에서 몸부림쳤다. 옆머리에서는 미친 듯이 피가 뿜어 나왔다.

아폴로와 에마는 멀찍이 서서 그를 지켜보았다. 킨더가튼의 뇌가 들여다보였다. 그것은 요리하지 않은, 사냥감 냄새가 나는 고기 같았다. 뇌에서 심장 박동에 맞춰 맥이 뛰었다. 킨더가튼은 쇼크로 정신을 잃은 것 같았지만, 그의 눈은 아폴로를 향해 움직였다.

킨더가튼은 피를 흘리고 질식하고 비명을 내뱉었다. 그들 위로 집이 화염에 휩싸여 무너져도, 저 멀리에서 소방차의 사이렌 소리가 들려도, 다시 계단을 올라 달아나야 했음에도, 그들은 아직 갈 수가 없었다.

킨더가튼의 피가 바닥에 웅덩이를 이루는데도 움직일 수가 없었다.

핏줄기가 엎어져 있던 아이패드에 닿았다. 두 사람의 신발에 닿아 밑창을 적셨다. 그의 눈이 머리 안에서 나른하게 뒤로 구르자 흰자만 보이게 되었다.

그의 손이 바닥을 세 번 더 툭툭툭 두드리고는, 고요해졌다.

99

아폴로는 몸을 굽혀 아이패드를 끌어당기면서 시체를 보았다. 시체의 눈은 천장을 노려보고 있었다. 보호 커버가 피에 흠뻑 젖었지만, 벗겨 내고 보니 아이패드는 괜찮았다. 책상 위 모니터에는 여덟 남자 중 다섯이 아직도 그 자리에 남아 노이로제에 걸린 듯한 눈초리로 지켜보고 있었다. 이 쇼의 다음에는 뭐가 나올까? 아폴로는 책상에서 모니터 두 대를 다 밀어버렸다. 모니터는 뒤로 넘어가 바닥 위에 떨어져 깨졌다.

호기심이 아폴로를 이겼다. 확인해야 할 것이, 답을 찾아야 할 의문이 하나 있었다. 그들은 킨더가튼의 스웨트셔츠 오른쪽 자락을 잡아당겨 치켜 올렸다.

"칼이 적어도 한 번은 맞췄을 것 같은데." 아폴로가 말했다.

그러나 셔츠 아래 상처는 총상 같아 보이지 않았다. 그 대신 살가죽은 헐렁하게 늘어져 있었고, 그 위로 길게 찢어진 상처 세 개가 나란한 모양으로 나 있었다.

"잘했어요, 칼." 에마가 말했다.

머리 위의 열기가 거세져서 두 사람 모두 땀을 흘렸다. 훨씬 더 많은 양의 연기가 마룻널 틈새를 타고 지하실로 뭉게뭉게 내려왔다. 곧 연기가 방 안을 가득 채울 것이다. 나무가 갈라지는 소리, 삐걱대는 소리가 지하실 전체에 울렸다.

열기는 무지막지해졌다. 이제는 연기에 천장 기둥들이 가려 안 보일 정도였다. 아폴로와 에마는 입을 가렸다. 밖에서는 사이렌 소리가 들렸다. 이웃들도 집 밖으로 대피한 것이 틀림없었다. 아폴로와 에마는 이제 진입로를 통해 빠져나갈 수 없다.

지하실 안을 살펴보았다. 낡은 파란색 세탁기와 건조기가 나란히 놓여 있었다. 올이 드러난 빗자루와 이가 거의 다 빠진 갈퀴 두 자루, 자루에 지저깨비가 잔뜩 인 삽, 낡은 작업용 장갑이 든 비품 서랍도 있었다.

마감이 말끔히 되지 않아서 천장에는 1층의 목재와 마룻널이 고스란히 보이고 파이프라인도 보였다. 파이프는 부엌과 욕실에서 이어져 내려와 지하실 구석에 처박혀 있는 보일러로 이어졌다. 보일러의 거대한 수직 실린더는 미사일 같았다. 파이프는 실린더 꼭대기에서 천장으로 연결되어 있었다.

"지하실에 이렇게 큰 보일러를 놨으면서 왜 그렇게 실내 난방기를 많이 둔 거지?" 아폴로가 기계를 바라보며 물었다.

"파이프가 끊어져 있어." 에마가 천장을 가리키며 말했다. "전부 다."

킨더가튼의 피가 눈에 들어왔다. 피는 바닥의 한 지점에 고여 웅덩이를 이루었고, 바닥이 약간 기울어져 있는지 한 방향을 향해 흐르기 시작했다. 그 한 줄기가 꾸준히 흐르면서 갈 곳을 찾고 있었다. 그 흐름이 아폴로와 에마를 향해 다가와서, 아주 잠깐 동안은 킨더가튼의 피가 그들을 찾아다니는 걸까 하는 생각마저 들었다. 그러나 그 피는 보일러 쪽으로 방향을 잡아 흐르더니 보일러 밑으로 흘러들어갔다. 보일러 근처에 다다라서는 피가 더 빨리 흘렀고, 그 아래로 희미하게 핏방울이 똑똑 떨어지는 소리가 났다.

아폴로는 아이패드를 내려놓았다. 그는 에마와 함께 보일러에 다가가 손으로 밀어보았다. 두 사람이 함께 밀자 보일러가 살짝 흔들렸다. 냉장고나 큰 괘종시계를 뒤집는 것과 비슷했다. 힘을 줘 다시 밀었더니 보일러가 기울었고, 꿍음을 내며 바닥에 쓰러져 금이 갔다.

보일러가 있던 콘크리트 바닥 아래에는 커다란 구멍이 나 있었다. 킨더가튼의 피가 그 어둠 속으로 방울져 흘러내렸다. 평평하지도 말끔하지도 않은 그 구멍은 누군가 이곳에서 수많은 밤을 보내며 쪼개고 잘라 파낸 것 같았다. 최근에 한 작업은 아닌 것 같았다.

두 사람은 구멍의 입구를 들여다보았다. 깊이가 얼마인지는 알기 어려웠다. 소방관들이 거리에서 서로에게 외치는 소리가 들렸다. 머리 위 마룻널이 이제는 타서 시커멓게 되어 있었다.

에마는 주저앉은 채로 구멍 쪽으로 서둘러 다가갔다. 그러나 안으로 뛰어들기 전에 아폴로가 에마를 막았다.

"잠깐. 한 가지 더 필요한 게 있어." 아폴로는 휴대전화를 꺼내 전원을 켰다.

"지금 전화를 하겠다고?" 에마가 말했다.

그는 아이패드로 손을 뻗어 다시 잠금 화면을 풀었다. 화면을 문지르니 여러 가지 앱들이 나타났다.

전화 반대쪽에서는 패트리스가 전화를 받았다. "아직 살아 있구나." 그는 안도하는 목소리로 말했다. "너희 어머니가 오늘 아침 여기 오셨어. 널 찾으러. 진짜 걱정하시던데. 어머니한테 전화했었어? 어머니 말씀이 네가 좀 이상했다고 하시던데."

"패트리스, 입 좀 다물어. 어쩌면 이게 마지막 전화가 될 테니까."

"말해봐."

"앱스토어에 그 '햇빛' 앱 올려놨어?"

"너도 직접 봤잖아." 패트리스가 말했다. "그 앱의 가장 큰 버그는 단 한 번밖에 사용할 수 없다는 거야. 배터리 전원을 다 잡아먹으니까."

에마는 구덩이 가장자리에 앉아 있었다. 부둣가에 발을 내리고 앉아 있는 여인 같았다.

"나 그거 필요해." 아폴로가 말했다.

패트리스는 전화기에 대고 한숨을 쉬었다. "앱스토어에 있어. 가격은 3.99달러야. 그건 무료로 바꿔놓을 수 있어. 그럼 그냥 다운로드하면 돼."

패트리스의 말에 새로운 아이디어가 아폴로에게 떠올랐다. 아주 좋은 아이디어라 이 와중에도 웃음이 절로 나왔다. "가격은 바꿔줬으면 좋겠어. 가장 비싸게 매길 수 있는 가격이 얼마야?"

"999.99달러. 하지만 간단한 꼼수가 있지."

"그거 지금 할 수 있어?"

"내가 누구냐." 패트리스가 말했다. "물론 할 수 있지. 얼마로 할까?"

"7만 달러." 아폴로가 말했다.

반대쪽에서 웃음소리가 크게 울려서 에마에게도 들렸다. 아폴로는 전화를 끊었다.

앱스토어에서 앱을 검색해보니 가격이 바뀌어 있었다. 그는 '구매' 버튼을 눌렀다. 그러고는 에마 옆에 앉아 다운로드 막대가 길어지는 것을 함께 지켜보았다.

"하지만 한 번밖에 못 쓴다면 그걸 뭐에다 써?" 에마가 물었다. "공원
은 북쪽으로 800미터는 가야 하는데."

"노인이 나한테 이야기를 해줬어." 아폴로가 말했다. "트롤을 뭘로 죽
일 수 있는지 알아?"

"햇빛." 에마가 대답했다.

머리 위의 집이 우르릉거렸고, 천둥 같은 굉음이 울렸다. 그 소리가
너무 커서 벽이 무너졌을 수도 있겠다는 생각이 들었다. 곧 2층이 1층
으로 무너질 것이고, 1층이 지하실로 무너질 것이었다.

에마는 계단이 있던 자리를 돌아보았다. 검은 연기가 자욱해서 계단
이 아직도 거기 있을지 알기 어려웠다.

에마는 아폴로의 손을 잡았고, 그는 에마를 구덩이로 내려주었다. 걱
정한 만큼 깊이가 깊지는 않았다. 그는 에마에게 아이패드를 건넸다.
크누트센 가문, 그리고 수백 년에 걸친 그들의 봉사는 종말을 맞이했
다. 저녁때까지 그곳에는 그슬린 나무와 뼈 외에는 그 무엇도 남지 않
을 것이었다.

VIII.
야생

아폴로는 에마의 마법을 기대했다. 그는 에마의 옆에서 어둠 속을 기어 내려갔다. 통로의 흙벽이 그들을 빠듯하게 죄었다. 둘은 고사하고 한 사람이 통과하기에도 힘들 정도였다. 앞으로 뻗은 길은 길고 어두운 식도 같았고, 머리 위로는 불타는 집이 있었다.

가슴을 마주하고 서 있었는데도, 너무 어두워서 그녀의 얼굴이 보이지 않았다. 그의 눈은 아직 어둠에 적응이 되지 않았다. 손을 뻗어 에마의 뺨이나 코를 만져보고 이것이 진짜 그녀인지를 확인하고 싶었다.

"뭘 기다리고 있어?" 에마가 물었다.

"당신을." 아폴로가 말했다. "당신의 빛을."

"이건 단 한 번밖에 사용할 수 없다면서." 그녀는 아이패드로 그를 툭툭 건드리며 말했다.

"그거 말고. 내 말은, 알잖아. 숲에서 봤던 그 빛. 당신 주위에 둘러 있던 그거 말이야. 구름 같은."

에마는 말이 없었다. 그녀의 얼굴이 보이지 않아 어떤 표정인지 읽을 수도 없었다.

"당신은 요르겐의 꿈을 조종했잖아." 아폴로가 말했다. 절박하고 화가 난 목소리였다. "나무들이 당신 앞에서 갈라졌었고. 무슨 말인지 모르겠다고는 하지 마!"

에마가 마침내 입을 열었다. "그런 말이 아니야. 난 혼자였고, 브라이언을 살리기 위해, 나 자신을 살리기 위해, 밤이고 낮이고 요르겐에게 공을 들였어. 그건 정말이지 힘들었어, 아폴로. 그때 당신 날 봤지. 그렇지? 내가 힘이 세서 그런 일을 할 수 있었던 게 아냐. 다른 선택이 없었기 때문이었어. 그걸 혼자서 해내야 했고, 그래서 했어. 하지만 이젠 혼자서 할 필요가 없지. 적어도 그랬으면 좋겠어. 우린 함께 있으면 더 강해질 수 있어. 하지만 그 말은 당신이 날 도와야 한다는 뜻이야. 할수 있겠어? 그렇게 해줄래?"

아폴로는 고개를 끄덕였다. 그들은 앞으로 나아갔다.

통로는 좀 더 좁아졌고, 천장이 가파르게 내려와 머리를 숙여야 했다. 통로가 깔때기 모양인 걸까. 도축장에서 소나 돼지에게 사용하는 활송 장치 같았다.

"언니한테 화내지 말아줘." 에마가 속삭였다. "부탁이야."

"지금 이 순간에 그걸 생각하고 있어?"

두 사람은 한껏 낮은 목소리로 말하고 있었지만, 이곳 아래에서는 훨씬 크게 울렸다.

"제발, 아폴로. 당신에겐 우스꽝스럽겠지만 나한텐 중요한 거야."

"킴은 나에게 거짓말을 했어." 그가 말했다. "수표를 줬을 때도 눈 하나 깜박하지 않았어."

아폴로는 움직임을 멈췄다. 이제는 눈이 어둠에 충분히 적응해서 옆에 있는 에마의 모습을 알아볼 수 있었다.

"왜 킴은 당신을 믿었던 거지? 킴을 어떻게 설득했던 거야?"

"언니는 날 안 믿었어." 에마가 말했다. "하지만 언니잖아. 언니는 당신을 배신했던 게 아니야, 아폴로. 그냥 날 보호해준 거야."

그들은 어둠 속으로 비틀거리며 나아갔다.

좁은 통로는 마침내 넓은 공간으로 열렸다. 통로 끝에는 흙으로 지은 원형 극장 같은 공간이 펼쳐지고, 야트막한 언덕들이 넓게 이어져 있었다. 킨더가튼은 그곳에 달린 카메라가 찍은 화면을 보여줬었다. 모니터 속 남자들이 지금 아폴로와 에마를 지켜보고 있을까?

그들은 계단처럼 얕게 이어지는 층들을 따라 아래로 내려갔다. 원형 극장의 바닥에 다가가면서, 아폴로는 에마의 시선을 촉감으로 분명하게 느꼈다. 그는 에마에게 브라이언 웨스트에 관한 이야기를 하고 싶어 몸이 떨리는 것을 느꼈다. 그 꿈은 꿈이 아니라 기억이었다. 킨더가튼은 자신이 가족을 돌보고 있다는 믿음에 집착하고 있었다. 가족을 사랑하기 때문에 그런 끔찍한 일을 했다고. 브라이언 웨스트도 김이 피어오르는 뜨거운 물에 자신의 외동아들을 담그면서, 물속에 붙잡아 놓고서 같은 기분을 느꼈을까? 그랬을 것이다. 그 모든 일반 상식을 거스르면서. 아폴로가 에마에게 짜증을 냈을 때, 잔인하게 굴었을 때, 그는 스스로를 어떻게 정당화했던가? 그는 브라이언에게 집중하려 애썼다. 자신은 한 번도 가져보지 못했던 그런 아빠가 되어주려고 노력했었다. 사람들은 스스로를 좋은 사람이라고 믿기 위해 어디까지 생각을 확장시키는 것일까?

아폴로는 원형 극장의 높은 언덕들을 바라보았다. 어둠이 모든 것을 삼켜버려서 팔을 뻗은 거리 이상의 것은 하나도 보이지 않았는데, 그게 이 열린 공간에서는 더욱 불안스러웠다. 곧 그들의 눈이 어둠에 적응했지만, 오히려 앞이 하나도 보이지 않았다. 터널 안에서는 움직임에 방해를 받았지만, 여기 나와서 보니 코앞에 탱크가 있고 총구가 곧바로 그들을 겨누고 있더라도 막상 발포하기 전까지는 아무것도 모를 것 같았다. 손을 뻗고, 앞에서 뭐가 달려들 것 같아 다리는 살짝 구부린 채로 조금씩 조금씩 걸음을 옮겼다. 그런 식으로 원형 극장의 돌벽 끝까지 다가가고, 그 후에는 벽을 따라서 걸어갔다. 무른 흙바닥 위에서 울리는 발소리의 최면성 리듬과 그림자 때문에, 걸으면서 계속 현기증이 났다.

그러다 아폴로가 무언가에 부딪쳤다. 뭔가가 발에 걸리면서 낮고 공허한, 둔탁한 소리가 났다. 에마는 무릎을 꿇었다.

커다란 회색 폴리에틸렌 수납 상자.

뚜껑은 닫혀 있었다.

아폴로와 에마는 소리를 내지 않으려고 안간힘을 쓰면서 뚜껑을 열었다. 둘 다 숨찬 개처럼 헐떡거리고 있었다.

작은 몸이 그 안에, 모로 누워 있었다. 발가벗은 채로.

두 사람은 무릎을 꿇고 귀를 기울이면서 기다렸다. 그리고 그들은 들었다. 희미하지만 규칙적인 아이의 숨소리. 뚜껑을 열어놓으니 그 소리가 공간 안에 메아리로 울렸다.

에마는 충격에 숨이 막혔다. 그 소리가 마치 구역질할 때 나는 소리 같았다. 그녀는 아이패드를 떨어뜨리고 수납 상자 안으로 손을 넣었다. 상자 바닥에는 임시 매트리스처럼 마른 잎과 흙이 얇게 깔려 있었다. 에마는 아이의 몸을 들어 올렸다. 거기에 아기가 있었다. 잠자는 숲속의 미녀처럼.

브라이언.

6개월 된 아기치고 커 보였는데, 그것은 아기가 이제 생후 10개월이 되었기 때문이었다.

들어서 품에 안으니 아이의 숨소리가 바뀌었다. 입술에서 길고 낮게 꼬르륵 소리가 새어 나왔다. 아기의 피부는 만져보니 차갑게 느껴졌다. 아기의 눈꺼풀이 떨리다가 열렸다. 에마는 그 눈을 보기 위해 가까이 몸을 숙였다. 아기는 하품을 하고 눈을 찡그렸다.

그러나 아기가 잠에서 깬 후에도, 공간 안에서 꾸준히 울리는 숨소리의 메아리는 변하지 않았다.

그것은 그대로 계속되었다. 리드미컬하고 깊게. 그게 메아리가 아니었다고 아폴로는 깨달았다. 다른 무엇인가가 아기와 함께, 리듬에 맞춰 숨을 쉬고 있었다. 그러나 아이 숨소리의 리듬이 멈춘 후에도, 그들 주위에는 한없이 낮은 으르렁 소리가 울리고 있었다. 볼링공이 나무 마루 위에서 구르는 것 같은 소리가.

수납 상자가 원형 극장 벽 옆에 놓여 있다고 생각했었지만, 그 벽이 움직였다. 물속에서 먹잇감을 보고 몸을 돌리는 악어처럼 벽이 몸을 틀었다. 아폴로와 에마는 여전히 무릎을 꿇고 있었다. 그곳, 어둠 속에서, 맨홀 덮개만큼 큰 눈이 열렸다.

요툰.

트롤데.

트롤.

101

뜨겁고 눅눅한 바람이 벽의 구멍에서 새어 나왔다. 바람에서 흙냄새가 풍겼다. 동굴 안이 냉랭한 탓에 그 물체의 날숨은 안개구름이 되어 바닥을 채웠다. 아폴로와 에마는 엉덩방아를 찧었다. 에마는 넘어지면서 브라이언을 꼭 안았다. 브라이언은 에마의 품 안에서 꼼지락거렸지만 단단히 안은 품 안에서는 제대로 움직일 수 없었다. 에마는 다시는 아이를 놓치지 않을 것이었다.

어떤 형체가 구멍에서 솟아 나왔지만, 어둠과 구름이 뒤덮고 있어 모양을 알아볼 수가 없었다. 그러나 크기는 확실히 알 수 있었다. 나무 그루터기 굵기의 팔이 그들의 머리 위에서 움직였다. 에마는 어설프게 달아나다가 나동그라졌다. 위를 쳐다본 아폴로는 자신이 하품하는 거대한 문 앞에 붙들려 서 있고, 그것을 집 안에 들여놓은 것 같은 기분을 느꼈다.

또 다른 숨, 또 다른 구름이 어두운 원형 극장을 채웠다. 팔은 잠시 허공에 매달려 있다가, 그 끝이 파르르 떨리면서 뻗어 나오더니 거대한 주먹이 펼쳐졌다. 손가락이 몇 개인지는 알 수 없었다. 너무 많거나 너무 적거나. 안개 때문에 주위를 살필 수가 없었다. 그러나 잠시 동안 그 몸의 냄새가, 썩은 우유 같은 냄새가 났고, 그는 바로 그 자리에서 토할 뻔했다. 아폴로는 왼쪽으로 고개를 돌렸다. 에마와 브라이언은 그곳에 없었다. 조금은 안심이 되었다.

기이한 손에 달린 손가락 끝에는 거대한 손톱이 붙어 있었다. 트롤은 손가락으로 흙바닥을 쾅 내리쳤다. 엄지손가락이 뚜껑 없는 수납 상자 한가운데에 정확히 떨어졌다. 브라이언이 아직도 그 안에 있었다면 그 손가락에 찔렸을 것이었다. 근처에서 에마가 비명을 질렀다. 브라이언이 에마의 소리를 듣고 손을 뻗어 그녀의 턱을 만졌다.

손톱이 흙에 박힌 채로, 트롤은 잠자고 있던 동굴에서 나왔다. 완전히 일어서니 키가 범선 돛대만큼이나 컸다. 그것은 입을 활짝 벌리고, 앞선 두 번의 숨보다 훨씬 더 깊은 숨을 내뱉었다. 또다시 아폴로는 그 안개 속에서 헤엄치게 되었다. 그것이 콧구멍으로 숨을 내뿜으며 묵직하게 콧방귀를 두 번 뀌었다. 아폴로의 두피와 이마에 이슬처럼 물기가 맺히는 것이 느껴졌다. 그는 움직일 수 없었고, 설상가상으로 과거에 대한 향수처럼 메스꺼운 멀미를 느꼈다. 공포심에 휩싸인 그의 입에서 브라이언 웨스트의 이름이 튀어나올 뻔했다.

트롤은 두꺼운 손톱을 흙에서 뽑았다. 그것은 가볍고 재빠르게 수납 상자를 내리쳤다. 상자는 납작해져서 30센티미터가량 옆으로 튕겨 나갔다. 허공은 죽은 나뭇잎과 흙으로 채워졌다. 아폴로는 한 팔을 들어 눈을 가렸다. 상자가 떨어지면서 둔탁한 소리가 공간을 울렸다. 트롤은 빠르게 움직였다. 거대한 덩치에 달린 짧고 굵은 다리로 앞으로 성큼성큼 달렸는데, 조금은 원숭이를 연상시켰다. 바닥 깊숙이 몸을 숙이고 코를 킁킁대며 상자로 조금씩 가까이 다가설 때에는 더욱 그러했다.

아폴로는 몸을 홱 돌려 에마를 뒤쫓으려 했지만, 흙 속에 묻혔던 신발이 빠져나오면서 생각보다 더 큰 소리가 났다. 아니면 주위에 그 소리를 덮어줄 다른 소리가 없었기 때문일 것이다. 아폴로가 움직이기 전에, 그 생물의 눈이 그에게로 향했다. 할 수 있는 게 없었다. 달아날 시간도, 숨을 곳도 없었다. 그것은 두 걸음 만에 바로 가까이까지 다가왔다. 트롤이 깊숙이 몸을 숙여서, 손을 뻗으면 만질 수도 있었다. 아폴로는 죽은 나뭇잎과 흙덩어리가 묻은 그것의 초록빛 살갗을 보았다. 작은 뼈들―다람쥐나 새의 뼈들―이 바늘꽂이에 박힌 바늘처럼 살에 박혀 있었다. 그것은 콧김을 내뿜으며 다시 숨을 쉬었다. 아폴로의 얼굴 전체가 습기로 젖었지만, 구역질을 간신히 눌러 참았다. 그것의 거대한 눈이 아폴로를 마주보았다. 그 눈은 평평하고, 희끄무레한 원반 모양이었다. 트롤은 거의 눈이 멀어 있기 때문에 아폴로를 볼 수 없었다. 그러니 그것이 눈 대신 코에 의존하는 게 놀랄 일이 아니었다. 그것의 콧구멍은 박쥐의 코처럼 함몰되어 있었다.

그것은 아폴로 주위의 공기를 킁킁 냄새 맡았다. 그러고는 다시 킁킁거리고, 마침내 거대하게 찢어진 상처 같은 것이 그 얼굴에, 코 아래쪽 어딘가에 나타났다. 놈의 이빨은 손톱만큼이나 크고 뾰족뾰족했다. 그러나 아폴로를 공격하지는 않았다. 그 대신 그것은 하품을 하며 악취가 진동하는 또 다른 숨결을 내뿜었다. 그 두 번의 숨은 구름 속으로 사라졌다. 아폴로는 눈을 깜빡였다. 근처에서 물 흐르는 소리가 들렸다. 그것은 한 번 더 아폴로의 근처에서 코를 킁킁거리고는 돌아섰다.

뭐가 날 구한 거지? 그는 스스로에게 물었다.

그것이 돌아서서 움직이자, 아폴로는 그것이 잠을 자던 곳을 볼 수 있었다. 구석진 곳이 아니라 터널의 입구였다. 그 터널의 먼 끝에는 다른 종류의 어둠이 깔려 있었다. 달빛. 그는 저 밖의 달빛을 보았다. 경사면을 따라 작은 돌들이 놓여 있었다. 공원. 바깥 세계, 탈출구가 15미터 위에 있었다.

트롤은 한 손을 상자로 가져가서 짓이겼다. 그러고는 원형 극장을 휘휘 둘러보았다. 그것의 입이 열렸고, 배는 공기로 채워져 부풀어 올랐다. 이제 그것은 어느 먼 시대로부터 이어져오는 악몽처럼 어마어마하게 울부짖었다. 바로 그 근처에서, 에마는 왔던 길로 되돌아가려고 애쓰고 있었다. 요르겐의 집은 화염에 휩싸여 있겠지만, 그래도 주변을 뒤지는 빌어먹을 괴물보다야 나았다. 그녀는 이성적으로 사고할 수 없었지만, 지금 상황에서는 최선의 아이디어였다. 그럼에도 그 울부짖는 소리에―뱃고동 나팔 앞에 귀를 대고 서 있었던 것처럼―에마는 아폴로처럼 그 자리에서 무너져 주저앉았다. 에마가 넘어진 자리 바로 옆에 아이패드가 떨어져 있었다.

그 고함소리에도 무너지지 않은 유일한 사람은 아기뿐이었다. 에마는 아이패드를 집으려 팔을 뻗어야 했고, 아기는 에마의 품을 벗어나려 몸부림쳤기 때문에 계속 안고 있을 수가 없었다. 에마는 브라이언을 놓쳤다. 브라이언은 흙바닥 위에서 굴렀다. 그리고 지금껏 아폴로와 에마가 본 중에서 가장 충격적인 일이 벌어졌다.

아기가 걸었다.

어디로?

아기는 트롤에게 돌아갔다.

어둠 속에서 팔을 벌리고 내디딘 아기의 세 걸음만으로도, 에마는 깊은 상처를 입은 것처럼, 치명적인 부상을 당한 것처럼 느꼈다. 브라이언을 쫓아가야 했을까, 아니면 더 나은 전략이 있었을까? 에마는 아이패드를 켰다. 화면이 밝아지고 그녀는 홈스크린의 빛에 흠뻑 젖었다.

트롤은 어둠 속의 변화를 감지했다. 그것은 그녀 쪽으로 방향을 틀었다. 브라이언도 에마를 돌아보았고, 빛에 익숙지 않은지 한 팔로 눈을 가렸다. 아기는 낑 하고 괴로운 울음소리를 냈다. 에마와 아폴로 둘 다 그 울음소리가 트롤의 울부짖음과 많이 닮았다는 걸 모른 체하려 애썼다. 에마는 고개를 들지 않았다. 할 일이 있었다. 그녀는 앱을 찾은 후 화면을 반대편으로 돌렸다. 에마는 일어서서 아들의 눈에 비치지 않기를 바라며 아이패드를 더 높이 들었다. 그녀가 아이콘을 한 번 두드리자, 갑자기 안이 환해졌다.

브라이언은 작은 원숭이처럼 소리를 지르며 얼굴을 바닥에 묻으며 넘어졌다. 고통스러워서인지 놀라서인지 몸을 마구 버둥거렸다. 트롤도 휘청거리며 뒤로 넘어지면서 뱃고동 소리 같은 고함을 질렀다.

그러나 돌로 변하지는 않았다.

그 빌어먹을 앱이 이기지 못한 것이다. 잠시 동안 그것은 균형을 찾더니 주변을 압도했다. 새로운 계획이 필요했다.

에마는 일어서서 동굴 한가운데로 달려갔다. "해가 뜬다!" 그녀가 외쳤다.

아폴로는 에마의 생각을 즉시 직감했다. 만일 트롤이 해를 두려워한다면, 빛으로부터 달아날 것이다. 트롤이 밖으로 나간다면 에마와 브라이언도 빠져나갈 수 있을 것이다. 그는 터널을 향해 달리면서 어깨 너머로 외쳤다. "해가 뜬다!"

트롤은 혼란에 빠져 몸을 떨었다. 처음에 그것의 머리는 아폴로의 목소리 쪽을 향했지만, 그러다 위를 쳐다보고, 그 위협을 떨쳐버릴 수 있을 것처럼 한 팔을 뻗었다.

"해가 뜬다!" 아폴로가 다시 외쳤다. 그의 목소리가 터널의 긴 목구멍을 타고 울렸다.

트롤은 혼란스러워하며 왼쪽으로, 그런 다음 다시 오른쪽으로 돌았다. 아이패드의 배터리가 거의 죽기 직전이었지만, 잠시 동안이나마 에마는 빛나는 별을 휘둘렀다. 아폴로는 통로를 빠져나가 열린 밤으로 나갔다.

트롤은 돌아서서 잠시 아폴로를 뒤따를까 생각했지만, 다시 한번 공기 냄새를 킁킁 맡고는, 거대한 손을 뒤쪽으로 뻗었다. 그 손가락 끝에 아기가 닿았다. 트롤은 아기를 홱 움켜잡고, 단 한입에 브라이언 카그와를 삼켜버렸다.

102

아폴로는 휘청거리며 뼈 언덕을 올라갔다. 저 아래 동굴에서 나와, 세상으로부터 격리된 공기에서 자유로워지자, 비로소 자신의 냄새를 맡을 수 있었다. 그는 코를 찌르는 가솔린 냄새를 풍기는 구름 속에 파묻혀 있었다. 잔뜩 뒤집어썼던 브레니빈도 제 역할을 톡톡히 해내고 있었다. 아마 그 냄새가 저 아래 어둠 속에서 그를 구했으리라. 트롤은 그의 살 냄새를 맡을 수 없었던 것이다. 그러나 순간의 은총에 불과했다. 몇 초 후면 트롤은 언덕까지 다가올 것이다. 그러면 어떻게 될까?

내가 왜 이 얘기를 자네에게 했을까? 자네에게 뭘 들려주고 싶어서?

요르겐의 목소리가 머릿속에서 아주 크게 울려서, 숲 전체에 메아리치겠다는 생각이 들었다. 그 말은 너무 놀랍고 뜻밖이라 아폴로는 그 의미를 새기지 못했다. 그럴 시간도 없었다. 터널을 통해 소리가 울려 나왔기 때문이었다. 길고 낮은 으르렁 소리가 들렸고, 잠시 후 팔 하나가 동굴 입구에서 불쑥 튀어나왔다. 그 거대한 손끝에는 뾰족뾰족한 손톱이 달려 있었다. 손톱들이 돌무더기―아이들의 뼈―를 내리쳐 사방으로 날려버렸다. 괴물은 통로를 빠져나와 열린 공간으로 튀어나왔다. 3층 건물 높이보다 더 컸다.

언덕 꼭대기에서 아폴로는 몸이 굳었다. 저런 것을 어떻게 물리칠 수 있을까?

내가 왜 이 얘기를 자네에게 했을까? 자네에게 뭘 들려주고 싶어서?

트롤은 쿵쿵 걸어 언덕을 올랐다. 품위 없는 태도로 움직여서 아폴로는 그것이 부상을 입었나 의아한 생각이 들었다. 여기 나오기 전에 에마에게 공격 당한 걸까? 아폴로를 향해 언덕을 올라오면서, 그것은 뭔가 목에 걸린 것처럼 식식거리며 희미하게 기침을 했다.

아폴로는 세 걸음 뒤로 물러났지만, 이젠 어디로 갈 것인가? 북쪽 숲이 그를 에워싸고 있었다. 현대 세계가 800미터도 떨어져 있지 않았지만, 그는 천년 전 독일의 어느 숲에 있는 것이나 마찬가지였다.

달빛을 받은 은색 물체가 빛을 내며 아폴로의 주의를 끌었다. 쟁반 뚜껑이, 그와 에마가 남겨둔 자리에 그대로 있었다. 그리고 뚜껑이 아직도 거기에 있다면, 양 머리도 있을 것이었다.

내가 왜 이 얘기를 자네에게 했을까? 자네에게 뭘 들려주고 싶어서?

아폴로는 일어서서 쟁반 뚜껑을 집어 들었다. 양 머리의 남은 눈이 그를 바라보고 있었다. 아폴로는 머리를 집어 한 손바닥 위에 놓고 균형을 맞춰 들었다. 다른 손으로는 뚜껑을 들었다. 트롤은 브레니빈 때문에 그의 살 냄새를 맡을 수 없었겠지만, 이 삶은 살코기 냄새는 유혹적일 것이다.

트롤이 사냥개처럼 머리를 곤두세웠다. 순간의 정적이 흐르고, 그것은 공기 냄새를 쿵쿵 맡았다. 그것이 잠시 꺽꺽거렸지만, 구역질은 금세 가라앉았다. 아폴로는 양 머리를 든 팔을 한껏 뻗고 트롤이 다시 쿵쿵거리는 것을 지켜보았다. 그것은 머리를 쳐들고 거대한 눈을 질끈 감고 소리를 듣고 있었다.

"나 여기 있다, 이 빌어먹을 트롤아!" 아폴로가 외쳤다. "하지만 날 잡기엔 넌 너무 멍청해!"

이 말과 함께 아폴로는 돌아서서 달렸다. 한 손으로는 양 머리를 높이 쳐들고 다른 손에는 쟁반 뚜껑을 든 채로. 아스켈라덴처럼, 그는 북쪽 숲 더 깊은 곳으로 달렸다. 트롤은 그의 뒤를 따라 나무를 헤치며 달렸다.

아폴로는 빽빽한 나무들 사이를 야생 토끼처럼 이리저리 달렸다. 트롤도 뚫고 지나가지 못하는 곳이었다. 트롤이 숲 외곽을 돌며 나뭇가지들을 향해 고함을 지르고 후려치는 동안 그는 그 안에 숨어 있었다. 그것은 간간이 멈춰서 몸을 숙이고 앞발로 목을 건드리며 몇 차례 후려치고는 다시 똑바로 일어섰다.

아폴로는 그런 순간을 다시 뛰는 데 이용했다. 그는 옆에 있는 빽빽한 잡목림을 향해 뛰었고, 다시 맹수의 추격을 받고, 그러고 나서 숲속에 숨어 아드레날린과 공포심에 몸을 떨며 기다렸다. 이런 식으로 움직이는 동안 밤이 지나갔다. 아폴로는 추위도 피로도 거의 느끼지 못했다. 달리지 않을 때, 바람결에 에마의 목소리가 들리는 것 같은 순간도 있었다. 만일 트롤이 이 밖에 그와 함께 있다면, 에마와 브라이언은 탈출할 수 있었으리라. 이 생각이 그에게 힘을 주었고, 그의 용기에 불을 지폈다.

아폴로는 둥그렇게 늘어선 히커리들 안쪽에 숨어 있었다. 곧 트롤이 나타났다. 그것은 큰 소리로 들썩거렸고, 입에서는 피부색과 같은 초록색의 젤리 같은 것이 뚝뚝 떨어졌다. 트롤은 그것을 퉤 뱉고 크게 기침했다. 공회전하는 자동차 엔진 소리 같았다. 그것은 나무의 냄새를 맡고, 옆머리로 히커리를 몇 차례 들이받았다. 이제 곧 새벽이었다. 해가 뜨면 그것은 돌로 변할 것이고 모든 게 끝난다.

채 20미터도 떨어지지 않은 곳에, 전날 에마의 뒤를 쫓을 때 지나갔던 거대한 공터가 있었다. 아폴로는 일어나서 주위를 자세히 살피고 공터로 향했다. 그곳에 도착해서 양 머리와 뚜껑을 내려놓았다. 냄새가 멀리 퍼지도록 뚜껑을 뒤집어 양 머리가 노출되도록 잘 넣어두었다. 그러고 나서 공터 반대편의 오크까지 곧장 달려 되돌아갔다. 붉은 오크는 낮게 나뭇가지가 달려 있어 타고 올라갈 수 있었고, 잎사귀도 좀 남아 있어 나무를 타고 오르니 그 사이에 가려 보이지 않게 되었다.

"내 머리가 저기 저 바닥에 있어!" 나무 위에서 아폴로가 외쳤다. "와서 내 해골을 깨보지그래!"

공터 먼 가장자리에 선 나무들은 옆으로 갈라지는 것이 아니라 산산조각이 났다. 새로운 분노에 휩싸인 트롤이 나무들을 옆으로 휩쓸어버린 것이었다. 그것은 아주 빠른 속도로 공터에 들어섰다. 너무 빨라서 날아오는 것 같았다. 그것은 머리를 낮추고 입을 한껏 벌린 채 움직였고, 갈퀴 같은 이빨이 흙과 눈을 헤집었다. 놈은 양 머리를 먹기 위해 모든 것을 삼켰다. 그것이 이빨을 꽉 악물자 순간적으로 금속성의 철커덕 소리가 났다. 아폴로의 입도 같이 악물어졌다. 트롤은 머리를 뒤로 젖히고, 놀라며 한 손을 입으로 가져가 삼킬 수 없는 것을 뱉었다. 쟁반 뚜껑, 금이 가고 휘어진 뚜껑이 나무 둥치에 맞으며 쨍그랑 소리가 메아리쳤다.

트롤은 공터에서 몸부림쳤다. 광란 상태였다. 그것은 팔을 마구 뻗대고, 발톱을 나무 둥치에 박아 수직으로 나무를 뽑았다. 찢긴 나무뿌리들이 핏줄처럼 대롱거렸다. 그것은 뽑은 나무를 허공에 던졌고 더 많은 나무를 뽑았다. 트롤은 흉포힘에 휩싸여 분별력을 잃었다. 아무 생각도 정신도 없었다. 아폴로는 나무에 앉아 그것을 지켜보았다. 조롱의 말을 할 수도, 농담이나 비아냥대는 말을 생각해낼 수도 없었다. 그는 한없이 왜소해지고 겁에 질린 자신을 느꼈다. 혼란의 와중에 트롤은 나무 한 그루를 똑바로 수직으로 던지는 실수를 저질렀고, 그 나무는 곧장 트롤의 머리 위로 떨어졌다. 괴수는 거대한 히커리 아래 쓰러졌다. 그것은 등을 대고 바닥에 쓰러져 들썩거리며 숨을 헐떡였고, 실패한 채 버려졌다. 검은색 하늘이 보랏빛으로 변해 있었다. 트롤은 다리를 버둥거리며 빠져나오려 했지만, 더 이상 싸울 힘이 남아 있지 않았다.

"아폴로! 아폴로!"

아폴로는 은신처에서 펄쩍 뛰어내렸다. 에마의 목소리였다. 아주 가까이에서 들렸다.

에마는 트롤이 만들어놓은 나무 사이 틈새를 통해 공터로 들어왔다. 에마의 손이 허공에서 앞뒤로 흔들리고 있었다.

"브라이언은 어딨어?" 아폴로가 외쳤다.

에마는 주저하지 않고 트롤의 배 위로 기어올랐다. "이놈이 먹었어! 내내 이놈을 잡으려고 쫓아왔어. 이놈이 브라이언을 먹었어."

에마는 들썩이는 트롤의 배 위에서 발을 굴렀다. 그것은 입을 벌렸지만 겨우 고개를 뒤로 젖힐 수 있을 뿐이었다. 놈은 패배한 걸까 아니면 흡족해하는 걸까? 위협적인 햇빛이 수평선 근처에 걸려 있었다.

아폴로는 에마에게 달려갔다. 코트 주머니에는 요르겐의 목에서 뽑아온 칼이 들어 있었다. 그는 칼을 꺼내 트롤의 살에, 부풀어 오른 배의 꼭대기에 수직으로 박아 넣었다. 칼자루가 파묻힐 정도로 깊숙이. 트롤은 몸부림쳤다. 가슴 위의 나무가 휘어졌다. 아폴로는 칼날을 아래쪽으로 돌리고 트롤의 가죽을 벗겼다.

어깨가 아파올 때까지 칼을 내리눌렀다. 그는 계속해서 살을 잘랐고, 트롤의 배가 눈앞에서 활짝 열렸다. 진흙처럼 걸쭉하고 짙은 초록색 액체가 흘러나왔다. 하수구 냄새가 코를 찔렀지만, 누구도 눈치채지도, 신경 쓰지도 않았다.

트롤의 다리가 훨씬 더 격렬하게 버둥거렸다. 뱃고동 같은 비명소리의 음조가 더 높아졌고, 팔로는 나무를 철썩철썩 때렸다. 히커리가 시소처럼 각도를 이루며 높이 올라갔다가 뒤집히며 땅으로 떨어졌다.

아폴로는 배 속에서 내장을 찾았지만 아들을 다치게 할 수 있다는 공포심 때문에 도저히 칼을 쓸 수가 없었다. 그는 손으로 내장을 헤집었다. 에마도 옆에서 거들었다. 두 사람은 트롤의 내장을 찢었다. 뜨거운 물풍선 같은 감촉이었다.

위장이 갈라져 열리고, 옅은 노란색 액체가 뿜어져 나오면서 두 사람의 얼굴과 옷을 적셨다. 그들에겐 아무 의미 없는 일이었다. 알아채지도 못했다.

그리고 그 안에서 두 사람은 아들을 찾았다. 공처럼 웅크려서 여전히 꼼지락대는 아기를. 통째로 삼켰기 때문에 아기는 무사히 살아 있었다. 그들은 아기를 이 세상으로 끄집어냈다.

브라이언 카그와. 이 세상에 두 번 태어난 유일한 아기.

그들은 지친 몸으로 낼 수 있는 최고 속도로 트롤의 몸에서 기어 내려왔다. 해가 떴다. 햇빛이—진짜 햇빛이—그들 모두를 비췄다. 트롤은 진동했고, 그 몸이 굳어졌고, 구역질 나는 초록색이 서서히 빠져나갔다. 그것은 마지막 단말마를 내질렀다. 안도의 한숨 같은 낑낑 소리를 내지르고, 회색빛이 짙어지면서 돌로 변했다. 잠시 후 거대한 형체는 갈라졌다. 이제 그것은 한낱 바위 무더기처럼 보일 뿐이었다. 그 근처를 지나는 행락객들에게는 북쪽 숲에 있는 작은 바위 언덕처럼 보일 것이었다.

에마는 기다리지 않았다. 그녀는 브라이언을 가슴에 바짝 안고, 불안정한 다리로 일어서서 숲을 향해 걸음을 옮겼다. 그들이 지난 밤 걸었던 그 길로.

아폴로는 그 자리에 남았다. 그는 돌무더기로 다가가 주위를 한 바퀴 빙 돌면서 가장 큰 돌, 트롤의 머리였던 돌을 찾았다. 그는 여전히 그 보이지 않는 거대한 눈의 부드러운 우울함을 알아볼 수 있었다. 그는 손가락으로 눈을 하나씩 쓸어주었다. 그 돌에 가까이 다가가 이마를 가져다 댔다. 아이였을 적부터 그의 뇌리에서 끈질기게 떠나지 않았던 것을 마침내 땅에 묻는 기분이 들었다. 아버지가 아닌 아버지의 부재에 대한 장례식. 이제 그 괴물을 쉬게 해주자.

103

아폴로는 발자국들을 보고 길을 찾았다. 에마의 발자국이지만, 지금은 전에 그녀를 추적했을 때보다 더 깊은 발자국이었다. 품에 안긴 아기의 무게가 더해진 탓이었다. 그는 발자국을 뒤쫓아 그들을 발견했다. 에마는 등을 구부리고 느리게 걷고 있었다. 파카 지퍼를 열고 아이를 자기 몸에 밀착시켜 안고 있었다. 요르겐의 집에서 가져온 파카였다. 옷이 아주 커서 아기와 엄마에게 넉넉했다. 에마는 최선을 다해 아기의 얼굴을 깨끗이 닦았지만, 아기의 머리카락에는 아직도 초록색 진흙이 엉켜 달라붙어 있었다. 아폴로와 에마의 몰골은 더 흉했다.

브라이언 카그와, 생후 10개월 된 아기는 눈을 가늘게 뜨고 하늘과 벌거벗은 나뭇가지의 그늘을 바라보았다. 아기는 다친 것 같지 않았고, 겁에 질리거나 쇼크를 받은 것 같지도 않았다. 그 대신, 아기는 햇빛에 녹는 것 같았다. 아폴로나 에마 모두 아기에게도 서로에게도 말을 걸지 않았다. 브라이언은 고개를 많이 움직이지 않았지만, 눈만은 왼쪽에서 오른쪽으로 움직이며 나무에서 나무로 시선을 옮겼다. 새 한 마리가 나무에 앉아 지저귀는 것인지 까악까악 우는 것인지 모를 소리를 냈다. 브라이언은 그것을 바라보며 대답이라도 할 것처럼 입술을 오므렸다.

마침내 그들은 숲을 나와 공원의 포장도로에 도착했다. 회전목마와 조지 슈퍼트 경 야외음악당 앞을 지나쳤다. 이곳을 이렇게 다시 보는 게 이상했다. 아폴로는 이 길로 돌아올 거라고, 이곳을 살아서 돌아올 거라고는 진심으로 믿지 않았다. 그들은 곧 아폴로가 밤을 보냈던 공중화장실에 도착했다. 여자화장실 문은 아직 고치지 않은 상태로 그냥 닫혀 있었다. 붙여놓은 비상용 테이프는 쉽게 뜯어졌다.

세면대에서는 제대로 물이 나왔다. 그들은 브라이언의 머리를 감기고 얼굴을 씻었다. 그들도 조금씩은 씻었다. 귀와 눈썹을 물로 씻고, 입 안을 대충 닦았다. 아폴로는 손가락에 감았던 빨간 실이 사라진 것을 깨달았다. 언제 없어졌는지는 알 수 없었다. 어쩌면 트롤의 배 속에 손을 넣었을 때, 브라이언을 자유롭게 꺼내주었을 때인지도 모른다. 아니면 북쪽 숲 바위 한가운데에 떨어져 있는지도 모른다. 진실이라고 하기엔 있을 법하지 않은 일 같았다.

"브라이언을 병원에 데려가야겠어." 한참 후 화장실을 나서며 아폴로가 말했다. 그들은 여전히 추레했고, 노숙자 가족 같았다. 그러나 적어도 치아 사이에 트롤의 내장 조각이 끼어 있지는 않았다.

에마는 대답하지 않았다. 그녀는 아직도 브라이언에게서 눈을 떼지 않고 있었다.

"킴을 부르고 싶어." 그녀는 머뭇거리며 말했다. "언니는 아직 브라이언의 주치의야. 게다가 이렇게 그냥 병원에 가면 사람들의 주목을 받겠지. 킴이라면 신중하게 처리할 거야."

아폴로는 몇 걸음을 떼며 에마를 바라보았지만 결국 조용히 웃었다. "흠, 킴이 비밀을 잘 지키는 사람인 건 나도 잘 알지."

아폴로는 아직 알지 못하지만, 킴은 그가 준 수표를 현금으로 바꾸지 않았다. 대신 며칠 전 그의 아파트 문 아래로 수표를 밀어 넣었다. 수표 앞면에는 '미안해요'라고 적어놓았다.

"차를 얻어 탈 수 있을 거야." 에마가 우드헤이븐 대로 쪽을 가리키며 말했다.

놀라운 일도 아니지만, 그 시간에 보행자는 그들뿐이었다. 이른 아침 차들은 시속 80킬로미터 속도로 쌩쌩 달렸다. 이런 차들을 멈춰 세울 수 있는 것은 신호등의 빨간 불뿐이었고, 그마저도 속도를 시속 55킬로미터로 늦추는 정도였다. 히치하이킹을 하려는 낯선 가족을 위해 차를 세우는 운전자는 없었다. 특히 그런 험한 몰골의 가족이라면.

911에 전화할 수도 없었다. 아폴로의 휴대전화 배터리는 바닥이었고, 거리에는 제대로 된 공중전화가 없었다. 택시도 없었고, 콜택시도 거의 눈에 띄지 않았다. 사정을 잘 모르는 이라면 도로로 뛰어나가 지나가는 차를 세우라고 제안하겠지만, 퀸스의 운전자들을 잘 안다면 절대 하지 않을 제안이었다. 트롤을 죽이고 나왔는데 뺑소니 차에 치어 죽임 당하는 신세를 상상해보라.

"Q11을 기다려야 해." 아폴로가 말했다.

버스정류장에는 벤치가 있었다. 에마는 고개를 끄덕이고 벤치에 앉아, 브라이언을 배 위에 올려놓고 부드럽게 흔들어주었다. 그녀는 손가락을 브라이언의 얼굴 가까이에 가져갔다. 조금은 머뭇거리는 것 같았다. 이 세상에 에마 밸런타인을 떨게 만드는 것이 있다면 브라이언 카그와뿐이었다. 마침내 에마는 손가락을 아기의 턱에 댔다. 그녀는 아기의 턱을 부드럽게 건드리고 살며시 문질렀다. 손가락을 아기의 입술에 대고 가볍게 눌렀다.

에마는 살짝 열린 아기 입속으로 손가락을 집어넣었다. "이가 났네." 그녀가 부드럽게 말했다.

두 사람은 새로 돋은 이를 보며 기쁨에 몸을 떨었다. 그러고는 곧 갈비뼈가 욱신거리게 파고드는 슬픔이 뒤따랐다. 아기의 이는 두 사람이 옆에 없을 때 돋아났다. 이가 날 때 아기는 울었을까? 아기를 달래줄 사람이 곁에 있었을까?

아폴로는 손을 파카 안으로 넣어 브라이언의 발을 잡았다. 그가 발을 꼭 쥐자 발가락이 꼼지락거렸다. 아폴로는 눈을 감고 웃었다.

아폴로는 눈꺼풀 위로 여러 날과 달, 해年들을 보았다. 아폴로와 에마가 브라이언에게 변기 사용법을 가르치며 말씨름을 벌이고, 기저귀를 떼고 기저귀 없이 자는 법을 익힐 때까지 매일 밤 잠을 깨고, 밥에 채소를 몰래 섞어 넣고, 유치원에 가라고 달래고, 함께 지루한 숙제를 하고, 어느새 아이의 숙제가 너무 어려워져 두려움을 느끼고, 밖에서 제대로 싸우고 돌아왔을 때 깨끗이 씻어주고, 아이가 부모님의 돈을 처음으로 훔치고, 그걸 그들이 처음으로 알아차리고, 아이가 부모님에게서 단점을 발견하고, 아버지가 실패자라고 생각하게 되는 시기가 찾아오고, 그걸 아버지에게 솔직하게 말하게 되고, 이 모든 일들이 그리고 더 최악의 일들이 앞으로 일어나게 될 것이었다. 하느님 감사합니다, 하느님 감사합니다, 감사합니다.

아폴로는 감상에 빠져 현기증이 일었다. 그는 브라이언의 다른 발을 꼭 쥐면서 에마에게 몸을 기댔다. 두 사람은 버스정류장에 앉아 함께 흐느껴 울었다.

브라이언은 하늘의 비행기와 비행기가 그리는 실을 쳐다보고 있었다.

"당신한테 언제나 묻고 싶었던 게 있어." 결국 아폴로가 물었다. "세 번째 소원이 뭐였어?"

동굴을 나온 후 처음으로, 에마는 브라이언이 아닌 아폴로를 바라보았다. "내 첫 번째 소원은 좋은 남자를 만나는 거였어. 두 번째는 건강한 아이를 낳는 거였고."

"그래."

"그리고 내 세 번째 소원은 모험으로 가득 찬 인생을 사는 거였어."

시간이 지났지만, 얼마나 오랜 시간이었는지는 아무도 헤아리지 않았다. 아직도 이른 아침이었다. 그러다가 에마는 몸을 조금 앞으로 숙이고 턱짓을 했다. 길게 뻗은 우드헤이븐 대로 저만치에, 버스가 보였다. 도착하려면 아직 몇 분 더 남았다.

갑자기 아폴로는 버스 요금을 낼 돈이 없어서 곤란할 수도 있겠다는 생각이 들었다. 말도 안 되는 소리 같았지만, 누가 장담할 수 있겠는가? 그들은 모험을 마치고 집으로 돌아가려는 가족이었지만, 운전사의 눈에는 달리 보일 것이다. 아마 운전기사는 그들 세 사람에게 조금의 자비도 베풀지 않을지도 몰랐다.

브라이언과 에마는 지난 몇 달 간 비바람에 노출되어 있었다. 저 버스를 타고 가서 전문가의 도움을 받아야만 했다. 저기 들어오는 Q11 버스는 그들에겐 인명 구조선이었다. 아폴로는 왜 버스 요금이 없는지를 설명하기 위해 온갖 종류의 말들을 지어내다가, 곧 그가 전날 밤 어쩌다 이 버스정류장에 오게 되었는지를 기억해냈다. 메트로카드는 아직 주머니 안에 고이 들어 있었다. 그는 카드를 꺼내 에마에게 보여주었다.

"뉴욕 경찰의 선물이야."

Q11이 다가왔다. 버스 안의 불빛이 눈부시게 빛났다. 이 시간에 그것은 세상에서 제일 밝은 빛이었다. 태양을 하늘로 끌어올리는 전차처럼. 에마, 브라이언, 아폴로에게 그 이상으로 더 필요한 것은 없었다. 버스가 속도를 늦추는 동안 그들은 벤치에서 일어섰다.

"그리고 그들은 오래오래 행복하게 살았습니다." 아폴로가 속삭였다.

"오늘." 에마는 아폴로에게 기대며 그의 말을 고쳐주었다. "그리고 그들은 오늘을 행복하게 살았습니다."

"그걸로 충분해?" 그는 물었다. 브라이언을 바라보며, 에마를 바라보며.

"그게 전부야, 내 사랑."

친애하는 한국의 독자들에게

2011년, 아내는 우리의 첫아이를 낳았습니다. 산파의 도움을 받아, 우리 아파트에서요. 출산을 준비하며 우리는 방에 공기 주입형 출산용 수조를 들여놓았는데, 아내가 진통을 시작하자 나는 수조에 뜨거운 물을 받았습니다. 우리 아들이 세상에 나오는 순간 아내는 물속에 잠겨 있었고, 내가 직접 아기를 받았습니다. 나는 아들을 품에 안고 그 놀랍도록 작은 얼굴을 들여다보며 웃었습니다. 우리는 아이에게 제로니모라는 이름을 붙여주었습니다.

제로니모를 돌보면서 내가 제일 먼저 마스터한 기술은 아기를 속싸개로 단단히 싸는 것이었습니다. '마스터'했다고 말하면 과장처럼 들리겠지만, 아기는 속싸개로 단단히 싸인 상태에서 잠을 더 잘 잤기 때문에 그 기술을 제대로 익히는 것은 대단히 중요했습니다. (그걸 마스터하기까지 가엾은 우리 아기가 얼마나 시달렸는지는 잘 모르겠습니다.)

아기가 태어나고 일주일쯤 지난 어느 날 아침, 나는 거의 완벽하게 그 일을 해낼 수 있었습니다. 제로니모의 몸에서 속싸개에 들어가지 않은 부분은 왼팔뿐이었죠. 왼팔을 입 쪽으로 구부린 상태로 잠이 든 아기는 꼭 근육을 자랑하는 뽀빠이 같았습니다. 나는 팔 하나만 내놓고 나머지 몸은 속싸개에 친친 싸인 아기를 소파 위에 잘 놓은 다음 휴대 전화로 사진을 찍었습니다. 그러고 나서 바로 페이스북에 올렸습니다.

페이스북, 스냅 사진을 친구와 가족들에게 보낼 수 있는 가장 확실한 방법. 어머니는 첫 손자의 사진을 보고 싶어서 페이스북에 가입했습니다. 부가적으로는 그렇게 하면 내가 위대한, 현대적인 아빠처럼 보일 수 있다는 장점도 있었습니다. 아들을 속싸개로 잘 감싸고 사랑스러운 사진을 찍는 아빠? 와, 정말 멋진 아빠네! 나는 우리 아름다운 아들과 내 자신이 자랑스러웠고, 온 세상이 그걸 알아주기를 바랐습니다.

'좋아요'가 십여 개 쌓일 때는 기분이 좋았습니다. 그러나 어느 순간 '좋아요'가 수백 개를 넘어가자, 나는 사진을 본 사람들의 목록을 훑어보았습니다.

이 사람들이 다 누구지?

내가 모르는 사람들, 아니면 페이스북을 통해서만 아는 사람들이 꽤 많았습니다. 내가 왜 이 낯선 사람들에게 내 아이를 보여주려고 그렇게 애를 썼을까? 나는 무슨 생각으로 그렇게 마음 편히 사진을 자랑했을까? 이 온라인 '친구'들 중에 누군가가 내 아들을 해치고 싶어 한다면, 그 결과는 어떻게 될까? 페이스북에는 내가 거주하는 도시가 기재되어 있습니다. 나는 아들과 같이 놀러 갔던 공원 사진도 거기에 공유해놓았습니다. 그들이 우리를 찾아내는 게 과연 어려운 일일까요?

예상했겠지만 이런 생각들에 나는 공포를 느꼈고, 그런 공포가 나로 하여금 이 소설을 쓸 수 있도록 영감을 주었습니다. 이 이야기는 부모가 된다는 것, 그것도 인터넷 시대에 그 크나큰 도전을 완수해야 하는 기쁨과 난관에 관한 이야기입니다. 나는 여러분이 이 이야기를 읽으며 죽도록 무서워했으면 좋겠습니다! 그러나 동시에 세상을 낙관적으로 바라볼 이유가 충분하단 걸, 알 수 있기를 바랍니다.

2018년 12월
빅터 라발

옮긴이의 말

보통 번역 의뢰를 받고 책을 처음 읽을 때는 사전 정보가 없기 때문에 선입견 없이 백지 상태에서 읽게 된다. 이 책은, 첫 부분을 읽을 때는 남자와 여자가 만나서 결혼을 하고 가정을 이루고 아기를 낳아 키우는 아름답고 평범한 이야기인 줄 알았다. 차분하고 단정한 문장으로 그려내는 릴리언, 아폴로, 에마의 이야기가 소소하면서도 잔잔한 울림을 주었다. 그러던 것이 뭔가 알 수 없는 어두운 그림자가 서서히 깔리고, 어느 순간 결정적인 사건이 터지면서 분위기가 급반전하더니, 급기야 현실과 비현실의 경계를 마구 넘나들며 클라이맥스를 향해 치달아 가다가 결국은 판타지스러운 결말로 마무리되었다. 그러나 이야기가 설득력 있게 이어져서 그런 결말이 허무맹랑하다는 생각은 조금도 들지 않았다. 솔직히 말하자면 나는 대단히 현실적인 사고방식의 소유자이고, 상상력이 많이 부족한 사람이라 판타지 소설 쪽은 취향에 잘 맞지 않는다고 늘 생각해왔다. 그러나 나는 이 소설이 극사실적 작품이라고 생각하고 있다. 소설 속 등장인물인 칼의 대사처럼, 위대한 동화는 진실을 담고 있다. 이 소설을 설명하기에 이보다 정확한 말이 또 있을까.

아기를 낳아 키우는 것은 일생에 한 번쯤 경험하는, 특별할 것 없는 일이다. 주위를 돌아보면 누구나 그렇게 사랑하는 사람을 만나 결혼을 하고 아이를 키우며 살고 있다. 그러나 곰곰 생각해보면 아기를 낳아 어른이 되도록 키워낸다는 것은 인간이 감당하기 어려운 직무다. 누구나 다 하고 있지만 도대체 그게 어떻게 가능한 것인지 차마 헤아려지지 않는 임무. 아기들은 아무렇지도 않은 듯 어른이 되지만, 그러기 위해 부모는 온몸을 던져 이 세상 온갖 위협으로부터 아기를 지켜내고 있다. 시대에 따라 이런 위협은 여러 형태를 띠고 있다. 예전에는 그것이 맹수와 전염병, 자연재해였을 것이고, 오늘날에는 악한 마음을 가진 내 옆의 인간이 가장 무서운 존재가 되었다. 미지의 위협 앞에 노출된 부모는 말할 수 없는 두려움과 무력함을 느낀다. 부족한 인간으로서 아기를 지키기 위해 필사의 노력을 다하며, 그들은 자연스럽게 '마녀'가 된다.

이 책을 번역하면서 작품의 주요 모티프였던 모리스 샌닥의『잃어버린 동생을 찾아서』(이 책에서는『저 바깥에』라는 원제를 살려 옮겼다)를 참고로 읽었는데, 어린이를 위한 동화라고 하기엔 너무 묵직한 삽화와 어둡고 슬픈 분위기에 적잖은 충격을 받았다. 그러나 샌닥이 실제 있었던 유괴 사건을 바탕으로, 우리가 놓치고 잃어버리는 바람에 희생된 수많은 아이들을 위로하기 위해 이 동화를 썼다는 해설을 보고 고개를 끄덕이게 되었다. 아버지의 부재에 괴로워하던 아폴로는 아버지가 남겨준 동화책을 소중히 품고 그 내용을 끝없이 되뇌며 책이 이야기하는 진실을 찾기 위해 멀고도 먼 길을 돌아가야만 했다. 어쩌면 아폴로도 동화 속 아이다의 동생처럼 뒤바뀐 아기가 될 운명이었을지도 모른다. 아무도 도와주지 않는 적대적인 사회 한가운데에서 릴리언은 홀로 아들을 키웠고, 아들에게서 잠시 눈을 돌릴 수밖에 없던 그 순간 아기를 빼앗길 뻔한 위기를 겪으면서도 스스로의 힘으로 아기를 지켜냈다. 그런 의미에서 보면 결국 릴리언도 에마와 같은 마녀가 아니었을까. 이 험난한 세상에서 아기를 지킨다는 것은 마녀가 되는 것을 불사할 만큼 지난한 과정이 아닐까.

그러나 작가는 이 두툼한 이야기 안에서 과장되지 않은 담백하고 유머러스한 문장으로 희망을 말하고 있다. 아기는 우리 생각보다 강한 존재이며 그 아기를 지키는 것이 혼자에게만 지워진 책무는 아니라는 것을. 그런 희망과 위안이 독자 여러분께도 잘 전달되기를 바라며, 북유럽 설화 속 괴물들이 살아 숨 쉬는 뉴욕시를 생생하게 경험하는 흥미로운 시간을 보내시기를 바란다.

2018년 12월
배지은

엿보는 자들의 밤

초판 1쇄 펴낸날 2019년 1월 17일
초판 2쇄 펴낸날 2019년 3월 25일

지은이 빅터 라발
옮긴이 배지은
펴낸이 김영정

펴낸곳 (주)현대문학
등록번호 제1-452호
주소 06532 서울시 서초구 신반포로 321 (잠원동, 미래엔)
전화 02-2017-0280
팩스 02-516-5433
홈페이지 www.hdmh.co.kr

ⓒ 2019, 현대문학

ISBN 978-89-7275-951-5 03840